成语诗歌

唐杰 编著

SPM 南方传媒
广东人民出版社
·广州·

图书在版编目（CIP）数据

成语诗歌 / 唐杰编著 .—广州：广东人民出版社，2024.5

ISBN 978-7-218-17456-3

Ⅰ.①成…　Ⅱ.①唐…　Ⅲ.①诗集—中国—当代②汉语—成语—青少年读物　Ⅳ.①I227②H136.31-49

中国国家版本馆 CIP 数据核字（2024）第 059714 号

CHENGYU SHIGE
成语诗歌

唐　杰　编著

出 版 人： 肖风华

责任编辑： 马妮璐
责任技编： 吴彦斌
装帧设计： 马静静

出版发行： 广东人民出版社
地　　址： 广东省广州市越秀区大沙头四马路 10 号（邮政编码：510199）
电　　话：（020）85716809（总编室）
传　　真：（020）83289585
网　　址： http://www.gdpph.com
印　　刷： 北京亚吉飞数码科技有限公司
开　　本： 710mm×1000mm　1/16
印　　张： 32.25　　**字　　数：** 578 千
版　　次： 2025 年 1 月第 1 版
印　　次： 2025 年 1 月第 1 次印刷
定　　价： 198.00 元

售书热线：（020）87716172

序

为达到实用、灵活地使用成语的效果，本书除具有一般成语词典的注音、词源、解释、例句等内容功能之外，还添加编排了“本义”“同义”“对比”“引申”“比喻”“灵活”“褒义”“贬义”“歇后”九种不同的成语用例项目，是同类词典中较为俱全的。

一、本词典共收录成语5000余条（含参见条，同、反义条）。收录了常见常用的大部分成语，成语诗歌约1000首。

二、本词典按拼音顺序排列，首字同形、同音的排在一起。

三、“词源”主要为释义服务，引用灵活。“本义”说明词源的基本义。“比喻”和“引申”说明成语的转义现象。“同义”和“对比”说明同义成语和反义成语在同一语言环境中使用的情况和方法。“褒义贬用”和“贬义褒用”说明有明显褒贬色彩的成语在特殊语言环境中的意义转变现象。

四、本书按主次经纬结构形式编排。文体作经、认知作序。纵向主结构强调成语词义特点，横向次结构将其相关知识作有益的补充。

五、诗歌首先较准确地反映成语的本义，再根据不同成语在描写、反映、抒情、明辨、哲理、价值、信仰、伦理等方面的不同特性来书写诗歌，体现本义与思想价值的有机统一与教育引导作用。

诗是文字的，是美学的，是艺术的，更是一株美丽的思想精神花朵。

诗从古代就开始生生不息地一代代繁衍下来，是什么魔力让它经久不衰？是它那博大精深的魅力，一个人的内涵是由诗体现的，轻叩诗歌的大门，可享受阅读中的快乐，领略诗歌的魅力。或行走于这个世界，或弥漫于这个世界，或渗透于这个世界。

诗歌是文学宝库中的瑰宝，是语言的精华，是智慧的结晶，是思想的花朵，是人性之美的灵光，是人类最纯粹的精神家园。古今中外的诗人们，以其生花的妙笔写下了无数优美的诗歌，经过时间的磨砺，这些诗歌已成为超越民族、超越国别、超越时空的不朽经典，叩击着一代又一代人的心灵，给人们以思想上和艺术上的双重享受和熏陶。

人生质量需要不断熔铸，人生境界需要不断拓展。本文诗歌是我对知识的凝练、生活的感知、哲理的概括和悟道的升华。而阅读诗歌、体味诗歌，对于提升人生的质量、丰富人生的内涵，无疑具有不可言喻的意义。一个人在其一生中，阅读若干首优秀的诗歌，不仅可以拓宽自己的阅读视野，而且还能获得某种深刻的人生启示和积极的人生借鉴。优秀的诗歌，沉淀着人类灵魂深处承载的苦难与欢乐、幻灭与梦想、挫折与成功，折射着人类精神结构中永恒的尊严和美丽，体现了人类追求真善美、扬弃假恶丑的执着意念和高尚情怀。阅读优秀的诗歌，可以使我们在领略诗歌的语言美和韵律美的同时，感同身受，体会诗人所阐扬的人生与社会哲理，获取在困境中生存的力量和与丑恶相抗争的勇气，从而不断超越自我、完善自我，在今后的人生征途中高扬理想的旗帜，跨越道道人生障碍，朝着理想完美的人生迅速迈进。

华夏五千年，二十四史间，中华思想文化，古代的著作文化让我们骄傲良多，铭表、辞赋、杂说、诗歌……在这万古奇妍中，唯有诗歌，是在这历史尘埃中绽放的绝世之花，是万古不倒的青松，是万千瑰丽的亮点，长存于世，永不消逝……

目　录

A

B

C

D

J

K

N

O

T

W

X

Y

Z

[安步当车]ān bù dàng chē

安：安详，不慌忙；安步：缓缓步行。[词源] 汉·刘向《战国策·齐策四》：“晚食以当肉，安步以当车，无罪以当贵，清静贞正以自虞。”

本义 以从容的步行代替乘车。如：那里山水旖旎，沿途的风景十分迷人，他安步当车，悠然自得地欣赏着。

同义 缓步当车、缓步代车

近义 从从容容、安贫乐道、安贫守道、缓步徐行、少安毋躁

反义 匆匆忙忙、急于求成、迫不及待

读写辨误 安，不能写成“按”，不能读成 àn。

★〖安步当车〗

手撸晨曦舞彩霞，身浮薄雾摘星花。
凌霄宝殿不沾霈，桃苑云台有酒家。
撩拂翠茵拈紫卉，畅游碧海戏鱼虾。
圃园信步脚跟馥，兰阁书酣瑶墨茶。

[安于现状] ān yú xiàn zhuàng

[词源] 王朝闻《论凤姐》第十一章：“这样的梦境；与我那不安于现状又不能改变现状的生活实际有关。”

本义 对目前的情况习惯了，不愿改变。对生活、工作等感到满足合适；满足于目前的状况，不求进步。

近义 不求进取、安故重迁

反义 奋发图强、力争上游、力求上进

★〖安于现状〗

马尾沾香袖舞蜂，金钩飞鲫橹行风。
妙珠诗赋鹦吟诵，书籍画图交蛀虫。
红米南瓜肴食美，花翎顶戴懒求功。
悠骑驴子乡间遛，兰阁碧瑶酣梦中。

[安邦定国] ān bāng dìng guó

邦：国家。[词源]《元曲选外编·无名氏〈衣袄车〉第一折》：“老将军无比阵云收，若题着安邦定国，受赏封侯。”

本义 使国家安定团结、政权巩固。如：“大家联名保荐新科进士张好古，说他有经天纬地之才、安邦定国之志，是国家的栋梁。”(《相声传统作品选·连升三级》)

同义 治国安民、治国安邦、保国安民、安国宁家

反义 祸国殃民、蠹国殃民、病民蛊国、病民害国

同义例句 “方今天下大乱，四方云扰，欲见孔明，求安邦定国之策耳。”（明·罗贯中《三国演义》第三十七回）

对比例句 打倒了祸国殃民的“帮派势力”之后，国家及时召开中央会议，制定了安邦定国的良策。

灵活用法 亦作“安邦治国”。如：“安邦治国平天下，自有周公

孔圣人。”（冰心《斯人独憔悴》）

书写辨误 邦，不能写成“帮”。

[安邦治国]ān bāng zhì guó

见 [安邦定国]

★〖安邦治国〗

构栋建梁社稷圆，消蚊灭鼠风尘洁。
仁信礼智崇雅儒，冕庶同觞共议决。
九品中正德厚担，三纲六部精诚结。
戟戈入库牛羊肥，邻邑敬仰盛世杰。

[安分守己] ān fèn shǒu jǐ

安分：安于自己的本分；守己：遵守自己应有的规矩。[词源] 明·冯梦龙《古今小说·宋四公大闹禁魂张》：“如今再说一个富家，安分守己，并不惹是生非。”

本义 指规规矩矩、老老实实地过日子。如：“林冲安分守己，逆来顺受，结果被逼得无处容身。”（茅盾《谈〈水浒〉的人物和结构》）

同义 循规蹈矩、安常守分

反义 惹是生非、无法无天、不安本分、胡作非为

同义例句 父亲一辈子都规规矩矩地辛勤劳作，耕田种地，从不惹是生非，是个安分守己的农民。

对比例句 这个班的女孩子多半都安分守己、老老实实，而男孩子则惹是生非，调皮得无法无天。

读音辨误 分，在这里不能读成 fēn（芬）；己，不能写成“已”或“巳”。

★〖安分守己〗

日出东昆降蜃海，鹦鹂序奏乐凰台。
人心似铁官炉火，鸡蛋撞墙碎壳开。
仁义智信雅礼德，纵横循律月圆来。
云溪和颂高山曲，克己熙平国泰徕。

[安居乐业] ān jū lè yè

安：安稳；居：住的地方；乐：喜欢；业：职业。[词源]《老子》八十章：“甘其食，美其服，安其居，乐其俗。”

本义 原指人们安心地在本地居住，乐意干谋生的行业。如：国家繁荣富强，百姓安居乐业，是广大人民的共同愿望。

引申 现用“居”和“业”泛指人们日常生活状况。形容社会稳定或人民生活安定，工作满意。如：“这里却呈现一派安居乐业，友好相处的和平气息，邻里和和睦睦，朋友亲亲热热。”（李迪《野蜂出没的山谷》）

同义 安家乐业、安室利处

反义 流离失所、颠沛流离

同义例句 改革开放以来，国家经济飞速发展，综合国力不断提升，国家富强繁荣，人民安居乐业，显示出祥和、繁荣的景象。

对比例句 要是没有战乱、没有灾荒，老百姓都能安居乐业，不受颠沛流离之苦，那该多好啊。

灵活用法 亦作“安土乐业”。如：“诩谏曰：‘若乘旧楚之饶，以

飨吏士,抚安百姓,使安土乐业,则不可劳众而江东稽服矣。'"(晋·陈寿《三国志·魏志·贾诩传》)

读音辨误 乐,在这里不能读成 yuè(越)。

★〖安居乐业〗

蓝空白云嵩岳美,鲜花茵草彩蝴飞。
鹂莺溪曲绕亭榭,绿野红莓壮马肥。
鸾殿灿然风水阔,街坊琳碧玉金晖。
墨挥袖舞纷华彩,荷馥瑶酣醉郁馡。

[安然无恙]ān rán wú yàng

恙:灾祸,疾病。[词源]汉·刘向《战国策·齐策四》:"岁亦无恙耶?民亦无恙耶?王亦无恙耶?"

本义 指身体平安,没有疾病或灾祸。如:"幸好另一棵安然无恙,仍以它浓蔚的绿叶荫庇着乡人。"(黄河浪《故乡的榕树》)

引申 也指器物完好未损。如:"忽霹雳一声,巨舰凌空而去。而令舟与巨舰,首尾相系,竟安然无恙。"(清·许叔平《里乘》卷六)

同义 平安无事、安然如故

反义 焦头烂额

同义例句 当我看到他安然无恙地度过了那次火灾的时候,我又惊又喜,难以掩饰我内心的激动。

对比例句 他行车多年一直都安然无恙,岂料这次发生事故竟使他焦头烂额。

★〖安然无恙〗

暴雷怎碎金身甲,箭雨难穿铁骨铮。
污佞岂乌丹国赤,歪斜无奈脊梁正。
五粮杂疾不伤腹,百毒百瑜愈洁贞。
信步青山舒气爽,心宽苍浩鹤仙生。

[安身立命]ān shēn lì mìng

安身:存身、容身;立命:使精神安定。[词源]宋·释道原《景德传灯录·第十卷·湖南长沙景岑禅师》:"僧问:'学人不据地时如何?'师云:'汝向什么处安身立命?'"

本义 指生活有着落,精神有寄托。如:"但他对教育事业并不灰心,这是他安身立命之处。"(朱自清《教育家的夏丏尊先生》)

反义 民不堪命、浪迹萍踪、漂蓬断梗

对比例句 这位老人在旧社会浪迹萍踪了大半辈子。在党的关怀下才有安身立命的处所,过上了幸福的生活。

灵活用法 亦作"安心立命"。如:"夫青年安心立命之所,乃在循今日主义以进。"(李大钊《青春》)

读音辨误 身,不能读成 shēng(生)。

★〖安身立命〗

春煦两江梨雪花,蝶飞凤旋卉茵霞。
烛灯光耀珠辉屋,鸾殿梁正长鬓华。
沧海桑田欢百姓,歌钟升泰乐瑶琶。
青山绿树翠忠骨,志在四方天下家。

[安土乐业] ān tǔ lè yè

见[安居乐业]

[安心立命] ān xīn lì mìng

见[安身立命]

[按部就班] àn bù jiù bān

按、就：遵循，归于；部、班：门类、次序。[词源]《文选·陆机〈文赋〉》：“然后选义按部，考辞就班。”

本义 指编写文章时，结构要安排得当，选词造句要合乎规范。如：“编书的用心最苦，手里写着这边，眼光却注着下文……只好是按部就班慢慢叙下去，自然有个归结。”（清·石玉昆《三侠五义》第九十四回）

引申 指学习、生活按照一定的条理有序进行。如：“说起来我的书念得也算是按部就班：上了两年小学就升了初中，然后又上高中。”（萧乾《一本褪色的相册》）

比喻 形容客观事物的规律或有序性。如：“一百多年来，汉堡港早就形成了自己的节奏——有条不紊，按部就班，寓丰富于单纯，多变化而精密……就像成熟的乐队演奏熟悉的乐器。”（柯岩《船长》）

同义 循序渐进、循规蹈矩与比喻义同义

反义 一步登天、不主常故

同义例句 虽然他在该领域已取得了优异的成绩，他仍不愿按部就班地做着这一件事至退休，因此他想要跳出舒适圈，尝试新事物。

对比例句 我们掌握科学知识，必须遵循学习规律，按部就班地进行，不能一步登天。

褒义贬用 “咱们按部就班地干不行，帝国主义不给时间……”（于敏《第一个回合》）

读写辨误 按，不能读成 ān（安）；部，不能写成“步”。

★〖按部就班〗

终生蜀道半山坡，一世西游漫蹉跎。
愚伯猴年移泰岳，精卫马月填洋魔？
青云直上凌霄傲，连晋鼎元銮殿歌。
龟步鬓衰花卉谢，腾蹄昂首跃天河。

[黯然失色] àn rán shī sè

黯然：阴暗，形容神情沮丧的样子；失色：失去光彩。[词源]《文选·江淹〈别赋〉》：“黯然销魂者，惟别而已矣。”李善注：“黯然，失色貌。”田汉《三个摩登女性与阮玲玉》：“她的话使四座动容，虞玉的珠光宝气也黯然失色。”

本义 原指情绪低落、无精打采的样子。如：九月十五日夜晚，对于中国女排来说，是一个痛苦的夜晚。而电视机前的观众，赛前还都兴奋不已，此刻也纷纷黯然失色了。

引申 现常形容对比之下显得

明显不足或水平很低。如:“文艺复兴时期意大利画坛三杰之一的达·芬奇的那幅著名的《最后的晚餐》,就是这些画里的一幅,所有同类题材的绘画和它比较起来,都黯然失色。”(秦牧《最后的晚餐》)

同义 黯然神伤、无精打采与本义同义,相形见绌、相形失色、暗淡无光与引申义同义

反义 神采奕奕、精神焕发与本义构成反义,不相上下、不分轩轾与引申义构成反义

同义例句 人生就像一场旅行,没有友谊的人生,沿途风景就算再绚丽多彩也会黯然失色。

对比例句 他的画虽未获奖,但与那些获奖作品比较,其实也不相上下,不过如果拿到这个展览会上来,就会黯然失色。

读音辨误 然,不能读成 lán(兰);黯,不能写成“暗”。

★〖黯然失色〗

立伴西施垂蹙脸,侧旁翡翠失瑜璃。
滥竽掩面逃之夭,羞愧难容缺鼎成。
琴艺诗书超世绝,拙生暗淡辱沽名。
慕花循赫人强学,声色厉精勤日耕。

[哀兵必胜]āi bīng bì shèng

哀兵:因国家或民族遭受欺凌、残害而悲愤填膺的军队。[词源]《道德经》:“故抗兵相加,哀者胜矣。”

本义 指满腔悲愤的军队必定胜利。现常形容受欺侮、被逼迫而奋起斗争的一方必然会取胜。如:第二次世界大战苏德战争初期,在德军的“闪电战”攻势下,苏军初战损失惨重。但是,哀兵必胜,在苏联人民的奋力反抗下,嚣张的侵略者最终遭受可耻的失败!

同义 立于死地而后生、置之死地而后生

反义 骄兵必败

同义 “棋圣聂卫平‘立于死地而后生’,以哀兵必胜的气魄力挫依田纪基、淡路修三,把日方风驰电掣般的战车挡在东京。”(梁平《聂卫平将会再下三城》)

对比例句 哀兵必胜、骄兵必败,这是从古代战争中总结出来的一种作战规律。

读写辨误 哀,不能读成 ài(艾),不能写成“衰”。

★〖哀兵必胜〗

乌云翻滚凤台摧,烽火燃城黎庶悲。
嬴政坑兵天苍泪,河流碧血赤龙垂。
不堪屈辱揭竿起,破釜沉舟振虎师。
哀卒怒号冲浩宇,绝生反击胜而追。

[哀鸿遍野]āi hóng biàn yě

哀鸿:哀鸣的大雁。[词源]《诗经·小雅·鸿雁》:“鸿雁于飞,哀鸣嗷嗷。”

本义 指悲鸣的大雁布满了原野,形容到处都是无家可归、呼天抢地的难民。如:“接曲江各同乡会来函称,广东东江、潮梅、海陆丰、惠来及西江四邑灾情极重,各

地哀鸿遍野,每日饿死以千百计。”(《蔡廷锴自传·困苦之年》)

同义 生灵涂炭、嗷嗷待哺、民不聊生、赤地千里

反义 安居乐业、民康物阜、国泰民安

同义例句 “清光绪,并不是什么很久远的年代,活到现在七八十岁的老人,都还记得那一段悲惨的日子。他们就曾目睹过那哀鸿遍野、赤地千里的惨象。”(峻青《壮志录》)

对比例句 过去这里哀鸿遍野,荒无人烟,如今这里建设得多好,人们安居乐业,一片繁荣兴旺的景象。

读写辨误 遍,不能读成 piàn(片);哀,不能写成“衰”。

★〖哀鸿遍野〗

一阵魔风大地瑟,遍山落鹄霾熏黑。
乌云笼罩金銮阴,稻粟干枯花褪色。
奸佞横行虎政苛,庶黎粮失窃蔬贼。
春滋芳翠雀飞凰,舟顺洪潮航伟德。

[唉声叹气] āi shēng tàn qì

[词源]明·凌濛初《二刻拍案惊奇》:“终日价没心没想,唉声叹气。”

本义 指因忧虑、伤感或悔恨而发出感慨和叹息声。形容痛苦的心情。如:“晚上,给周扒皮做活的伙计们从地里回来,都累得晃晃荡荡的。有的唉声叹气地说:‘困死我了!’”(高玉宝《半夜鸡叫》)

同义 长吁短叹、喟然而叹

反义 兴高采烈、眉开眼笑、喜形于色

同义例句 小明在外面受了委屈,怏怏地回来,一进门就走到房内,坐着长吁短叹。他妈妈见状关切地问了几声,可除了那副唉声叹气的样子,他一句答话也没有。面对困难唉声叹气是无济于事的,还不如勇敢地面对并且想办法解决。

对比例句 他的性格外向,高兴时眉开眼笑、喜形于色;若碰到不愉快的事情,就唉声叹气、闷闷不乐。

灵活用法 亦作“哀声叹气”“嗳声叹气”。如:“薛蟠急得说又不好,劝又不好,打又不好,央告又不好,只是出入嗳声叹气。”(清·曹雪芹《红楼梦》第十八回)

读音辨误 唉,在这里不能读成 ài(爱)。

★〖唉声叹气〗

乌云遮雁折鸿翅,雷雨射枭湍猛狮。
悲喜无常酸苦惨,阴晴难测涕秋辞。
长吁屈辱伤尊等,短叹荆榛痛腹肌。
呜咽人生忧泪楚,怒号浊俗佞诬欺。

[爱不释手] ài bù shì shǒu

释:松开。[词源]南朝·梁·萧统《〈陶渊明传〉序》:“余素爱其文,不能释手。”

本义 喜爱而舍不得放手。如:她特别喜欢看书,书架上摆满

各种书籍，书就是她的生命，她尤其喜欢古典文学，拿起一本就爱不释手，就是睡觉了还手不释卷，抱在怀里。

同义 把玩无厌

反义 弃若敝屣

同义例句 新买的手机界面清晰，运行流畅，让他爱不释手。像这样把玩无厌，是会影响身体和学习的。

对比例句 这个孩子有喜新厌旧的毛病，新买的玩具可以爱不释手，但不到三天就弃若敝屣，不屑一顾了。

读写辨误 释，不能读成 xī（惜），不能写成“择”。

★〖爱不释手〗

砚台荷玉夜藏枕，笺馥烛婷遐想真。
日日书香熏智慧，句句丽语熠珠嫔。
羲之挥笔写冬夏，墨润长江芳史春。
心醉宝瑛难释手，舒怀奇妙赛神仙。

[碍手碍脚] ài shǒu ài jiǎo

碍：阻碍。妨碍别人做事。[词源]明·凌濛初《初刻拍案惊奇》第三十二卷：“后边有些嫌忌起来，碍手碍脚，到底不妙。”示例：宝钗因说道：“咱们别在这里碍手碍脚。”说着，和宝玉等便往迎春房中来。（清·曹雪芹《红楼梦》第十八回）

同义 碍手绊脚、束手缚脚、跌脚绊手

反义 开合自如、得心应手、无拘无缚、顺顺当当

书写辨误，“碍”不能写成“爱”。

★〖碍手碍脚〗

春花蝶恋黄蜂扰，皓空赏灯蠹蛀骚。
蜀道榛荆拦马蹴，天梯涯路横霜刀。
歌谣升擢夹诡诽，大海旭航阴碛搔。
鸿展鹏程何惧怯，飞矛断缠昊天高。

[暗送秋波] àn sòng qiū bō

旧时比喻美女的眼睛像秋天明净的水波一样。指暗中眉目传情。

★〖暗送秋波〗

贾府初交曾相识，红尘姻眷泪濡滋。
明抛珠字鸳鸯赋，暗送秋波情窦漪。
梅竹弹跳鸿鹊绕，潇湘怡院蝶迷痴。
风云突变枯枝掉，寒月葬魂花谢辞。

[傲雪凌霜] ào xuě líng shuāng

形容不畏霜雪严寒，外界条件越艰苦越有精神。比喻经过长期磨炼，面对冷酷迫害或打击毫不示弱、无所畏惧。傲，傲慢、蔑视。

★〖傲雪凌霜〗

北国冬封琼玉白，乾坤苍莽愫松绒。
扎肌雹粒子弹射，刺手冰锥利剑戎。
鱼雁冷嘲欢快荡，蜡梅傲雪凌霜红。
雪光书照映文曲，风骨坚椎向宇冲。

[暗度陈仓] àn dù chén cāng

比喻用造假象的手段来达到某种目的。也隐喻男女私通。

★〖暗度陈仓〗

艳阳锐眼察秋毫，黑月朦胧狡鼠骚。
当面矛尖折鳖盾，背头蛇咬毒牙遭。
明修栈道敷金脸，暗度陈仓弯刃操。
声东击西调恶虎，空城琴剑利光刀。

[暗箭伤人]àn jiàn shāng rén

比喻暗地里用某种手段伤害人。

★〖暗箭伤人〗

螳螂捕蝶眼前看，黄雀喙锥阴险刀。
明剑容拦千马敌，暗诬易陷一诽遭。
岳飞长戟金奴刺，秦桧奸徒蛋骨挑。
假面虎藏尖刃笑，真凶毒蝎后弓操。

[昂首挺胸] áng shǒu tǐng xiōng

吊：高抬、仰着。[词源] 叶圣陶《倪焕之》：“心里只在想许许多多的人经了先觉者的开导，一个个昂首挺胸觉悟起来的可喜情形。”

本义　指仰起头，挺起胸膛，形容振作精神、斗志昂扬的神态。含褒义。如：“他(闻一多)走到游行示威队伍的前头，昂首挺胸，长须飘飘。他终于以宝贵的生命，实证了他的‘言’和‘行’。”(臧克家《闻一多先生的说和做》)

同义　竖起脊梁、勃然奋励、昂首阔步

反义　萎靡不振、垂头丧气

同义例句　英雄刘胡兰面对敌人的屠刀，竖起脊梁、昂首挺胸、毫无畏惧，表现出共产党人宁死不屈的崇高品质。

对比例句　他是一个乐观主义者，遇到困难或挫折从不垂头丧气，总是以饱满的热情，昂首挺胸地奋进。

褒义贬用　“然而，如此严厉的惩罚未使经小云感到后悔，顽劣成性的他几乎是昂首挺胸、气概十足地走向荒漠去服刑的。”(孙浩《“野马”在孽海中浮沉》)

读写辨误　首，不能读成 sǒu (叟)；昂，不能写成“昻”；胸，不能写成“胷”。

★〖昂首挺胸〗

一樽湟水托江海，仰面苍天舞彩霞。
傲立昆仑侔旭日，驾飞祥瑞跨中华。
垂髯砚沼吮儒墨，鄙视奸谀毒鸩茶。
俯首臣为憨老牯，横眉冷对霸夫牙。

B

[八面玲珑]bā miàn líng lóng

玲珑：精致灵巧。[词源] 唐·卢纶《赋得彭祖楼送杨德宗归徐州幕》：“四户八窗明，玲珑逼上清。”

本义　形容亭榭等建筑物窗户多，且宽敞明亮。如：“紫霄峰上接穹苍，琵琶亭畔临江岸，四围空阔，八面玲珑。”(施耐庵《水浒传》第八十五回)

引申　形容景物、绘画等工艺品秀美、灵巧。如：“他(吴道子)

画的人物，前人形容它有‘八面玲珑’的妙处。”（秦牧《画蛋·练功》）

比喻 指为人圆滑、善于应付。常含贬义。如：“拿你和何思远比，我不欺不瞒地说，他是个油条，八面见光，是八面玲珑的灯。”（朱春雨《在人海里》）

同义 八面见光、左右逢源与比喻义同义

同义例句 “四处顺风、八面玲珑、左右逢源，除了圆滑的念头之外，这种人没有别的理想和抱负。”（马光《个性三题》）

歇后用法 他是个机灵鬼，长着走马灯式的脑袋，八面玲珑，灵光得很。

读写辨误 玲，不能读成 lín（林）；不能写成“铃”。

★〖八面玲珑〗

窗明庭灿悦心爽，鹦鹉舌簧嬉笑拢。
墙草风吹两边倒，白杨挺拔叶枝蓬。
和珅圆嘴贪清国，魏徵直言稷富隆。
磐岳江山稳千古，顽石浊浪碎沙空。

[拔苗助长] bá miáo zhù zhǎng

比喻违反事物发展的客观规律，急于求成，反而坏事。[词源]《孟子·公孙丑上》：“宋人有闵其苗之不长而揠之者，芒芒然归，谓其人曰：‘今日病矣，予助苗长矣。’其子趋而往视之，苗则槁矣。”如：那种不顾学生能否接受的填鸭式的教学方法。让孩子们在本该探索世界的时候报无数个竞赛班又何尝不是一种拔苗助长呢？

比喻 不切实际地办事，欲速不达。不能一口吃成胖子，一步登天。

同义 适得其反、欲速不达、急功近利

反义 循序渐进

书写辨误 拔不能写成“拨”。

★〖拔苗助长〗

三天拔翠谢秧禾，一步登云恐跌坡。
吴起戮妻贪仕道，杀鸡取卵弄玄讹。
九楼骞殿层垒土，千里之行循渐过。
磨利锋生砍柴劲，滴珠穿石扩山河。

[跋山涉水] bá shān shè shuǐ

跋：翻山；涉：蹚水。[词源]春秋·鲁·左丘明《左传·襄公二十八年》：“跋涉山川，蒙犯霜露。”

本义 指野外徒步、远距离艰难行走。如：“他们跋山涉水，到那个‘土匪盘踞’的中心去干什么呢？”（叶君健《英特纳雄耐尔·五》）

引申 常形容走了很远的路。如：“这些赠品，一直藏在小包袱的最里层的，都是包藏多年，跟他们跋山涉水，在水里火里就是牺牲生命也不肯丢的。”（魏巍《依依惜别的深情》）

同义 翻山越岭、长途跋涉与本义同义

同义例句 魏晋时期，国家分裂，社会动荡，一些文人异士跋山涉水，只为寻求那一片远离世事纷扰的“世外桃源”。

读写辨误 跋，不能读成pá（爬），不能写成“蹳”；涉，不能写成“埗”。

★〖跋山涉水〗

蜀道苍崖登阙堂，涯垠迢邈卉清香。
翻坡越麓西经取，远涉汪洋罗马航。
山陡浪湍迷径路，槐荫花灿又望庄。
一麾披沥长城跨，九曲黄河大海觞。

[白驹过隙]bái jū guò xì

白驹：白色骏马；隙：缝隙。[词源]《庄子·知北游》：“人生天地之间，若白驹之过隙，忽然而已。”

本义 日影像骏马在细小的缝隙间飞跃而过。比喻时间过得很快。如：“只是我没有想到，我会这么快就实现了童年的梦想；而且，在白驹过隙的弹指一瞬，眼前已是我来到北大的第三个秋天。”（田晓菲《三岁的际遇》）

同义 光阴似箭、日月如梭

反义 时光冉冉、长绳系日、以日为年、荏苒代谢

同义例句 光阴似箭，日月如梭，时光如白驹过隙，所以我们要珍惜青春；我们没有理由懒惰懈怠，蹉跎岁月。念今朝，把握当下，不负韶华。

对比例句 时间虽如白驹过隙，但我们相处的这几天是愉快的。愿长绳系日，留下这美好的回忆。

读写辨误 驹，不能读成jù（句）；隙，不能读成xī（西）或xí（习），不能写成“潦”。

★〖白驹过隙〗

白驹狂奔骥毛衰，英俊流年鬓雪腮。
弹指一挥头顶耀，昙花过夜凤纹开。
竹梅蝶舞忆春梦，蛇许遐游记苍鲐。
晨兴扬鞭追旭日，蹄腾黄道鹤仙来。

[白头偕老]bái tóu xié lǎo

夫妻相亲相爱，一直到老。

★〖白头偕老〗

竹马青梅桑梓跳，鸳鸯翩舞柳枝摇。
乌丝结发乾坤合，霜鬓藕连并蒂娇。
红俗沫濡蝴卉绕，白头偕老鹤山谣。
蝶花不断聊斋续，喜鹊彩虹比翼遥。

[摆尾摇头]bǎi wěi yáo tóu

见[摇头摆尾]

[百废俱兴]bǎi fèi jù xīng

百：言其多；废，废置，指废置的事；俱：全、都。[词源]宋·范仲淹《范文正公集·岳阳楼记》：“越明年，政通人和，百废具兴。”

本义 指许多被废置的事情都兴办起来了。如：“中国人缺于自治之力，事事待治于人。治之者而善也，则大纲粗举，终不能百废俱兴也。”（清·梁启超《新民说·附录·论中国国民之品格》）

反义 百废待举

对比例句 开国之初，生机蓬

勃。虽然百废待兴,但已经是万紫千红的局面。而今,改革开放,百废俱兴,共和国更是前途似锦。

读写辨误 俱,不能写成“具”;兴,不能读成 xìng(幸)或 xīn(心);废,不能写成“疫”。

★〖百废俱兴〗

血雨腥霾鸾殿摧,破亭烂谷濯痍灾。
一场雷电春风拂,百卉探头蓓蕾开。
苍废重兴馨圃苑,阡绵茵翠绿心苔。
不堪魂魄遭涂炭,但盼缤纷日日来。

[百感交集]bǎi gǎn jiāo jí

感:感想;交:一齐;集:聚拢。[词源]南朝·宋·刘义庆《世说新语·言语》:“卫洗马(卫阶)初欲渡江,形神惨悴,语左右云:‘见此茫茫,不觉百端交集,苟未免有情,亦复谁能遣此。’”

本义 指各种感慨都交织在一起。如:“林则徐百感交集,眼里含着泪水,拨转马头,奔赴远方。”(吕宕、叶元《林则徐》)

同义 感慨万千、感慨万分

反义 无动于衷

同义例句 他的思绪就像沉入深邃的大海里,百感交集的心在此刻却陷入了沉静:他似乎感到海岸变作脊骨,海浪化成身躯,他仿佛是蓝色大海的化身,是一场息而未绝的潮汐。

对比例句 看到此情此景,乡亲们百感交集,不知道说什么才好。只有他缩立在墙角,一副无动于衷的样子。

读音辨误 百,不能读成 běi(北)。

★〖百感交集〗

兴得蝶窥花怒放,悟明浩宇雁鹏翔。
灵犀魂魄深情唱,金榜鸿名踣卉香。
莫测风云翎色喜,阴晴圆缺聚高亢。
鸳鸯伉俪金婚庆,耄耋仙翁醉鹤觞。

[百步穿杨]bǎi bù chuān yáng

步:古代的一步指行走时两脚之间距离的两倍,约相当于旧制五尺。杨:杨柳的叶子。比喻善射者,也形容箭法或枪法十分高明。[词源]汉·刘向《战国策·西周策》:“楚有养由基者,善射。去柳叶者百步而射之,百发百中。”

本义 指能在一百步以外射穿指定的某一片柳树叶子。春秋时楚国养由基善于射箭,能在一百步以外射中杨柳的叶子。后用“百步穿杨”形容箭法或枪法非常高明,并引申为本领非常高强。

同义 穿杨射柳、百发百中、百无一失

反义 无的放矢、毫无章法、漫无目标

读写辨误 穿,不能读作“cuān”;杨,不能写作“扬”。

★〖百步穿杨〗

闻鸡起舞拉弦弓,晨兴夜阑追雾风。
百步箭飞穿杨柳,一挥弩起雁魂空。
千锤淬炼铁刚强,万里长征傲立东。
羲之墨流池满馥,汗青江水亘年红。

[百花齐放] bǎi huā qí fàng

百花：各种各样的花；齐：一起，一同。[词源] 清 · 褚人获《隋唐演义》第十八回："陛下要不寂寞，有何难哉！妾等今夜虔祷天宫，管取明朝百花齐放。"

本义　指各种花同时开放。如："百花仙子只顾在此著棋，哪知下界帝王忽有御旨命他百花齐放。"（清 · 李汝珍《镜花缘》第三回）

比喻　比喻文艺上或社会上的繁荣景象，或各行各业获得蓬勃的自由发展。如："感谢全国生产大跃进的东风，这东风一吹，便使百花齐放了。"（郭沫若《〈百花齐放〉后记》）

引申　指艺术上在自由发展中呈现出各种各样的不同形式和风格。如："在我们的文坛上，应当使不同的风格百花齐放。"（施东向《义理、考据和辞章》）

同义　百卉千葩与本义同义

反义　一花独放、百花凋零

同义例句　此刻他的眼中仿佛只有她一人，就好像只要是她走过之处，万物复苏、百花齐放，到处是燕语莺声。

对比例句　冬日游东湖，只见百花凋零，唯有漫天飞舞的雪花；但在磨山植物园内则见一派春意：百花齐放，争芳斗艳。

灵活用法　亦作"百卉含英"。如："开岁发春兮，百卉含英"（南朝 · 宋 · 范晔《后汉书 · 冯衍传》）

★〖百花齐放〗

鹂莺翠竹笛笙曲，春煦轻绡茵绿澜。
千眼蕾丽蝴醉馥，百花蓓黛竞争兰。
晨樱招手海棠艳，夕莉扭姿昙曼蟠。
琵呐编钟琴凤榭，黄梅花旦柳河欢。

[百计千方] bǎi jì qiān fāng

见 [千方百计]

[百无聊赖]bǎi wú liáo lài

聊赖：指生活上或精神上的依赖、寄托。[词源] 汉 · 焦赣《易林 · 卷十五 · 涣之比》："身无聊赖，困穷乞粮。"

本义　指没有依靠，生活没有着落。如："为复强视息，虽生何聊赖！"（蔡琰《悲愤诗》）

引申　指精神空虚，感到无事可做。如："你所见的，是两个生命力旺盛的人，是两个清楚明白生活意义的人，在任何情形之下，他们不倦怠，也不会百无聊赖，更不至于从胡闹中求刺激……"（茅盾《风景谈》）

同义　无所作为、内心空虚

反义　斗志昂扬、踌躇满志

同义例句　青年人如果不刻苦学习，就不会有理想，就会内心空虚，感到百无聊赖。

对比例句　在这里住久了，大家都觉厌倦，感到百无聊赖。只有江工程师一刻也不休息，整天翻阅资料，踌躇满志地策划着明年的第一项大工程。

读写辨误 百,不能读成 bó;赖,不能读成 lǎn(览),不能写成“懒”。

★〖百无聊赖〗

阿斗嬉鸡丢蜀道,糊涂失志横折腰。
醉生芳鬓伏罗袖,梦幻西游浮蚁漂。
九鼎銮轩强脊柱,千年松柏血津浇。
挑灯润墨绘桃花,驰骋疆场旗帜飘。

[百依百顺] bǎi yī bǎi shùn

百:一切,所有的;依、顺:从,顺从。[词源]元·郑廷玉《元曲选·楚昭公》(第四折):“若不是仁孝子百顺千随……怎能够再得团圆。”明·凌濛初《初刻拍案惊奇》:“做爷娘的百依百顺,没一事违拗了他。”

本义 一切顺从,对方怎么说就怎么做。多含贬义。如:“虽然他(指葛朗台)对母女俩百依百顺,一心讨好的态度使她们吃惊……”(巴尔扎克《守财奴》)

同义 言听计从、唯命是听、唯命是从、俯首听命

反义 桀骜不驯、方头不律、犟头倔脑

同义例句 在教育孩子时,若做父母的对孩子言听计从、百依百顺,一味溺爱,那孩子的成长可能会恃宠而骄。

对比例句 桀骜不驯的孩子不容易教育,百依百顺的孩子就容易教育?俗话说,教子须有方。

★〖百依百顺〗

百顺爱儿沉海渊,千依娥婆上刀山。
摘星捉鳖为心膂,斩棘披荆从玉鬟。
钢脊难扶蝼蚁志,兰花岂黛东施颜。
溺壶水淹弱孺子,放鞚驰骋万岳关。

[百折不回] bǎi zhé bù huí

见[百折不挠]

[百折不挠] bǎi zhé bù náo

折:挫折;挠:弯曲。[词源]汉·蔡邕《太尉乔玄碑》:“其性庄,疾华尚朴,有百折不挠,临大节而不可夺之风。”

本义 形容意志坚强或性格有韧性。含褒义,如,“要做一番英雄事业,就得有一把硬骨……勇往直前,百折不挠。”(姚雪垠《李自成》卷二)

同义 不屈不挠、坚韧不拔、再接再厉

反义 一帆风顺、一蹴而就

同义例句 我宁愿当那个不断地在被打倒后站起来的百折不挠的人,也不愿碌碌无为、苟延残喘。

对比例句 中国是一个发展中大国,不可能一帆风顺地富强起来,必须经过百折不挠的努力和几代人的艰苦奋斗。

灵活用法 亦作“百折不回”。如:“我目睹中国女子的办事,是始于去年的,虽然是少数,但看得那干练坚决,百折不回的气概,曾

经屡次为之感叹。”（鲁迅《记念刘和珍君》）

读写辨误 折，不能读成zé（责），不能写成“拆”；挠，不能读成ráo（饶）。

★〖百折不挠〗

孟母三迁翰墨浓，赤河四渡远征功。
七纵孟获得民亲，九殒比干忠国公。
铁棒磨针翁挖麓，悬梁刺股雪梅红。
层峦起伏昆仑岳，蜿道曲折湟水东。

［班门弄斧］bān mén nòng fǔ

在鲁班门前舞弄斧子。比喻在行家面前卖弄本领，不自量力。

★〖班门弄斧〗

关公前面青刀挑，鲁匠家门板斧翘。
自不量能摧旷宇，蝼蚁过水搭天桥。
蛙吹波浪布雷鼓，东施效颦丑态妖。
自作聪明戏葛亮，赔夫折卒讽嘲料。

［半斤八两］bàn jīn bā liǎng

旧制十六两为一斤，八两等于半斤。［词源］宋·释普济《五灯会元》：“一个重半斤，一个重八两。”

本义 指重量相等。如：“掐丝跟这些工作比起来，可以说不相上下，半斤八两。”（叶圣陶《景泰蓝的制作》）

比喻 比喻彼此差不多，不分上下。如：“他胆小，我的胆也不见得大，正是半斤八两。”（叶圣陶《外国旗》）

同义 毫无二致、不相上下

反义 千差万别、大相径庭

同义例句 没有思想和意志的人，不再意气风发，与懒惰贪婪的动物劣性半斤八两，不相上下。

对比例句 他俩在业务水平上是半斤八两，但在性格上却大相径庭，一个粗鲁愚笨，一个文静内秀。

读音辨误 斤，不能读成jīng（精）。

★〖半斤八两〗

红旗招展马蹄响，沙地健将磨利掌。
百步穿杨对靶枪，三千鼎举比弓放。
不相上下鼓旗当，棋遇对家竞志强。
天阔任飞鱼跃河，万株争艳繁花盎。

［半信半疑］bàn xìn bàn yí

半：一半；信：相信；疑：怀疑。［词源］三国·魏·嵇康《答释难宅无吉凶摄生论》：“苟卜筮所以成像，虎可卜而地可择，何为半信而半不信耶？”明·冯梦龙《古今小说》卷一：“平氏看了，半信半疑。”

本义 一半相信，一半怀疑。形容判断情况时的一种矛盾心理状态。如：狐狸和老虎，一前一后，朝森林深处走去。狐狸神气活现，摇头摆尾，老虎半信半疑，东张西望。

同义 将信将疑、疑信参半

反义 坚信不疑

同义例句 小玲说动物园又来

了一头大象，我们半信半疑，因为前不久才运来了一头。小玲非要我们去看不可，大家拗不过她，只好将信将疑地去了。

对比例句 真有两眼均居于向上一侧的怪鱼，这次我亲眼看到了才坚信不疑。现对比目鱼的存在，我再不半信半疑了。

★〖半信半疑〗

狼戴羊皮冒亲热，鳄鱼流泪藏瞒昧。
荆轲暗剑秦王惊，黄盖诈降曹操溃。
真作假时假亦真，毋庸全付丹心对。
色龙百变混英徽，戟剑一麾留后背。

[包罗万象] bāo luó wàn xiàng

罗：网，引申为包容，容纳；象：景象、事物。[词源]《黄帝宅经》卷上："所以包罗万象，举一千从。"

本义 比喻书籍中内容丰富，知识含量大。如："以儒家正统的孔子和孟子的传世之作为例，其内容难道不也是杂七杂八地包罗万象的吗？"（马南邨《欢迎"杂家"》）

引申 指形形色色的东西很多，几乎无所不有。如：别看一张小小的报纸，它的内容可是包罗万象啊。

同义 无所不有、无所不包

反义 空洞无物、空空如也

同义例句 这套百科全书真是名副其实，翻翻目录就知道它无所不有，包罗万象。

对比例句 这个主题为"人与自然"的科技展览会真是丰富多彩，包罗万象，比那些空洞无物的所谓"科学手册"不知要强多少倍。

书写辨误 象，不能写成"像"。

★〖包罗万象〗

西游天竺佛经驮，凌迈瑶池笙九歌。
春夏翻书群士耀，紫城赏艳黛娇多。
江河民舫载盈鲤，鸿盛旺街琳满罗。
野卉万芳空炫目，汗晶百果蜜心窝。

[饱经风霜] bǎo jīng fēng shuāng

饱：充分，多；经：经过、经历。[词源]《武松演义》第四回："况且你家二叔才回来，旅途饱经风霜，你该去倒杯茶，请他歇息一会才是。"

本义 经受多年风雨霜雪的吹打。如："他锁好门，仿佛是一尊饱经风霜的石狮，威风凛凛地镇守在铁门外。"（楚良《抢劫即将发生》）

比喻 "风霜"比喻人生经历的磨难。如："他听见脚步声，抬起头来，饱经风霜的脸上出现了难以忍受的痛苦。"（小学语文课文《我的伯父鲁迅先生》）

同义 饱经沧桑、备尝艰辛

反义 饱食暖衣、养尊处优

同义例句 从这位老人饱经风霜的脸上，看到一道道深深的皱纹，结合他所述的坎坷经历，可以想象出他备尝艰辛的人生历程。

对比 我的祖父在旧社会操劳一生，饱经风霜。如今我们生长在新社会,饱食暖衣,生活似蜜甜,非常幸福。

灵活用法 亦作“久经风霜”。如:“他拿出极大的意志把泪珠控制住,没有让它们在那久经风霜的皱脸上滚下来。”(叶君健《火花》)

读写辨误 经,不能读成 jīn(斤),不能写成“径”。

★〖饱经风霜〗

江川泽绿急流冲,苍莽奇葩梅雪红。
蜀道六盘天帜扬,黄河九曲海洋东。
慈母纳线青丝白,纤脚船行鲐背弓。
苍老皱纹涵睿智,风霜霾散耀霞虹。

[宝气珠光]bǎo qì zhū guāng

见 [珠光宝气]

[抱头鼠窜] bào tóu shǔ cuàn

窜:乱跑。[词源] 汉 · 班固《汉书 · 蒯通传》:“常山王奉(捧)头鼠窜,以归汉王。”宋 · 苏轼《代侯公说项羽辞》:“夫陆贾,天下之辩士,吾前日遣之,智穷辞屈,抱头鼠窜。”

本义 指抱着头像老鼠一样乱跑。形容仓皇逃跑的狼狈相。如:“这班子弟各自回家,恰像捡得性命一般,抱头鼠窜而去。”(明 · 冯梦龙《灌园叟晚逢仙女》)

同义 狼奔豕突

同义 这股作恶多端的土匪,在我人民解放军的强攻之下,抱头鼠窜、狼奔豕突一阵儿之后,全部投降。

灵活用法 亦作“抱首鼠窜”。如:“大小文武官吏,相率抱首鼠窜。(清 · 汪琬《前明都察院右副都御史蔡忠襄公墓志铭》)

读写辨误 头,不能读成 tú(徒);鼠,不能读成 xǔ(许);窜,不能写成“串”。

★〖抱头鼠窜〗

妖孽卷沙哀鹄号,乾坤共愤怒株算。
天烽燃炬鬼婆钻,神塔剑横魔女窜。
不惜戈刀斩佞臣,无情杀绝邪淫断。
宾朋客到琼瑶酬,豺貉侵占猎铳弹。

[卑鄙无耻] bēi bǐ wú chǐ

[词源] 清 · 李宝嘉《官场现形记》三十五回:“一定拿你交慎刑司,办你个胆大钻营,卑鄙无耻。”

本义 指人的品质低劣,没有廉耻。如:“反动派挑拨离间,卑鄙无耻,你们看见联大走了,学生放暑假了,便以为我们没有力量了吗?”(闻一多《最后一次讲演》)

同义 卑鄙龌龊、奴颜婢膝

反义 高风亮节、高风峻节

同义例句 这家伙见了上司就奴颜婢膝,遇到下属就趾高气扬,真是卑鄙无耻。

对比例句 在敌人面前,他坚贞不屈,体现了共产党人的高风亮节,这与那些禁不起利诱威胁的卑鄙无耻的小人相比,真是天壤之别。

读写辨误 鄙，不能读成 bì（必）；卑，不能写成“俾”。

★〖卑鄙无耻〗

变颜龙掩虚庞孔，狐凭虎头似啸风。
借卉献桃披假般，妄加罪过陷良忠。
人前夸耀张亲善，他后谗言暗箭拢。
揭露耻卑阴险毒，光明正大殿堂公。

[背井离乡]bèi jǐng lí xiāng

背：离开；井：古制以八家为井，引申为家乡。[词源] 元 · 马致远《汉宫秋》三折：“背井离乡，卧雪眠霜。”

本义 指被迫离开自己的家乡。多形容因社会动荡或自然灾害导致百姓流离失所。如：“要在旧社会，这么大的洪灾，不知道要淹死、饿死、冻死、病死多少人，不知道要有多少人背井离乡，不知道要多少年才能恢复生机。”（马识途《我们打了一个大胜仗》）

同义 抛家舍业、去家离舍、流离失所、流落他乡

反义 衣锦还乡、落叶归根、安居乐业、安土重迁

同义例句 旧社会军阀连年混战，许多百姓不得不背井离乡、抛家舍业，流落他乡以谋生。

对比例句 这位老华侨年轻时因家乡天灾人祸横行，不得不背井离乡，逃到海外谋生。现在我国繁荣昌盛，他终于能够落叶归根，回乡安度晚年。

灵活用法 亦作“离乡背井”“背乡离井”。如：“善感的心灵，也曾为背乡离井、远徙异地的行人在跨过关门时四顾苍茫的悲凄情景而落下过伤感的眼泪。”（峻青《雄关赋》）

读音辨误 井，不能读成 jǐn（紧）。

★〖背井离乡〗

寻芳觅草奔边域，羁旅他乡背井离。
海角路遥霜雪冷，天涯荒陋玉琼奇。
两厢世界一弦望，四目泪涟共恋痴。
慈母线麻游子衣，孝儿鸿雁暖流滋。

瑶液芬芳云阁缈，桃源天竺浪游长。
羁游他井村音留，漂泊天涯桑梓望。
野草艳丽庭苑美，阙琉华殿浊醇香。
一轮镜月两相看，五海四方共月光。

[比肩继踵] bǐ jiān jì zhǒng

比：挨着；踵：脚跟。[词源]《晏子春秋 · 杂下》：“齐之临淄三百闾，张袂成阴，挥汗成雨，比肩继踵而在，何为无人？”

本义 肩并肩，脚靠脚，形容人多拥挤。如：“于是童幼猛进，武人革面，总角佩觿，委介免胄比肩继踵，川游泉涌。”（汉 · 王粲《荆州文学记》）

引申 形容接连不断，或代代相传。如：“若此者，不过聊举数贤以为例耳，其他豪杰之类此者，比肩接踵于历史。”（清 · 梁启超《新民说》）

同义 挨肩擦背、世代簪缨与引申义同义

反义 踽踽独行

同义例句 星期天，商业广场上人山人海，每个购物摊位前都挤得水泄不通。顾客们只能比肩接踵而行，挨肩擦背而过。

对比例句 繁华的大街上，行人比肩继踵，而在偏僻的郊外，路断人稀，只能偶尔看见一位老人踽踽独行。

灵活用法 亦作“比肩随踵”“摩肩接踵”“接踵摩肩”。如：“千世”而一出，是比肩随踵而生也。(《韩非子·难势》)

读音辨误 踵，不能读成zhòng(众)。

★〖比肩接踵〗

街巷热腾肩比拱，沙场戎马脚跟冲。
盛车旺市人攒动，天下公平才辈风。
长夏滚涛推汉演，汗青滔漭翰林鸿。
川流不息黄河水，斗艳争奇百卉红。

[必恭必敬]bì gōng bì jìng

必：一定；恭：有礼貌。[词源]《诗经·小雅·小弁》：“维桑与梓，必恭敬止。”

本义 指待人态度十分恭敬的样子。如：“老秦舀了一碗汤面条，必恭必敬双手捧给杨同志。(赵树理《李有才板话》)

同义 恭而有礼、谦恭下士、善气迎人、厚礼卑辞

反义 傲慢无礼、嬉皮笑脸

同义例句 王经理谦恭下士，善气迎人，对新来的高级工程师必恭必敬，经理这一真诚的举动使这位高级工程师和在场的人都很感动。

对比例句 对待受人尊敬的学者必恭必敬是一种有礼貌的行为。如果同他嬉皮笑脸或傲慢无礼则显得没有教养。

灵活用法 亦作“毕恭毕敬”(毕：完全，十分)、“必敬必恭”。如：“她毕恭毕敬地把封套抹平整，又细看了一会。”(茹志鹃《如愿》)

读写辨误 敬，不能读成jìn(进)；恭，不能写成“恭”。

★〖必恭必敬〗

鸳鸯相敬两厢舞，礼宪神州八达路。
恭迎儒才座上宾，运筹社稷盛华富。
友仁士卒端香茶，卫国保家强国戍。
携手庶黎共举觞，苍茫桑梓粟盈裕。

[必由之路]bì yóu zhī lù

必：一定；由：经过。[词源]《孟子·告子上》：“仁，人心也；义，人路也。”宋·朱熹注：“义者行事之宜，谓之人路，则可以见其为出入往来必由之路，而不可须臾舍矣。”

本义 必定要经过的道路。如：“当今之中国，伟大的共产党是我们航船的舵手，光辉的社会主义道路是我们的必由之路，为人民大众谋利益是我们每个青年的职责。”(通讯《为中华腾飞立志

成才》）

引申 指事物必须遵循的规律。如："若问一个共产主义者为什么要首先为了实现资产阶级民主主义的社会制度而斗争，然后再去实现社会主义制度，那答案是：走历史必由之路。"（毛泽东《五四运动》）

反义 终南捷径

对比例句 快到峰顶时，见有一条宽不过一尺，长不足三米的小径，像天桥一般，一侧有天然石峰为栏，薄如刀刃，如果不慎失足会掉到下面的沟壑里去。可这是必由之路，没有终南捷径可走，于是，我们闯了过去。

书写辨误 由，不能写成"有"。

★〖必由之路〗

蜡梅香艳寒霜冻，鸳鹭翩跹犀慧通。
鼎鼐旒冠熬夜烛，英豪神榜血江红。
昆仑傲视攀髯道，海角花芳情寄东。
桃苑瑶池黎庶酿，大同世界九州融。

[毕恭毕敬] bì gōng bì jìng

见 [必恭必敬]

[闭门造车]bì mén zào chē

[词源] 宋 · 释道原《景德传灯录 · 卷十七 · 洪州泐潭匡悟禅师》："问：'如何是闭门造车？'师曰：'活计一物无。'曰：'如何是出门，合辙？'师曰：'坐地进长安。'"

本义 指按同一规格关起门来造车子，用起来能合辙。如："古语所谓'闭门造车、出门合辙'，盖言其法之同。"（宋 · 朱熹《中庸或问》卷三）

比喻 形容不问客观实际，不进行调查研究，单凭主观经验办事。如："他们的任务在于把群众政治家的意见集中起来，加以提炼，再使之回到群众中去，为群众所接受，所实践，而不是闭门造车，自作聪明。"（毛泽东《在延安文艺座谈会上的讲话》）

同义 向壁虚造（构）

反义 相机行事

同义例句 好的文艺作品不是作家向壁虚构、闭门造车写出来的，而是经常深入实际，从生活中获取创作源泉锤炼出来的。否则主观臆断、脱离生活，终会成为井底之蛙。

对比例句 我们厂生产的产品，之所以在激烈的商品竞争中立于不败之地，其主要原因是抛弃了以往闭门造车的生产方式，加强了商品信息的调查研究，相机行事，不断改进产品的款式，努力提高产品的质量。

读音辨误 闭，不能读成 bèi（备）。

★〖闭门造车〗

充耳不闻窗外事，两瞳只注籍中词。
冥思苦想臆拼接，纸上飞车奔马驰。
躬履田塍沧海粟，践行尘世得心知。
画蛇添足笑天下，实事求真鸿业诗。

[敝帚自珍]bì zhǒu zì zhēn

敝：破旧；帚：扫帚；珍：爱惜。[词源]曹丕《典论·论文》："里语曰：'家有敝帚，享之千金。'斯不自见之患也。"

本义 比喻自己的东西即使不好，也会非常珍惜。如："衣服旧了，破了，也'敝帚自珍'，舍不得丢弃。"（吴伯箫《记一辆纺车》）

反义 弃如敝屣

对比例句 我母亲很会勤俭持家，破旧之物也敝帚自珍，从不把它弃如敝屣，总能做到物尽其用。

贬义褒用 表示一种强烈的自尊心和自豪感。如："各人自己的积累和感受，才是金子，才是最值得宝贵的。在这个问题上，应该提倡'敝帚自珍'。珍惜并努力开掘自己占有的生活，使它放出光彩来。"（钱谷融《漫谈艺术的魅力》）

灵活用法 亦作"敝帚千金"。如："若满足于一技之长，满意于一篇作品的成就，'敝帚千金'这句老话便还是对我们的很恰当的讽刺！"（老舍《出口成章论文学语言及其他》）

读写辨误 敝，不能读成 pǐ（痞），不能写成"敞"。

★〖敝帚自珍〗

扫帚稀疏难舍弃，糟糠枯菀伴身依。
黑珠砚贴脊雄骨，苍笔由心写道机。
鸿羽渺毛情义重，物随人事自轻威。
不求珍璧上刀俎，有得月余花好薇。

[鞭长莫及] biān cháng mò jí

及：达到；够得着。[词源]春秋·鲁·左丘明《左传·宣公十五年》："虽鞭之长，不及马腹。"清·李绿园《歧路灯》："况且又有家事在心，鞭长莫及，不免有些闷闷。"

本义 指鞭子虽长，但够不着马腹。形容心有余而力量达不到。如："除掉腹地里几省，外国人鞭长莫及，其余的虽然没有摆在面子上瓜分，暗地里都各有了主子了。"（清·李宝嘉《官场现形记》五十回）

同义 高不可攀、力所不及、绠短汲深、心余力绌

反义 力所能及

同义例句 "在万里征程中，我大部分时间飞行在几百公里高的外层空间，那里没有空气，高速前进，通行无阻，任何常规防空武器，对于我也只能作高不可攀、鞭长莫及的望空兴叹。"（朱毅麟《洲际导弹自述》）

对比例句 攀登科学高峰要有强烈的求知欲望和坚韧不拔的精神，力所能及地安排学习计划，循序渐进，才能达到目的。如果好高骛远、一曝十寒，纵有良好的愿望也只能鞭长莫及。

灵活用法 亦作"鞭长难及""鞭长不及"。如："专制之国，虽有一二圣君贤相徇公废私，为国民全体谋利益，而一国之大，鞭长难及，其泽之真能遍逮者，固已稀矣。"

(梁启超《新民说》第十一章)

读音辨误 长,在这里不能读成 zhǎng(掌)。

★〖鞭长莫及〗

鞭长未中戎马腹,有求无奈空欢场。
梅香熬经秋霜冻,榜眼风光昔日凉。
力不从心非浪谑,好高骛远跌悲伤。
十年功就磨锋砺,百岁树人名瞬扬。

[变化无穷]biàn huà wú qióng

穷:完,尽。[词源]战国楚·宋玉《高唐赋·序》:"须臾之间,变化无穷。"

本义 形容变化多样,没有止境。如:"小时喜欢看《西游记》,今天过一个山,明天过一个洞,全凭猴哥神通广大,变化无穷,战胜妖魔,得到西天。"(孙犁《好的语言和坏的语言》)

同义 变化多端、变化万千、千变万化

反义 一成不变、依然如故、原封不动

同义例句 音乐的曲调和编排是变化无穷的,但对于天赋极佳的钢琴家来说,音符就像自动排好队走进了他们的耳朵,抬手便可行云流水奏出灵动乐章。

对比例句 一成不变的生活是没有的,所以稍有一定阅历的人,都认为生活如同酸甜苦麻辣的多味豆,变化无穷,有时使人难以捉摸。

灵活用法 亦作"变幻无穷"。如:"一看全面,那么尖锐复杂、变幻无穷、规模空前的战局,毛泽东同志、党中央尚可了若指掌,指挥若定。自己的心境顿觉豁然开朗。"(杨益言《关于小说〈红岩〉的写作》)

★〖变化无穷〗

风雪极玄寰宇奇,花姿无限岳河丽。
三灵朝凤林纷彩,九隶恭候万国旗。
一泼珠玑史浪卉,千金媚笑众逑痴。
人生百态映天象,乾竺星辰多旖琦。

[变幻莫测]biàn huàn mò cè

幻:变化;测:捉摸。[词源]明·许仲琳《封神演义》四十四回:"吾'红水阵'内夺壬癸之精,藏天乙之妙,变幻莫测。"

本义 变化多种多样,难以捉摸。如:"局势真是变幻莫测。美国队在暂时的胜利之后,却背上了中国队放下的包袱,'大意失荆州',被秘鲁队撞翻在地。"(孙杰《金杯之光》)

同义 变化多端

反义 一成不变

同义例句 二郎山是大自然逞雄的地方,地势变化多端,天气变幻莫测,但是我们的筑路英雄战胜了它。

对比例句 黄山云海,不是一成不变,而是变幻莫测,时而蓝天白云,时而波兴涛涌。云海之上,涌金流银,云蒸霞蔚,堪称奇观。

灵活用法 亦作"变幻不测"。如:"日轮之上,射出数百道光芒,

俱如赤线,每道长百千万丈,内灼如电,变幻不测。”(清·夏敬渠《野叟曝言》)

书写辨误 幻,不能写成“幼”。

★〖变幻莫测〗

莫算煦风飘箬笠,岂料彩蝶遇寒霜。
春天孩面摇三变,同枕反唇遍体伤。
伴驾虎狼难揣测,遭谗奸佞落悲怆。
世棋车马随云雾,流水鸿磐爱永长。

[表里如一] biǎo lǐ rú yī

表:外表;里:内心。[词源]宋·朱熹《朱子全书·〈论语〉》:“行之以忠者,是事事要着实,故某集注云:‘以忠,则表里如一。’”

本义 比喻思想和言行一致。如:“诚意只是表里如一,若外面白,里面黑,便非诚意。”《朱子语类·大学》

同义 言行一致、心口如一

反义 阳奉阴违、两面三刀、口是心非

同义例句 一个正直的人,在任何时候都应该是表里如一、言行一致,绝不应该让自己成为一个戴着面具的人。

对比例句 诚实的人的特点是表里如一,虚伪的人的特点是阳奉阴违。

灵活用法 亦作“表里不二”。如:“是就说是,非就说非,表里不二,决不为个人私利把谬误说成真理,把卑鄙誉为美德。”(周汉晖《谈诚实》)

读写辨误 如,不能读成 yú(鱼),不能写成“知”。

★〖表里如一〗

情寄天涯上蜀山,雪莲绽艳迎蜂恋。
无需粉饰半遮帘,倒豆直肠敞直面。
狼套羊皮终露妆,变颜龙假难逃变。
涟波芙月透清芬,碧血丹心光耀殿。

[别具匠心] bié jù jiàng xīn

匠心:巧妙的构思。[词源]唐·张祜《题王右丞山水障》诗:“精华在笔端,咫尺匠心难。”

本义 指文学方面创造性的构思。如:“李白《江上吟》全诗十二句,形象鲜明,感情激荡,气势豪放,音调嘹亮……而从全诗的结构组织来看,它绵密工巧,别具匠心。”(《唐诗鉴赏辞典》)

引申 指艺术创造方面的与众不同的巧妙构思。如:“苏州园林里的门和窗,图案设计和雕镂琢磨工夫都是工艺美术的上品。大致说来,那些门和窗尽量工细而决不庸俗,即使简朴而别具匠心。(叶圣陶《苏州园林》)

同义 别出心裁、别具一格、戛戛独造

同义例句 一个在内容上标新立异,一个在结构上别出心裁,二者均才华焕发,各有千秋。很多匠人始终秉着“丹青不知老将至,富贵于他如闲云”的精神,用生命打造别具匠心的艺术品。

灵活用法 亦作“独具匠心”。

如:“张忠良左顾右盼,进退两难,陷入激烈的思想矛盾之中。正当观众要知道张忠良何去何从时,影片戛然而止,这个结尾确实独具匠心。”(朱玛、吴信训《影评写作》)

书写辨误 具,不能写成“贝”。

★〖别具匠心〗

马良挥毫飘紫凤,画龙点睛跃飞天。
西游红梦墨添锦,神榜聊斋匠心篇。
开府彩霞瞠目望,归家凰馥醉馨筵。
俊豪及第花元鼎,婵婉浊流云水鲜。

[别具一格]bié jù yī gé

别:另外;格:风格,式样。

本义 指具有一种独创的风格。如:“跟人和上述动物的眼睛不同,另一类动物的眼睛别具一格。”(王谷岩《眼睛与仿生学》)

同义 独树一帜、别开生面、别有风味、别具匠心

反义 千篇一律、照猫画虎、陈陈相因、依样画葫芦

同义例句 我们精心设计这台晚会,挑选的节目都是别具一格的。演出的形式生动活泼,想让观众有一个别开生面的感觉。

对比例句 最近几年的春节文艺晚会,内容和形式都有创新,特别是小品表演别具一格,观众没有千篇一律的感觉。

书写辨误 具,不能写成“贝”。

★〖别具一格〗

静谧夜莺丽曲开,暮阴灿烂茉花来。
紫星闪耀禁宫殿,倾国妃姝贵粉腮。
流水行云书圣墨,水天一色子安才。
桂林山水甲天下,仙界张家胜阙台。

[别有洞天] bié yǒu dòng tiān

见[别有天地]

[别有天地] bié yǒu tiān dì

别:另外;天地:景象,情境。[词源]唐·李白《山中问答》:“桃花流水窅然去,别有天地非人间。”

本义 指新奇的景象与原先见过的截然不同。如:“过了两道小门,真是豁然开朗,别有天地。一眼先是亭亭直上,又刚健又婀娜的白皮松。”(朱自清《松堂游记》)

灵活用法 亦作“别有洞天”。如:“有时又逢小溪夺路,清泉石上流,似乎已山穷水尽了,正当你进退两难、迟疑不决之际,忽然别有洞天,令人心旷神怡,又鼓起了前进的勇气。”(洛汀《天下第一奇观云南石林揽胜记》)

★〖别有天地〗

蜿绕隅隈穿涧洞,豁然开朗别隆穹。
晨曦鸟啸挥锄草,晚夕怡酣稻馥风。
鸡犬相宁无戟剑,颢天自乐邑民融。
庶黎殿宇共觞爵,兄弟社稷悠大同。

[彬彬有礼]bīn bīn yǒu lǐ

彬彬:文雅的样子。[词源]清·李汝珍《镜花缘》八十三回:“唤出他两个儿子,兄先弟后,彬彬

有礼。”

本义，形容文雅而有礼貌。如：陌生少年随口说出的那两句真挚而彬彬有礼的话语，使我深有感触。

同义 文质彬彬、温文尔雅

反义 傲慢无礼、酸文假醋

同义例句 这个年轻人对人彬彬有礼，说起话来温文尔雅，给人很有教养的印象。

对比例句 他现在变样了，以前是傲慢无礼，现在是彬彬有礼了。

书写辨误 彬，不能写成“杉”或“宾”。

★〖彬彬有礼〗

莺笛悠扬星眨眼，春潮绿翠岱峦葱。
鞠身有礼菊香报，躬贵靥嫣山海红。
儒敬神州民意顺，翰雅德乐兴唐风。
双携恭祝化寒戟，一罐好瑶花月融。

[兵荒马乱]bīng huāng mǎ luàn

荒、乱：指社会不安定。[词源]元·无名氏《梧桐雨》第四折：“一向收留在俺府中为女，也是天数，不然兵荒马乱，定然遭驱被掳。”

本义 指战乱时期的情景。形容社会动荡不安。如：“抗战以后这东西趁着兵荒马乱抢了个村长，就更了不得了。”（赵树理《李有才板话》）

同义 兵连祸结、兵戈扰攘、兵革之祸

反义 天下太平、国泰民安、太平盛世、匕鬯不惊

同义例句 在那战火纷飞、兵荒马乱的年代，兵连祸结，诸侯争权夺利，黎民百姓颠沛流离。

对比例句 我爷爷说旧社会各地军阀经常混战，老百姓在兵荒马乱中过着饥寒交迫的生活；后来，在党的领导下国泰民安，人民生活安宁幸福。

读写辨误 乱，不能读成làn（烂）；荒，不能写成“慌”。

★〖兵荒马乱〗

狼烟烽起乌云黑，魔鬼龇牙飞鸟悲。
箭雨桑田黎庶泪，洪淹旷野马临危。
九层銮殿瞬间毁，千载汗青功一亏。
碧血横溅妖怪塔，舍生社稷太平为。

[兵精粮足]bīng jīng liáng zú

兵：军队，士兵；精：战斗力强，装备好。

本义 指军队富有战斗力，且粮食等军需品充足。如：“干曰：‘兵精粮足，名不虚传！’”（明·罗贯中《三国演义》第四十五回）

同义 兵强马壮、兵多将广

反义 溃不成军、残兵败将、弹尽粮绝

同义例句 孙权雄踞江东六郡，兵精粮足，傲视群雄，对敌乘胜追击，势如破竹。

对比例句 我军乘胜直捣敌巢，敌军守营的一个团本来就是些拼凑起来的残兵败将，加之弹尽粮

绝，军无斗志，因而刚遇上我尖刀连便溃不成军，乱作一团。

读音辨误 兵，不能读成 bīn（宾）；精，不能读成 jīn（今）。

★〖兵精粮足〗

漓漓草地马羊遥，恐有狼熊猛吼嚎。
傲藐妖魔凶恶嘴，实城仓满强兵刀。
彪身长剑对豺狗，蝼蚁短须冲象罴？
心拥仁慈强国盛，胸怀黎庶利矛高。

[屏气凝神] bǐng qì níng shén

屏气：抑制呼吸；凝神：集中注意力。[词源]《论语·乡党》：“屏气似不息者。”《庄子·达生》：“用志不分，乃凝于神。”

本义 指注意力高度集中。形容神情专注的样子。如：“那王小玉唱到极高的三四叠后，陡然一落……从此以后，愈唱愈低，愈低愈细，那声音渐渐地就听不见了。满园子的人都屏气凝神，不敢少动。”（清·刘鹗《老残游记》）

同义 聚精会神、全神贯注

反义 心猿意马、漫不经心、东张西望

同义例句 他在进行高空飞行表演时全神贯注，屏气凝神地专心操作，一点也不敢心有旁骛。

对比例句 王老师正在聚精会神地给我们上解剖知识示范课，他拿着手术刀屏气凝神地进行操作，可是有的同学却在一旁漫不经心地东张西望，看其他标本。

读写辨误 凝，不能读成 líng（零）或 lín（林），不能写成“疑”。

★〖屏气凝神〗

道蕴玄纲云海间，律施万物合分扬。
凝神鸿洞穿乾象，屏气尘寰透佛光。
诗海豪情浪日月，翰林箴谏耀心膛。
聪灵霓虹始终烁，碧血殷红千古芳。

[拨乱反正] bō luàn fǎn zhèng

拨：平定、治理；乱：乱世；反：恢复。[词源]《公羊传·哀公十四年》：“拨乱世，反诸正，莫近诸《春秋》。”汉·桓宽《盐铁论·诏圣》：“高皇帝时，天下初定，发德音，行三章之令，权也，非拨乱反正之常也。”

本义 指治平乱世，恢复正常。如：“近闻得朝中奸相弄权，朋党误国，此正臣子拨乱反正之时。”（明·王世贞《鸣凤记·邹慰夏孤》）

引申 指纠正错误，恢复正确的事理。如：“我们一定要肃清林彪、‘四人帮’的流毒，拨乱反正，打破精神枷锁，使我们的思想来个大解放，这确实是一个十分严重的任务。”（邓小平《讲讲实事求是》）

同义 拨乱反治、拨乱兴治

反义 养乱助变、危而不持

同义例句 读史观治乱可见至理：纵有拨乱反正之志，而无拨乱兴治之行，断难匡世济时。

对比例句 光绪帝欲拨乱反正，慈禧则养乱助变，帝后党争日剧，终致百日维新败绩。

灵活用法 亦作“返正拨乱”。

如:“向不遇返正拨乱之主,君臣父子之别;弈叶文武之雄,注意生灵之切。”(唐·杜甫《朝享太庙赋》)

书写辨误 拨,不能写成“拔”。

★〖拨乱反正〗

天竺佛门牛鬼横,鸳鸯翩舞暴霜倾。
香莲出淤洁身白,碧血绿峰山翠盈。
翎羽翰林奸佞险,精忠报国玉皇明。
乌云一散霁辉晴,湟水千折大海清。

[勃然大怒] bó rán dà nù

勃然:突然,忽然。[词源] 汉·司马迁《史记·鲁仲连邹阳列传》:“齐威王勃然怒曰:‘叱嗟,而母婢也!’”

本义 指突然间愤怒至极。如:“勃然大怒,放一把火烧光,算是保存自己的清白,则是昏蛋。”(鲁迅《拿来主义》)

同义 怒发冲冠、怒不可遏、怒气冲天、拍案而起

反义 乐不可支、喜不自禁

同义例句 只要有人与他的意见相悖,他就勃然大怒,与对方争吵起来。

对比例句 他刚才还乐不可支,这会儿竟勃然大怒,真是喜怒无常。

读音辨误 怒,不能读成 lòu(漏)。

★〖勃然大怒〗

三气周瑜血喷冠,一句嘲笑落江澜。
怒肠狭窄闷心炸,轻逸朗开天地宽。
愤淤肝脾凝血脉,乐观豁达去灾难。
流言污语耳旁过,意奔瑶池浪海欢。

[博闻强志]bó wén qiáng zhì

志:记。[词源]《礼记·曲礼上》:“博闻强识而让,敦善行而不怠。”《荀子·解蔽》:“博闻强志,不合王制,君子贱之。”

本义 指见闻、学识广博,记忆力强。含褒义。如:“屈原者,名平,楚之同姓也。为楚怀王左徒。博闻强志,明于治乱,娴于辞令。”(司马迁《屈原列传》)

同义 博物洽闻、殚见洽闻、见多识广

反义 博而寡要、寡见鲜闻、孤陋寡闻

同义例句 王教授有过目不忘的本领,所经历之事,殚见洽闻。他是一位博闻强志的学者。

对比例句 我和老李的经历、爱好相同,都喜欢游历山川、博览群书。但他博闻强志,治学有成,而我博而寡要,学无建树。

灵活用法 亦作“博闻强记”。如:“彼观一遍,即能暗诵,如此博闻强记,世所罕有。”(明·罗贯中《三国演义》第六十四回)

读写辨误 志,不能读成 zì(自);博,不能写成“搏”。

★〖博闻强记〗

妙慧云光明苍象,聪知灵性得坤图。
星辰日月蕴天道,草卉鲜花含彩珠。
滴滴汗青涵睿智,句句箴训禅宗儒。
博闻春夏至梅馥,广识苍穹达佛都。

[捕风捞影] bǔ fēng lāo yǐng

见[捕风捉影]

[捕风捉影] bǔ fēng zhuō yǐng

影：影子。[词源]汉·班固《汉书·郊祀志下》："听其言，洋洋满耳，若将可遇；求之，荡荡如系风捕景(影)，终不可得。"

本义 比喻事物像风和影子一样难以捕捉。如："袭人心里着忙，便捕风捉影地混找，没一块石头底下不找到，只是没有。"(清·曹雪芹《红楼梦》)

引申 形容虚构故事情节。如："其实，这个故事，完全捕风捉影之谈，毫无事实根据。"(姚雪垠《李自成·前言》)

同义 寻虚捕景(影)与本义同义，无中生有、无事生非与引申义同义

反义 实事求是、耳闻目睹与引申义构成反义

同义例句 说话要有根据，你们一个捕风捉影，一个寻虚捕影，败坏了人家的声誉，是要负责的。

对比例句 法庭受理高科技人员的受贿案件，一定要实事求是地区分受贿与报酬的界限，不可捕风捉影，挫伤科技人员的积极性。

灵活用法 亦作"捕影捞风""望风捕影"。如："官司缉匪，火急敢逗留？捕影捞风何处有？"(清·方成培《雷峰塔·虎阜》)

读音辨误 捕，不能读成pǔ(普)。

★〖捕风捉影〗

晴旭暴雷虬彩恐，无中生有空来风。
杯弓蛇影自惊扰，草木皆兵箭竹蒙。
谎报实情浮吹唬，欲加罪过陷良忠。
乌鸡国度南柯幻，贾府怡亭红蝶梦。

[不成体统] bù chéng tǐ tǒng

体统：规矩、格局。[词源]明·罗贯中《三国演义》十三回："刻印不及，以锥画之，全不成体统。"

本义 指言行没有规矩，有失常态或不成样子。常含贬义。如："然而专爱讲体统的先生们却把所有的兴趣集中在内战的赌博上，而让这篇粗杂的草稿老是不成体统。"(郭沫若《梅园新村之行》)

同义 不伦不类、非驴非马

反义 有板有眼、循规蹈矩

同义例句 现在有的青年人盲目崇拜西方文化，有的穿着不伦不类，有的行为不成体统，有伤风化。

对比例句 他开始学唱歌时发音很不准，又没有一点乐感，让人听起来觉得不成体统。经过刻苦训练之后，现在唱得有板有眼，十分悦耳。

读音辨误 成，不能读成chén(陈)。

★〖不成体统〗

月浮法眷西厢缘，鹤艳朱丹南海香。
仁烧礼焚崩社稷，民安国泰史流长。
阴阳软硬万衡克，佛禅天规一律纲。
黑白正邪良恶腹，曲折江水畅心航。

[不分青红皂白]bù fēn qīng hóng zào bái

见[不分皂白]

[不分皂白] bù fēn zào bái

皂：黑色。[词源]《诗经·大雅·桑柔》："匪言不能，胡思畏忌。"郑玄笺："胡之言何也，贤者见此事之是是非非，不能分别皂白言之于王也。"《古今小说》："若干官宦大户人家，单拣门户相当，或是贪他嫁资丰厚，不分皂白，定了亲事。"

本义 指不分黑白。如："众人道：'既是做贼来偷，你夜晚间不分皂白，怪你不得，只是事体重大，免不得报官。'"（明·凌濛初《初刻拍案惊奇》）

比喻 比喻不问是非善恶。如："出家人'扫地恐伤蝼蚁命，爱惜飞蛾纱罩灯。'你怎么不分皂白，一顿打死？全无一点慈悲好善之心！"（明·吴承恩《西游记》第十四回）

同义 良莠不辨与比喻义同义

反义 爱憎分明、火眼金睛与比喻义构成反义

同义例句 我不分皂白、良莠不辨、冤枉了好人，实在是对不起大伙儿！

对比例句 青少年应该爱憎分明，绝不可不分皂白地见什么学什么。

★〖不分皂白〗

不甄真伪遭迷惑，不辨善邪恐陷落。
百卉丛中藏毒花，千芸众庶有良恶。
汗青金帛缀瑕珠，罗马征途布坎壑。
六路眼观八耳方，一心多识万难度。

[不攻自破] bù gōng zì pò

破：打败、打垮。[词源]《旧唐书·礼仪志》："师出无名，不攻而自破矣。"明·许仲琳《封神演义》三回："今只困其粮道，使城内百姓不能得接济，则此城不攻自破矣。"

本义 指无须攻击，自己会破灭。形容防御无力，或受内外勾结而失败。如："山海关纵然是坚固险要，可也有被攻破的记载；而吴三桂的引清入关，更是不攻自破。"（峻青《雄关赋》）

比喻 现常形容谬论或谎言不堪一驳。如："若见得吾儒说，则它之说不攻自破。"（宋·朱熹《朱子语类》）

同义 不堪一击、物腐虫生、里应外合、内外夹攻与本义同义，理屈词穷、不经之谈、夸诞大言与比喻义同义

反义 牢不可破、众志成城、

固若金汤、一夫当关、万夫莫开与本义构成反义,无懈可击、义正词严、颠扑不破、理直气壮与比喻义构成反义

同义例句 少数别有用心的人,总是企图用不经之谈来蛊惑人心,结果在铁的事实面前,谎言不攻自破,其不良用心也昭然若揭了。

对比例句 流言蜚语终将不攻自破,而科学真理是无懈可击的。

灵活用法 亦作“不攻自拔”。如:“粮食既足士众稍多,围守两城,不攻自拔,天下之事,卧取之耳。”《梁书·武帝纪上》

读音辨误 自,不能读成 zhì(治)。

★〖不攻自破〗

包医神丹消匿迹,得仙道术遁无形。
妖言惑众不堪击,迷信欺蒙法失灵。
纣王自残姬发挺,紫金鸾殿布衣亭。
真心为庶阁楼固,大同桃源天阙庭。

[不稼不穑] bù jià bù sè

稼:种谷,播种;穑:收谷,收割庄稼;稼、穑:代指农田劳动。[词源]《诗经·伐檀》:“不稼不穑,胡取禾三百廛兮?”

本义 不从事农业劳动。如:他本是个不稼不穑的外行,怎能管好生产?

同义 四体不勤、五谷不分

同义例句 因为“上山下乡”政策的影响,不稼不穑的城市知识青年也参与了农业生产活动。今天的新农村面貌大不相同了,人人都勤劳致富,那些四体不勤、五谷不分的人几乎绝迹了。

读音辨误 穑,不能读成 qiáng(墙)。

★〖不稼不穑〗

不稼桑田耕植苦,懒虫四体莫分株。
劳心治众藐寒庶,銮殿歌谣路骨孤。
水泊梁山齐好汉,揭竿而起义旗呼。
盘中三顿汗珠付,民水载舟航远途。

[不经之谈] bù jīng zhī tán

经:法则,依据。[词源]汉·司马迁《史记·孟子荀卿列传》:“其语闳大不经。”晋·羊祜《戒子书》:“无传不经之谈,无听毁誉之语。”

本义 指说话没有根据,不可相信。如:“云安县西有小汤溪,土俗云:此溪龙与云安溪龙为亲,此乃不经之谈也。”(宋·孙光宪《北梦琐言逸文》卷四)

引申 现常形容说话荒唐,不合常理。如:“那一年我三岁时,听得说来了一个癞头和尚……疯疯癫癫,说了这些不经之谈,也没人理他。”(清·曹雪芹《红楼梦》第三回)

同义 道听途说、信口开河、无稽之谈与本义同义,荒诞不经、怪诞不经、荒诞无稽、夸诞大言与引申义同义

反义 言之有据、言之凿凿与本义构成反义,言之成理、不刊之

论、至理名言、金玉良言与引申义构成反义

同义例句 社会上有少数人爱传播小道消息。他们把不经之谈猎奇为新闻，甚至把道听途说的谣言也加以扩散。

对比例句 布鲁诺发展了哥白尼的日心说，认为宇宙是无限的，这本是言之成理的科学结论，却被反动宗教视为不经之谈，并把他处以火刑，烧死在罗马。

读写辨误 经，不能读成 jīn（金），不能写成“经”。

★〖不经之谈〗

海市蜃楼天阙宫，无中生有空旋蓬。
宗教迷信歪逻辑，惑众妖言蒙骗哄。
谗佞诬贤任定罪，暗刀伤勇捏名攻。
玉兰亭立直腰杆，纯洁无瑕笑对风。

[不绝如缕]bù jué rú lǚ

绝：断；缕：线。[词源]唐·柳宗元《寄许京兆孟容书》：“以是嗣续之重，不绝如缕。”

本义 指像线一样将断不断，形容形势危急。如：“六书命脉，不绝如缕。”（闻一多《古典新义·敦煌旧钞本楚辞音残卷跋》）

引申 形容声音微弱悠长。如：“每天胡同里清脆的小鼓声不绝如缕，叫来就可以交易。”（于是之《幼学纪事》）

同义 一发千钧与本义同义，不绝于耳与引申义同义

同义例句 这次实战演练真是惊心动魄，小杨已经爬到峭壁的半腰，那根尼龙保险绳却被尖利的岩石磨成了两股，真如一发千钧，不绝如缕。在下面的同志立即做好了一切保护工作，准备了应急措施。

灵活用法 亦作“不绝如带”“不断如缕”“不绝若线”。如：“魏晋以后，宋、齐、梁、陈迄于隋唐之际，孔子六艺之遗，不绝如带矣。”（明·茅坤《韩文公文钞》引）

读写辨误 绝，不能读成 jié（节），不能写成“截”；缕，不能读成 lǒu（搂）。

★〖不绝如缕〗

莺乐琵琶交凤响，悠琴钟鼎逸书房。
春姑绿袖翠青岳，川水琼瑶润两廊。
蓑汗莹晶凝橙穗，匠工砖瓦磊銮堂。
古诗今吟时豪曲，翰墨珠玑长史芳。

[不可救药] bù kě jiù yào

[词源]《诗经·大雅·板》：“多将熇熇（hè hè：烈火燃烧的样子），不可救药。”

本义 形容情况严重，无可挽救。如：“这种布不仅色彩和图案都分外美观，而且缝出来的衣服还有一种奇怪的特征：任何不称职的或者愚蠢得不可救药的人，都看不见这衣服。”（安徒生《皇帝的新装》）

比喻 指病况严重，无法疗救。如：父亲一心忙着救人，在疫区奔走，不幸，竟受传染至不可救药。

同义 不可收拾、回天乏术与本义同义，病入膏肓、病入骨髓、不

治之症与比喻义同义

反义 回天之力、孺子可教、力挽狂澜与本义构成反义，妙(着)手回春、药(手)到病除、不药而愈与比喻义构成反义

同义例句 他的胃病很严重。虽经药物治疗但效果不佳。为了找出病因，医生决定手术探查。打开腹腔一看，发现癌细胞从胃部扩散，已经病入膏肓，不可救药了。

对比例句 “又有两次外科难症，别人认为不可救药，经他着手回春。”（姚雪垠《李自成》第一卷第六章）

灵活用法 亦作“无可救疗”“无可救药”。如：“今楚多淫刑，其大夫逃死于四方，而为之谋主以害楚国，不可救疗，所谓不能也。”（春秋·鲁·左丘明《左传·襄公二十六年》）

读音辨误 药，不能读成 yāo(腰)。

★〖不可救药〗

魔王暴淫銮殿塌，病深骨髓冒救药。
鸩瑶止渴放纵姿，事到临头佛莫度。
作孽多端罪难饶，苦甜报应自仁恶。
为人不做亏心事，邪念凶贪小命落。

[不可胜数] bù kě shèng shǔ

胜：尽；数：计算。[词源]《墨子·非攻》：“百姓之道疾病而死者，不可胜数。”

本义 形容数量很多，数不完。如：“我们党吃所谓‘钦差大臣’的亏，是不可胜数的。”（毛泽东《农村调查序言》）又如：“人凭着勇敢和机智，能够战胜敌人也能战胜自然环境。在今天，我们的社会制度底下更有不可胜数的事例，来说明这个真理。”（黄苗子《华山谈险》）

同义 不计其数

反义 寥寥无几、屈指可数

同义例句 通过大学深造以后为祖国为人民做出巨大贡献的人是不可胜数的，而高考落榜后，通过自学成才，在各种工作岗位上大显身手的青年同样是不计其数。

对比例句 在我们这个县里，靠勤劳致富的不可胜数，而靠所谓“机遇”“运气”侥幸发财的却是寥寥无几，屈指可数。

灵活用法 亦作“不可胜计”。如：李白曾经在五老峰下读书，白居易曾经在花径咏桃花，朱熹曾经在白鹿洞讲学……古迹不可胜计。（丰子恺《庐山面目》）亦作“不可数计”。如：“天下人之不当死而死与不愿离而离者，不可数计，钟情如我辈者，能忍之乎？此吾所以敢率性就死不顾汝也。”（林觉民《与妻书》）

读音辨误 数，这里不能读成 shù(术)。

★〖不可胜数〗

一望乾象茫然天，繁点晶星笑眨眼。
风信拂菌岱岳青，樱花吐蕾紫城皖。
墙头银杏百蜂缠，翰墨瑶琼千古盏。
芸草红尘几关梦，一腔仁爱卉无限。

[不可一世] bù kě yī shì

一世：与之同时。[词源]宋·罗大经《鹤林玉露·卷之五·甲编》："王荆公(安石)少年，不可一世士。"

本义 世上谁也比不上，形容极其卓越、突出。如："而朋侪邻里，有称其肝肠如火，侠气如云，不可一世者。"(明·张岱《赠沈歌叙序》)

引申 现常形容狂妄自大。如："他骄傲，有了一点成功，就盛气凌人，不可一世，企图压倒别人。"(刘少奇《个人与集体》)

同义 妄自尊大、目空一切、夜郎自大与引申义同义

反义 妄自菲薄与引申义构成反义

同义例句 日本侵略者在华战争期间，骄横暴戾，不可一世，目空一切，到处"扫荡"，最后葬送在人民战争的汪洋大海之中。

对比例句 蒋干去江东劝降前，不可一世，全不把周瑜放在眼里。面对周瑜的英雄本色，蒋干却有点妄自菲薄，自愧不如了。

贬义褒用 表示非常突出。如："推其梗概，实不可一世焉。"(清·洪亮吉《四哀诗序》)

灵活用法 亦作"不肯一世""不可一时"。如："往时苏才翁笔法妙天下，不肯一世人。"(宋·黄庭坚《跋范文正公帖》)

★〖不可一世〗

纣王暴虐烙忠骨，周武宾臣拥邑都。
始帝挥戈奴众郡，二皇悬首李斯诛。
君侯躬盏待黎庶，民水载舟东远途。
春煦雨花滋万物，青山碧叶永千株。

[不蔓不枝] bù màn bù zhī

蔓：植物的长茎。[词源]宋·周敦颐《爱莲说》："中通外直，不蔓不枝。"

本义 原指莲茎不蔓延也不分枝。现常形容说话、写文章简洁流畅。如："故事在我心中酝酿得相当的长久，搜集的材料也相当的多，所以一落笔便准确，不蔓不枝，没有什么敷衍的地方。"(老舍《我怎样写〈骆驼祥子〉》)

同义 要言不烦、言简意赅

反义 拖泥带水

同义例句 这篇作文不蔓不枝，言简意赅，真可不易一字而能准确地表达主题。

对比例句 他文思敏捷，即使作长篇演讲也不要文稿，讲起来有条有理、不蔓不枝，不像有些人那样拖泥带水。

读写辨误 枝，不能读成zī(资)；蔓，不能写成"慢"。

★〖不蔓不枝〗

画蛇添足横肢拙，滴墨点睛灵眼珠。
明了精词防空洞，意赅言简少繁芜。
拖泥带水混鱼目，落笔生辉龙凤图。
对面无缘烦半句，天涯知己酒千壶。

[不毛之地] bù máo zhī dì

毛：草木。[词源]《公羊传·宣公十二年》："锡(赐)之不毛之地。"

本义 指不能生长植物的贫瘠土地。如："宁州，镇建宁郡，本益州南中，诸葛亮所谓不毛之地也。"(南朝·梁·萧子显《南齐书·州郡志》)

同义 寸草不生、穷山恶水

反义 沃野千里、鱼米之乡

同义例句 我的心灵曾经是枯竭的不毛之地，直到博尔赫斯的文字像甘泉一般流淌过去，于是我的灵魂重新焕发生机。

对比例句 十年前这里还是不毛之地，现在却变成了丰饶的鱼米之乡。

灵活用法 亦作"不食之地"。如："我死则择不食之地而葬我焉。"(汉·戴圣《礼记·檀弓上》)

读写辨误 毛，不能写成"茅"；之，不能读成 zī(滋)。

★〖不毛之地〗

鸾殿高檐胡杨尽，楼兰戈壁草荒芜。
大兴土木凤台立，翠竹沧桑金穗无。
贪得无厌贫绿地，卸磨杀马受天诛。
相生相克自然合，万物有灵和睦娱。

[不谋而合] bù móu ér hé

谋：商量，计议。[词源]晋·干宝《搜神记》卷二："二人之言，不谋而合。"

本义 指意见和行动不经商量却完全一致。如："响应风从，不谋而合者，遥遇百有余里，聚至百有余乡。"(无名氏《三元里平夷录》)

同义 不约而同、英雄所见略同

反义 各不相谋、同床异梦

同义例句 二人不谋而合地采用同一方案，真所谓"英雄所见略同"。

对比例句 这两人向来是同床异梦，这次不谋而合纯属巧合。

灵活用法 亦作"不谋而同"。如："那很有名的南齐的谢赫，他所创的画法，第一法便是'气韵生动'。这便与西洋近代艺术的精神不谋而同。"(郭沫若《生活的艺术化》)

读音辨误 而，不能读成 rì(日)。

★〖不谋而合〗

心有灵犀一点通，英雄所见两相同。
贤豪帷幄弈棋策，诸葛周瑜共火攻。
苍浩仙瞳抛慧镜，人间佛眼跃乾穹。
禅宗南北皆慈念，幻象风云道妙中。

[不期而会] bù qī ér huì

期：约定日期。[词源]《谷梁传·隐公八年》："八年春，宋公、卫侯遇于垂，不期而会曰遇，遇者志相得也。"

本义 指双方没有约定而相遇。如："正当想见而又不敢去见的时候，由于一个偶然的机缘，我却不期而遇地晤见了鲁迅先生。"(唐弢《琐忆》)

同义 萍水相逢、邂逅相逢

同义例句 白驹过隙，我仍然时常会想起那次校园里的不期而会，她那双晶莹剔透的眼睛始终藏在我的心底，使我时常期待下一次的邂逅相逢。

灵活用法 亦作“不期而遇”。如：“今日不期而遇，天使然也。”（明·凌濛初《初刻拍案惊奇·乌将军一饭必酬》）

[不期而遇]bù qī ér yù

见 [不期而会]

★〖不期而会（遇）〗

思绪凌霄逢老子，大同仙径遇牟尼。
未曾预约探星月，却有同时品酒诗。
寰宇禅心浮苍象，红尘缘分绎苍羁。
卧龙常主朝天阙，圣胤不邀觞会期。

[不求甚解] bù qiú shèn jiě

甚：深入的，细致的；解：了解，解释。[词源] 晋·陶渊明《五柳先生传》：“闲静少言，不慕荣利。好读书，不求甚解；每有会意，便欣然忘食。”

本义 指一种读书的方法。如：“本来说不求甚解也并非真的不要求把书读懂，而是主张对于难懂的地方先放它过去，不要死扣住不放。”（马南邨《不要秘诀的秘诀》）

引申 表示读书很粗浅，不能领会书中复杂的思想和深刻的道理。如：“有人要疑心，没有教员的指导，必定是不得要领，杂乱无章，涉猎不精，不求甚解。这自然是一种极端的假定，但是成绩还是比现在大学教育好。”（林语堂《读书的艺术》）

同义 囫囵吞枣、浮光掠影、浅尝辄止与引申义同义

反义 融会贯通与引申义构成反义

同义例句 读书有泛读和精读两种方法。泛读时可以浮光掠影地知道个大概，精读时则应读通读透，不能浅尝辄止或囫囵吞枣。如果没有精读，全都是不求甚解，那么总有一天是会闹出笑话的。

对比例句 对于所学的各种知识，我们应该融会贯通。如果不求甚解地死记硬背，则事倍功半，基础就不可能很牢固。

读音辨误 甚，不能读成 shèng（胜）；解，不能读成 gǎi（改）。

★〖不求甚解〗

蜻蝶点波探墨海，浮光掠影上书冈。
浅尝辄止未脾沁，表面骊珠绣锦章。
项羽修文空卷册，四周楚啸满凄凉。
深沉渊壑得龟鳖，高越泰山迎旭阳。

[不屈不挠]bù qū bù náo

见 [百折不挠]

★〖不屈不挠〗

泰山压顶傲头挺，恶虎横身藐暴残。
比干捐躯冲烙炮，岳飞忠国献朱丹。
悬梁刺股鼎元榜，大义灭亲黎庶安。

碧血江河绿寰界，呕心社稷朗坤乾。

[百折不挠]bǎi zhé bù náo

折：挫折；挠：弯曲，意思是无论受到多少挫折都不退缩，比喻意志坚强，品节刚毅。[词源]汉·蔡邕《太尉乔玄碑》："高明卓异，为众杰雄，其性疾华尚朴，有百折而不挠、临大节而不可夺之风。"

本义 不管在生活中遇到什么困难，我们要有坚韧不拔、百折不挠的精神。

同义 百折不回、不屈不挠、坚韧不拔

反义 知难而退、一蹶不振、半途而废

同义例句 面对困难，我们需要的是百折不挠的气魄与一往无前的勇气。

★〖百折不挠〗

惊莺飞尽留葱岭，兰蓼折枝新绿秧。
野火不销春又翠，雄鹰展翅借风张。
被枷无奈上梁山，绝处逢生青柳扬。
尊爵何惶瑜碎响，杏红出色满街香。

[不相上下] bù xiāng shàng xià

上下：水平或质量高低好坏。[词源]唐·陆龟蒙《甫里集·蠹化》："橘之蠹……翳叶仰啮，如饥蚕之速，不相上下。"

本义 形容程度近于相等。如："掐丝跟这些工作比起来，可以说不相上下，半斤八两。"（叶圣陶《景泰蓝的制作》）

同义 势均力敌、半斤八两

反义 天壤之别、大相径庭

同义例句 双方队员技术不相上下，使这场势均力敌的比赛进行得异常激烈。

对比例句 二位先生在学术功力上不相上下，但在人格方面却有天壤之别。

读音辨误 相，这里不能读成xiàng（象）。

★〖不相上下〗

势均力敌鼎三国，旗鼓相当抵六和。
天道阴阳寰宇圈，世间万物倚衡磨。
相生相克共君同，平等融昌社稷歌。
吸纳甘霖感恩赐，呼予智慧泛灵波。

[不学无术] bù xué wú shù

不学：没有学问；术：技术，本领。[词源]汉·班固《汉书·霍光传》："然光不学亡术，暗于大理。"（"亡"通"无"。暗：愚昧不明。）

本义 指没有学问，也指没有本领。如："战国时候，有个南郭先生。此人不学无术。"（《人民日报》特约评论员《善于建设一个新世界》）

同义 愚昧无知、胸无点墨、不通文墨

反义 博学多才、真才实学、学富五车

同义例句 "我们必须学习，不学习就不学无术，愚昧无知。"（徐

迟《文学与科学》)

对比例句 让一切胸怀远大、博学多才的人永远骄傲自豪,让那些目光如鼠、不学无术的人感到羞耻和惭愧。

读音辨误 术,不能读成 sù(素)。

★〖不学无术〗

猿猴空啸茹毛血,肥腯梦游蹉茂华。
项羽无知离爱妻,张良饱墨润盛华。
前车史鉴师来事,青史珠玑乾象花。
一炷蜡灯追古往,一书论语走天涯。

[不遗余力] bù yí yú lì

遗:留下;余:剩余的。[词源] 汉·司马迁《史记·平原君虞卿列传》:"秦不遗余力矣,必且欲破赵军。"

本义 指毫无保留地用尽所有的力量。如:"咒骂之不足,人们还通过许多文学艺术作品,对他们不遗余力地进行了鞭挞。(陶铸《崇高的理想》)

同义 全力以赴、竭尽全力

反义 以逸待劳、养精蓄锐

同义例句 趁着现在风华正茂,我们应该全力以赴、不遗余力地学习。

对比例句 拳击台上,两个选手实力相当,但战术却大不相同,一个是先声夺人、不遗余力地发动猛攻;另一个是以不停地躲闪来以逸待劳,以期消耗对手的体力,而后再伺机反击。

书写辨误 遗,不能写成"遣"。

★〖不遗余力〗

后羿强弓消烈日,愚公劲臂削昆山。
鱼跳龙阁鼎元凯,烽火长城筑海关。
饱墨一潭流万古,吐珠百串誉人间。
断鸢除瘤良风尚,勇鸷蜀川腾阙寰。

[不由分说] bù yóu fèn shuō

由:听从,顺随;分说:辩解。[词源] 元·武汉臣《生金阁》三折:"怎么不由分说,便将我飞拳走踢只是打。"

本义 不许分辩、解释。表示一种很坚决的行为。如:我抱歉地说:"大叔,下次我再去看大婶吧?"大叔说"嗯,下次?下次你大婶就不过生日啦!"说着,不由分说把我拉到他家。

同义 不容置喙、不容置辩

反义 畅所欲言、言无不尽、各抒己见

同义例句 王厂长这个人办事很武断,常常不由分说地批评工人,有时批评错了,他也不容置喙,想提意见的人只好敬而远之了。

对比例句 关系大家利益的事情,怎能让他不由分说地作出决定呢?应该经过大家畅所欲言、各抒己见的讨论才对。

灵活用法 亦作"不容分说"。如:"'那是最好的枕头,快递给我。'她不容分说就这么命令起来。"(萧乾《珍珠米》)

★〖不由分说〗

不凭你划寰宇卷,红尘属象自成缘。

春花秋月寒梅艳，圆缺阴晴黑白绵。
岂待舌尖刀剑利，公婆评理殿台权。
天规酬劳无须辩，仁德苍生共玉娟。

[不由自主] bù yóu zì zhǔ

由：顺从，听从。[词源]清·曹雪芹《红楼梦》第八十一回："凤姐儿笑道：'我也不很记得了。但觉自己身子不由自主，倒像什么人，拉拉扯扯，要我杀人才好。'"

本义 自己控制不住自己，或由不得自己做主。如：住在附近的小弟弟、小妹妹被吸引来了，连从这儿路过的大个子叔叔也不由自主地坐到场边，欣赏起这场球赛来。

同义 不能自已、身不由己、情不自禁

反义 独行其是、我行我素、为所欲为

同义例句 我和王芳去看电影《闪闪的红星》，当看到潘冬子机智而又勇敢地火烧胡汉三时，她激动得不由自主地紧紧抓住了我的手，还情不自禁地流下了兴奋的热泪。

对比例句 电视新闻节目主持人的仪态是端庄而潇洒的。他们的一举一动都有严格的规范，既不能我行我素，更不能为所欲为。即使因生理或心理因素而产生不由自主的小动作，在播放前都要切换掉。

★〖不由自主〗
旭日东升鸿鹄扬，煦风雨露紫鹍昂。
兰花开瓣蝶缠蜜，淑女窈悠君觅芳。
湖畔龙门金鲤跳，孔兄顶戴付衷肠。
春光明媚马蹄馥，桃阙韶丽鹤奋翔。

[不约而同] bù yuē ér tóng

约：约定。[词源]汉·司马迁《史记·平津侯主父列传》："不谋而俱起，不约而同会。"

本义 指事先没有约定而彼此一致。如："为了减轻老汉身心的痛苦，大家不约而同地出来，默默地帮助他打扫。"（穆青等《为了周总理的嘱托》）

同义 不谋而合、各行其是

同义例句 当表演者在极度紧张的状态下完美地完成了表演时，台下的掌声不约而同地响起。

对比例句 这两人素来是各行其是，这次却不约而同，其中必有奥妙。

读音辨误 约，不能读成 yāo（妖）。

★〖不约而同〗
竹梅不约并肩行，梁祝化蝴共舞起。
宝黛丹亭花葬陪，牛姑七夕鹊桥倚。
英雄所见同谋猷，心印灵犀意合指。
芸芸众生陌路多，茫茫人海存知己。

[不择手段] bù zé shǒu duàn

择：选择。[词源]鲁迅《三闲集·通信》："要谋生，谋生之道，则不择手段。"

本义 指为了达到个人的欲

望、目的，什么手段都用得出来。含贬义。如：“他‘好名’的孽根未除，他企图在共产主义事业中把自己装扮成为‘伟大人物’和‘英雄’，甚至为了满足他这种欲望而不择手段。”（刘少奇《个人和集体》）

同义 无所不用其极、无孔不入

同义例句 这个诈骗犯在作案时不择手段，只要能诈的就诈，能骗的就骗，能赖的就赖，真是无所不用其极。

读写辨误 择，不能读成 zhé（哲）；段，不能写成“葮”。

★〖不择手段〗

狼披假套混羊圈，狐借虎威持杖图。
纣王暴横忠相烙，佞臣得宠岳飞诛。
口蜜腹剑功名禄，脚踩人梯爬仕途。
百计千方唯己利，一奸诬就万良奴。

[不足为奇]bú zú wéi qí

足：值得。[词源]明·张岱《唐琦石》：“若止斫我，不足为奇。”

本义 指人的习惯或事物的现象很平常，没有什么值得奇怪的。如：“假如一个人脚尖踩着窝儿，就能一步一步地走到井底。这也不足为奇。”（茅盾《第比利斯的地下印刷所》）

同义 平淡无奇、习以为常

反义 不同凡响、异乎寻常、少见多怪

同义例句 我和他晚饭后聊天是习以为常的事，有时聊到十二点也不足为奇。

对比例句 她在我旁边津津有味地分享着她此时此刻脑子里所有的想法，事实上，在了解了她的性格后，她那天马行空的想象力对我来说早已不足为奇了。

灵活用法 亦作“不足为怪”。如：“在科学不发达的过去，误把传说作为现实，是不足为怪的。”（杨凤栖《长江源头行》）

读音辨误 足，不能读成 zhú（竹）。

★〖不足为奇〗

人间铜瑁珍稀贵，尘世芸生竞艳唯。
和璞寸辉六国争，爱妃一宠九州毁。
身基岱岳不知山，浪驾洋宫非觉水。
崖陡渊深云卷舒，清心淡泊万芳美。

[不以为然]bù yǐ wéi rán

然：是，对。不认为是对的。表示不同意或否定。[词源]宋·苏轼《再乞罢详定役法状》：“右臣先曾奏论前衙一役，只当招募，不当定差，执政不以为然。”宋·杨万里《宋故少保左丞相郇国余公墓铭》：“时宰主之独参政。周公必大；不以为然。”

本义 我劝告他不要赌博，可他不以为然，不改恶习。

同义 满不在乎、嗤之以鼻、不敢苟同、置若罔闻

反义 五体投地、理所当然、所言极是、顶礼膜拜、仰承鼻息

★〖不以为然〗

鄙夷翎羽扇千里，纸上兵营碎陇亭。
纣帝凶残荒野吻，霸王偏激墨江冥。
民河轻舫唐宗盛，鱼水交融泽润馨。
天阙红尘藏海堑，明眸睿智越寒汀。

[步步为营]bù bù wéi yíng

步：古时五尺为一步。步步：表示距离近。[词源]明·罗贯中《三国演义》第七十一回："正曰：渊为人轻躁，恃勇少谋。可激劝士卒，拔寨前进，步步为营，诱渊来战而擒之：此乃'反客为主'之法。"

本义 军队每前进一步就设下一道营垒，形容进军谨慎。如："当汉武帝时汉王朝在阴山以北筑了很多城堡，几乎是步步为营，把它的势力远远地推到阴山以北的地方。"（翦伯赞《内蒙访古》）

比喻 比喻行事谨慎稳妥。如："益中是抱得步步为营的政策。"（茅盾《子夜》）

同义 稳扎稳打

反义 轻举妄动

同义例句 日寇虽深沟高垒，步步为营，但在植根人民稳扎稳打的冀中抗日游击队的打击下，"大扫荡"被彻底粉碎了。

对比例句 为避免孤军深入陷于重围，你们只可步步为营，切忌急躁而轻举妄动。

书写辨误 步，不能写成"歩"。

★〖步步为营〗

五步安营扎实垒，六奔祁岭战无颓。
道经阡陌走天下，墨字点金重泰嵬。
崎岭仕途荆棘路，书山宝塔强身材。
粗心敷衍栋梁坠，高耸殿堂坚柱魁。

C

[才疏学浅] cái shū xué qiǎn

疏：空虚，浅薄。[词源]汉·班固《汉书·谷永传》："臣材朽学浅，不通政事。"

本义 指才能不多，学问也很肤浅。一般用来表示自谦。如："并非齐先生才疏学浅，而是社会未起变化之故。"（沙叶新《陈毅市长》）

反义 学富五车、才高八斗

对比例句 鄙人才疏学浅，难当此任，哪如先生您才高八斗，胜任愉快呢？

读音辨误 疏，不能读成 shuō。

★〖才疏学浅〗

霸王学疏败将殇，张良才博汉辉煌。
珠玑玳瑁筑銮殿，翰墨长河聚海觞。
青史瑶琼聪睿智，镜瑜明烛泰嵩光。
萤灯雪霁启星月，火海刀山达玉堂。

[残杯冷炙] cán bēi lěng zhì

见[残羹冷炙]

[残羹冷炙]cán gēng lěng zhì

残：剩余；羹：用肉或菜做成

的糊状食物；炙：烤肉。

本义 喝剩下的汁，吃凉了的烤肉，指一种艰辛悲凉的生活境遇。也指权贵的施舍。如："他们拿不出东西来，只好磕头贺喜，讨一点残羹冷炙做奖赏。"（鲁迅《拿来主义》）

同义 残菜剩饭

反义 酒池肉林

同义例句 在旧社会穷人生活悲惨，只是靠替人帮工，讨一点残羹冷炙或残菜剩饭勉强度日。

对比例句 咱们这些穷秀才哪能与那帮酒池肉林的王公贵族相比，讨一点残羹冷炙，得过且过吧。

灵活用法 亦作"残杯冷炙"。如："不可令有称誉，见役勋贵，处之下坐，以取残杯冷炙之辱。"（北齐·颜之推《颜氏家训·杂艺》）

读音辨误 炙，不能读成 jiū（揪）。

★〖残羹冷炙〗

浩宇花枝同日月，红尘福乐异时馐。
朱亭富炙喂凶狗，柴屋穷粮空望楼。
黎庶残羹难饱腹，豪门樽馔冷糜丢。
天公衡称不偏倚，世道犒劳终等酬。

[惨不忍睹]cǎn bú rěn dǔ

睹：看。[词源] 唐·李华《吊古战场文》："伤心惨目，有如是耶！"清·许叔平《里乘·倪公春岩》："蛇负痛由榖道窜入腹中，闻甲大喘一声，其气绝……小人惨不忍睹。"

本义 形容悲惨得不忍心看下去。如："老伴去世后，丢下三个儿子，两个还很小，家里全靠常大爷照顾。老人一瘫痪，家里惨不忍睹。"（郭梅尼、徐家良《生命的支柱》）

同义 目不忍视、惨不忍闻

反义 粲然可观

同义例句 战争过后，这个小小的城镇，已经是疮痍满目，惨不忍睹。现在看到战时拍的照片，仍令人目不忍视。

对比例句 旧中国天灾人祸不断，哀鸿遍野，惨不忍睹。如今旧貌变新颜，昔日悲哀呼号的农村，有的变成美丽的农庄，有的成为粲然可观的旅游胜地。

读音辨误 惨，不能读成 chǎn（产）；忍，不能读成 lěng（冷）。

★〖惨不忍睹〗

马分车裂难投视，炮烙侧翻称快赋。
抛首捐躯恐直观，蓬莱仙岛浮霞雾。
丹心碧血洗污泥，脊柱栋梁鼎国度。
坎坷荆榛刺玉肤，脚花铺就桃源路。

[仓皇失措] cāng huáng shī cuò

仓皇：匆忙而慌张。[词源] 宋·王楙《野客丛书·魏证蒯通》："不以事败而遽变前说，要胸中有守而然，异乎仓皇失措，遽变前说者也。"

本义 形容极度慌乱的样子。如："大家都仓皇失措地愁一路，所以倘不是万不得已，我是不大和

他一同出去的……”（鲁迅《为了忘却的记念》）

同义 惊慌失措

反义 镇定自若

同义例句 在这场无妄之灾中，大地上的亿万生灵，或是仓皇失措，或是亡命逃奔，或是呆立当场，众生百态，一个个等待着命运的裁决。

对比例句 将军镇定自若的神态使仓皇失措的官兵逐渐安定下来，避免了全军覆没的危险。

读写辨误 仓，不能读成 chāng（昌），不能写成“伧”。

★〖仓皇失措〗

挫败连船慌择路，曹操逃遁华容道。
风雷卜测乌云翻，仓促应承遭困扰。
勤手仁心对万难，妖刀魔障一并扫。
镇安沉稳宽怀居，成竹在胸丽景颢。

[沧海一粟] cāng hǎi yī sù

沧海：大海；粟：谷子。[词源] 宋 · 苏轼《前赤壁赋》：“寄蜉蝣于天地，渺沧海之一粟。”

本义 大海中的一粒谷子。比喻非常渺小，微不足道。如：“多少有功之臣，有才之士，都在遭难受罪，我们只是沧海一粟，不值得哀怨。”（丁玲《牛棚小品 · 书简》）

同义 太仓稊米、九牛一毛、微不足道

反义 举足轻重

同义例句 一个谦虚的人会不耻下问，因为他知道，在浩瀚的知识海洋面前个人是微不足道的，一个人在一生中能学到的只是沧海一粟。

对比例句 若放在大城市里，您或许是沧海一粟，并不会显得那么重要。可是在教师奇缺的山沟学校里，您的地位可是举足轻重啊！

读写辨误 粟，不能读成 lì（立），不能写成“栗”。

★〖沧海一粟〗

浩浩粟粮微粒渺，芸芸众庶絮霞飘。
登高远眺群峰小，纵观长河浪卉消。
春绿秋黄冬萎缩，山崩石碎任风摇。
樽杯利禄浮云过，星火闪辉青史骄。

[操之过急] cāo zhī guò jí

操：做，从事。[词源] 汉 · 班固《汉书 · 五行志申》：“遂要崤阸，以败秦师，匹马骑轮无反者，操之急矣。”

本义 指做事过于急躁。如：“‘疾恶太严’，‘操之过急’，汉的清流和明的东林，却正以这一点倾败，论者也常常这样责备他们。”（鲁迅《论“费厄泼赖”应该缓行》）

同义 急于求成、草率从事

反义 从长计议、循序渐进、磨刀不误砍柴工、放长线钓大鱼

同义例句 我们学绘画、科技不能一蹴而就、操之过急，要刻苦练好基本功，如果急于求成是会事与愿违的。

对比例句 一个国家的社会发

展、经济建设要从长计议，严格按经济规律办事，不能操之过急。

读音辨误 操，不能读成 chāo（超）；之，不能读成 zī（资）。

★〖操之过急〗

切盼昂头竹笋虚，云藤曼妙花枝细。
拔苗春长早夭折，河运急通淹炀帝。
同室相煎七步刀，杀鸡取卵一朝毙。
好高骛远逮难鹏，厚积薄施精彩丽。

[恻隐之心]cè yǐn zhī xīn

恻隐：同情，怜悯。[词源]《孟子 · 公孙丑上》：“由是观之，无恻隐之心，非人也。”

本义 对别人的不幸产生的同情心。如：“虽然有时似乎受伤，其实并不，至多不过是假装跛脚，聊以引起人们的恻隐之心，可以从容避匿罢了。”（鲁迅《论“费厄泼赖”应该缓行》）

同义 悲天悯人

反义 铁石心肠

同义例句 唐山地震后，房子塌了，偌大唐山城，瞬间成为一片废墟。“恻隐之心人皆有之”，看到这惨象，谁不悲天悯人、揪心地疼痛和震惊？

对比例句 祥林嫂在四条绳索的勒索下，先是生活无着落，继而精神完全崩溃，最后丧失劳动能力被轰出家门，惨死在“祝福”的氛围里。看到这儿，谁都会动恻隐之心，即使铁石心肠的人，也无不为之落泪。

书写辨误 恻，不能写成“侧”或“测”。

★〖恻隐之心〗

羊谢乳恩鸦哺义，人蕴恻隐同情心。
雁鸿折翅鸳鸯殉，亲友遭难痛苦侵。
天下众兄同手足，世间一院共苍岑。
天涯洪涝江河泪，海角相携抗雨淋。

[层出不穷] céng chū bú qióng

层：重复；穷：尽，完。[词源] 唐 · 韩愈《贞曜先生墓志铭》：“神施鬼设，间见层出。”

本义 指某一事物相继出现，没有穷尽。如：“中国共产党干了五十八年的革命。五十八年里，新情况，新任务层出不穷。’”（《人民日报》特约评论员《善于建设一个新世界》）

同义 层见叠出、雨后春笋

同义例句 随着社会的迅速变化，新生事物层出不穷，反映这种时代特点的文艺作品也就形成了层见叠出的局面。

读音辨误 层，不能读成 chéng（成）；出，不能读成 cū（粗）。

★〖层出不穷〗

缕缕旭辉山叠翠，暖暖春煦草幽香。
乾坤盛世鸾高宇，华夏宽怀城浩疆。
翰墨珠玑盈大海，桃源花卉遍林芳。
长江后浪推前浪，青绿添枝蓝上苍。

[层峦叠嶂] céng luán dié zhàng

峦：小而尖的山；嶂：直立像

屏障似的山。[词源]汉·刘孝标注引《荆州记》:"重岩叠嶂,隐天蔽日。"

本义 形容山岭重叠险峻,峰峦相接。如:"更多的时候,乌云四合,层峦叠嶂都成了水墨山水。"(李健吾《雨中登泰山》)

同义 叠岭层峦、崇山峻岭

反义 一马平川

同义例句 我的家乡在崇山峻岭的大山区,那里到处可见层峦叠嶂、隐天蔽日的奇观。

对比例句 长征队伍走出一马平川的大草原后,又要翻越层峦叠嶂的大雪山。

读音辨误 嶂,不能读成 zhāng(张)。

★〖层峦叠嶂〗

蜿蜒曲折穿叠峦,高低盘绕越层嶂。
峰尖一览众山丸,绝壁九天浮宇旷。
脚下絮云月兔飘,身旁桃苑蕙兰荡。
坐仰苍昊超凡庸,侧拉阙门龙椅上。

[差之毫厘,谬以千里] chà zhī háo lí, miù yǐ qiān lǐ

差:欠缺,不同;谬:错误。[词源]汉·班固《汉书·司马迁传》:"故《易》曰'差以毫厘,谬以千里。'"

本义 形容细小的差别会造成很大的错误。如:"《易》曰:'君子慎始。差若毫厘,谬以千里。'此之谓也。"(汉·戴圣《礼记·经解》)

引申 形容微小的区别反映出巨大的差距。如:"盖诗文只此数字,出高人之手,遂现空灵;一落凡夫俗子,便成臭腐。此其间真有差之毫厘,失之千里。"(明·张岱《冰雪文序》)

灵活用法 亦作"差以毫厘,谬以千里""毫厘千里""失之毫厘,谬以千里""失之毫厘,差以千里"。如:"在开始的时候,就得有个盘算,才不致'失之毫厘,谬以千里'。"(陶铸《崇高的理想》)

读音辨误 差,不能读成 cā(擦)。

★〖差之毫厘,谬以千里〗

差以毫厘谬千里,弓偏一线丢良机。
错挪半步毁人生,误走徽兵碎玉玺。
金琢刀刀活佛雕,珠玑字字酌斟理。
深思帷幄胜群魔,熟虑宫福庶子。

[长年累月] cháng nián lěi yuè

见[成年累月]

[长篇累牍] cháng piān lěi dú

累:堆积,重叠;牍:古代写字用的木简。[词源]清·吴敬梓《儒林外史》五十一回:"祁太爷道:'本府亲自看过,长篇累牍,后面还有你的名姓图书。'"

本义 形容著述篇幅很长,内容繁多。如:"宣判书长篇累牍地说,乔尔丹诺·布鲁诺长时期生活在异端的国家内,并且他自己也过着无法无天、魔鬼一样的生活。"(郑文光《火刑——纪念乔尔

丹诺·布鲁诺》）

同义 长篇大论、洋洋万言

反义 要言不烦、言简意赅

同义例句 我们应当反对那种动辄长篇累牍、洋洋万言的文风，而提倡写短小精悍的文章。

对比例句 衡量文章著作的优劣，不是看其长短，那种长篇累牍的文章往往是些陈词滥调，而篇幅短小的文章每每有言简意赅的精彩之作。

书写辨误 牍，不能写成“椟”。

★〖长篇累牍〗

洋洋洒洒万铅字，密密麻麻一禅赅。
酸腐繁辞堆冗幅，陈词滥调离题开。
竹书砖作长城垒，文字骨牌游戏来。
精练苗条儒雅俊，眉清目秀笑言腮。

[长吁短叹]chánɡ xū duǎn tàn

吁：叹气。[词源]明·臧懋循《元曲选·石子章〈竹坞听琴〉三折》：“我守着这一盏不灭的灯，听了些长吁短叹。”

本义 不断地唉声叹气。如：这一夜我听到爸爸长吁短叹，看到妈妈无力地为我们打着蒲扇偷偷地流泪。

引申 引申为情绪忧愁。如：“只听宝玉在枕上长吁短叹，覆来翻去，直至三更以后方才渐渐安顿了。”（清·曹雪芹《红楼梦》）

同义 唉声叹气与本义和引申义同义

反义 眉飞色舞与本义和引申义构成反义

同义例句 他总是唉声叹气，说局面太困难，真不知何时才能结束这令人长吁短叹的日子。

对比例句 说起清代的学术来，有的学者总是眉飞色舞，不似平时的长吁短叹。

灵活用法 亦作“短叹长吁”。如：“短叹长吁，千声万声。”（元·关汉卿《诈妮子调风月》）

读音辨误 吁，不能读成 yū（迂）。

★〖长吁短叹〗

刀风箭雨痛肤指，合散悲欢伤腹肝。
潇馆涕流花葬泪，乌江姬别桀雄残。
叱咤显赫落荒冢，骨肉奈何分离难。
忧梦湿巾怆世吁，红尘煎悴仰天叹。

[车水马龙]chē shuǐ mǎ lónɡ

[词源]南朝·宋·范晔《后汉书·明德马皇后纪》：“前过濯龙门上，见外家问起居者，车如流水，马如游龙。”

本义 “在首都王府井大街，车水马龙，热闹繁忙，商店披着节日的盛装，人们满面春风地南来北往。”（《中国青年报》记者《为了六十一个阶级弟兄》）

★〖车水马龙〗

繁华街道众攒动，人如涌潮车似龙。
鳞次商铺比瑁串，摩天大厦耸云峰。
琳琅满目难应暇，眉黛飘过路馥浓。
亭阁笙嚣醇酒溢，桃源姹紫鹤怡松。

[趁火打劫] chèn huǒ dǎ jié

趁：乘机。[词源]明·凌濛初《初刻拍案惊奇》："是他趁火打劫，用计拐去了。"

本义 指趁人家失火时去抢劫。形容趁别人处境危困之时去图利（含贬义）。如："兔子的天敌很多，猛兽和猛禽自不必说了，就连乌鸦和喜鹊有时也趁火打劫，欺负兔子。"（史庆礼《兔》）

同义 乘人之危、浑水摸鱼

同义例句 看到了清末朝廷的腐朽与落后，日本趁火打劫，发动了对中国的侵略。

灵活用法 亦作"乘火打劫""趁哄打劫"。如："正是财动人心，他也不救火，他也不叫水，拿着那袈裟，趁哄打劫。"（明·吴承恩《西游记》第十六回）

读音辨误 趁，不能读成 chèng（称）。

★〖趁火打劫〗

浓烟乱火劫袈裟，虎落平阳拔武牙。
浑水摸鱼乌贼瞎，乘虚而入占他家。
假其不备易歼敌，跌井下砖憎嫉邪。
借难损人遭恶报，雪中送炭得恩嘉。

[成年累月] chéng nián lěi yuè

成年：整年；累月：月复一月。[词源]清·文康《儿女英雄传·第二十二回》："平白无事还在这里成年累月地闲住着。"

本义 形容历时长久。如，"请了兵来，他要就地筹饷，还要好吃好喝，一旦有事，请他们卖力气了，还像求爷爷告奶奶一样，要是请下神来送不上去，成年累月在这里住着，还不像咱自己成民团一样。"（梁斌《播火记》）

同义 日久天长、年久日深

反义 一时半刻、一朝一夕

同义例句 这位工匠展现出的高超技术是靠他成年累月的工作经验积累出来的。

对比例句 这是成年累月形成的习惯，不能指望在一朝一夕改变它。

灵活用法 亦作"长年累月"。如："一个人要在人们的心中建立信任，往往需要长年累月品德的积累和大量事实的检验。"（周汉晖《谈诚实》）

读写辨误 成，不能写成"陈"；累，这里不能读成 lèi（泪）。

★〖成年累月〗

辉旭沐芳茵草葱，雨霖滋润苍灵鸿。
春花秋月蝶双舞，寒雪冰霜梅艳红。
儒墨翰林江水丽，珠玑青史黛穹隆。
滴流穿石累沧海，风刮经年雕蜃宫。

[成群结队]chéng qún jié duì

[词源]明·罗贯中《三国演义》第九十五回："忽然山中居民成群结队，飞奔而来，报说魏兵已到。"

本义 形容路上的行人很多，自然组合在一起。如："甚至离城五六十里路远的乡下人，都成群结

队，带了饭包雨伞，走进城来挤看新鲜。”（郁达夫《书塾与学堂》）

引申 引申为数量很多的物类。如：“一走近‘大厦’，只见成群结队的蜜蜂出出进进，飞去飞来……”（杨朔《荔枝蜜》）

贬义 “但花下也缺不了成群结队的‘法国留学生’的速成班。”（鲁迅《藤野先生》）

读音辨误 成，不能读成 cén。

★〖成群结队〗

旭日晨辉鸟笛呼，蝴蝶结队成群舞。
百花争艳九州香，如织游人万彩圃。
柳拂青波鸳戏荷，鲤跳涟碧雁歌谱。
晚霞霓空布仙都，月上梢头酒荡鼓。

[诚惶诚恐] chéng huáng chéng kǒng

诚：确实；惶：害怕；恐：恐惧。[词源]南朝·宋·范晔《后汉书·杜诗传》：“臣……奉职无效，久窃禄位，令功臣怀愠，诚惶诚恐。”

本义 封建时代奏章中的套语，表示臣对君王忠诚、敬畏而又惶恐不安。如：“臣子昂诚惶诚恐，死罪死罪。”（唐·陈子昂《谏用刑书》）

引申 引申为极端小心谨慎，以致害怕不安。如：“我诚惶诚恐，不敢规定什么。”（王力《和青年同志们谈写信》）

同义 战战兢兢与引申义同义

反义 胆大妄为与引申义构成反义

同义例句 那种对君王诚惶诚恐的心理，使他在仕途上战战兢兢，不敢越雷池一步。

对比例句 这个平时看起来处事胆小、待人诚惶诚恐的人，竟然在金钱面前变得如此胆大妄为。

褒义贬用 表示讽刺意味。如：“国民党很害怕批评，每次开参政会就诚惶诚恐。”（毛泽东《在省市自治区党委书记会议上的讲话》）

★〖诚惶诚恐〗

伴君如虎战兢抖，惶恐难眠辗转愁。
少敬恭维家族灭，卑微奴从屈身忧。
金迷纸醉皇权享，黎庶凄零似水流。
破碎轩辕折冕绂，民旗高举扬城头。

[诚心诚意] chéng xīn chéng yì

诚：真诚。[词源]南北朝·宋·范晔《后汉书·马援传》：“开心见诚，无所隐伏。”清·曹雪芹《红楼梦》第六回：“姥姥你放心。大远的诚心诚意来了，岂有个不叫你见个真佛儿去的呢？”

本义 形容真心实意，毫无虚伪的言行。如：“我始终诚心诚意地服侍着你，因为你就是我们楚国的柱石。”（郭沫若《屈原》）

同义 真心实意、开诚相见、赤诚相待

反义 虚情假意、虚与委蛇、钩心斗角、尔虞我诈

同义例句 我俩情同手足，谁有困难，对方都会诚心诚意相助；若有矛盾则能开诚相见地交换意见，及时消除隔膜。

对比例句 我诚心诚意地帮助他,劝他改掉鲁莽从事的毛病,他却说我虚情假意。遇上这种不识好歹的人真令人生气。

读音辨误 诚,不能读成 céng(层)或 chén(陈)。

★〖诚心诚意〗

甘霖滴渴润心肺,热袄御寒温暖馨。
吴蜀诚盟烧魏舰,昭君姻亲睦邦宁。
芬花醇酒敬香客,大度宽怀容过听。
一笑怨消泯隔阂,双恭好搭佛云亭。

[乘风破浪]chéng fēng pò làng

乘:趁、就着。[词源]《宋史·张顺传》:"夜漏下三刻,起矴出江,以红镫为识,贵先登,顺殿之,乘风破浪,径犯重围。"

本义 趁着风势,破浪前进。如:"差统制官二员,一名张顺,一名张贵,率领水兵数万,乘风破浪而来。"(明·周楫《西湖二集·徐君宝节义双圆》)

比喻 现常形容志向远大,不畏艰险,奋勇前进,或在取得成绩的基础上,争取更大的胜利。含褒义。如:全国各族人民正乘风破浪,在四化建设的大道上高歌猛进!

同义 披荆斩棘、勇往直前与比喻义同义

反义 畏缩不前与比喻义构成反义

同义例句 我国社会主义事业正在乘风破浪地前进。同学们应发扬革命前辈勇往直前的精神,努力攀登科学高峰。

对比例句 我们愿乘风破浪,在大风大浪中磨炼自己的意志。因为,害怕困难、畏缩不前的人,是不会有所作为的。

灵活用法 亦作"长风破浪""乘长风破万里浪"。如:"悫年少时,叔父炳问其所志,悫曰:'愿乘长风破万里浪。'"(《宋书·宗悫传》)

读音辨误 乘,不能读成 chén(尘)。

★〖乘风破浪〗

闻鸡起舞鹏腾志,笑傲雪寒梅夙罗。
星火萤光燃睿智,悬梁刺股鼎元科。
丹心道骨筑昆岳,碧血墨花瑶史河。
昂首船头朝旭日,乘风破浪扬高歌。

[乘火打劫] chéng huǒ dǎ jié

见[趁火打劫]

[惩前毖后]chéng qián bì hòu

惩:警戒;毖:谨慎。[词源]《诗经·周颂·小毖》:"予其惩,而毖后患。"明·张居正《答河道吴自湖计河漕》:"顷丹阳浅阻,当事诸公毕智竭力,仅克有济,惩前毖后,预为先事之图可也。"

本义 吸取以前的教训,谨防以后重犯。如:"对以前的错误一定要揭发,不讲情面,要以科学的态度来分析批判过去的坏东西,以便使后来的工作慎重些,做得好些。这就是'惩前毖后'的意思。"

（毛泽东《整顿党的作风》）

同义 惩一儆百

反义 重蹈覆辙

同义例句 在这次“肃贪”工作中，我们既要惩一儆百，又要做好惩前毖后、治病救人的工作，认真贯彻严肃处理与法治教育相结合的方针。

对比例句 对于犯了错误的同志，我们要做好惩前毖后的工作，其目的是使他们认识错误的危害，以免重蹈覆辙。

灵活用法 常与“治病救人”连用。如：“以‘惩前毖后，治病救人’为宗旨的整风运动之所以发生了很大的效力，就是因为我们在这个运动中展开了正确的而不是歪曲的，认真地而不是敷衍的批评与自我批评。”（毛泽东《论联合政府》）

读写辨误 惩，不能读成 chěng（逞）；毖，不能读成 bèi（背），不能写成“必”。

★〖惩前毖后〗

溅血恐猴训服从，斩头吓唬儆身尤。
吴将点操严寒剑，强国铁军无患忧。
前事不忘来事知，风云动向早绸缪。
歪苗修整栋梁正，刮骨雕伤疾可救。

[吃一堑，长一智] chī yī qiàn，zhǎng yī zhì

堑：壕沟，引申为挫折；吃一堑：受到一次栽到沟里的教训。

本义 形容经受一次挫折，便得到一次教训，增长一份才智。如：“正因为不认识，所以很容易犯错误。人们总是从不断犯错误中增长知识的，‘吃一堑，长一智’，便是这个道理。”（吴晗《说谦虚》）

同义 失败乃成功之母

反义 执迷不悟

同义例句 殊不知失败乃成功之母，“吃一堑，长一智”，从失败中取得教训，就是筑实将来胜利的基础。

对比例句 有的人执迷不悟，以致愈陷愈深；有的人“吃一堑，长一智”，成为“笑在最后”的成功者。

读音辨误 堑，不能读成 jiàn（见）。

★〖吃一堑，长一智〗

黄河未到心难泯，渊海跌翻生佛崇。
一番蛇咬惶井索，复离坑底幼鹈鸿。
儒书用鼎方嫌少，鬓雪挑灯不老翁。
贾黛真情葬花泪，红楼看破俗尘梦。

[痴人说梦] chī rén shuō mèng

[词源] 宋·惠洪《冷斋夜话》：“僧伽龙朔中游江淮间，其迹甚异。有问之曰：‘汝何姓？’答曰：‘姓何。’又问：‘何国人？’答曰：‘何国人。’唐李邕作碑，不晓其言，乃书传曰：‘大师姓何，何国人。’此正所谓对痴人说梦耳。”

本义 指愚蠢的人说些痴心妄想的话，或做些不可能达到目的的事。如：“彼革命志士，思为国家谋幸福，为人民除痛苦，而当其未达到谋幸福除痛苦之前，无一兵一卒之力，无弹丸凭借之地，在他人见之，未尝非纸上谈兵，痴人说梦，认为必不可以实现。”（邹韬奋《呆气》）

同义 胡言乱语、胡思乱想、想入非非、痴心妄想

反义 实事求是

同义例句 外国资本主义国家妄图对我国进行文化渗入，分化中国，简直就是痴人说梦。

对比例句 他这些不切实际的幻想无异于痴人说梦，我们不能听他的，还是要实事求是地去干，才能避免犯大错误。

读音辨误 痴，不能读成 cí（词）。

★〖痴人说梦〗

顽琨落俗感欢趣，企慕荣华富贵宫。
梅竹葬花荷雨泪，凤姑英折雪霜隆。
玳瑜逐水浊觞浪，翎羽飘浮任啸风。
尘世朱门鸿宴乐，痴人说梦一场空。

[驰名中外] chí míng zhōng wài

驰：传播。[词源]毛泽东《为皖南事变发表的命令和谈话》：“国民革命军新编第四军抗战有功，驰名中外。”

本义 形容名声远扬传播全球。含褒义。如：“今年春天，我在上海工艺美术研究所，见到了他的老师赵阔明同志，我们谈话中提到这位驰名中外的‘面人郎’，我总想能有机会见见才好，今天果然如愿以偿了。”（冰心《“面人郎”访问记》）

同义 名扬四海、名满天下、驰名天下

反义 臭名昭著、臭不可闻、言之无文，行而不远

同义例句 中国不仅有驰名中外的万里长城，而且还有名满天下的刺绣工艺。

对比例句 国民党发动臭名昭著的皖南事变，企图一举歼灭驰名中外的威武之师新四军。

读音辨误 驰，不能读成 cí（词）。

★〖驰名中外〗

文明甲骨炎黄启，秦帝统侯天下齐。
汉武儒风扬四海，唐宗盛景五洋丽。
丝绸瓷器惊罗马，火药指针芳誉奇。
思汗康乾疆域阔，新华崛起德声驰。

[迟疑不决] chí yí bù jué

迟疑：犹豫。[词源]《隋书·段文振传》：“如不时定，脱遇秋霖，深为艰弊，兵粮又竭，强敌在前，靺鞨出后，迟疑不决，非上策也。”

本义 指拿不定主意或形容左右为难。如：“葛朗台把刀子对着梳妆匣，望着女儿，迟疑不决。”（法·巴尔扎克《守财奴》）

同义 犹豫不决、举棋不定、踌躇不决

反义 当机立断、毅然决然、毫不犹豫、剖决如流、好谋善断

同义例句 在重大的人生选择

前，人们往往都迟疑不决，徘徊在人生的十字路口。我们不能举棋不定，要勇往直前，果断作出决定。

对比例句 常言道："条条大路通罗马"。高考落榜后他再不迟疑不决了，当机立断决定留在家乡务农，将所学的文化知识献给农村。

灵活用法 亦作"狐疑不决""迟疑未决"。如："（曹操）意欲弃官渡退回许昌，迟疑未决。"（明·罗贯中《三国演义》第三十回）

读写辨误 迟，不能读成 cí（词）；疑，不能写成"凝"。

★〖迟疑不决〗

迟进空城溃败军，优柔放虎归山穴。
当机不断麻纱卷，当决不行堤坝缺。
国策猷为民愿施，匹夫卑作人梯设。
丹心华夏不容思，翠绿青山洒碧血。

[赤膊上阵] chì bó shàng zhèn

赤膊：不穿上衣。[词源] 明·罗贯中《三国演义》五十九回："许褚性起，飞回阵中，卸下盔甲，浑身筋突，赤体提刀，翻身上马，来与马超决战。"

本义 指光着脊梁，不顾一切地出阵交战。如："朱老巩是赤膊上阵，拿起铡刀拼命。"（梁斌《漫谈〈红旗谱〉的创作》）

比喻 现常形容公然毫无顾忌地鲁莽从事。含贬义。如：你不躲一下，还想赤膊上阵硬顶，岂不是自讨苦吃。

同义 袒胸露臂与本义同义，明目张胆、明火执仗与比喻义同义

反义 披挂上阵与本义构成反义，暗箭伤人与比喻义构成反义

同义例句 两位选手打得你来我往，汗流浃背，双双约定脱下衣服，赤膊上阵继续比赛。

对比例句 这伙赤膊上阵的顽敌大部分被我军歼灭了。所剩残部逃往深山，采取造谣惑众的方法暗箭伤人，企图蒙骗山里百姓。

贬义褒用 "他又看见过'赤膊上阵'拼一死的勇士，然而这种拼死一击的行为，虽然悲壮，却不是可以制敌死命的。"（《茅盾文集·韧性万岁》）

灵活用法 亦作"赤体上阵"，如："许褚赤体上阵，也就很中了好几箭。"（鲁迅《华盖集续编·空谈》）

读写辨误 赤，不能读成 cí（词）；膊，不能写成"博"或"搏"。

★〖赤膊上阵〗

猛狼恶扑百钧力，灵兔敏瞻三窟家。
赤膊上场尤为勇，多谋睿智更堪夸。
风云变幻难先料，草率冲锋易中邪。
帷幄一挥千里制，仁慈德胜万民嘉。

[赤胆忠心] chì dǎn zhōng xīn

赤：忠诚。[词源] 明·许仲琳《封神演义》第五十二回："臣空有赤胆忠心，无能回其万一。"

本义 形容心地纯真，待人、对事都非常忠诚。含褒义。如：雷锋同志对党赤胆忠心。

同义 忠心耿耿、忠肝义胆、赤心相待

反义 心怀异志、二三其德、阳奉阴违

同义例句 我们要像雷锋同志那样，对党和人民的事业赤胆忠心，在为实现祖国四个现代化的过程中，忠心耿耿地肩负起时代赋予我们的历史使命。

对比例句 我们青年人应该胸怀大志，对党和人民的事业赤胆忠心。如果时时处处只为个人利益着想，心怀异志地打小算盘，其行为必然与党和人民对我们的期望相反，是没有什么作为的。

灵活用法 亦作“忠心赤胆”。如：“那平姑娘又是个正经人，从不会挑三窝四的，倒一味忠心赤胆服侍他，所以才容下了。”（清·曹雪芹《红楼梦》第六十五回）

读音辨误 赤，不能读成 cí（词）或 cì（次）。

★〖赤胆忠心〗

良驹驮主驰千里，爱犬相随守一己。
比干忠臣赴烙台，天祥捐命献丹髓。
桃园结义三金兰，梁祝连心双蝶起。
肝胆相通管鲍携，荣枯与共同舟驶。

[叱咤风云] chì zhà fēng yún

叱咤：怒喝声。[词源] 南朝·宋·范晔《后汉书·皇甫嵩传》：“叱咤可以兴雷电。”《晋书·乞伏炽盘传赞》：“炽盘叱咤风云，见机而动，牢笼俊杰，决胜多奇。”

本义 怒喝一声能使风云变色，形容声威巨大。含褒义。如：“她……俨然是一位身扼重关力敌千军的守关武士，叱咤风云的巾帼英雄。”（峻青《雄关赋》）

同义 气吞山河、叱咤喑呜、声震寰宇、八面威风

反义 少气无力、文质彬彬、温文尔雅

同义例句 这位当年叱咤风云的老将军在关键时刻挺身而出，仍显示出他那临危不惧、气吞山河的英雄本色。

对比例句 张大爷言谈举止文质彬彬，这位德高望重的老人昔日在沙场上却是一位叱咤风云的猛将。

灵活用法 亦作“叱咤则风云变色。”（唐·骆宾王《为徐敬业讨武氏檄》）

读写辨误 叱，不能读成 cì（刺）；咤，不能读成 chà（岔）或 zá（杂），不能写成“宅”。

★〖叱咤风云〗

项羽洪声雾气散，张飞号啸乌云溃。
怒咆魔鬼歪门消，呵斥陋规邪道退。
威力无穷掀海涛，气吞山水破冰碎。
叱咤风雪英豪奇，建立功勋世界佩。

[充饥画饼] chōng jī huà bǐng

见 [画饼充饥]

[重整旗鼓] chóng zhěng qí gǔ

旗鼓：古代军中发号令用的旗帜和战鼓，借指军事力量。

本义 指重新组织军队再战。如："将军深受激励，后来重整旗鼓，终于在滑铁卢之役打垮了对手拿破仑。"（岑桑《失败是个未知数》）

比喻 比喻失败或受挫折后，集合力量重新再干。如："女人们又都收拢散心，重整旗鼓，向江水山进攻。"（冯德英《苦菜花》）

同义 另起炉灶、东山再起

反义 偃旗息鼓

同义例句 在生活中，你可能会遇到各种艰难险阻。但无论如何，你都不要气馁，要从跌倒中站起来重振旗鼓，要继续保持微笑，保持热忱，要勇敢地冲过去，就像从未受伤过一样。

对比例句 是偃旗息鼓，宣告失败，还是重整旗鼓，继续战斗，这是摆在义军首领面前的重要问题。

褒义贬用 表示一种讽刺的意味。如："他总以为他的朋友中必定有一两个会重整旗鼓再掌大权的，那么他自己也就还有一步好的官运。"（老舍《四世同堂》）

读写辨误 重，不能读成 cóng（从）或 zhòng（众）；整，不能写成"振"。

★〖重整旗鼓〗

不甘屈膝落他后，重树旌旗又战鼓。
六出祁山抗魏吴，三雄鼎立强豪主。
一朝失败成功母，再出堑坑红冕舞。
坎坷路漫时有跂，披天戴地仍英武。

[崇山峻岭] chóng shān jùn lǐng

崇：高；峻：高而陡峭。[词源] 晋 · 王羲之《兰亭集序》："此地有崇山峻岭，茂林修竹。"

本义 形容山势高大、险峻壮观。如："峡陡江急，江面布满大大小小的漩涡，船只能缓缓行进，像一个在崇山峻岭之间慢步前行的旅人。"（刘白羽《长江三峡》）

同义 层峦叠嶂、高山峻岭

反义 一马平川

同义例句 向前方看去是崇山峻岭，回顾后方又是层峦叠嶂，这里真是大山的世界。

对比例句 翻越过崇山峻岭的人来到一马平川的草原，犹如闯过激流险滩的人涉入清澈宁静的小河一样。

读写辨误 崇，不能读成 zōng（宗）或 cóng（从），不能写成"祟"。

★〖崇山峻岭〗

巍峨挺拔藐尘世，浑厚磅礴鄙海洋。
陡峭绝崖寅畏竖，高天峰岭鼎铭扬。
甘泉碧水出心府，山卉浪漫耀海桑。
清水眷缠双蝶舞，层峦叠嶂重凝冈。

[踌躇满志]chóu chú mǎn zhì

踌躇：从容自得的样子。[词源]《庄子·养生主》："提刀而立，为之四顾，为之踌躇满志。"

本义 形容心满意足，从容自得的样子。如："送走了客人后，吴荪甫踌躇满志地在大客厅上踱了一会儿。"（茅盾《子夜》）

同义 志得意满、得意洋洋

反义 失魂落魄、穷愁潦倒

同义例句 他踌躇满志地进一步盘算着第二笔更大的交易，脸上抑制不住地泛起得意洋洋的笑容。

对比例句 看到他这副踌躇满志的模样，使人禁不住忆起当年他穷愁潦倒时的景况。

读写辨误 躇，不能读成 zhù（住），不能写成"著"。

★〖踌躇满志〗

洞房花烛喜开颜，金榜题名乐极颠。
羁旅遇知天际亲，春风得意马蹄弦。
老来贵子眉翘扬，久旱逢甘贺庆筵。
管鲍千杯酣鹤雾，鹤飞南国寿怡然。

[出人头地] chū rén tóu dì

出：高出；头地：即"头"。[词源]明·陆采《怀香记·飞报捷音》："书生俊杰真天纵，出人头地建奇功。"

本义 比常人超出一等。如："吟诗作赋，无不出人头地。"（明·冯梦龙《喻世明言·明悟禅师赶五戒》）

引申 现常指有出息或成就功名。如："从前的学生，大都是希望毕业时搞张文凭，找到职业，或者是希望在社会上能出人头地，以至显亲扬名。"（陶铸《崇高的理想》）

同义 超群绝伦、出类拔萃与本义同义，功成名就与引申义同义

反义 甘居人下、甘居中游与引申义构成反义

同义例句 他是个全面发展的好学生，不仅在学习上出人头地，而且在体育场上也是一个出类拔萃的人物。

对比例句 只要刻苦努力，不要手段，我看一心想要出人头地并没有什么不好，相反，甘居人下、不思进取的精神状态倒是应该彻底改变的。

灵活用法 亦作"出一头地"。如："（轼）以书见修（欧阳修），修语梅圣俞曰：'吾当避此人出一头地。'"（《宋史·苏轼传》）

读写辨误 出，不能读成 qū（区）或 qú（瞿）；头，不能写成"投"。

★〖出人头地〗

不甘屈膝篱根草，奋作轩辕銮顶凰。
迎旭拉弓强体魄，挑灯夜战鼎元王。
横刀立马城头上，儒墨江河青史芳。
滴水穿璜雕美玉，经年汗渍聚汪洋。

[出人意表] chū rén yì biǎo

表：外。[词源]《南史·袁宪传》："宪常招引诸生，与之谈论新义，出人意表，同辈咸嗟服焉。"

本义 指出乎人们的意料。

如："其论历史所以废兴成败，皆出人意表。"（宋·苏轼《举何去非换文资状》）

反义 不出所料

对比例句 夏侯惇出人意表地在曹操面前夸下海口要生擒刘备，曹操立即委以十万大军由他征伐。诸葛亮则料事如神，在博望坡伏击曹军。不出所料，夏侯惇在此遭到伏击，被打得狼狈逃窜。

灵活用法 亦作"出人意外""出人不意""出乎意料"。如："谁知道事情出乎意料。陈伊玲是参加复试的最后一个人，唱的还是那两支歌，可是声音发涩，毫无光彩，听起来前后判若两人。"（何为《第二次考试》）

[出人意料] chū rén yì liào

见[出人意表]

★〖出人意料〗

晴空霹雳一雷炸，平静碧瑶千叠浪。
纣王更弦恫大地，奸胥反尔吓忠良。
逆徒悔改惊人喜，晚节无终惋惜伤。
不管风云何转向，丹心执着护城昌。

[初生之犊] chū shēng zhī dú

见[初生之犊不惧虎]

[初生之犊不惧虎] chū shēng zhī dú bú jù hǔ

犊：小牛。[词源]《庄子·知北游》："汝瞳焉如新生之犊，而无求其故。"明·罗贯中《三国演义》第七十四回："关公回寨，谓关平曰：'庞德刀法惯熟，真吾敌手。'平曰：'俗云：初生之犊不惧虎。父亲纵然斩了此人，只是西羌一小卒耳；倘有疏虞，非所以重伯父之托也。'"

本义 指出生不久的小牛不惧怕老虎。形容青年人胆大、敢作敢为。如："与一九五七年的那些作品相比，已经看不出有什么逼人的锋芒；取代那股'初生之犊不惧虎'的劲头，则是相当平和的笔墨。"（何西来《灵智的明灯》）

反义 老气横秋

对比例句 年轻人要有初生牛犊不惧虎的精神，敢闯敢干；不要怕风吹雨打，也不要故作深沉，老气横秋。

灵活用法 亦作"初生之犊不畏（怕）虎""初生之犊"。如："王勃初生之犊不怕虎，当即挥毫，写下这篇才华横溢的序文，顿时震惊四座。"

读写辨误 初，不能读成 chōu（抽），不能写成"出"。

★〖初生之犊不惧虎〗

自古英雄少年出，初生牛犊敢撞虎。
哪吒挥戟断龙筋，去病横刀斩匈蛊。
巾帼木兰胜剑眉，岳飞刺字精忠甫。
天高地厚任青虬，血气方刚展鸿羽。

[穿凿附会] chuān zuò fù huì

穿凿：打通，比喻刻意说通本来说不通的事理；附会：把自己的意思勉强加给某事物，把并无联系的事物生硬地拉扯到一起。[词源]宋·朱熹《答江德功》："自己分上更不曾实下功夫，而穷日夜之力以为穿凿附会之计，此是莫大之害。"

本义 指对事实的叙述不真实，掺有虚假的成分。如："最可贵的是材料真实，没有牵强附会的地方。"（陈明《丁玲在北大荒·跋》）

同义 牵强附会、郢书燕说

反义 实事求是、言之成理

同义例句 这篇东西纯粹是郢书燕说，许多观点都是穿凿附会，难以让人接受。

对比例句 "做学问的人，要树立正确的治学态度，毫无疑问，除了实事求是以外，再也不能设想还会有别的什么态度了。这种态度，和任何穿凿附会的作风，绝没有丝毫共通之处。"（马南邨《学问不可穿凿》）

灵活用法 亦作"附会穿凿"。如："古今因其难解，附会穿凿，更加离奇。"（苏雪林《玉溪诗谜·引论》）

读音辨误 凿，这里不能读成 záo。

★〖穿凿附会〗

牵强附会硬串通，无中生有瞎联结。
文人墨客好遐思，奸吏佞言故诡舌。
迷雾蓬莱当阙宫，道听途说撰修撷。
断章取义歪谣妖，实事求真儒雅洁。

[窗明几净] chuāng míng jī jìng

几：矮小的桌子。[词源]清·顾彩《桃花扇》序："徒以署冷官闲，窗明几净，胸中有勃勃欲发之文章，而偶然借奇立传云尔。"

本义 形容房间干净整洁。如："我们看看这客房，窗明几净，比得上城市的招待所。"（霞裳、青稞《同蒲风光》）

比喻 指干净整洁的环境条件。如："欧阳修在马上厕上皆可做文章，因为文思一来，非做不可，非必正襟危坐明窗净几才可做文章。"（林语堂《论读书》）

同义 一尘不染与本义同义

反义 乌七八糟与比喻义构成反义

同义例句 他们家里人都很爱整洁，每一个房间从来都是窗明几净，一尘不染。

对比例句 金家与胡家住隔壁，生活习惯大不相同，一家极讲卫生，家里总是窗明几净；一家邋遢成性，纸屑果皮随处可见，整个房间乌七八糟。

灵活用法 亦作"明窗净几"。如："堂中明窗净几，坐下来清清楚楚觉得自己真太小，在这样高的屋顶下。"（朱自清《松堂游记》）

读音辨误 几，这里不能读成 jǐ（挤）。

★〖窗明几净〗

明牖迎曦闻鸟曲，洁几泼墨点珠玙。
一杯清水蕴瑶碧，四壁文橱叠圣书。
玉案坐花馨籍玉，烛光浮影醉华胥。
寸斋窗豁苍穹浩，帷幄陋庐天道居。

[垂头丧气]chuí tóu sàng qì

垂头：低下头；丧气：精神沮丧。[词源]唐·韩愈《送穷文》："主人于是垂头丧气，上手称谢。烧车与船，延之上座。"

本义 指情绪低落。形容失意懊丧萎靡不振的样子。如："风魔王的力气已经用完，他垂头丧气地败走了。"（小学语文《森林爷爷》）

同义 唉声叹气、灰心丧气、无精打采、萎靡不振

反义 得意洋洋、神气活现、昂首伸眉、趾高气扬

同义例句 袁隆平早年的时候做实验，身边充满了否定嘲讽的声音，但他并没有垂头丧气，他一直怀着填饱百姓肚子、禾下乘凉的梦，砥砺前行着。

对比例句 这次比赛，他满以为能够取胜。他得意洋洋地走到双杠前，昂首伸眉挥臂上杠，不料用力过猛摔倒在地，结果垂头丧气地败下阵来。

灵活用法 亦作"丧气垂头"。如："诸童皆丧气垂头而返。"（《清朝野史大观》卷九）

读音辨误 丧，不能读成 shāng（商），不能写成"伤"。

★〖垂头丧气〗

名落孙山垂懊头，花翎谪坠沮丧畏。
风云莫测岂能料，圆缺阴晴恐佞诽。
红杏折英当药方，大江洪漭壮身魂。
胸含丹火驰东南，腹有诗书浪经纬。

[捶胸顿足] chuí xiōng dùn zú

顿：跺。[词源]明·罗贯中《三国演义》第五十六回："孔明说罢，触动玄德衷肠，真个捶胸顿足，放声大哭。"

本义 指用拳捶打自己的胸脯，脚在地上跺，是极度悲伤的表现。如：被窃的老人捶胸顿足，痛不欲生。

反义 眉开眼笑

对比例句 看着同伙眉开眼笑地分赃，他忽然想到被窃的老大娘捶胸顿足、哀哀啼哭的惨景，心里好似被锥子狠狠刺了一下。

灵活用法 亦作"捶胸跺脚"。如："蚕愈养得多，愈好，就愈加困难！'真正世界变了！'老通宝捶胸跺脚地没有办法。"（茅盾《春蚕》）

读音辨误 捶，不能读成 cuí。

★〖捶胸顿足〗

逆孙不孝怒拳胸，朋友逝离哀顿足。
奸佞诬谋悲怆凄，歪风邪气愤贪妒。
捐躯难救亲人殇，呕血莫消黎庶苦。
威武刚强冲刺棒，放蹄驰骋桃源路。

[捶胸跺脚] chuí xiōng duò jiǎo

见[捶胸顿足]

[绰绰有余]chuò chuò yǒu yú

绰绰：宽裕的样子。[词源]《诗经·小雅·角弓》："此令兄弟，绰绰有裕。"

本义 形容充裕，很多，用不完。如："一部几百万字的书，用针鼻那么大的地方储存，还显得绰绰有余。"（崔金泰、守广礼《从甲骨文到口袋图书馆》）

同义 绰有余力

反义 捉襟见肘、紧紧巴巴

同义例句 干这份工作，他是绰有余力，应对轻松的。他的那份绰绰有余的轻松劲儿真令人羡慕。

对比例句 那些年，日子过得紧紧巴巴的，与现在除去吃穿，经济上还绰绰有余的生活相比，确实有很大距离。

读音辨误 绰，不能读成 zhuó（卓）。

★〖绰绰有余〗

粟米盈仓福泰康，熊腰鹤寿比峰冈。
胸怀成竹画山水，腹藏诗书登殿堂。
马壮兵精战敌胜，千锤百炼好穿杨。
高人筹码稳操算，天道酬勤汗有粮。

[此起彼伏] cǐ qǐ bǐ fú

此：这；彼：那。[词源]成仿吾《长征回忆录》十九："大家唱起歌来，歌声与欢呼声此起彼伏，山鸣谷应。"

本义 指这里起来，那里落下。形容一起一落，连接不断。如："在亚洲西部，巴勒斯坦和约旦交界处，有一个'死海'。远远望去，死海的波涛此起彼伏，无边无际。"（刘兵《死海不死》）

引申 有时形容事物发展不稳定或有波折。如："政局的不安定，真是此起彼伏如轮转。"（鲁迅《论"费厄泼赖"应该缓行》）

同义 接二连三、层见叠出与本义同义，断断续续、河东河西与引申义同义

反义 昙花一现、旋踵即逝与本义构成反义，方兴未艾、一以贯之、一帆风顺与引申义构成反义

同义例句 我国自从实行改革开放政策以来，各种新生事物此起彼伏，层见叠出。

对比例句 符合社会发展需要的新生事物能够此起彼伏，不断涌现；而那些赶时髦又无生命力的东西，只能昙花一现，旋踵即逝。

灵活用法 亦作"此伏彼起""此起彼落"。如："时大时小时缩时伸是经常的，此起彼落也往往发生。"（毛泽东《中国革命战争的战略问题》）

读写辨误 此，不能读成 chǐ（尺）；彼，不能写成"波"。

★〖此起彼伏〗

水向低流眼望高，山峦起伏碧缠腰。
此林对鸟枝间唱，那渚鸳鸯共舞谣。

东麓花香未闻尽，西堤柳媚又招邀。
不能遍赏鼾声奏，梦幻重游再叠潮。

[从容不迫] cōng róng bú pò

迫：紧张。[词源]《庄子 · 秋水》："儵鱼出游从容，是鱼之乐也。"

本义 指在危险或紧急关头，沉着镇静，不慌不忙。如："他的气度，他的精神力量，在面对任何问题的时候，仿佛都有一种居高临下的优势：从容不迫，游刃有余。"（唐弢《琐忆》）

同义 临难不苟、从容大度

反义 惊慌失措、手足无措、急不可待

同义例句 刘胡兰临难不苟，在敌人的铡刀面前，大义凛然，从容不迫。

对比例句 前进的道路上总会遇到各种艰难险阻。但我们在惊涛骇浪面前，不能惊慌失措，在需要为事业献出鲜血和生命的时刻，我们更要从容不迫，以行动去实践自己的诺言。

读音辨误 从，这里不能读成 cóng；容，不能读成 yóng。

★〖从容不迫〗
狼烟四起雁鸿难，英杰挺身救庶伤。
效国从容赴烙炮，丹心不迫向刑场。
凛然正气面屠戮，视死如归奔信仰。
唯有牺牲换乾朗，岂辞碧血洒川冈。

[从谏如流]cóng jiàn rú liú

谏：规劝君主、长辈或朋友，使纠正自己的过失。[词源] 汉 · 班彪《王命论》："见善如不及，用人如由己，从谏如顺流，趣时如响赴。"汉 · 荀悦《汉纪 · 元帝纪下》："是以功光前世，号为中宗，然不甚用儒术。从谏如流，下善齐肃，宾礼旧老，优容宽直。其仁心文德，足以为贤主矣。"

本义 指乐意接受善意的规劝，就像水从高处流下一样迅速自然。如："（帝王）也有少数聪明一点的，为了坐稳江山，笼络人心，也能从谏如流。"（臧克家《纳谏与止谤》）

同义 从善如流、言听计从、闻过则喜、拒谏饰非

同义例句 从谏如流是大家长辈的风范，从善如流为正人君子的风度。

对比例句 纵观历史，历代君王从谏如流、豁达大度的难能可贵，拒谏饰非、刚愎自用者却不少见。

灵活用法 亦作"纳谏如流"。如："豁达大度，纳谏如流。"（元 · 金仁杰《追韩信》第二折）

读音辨误 谏，不能读成 jiǎn（简）。

★〖从谏如流〗
人逊圣贤皆有过，虚心求教睿智多。
躬身纳谏及时橹，戴笠行舟渡浪河。
一剂良方并九邑，几尊诸葛鼎三戈。
集思广益聚才海，兼听闻明八路歌。

[从天而降] cóng tiān ér jiàng

[词源] 汉 · 班固《汉书 · 周亚夫传》:“诸侯闻之,以为将军从天而下也。”

本义 形容突然出现,好像从天上落下一样。如:“现在的口头语,并非一朝一夕,从天而降的语言,里面当然有许多是古语。”(鲁迅《名人和名言》)

同义 突如其来

同义例句 这突如其来的部队有如神兵从天而降,使敌军防守部队措手不及,迅速崩溃。

读音辨误 降,这里不能读成 xiáng (详)。

★〖从天而降〗

鼎元顶戴天鸿降,实为汗凝桂冠红。
百步贯杨晨练早,磨刀不误砍柴工。
滴流穿石默无息,豁达洞开锥刺通。
神委重任锻其志,仙飘翎羽历年功。

[粗枝大叶]cū zhī dà yè

[词源] 宋 · 朱熹《朱子语类卷七十八》:“《书 · 序》恐不是孔安国作,汉文粗枝大叶,今《书 · 序》细腻,只似六朝时文字。”

本义 指粗壮的枝、硕大的叶。如:“柳疆故意选了一束粗枝大叶的和尚花,塞在张大为手里。”(郭先红《征途》)

比喻 形容马虎大意,做事很不细心。含贬义。如:“一个思想僵化、粗枝大叶的人,很难写得出生动活泼、严肃周到的文章来。”(施东向《义理、考据和文章》)

引申 表示对事物的简略或概括。如:“中国的言语,各处很不同,单给一个粗枝大叶的区别,就有北方话,江浙话,两湖川贵话,福建话,广东话这五种,而这五种还有小区别。”(鲁迅《且介亭杂文 · 门外文谈》

同义 粗心大意、不求甚解与比喻义同义

反义 小心谨慎、一丝不苟与比喻义构成反义

同义例句 对于书本知识,要深入钻研、过细咀嚼、独立思考,切忌囫囵吞枣、人云亦云、随波逐流、粗枝大叶、浅尝辄止。

对比例句 财务工作是一项既烦琐又需要细心的工作,做各项报表要小心谨慎地分类入账,一丝不苟地核实数据,粗枝大叶的作风是要出问题的。

贬义褒用 指一种读书的方法。“所谓泛读,是说可以粗枝大叶地读,只要知道它大概说的是什么就行了。”(冯友兰《我的读书经验》)

读写辨误 枝,不能读成 zī (资);不能写成“技”。

★〖粗枝大叶〗

粗枝大叶好遮阳,敷衍随便恐祸殃。
毫发差厘谬千里,几句忌讳五分亡。
关公大意荆州失,赵括纸兵长平殇。
一字千金应斟酌,万钱难买入微香。

[粗制滥造] cū zhì làn zào

滥：过多，不加节制。

本义 指产品造得很粗糙，只追求数量，不讲究质量。如："'下笔千言''一挥而就'的情形也许是有的，但如果不是粗制滥造，那至少要有两个条件……"（施东向《关于写文章》）

反义 精雕细刻、精益求精

对比例句 张师傅对工作精益求精，极负责任，他最看不惯那种急功近利、粗制滥造的不负责任的行为。

读写辨误 粗，不能读成 cōu；滥，不能写成"烂"或"乱"。

★〖粗制滥造〗

唯亲粗制本周崩，拙笔滥充礼数乱。
简帛陋堂帝国殇，无章紊法乾坤换。
精雕长壁诸侯争，观止妙文绝世冠。
敷衍劣碑毁素誉，认真细琢琦瑜粲。

[摧眉折腰] cuī méi zhé yāo

摧眉：低眉；折腰：弯腰。[词源] 唐 · 李白《梦游天姥吟留别》："安能摧眉折腰事权贵，使我不得开心颜！"

本义 低头弯腰，形容毫无骨气、竭力奉承的媚态。含贬义。如：做人要堂堂正正，怎能摧眉折腰，专事奉承。

同义 拱手低眉、俯首帖耳、低首下心、阿谀谄媚

反义 刚正不阿、高山景行、不为五斗米折腰

同义例句 李白不肯摧眉折腰事权贵的性格，与陶渊明"不为五斗米折腰"的精神一脉相通。

对比例句 郑板桥为人刚正不阿。他身为县令又擅长字画，权贵们派人索取，他不愿摧眉折腰相送，总是让来人吃闭门羹。

读写辨误 折，不能读成 zhē（遮）或 zé（责），不能写成"拆"或"析"。

★〖摧眉折腰〗

奸佞弯腰奉权贵，奴颜屈膝狗从随。
莲英下四躬皇帝，官吏低三仰富眉。
岳将风嚎斩秦桧，天祥丹火傲微卑。
为人正直岂匍首，个性张扬不乞麾。

[寸步不离] cùn bù bù lí

寸步：距离很近。[词源] 南朝 · 梁 · 任昉《述异记》："吴黄龙中，吴郡海盐有陆东，妻朱氏，亦有容止，夫妻相重，寸步不离，时人号为比肩人。"明 · 冯梦龙《东周列国志》第六十七回："卢蒲癸王何执寝戈，立于庆舍之左右，寸步不离。"

本义 指人与人或人与物二者呼应相随，互不分开，关系亲密。如：一只黄毛大狗老跟在他的后面，寸步不离。

同义 形影不离、如影相随

反义 不即不离、若即若离、形单影只、影只形孤

同义例句 她俩像孪生姐妹一

样，如影随形，寸步不离。

对比例句 我家有一对花猫，长得十分逗人喜爱。它们有时寸步不离，有时跑着嬉戏，一前一后，若即若离。

读写辨误 寸，不能读成 chèn（衬）；步，不能写成“部”。

★〖寸步不离〗

鸳鸯相伴影跟飞，翩蹈不离共盏杯。
梁祝桃源双蝶舞，牛姑桥上互依偎。
世前修德此生渡，今日时常牵手陪。
缘结方来一峦鸟，风云兼行并红梅。

[寸步难行] cùn bù nán háng

寸步：形容很短的路。[词源]《敦煌变文卷五·维摩诘经讲经文》：“吾缘染患，寸步难移。”

本义 形容走路非常困难。如：“目下，这里，卷着雪片的狂风，把人团团围住，真是寸步难行！”（杜鹏程《光辉的里程》）

比喻 比喻处境十分困难。如：“民兵们展开了出色的地雷战和地道战，使敌人寸步难行。”（魏巍《晋察冀诗抄》）

同义 步履维艰、寸步难移与本义同义

反义 大步流星与本义构成反义

同义例句 祖母的脚是三角形，步履维艰的，有时简直寸步难行。那小姑娘的脚是天足，能飞跑。

对比例句 听到叫他的名，他大步流星地迈过去，把分来的马牵上。不料这马患疾，寸步难行。

灵活用法 亦作“步步难行”。如：“听了他凄凉惨切，好教我步步难行。”（元·白仁甫《东墙记》）

读音辨误 寸，不能读成 cèn；难，这里不能读成 nàn。

★〖寸步难行〗

霸王空恨困乌江，寸步难行自刎别。
人没远虑有近忧，树仇众怒茧缠灭。
搭桥铺路至南洋，设井布坑穷道绝。
一副柔肠待庶生，四通八达多方决。

[错落有致] cuò luò yǒu zhì

错落：纵横交错、长短不齐的样子；致：别致、有情趣。[词源]《晋书·卫恒传》：“纤波浓点，错落其间。”《茅盾书简·致姚雪垠》：“以潼关南原之战为例，有时写短兵相接，有时写战局全面的鸟瞰，疏密相间，错落有致。”

本义 指事物虽呈交错掺杂的状态，但能显示出一定的情趣。如：“大礼堂椭圆形，有两层挑台像两弯新月，围拱着主席台，使大礼堂成为层次分明错落有致的整体。”（孙世恺《雄伟的人民大会堂》）

反义 整齐划一、千篇一律、参差不齐、一团乱麻

对比例句 从图纸来看，整个住宅区过于整齐划一，显得呆板。我建议在外观上加些变化，布局上也作些调整，以达到错落有致、新

颖独特的效果。

读音辨误 错，不能读成 chuò（辍）；致，不能读成 zì（自）。

★〖错落有致〗—张家界

黛色桂林赛苏杭，张家仙界胜天堂。
石峰错落擎梁立，溪水蜿蜒玉带扬。
云雾天门通御阙，黄龙神洞喷瑶浆。
巍峨峦岭布弥勒，莲碧银池闪月光。

[错综复杂]cuò zōng fù zá

错：交叉；综：交织。

本义 形容事物头绪多而相互纠缠在一起，不容易分清或处理。如："这一段话意思错综复杂，很不容易说清楚，但经过作者的整理，却都串连了起来。"（朱德熙《谈朱自清的散文》）

同义 盘根错节、犬牙交错

同义例句 这个企业内部的人员关系盘根错节，错综复杂，开展工作确实困难重重。

读音辨误 复，不能读成 fú（福）。

★〖错综复杂〗

圃苑鲜花芥草搭，龙塘碧水鱼虾杂。
长江蜿曲黄河浑，青史辉煌丑陋纳。
奸贼谗言殿堂污，丹心陷落红缨飒。
马腾扬尾卷风沙，仑凌岳正顶天塌。

[措手不及] cuò shǒu bú jí

措：安置；措手：着手处理。[词源] 金 · 董解元《西厢记诸宫调》："措手不及，早攙过我。"

本义 指对突发的情况来不及应对或处理。如："到了大典即将举行的八点钟，突然接到交际科的电话，说蒋介石准备穿长袍马褂出席。这突然的改变，使李宗仁措手不及。"（顾笑言等《李宗仁归来》第二章）

同义 猝不及防、手足无措

反义 应付自如、措置裕如、泰然处之

同义例句 他发的这个任意球，起动快、旋转角度刁，使对方守门员猝不及防。球到门柱上角，这时扑救已措手不及了。

对比例句 在这局比赛中，我想用快速发球给对方一个下马威，使他措手不及。当比赛开始后，我的战术失灵了，对方应付自如，以快制快，使我又败在他的拍下。

书写辨误 措，不能写成"错"。

★〖措手不及〗

仁德慈悲根本胜，运筹帷幄建功立。
战无定数堪神兵，变化多端敌难及。
明箭容拦暗难防，声东西击晕他急。
弈棋策略随风云，天道民心屈人揖。

D

[大地春回] dà dì chūn huí

[词源] 蔡东藩、许廑父《民国通俗演义》："阴历正月初三日立春，当时有大地回春，万象更新之义，故诹吉于初四日。"

本义 指季节上冬尽春来，大地草木萌生的景象。如：“经过一个没有什么吃食可以寻觅，因而显得更加饥饿的冬天，大地春回，万物复苏的日子重新来临了。”（张洁《挖荠菜》）

比喻 比喻形势的好转。如：“楼三室的对联，引用了古人的诗句：‘春色满园关不住，一枝红杏出墙头。’横额是‘大地回春’。”（罗广斌、杨益言《红岩》）

同义 万物复苏、万象更新与本义同义

反义 冰封雪盖、寒冬腊月与本义构成反义

同义例句 大地春回，每个人都以喜悦的心情迎接着万象更新的开始。

对比例句 在千里冰封、万里雪飘的寒冬腊月，更能显示梅花的气节，她昭示着大地回春。

★〖大地春回〗

蜡梅傲雪寒消退，大地煦阳春又来。
笋露尖芽草妆绿，蝶黏芬馥卉芯开。
对莺鸣翠荡枝蔓，溪碧缠峰抚藓苔。
山水暖融亭榭闹，妙龄眉黛嫣香腮。

[大公无私] dà gōng wú sī

私：属于个人的，自己的（跟“公”相对）。[词源] 汉·马融《忠经·天地神明》：“忠者中也，至上无私。”

本义 指没有个人利己的思想。如：“把你的志向拿定，而且要抱一个光明磊落、大公无私的心怀。那你便不会有什么过去，而成为顶天立地的男子了。”（郭沫若《屈原》）

同义 廉洁奉公、铁面无私

反义 自私自利

同义例句 包拯办案秉公执法，铁面无私。千百年来民间都流传着他大公无私、断案如神的佳话。

对比例句 一个共产党员应该克己奉公，具有大公无私的胸怀，因为任何自私自利的思想、言行都是与我们伟大的奋斗目标相抵触的。

歇后用法 “既是这么说，也只好警察打他爹——大公无私了。”（魏巍《东方》）

读音辨误 私，不能读成 shī（诗）。

★〖大公无私〗

尧舜禅权为百姓，比干捐命献朝廷。
岳飞碧血洒江碧，宋瑞丹心奉汗青。
秦桧奸谀被唾弃，和珅贪赃受严刑。
谋财危国遭天谴，公益无私芳史铭。

[大惊失色] dà jīng shī sè

[词源] 汉·班固《汉书·霍光传》：“群臣皆惊愕失色，莫敢发言。”清·张春帆《宦海》第二回：“今方伯听见不是王慕维，又自称举人，不觉大惊失色。”

本义 形容非常惊恐，吓得变了脸色。如：“制台一听，大惊失

色道：'这两桩都是关系洋人的，你为什么不早说呢？'"（清·李宝嘉《官场现形记·制台见洋人》）

同义 惊恐万状

反义 若无其事、面不改色

同义例句 半夜走在昏暗的小路上，旁边的树丛突然窜出一只小猫，吓得我大惊失色，我惊恐万状的样子又把同行的朋友吓了一跳。

对比例句 一阵突如其来的龙卷风使村民们大惊失色。可是老村长却面不改色，镇定自若地指挥大家避险救灾。

读音辨误 惊，不能读成 jīn（金）。

★〖大惊失色〗

舟筏处遭狂骇浪，红尘时有乌云黑。
傲睨骤雨莫惊慌，笑对灾难非失色。
送炭何求金馈贻，赶曦少探前程得。
挑灯流汗鞠躬桑，心静豁然服孔墨。

[大快人心] dà kuài rén xīn

快：痛快。[词源]铸雪斋抄本《聊斋志异·崔猛》眉批："英雄做事，大快人心。"

本义 指坏人坏事受到惩罚或打击，使人们心里非常痛快。如："我们要老实说：'埋葬别里科夫那样的人，是一件大快人心的事。'"（俄·契诃夫《装在套子里的人》）

同义 拍手称快、皆大欢喜、额手称庆

反义 忧心忡忡、民怨沸腾、怨声载道

同义例句 那伙毒贩终于被一网打尽了，真是大快人心。老百姓一扫心头上的阴霾，无不拍手称快。

对比例句 当地居民怨声载道，已忍受了多年。如今严正的法律终于铲除了这群恶魔，实在是大快人心。

★〖大快人心〗

霾雾罩笼銮殿暗，紫星迷惑辅臣忡。
奸邪当道贤良泪，猛兽横淫儒礼冲。
包拯怒号戡乱党，乾坤清朗世风鸿。
逆谋荡涤人心快，天下欢腾国庆隆。

[大名鼎鼎] dà míng dǐng dǐng

鼎鼎：盛大，显赫。[词源]清·李宝嘉《官场现形记》二十四回："你一到京打听人家，像他这样大名鼎鼎，还怕有不晓得的。"

本义 名声很大，人人皆知。如："古来不管何等大名鼎鼎的人物，凡是做学问不踏实，而有穿凿附会之病者，几乎没有不闹笑话的。"（马南邨《学问不可穿凿》）

同义 遐迩闻名、赫赫有名

反义 默默无闻

同义例句 一个是大名鼎鼎的南国拳师，一个是遐迩闻名的北国武坛高手，这一场龙虎斗必定精彩。

对比例句 没有默默无闻的词曲作者，就不可能有大名鼎鼎的所谓"红歌星"。

褒义贬用 讽刺人人都知道的名声丑恶的人。如："这种新的'剿共'事业，不是已经有人捷足先登，奋勇担负起来了吗？这个人就是汪精卫，他已经是大名鼎鼎的新式反共人物了。"（毛泽东《新民主主义论》）

灵活用法 亦作"鼎鼎大名"。如："那么现在鼎鼎大名的刘凤仙是刘老板给一手提拔出来的了。"（田汉《名优之死》）

读音辨误 鼎，不能写成"顶"；名，不能读成 mín（民）。

★〖大名鼎鼎〗

十年寒窗无人问，一跃龙门天下晓。
世上都明神圣骄，唯然功利最宣昭。
光宗耀祖庭楼高，福禄双收翎羽兆。
风雅匾牌血肉凝，英豪茔没梦魂缥。

[大模大样] dà mú dà yàng

模、样：神态或姿态。[词源]明·王世贞《鸣凤记》第二十三出："又见他烈烈轰轰，呼呼喝喝，大模大样，前遮后拥，把那街上闲人尽打开。"

本义 指摆出一副架势，形容神态傲慢、目中无人、满不在乎的样子。含贬义。如："四位走进书房，见上面席间坐着两个人，方巾白须，大模大样。"（清·吴敬梓《儒林外史》第十八回）

引申 形容行动毫无顾忌，不受约束。含贬义。如："浓烟则不一样，它从烟囱里冲出来，总是大模大样，张牙舞爪，忽东忽西，忽南忽北朝天空飞去。"（严文井《浓烟和烟囱》）

同义 神气活现、旁若无人、趾高气扬、耀武扬威与本义同义，大摇大摆、放荡不羁、随心所欲、横行无忌与引申义同义

反义 自惭形秽、自愧不如、不矜不伐与本义构成反义，缩手缩脚、谨言慎行与引申义构成反义

同义例句 一伙盗贼摸清了这幢楼住的都是双职工，因此他们敢大模大样地行窃，随后，又大摇大摆地离去。

对比例句 这些曾在中国大模大样、横行无忌、不可一世的日军将领，在投降的签字仪式上，个个显得缩手缩脚、垂头丧气。

读写辨误 模，在这里不能读成 mó，不能写成"摸"。

★〖大模大样〗

赵高颐指鹿为马，趾晃敖倪裂虎牙。
一副无人狂嘴脸，四周嫉恨困擒拿。
奸徒媚上欺黎下，贤德尊君礼庶家。
同渡携扶共酌盏，煦嫣茵笑蝶拢花。

[大失所望] dà shī suǒ wàng

望：希望。[词源]汉·司马迁《史记高祖本纪》："秦人大失望，然恐，不敢不服耳。"

本义 原来的希望落空了，形容非常失望。如"……山下村落的秽杂，蚊蚋的猖狂，竟使他大失所望。"（郭沫若《漂流三部曲》）

同义 事与愿违

反义 称心如意、如愿以偿

同义例句 没想到事与愿违，令他大失所望。

对比例句 什么工作都不能干得称心如意，老是疙里疙瘩的，他的这些表现真使大家大失所望。

★〖大失所望〗

绛玉绢投怡苑窗，潇湘风韵郎心漾。
蝴蝶荷瓣荡青波，梅竹桃源结莲帐。
两小无猜情窦春，一厢连理耄鲐傍。
惊闻门第配鸳鸯，寒月葬花泣所望。

[大相径庭] dà xiāng jìng tíng

见 [大有径庭]

[大有径庭] dà yǒu jìng tíng

径：门外路；庭：堂外地。[词源]《庄子 · 逍遥游》：“肩吾问于连叔曰：‘吾闻言于接舆，大而无当，往而不返。’吾惊怖其言，犹河汉而无极也，大有径庭，不近人情焉。”

本义 形容彼此相差太远。如：“诗意与狄归昌同。而其恻怛规戒，涵蓄不露，则大有径庭矣。”（宋 · 罗大经《鹤林玉露》卷一）

同义 格格不入、天壤之别、截然不同

反义 如出一辙、不分轩轾、大同小异

同义例句 入世和出世这两种人生观大有径庭，几乎是格格不入的。

对比例句 两次预测都与结果大有径庭，但两次事故的原因都如出一辙。

灵活用法 亦作“大相径庭”，如：“一个材料，经过几个转手以后，可能与本来面目大相径庭。”（施东向《义理、考据和辞章》）

★〖大有径庭〗

奸佞话来反尔变，径庭大小概心精。
欲加之罪何无字，信口雌黄任性情。
行与不行随酒兴，好非不好按眉迎。
一句既出马难赶，言行相同君子名。

[大有作为] dà yǒu zuò wéi

作为：做出成绩，或有所贡献。[词源] 清 · 毕沅《续资治通鉴 · 宋纪 · 理宗景定四年》：“仁宗治效浃洽，神宗大有作为。”

本义 指充分发挥能力或才干，努力干一番事业并做出显著成绩。如：“那阵儿，城里的父母们一面高呼，‘广阔天地，大有作为’，一面却在为子女们苦苦地寻求出路。”（李存葆《高山下的花环》）

同义 大有可为、奋发有为

反义 无所作为、碌碌无为、碌碌庸才

同义例句 党的改革开放政策调动了亿万群众的积极性，尤其是奋发有为的年轻人，在国家建设中都可大有作为。

对比例句 他年轻时曾有许多好机会，完全可以大有作为，可他

太贪玩了，结果人到中年仍然是个碌碌无为的人。

读音辨误 为，在这里不能读成 wèi（卫）。

★〖大有作为〗

闻鸡起舞箭穿杨，彻夜挥毫绘典章。
滴水成河通济北，春耕夏汗蜡梅香。
经年寒膽三元翰，满苑珠玑辉殿堂。
千锻百锤为强干，一番功德鼎隆昌。

[大智若愚]dà zhì ruò yú

若：好像、似乎。[词源]清·章炳麟《箴新党论》："执雌守黑，不敢自遂，大智若愚，于是乎在。"

本义 指有才智的人不轻易外露。含褒义。如："田见秀谦逊地微笑着，拈着下巴颏上的短胡子，带着大智若愚的神气。"（姚雪垠《李自成》卷一）

同义 大巧若拙、外愚内智

同义例句 "古人说得好：'大智若愚，大巧若拙'，他想照此行事，自作愚拙，别人或被他瞒过，难道我亦受他蒙蔽么？"（蔡东藩、许廑父《民国通俗演义》第五十一回）

灵活用法 亦作"大智如愚"。如："大勇若怯，大智如愚。"（宋·苏轼《贺欧阳修致仕启》）

读音辨误 智，不能读成 zì（自）。

★〖大智若愚〗

三匠有师尼父躬，千般兵圣子孙贱。
目中无主祢衡亡，恣意妄行许攸碾。
明者自谦愚者豪，持才藐物大灾卷。
居功高傲落深渊，礼敬下层上阙殿。

[单枪匹马]dān qiāng pǐ mǎ

单枪：一支枪；匹马：一匹马。[词源]五代·汪遵《乌江》："兵散弓残挫虎威，单枪匹马突重围。"

本义 指打仗时一个人单独上阵。如：他单枪匹马冲进了村庄。

比喻 比喻一个人没有帮助，单独行动，力量单薄。如："冯寡妇大骂那些女人是熊包，自己单枪匹马……故意在大街上向村西头走。"（冯德英《苦菜花》）

同义 孤军奋战与本义同义

反义 人多势众与本义、比喻义构成反义

同义例句 只见赵子龙单枪匹马冲入敌阵，所向披靡，无人能挡。

对比例句 对方人多势众，你单枪匹马，怎能敌得过？

灵活用法 亦作"匹马单枪"。如："……不求诸圣，不重己灵，匹马单枪，投虚置刃，不妨庆快平生……"（《五灯会元》卷十八）

★〖单枪匹马〗

孤雁匹骢撞五关，千岑独履走单骑。
生来赤脚觅功名，仙逸只身空手弃。
好汉三帮创瑞图，红尘自我骖风驷。
云扃沧海存知音，寒月一枝梅馥醉。

[胆大妄为]dǎn dà wàng wéi

妄为：胡作非为。[词源]清·曾朴《孽海花》："这种人要是在敝

国，是早已明正典刑，哪里容得他如此胆大妄为呢！”

本义　指毫无顾忌地做坏事。如：“胆大妄为的‘异端’却极力宣扬人类不过是自然发展的产物。”（郑文光《火刑——纪念乔尔丹诺·布鲁诺》）

同义　恣意妄为、肆行无忌

反义　胆小如鼠、谨小慎微

同义例句　这伙犯罪分子，竟敢在光天化日之下拦路抢劫，真是胆大妄为、肆行无忌。

对比例句　张先生平素看上去给人一副谨小慎微的印象，谁知他如此胆大妄为，真是人不可貌相。

读写辨误　妄，不能读成 wáng（王），不能写成“妾”。

★〖胆大妄为〗

胆敢妄言鹿作马，竟然谋反篡皇假。
奸臣秦桧污辞诡，忠国岳飞惨遭剐。
强盗光天公劫持，英雄除霸血流洒。
蚍蜉撼树笑人间，逆溯浪潮受浪打。

[弹丸之地] dàn wán zhī dì

弹丸：用弹弓发射的弹子；地：地盘，地方。[词源]汉·刘向《战国策·赵策》：“此弹丸之地，犹不予也，令秦来年复攻王，得无割其内而媾乎？”

本义　形容地方很小。如：“东吴兵精将勇，且荆州九郡俱已属彼，止有麦城，乃弹丸之地。”（明·罗贯中《三国演义》第七十六回）

灵活用法　如：“无一兵一卒之力，无弹丸凭借之地。”（邹韬奋《呆气》）

读音辨误　弹，这里不能读成 tán（谈）。

★〖弹丸之地〗

巴掌礁汀香世港，弹丸渚玉耀辉煌。
摩天大厦栉鳞比，珠宝满矾商贸昌。
铁鸟驰飞五洲国，巨轮远驶四周洋。
黛山旖旎嫣眉笑，璀璨瑶岑闪焰光。

[当局者迷，旁观者清] dāng jú zhě mí, páng guān zhě qīng

当局者：下棋的人；旁观者：观棋的人；迷：糊涂；清：清楚。[词源]《新唐书·元行冲传》：“当局者迷，旁观者必审。”（审，很清楚地知道。）

本义　指下棋的人考虑太多，反而糊涂，观棋的人由于与己无关，反而清醒。如：“常言道：‘旁观者清，当局者迷。’倘或旁观的口嘴不紧，遇煞着处溜出半句话来，赢者反输，输者反赢。”（冯梦龙《醒世恒言·陈多寿生死夫妻》）

比喻　比喻当事人因为对自身得失顾虑太多，看问题爱偏执而导致失误；旁观人由于无关切身利益，看问题较客观、理智、全面。如：“‘当局者’因切身利害所驱使，有时不能清醒地审时度势，就有迷误的可能；而旁观者超脱于切身利害关系之外，有时便能较冷静地客观地认识事物。从这个

意义上说,‘当局者迷,旁观者清’,不无道理。”(吴桐《“旁观者”未必清》)

灵活用法 “当局者迷”“旁观者清”,二者均可单独使用。如:“俗话说:旁观者清。这几年姑娘冷眼看着,或有该添该减的去处,二奶奶没行到,姑娘竟一添减……”(清·曹雪芹《红楼梦》)再如:“当局者迷。你今天算是旁观者,谈谈你的意见。”(陈登科《移山记》)

★〖当局者迷,旁观者清〗

身处峦岚无觉巍,浮于凌碧未仙飞。
峰回路转花沟旋,不识庐山只闻薇。
楚汉棋盘浓雾漫,帅将迷惑敌军围。
脱离三界看荣贵,尘世一轮空梦徽。

[当之无愧] dāng zhī wú kuì

当,承受担当;愧:惭愧。[词源]清·李宝嘉《官场现形记》第三十二回:“赵大架子道:‘若照尧翁的大才,这几句考语着实当之无愧。不过写到折子上,语气似乎总还要软些,叫上头看着也受用。’”

本义 指当得起某种称号或荣誉,不应感到惭愧。如:“他给我们树立了一个光辉的榜样。卓越的无产阶级文化战士,他是当之无愧的。”(巴金《永远向他学习——悼念郭沫若同志》)

同义 受之无愧、居之不疑

反义 当之有愧、受之有愧

同义例句 穷且益坚,依旧不坠青云之志,王勃是当之无愧、受之无愧的才子。

对比例句 办成这件事他出力最大。他受表扬是当之无愧的。若表扬我则受之有愧了。

灵活用法 亦作“当之而无愧”。如:“夫人有厚己而自如者,恃其中所以当之而不愧也。”(宋·欧阳修《回丁判官书》)

读音辨误 当,在这里不能读成 dàng(荡)。

★〖当之无愧〗

儒家始祖仲尼佩,贞观伟人唐主位。
慈爱庶黎世界尊,福康民众功勋遂。
百霜寒冻一梅香,千锤业成万古魅。
天道酬勤名实符,桂冠顶戴当无愧。

[党同伐异] dǎng tóng fá yì

党:结党,结伙;伐异:排斥、攻击异己。[词源]南朝·宋·范晔《后汉书·党锢传序》:“自武帝以后,崇尚儒学,怀经协术,所在雾会。至有石渠分争之论,党同伐异之说。”

本义 跟自己同派别的就袒护,不同派别的就攻击。原指学术上的派别之争。如:“于是党同伐异,相倾相轧,遂成一牢不可破之局。”(清·吴淇《六朝选诗定论缘起》)

引申 后泛指一切社会集团之间的斗争。如:“‘费厄’必视对手之如何而施,无论其怎样落水,为人也则帮之,为狗也则不管之,为坏狗也则打之。一言以蔽之,党同

伐异而已矣。”（鲁迅《论“费厄泼赖”应该缓行》）

同义 标同伐异、诛锄异己、引绳排根

反义 无偏无党、求同存异

同义例句 君子矜而不争、群而不党。与之相反，小人党同伐异、朋比为奸。

对比例句 同志之间，应该无偏无党，求同存异，反对党同伐异的宗派主义。

★〖党同伐异〗

结党营私排异己，狐朋狗友鬼谋齐。
宫廷派系争权贵，仕道帮僚夺位椅。
同室操戈兄弟噬，指麋为马挟君持。
一城命运奸谀掌，七步诗行悲怆辞。

[荡然无存] dàng rán wú cún

荡：毁坏，消失。[词源] 清 · 许叔平《里乘 · 指腹为婚》：“里乘子曰：……而富家自遭兵燹，竟荡然无存了。”

本义 形容原来所存的东西完全毁坏或消失。如：“我家的地址在后来武昌‘农民运动讲习所’的东边，现在那房子早已荡然无存了。”（伍修权《我的历程》一）

引申 表示人与人或人与动物之间的情感发生很大变化，原有的交情骤然消失。如：以前那段交情荡然无存，它又成为野性难驯的畜生了。

同义 化为乌有、渺无迹处与本义同义，一刀两断与引申义同义

反义 原封不动、安然无恙与本义构成反义，藕断丝连、依然如故与引申义构成反义

同义例句 了解到儿行千里母担忧短短几字蕴含的真情，漂泊在外的游子对母亲唠叨的埋怨荡然无存，恨不得与出门前那个冷漠无情的自己一刀两断。

对比例句 以前未用农用薄膜覆盖秧苗，一遇暴风雨的吹打，苗儿就荡然无存。现在加强了田间管理之后，即使再有大风暴，苗儿在农用薄膜的保护下也可安然无恙了。

灵活用法 亦作“荡然无遗”“荡然一空”。如：“且州之四面，属羌遭贼驱胁，荡然一空，止存孤垒。”（《宋史 · 杨偕传》）

读音辨误 存，不能读成 chén（陈）。

★〖荡然无存〗

甄士身隐贾政来，荣宁二府上戏台。
春华林苑冬枯草，凤韵辣姑牢狱栽。
怡宝多情湘玉媚，月花寒葬泪流腮。
宦游浮没翎枝谪，荡失红楼梦散埃。

[倒海翻江] dǎo hǎi fān jiāng

[词源] 宋 · 陆游《夜宿阳山矶将晓大雨北风甚劲遂抵雁翅浦》“五更颠风吹急雨，倒海翻江洗残暑。”

本义 把江、海倒过来。形容雨势浩大。如：“摇天撼地起狂风，倒海翻江飞雨急。”（明 · 施耐庵

《水浒传》第五十二回)

比喻 比喻声势或力量巨大。形容磅礴的气势。如:“山,倒海翻江卷巨澜。奔腾急,万马战犹酣。”(毛泽东《十六字令》其二)

引申 形容事情达到非常急迫或严重的程度时,内心激动,很不平静。如:“这一刹那间,苏奇心中如倒海翻江”。(肖复兴等《愉快的小合奏》)

同义 浩浩荡荡、汹涌澎湃与本义同义,排山倒海、天翻地覆、波澜壮阔与比喻义同义,心潮澎湃、思潮起伏、浮想联翩与引申义同义

反义 水波不兴与本义构成反义,风平浪静、奄奄一息、偃旗息鼓与比喻义构成反义,古井无波、心如死灰与引申义构成反义

同义例句 如果有机会,一定要去钱塘江观潮。不仅仅是因为其倒海翻江之势,更是因为其汹涌澎湃之壮美堪称“此景只应天上有,人间难得几回闻”。

对比例句 音乐是无国界的,它有无穷的艺术魅力。听一首好的名曲,即使是古井无波的人,也会震撼他的心灵,使之如倒海翻江似的激动不已。

灵活用法 亦作“翻江倒海”。如:“如果一个作家把这些字和生活结合起来,用思想连串起来,他就会翻江倒海,写下无尽休的作品和无数可歌可泣的故事。”(孙犁《好的语言和坏的语言》)

读音辨误 倒,在这里不能读成 dào(到)。

★〖倒海翻江〗

乌云密布罩华夏,清廷式微弱国哀。
航舰迎浪旌帜举,镰锤猛击溃銮台。
三番战役定乾宇,一扫朽堂浓雾开。
倒海翻江摧腐败,红旗遍地旭辉来。

[道路以目] dào lù yǐ mù

以:用。[词源]《国语·周语上》:“国人莫敢言,道路以目。”

本义 指路上相遇,只能用眼神示意,不敢交谈。形容反动统治施行暴政,人民毫无言论自由。如:“‘防民之口,甚于防川’、‘止谤’使得老百姓‘道路以目’。”(臧克家《纳谏与止谤》)

同义 偶语弃市、比屋可诛、敢怒不敢言

反义 不平则鸣、还政于民、政通人和、比屋可封

同义例句 在黑暗的中世纪,教皇统治欧洲,残忍处理“异端”。当时的人们都噤若寒蝉,道路以目,以免必诛之祸。

对比例句 堂高廉远,道路以目;唐虞之治,政通人和。

读音辨误 路,不能读成 lòu(漏)。

★〖道路以目〗

纣王残苛乌帻布,路人侧恐无声诉。
畜生疼痛尚能唉,黎庶冤伤哑巴苦。
官话铿锵衙税收,蓑襟汗劳稻交赋。
横征暴敛殿楼倾,天下自由欢曲呼。

[道听途说]dào tīng tú shuō

道、途：路。[词源]《论语·阳货》："道听而途说，德之弃也。"汉·班固《汉书·艺文志》："小说家者流，盖出于稗官，街谈巷语，道听途说者之所造也。"

本义 路上听来的话，指没有根据的传说。如："东张西望，道听途说，决然得不到什么完全的知识。"（毛泽东《农村调查》序言）

同义 耳食之谈、齐东野语、街头巷尾

反义 言之凿凿、耳闻目睹、目击耳闻

同义例句 有些人喜欢打听小道消息，把道听途说的事信以为真，并作为耳食之谈，这是很不应该的。

对比例句 他当领导办事非常认真，从不相信道听途说之言。凡大事都躬亲调查研究，对耳闻目睹的情况进行分析并作出决策。

读音辨误 途，不能读成 tū（秃）；说，不能读成 suō（梭）。

★〖道听途说〗

一闻青碧跃飞鱼，十传白龙穿阙闾。
三个裨将顶诸葛，三人成虎信毛驴。
唐寅柴屋点秋菊，挖井得人空穴居。
谣止于聪辨真伪，眼看为实耳听虚。

[得道多助，失道寡助]dé dào duō zhù，shī dào guǎ zhù

道：仁政；寡：少；得：施行。[词源]《孟子·公孙丑下》："域民不以封疆之界，固国不以山溪之险，威天下不以兵革之利。得道者多助，失道者寡助。"

本义 施行仁政的国君就能够得到众多人的拥护，不施行仁政的国君只能够得到极少数人的支持。如："作者由战争的胜负推论到'域民'、'固国'、'威天下'的大道理，得出了'得道多助，失道寡助'的结论。"（冯钟芸《中学语文教学指导书》）

引申 坚持正义就能得到多方面的支持与帮助，违背正义必然陷于孤立。如：侵略者总是以失败而告终，这就是因为得道多助，失道寡助。

同义 得人者昌，失人者亡与本义同义

同义例句 自古以来，得人者昌，失人者亡，是由于得道多助，失道寡助。因此统治者了解民意，顺应民心，实在是得天下的第一要着。

读音辨误 助，不能读成 còu（凑）。

★〖得道多助，失道寡助〗

无道纣王烙谏相，凶残霸帝自焚尸。
秦皇苛政猛于虎，陈胜揭竿众叛离。
民水洪涛载舟远，钢梁耿直鼎銮旗。
礼贤下士获儒宝，鞠拱贫黎夯殿基。

[得过且过]dé guò qiě guò

且：暂且。[词源] 明·陶宗

仪《辍耕录·卷十五·寒号虫》:“寒号虫至深冬严寒之际,毛羽脱落,索然如彀雏,遂自鸣曰:‘得过且过’。”

本义 指过一天算一天,只为眼前打算,不顾将来。如:“俱是吃烟人的脾气,总是得过且过,那一个是真心肯戒?”(清·彭养鸥《黑籍冤魂》)

引申 指工作马虎应付,不负责任。如:“办事不认真,无一定计划,无一定方向,敷衍了事,得过且过,做一天和尚撞一天钟。这是第九种。”(毛泽东《反对自由主义》)也指生活马虎,混日子,胸无大志。如:“过一天算一天,得过且过,有什么法儿?”(姚雪垠《李自成》)

同义 今朝有酒今朝醉、做一天

反义 做一天和尚撞一天钟、打一日花鼓游一日江湖、吃一节算一节与本义同义

反义 日理万机、夙兴夜寐与本义构成反义

同义例句 这个人向来得过且过,做一天和尚撞一天钟,难堪重任。

对比例句 党的好干部焦裕禄同志为治理兰考日理万机,日夜操劳,而那些身居显位却得过且过的人是不能与之同日而语的。

书写辨误 得,右边中间不能少写一横。

★〖得过且过〗

功利名誉烦恼多,悠哉游衍逍遥乐。
一杯清茗映春秋,二两浊觞醉情酌。
迎旭翩跹超脱腾,挑灯欣赏珠玑落。
寒来暑往添鲐纹,智鹚霜髯衬红萼。

[得胜回朝]dé shèng huí cháo

朝:朝廷。[词源]元·无名氏《小尉迟》:“老将军,你这一去,小心在意者,若得胜还朝,圣人自有加官赐赏哩。”明·冯梦龙《醒世恒言·李玉英狱中讼冤》:“终日盼望李雄得胜回朝。”

本义 旧指打了胜仗回朝廷报功。现指胜利归来。如:“以为这一吓,人家就会闭口,自己就可以‘得胜回朝’了。”(毛泽东《反对党八股》)

同义 满载而归

反义 大败亏输、落荒而逃

同义例句 这回出击,由于战术得当,全歼敌人。部队得胜回朝,满载而归。

对比例句 曹操占领荆州,率师百万,要“会猎”于赤壁,本想直下东吴,得胜回朝,结果,反被周瑜火烧赤壁连营,弄得大败亏输,败走华容道。

读音辨误 朝,在这里不能读成 zhāo(招)。

★〖得胜回朝〗

千张弓弩射斑鹫,百步穿杨敌眼摧。
露宿风餐戍疆域,挺身冒死吓狮豴。
血流山岳江河长,骨肉城墙銮殿巍。
一番拼争功绩卓,三胜凯捷载誉回。

[得意忘形] dé yì wàng xíng

[词源]《晋书 · 阮籍传》:“当其得意,忽忘形骸。”元 · 鲜于必仁《折桂令 · 画》:“得意忘形,眼兴迢遥。”

本义 形容高兴得控制不住自己而失去常态。如:“舍皮保命:有的兔子如果不幸被猛兽一口咬住,只要不是咬到致命处,兔子还有最后一招,那就是舍弃一块毛皮,趁对手得意忘形之时,便逃之夭夭。”(史庆礼《兔》)

同义 忘乎所以

反义 垂头丧气

同义例句 常言道人生不如意,十之八九。我们要学会在人生的旅途中寻找快乐,笑对人生。身处困境,心态平和;面对失败,不轻言放弃;面对成功,不得意忘形;学会用积极乐观战胜苦难,走出逆境。

对比例句 要学会控制自己,高兴过度得意忘形,受到挫折就垂头丧气,这都不好。

灵活用法 亦作“忘形得意”。如:“古画画意不画形,梅诗咏物无隐情,忘形得意知者寡,不若见诗如见画。”(宋 · 欧阳修《盘车图》)

★〖得意忘形〗

惊闻中举发癫姿,范进舞衫歪嘴腮。
赤膊鼓锣讥孟德,祢衡名裂秃颅开。
栋梁失态倾銮殿,酒盏翻飞月影栽。
欢乐有章文雅礼,举觞愉悦互尊才。

[得意洋洋]dé yì yáng yáng

得意:称心如意;洋洋:得意的样子。[词源] 汉 · 司马迁《史记 · 管晏列传》:“意气扬扬,甚自得也。”清 · 李宝嘉《官场现形记》第五十七回:“单道台得意洋洋地答道:‘忙虽忙,然而并不觉得其苦。’”

本义 形容心满意足,十分高兴的样子。如:有一只公鸡,自以为很美丽,整天得意洋洋地歌唱。

引申 现常形容因得意显出气势很盛、骄傲自满的样子。如:“张弘范回兵广州。他得意洋洋,大摆酒席,庆贺自己的战功。”(万绳楠《文天祥》)

同义 称心如意、洋洋自得与本义同义,自鸣得意、沾沾自喜、趾高气扬与引申义同义

反义 愁眉苦脸、愁眉锁眼、愁眉不展与本义构成反义,垂头丧气、一蹶不振与引申义构成反义

同义例句 这次学校举办的演讲比赛,张华得了第一名。他拿着奖状得意洋洋地回家,爸爸妈妈都夸奖他的才干,这使他更显出洋洋自得的样子,心里乐不可支。

对比例句 王志勇在这次期末考试中,有两门主科不及格。他拿着成绩单像打蔫似的,愁眉苦脸。这位文体委员昔日那种得意洋洋的神态,一下子就看不到了。

灵活用法 亦作“得意扬扬”“扬扬得意”“洋洋得意”。如:“春暖长江水正清,洋洋得意漾波生,非

无欲透龙门志，只待新雷震一声”（宋·朱淑贞《断肠集·春日亭上观鱼》）

★〖得意洋洋〗

金榜题名眉睫舞，洞房花烛笑颜开。
乔迁晋级乐盈嘴，欢续宗承宴凤台。
久旱甘霖逢故友，寿高南岳福康来。
春风得意马蹄跃，喜溢脸庞嫣靥腮。

[德高望重]dé gāo wàng zhòng

德：品德；高：崇高；望：声望。[词源]《晋书·简文三子传》：“元显因讽礼官下议，称己德隆望重，既录百揆，内外群僚皆应尽敬。”

本义 品德高尚，声望很高。如：“根据五点区的迈克尔·欧弗兰纳根先生和水街的启特·柏恩斯先生及约翰·亚伦先生三人宣誓负责的证词，现已证明马克·吐温先生污蔑我党德高望重的领袖约翰·霍夫曼的祖父。”（马克·吐温《竞选州长》）

同义 德隆望尊

反义 鲜廉寡耻、无恶不作

对比例句 被誉为“德高望重的领袖”的霍夫曼其实是一个无恶不作的无耻之徒。

书写辨误 德，不能写成“得”。

★〖德高望重〗

白袂仙风荡俗尘，良言精髓改庸貌。
孔丘高品创儒门，老子名望成道教。
圣祖鸿俦奠礼仁，先贤美德后人效。
遵循天意崇前修，启迪未来扬伟珓。

[灯火辉煌]dēng huǒ huī huáng

辉煌：光彩夺目。[词源]清·曹雪芹《红楼梦》第七回：“尤氏等送至大厅前，见灯火辉煌，众小厮都在丹墀侍立。”

本义 形容灯火光明灿烂的景象。如：电机房里灯火辉煌，五台绿色的大型发电机组，整齐地排列着。

同义 灯火通明

反义 黑灯瞎火、灯枯油尽

同义例句 每当夜幕降临，整个长沙一片灯火辉煌，就像天上闪烁的星星，但是比天上的星星还要好看，还要富有吸引力。红的、绿的、蓝的、黄的，聚成一片，就像一簇簇放射着灿烂光华的鲜花。

对比例句 从前这里一片荒凉，每当夜幕降临，路上就黑灯瞎火，如今成为开发区，大道纵横交错，高楼林立，入夜如昼，灯火辉煌，十分壮观。

书写辨误 煌，不能写成“蝗”。

★〖灯火辉煌〗

紫城璀璨煦风祥，银树烟花夜艳光。
銮殿辉煌灯火灿，炎黄英杰聚金堂。
楷模奉献祖家强，佩戴授勋荣誉扬。
中国脊梁群庶鼎，丹心汗水九州昌。

[登高望远] dēng gāo wàng yuǎn

[词源]《荀子·劝学》：“吾尝跂而望矣，不如登高之博见也。”

本义 指登上高处，往远处

望。如：爬上山顶，登高望远，顿时觉得视野开阔，心情也变得轻松起来。

比喻 比喻站在高的视点上，用远大的眼光看问题。如：要用发展的眼光看问题，登高望远，才能正确认识目前的形势。

同义 高瞻远瞩与比喻义同义

反义 坐井观天、目光如豆与比喻义构成反义

同义例句 在身处困境时，我们应该登高望远，坚信前途是光明的，而困难是暂时的。只有高瞻远瞩，才能开阔视野，增强信心，提高生活和学习的勇气。

对比例句 坐井观天的人是不会有什么大出息的，只有善于登高望远、立下雄心大志的人才可能做出惊人的成绩。

灵活用法 亦作“登高远望”。如：“春回大地之后，登高望远，县中部和北部大面积的防风林带郁郁葱葱，田间的行行绿树纵横交错。”（杨士杰《昔日荒山变绿洲》）亦作“登高远眺”。如：“每逢假日和节日，总是有那么多的游客，为滇池所吸引，涌向大观楼和太华山，或登高远眺，或泛舟于湖上，或嬉水于海埂……”（洛汀《五百里滇池》）

读音辨误 远，不能读成ruǎn（软）。

★〖登高望远〗

春煦明晖丹地暖，山清水秀逸情徽。
登高望远心豪达，拂卉闻香爽碧扉。
一览众丘銮殿渺，万般幻霭俗间微。
骑驰岱岳舞霞彩，飘漾瑶宫放梦飞。

[等闲视之]děng xián shì zhī

等闲：平常。[词源] 明 · 罗贯中《三国演义》第九十五回：“今令汝接应街亭……此乃大任也，何为安闲乎？汝勿以等闲视之，失吾大事。”

本义 把它看得很平常，不予重视。如：“但是确实存在着这种典型，而且为数相当得多，危害相当的大，不可等闲视之的。”（毛泽东《改造我们的学习》）

同义 满不在乎、漠不关心、漠然视之

反义 非同小可、刮目相看、另眼相看

同义例句 马谡对镇守街亭满不在乎，对魏方老将司马懿等闲视之，导致街亭失守，北伐失利。

对比例句 马谡对攻打街亭的老将司马懿等闲视之，一笑置之，其实，司马懿身经百战，老谋深算，是位非同小可的军事家。

灵活用法 亦作“视为等闲”。如：“难道对人民负责的文艺工作者应当对这样的事实视为等闲吗？”（周恩来《在中华全国文学艺术工作者代表大会上的政治报告》）

书写辨误 等，不能写成“荨”。

★〖等闲视之〗

烽火戏侯等闲视，褒妃嘲笑幽王刺。

莫看善小不为之，勿以恶轻无在意。
千里长堤溃蚁巢，一时疏忽酿灾事。
积沙成塔水穿山，逐渐步趋到竺寺。

[地大物博] dì dà wù bó

博：众多、丰富。[词源]清·李宝嘉《官场现形记》第二十九回：“又因江南地大物博，差使很多，大非别省可比。”

本义 指疆域辽阔、物产丰富。如：“中国地大物博人多，而日本国小人少，光凭武器也不能取……”（杨沫《青春之歌》）

同义 物众地大

同义例句 世界上物众地大的国家并不多，在这些大国中，历史悠久，文化灿烂，地大物博，我们中国是当之无愧的了。

书写辨误 博，不能写成“搏”。

★〖地大物博〗

华夏文明源远长，地遥物庶金山富。
南北冰火两重天，东西海空云水路。
甲骨丝瓷遐迩名，满肴全席世人慕。
纵横千里万风情，昂首一扬百鸟呼。

[地动山摇] dì dòng shān yáo

[词源]《敦煌变文集·伍子胥变文》：“忽即云昏雾暗，地动山摧。”明·吴承恩《西游记》第四回：“这场斗，真个地动山摇，好杀也。”

本义 形容力量之大可使大地震动，山岳摇撼。如：“劲风阵阵，呼啸而来，其来也，如钱塘怒涛，万马奔腾，地动山摇，多少弱不禁风的人，都会闻风变色呢！”（曹靖华《洱海一枝春》）

同义 山崩地裂、震天动地

同义例句 国庆阅兵仪式中，军人们踏着整齐的步伐经过天安门前，踏步声整齐响亮，给人一种地动山摇、震天动地的感觉。

灵活用法 亦作“山摇地动”。如：“但见烟火腾空，山摇地动，好似雷公排恶阵，分明霹雳震乾坤。”（清·钱彩、金丰《说岳全传》第五十七回）

读音辨误 山，不能读成 sān(三)。

★〖地动山摇〗

英雄虎背岿然峨，威猛刚强鼎国脊。
怒吼一声岱岳摇，敌军万马匿无迹。
力摧堡垒扫狐狼，气壮山河扬天戟。
骨作柏梁定泰嵩，血流川水清江碧。

[地裂天崩] dì liè tiān bēng

见[天崩地裂]

[颠沛流离] diān pèi liú lí

颠：颠簸；沛：仆倒；颠沛：困苦，窘迫；流：不安定；离：离别家园。[词源]宋·楼钥《上蒋参政书》：“颠沛流离，而叫呼攀援于门下。”

本义 形容四处奔波，处境艰难。如：在民政部门的帮助下，他终于返回家园，结束了颠沛流离的生活。

同义 流离失所

反义 安居乐业

同义例句 安史之乱爆发后，盛唐就此衰落，许多百姓成为流离失所的难民，过着颠沛流离的生活。

对比例句 看到如今人们都安居乐业，我不禁时常想起从前那颠沛流离的悲惨生活。这真是两种社会两重天哪！

灵活用法 亦作"流离颠沛"。如："而登高一呼，万方响应，翕然从风，固为万流景仰，但在流离颠沛之际，非有几分呆气为后盾，岂能坚持得下去？"（邹韬奋《呆气》）

书写辨误 沛，不能写成"市"。

★〖颠沛流离〗

纣王苛征庶黎哭，布衣颠沛伴霜露。
朱门肉臭田饥殍，沃土衰民承重赋。
胥吏衙堂金口开，白丁何处诉贫苦。
苍天有眼识闲勤，奖罚终应善恶付。

[雕梁画栋] diāo liáng huà dòng

雕：用彩画装饰；栋：房屋的脊檩。[词源] 明 · 许仲琳《封神演义》第二十三回："文王大喜，随同文武多官排銮舆出郭，行至灵台观看，雕梁画栋，台砌巍峨，真一大观也。"

本义 形容豪华建筑富丽堂皇。如："正面五间上房，皆雕梁画栋，两边穿山游廊厢房，挂着各色鹦鹉、画眉等鸟雀。"（清 · 曹雪芹《红楼梦》第三回）

同义 碧瓦朱甍、金碧辉煌

反义 蓬门荜户、蓬户瓮牖、茅茨土阶、颓垣破瓦

同义例句 这座重建的博物馆，碧瓦朱甍、雕梁画栋，它的造型既古朴典雅，又显得十分壮观。

对比例句 山上是一座富丽堂皇的别墅，雕梁画栋。而山下是一片农舍，蓬门荜户。二者反差巨大，引人深思。

灵活用法 亦作"雕栏画栋""画梁雕栋""画栋雕梁"。如："朱甍碧瓦，掩映九级高堂，画栋雕梁，真乃是三微精舍。"（明 · 施耐庵《水浒传》第九回）

书写辨误 梁，不能写成"粱"；栋，不能写成"冻"。

★〖雕梁画栋〗

紫禁恢宏金璀璨，梁雕栋画镂镌煌。
屏风红杏逸香粉，玉壁飞黄腾上苍。
正大光明牌刻魄，庭园斑竹泪含沧。
瑜珠翡翠充瑶殿，华表龙头傲气昂。

[调兵遣将] diào bīng qiǎn jiàng

调：分派；遣：差遣。[词源] 明 · 施耐庵《水浒传》第六十七回："早早调兵遣将，剿除贼寇报仇。"

本义 调派兵力，派遣将领，形容积极备战。如：东吴的周瑜调兵遣将，驻在赤壁，同曹操的兵隔江相对。

引申 泛指调动，安排人力、物力。如：王厂长这几天又在调兵遣将，想赶在年底前完成全年的生

产任务。

同义 秣马厉兵、弓上弦刀出鞘与本义同义，兴师动众与引申义同义

反义 按甲寝兵、解甲投戈、止戈为武与本义构成反义，按兵不动与引申义构成反义

同义例句 为了迎接这次运动会，争取必胜，国家调兵遣将，组成参赛代表团，秣马厉兵，进行集训。

对比例句 处在和平时期，军队容易产生按甲寝兵的麻痹思想。我们应清醒地认识到国际局势有风云突变的时候。为此，要随时保持高度的警觉。在备战布置上，常常调兵遣将，以适应形势变化的需要。

灵活用法 亦作“点军调将”。如：“卢俊义顶盔甲，跃马横枪，点军调将，耀武扬威，立马在门旗之下。”（明·施耐庵《水浒传》第八十五回）

读写辨误 调，在这里不能读成 tiáo（条）；遣，不能写成“遗”。

★〖调兵遣将〗

三国君王翻大地，明争暗斗夺銮旗。
运筹帷幄决千里，遣将调兵胜一奇。
曹贼万军衰赤壁，卧龙三气帅郎辞。
诸侯掠邑掇珠宝，黎庶草菅遭戮欺。

[掉以轻心] diào yǐ qīng xīn

掉：不放在心上；轻心：不经意。[词源] 唐·柳宗元《答韦中立论师道书》：“故吾每为文章，未尝敢以轻心掉之，惧其剽而不留也；未尝敢以怠心易之，惧其驰而不严也。”

本义 指对事情采取轻率、不经心的态度。如：“由于这样，好些人就对文学作品中另一方面的道理——装饰得美掉以轻心了。”（秦牧《两只青蛙》）

反义 郑重其事

对比例句 他是一名久负盛名的外科医生，但对每一次手术都是郑重其事，从不掉以轻心。

读写辨误 轻，不能读成 qīn（侵）；掉，不能写成“悼”。

★〖掉以轻心〗

关公大意失荆州，曹操蔑瞧丢赤壁。
赵括纸兵败长平，孔明疏忽街亭戚。
藐仇重术道高谋，滋德润民化寇敌。
谬以毫厘误百余，堵堤蚁穴挡洪击。

[顶天立地]dǐng tiān lì dì

[词源] 宋·释普济《五灯会元》卷五十六：“汝等诸人，个个顶天立地。”

本义 指形象高大。如：“它像顶天立地的巨人一样矗立在广场南部，和天安门遥遥相对，在远处就可以看到毛主席亲笔题的‘人民英雄永垂不朽’八个金色大字。”（周定舫《人民英雄永垂不朽》）

引申 引申为气势豪迈、光明磊落。如：“我韩厥是一个顶天立地的男儿，怎肯做这般勾当！”（元·纪君祥《赵氏孤儿》）

同义 光明磊落与引申义同义

同义例句 只有伟人才能被称为顶天立地的人吗？不，每一个努力生活的人都是顶天立地的英雄。

★〖顶天立地〗

男子刚强威岱岳，顶天立地猛狮昂。
凌云仙阙酣瑶玉，入海龙宫巨浪扬。
胸腹桑田腴薄瘠，心含苍浩鹤程翔。
翰儒汗滴流青史，挺拔金椎鼎殿堂。

[丢盔弃甲] diū kuī qì jiǎ

盔、甲：古代打仗用的护头帽和护身服。[词源]元·孔文卿《东窗事犯》第一折："唬得禁军八百万丢盔弃甲。"

本义 形容被打的军队狼狈逃窜的情形。含贬义。如：曹操见手下的兵将丢盔弃甲，无心恋战，只得带了他们从华容道逃跑。

同义 抛戈撇戟、溃不成军

反义 披坚执锐、坚甲利兵

同义例句 公元383年，东晋将领谢玄率八万军队与前秦王苻坚的八十万军队会战于淝水。晋军以巧制胜，打得前秦军队丢盔弃甲、抛戈撇戟、溃不成军。淝水之战成为我国历史上以少胜多、以弱胜强的著名战例。

对比例句 团长披坚执锐，身先士卒，全团将士勇气倍增，将数倍于己的敌军打得丢盔弃甲。

灵活用法 亦作"弃甲曳兵""弃甲丢盔"。如："魏兵魂飞魄散，弃甲丢盔，抛戈撇载，各逃性命，自相践踏，死者无数。"（明·罗贯中《三国演义》第一十四回）

读写辨误 盔，不能读成kuí（葵）；弃，不能写成"弁"。

★〖丢盔弃甲〗

曹操赤壁大军败，丢甲弃盔狼狈逃。
麻痹藐瞧遭惨祸，疏慵失算妄风骚。
三番六计幻为策，七十二谋无作高。
兵不血刃头等政，民心归属最强豪。

[东拉西扯]dōng lā xī chě

本义 指言谈的内容很杂乱，漫无边际，没有中心，没有主题。如："张老头子也换了话，东拉西扯讲镇里的新闻，夹着许多说书场上听来的什么秦叔宝、程咬金。"（茅盾《春蚕》）

引申 形容写文章这里抄一点，那里抄一点。如："中国的作文和做人，都要古已有之，但不可直抄整篇，而须东拉西扯，补缀得看不出缝，这才算是上上大吉。所以做了一大通，还是等于没有，而批评者则谓之好文章或好人。"（鲁迅《做古文和做好人的秘诀》）

★〖东拉西扯〗

作赋编书沙垒砌，离题杜撰烂宣张。
东拖冗语垒长著，西扯秩闻充牍章。
范稿修辞清晰亮，好句逻辑理论当。
一编典籍飧饥腹，几颗珠玑闪璀光。

[动魄惊心] dòng pò jīng xīn

见[惊心动魄]

[动人心魄] dòng rén xīn pò

见[动人心弦]

[动人心弦]dòng rén xīn xián

动人：感动人；心弦：指受感动而引起共鸣的心情。

本义 指受到感动而引起的内心共鸣。形容文艺作品或事物有激动人心的感染力。如："这封动人心弦的烈士遗书，通篇洋溢着无产阶级革命者的浩然正气。"（穆欣《南线巡回·又照秦淮一叶枫》）

同义 扣人心弦、感人肺腑

反义 平淡无奇、索然寡味、无动于衷

同义例句 李白的《将进酒》将好一幅壮阔的景象摊在我们面前，慷慨激昂，感人肺腑，动人心弦。

对比例句 广告吹嘘这部电影描绘的情节动人心弦，待我们观看后觉得平淡无奇、索然寡味。

灵活用法 亦作"动人心脾"。如："他们的长处，在于能够度察天下的大势而出之以引人入胜的妙喻好句，出之以动人心脾的危辞险语。"（郑振铎《插图本中国文学史·先秦的檄文》）

读音辨误 弦，不能读成 xuán（玄）。

★〖动人心弦〗

珠玉琴弦弹肺腑，激情荡漾泛波光。
书扉金字引人目，翰牍绝句吟咏亢。
娓娓文辞盈腹经，滔滔青史涌衷肠。
红楼言笑勾春梦，仙语禅机逸佛堂。

[栋梁之材]dòng liáng zhī cái

栋：脊檩、正梁。[词源]元·李文蔚《张子房圯桥进履》第二折："他是那擎天之柱，可为栋梁之材。"

本义 比喻能担当国家重任的人。如："这位老兄，双眉带彩，二目有神，可做国家栋梁之材。"（《相声传统作品选·连升三级》）

同义 盖世英才、出将入相、中流砥柱

反义 凡夫俗子、等闲之辈、不堪造就

同义例句 他从小就立下了远大的志向，要成为国家未来的栋梁之材和中流砥柱。

对比例句 古语云："自古雄才多磨难，纨绔子弟少伟男。"从历史上看栋梁之材都是在磨难中磨砺出来的，而那些纨绔子弟多为贪图享乐而生，他们是不堪造就的。

灵活用法 亦作"栋梁之器"。如："再偷眼看他，见那人生得仪表非俗，气宇轩昂，后来必作栋梁之器。"（清·钱彩、金丰《说岳全传》）

读写辨误 之，不能读成 zī（资）；材，不能读成 chái（柴）；栋，不能写成"东"；梁，不能写成"染"。

★〖栋梁之材〗

姜公谋略助周武，子姓丹心忠国君。
商鞅井田秦鹿强，孔丘儒德礼经熏。
魏徵民水荣贞观，诸葛睿聪三鼎军。
李白云诗珠玉灿，华佗妙手技超群。

[独一无二]dú yī wú èr

[词源] 清 · 曾朴《孽海花》第二回：“列位国民……不晓得状元的出色价值，这是地球各国，只有独一无二之中国方始有的。”

本义 指唯一的、没有相同的或可以相比的。如：“早在十三世纪，卢沟桥就闻名世界。那时候有个意大利人马可 · 波罗来过中国，他的游记里，十分推崇这座桥，说它‘是世界上独一无二的’。”（茅以升《中国石拱桥》）

同义 无与伦比、盖世无双、绝无仅有

反义 比比皆是、屡见不鲜、司空见惯、无独有偶

同义例句 中国的文化古迹举世闻名。罕见的文物很多，如秦朝兵马俑在世界上是独一无二、举世无双的。

对比例句 文物是分等级的。有的文物分布广、出土多，像陶器、瓷器、古币等都是屡见不鲜的。但有的很稀罕，如殷商时期的青铜器重达 875 公斤的司母戊大方鼎，则是盖世无双、独一无二的。

灵活用法 亦作“唯一无二”。如：“只有巩固和扩大抗日民族统一战线，发动全民族中的一切民主力量，这是唯一无二的方针。”（毛泽东《中国共产党在民族战争中的地位》）

★〖独一无二〗

长城万里独无二，甲骨契文唯殷商。
四大发明寰宇叹，九章算术八方扬。
华佗神医救黎庶，火药助推经济昌。
雅礼古先儒学善，桃源大同看炎黄。

[蠹国殃民] dù guó yāng mín

见 [祸国殃民]

[断瓦残垣] duàn wǎ cán yuán

垣：墙壁。[词源] 明 · 汤显祖《牡丹亭》：“原来姹紫嫣红开遍，似这般都付与断井颓垣。”

本义 指房屋破旧颓坏。如：“那弄堂里……断瓦残垣中间时或露出焦黄的破布碎片，所有这些说明了这条弄堂不仅受到台风破坏，而且显然发生过火灾。”（何为《第二次考试》）

比喻 比喻荒凉破败的景象。如：“20 年来蒋军的残酷烧杀，使……变成了一片荒凉的地方，沿途村镇只剩下残垣断壁了。”（穆欣《南线巡回》）

同义 残垣断壁与本义、比喻义同义

反义 富丽堂皇与本义构成反义

同义例句 连年的军阀混乱，

这一带已是断瓦残垣、路断人稀，处处都是残垣断壁，一片荒凉的景象。

对比例句 这昔日富丽堂皇的王爷府，就在暴风雨中崩塌，剩下一堆断瓦残垣。

读音辨误 垣，不能读成 huán（环）。

★〖断瓦残垣〗

军哗混斗灵涂炭，瓦碎墙翻尸鹄遍。
嘉兴红船启曙灯，工农戟箭向妖穿。
四横赤水脱围剿，三役猛攻胜敌战。
黎庶旌旗插殿堂，人民执掌华新面。

[断垣残壁]duàn yuán cán bì

见 [断瓦残垣]

[堆积如山] duī jī rú shān

本义 指大批的东西堆放在一起，像山那么高。如：增援部队迅速赶到，抢险物资也同期运抵抗洪前线，麻包、木材、碎石等堆积如山。

灵活用法 亦作“堆如山积”。如：“瑜又引干到帐后一望，粮草堆如山积。”（明·罗贯中《三国演义》第四十五回）

读写辨误 如，不能读成 yú（于）；山，不能读成 sān（三）。

★〖堆积如山〗

风调雨顺沧海沃，汗流泉碧谷堆山。
蜡灯滴沥珠玑馥，翰墨润涓青史潺。
沙聚塔成銮殿峨，跬累周戊九州环。
千溪江涌洪潮澜，万马奔腾华夏寰。

[对答如流] duì dá rú liú

对答：回答。[词源]《陈书·儒林传·戚衮》：“衮精彩自若，对答如流，简文深为叹赏。”

本义 形容回答问题非常迅速、流畅。如：负责指挥这个阵地的是一位团长。彭总向他提出了不少问题，开始他还能对答如流，后来问到国外最新的常规火炮的性能怎样，海面前方有哪些国家的定期航线，他就回答不出来了。

同义 应其若响、分风劈流

反义 结结巴巴、答非所问、杜口木舌

同义例句 陈莹同学是我班学习委员，他学习很刻苦。每次老师提问，他都能对答如流。即使较难的问题，他也能脱口而出，应其若响。

对比例句 考试前，我和周敏一起复习功课，采取相互提问的方法加强记忆。对我的提问，她常常对答如流；而她问我的问题，我有时不是结结巴巴，就是答非所问。

灵活用法 亦作“应答如流”。如：“孝伯风容闲雅，应答如流。”（《北史·李孝伯传》）

读写辨误 如，不能读成 yú（与）；答，不能写成“荅”。

★〖对答如流〗

伶牙俐齿速回应，对答如流迅敏捷。
上晓天文史地儒，下知物化医工烨。

单刀会战群妖魔，三寸簧言一剑慑。
夜纳晨收苍智谋，珠玑飞弹惊奸谍。

[对牛弹琴]duì niú tán qín

[词源]《庄子 · 齐物论》：“彼非所明而明之。”晋 · 郭象注：“是犹对牛鼓簧耳。”《建中靖国续灯录 · 汝能禅师》：“对牛弹琴，不入牛耳。”

本义 比喻对蠢人讲高深的道理。如：“和这些刽子手争吵，无异于对牛弹琴，徒然耗费精力。”罗广斌、杨益言(《红岩》第十九章)

引申 也讽刺说话的人不看对象。如：“‘对牛弹琴’这句话，含有讥笑对象的意思。如果我们除去这个意思，放进尊重对象的意思去，那就只剩下讥笑弹琴者这个意思了。”(毛泽东《反对党八股》)

同义 语不择人、无的放矢与本义、引申义同义

反义 对症下药、有的放矢与本义、引申义构成反义

同义例句 对牛弹琴、无的放矢，睁着眼睛说瞎话，这样的演讲对听众不负责任，不能解决任何问题。

对比例句 对牛弹琴，无的放矢，是不看对象；对症下药，有的放矢，是尊重对象。出发点不同，处事效果迥异。

歇后用法 你与他讲这些道理，好比抱着琵琶进磨坊——对牛弹琴。

灵活用法 亦作“对牛鼓簧”。如：“是犹对牛鼓簧耳。”(晋 · 郭象《庄子注》)

读写辨误 弹，在这里不能读dàn (旦)；琴，不能写成“今”。

★〖对牛弹琴〗

高山流水波蝉乐，冲犊弹琴岂入耳。
霓袂羽衣飘美人，伯牙弦曲知音视。
有缘千里话难休，无份咫台莫搭理。
无的放炮空射弓，对症下药治膏靡。

[对牛鼓簧]duì niú gǔ huáng

见 [对牛弹琴]

E

[阿谀奉承]ē yú fèng chéng

阿：迎合；谀：谄媚；奉承：讨好。[词源]《孟子 · 公孙丑上》：“宰我、子贡、有若，智足以知圣人，污不至阿其所好。”

本义 指屈从拍马，对权势者只说好听的话。如：“他却小器易盈，况且是个小人，在人前不过一味阿谀奉承。”(明 · 东鲁古狂生《醉醒石》)

同义 拍马溜须、摧眉折腰

反义 刚直不阿、宁折不弯

同义例句 一个心怀叵测的人，为达到自己的个人目的，会不择手段，竭尽溜须拍马、阿谀奉承之能事。

对比例句 明代王琼在青年时代胆略非凡,刚直不阿,从不具“红本”去拜谒权贵。结果被只喜阿谀奉承之人的权贵们赶出了京城。

读音辨误 阿,这里不能读成 ā。

★〖阿谀奉承〗

不恭廉耻低三秋,屈膝卑躬下四稗。
阳奉阴违事主公,溜须拍马盼高迈。
奸谗讨好阿谀眉,觊夺陷坑忠厚喟。
两面三刀终恶遣,光明磊落众人拜。

[峨冠博带] é guān bó dài

峨:高;博:阔,宽。[词源] 元·关汉卿《谢天香》第一折:“必定是峨冠博带一个名士大夫。”

本义 古代形容士大夫的装束。如:“民间流传着:屈大夫死日,有人在汨罗江畔看见他峨冠博带,骑一匹白马飘然而去。”(刘白羽《长江三峡》)

同义 衣冠楚楚

反义 衣衫褴褛

同义例句 远处走过来一位松形鹤骨、衣冠楚楚、器宇不凡、峨冠博带的儒生。

对比例句 这主人峨冠博带,得意洋洋,那仆人衣衫褴褛,愁眉不展。

读写辨误 冠,这里不能读成 guàn (贯);博,不能写成“搏”。

★〖峨冠博带〗

春秋孤影倚楼台,萤火雪光添睿思。
十载寒窗无人问,一鸣中榜众人知。
高冠舞霁耀嘉誉,长袂黏花马馥滋。
元鼎羽翎云佩艳,九华民吏鞠躬痴。

[尔虞我诈] ěr yú wǒ zhà

尔:你;虞:欺骗。[词源] 春秋·鲁·左丘明《左传·宣公十五年》:“尔无我诈,我无尔虞。”

本义 相互欺骗。如:“其实,在这个矛盾重重、尔虞我诈、互相交恶的世界上一切都很简单。”(高尔基《时钟》)

同义 钩心斗角

反义 开诚布公、真诚相待、肝胆相照

同义 这两家公司为了争夺市场,相互间钩心斗角、尔虞我诈,真可谓机关算尽了。

对比例句 人与人之间应该真诚相待,有意见有看法可以开诚布公地提出来,而不应该你嫉我妒,尔虞我诈。

灵活用法 亦作“尔诈我虞”。如:“团结要是真正的团结,尔诈我虞是不行的。”(毛泽东《反对日本进攻的方针、办法和前途》)

读音辨误 诈,不能读成 zà。

★〖尔虞我诈〗

嫔贵争怜明剑扎,你抢我夺暗勾下。
明吹阴损隐獠牙,两面三刀背后假。
结派拉班窝里讧,狐朋狗友陷良马。
阿谀迎奉害贤臣,作孽多端恶报打。

[耳目一新]ěr mù yī xīn

[词源]《魏书· 河南王传》:“齐人爱咏,咸日耳目更新。”清 · 吴趼人《二十年目睹之怪现状》十六回:“虽不是什么‘心旷神怡’的事情,也可以算得耳目一新的了。”

本义 给人感觉全是新的。如:本文是一篇清新的山水小品。文章不长,但字里行间浸透着早春的芳香,读来使人耳目一新。

同义 焕然一新、面目一新

反义 依然如故

同义例句 这篇小说写得别具一格,读了令人耳目一新,产生焕然一新的认知。

对比例句 这里的农庄发生了很大变化,新盖的农舍使人耳目一新,而那座山丘却是依然如故,让人想起过去。

读音辨误 新,不能读成 xīng(星)。

★〖耳目一新〗

沧桑富裕物非是,蓬荜妆闺耳目新。
阳朔碧山添黛岳,张家仙界接天姻。
千年日晷今飞表,一夜紫城辉白银。
朗朗乾坤盛世福,汗珠滋润阙台春。

[耳闻目睹] ěr wén mù dǔ

闻,听见;睹:看见。[词源]宋 · 司马光《资治通鉴 · 唐纪睿宗景云二年》:“口说不如身逢,耳闻不如目睹。”

本义 指亲耳听到、亲眼看见。如:“我从乡下跑到京城里,一转眼已经6年了。其间耳闻目睹的所谓国家大事,算起来也很不少。”(鲁迅《一件小事》)

同义 所见所闻、耳濡目染

反义 道听途说、捕风捉影

同义例句 这次下乡搞调查,耳闻目睹了许多新鲜事,所见所闻都证明改革开放政策使农村发生了巨大的变化。

对比例句 耳闻目睹知真情,道听途说不可信。

灵活用法 亦作“目见耳闻”“耳闻目见”。如:“我所耳闻目见的关于他的一切,无不增加我对他的敬意。”(冰心《记萨镇冰先生》)

读写辨误 睹,不能读成 dǒu(抖),不能写成“赌”。

★〖耳闻目睹〗

耳闻目睹千般幻,风雪洪霖一佛禅。
怡苑竹梅情寞艳,潇湘绛玉泪潸然。
红尘蝶恋几多舞,仕道沉浮三梦眠。
观院春晖秋雨冷,喧嚣岁月空欢烟。

F

[发号施令]fā hào shī lìng

号:号令;施:发布。[词源]《尚书 · 冏命》:“发号施令,罔有不臧。”

本义 指发布命令，下达指示。含褒义。如："我们反对人家发号施令，我们也绝不能对人家发号施令。"（邓小平《处理兄弟党关系的一条重要原则》）

比喻 现常形容傲慢地指使他人。含贬义。如："仅仅根据一知半解，根据'想当然'，就在那里发号施令，这种主观主义的作风，不是还在许多同志中间存在着吗？"（毛泽东《改造我们的学习》）

同义 颐指气使、指手画脚与比喻义同义

反义 俯首听命、线抽傀儡与比喻义构成反义

同义例句 干部是人民的公仆，作为一名干部应该深入基层，为百姓做实事，而不是颐指气使地坐在官位上发号施令。

对比例句 我们既反对官僚主义者发号施令，又反对做线抽傀儡，俯首听命地受人使唤。

灵活用法 亦作"发号出令"。如："秦之不能害燕亦明矣。今赵之攻燕也，发号出令，不至十日而有数十万之军军于东垣矣。"（汉·司马迁《史记·苏秦列传》）

读写辨误 施，不能读成 sī（思）；令，不能读写成"今"。

★〖发号施令〗

赵高鹿号挟私亡，嬴政暴施陵冢荒。
颐指傲睨尊等抗，脚划凌辱泰和伤。
贵卑同为苍灵魄，贫富共樽沧海桑。
双手相恭仇恨泯，满嫣笑脸佛心香。

[翻江倒海]fān jiāng dǎo hǎi

见[倒海翻江]

[翻来覆去]fān lái fù qù

[词源]宋·杨万里《不寐》："翻来覆去体都痛，乍暗忽明灯为谁？"明·唐顺之《荆川先生文集·答七·答茅鹿门知县二》："然翻来覆去，不过是这几句婆子舌头话，索其所谓真精神与千古不可磨灭之见，绝无有也，则文虽工而不免为下格。"

本义 指来回翻动身体。形容心绪不宁，难以入眠。如："他在床上翻来覆去，也不能使自己的痛苦减轻一点。"（巴金《秋》）

引申 现也形容动作或说的话多次重复。如：给谁吃呢？我拿着苹果翻来覆去地想。

同义 辗转反侧、辗转不寝与本义同义，颠来倒去、反反复复与引申义同义

反义 酣然入梦、鼾声如雷与本义构成反义，井然有序与引申义构成反义

同义例句 他在床上翻来覆去无法入眠，满脑子都是他刚刚听到的秘密。

读写辨误 覆，不能读成 fú（福），不能写成"复"。

★〖翻来覆去〗

难料风雨压楼堂，狗跳鸡飞乱碧觞。
连接折磨焦黝黑，频繁噩梦辗忧伤。

心如止水任云卷，胸卸玄思紫禁香。
莫惧狂沙寒雹下，碎冰破浪远程昌。

[繁冗拖沓] fán rǒng tuō tà

拖沓：拖拉，不爽利。

本义 说话、写文章烦琐而不简括。如："从来的文章家都提倡简练，而列繁冗拖沓为作文病忌。"（周先慎《简笔与繁笔》）

比喻 比喻办事拖泥带水，不干脆利落。如：他办事不果敢，总是转弯抹角，繁冗拖沓，一件小事得半天才能做完。

反义 干脆利落、单刀直入

对比例句 这部作品内容确实不错，但写得繁冗拖沓，不如改编的电视剧干脆利落。

读写辨误 冗，不能读成 chén（沉）；沓，不能写成"踏"。

★〖繁冗拖沓〗

快剑一挥除乱麻，蜗牛碎步梦攀花。
繁文垒字虚丽蜃，拖沓蹒跚困井蛙。
干练迅驰冲岱岳，风行雷厉快鞭加。
光阴似箭莫跎蹉，朝夕只争追旭华。

[反败为胜] fǎn bài wéi shèng

见 [转败为胜]

[反唇相稽] fǎn chún xiāng jī

反唇：还嘴，顶撞。稽：计较，争解。[词源] 汉 · 班固《汉书 · 贾谊传》："妇姑不相说（悦），则反唇相稽。"

本义 指受到责备不服气反过来与对方顶撞或争执。如："语侵妇，妇反唇相稽。"（清 · 蒲松龄《聊斋志异 · 吕无病》）

反义 避而不谈、百口莫辩、听之任之、有口难言

对比例句 哥哥很有修养，当他与弟弟发生争执时善于把话岔开、避而不谈；若弟弟遇到这种情况则常常反唇相稽。

灵活用法 亦作"反唇相讥"（讥：讽刺：挖苦）。如："他的内部讽刺画，虽不指名道姓，也有些同志总爱'对号入座'，有的还反唇相讥。"（苏光《笑的武器——浅谈华君武的"动物"漫画》）

读写辨误 唇，不能读成 qún（群）；稽，不能写成"旨"。

[反唇相讥]fǎn chún xiāng jī

见 [反唇相稽]

★〖反唇相讥〗

善道几声数九暖，恶言一句十春冷。
儒林刀剑封奸谗，巧舌弹弓射佞哽。
讽刺反唇傲横蛮，揶揄讥笑偏颇顷。
珠玑佳茗馈知音，鸩汁檄文烫蝎饼。

[反正拨乱]fǎn zhèng bō luàn

见 [拨乱反正]

[犯而不校] fàn ér bù jiào

犯：触犯；校：计较。[词源]《论语·泰伯》："以能问于不能，以多问于寡，有若无，实若虚，犯而不校。"

本义 别人冒犯了，也不计较。如："'犯而不校'是恕道，'以眼还眼、以牙还牙'是直道。"（鲁迅《论"费厄泼赖"应该缓行》）

同义 逆来顺受、唾面自干

反义 针锋相对、以眼还眼、以牙还牙

同义例句 晚清政府腐败无能，面对帝国主义列强的侵略、瓜分，逆来顺受，犯而不校，丧权辱国。

对比例句 对敌斗争，我们不要搞犯而不校的恕道，而应该采取以眼还眼、以牙还牙的直道。

读音辨误 校，在这里不能读成"xiào"（笑）。

★〖犯而不校〗

圆明一炬蒙奇耻，顺从百般做狗才。
拜倒列强傀儡保，丧权辱国庶民哀。
南湖红舰卷鸿浪，汉夏头颅昂首抬。
尝胆卧薪韬养晦，雄狮挺立华威来。

[泛滥成灾] fàn làn chéng zāi

泛滥：洪水横溢。[词源]《孟子·滕文公上》："洪水横流，泛滥于天下。"

本义 指江河的水横溢漫流造成灾害。如："黄河决口，泛滥成灾，一时不可收拾。"（清·陈端生《再生缘》第七十四回）

比喻 现常形容坏的思想言行或不良现象传播很快，到处蔓延造成危害。如："表报之多，闹得泛滥成灾。"（毛泽东《论十大关系》）

同义 沥涝成灾、水漫金山与本义同义，自由泛滥与比喻义同义

同义例句 虽然网络给我们的生活带来了许多的便利，但是我们绝不能让低俗有害的视频或文字在网络空间里自由泛滥以致泛滥成灾。

读写辨误 滥，不能读成 nàn（难），不能写成"乱"。

★〖泛滥成灾〗

洪漭决堤漫岱山，流言泛滥污金栏。
浪来土掩横沧澥，谣惑擒拿祸水难。
大禹治涝黎庶乐，圣贤礼待百民安。
身正影直任风刮，闲话骚音自息澜。

[防不胜防] fáng bù shèng fáng

防：防备；胜：尽。[词源]清·吴趼人《二十年目睹之怪现状》二十七回："这种小人，真是防不胜防。"

本义 指防备的事太多，防备不过来。如："我摇身一变，变出好几个子弹头，叫对方的预警雷达和反弹道雷达防不胜防。"（朱毅麟《洲际导弹自述》）

同义 四面楚歌、危机四伏

反义 未雨绸缪

同义例句 那场比赛中，只见

他身手敏捷，当机立断，一个转身就闪到了对方身后，让对手防不胜防，不知所措。

对比例句　面对复杂局面，我们应未雨绸缪，不然到时候会出现防不胜防的情况。

读音辨误　胜，不能读成 shèn（甚）。

★〖防不胜防〗

风云莫测难猜料，圆缺阴晴何得晓。
奸佞陷坑不胜防，天灾人祸岂能绕。
胸充旭日驱乌霾，腹蕴厚诚跨深沼。
朱赤丹心应万端，德仁铜臂挡侵扰。

[飞砂走石] fēi shā zǒu shí

砂：同“沙”；走：疾跑。[词源] 晋·干宝《搜神记》卷三：“王言此树神何须损我百姓，乃以兵围，正欲诛伐之。乃有神飞沙走石，雷电霹雳。”

本义　形容风势极大。如：窗上装的是有机玻璃，不仅能经得住飞沙走石的袭击，即使用铁棍敲也敲不碎。

灵活用法　亦作“飞沙转石”。如：“……苍梧，南海，岁有暴风瘴气之害，风则折木，飞砂转石，气则雾郁，飞鸟不经。”（晋·陈寿《三国志·吴志、陆凯传附陆胤》）

★〖飞沙走石〗

西极蜿蜒荆棘挡，天都曲折兽虫横。
坎途狂飓沙尘卷，漫路山洪飞石生。
血字真经铺驿道，白椎砖土筑长城。
纵然塔落烟灰烬，不惜朱丹铸殿盛。

[废寝忘食] fèi qǐn wàng shí

废：顾不上；忘：忘记。[词源] 南齐·王融《三月三日水诗序》：“泽普泛而无私，法含弘而不杀。犹且具明废寝，昃晷忘餐。”

本义　形容专心致志或辛勤地干某一件事，连吃饭、睡觉都顾不上了。如：“元帝在江荆间，复所爱习，召置学生，亲为教授，废寝忘食，以夜继朝。”（北齐·颜之推《颜氏家训·勉学》）

引申　形容心有所忧，睡不好觉，吃不下饭。如：“黑自为许所陷，叹恨终日，废寝忘食，规报前怨。”（北齐·魏收《阉官传·赵黑》）

同义　寝食俱废与本义同义，寝不安席、食不甘味与引申义同义

反义　得过且过与本义构成反义

同义例句　为了取得满意的成绩，从而进入一个好的大学，无数高考生都废寝忘食地学习，他们在激烈的竞争与巨大压力中寝食俱废、砥砺前行。

对比例句　成千上万的同志，为建设四化，常常是分秒必争，废寝忘食，总感到日子过得太快，“忙人惜日短”。那些得过且过、做一天和尚撞一天钟的人与他们比起来太懒散、太渺小了。

书写辨误　废，不能写成“疲”。

★〖废寝忘食〗

为然翎羽冕旒红，奋力攀登泰顶峰。
萤火雪光当夜日，汗珠墨汁作肴封。

夏挥阳晷冬操凌，少赶晨曦老驾龙。
春绿滴流穿岳岭，秋黄结果馥芳浓。

[沸沸扬扬] fèi fèi yáng yáng

沸：水烧开了。[词源]明·冯梦龙《东周列国志》第五回：“州吁即位三日，闻外边沸沸扬扬，尽传说弑兄之事。”

本义 形容烧开了的水上下翻滚，热气蒸腾的样子。如：室外北风怒号，室内的火炉上的水沸沸扬扬、温暖如春。

引申 引申为人们七嘴八舌，谈论纷纷。如：“后来听得沸沸扬扬地说：‘黄泥岗上一伙贩枣子的客人把蒙汗药麻翻了人，劫了生辰纲去。’”（明·施耐庵《水浒传》）

比喻 形容来往纷繁。如：“一走近‘大厦’，只见成群结队的蜜蜂出出进进，飞去飞来，那沸沸扬扬的情景会使你想，说不定蜜蜂也在赶着建设什么新生活呢。”（杨朔《荔枝蜜》）

同义 热气腾腾与本义同义，沸反盈天、人声鼎沸与引申义同义，熙熙攘攘与比喻义同义

反义 死水一潭与本义构成反义，万籁俱寂与引申义构成反义

同义例句 当大家都以为这件事情会被闹得沸沸扬扬时，新闻报道却只是轻描淡写地带过，可见资本的力量是有多么强大，以至颠倒是非，一手遮天。

对比例句 夜半醒来，万籁俱寂，白天沸沸扬扬的人喊马嘶声一点也听不见了。

读音辨误 沸，不能读成fú（福）。

★〖沸沸扬扬〗

京城热闹马车梭，沸扬人群接踵过。
鳞次栉然高阁立，灯红酒绿霓虹歌。
机龙旋舞铁鹰穿，琳玉满眸珠树婆。
庭苑鸟鸣花卉艳，鲐颜悠逸翠荷波。

[分崩离析] fēn bēng lí xī

分崩：破裂；离析：散开。[词源]《论语·季氏将伐颛臾》：“远人不服，而不能来也；邦分崩离析，而不能守也。”

本义 指迅速拆散。形容国家或集团分裂、瓦解，造成不可收拾的局面。如：“结果是控制北方政局多年的北洋势力更加分崩离析，开始走向它的末路。”（徐铸成《旧闻杂忆·故宫和颐和园》）

同义 土崩瓦解、四分五裂、冰消瓦解

反义 金瓯无缺、同心同德、精诚团结、和衷共济

同义例句 老爷子一去世，其子孙就陷入了无休止的财产争夺，原来千辛万苦建立的产业顿时分崩离析。

对比例句 假如我们不能同心同德，共渡难关，那么我们这个集体势必分崩离析。

书写辨误 析，不能写成“拆”。

★〖分崩离析〗

纣王暴淫礼乐崩，奸朋树倒猢狲散。
山川不合九州分，纲理失伦三国乱。
黑白混淆儒士流，乾坤颠置阙梁断。
躬身庶族凝炎黄，丹绕紫星碧宇灿。

[粉身碎骨]fěn shēn suì gǔ

[词源]唐·蒋防《霍小玉传》："平生志愿，今日获从，粉身碎骨，誓不相舍。"

本义 指献出生命。含褒义。如："总之一句话，为了人类，它的确是做到了'粉身碎骨'的地步了。"（陶铸《松树的风格》）

比喻 形容惩罚极重。比喻人死得惨或物毁得不可收拾。含贬义。如：五位战士居高临下，继续向敌人射击。不少敌人坠落山间，粉身碎骨。

同义 肝脑涂地、宁为玉碎与本义同义，五马分尸与比喻义同义

反义 贪生怕死、苟全性命、苟且偷生与本义构成反义，完好无缺、安然无恙与比喻义构成反义

同义例句 英勇的战士们宁愿粉身碎骨牺牲自己的生命，也要坚决捍卫国家的尊严。

对比例句 抗日战争爆发后，在中华民族生死存亡的紧急关头，有的人敢于赴汤蹈火，不怕粉身碎骨，毅然奔赴了抗日最前线；有的人贪生怕死，迷恋小家庭生活；有的人为了苟且偷生，竟充当了汉奸，成为民族的罪人。

灵活用法 亦作"粉骨碎身""碎骨粉身"。如："粉骨碎身浑不怕，要留清白在人间。"（明·于谦《石灰吟》）

读音辨误 身，不能读成 shēng（生）。

★〖粉身碎骨〗

大任降临意志磨，英名芬郁胆肝浇。
盘元肤脊化乾宇，神祖汗流成海瑶。
报国精忠朱萼献，护銮保驾虑心憔。
宴池酣馥血浆灼，銮殿龙威碎骨雕。

[粉饰太平]fěn shì tài píng

粉饰：粉刷修饰。[词源]宋·马端临《文献通考·自序》："……未尝由学而升者滔滔也。于是所谓学者，姑视为粉饰太平之一事。"

本义 指伪装太平景象，以求掩盖黑暗混乱局面。含贬义。如："林彪、'四人帮'造成的那种招摇撞骗、粉饰太平、指鹿为马的恶劣风气，必须坚决铲除。"（《人民日报》特约评论员《善于建设一个新世界》）

同义 歌舞升平

反义 太平盛世

同义例句 已是亡国关头，这些人还在那里歌舞升平，以此来粉饰太平。

对比例句 正直的人就是在太平盛世也不放弃对社会弊端的揭露与批判，而居心不良的人即使面对的是黑暗社会，他们也要粉饰

太平。

读音辨误 饰，不能读成 sì（四），不能写成“示”。

★〖粉饰太平〗

哀鸿遍野粉山美，马乱兵荒吹太平。
朽木梁装金玉壁，糠糟基托阙楼旌。
掩妆瑕垢心虚暗，隐匿矛戈割友情。
碧水芙蓉胜绮饰，胸襟坦荡浩沧清。

[奋不顾身] fèn bù gù shēn

顾：考虑；身：自己的安危。[词源]汉·司马迁《报任少卿书》：“常思奋不顾身，以徇国家之急。”

本义 形容奋勇直前，不顾惜个人的生命。如：“朱老忠主持严家丧事，代严志和去济南探监，拿钱给江涛上学，在反割头税运动中奋不顾身，勇往直前。”（梁斌《漫谈〈红旗谱〉的创作》）

同义 挺身而出、生死置之度外

反义 胆小如鼠、贪生怕死

同义例句 徐洪刚在歹徒行凶、危害群众的生命财产的时候，毅然挺身而出，将个人生死置之度外，奋不顾身地与歹徒作殊死的搏斗。

对比例句 指望他会奋不顾身地前来增援，哪晓得他却是个气壮如牛而胆小如鼠的东西，早已带着他的民团逃之夭夭。

书写辨误 身，不能写成“生”。

★〖奋不顾身〗

墨雾压城黎庶恐，英雄挺立箭弦翼。
不辞伤痛斗魔妖，奉献巍躯救社稷。
侠义朱丹撒凤川，叱咤魂魄豺狼匿。
爱心天下素民崇，风骨豪魁世界识。

[愤愤不平] fèn fèn bù píng

愤愤：很生气的样子。[词源]明·冯梦龙《东周列国志》第十八回：“王子成父诸人，俱愤愤不平，请于桓公，欲劫鲁侯，以报曹沫之辱。”

本义 指心中不服，十分气愤。如：“那家伙惯会收揽人心，把他囚在这里，都城里的人很多愤愤不平。”（郭沫若《屈原》）

同义 愤然不平、愤然作色

反义 心平气和、平心静气

同义例句 大家都明白他是替罪羔羊，都替他愤愤不平。

对比例句 张强和王胜把课桌损坏了，受到同学们言辞激烈的批评。张强感到愤愤不平，拒不认错。而王胜却平心静气地向大家作了检讨。

灵活用法 亦作“忿忿不平”“愤懑不平”。如：“其未解散者亦多愤懑不平，皆谓欲解散则全体解散，欲留用则全体留用。”（孙中山《伦敦被难记》）

★〖愤愤不平〗

不满仙神关德眼，愤然淫暴篡公庭。
汗凝谷粟蓑翁饿，手织锦衣寒女泠。
奸佞污泥囚品爵，翰林道礼空悲翎。
蓝天碧水终祛垢，金玉诗书华汗青。

[丰功伟绩] fēng gōng wěi jì

丰：大；绩：业绩。[词源] 清·梁绍王《两般秋雨庵随笔》：“谢太傅(安)墓碑无字丰功，不胜记也。”

本义 伟大功勋和业绩。如：“它象征着先烈们的丰功伟绩，标志着全国人民对先烈的怀念。”(周定舫《人民英雄永垂不朽》)

同义 汗马功劳、渑池之功、功标青史

反义 尺寸之功、毛发之功

同义例句 瞧他那一副得意的嘴脸，好像考个第一就是什么丰功伟绩了。

对比例句 老一辈无产阶级革命家为拯救中华民族建立了丰功伟绩；我们虽然也做了一点贡献，但那只是毛发之功，不足挂齿。

灵活用法 亦作“伟绩丰功”“伟业丰功”。如“单就这三十年说，先生的伟业丰功，已举世闻名。”(周恩来《寿冯焕章先生六十大庆》)

★〖丰功伟绩〗

禹神治水泽沧桑，贞观荣盛汉华彩。
南北河通川岭腴，东西马骋景光恺。
墨流穿石泛玑珠，笔横泰山浪大海。
惠庶安康利吉时，纯正儒礼功千载。

[丰衣足食] fēng yī zú shí

足：够，满。[词源] 五代·王定保《唐摭言·贤仆夫》：“丰衣足食，所往无不克。”

本义 吃的穿的都很富裕。如：“我们边区军民热烈响应毛主席的‘自己动手，丰衣足食’的伟大号召，结果彻底粉碎了敌人困死我们的阴谋。”(吴伯箫《记一辆纺车》)

同义 家给人足、饱食暖衣

反义 饥寒交迫、啼饥号寒

同义例句 我们不能忘记今天这丰衣足食、饱食暖衣的日子是怎么得来的。

对比例句 我们过着丰衣足食的生活，但也应知道，人间还有人在啼饥号寒。

读音辨误 丰，不能读成 fēn(分)。

★〖丰衣足食〗

热袄暖窝容昊宇，香粮鼓肚鼎乾旗。
融身灵活舒情意，饱腹筋强创世琦。
贞观钵盈三彩艳，康乾仓满五行熙。
大同温煦无寒冻，桃苑蟠芬不畏饥。

[风驰电掣] fēng chí diàn chè

驰：奔跑；掣：拉、牵引。[词源]《六韬·龙韬》：“奋威四人，主择材力，论兵革，风驰电掣，不知所由。”

本义 形容速度极快，如疾风闪电一样。如：“一架军用运输机，满载首都人民的深厚的阶级友爱冲向夜空，向西南方向风驰电掣地飞去。”(《中国青年报》记者《为了六十一个阶级兄弟》)

同义 迅雷不及掩耳、流星赶月、星驰电走

反义 蜗行牛步、老牛破车

同义例句 时代更新风驰电掣,再不学个一技之长,就难有立身之地了。

对比例句 快车道上,崭新的小轿车风驰电掣般向远方驶去;慢车道上,一辆有了年头的大卡车,犹如老牛破车缓慢地向前移行。

读音辨误 掣,不能读成 zhì(志)。

★〖风驰电掣〗

克敌迁兵贵神速,迅雷不及耳遮掣。
飚风雨箭穿仇喉,闪电寒矛分寇髻。
驰骋东西一日旋,横飞九域眨眸际。
截云天象帷堂谋,挥戟沙场同棋势。

[风吹雨打] fēng chuī yǔ dǎ

[词源] 唐 · 陆希声《李径》:"一径秾芳万蕊攒,风吹雨打未摧残。

本义 指花木遭受风雨摧残。如:"这不是一般的红叶,这是人生中经过风吹雨打的红叶,越到老秋,越红得可爱。"(杨朔《香山红叶》)

比喻 比喻经受锻炼和考验。如:这位老革命意志坚强,风吹雨打,从不低头。

同义 风吹浪打、饱经风霜与本义同义

同义例句 老人们都是经过风吹雨打过来的。在这些饱经风霜的人们身上,我们可以看到过去历史的沉淀,对我们认识新生活有所启迪。

读音辨误 风,不能读成 fōng。

★〖风吹雨打〗

顶踏薄纱跃凌霄,倔冲冰雹驰东垲。
飓腾英杰跨龙椅,滂霈威魂扬国恺。
正气不容庸俗尘,碧波莫浸腐靡茝。
迎风撒卉绿神州,挥雨滋山泽大海。

[风和日丽] fēng hé rì lì

丽:明媚。[词源]清·沈复《浮生六记》卷二:"是时风和日丽,遍地黄金,青衫红袖,越陌度阡,蝶蜂乱飞,令人不饮自醉。"

本义 指微风吹拂,阳光灿烂。形容天气晴朗,气候宜人。如:"多少年来,每到春天,我总要挑个风和日丽的日子,带上孩子们到郊区的野地里去挖荠菜。"(张洁《挖荠菜》)

反义 暴风骤雨、风雨如磐

对比例句 一场暴风骤雨宣告了夏季的来临,结束了风和日丽的浪漫春天。

灵活用法 亦作"风暖日丽"。如:"因为从'清明'到'谷雨'这二十天内,风暖日丽,正是'行乐'的时令。"(茅盾《香市》)

★〖风和日丽〗

和煦风吹柳摇翠,丽阳辉射花嫣媚。
蜓飞芙蕊点秋波,蛙鼓恋琴倾慕魅。
梅竹曲桥走缠绵,岭峦起伏睡姑瑞。
梨棠碧浪灿飞花,黛岳莺歌怡景醉。

[风流人物] fēng liú rén wù

风流：英俊的，杰出的。

本义 指对一个时代有一定影响的人物。如：“俱往矣，数风流人物，还看今朝。”（毛泽东《沁园春 · 雪》）

同义 风云人物、中流砥柱

反义 跳梁小丑、独夫民贼

同义例句 决定历史命运的不是秦皇汉武，唐宗宋祖，而是人民自己，是当代的“风流人物”，是革命的中流砥柱！

对比用法 希特勒不可一世，自认为是一代风流人物，其实，他只不过是一个被钉在历史耻辱柱上的跳梁小丑而已。

★〖风流人物〗

寰宇星罗辰彩耀，人间芸众杰雄辉。
封神榜单龙功显，青史芳名政绩徽。
佛祖禅宗仁冠世，圣贤儒礼德心皈。
豪魁威武泰垂伏，凤舞风云簇鸟围。

[风暖日丽] fēng nuǎn rì lì

见 [风和日丽]

[风平浪静] fēng píng làng jìng

[词源]宋 · 杨万里《泊光口》：“风平浪静不生纹，水面浑如镜面新。”

本义 指没有风，水面平静。如：熟悉江潮的人告诉我们：潮来了。我们踮着脚，往东望去，江面还是风平浪静，看不出有什么变化。

比喻 形容生活平静，或时局经过波折后恢复正常状态。如：“在这一个月里，阿根家里倒还风平浪静，而且这种平静正跟阿根出车的次数，跟着阿凤娘的新毛衣，在逐渐增加。”（茹志鹏《回头卒》）

同义 纹风不动与本义同义，平安无事、相安无事、安定团结与比喻义同义

反义 大风大浪、狂风恶浪、风急浪高与本义构成反义，平地风波、祸起萧墙、风云突变与比喻义构成反义

同义例句 我们这个院子里住着十几户人家，邻里相处非常友好、和睦。日常生活风平浪静，一切都平安无事。

对比例句 和平时期，社会生活总体上说是风平浪静的。如果社会矛盾处理不当，也会产生平地风波，影响社会的安定。

灵活用法 亦作“风恬浪静”。如：“择了某吉日时，送了你妹子到了海疆，路上风恬浪静，合家不必挂念。”（清 · 曹雪芹《红楼梦》）

读音辨误 静，不能读成 jìn（近）。

★〖风平浪静〗

南征北战血流河，墨迹史书冰冷字。
寒啸飓风摧赞誉，烟消云散枯茔帜。
和风细雨润桑田，平静海洋汇鱼翅。
泰岳山峦同日辉，苑庭花草翠天植。

[风调雨顺] fēng tiáo yǔ shùn

调：适宜；顺：适时。[词源]《旧唐书·礼仪志一》引《六韬》："武王伐纣……既而克殷，风调雨顺。"

本义 指风雨及时，有利于农业生产。如：洪水过后，那儿的庄稼总得不到好收成，接连几年，都是这样，即使风调雨顺也不见起色。

比喻 形容光景好。旧时常作祈求人生或社会平安的用语。常与"五谷丰登""国泰民安"连用。含褒义。如："自后国泰民安，风调雨顺，五谷丰登，人物康阜，真是升平世界。"（清·陈忱《水浒后传》第四十回）

同义 十风五雨、风雨时若与本义同义，天从人愿、时和年丰、年丰岁稔与比喻义同义

反义 风雨交加、风吹雨打与本义构成反义，荒时暴月、凶年恶岁与比喻义构成反义

同义例句 "自贞观以来，二十有载，风调雨顺，年丰岁稔。"（唐·徐贤妃《谏太宗息兵罢役疏》）

对比例句 在旧社会常常人祸横行，荒时暴月不断。即使遇上风调雨顺的好年景，农民的收获也被地主盘剥得精光。

灵活用法 亦作"风雨调顺""雨顺风调"。如："雨顺风调百谷登，民不饥寒为上瑞。"（宋·苏轼《荔枝叹》）

读音辨误 调，在这里不能读成 diào（吊）；顺，不能读成 xùn（训）。

★〖风调雨顺〗

天公作美好光景，五谷丰登风雨顺。
神遂人心春绿波，龙恩慈世霖茵舜。
梨花阡陌穗金丹，硕果桑田橙橘润。
仁义礼信隆福腴，辛勤耕稼厚酬隽。

[风烛残年] fēng zhú cán nián

残年：残余的岁月。[词源]晋·王羲之《题卫夫人笔陈图后》："时年五十有三，或恐风烛奄及，聊遗教于子孙耳。"又如清·文康《儿女英雄传》第二十一回："再说设或生个不肖之子，慢讲得济，只这风烛残年，没的倒得眼泪倒回去，往肚子里流。"

本义 像风吹灯烛易熄灭一样。比喻人到老年所剩的岁月不多了。如："掐指一算，分手快有半个世纪了，现在都已是风烛残年。"（萧乾《枣核》）

比喻 有时形容事物凋残破败，毫无生气。如："酒泉那点风烛残年的商业，军人还要和他们竞争。"（范长江《中国的西北角·祁连山北的旅行》）

同义 垂暮之年、旦暮入地、行将就木、风烛草露与本义同义，气息奄奄、奄奄一息、强弩之末、岌岌可危与比喻义同义

反义 老当益壮、返老还童、春秋鼎盛、风华正茂与本义构成反

义，生机勃勃、蒸蒸日上与比喻义构成反义

同义例句 这些老人说，他们已风烛残年，行将就木，没有多的企求，只希望儿女们能成才，能有出息。

对比例句 这位老将军遥想当年风华正茂、金戈铁马的军旅生活之后感慨地说，现在我是风烛残年的老人了，真是人生易老啊！

读音辨误 烛，不能读成 zú（足）；年，不能读成 lián（连）。

★〖风烛残年〗

红尘漫漫霄云幻，生计沧沧耄智呆。
豆蔻风华成鬓白，青梅竹马退戏台。
光阴似箭须珍惜，莫让玉颜江水鲐。
晨旭追阳齐日同，丰碑铸造共天徕。

[扶老携幼]fú lǎo xié yòu

携：拉着、带领。[词源] 汉 · 刘向《战国策 · 齐策四》：“未至百里，民扶老携幼，迎君道中。”

本义 指搀扶老人，带领着孩子全部出动。现形容民众全体出动的情景或难民流离的惨状。如：“灵堂的联大图书馆，几乎每日都挤满了成千成万，扶老携幼的致敬市民。”（闻一多《“一二 · 一”运动始末记》）

引申 现多指帮助老人，照顾小孩，如：“八月三日，他乘车回沈阳，照样扶老携幼，帮助列车员忙这忙那。”（陈广生、崔家骏《雷锋的故事》）

灵活用法 亦作“携幼扶老”。如：“贞观初，频年霜旱，畿内户口并就关外，携幼扶老，来往数年，卒无一户亡去。”（《新唐书 · 魏徵传》）

读音辨误 携，不能读成 xī（西）。

★〖扶老携幼〗

刘备走城难弃庶，扶老携幼助黎行。
未曾百姓同胞耳，却与寒民共雍鸣。
九曲黄河汗滋酌，七层銮殿脊云缨。
匹夫并举中原鼎，官众一家鱼水情。

[扶摇直上]fú yáo zhí shàng

扶摇：由上而下的旋风。[词源] 庄子《逍遥游》：“鹏之徙于南冥也，水击三千里，抟扶摇而上者九万里。”

本义 形容乘着大风急剧盘旋，快速上升。如：“大鹏一日同风起，扶摇直上九万里。”（唐 · 李白《上李邕》）

引申 表明情况迅速地直线上升。如：“中国姑娘只要一打到 9 分，就奋起直追，比分扶摇直上，一口气追上 6 分 7 分。”（鲁光《中国姑娘》）

比喻 比喻仕途得志提升快。如：“一来他新任钦差大臣，是自己一生中扶摇直上的重大关头，此时正踌躇满志。”（凌力《星星草》下卷第十五章）

同义 官运亨通、平步青云、步步高升与比喻义同义

反义 一落千丈与比喻义、引申义构成反义

同义例句 “大人步步高升，扶摇直上，还望大人栽培呢。”（清·吴趼人《二十年目睹之怪现状》）

对比例句 以前他年轻有为，办事左右逢源，官位扶摇直上，如今，时过境迁，一落千丈。

★〖扶摇直上〗

琦丽禀赋超凡俗，伯乐赏心缘机佐。
一片霄霞鸿鹄升，九天直上云楼坐。
蜿蜒曲折苦曾磨，腾达飞黄厚积破。
数载寒窗夜继阳，一鸣绝唱惊龙座。

[负荆请罪]fù jīng qǐng zuì

负：背着；荆：刑条，古时的刑具；请罪：请求责罚。[词源]汉·司马迁《史记·廉颇蔺相如列传》载：赵国大将廉颇对上卿蔺相如不服气，多次骄横无礼。蔺相如以国家为重，一再退让。廉颇悔悟后，身背荆杖到蔺相如那里，认错求罚。

本义 形容一个人襟怀坦诚，主动登门认错。如：“今天登临府上，有两件大事，一是向你负荆请罪，二是请你再次出山。”（张健行《折射的讯息》）

同义 知过必改、肉袒负荆

反义 死不悔改、兴师问罪

同义例句 廉颇当时在蔺相如门前为自己的浅薄而负荆请罪，成为千古佳话。

对比例句 这个人对错误是死不悔改的，你还能指望他能负荆请罪？那真是白日做梦。

★〖负荆请罪〗

惭愧偏道乞宽蔼，不耻尊严请恕错。
身负荆棒承认过，磕头凤阙赐鞭落。
千秋少差勿随波，一失跌渊悔无药。
前鉴后师教训铭，补牢改陋拓新铄。

[负屈衔冤]fù qū xián yuān

负：遭受；衔：含在嘴里；比喻忍受冤屈。[词源]元·关汉卿《望江亭》第四折：“他只待强拆开我长搀搀的连理枝，生摆断我颤巍巍的并头莲。其实负屈衔冤。”

本义 指遭受委屈，忍受冤枉。如：“婆婆也，再也不要啼啼哭哭，烦烦恼恼，怨气冲天。这都是我做窦娥的没时没运，不明不暗，负屈衔冤。”（元·关汉卿《窦娥冤》）

同义 衔冤抱恨、怀冤抱屈、不白之冤

反义 洗雪逋负、平冤昭雪、报恨雪冤

同义例句 冤案是一种社会现象，古来有之。如元代关汉卿笔下的窦娥负屈衔冤，清代四大冤案之一的杨乃武与小白菜也是怀冤抱屈。

对比例句 党的十一届三中全会以后，对“文革”中的冤假错案进行了平冤昭雪，使大批负屈衔冤的干部获得解放，重新走上领导岗位。

灵活用法 亦作“含冤负屈”“衔冤负屈”。如：“存孝儿衔冤负

屈，孩儿怎生死了来。”（元·关汉卿《哭存孝》第三折）

读写辨误 屈，不能读成 qú（渠）；冤，不能写成“冕”。

★〖负屈衔冤〗

乌霾翻滚雨疯狂，金碧殿窗浊气挡。
奸佞谗言陷谏臣，精忠蒙屈困崖嶂。
沙场铠裂血浆流，密室篡权淫笑畅。
横戟竖戈驱毒烟，云开雾散青山亮。

[赴汤蹈火] fù tāng dǎo huǒ

汤：滚开的水；蹈：踩。[词源]三国·魏·嵇康《嵇中散集·与山巨源绝交书》：“长而见羁，则狂顾顿缨，赴蹈汤火。”

本义 比喻不畏艰险，奋勇向前。如：“只要是为了人民的利益，粉身碎骨，赴汤蹈火，也在所不惜。”（陶铸《松树的风格》）

同义 奋不顾身、水火不辞

反义 偷生惜死、贪生怕死

同义例句 无数先烈为了人民的幸福奋不顾身、赴汤蹈火，我们不能忘记他们，要珍惜今天的生活。

对比例句 面对死的威胁，历代都有两种人，一种人为正义赴汤蹈火，在所不辞；另一种人贪生怕死，苟且偷安。

读音辨误 赴，不能读成 pù（瀑）。

★〖赴汤蹈火〗

肌腹本源化泥土，自为桑富献胸腔。
赴汤化汁润汾水，蹈火铸桥飞峡江。
碧血浇淋山岳美，脊椎筑栋壮朝邦。
英姿武冠红缨耀，儒士戎袍华表厖。

[富贵不淫] fù guì bù yín

富：有钱；贵：有高的官位；淫：乱、堕落。[词源]《孟子·滕文公下》：“富贵不能淫，贫贱不能移，威武不能屈，此之谓大丈夫。”

本义 指不因金钱和地位的引诱而惑乱。如：“或曰其有道者欤？不然，何富贵不淫，威武不屈耶？”（清·张潮《虞志新志》）

灵活用法 常与“贫贱不移”“威武不屈”连用。如：“战国时代的孟子有几句很好的话：‘富贵不能淫、贫贱不能移、威武不能屈，此之谓大丈夫。’”（吴晗《谈骨气》）

★〖富贵不淫〗

钱财宜腐朽，富贵不能淫。
穷弱易丧志，贫穷莫坠沉。
遇狼患畏缩，威武岂流涔。
顶戴翎花傲，觞樽恭手心。

[富丽堂皇] fù lì táng huáng

富丽：华丽；堂皇：盛大、雄伟。[词源]蔡东藩、许廑父《民国通俗演义》第一二六回：“先叙曹锟此次寿域宏开，寿筵盛设，其繁华热闹，富丽堂皇，不但为千古以来所罕见，就论民国大军阀的寿礼，也可首屈一指。”

本义 形容建筑装饰得华丽而雄伟。如：“一六六一年，居住在陈旧的凡赛纳宫和枫丹白露宫的路易十四，应财政总监大臣富盖邀请，去他新建的府邸赴宴。富盖府第的富丽堂皇触怒了路易十四。”（吉祖英《凡尔赛宫》）

同义 金碧辉煌

反义 茅茨土阶

同义例句 故宫的建筑富丽堂皇，气魄雄伟，布局严整，达到我国建筑史上的最高艺术巅峰。

对比例句 这里原来是一片茅茨土阶的郊区农舍，经过开发之后成为商业城，建起了几幢富丽堂皇的商场。

★〖富丽堂皇〗

紫气殿堂金碧煌，银花火草霓虹光。
奇珍异宝充楼阁，稀世珠玑嵌满墙。
凤阙芳宫幽雅苑，龙骞威武壮华强。
泱泱大国护黎小，众庶精忠社稷康。

G

[改邪归正]gǎi xié guī zhèng

邪：不正当、不正派；归：回到；[词源] 明 · 吴承恩《西游记》第十九回：“因是老孙改邪归正，弃道从僧，保护三藏法师，往西天拜佛求经。”

本义 指不再走邪路，回到正路上来重新做人。如：“小人何尝不知道做贼可耻，只是被饥寒交迫得无路可走。倘蒙老爷开恩，小人情愿从此洗手，改邪归正。”（姚雪垠《李自成》第三卷第三十三章）

同义 改过自新、弃暗投明、改恶从善、洗心革面

反义 怙恶不悛、死不悔改、执迷不悟、顽固不化、故态复萌

同义例句 经过组织的耐心教育与帮助，他承认了自己的过失，终于浪子回头，决心改邪归正，洗心革面重新做人。

对比例句 有的犯罪分子经过劳教后能改邪归正，重新做人；有的则怙恶不悛，刑满后又重新作案，再次蹲监狱。

灵活用法 亦作“矫邪归正”“弃邪归正”。如：“将军弃邪归正，与宋等同替国家出力，朝廷自当重用。”

书写辨误 邪，不能写成“斜”。

★〖改邪归正〗

周处幡醒骁国将，张良重振善书造。
金盆洗手去顽嚣，浪子回头改邪道。
弃暗投明晨旭辉，亡羊补圈夕阳璪。
净心革面再旗飘，修过自新芳景颢。

[甘拜下风]gān bài xià fēng

甘：心甘情愿；下风：下面，下方。[词源] 春秋 · 鲁 · 左丘明《左传 · 僖公十五年》：“君履后土而戴皇天。皇天后土，实闻君之言，群臣敢在下风。”

本义 比喻真心佩服别人，自认不如对方。如：“花时浪过如春梦，酒敌先甘伏下风。”（宋 · 欧阳修《戏答圣俞持烛之句》）

同义 五体投地、纡尊降贵、自愧不如

反义 自命不凡、自不量力、骄傲自满

同义例句 刘备三顾茅庐，甘拜下风，与诸葛亮同议天下事，对诸葛亮佩服得五体投地，并与诸葛亮结为鱼水之交。

对比用法 袁绍起兵时军威雄壮，但由于他自命不凡，不肯礼贤下士，即使错了，也绝无“甘拜下风”之举，最后弄得身败名裂，狼狈不堪。

★〖甘拜下风〗

蒙瞳穿柳神弓赞，九鼎轻弹勇士强。
钦佩帷帏胜万里，惊叹墨润观园芳。
崇尊师伯恭请拜，自锻熔炉铁凝钢。
夏练伏天冬腊月，有朝一日四方扬。

[肝脑涂地] gān nǎo tú dì

涂地，抹在地上。[词源] 汉·司马迁《史记·刘敬叔孙通列传》：“与项羽战……使天下之民肝脑涂地。”

本义 指肝血脑浆流了一地形容惨死。如：“今北兵起自边陲，深入吾境……中原之民肝脑涂地。”（《金史·陈规传》）

比喻 现常形容竭尽忠诚，甘作牺牲。如：“但愿仰仗二祖列宗之灵歼灭鞑虏，固我边疆微臣之职。臣即肝脑涂地，亦所甘心。”（姚雪垠《李自成》第一卷第二章）

同义 血肉横飞、尸横遍野

近义 赴汤蹈火、以身殉国、粉身碎骨

反义 贪生怕死、苟且偷生

同义例句 士兵们坚守职责，即使肝脑涂地也在所不惜，全力维护国家安全。

对比例句 这是关系到生死存亡的大事，就是肝脑涂地我也在所不辞，绝不做那种苟且偷生的事。

灵活用法 亦作“肝胆涂地”。如：“今楚汉纷争，使天下无罪之人肝胆涂地。”（汉·司马迁《史记·淮阴侯列传》）

读写辨误 脑，不能读成 lǎo（老）；涂，不能写成“图”。

★〖肝脑涂地〗

烽火霾卷倭寇入，琼楼玉宇黑烟殇。
脑肝涂地垫銮廷，筋骨投砖筑御墙。
铠甲钢盔护宫阙，长矛利剑射妖膛。
匹夫骁勇乌云驱，碧血山河华夏昌。

[敢怒而不敢言]gǎn nù ér bù gǎn yán

言：说。[词源] 唐·杜牧《阿房宫赋》：“使天下之人，不敢言而敢怒。”明·施耐庵《水浒传》第三回：“李忠见鲁达凶猛，敢怒而不敢言。”

本义 指心中愤怒却不敢说出。如：“那秋老在旁，气得敢怒而不敢言。”（明·冯梦龙《醒世恒言·灌园叟晚逢仙女》）

同义 有口难言、忍气吞声、道路以目

反义 犯颜直谏

同义例句 对于不法分子的胡作非为，手无缚鸡之力的人们敢怒不敢言。

对比例句 大家对这个身居要职、作风腐化的领导敢怒而不敢言。只有老张敢于犯颜直谏，并且写封投诉信告到了纪律检查委员会。

★〖敢怒而不敢言〗

鹿做马罴群愤怒，曹操挟汉众箴言。
纣威秦暴良方寂，文狱字字廷息喧。
风散乌云雷劈恶，竹撑雾海抗霾氛。
默然爆发浪涛涌，谷底潮声震朽藩。

[高不可攀] gāo bù kě pān

攀：抓住某种东西向上爬。[词源]清·李汝珍《镜花缘》第九回："小弟撺空离地不过五六丈，此树高不可攀，何能摘他？"

本义 指高得无法攀登。如：我总以为大兴安岭是奇峰怪石，高不可攀的。

比喻 形容难以达到。如：世界科学技术的高峰，并非高不可攀。

引申 有时也形容人的地位高，无法接近。含贬义。如：他当上了领导，见人连个招呼也不打，同志们渐渐觉得他高不可攀了。

同义 高不可及与本义同义，不可企及、高深莫测与比喻义同义，高高在上与引申义同义

反义 居高临下与本义构成反义，唾手可得、手到擒来、轻而易举与比喻义构成反义，纡尊降贵、打成一片与引申义构成反义

同义例句 那些看似高不可攀的目标，只要坚持向前，终有一天可以达到。

对比例句 "我们反对把创作说得高不可攀，但也反对把它说成不须付心血就轻而易举地可以做到。"（茅盾《创作问题漫谈》）

灵活用法 亦作"高不可登"。如："且夫墨子之守，萦带为垣，高不可登，折箸为械，坚不可入。"（三国·魏·陈琳《为曹洪与魏太子书》）

★〖高不可攀〗

鸿鹄一腾岱岳矮，鲲鹏万里汪洋小。
意当山径翻巴陵，愿作航船横浩渺。
莫学霸王傲刎江，为人挺脊志高瞭。
十年面壁潜修身，三甲鼎元昂凤娇。

[高谈阔论] gāo tán kuò lùn

阔：宏博宽广。[词源]唐·吕岩《徽宗斋会》："高谈阔论若无人，可惜明君不遇真。"

本义 指见解高超，内容广博而滔滔不绝的谈论。含褒义。如："柴进高谈阔论，一片言语，娄敏中大喜，就留柴进在相府管待。"（明·施耐庵《水浒传》第一一六回）

比喻 现也形容空洞而又漫无边际的言论。含贬义。如："夫所谓空言者，谓其高谈阔论，远于事情。"（宋·高斯得《耻堂存稿·转

对奏札》）

同义 高谈雄辩、海阔天空、放言高谈与本义同义，夸夸其谈、高言泛论与比喻义同义

反义 笨嘴拙舌、钝口拙腮、拙口钝辞与本义构成反义，言行一致、坐言起行、不苟言笑与比喻义构成反义

同义例句 这几个人坐到一块，就海阔天空地聊天，兴致勃勃地高谈阔论起来。

对比例句 有的人喜欢高谈阔论，但做起事来却是收效甚微；有的人不苟言笑，干起来却是有声有色，成绩卓著。

灵活用法 亦作"高谈弘论""阔论高谈"如："阔论高谈者若善谋，轻举妄动者若敢为。"（宋·许应龙《省试策问》）

读写辨误 论，不能读成 nèn（嫩）；阔，不能写成"润"。

★〖高谈阔论〗

鹂鹦高唱诗词曲，狐貉虎吹妙策决。
八戒大谈贞德维，唐僧禅释仁信哲。
街亭豪誓涸差津，上党纸兵流碧血。
沧海渔箫漾阙廷，悦黎玉笛莺歌舌。

[高瞻远瞩] gāo zhān yuǎn zhǔ

瞻：向前看；瞩：注视。

本义 指站得高，看得远。形容眼光远大。如："周恩来总理作为国共和谈的首席代表，他高瞻远瞩，立地生辉。"（顾笑言等《李宗仁归来》第七章）

同义 目光远大、高屋建瓴

反义 目光浅短、目光如豆、鼠目寸光

同义例句 只有学好辩证法，多思考勤积累，在工作中才能高瞻远瞩，运筹帷幄。

对比例句 胸怀大志的人具有高瞻远瞩洞察事物的能力；目光浅短的人常常碌碌无为。

读音辨误 瞩，不能读成 zǔ（祖）。

★〖高瞻远瞩〗

鸿鹄一腾苍宇高，鲲鹏万里昊乾迢。
英雄叱咤卷风雾，帷幄摇扇调海遥。
鲫跳龙门登宝殿，酒樽天下瘠田饶。
凌空舞旭耀山水，墨洒长河青史骄。

[高枕而卧] gāo zhěn ér wò

[词源]汉·刘向《战国策·魏策一》："事秦，则楚韩不敢动：无楚韩之患，则大王高枕而卧，国必无忧矣！"

本义 垫高枕头、无忧无虑地安心睡觉。形容国事太平，不必担忧。如："这话如真说得出，我们做老百姓的真乐得高枕而卧。"（邹韬奋《国府迁回南京》）

引申 现常指思想麻痹、放松警惕。如："这是人首蛇身的怪物，能唤人名，倘一答应，夜间便要来吃人的肉。他自然吓得要死，而那老和尚却道无妨，给他一个小盒子，说只要放在枕边，便可高枕而卧。"（鲁迅《从百草园到三味书屋》）

同义 无忧无虑、万事大吉、文恬武嬉与本义同义,麻痹大意与引申义同义

反义 居安思危、枕戈待旦、危在旦夕与本义构成反义,防患未然、未雨绸缪与引申义构成反义

同义例句 这次洪峰虽过,但我们还要加紧防洪工作,进一步查险防漏。要警惕更大的洪峰袭来。千万不能麻痹大意、高枕而卧。

对比例句 负责安全工作的同志要懂得祸福相依的辩证关系。生产越忙,越是要注意安全,增强防患未然的意识,反对高枕而卧的麻痹思想。

灵活用法 亦作"安枕而卧""高枕无忧"。如:"说反革命已经肃清了,可以高枕无忧了,是不对的。"(毛泽东《论十大关系》)

书写辨误 卧,不能写成"叵"。

[高枕无忧]gāo zhěn wú yōu

见[高枕而卧]

★〖高枕无忧〗

高枕云簪遭飓吹,悠过吊索闪阴雷。
半途杀出咬金恐,贞观盛容安史灰。
微闭瞌瞳防盗贼,全戎国泰武雄魁。
德仁才干应千变,心净夜鼾香梦偎。

[格格不入] gé gé bú rù

格格:抵触。[词源]清·无名氏《杜诗言志》卷八:"无奈世之于我,格格不入。"

本义 形容事物之间不相协调、不配合。如:"历史前进到今天,只为一己私利的'理想',只相信个人力量的乱闯,已经同我们的时代格格不入了。"(王通讯《为中华腾飞立志成才》)

同义 水火不容、方枘圆凿

反义 情投意合、水乳交融

同义例句 他一身华衣贵服,和周围的人朴素的穿着格格不入。

对比例句 他俩原来是格格不入的,经过长时间的相互了解,他俩变成了一对情投意合的好朋友。

书写辨误 入,不能写成"如"。

★〖格格不入〗

恋鸳不许他三染,蝶粉情投融殿堂。
忠相难能奸吏挡,青天横扫蠹虫殇。
软毛硬戟禅划道,黑白正邪直护墙。
荷卉哪容淤浊玷,洁云浮俗任舒扬。

[各得其所]gè dé qí suǒ

[词源]《周易·系辞下》:"交易而退,各得其所。"《论语·子罕》:"吾自卫反鲁,然后乐正,《雅》《颂》各得其所。"汉·司马迁《史记·范雎蔡泽列传》:"富贵显荣,成理万物,使各得其所。"

本义 指各自得到所需的东西。如:"中国人或信中医或信西医,现在较大的城市中往往并有两种医,使他们各得其所。"(鲁迅《论"费厄泼赖"应该缓行》)

引申 现常指人或事得到适合的安顿或处理。如:"是以大才

受大官,小才受小官,各得其所。”(《魏书·韩麒麟传》)

同义 如愿以偿、天从人愿、鱼跃鸢飞与本义同义,得其所哉、求仁得仁、尽如所期与引申义同义

反义 事与愿违、天违人愿与本义构成反义,适得其反、欲益反损与引申义构成反义

同义例句 王林用他的新小提琴换李明的旧琴,是各有所好。这样一交换不仅双方如愿以偿,而且使物也各得其所。

对比例句 妈妈买回两支钢笔:一支粗杆黑色的给我,一支细杆花色的给妹妹。妈妈根据男女孩子的特点分配,以为笔能各得其所。结果事与愿违,妹妹不要细杆的,非要粗杆的,说细杆吸墨水量小,使用起来麻烦。

读写辨误 各,不能读成 guó(国);得,不能写成“碍”。

★〖各得其所〗

蝶花相吸共春艳,鸟兽同山享绿林。
鹬蚌竞争翁得利,竭瑶鱼尽涸天淋。
才能所用兴趣悦,车马守规谐和音。
三教九流兼补长,百花盛宴果香斟。

[各抒己见] gè shū jǐ jiàn

抒:抒发,发表。[词源]清·李汝珍《镜花缘》第七十四回:“据我主意,何不各抒己见,出个式子,岂不新鲜些?”

本义 指各自充分表达自己的见解。如:“这就有待我们这些文学艺术工作者,根据学习和经验,不断整理心得,痛痛快快来各抒己见了。”(秦牧《艺海拾贝》跋)

同义 畅所欲言、知无不言

反义 不容置喙、噤若寒蝉、不容分说、一言堂

同义例句 老师召开班会讨论我们如何争当先进班集体,希望大家畅所欲言、各抒己见、献计献策。

对比例句 他当班长处理班务工作总是独断专行,什么事情都搞一言堂,从不让其他班委各抒己见、商讨工作。

灵活用法 亦作“各抒所见”“各抒己意”。如:“惟同人奏对时,尚能各抒己意,略事补救。”(《清朝野史大观·军机领袖》)

读写辨误 抒,不能读成 sū(苏);己,不能写成“已”“巳”。

★〖各抒己见〗

山昊鸿翔旋旭唱,海宽鱼跃浪箫彰。
圃园和煦蕾红艳,楼榭晴虹歌舞扬。
奸贼清除双耳畅,翰林佳座策肴香。
桃花源野琴笙曲,紫阁梦喃悬布狂。

[攻无不克] gōng wú bù kè

克:攻下。[词源]汉·刘向《战国策·秦策一》:“是知秦战未尝不胜,攻未尝不取,所当未尝不破也。”清·淮阴百一居士《壶天录》卷上:“古来战无不胜,攻无不克,端赖吾能用兵之将,求之于今,邈不可得。”

本义 指每次进攻,没有攻克

不了的阵地。形容谋略高，兵力强。如：“自郧阳而进兵汉中，一路攻无不克。”（清·赖文光《自述》）

同义 百战百胜、战无不胜

反义 屡战屡败、只轮不返

同义例句 廉颇很不服气，他对别人说：“我廉颇攻无不克，战无不胜，立下许多大功。他蔺相如有什么能耐，就靠一张嘴，反而爬到我头上去了。”

对比例句 1851年1月，洪秀全率领金田起义军浩浩荡荡北上，一路所向披靡，攻无不克；清军虽疯狂镇压抵抗，但屡战屡败，直至起义军攻占天京，建立了太平天国。

灵活用法 亦作“战必胜、攻必克”“战无不胜、攻无不取”。如：“战无不胜、攻无不取，用兵命将，井井有条。”《三国志通俗演义·诸葛亮三擒孟获》

★〖攻无不克〗

王挥戟横秦敌，陈胜揭竿克汴师。
威武利刀攻虎豹，丹心銮帜碎倭夷。
运筹帷幄千招制，纸上棋兵云智奇。
鼎甲荧光雄殿达，滴淋穿石泰山移。

[钩心斗角] gōu xīn dòu jiǎo

心：宫室的中心；角：檐角。[词源]唐·杜牧《阿房宫赋》：“五步一楼，十步一阁，廊腰缦回，檐牙高啄，各抱地势，钩心斗角。”

本义 指宫室建筑结构错综精巧。如：“再而家宅之形式如何结构，使之钩心斗角，以适观瞻，此应用之美术学所必需知也。”（孙中山《孙文学说》第四章）

比喻 有时比喻诗文、绘画构思奇特巧妙。如：“近时诗家咏物，钩心斗角，有突过前人者。”（清·梁绍壬《两般秋雨庵随笔》卷一）

引申 现常形容各用心机，相互倾轧，明争暗斗。含贬义。如：“但他人谁会想到他为了争一点无聊的名声，竟肯如此钩心斗角，无所不至呢。”（鲁迅《两地书》）

同义 明争暗斗、明枪暗箭、尔虞我诈与引申义同义

反义 同心协力、开诚布公、肝胆相照、光明磊落与引申义构成反义

同义例句 “国内，南方各会党首领之间，也是互相猜忌，钩心斗角，尔虞我诈，令人烦恼。”（任光椿《戊戌喋血记》）

对比例句 我们之间相处十几年，情长谊深、肝胆相照，从不争名争利，更没有钩心斗角的现象。

灵活用法 亦作“钩心斗角”。如：“兼之妇女冶容诲淫，每甘居于希恩沽宠地位，几欲得男子怜爱则生，失男子怜爱则死，由此钩心斗角。”清·王浚卿(《冷眼观》第二十九回)

★〖钩心斗角〗

红楼玉粉划春秋，曲径廊棱钩背带。
杨紫亮棠争宠嘉，隐讥暗损贬黄艾。
羽矛绾盾血霄堂，脂染胭熏黑雾霭。
泪葬黛瑜碎宝心，情殇翠炭空亭籁。

[苟延残喘]gǒu yán cán chuǎn

苟延：勉强延续；残喘：临死之前的喘息。[词源]宋·俞琰《席上腐谈》："愚少也多病，羸不胜衣，所以苟延残喘而至今不死，亦从参同契之力也。"

本义 指体弱病危，勉强延续临死前的喘息。如："宜春道：'未死之人，苟延残喘，连这碗素饭也是多吃的，还吃甚荤菜？'"（明·冯梦龙《警世通言》卷二十）

比喻 现常形容腐朽事物或势力暂时维持生存或行将灭亡。含贬义。如："世界上反动的法西斯大头子，都一个个垮台了，你们这几个苟延残喘的狗腿们，在爱好和平的中国人民、世界人民的面前，还想跳梁下去吗？"（丁玲《自掘坟墓》）

同义 奄奄一息、人命危浅、朝不保夕、一息尚存与本义同义，奄奄残喘、垂死挣扎、苟且偷生与比喻义同义

反义 生龙活虎、朝气蓬勃与本义构成反义，自强不息与比喻义构成反义

同义例句 公司已面临破产的边缘，换几个无关紧要的干部就能苟延残喘吗？

对比例句 我人民解放军钢八连是一支生龙活虎的战斗部队，他们正在整装待发，去消灭一股苟延残喘的敌人。

灵活用法 亦作"苟延残息""苟延一息"。如："一则忍耻偷生，苟延一息，冀乐昌破镜，再得重圆。"（清·纪昀《阅微草堂笔记·槐西杂志二》）

读写辨误 残，不能读成 chán（缠）；延，不能写成"庭"。

★〖苟延残喘〗

额黄岂必睿才纹，鬓白非浮天庭云。
虚度青春花月空，蹉跎华茂紫辉耘。
不残鲐背勺昂脊，莫喘衰微壮强勋。
萤火雪光聪慧炬，汗浇墨润史芳氲。

[狗血淋头] gǒu xuè lín tóu

见[狗血喷头]

[狗血喷头]gǒu xuè pēn tóu

[词源]明·兰陵笑笑生《金瓶梅》第六十四回："吃他骂得狗血喷了头。"

本义 比喻被人用粗语骂得很厉害。如："范进因没有盘费，走去同丈人商议，被胡屠户一口啐在脸上，骂了一个狗血喷头。"（清·吴敬梓《儒林外史》）

同义 体无完肤

反义 醍醐灌顶

同义例句 驸马陈世美背妻弃子，贪图富贵，被骂了个狗血喷头，被包公驳了个体无完肤。

对比例句 被骂得狗血喷头的范进不以为然，因为那日考官的一番感慨，令他醍醐灌顶，更是不觉形秽，下定决心，拼却白首再去

考考。

读音辨误 喷,不能读成 fèn。

★〖狗血喷头〗

毒蛇秦桧陷忠将,只剐爵隆遗臭砣。
狗血淋头喷老贼,白条赤体下油锅。
为人莫做邪淫事,半夜敲门不哆嗦。
善恶到来终有报,仁信积德美名歌。

[孤陋寡闻]gū lòu guǎ wén

寡:少;陋:浅薄;闻:见闻,见识。[词源]《礼记·学记》:“独学而无友,则孤陋而寡闻。”

本义 指学识肤浅,见识狭窄。如:“我们很多同志坐井观天、孤陋寡闻,不懂的东西太多了。”(《人民日报》特约评论员《善于建设一个新世界》)

同义 坐井观天、寡见少闻

反义 见多识广、博古通今

同义例句 闭关锁国,因循守旧,只能使人民孤陋寡闻,国家贫穷落后。

对比例句 我们只有勤于实践,才能见多识广,否则,孤陋寡闻是干不好任何事情的。

★〖孤陋寡闻〗

一帘幽邃锁儒翰,十载闭门描墨车。
水底孤蟾傲苍井,海涯独草自欣好。
学斋小屋宽禅宇,片竹汗青厚史书。
满腹诗词骄泰岳,灵云霜鬓应天梳。

[孤注一掷] gū zhù yī zhì

注:下得赌钱;孤注:仅有的一点赌钱;掷:掷赌具骰子。[词源]《宋史·寇准传》:“博者输钱欲尽,乃罄所有出之,谓之孤注。”《元史·伯颜传》:“今日我宋天下,犹赌博孤注,输赢在此一掷耳。”郭沫若《孔雀胆》第四幕:“硬干是我们最不幸的一着,这是所谓‘孤注一掷’。”

本义 指出在危急时拼上所有的力量做最后一次冒险。含贬义。如:“赌汉也要赌本,孤注一掷,不幸不中,就无从再赌。”(毛泽东《论持久战》)

同义 破釜沉舟

反义 稳操胜券

同义例句 这个赌棍输红了眼,他不顾一切,竟然脱下刚买的高档呢子大衣作赌资,孤注一掷,破釜沉舟,企图决一死战,挽回败局。

对比例句 敌人企图孤注一掷,负隅顽抗。我们是稳操胜券,此战有必胜的把握。

贬义褒用 “一个出人意料的大胆决定产生了:新手郑美珠和梁艳被任命为对上届世界锦标赛冠军古巴队作战的主力队员。一位著名国际排坛评论家看见两位新手上场惊讶地说:中国队可能是孤注一掷了。”(孙杰《金杯之光》)

读写辨误 注,不能读成 jù(句);掷,不能读成 zhí(直);孤,不能写成“狐”。

★〖孤注一掷〗

赌鬼抛魂兑元宝，英雄掏肺垫銮殿。
沧丧德义铜钱馊，效忠捐躯名誉莫。
破釜沉舟豪杰魁，绝粮反胜后超先。
悬梁鼎甲儒林翰，凤鸟涅槃佳话传。

[古色古香]gǔ sè gǔ xiāng

古：古朴、古雅。[词源]清·黄丕烈《士礼居藏书题跋记》："是书虽非毛氏所云何元朗本及伊舅氏仲木本，然古色古香溢于楮墨，想不在二本下也。"

本义　形容器物、陈设品或艺术品具有古朴的色彩和古雅的情调。如："那次公开的考试是在一间古色古香的大厅里举行的。"（何为《第二次考试》）

比喻　比喻时间久远。如："……真可说古色古香，令人不自觉地仿佛回到几千年的世界中去了。"（冯玉祥《我的生活》）

同义　古朴典雅与本义同义

反义　俗不可耐与本义构成反义

同义例句　古朴典雅的建筑风格，古色古香的厅堂布置，令人赞叹不绝。

对比例句　有人说它古色古香，也有人觉得太做作，笑它俗不可耐！

灵活用法　亦作"古香古色"。如："'哼！中国的古老文化……什么东西只要古香古色的那就是！'"（王统照《青岛素描》）

★〖古色古香〗

古色故宫金碧煌，古香器皿醉悠芳。
戟枪铜剑顶梁柱，珠字墨描嵌紫墙。
方鼎盛装三涧水，圆銮闪耀五湖光。
九龙凤榭登贞观，一杆华轩挺夏强。

[骨瘦如柴]gǔ shòu rú chái

[词源]宋·陆佃《埤雅·释兽》："瘦如豺。豺，柴也。豺体细瘦，故谓之柴。"

本义　形容非常消瘦。如：生产队的马匹，由于管理不精心，有的病死，有的摔死，剩下的骨瘦如柴，什么活儿也干不了。

同义　瘦骨嶙峋、形销骨立

反义　大腹便便、脑满肠肥

同义例句　旧社会农村经常闹灾荒，小孩子长得骨瘦如柴，老人们劳累一生，腰弯背驼，瘦骨嶙峋。

对比例句　一位脑满肠肥的"大款"刚走出酒店的大门，就碰上一个乞讨的人。他弯着骨瘦如柴的身子，伸着右手哀求道："老爷，行行好！"

灵活用法　亦作"枯瘦如柴"。如："那枯瘦如柴的大哥，庄严地跨出了牢门。"（杨益言、罗广斌《红岩》第十二章）

书写辨误　瘦，不能写成"庹"。

★〖骨瘦如柴〗

仙女塑人共肉胴，皇城贵贱差峰谷。
肥头大耳贾商昂，骨瘦如柴弱卒伏。
豪宅舞歌黎汗田，朱门霓彩士寒屋。
挥毛射阙泻仓梁，天下饿夫饱栗腹。

[固若金汤] gù ruò jīn tāng

金：指金城，金属造的城墙；汤：指汤池，滚烫的护城河。[词源]唐·沈佺期《初冬从幸汉故青门应制》："何必金汤固，无如道德藩。"宋·欧阳修《欧阳文忠集·与安抚密学启》："边甿被德，蔚兴襦裤之谣；宸眷倚林，稳若金汤之固。"

本义 形容所守的城池或阵地非常坚固。如："啊！雄关！这固若金汤的雄关！"（峻青《雄关赋》）

同义 金城汤池、金城千里、金城石室

同义例句 山海关作为固若金汤的雄关早已变成历史的陈迹；而比什么金城汤池还要坚固的雄关却永远刻在人们的心中。

★〖固若金汤〗

长城钢固挡匈狼，湟水金汤阻剑霜。
飒爽英姿守桑梓，虎贲铠甲保骞堂。
笔毛戎阵丛林卒，墨翰江河卷戟浪。
富壮山川仁凝众，铜墙铁壁德心墙。

[顾名思义] gù míng sī yì

顾：看；名：人或事物的名称；思：想；义：含义。[词源]晋·陈寿《三国志·魏志·王昶传》："其为兄子及子作名字，皆依谦实，以见其意，故兄子默字处静，沈字处道，其子浑字玄冲，深字道冲。遂书戒之曰：'……欲使汝曹顾名思义，不敢违越也。'"

本义 原指父辈给子女取名，寄希望加强自身修养，使名字内涵与人品相符。或任职称谓与言行相符。如："桓南郡与道曜讲《老子》，王侍中为主簿，在坐。桓曰：王主簿可顾名思义。"（南朝·宋·刘义庆《世说新语·排调》）

引申 现指看到名称，就想到含义。如：缝纫鸟，顾名思义，是有缝纫技能的。

同义 循名责实与引申义同义

反义 望文生义与引申义构成反义

同义例句 鲁迅曾在《两地书》中写道："桂花蝉顾名思义，想是香味如桂花，或因桂花开时乃有，未详。"他之所以指出"未详"，是因为还须进一步考察、验证，以求循名责实。这体现了鲁迅作文严谨的风格。

对比例句 大千世界，千奇百怪。有些事物名实相符，能顾名思义；而有些事物因取名缘由各异，名不一定能符实，对此就不能望文生义了。

读音辨误 名，不能读成 mín（民）；思，不能读成 shì（市）。

★〖顾名思义〗

酣脾芳茗醉蓝梦，痒耳雅亭慕碧春。
虽不貌论君有相，确非德性字如人。
名不符实毁声誉，文过饰非臭嘴唇。
嫔贵仙容难颦黛，风云榜单凤飞神。

[刮目相待] guā mù xiāng dài

刮目：擦眼睛，指去掉过去

的看法；待：看待，对待。[词源] 晋·陈寿·《三国志·吴志·吕蒙传》注引《江表传》：“士别三日，即更刮目相待，大兄何见事之晚乎！”

本义 指他人已有显著的进步，不能再用老眼光看待。如：“世界也刮目相待，东亚病夫居然奋起了，睡狮果然醒了。”（朱自清《这一天》）

同义 今非昔比

反义 一成不变

同义例句 在改革开放的大潮中，不少人“下海”，收获颇丰，今非昔比，当刮目相待。

对比例句 一成不变的情况是不存在的，刮目相待是经常发生的事，我们的思想要跟得上发展的形势。

读音辨误 相，不能读成 xiàng（象）。

★〖刮目相待〗

莫要孤意鄙他渺，士别三天刮目待。
蛟鲫跳台鼎甲翰，少年马到将军凯。
昨时屈膝田间翁，今日高升凤羽彩。
滴水穿江聚海潮，飞黄腾达德云载。

[挂一漏万] guà yī lòu wàn

挂：列举；一、万：表示少与多，非确数。[词源] 清·马建忠《马氏文通·序》：“挂一漏万，知所不免。”

本义 比喻举例太少，因而概括不够完整。如：“我这篇短短的游记所提到的，只不过是一小部分，挂一漏万，在所难免。”（黄秋耘《黄山秋行》）

同义 以偏概全

反义 兼容并包、兼收并蓄

同义例句 “罗列现象，空发议论要避免；以偏概全，挂一漏万要避……”（张志公《写总结的几个问题》）

对比例句 由于时间关系，我的报告不可能兼容并包，难免挂一漏万，请大家批评指正。

读音辨误 一，不能读成 yí（移）。

[拐弯抹角] guǎi wān mò jiǎo

见[转弯抹角]

[光彩夺目] guāng cǎi duó mù

夺目：耀眼。[词源] 明·凌濛初《初刻拍案惊奇》卷一：“解开来，只见一团锦裹着寸许大一颗夜明珠，光彩夺目。”

本义 形容颜色或光亮鲜艳耀眼。如：“（六月二十九日）剧场甚为壮丽，全部红漆飞金，光彩夺目。”（《郭沫若文集·九卷·苏联纪行·日记》）

同义 光辉灿烂

同义例句 坐落在西湖孤山上的西泠印社，犹如一颗光彩夺目的艺术明珠，光辉灿烂的篆刻精品迷住不少中外游客。

★〖光彩夺目〗

风云榜单亮丽炫，青史流芳引世尊。
叱咤神州昂泰岳，血津碧野泽乡村。
翰林香墨润桃苑，帷幄羽毛卷凤门。
滴水川流翻瀚海，珠玑光彩照乾坤。

[光辉灿烂]guāng huī càn làn

灿烂：光彩鲜明的样子。[词源]明·罗贯中《三国演义》："护驾龙虎官兵二万五千，分为五队，每队五千，并依青、黄、赤、白、黑五色，旗幡甲马，并依本色，光辉灿烂，极其雄壮。"

本义 形容光亮耀眼鲜明的色彩。如："……万道霞光洒在外面苍翠的树丛上，洒在杏黄色的墙壁上，洒在天安门的红墙黄瓦上，放射出一片光辉灿烂的异彩。"（孙世恺《雄伟的人民大会堂》）

引申 也形容事业、前程远大美好、兴旺发达。如："我们要认清，民主中国的前途是光辉灿烂的，民主的胜利已经为期不远。"（冯玉祥《1947年国庆演讲词》）

同义 光彩夺目、光芒万丈与本义同义，鹏程万里、前程似锦与引申义同义

反义 暗淡无光、漆黑一团与本义构成反义，每况愈下、日暮途穷、日薄西山与引申义构成反义

同义例句 旭日东升，光芒万丈。天安门城楼显得更加光辉灿烂，雄伟壮观。

对比例句 "三大战役"的胜利，使敌我双方的力量发生了根本性的变化：国民党反动统治日薄西山，而人民的革命事业则蒸蒸日上，前途光辉灿烂。

灵活用法 亦作"光明灿烂"。如："使这道理光明灿烂，有能举而行之。"（宋·朱熹《朱子语类》）

读音辨误 灿，不能读成chàn（颤）；烂，不能读成nàn（难）。

★〖光辉灿烂〗

雪莲桂冠银辉灿，蜀道仁人踊跃昂。
萤火烛光增睿智，墨瑶饱腹补身强。
星辰日月伴征伐，春绿秋黄添雅章。
龙髻一挥三甲鼎，金牌翰牍史芳香。

[光明磊落]guāng míng lěi luò

磊落：心怀坦白。[词源]《晋书·石勒传》："大丈夫行事，宜礌（同磊）礌落落，如日月皎然。"

本义 形容心地光明，胸怀坦白。如："（张良）光明磊落，坦然直剖心臆于雄猜天子之前。"（清·王夫之《读通鉴论·汉高帝》）

同义 光明正大、高风亮节

反义 偷天换日、卑鄙无耻

同义例句 陶渊明高风亮节，为朋友们所称道，尤其是他光明磊落的行为，更为朋友们所钦慕、效仿。

对比例句 爱国将领吉鸿昌是光明磊落、顶天立地的真君子，决不做偷天换日的卑鄙无耻之徒。

[光明正大]guāng míng zhèng dà

[词源]《宋史·杨栋等传赞》："常楙晚讼皇子竑事，光明正大，公义炳然。"

本义 指心地光明坦荡，作风正派无私。如："为什么要打要杀，而且又不敢光明正大地来打来杀，而偷偷摸摸地来暗杀！（闻一多《最后一次讲演》）

同义 光明磊落、堂堂正正

反义 鬼鬼祟祟、偷偷摸摸

同义例句 陈先生为人光明正大，没说的，是个堂堂正正的文化人。

对比例句 心胸宽广的人从来就光明正大，只有那些心怀鬼胎的人才老是偷偷摸摸。

★〖光明正大〗

玉娥脱黑赴明光，青竹掏肝利剑扬。
秦桧阴奸群唾淹，岳飞忠国万崇仰。
包公清正乾坤朗，魏伯谏言贞观强。
坦荡相樽清水和，高风亮节惠风香。

[光阴似箭]guāng yīn sì jiàn

光阴：时光。[词源]唐·韦庄《关河道中》："但见时光流似箭。"

本义 形容时光过得非常快。如："虚度一日，等于耗费生命的万分之一。光阴似箭，日月如梭。"（陈群《理想的阶梯》）

同义 日月如梭、白驹过隙

同义例句 人的生命是有限的，珍视生命的人，总是爱用光阴似箭、日月如梭这类词句来鞭策自己去加倍努力工作。

灵活用法 亦作"光阴如箭"。如："秋来庭下，光阴如箭似无言有意伤侬。"（宋·苏轼《行香子·秋兴》）

书写辨误 箭，不能写成"剑"。

★〖光阴似箭〗

白驹过隙穿光箭，转眼抬头晷影飞。
寒暖几经霜鬓秃，昙花一夜黛眉挥。
蹉跎岁月鲐驼背，空度春秋耄耋微。
乘旭腾霄收紫气，抛瑜留慧汗青辉。

[鬼哭狼嚎]guǐ kū láng háo

见[鬼哭神号]

[鬼哭神号]guǐ kū shén háo

号：大声哭叫。[词源]明·罗贯中《三国演义》第九十一回："自丞相经过之后，夜夜只闻得鬼哭神号。"

本义 指声音凄惨地大声哭叫。如："直杀得天昏地暗无光彩，鬼哭神号黑雾迷。"（清·钱彩、金丰《说岳全传》）

灵活用法 亦作"神号鬼哭""鬼哭狼嚎"。如："整个的街口，整个的阵地，各种武器乱响起来，各处都人喊马叫，鬼哭狼嚎。"（刘流《烈火金钢》第三回）

读音辨误 号，在这里不能读成 hào（浩）。

★〖鬼哭狼嚎〗

天下兼并雄霸争，沧桑黎庶炮灰征。
诸侯侵占岚芸阁，民众流亡泥瓦城。
关羽刀横魔哭号，孔明翎扇敌哀笙。
运筹利器靠田沃，赤手屈兵于礼诚。

[鬼使神差]guǐ shǐ shén chāi

使、差：使唤、役用。[词源]元·李致远《还牢末》："今日得遇你个英雄剑客，恰似鬼使神差。

本义 迷信说法，指受神鬼的支使而做出反常的事情来。如："人家都说'长毛鬼'在阴间告了一状，阎罗王追还陈老爷家的金元宝横财，所以败得这么快。这个，老通宝也有几分相信：不是鬼使神差，好端端的小陈老爷怎么会抽上了鸦片烟？"（茅盾《春蚕》）

比喻 指行为受下意识支配。如：不知怎么的，他竟鬼使神差地走到那条岔道上去了。

读音辨误 差，不能读成chā（叉）。

★〖鬼使神差〗

鬼扳奶劲推钱磨，魔驱爱儿弑父皇。
梁祝阴差成蝶合，牛姑阳错汉河望。
天予蛇女配黎庶，世赠美人胜凤冈。
今日竹梅几蝶舞，前生缘分月媒娘。

[国泰民安]guó tài mín ān

泰：安宁。[词源]宋·吴自牧《梦粱录·山川神》："每岁海潮太溢，冲激州城，春秋醮祭，诏命学士院撰青词以祈国泰民安。"

本义 指国家太平，人民安乐。如："有圣君，有贤臣，使政治稳定，国泰民安，历史上称为太平盛世。"（臧克家《纳谏与止谤》）

引申 指社会安定。如："齐努力，多作工，国泰民安享太平。"（老舍《龙须沟》）

同义 国富民安与本义同义，政通人和与引申义同义

反义 国破家亡、国无宁日与本义构成反义

同义例句 今天，改革更上新台阶，真个是政通人和百废兴，国泰民安贺升平。

对比例句 旧社会，国无宁日百姓遭殃；新社会，国泰民安人民庆幸。

灵活用法 亦作"民安国泰"。如："共是七个朝代，都是偃武修文，民安国泰。"（明·冯梦龙《醒世恒言·卖油郎独占花魁》）

★〖国泰民安〗

乌云翻滚浩茫瘠，风调雨和稻穗香。
贞观盛时黎庶乐，兵荒安史鹭鸿伤。
昏君奸佞狼烟窜，包拯法正儒礼扬。
并桌共樽桃苑逸，乾坤朗朗大同阳。

[过犹不及]guò yóu bù jí

犹：如，同；不及：赶不上，不够。[词源]《论语·先进》："子贡问：'师与商也孰贤？'子曰：'师也过，商也不及。'曰：'然则师愈与？'子曰：'过犹不及。'"

本义　指事情做过了头，就像做得不够一样，都是不好的。如："这是'过犹不及'。大约两耳过长，反觉没有。"（清·李汝珍《镜花缘》）

同义　欲速不达、物极必反

反义　恰到好处

同义例句　我们不能因为要使经济上新台阶就超越规律追求不合实际的高速度，过犹不及。只有按客观规律来发展经济，才能保证有最佳的发展速度，否则，欲速则不达。

对比例句　我们办任何事情都要注意"度"，过犹不及，要做到恰到好处，这取决于我们对事物的正确认识程度和艺术把握程度。

读写辨误　不，不能读成 bú；犹，不能写成"忧"。

★〖过犹不及〗

纣王暴残自刎剑，唐宗淫悦稷纷乱。
酣杯醉陨喜成灾，乐极生悲否泰换。
矫枉过正物极反，越为已甚恶风绊。
酒囊鬓白空人名，不惜抛头作烈汉。

H

[海底捞月]hǎi dǐ lāo yuè

见[海中捞月]

[海角天涯] hǎi jiǎo tiān yá

见[天涯海角]

[海中捞月] hǎi zhōng lāo yuè

[词源]明·凌濛初《初刻拍案惊奇·顾阿秀喜舍檀那物》："临安府已没奈何，只得行个缉捕文书访拿，先前的两个轿夫，却又不知姓名住址，有影无踪，海中捞月。"

本义　指白费力气，不可能达到目的。如："悟空道：'怎么叫做《水中捞月》？'祖师道：'月在长空，水中有影，虽然看见，只是无捞摸处，到底只成空耳。'"（明·吴承恩《西游记》第二回）

比喻　有时形容体育运动中的一种姿势。如："沙包又从背后飞来了，他猛一转身来个海中捞月，抓住了沙包。"（《课间十分钟》）

同义　大海捞针、海底捞针、竹篮打水与本义同义

反义　探囊取物、瓮中捉鳖、唾手可得与本义构成反义

同义例句　我们想要完成自己的梦想，就要先确定一个一个的小目标，如果急于求成，我们就会像海中捞月一样白费功夫。

对比例句　干什么事都要讲究方法。方法对头，熟中生巧，做起事来如探囊取物；若方法不对又不动脑筋，则如海中捞月一事无成。

灵活用法　亦作"海底捞月"。

如:“他们当时只把希望寄放在两个奇迹上,一方面希望做人适可而止……虽然费了许多心机,要了不少滑头,却终是海底捞月。”(郭沫若《洪波曲》第九章)

读音辨误 捞,不能读成 láo(牢)。

★〖海中捞月〗

一轮皓璞挂苍穹,万籁俱沉玉海融。
猴夹蟠桃望银兔,手探碧浪吻娟红。
星嘲尘世凡心傲,婵鄙颓流紊桂宫。
浮霁搅瑜花蝶梦,水中捞月竹篮空。

[骇人听闻] hài rén tīng wén

骇:惊惧。[词源]清·李汝珍《镜花缘》第六回:“该仙子何以迫不及待,并不奏闻请旨,任听部下逞艳于非时之候,献媚于世主之前,致令时序颠倒,骇人听闻?”

本义 指使人听了感到震惊而又惧怕。如:“‘这是怎么一回事呢?’皇帝心想,‘我什么也没有看见!这可骇人听闻了……这可是我遇见的一件最可怕的事情。’”(丹麦·安徒生《皇帝的新装》)

同义 耸人听闻、危言耸听

反义 微不足道

同义例句 前不久社会上传说一则骇人听闻的消息:“外星将要撞击地球。”后来经科学家证实那是危言耸听的讹误。

对比例句 我们邻居有一家夫妻吵架,这本来是微不足道的家务事。后来经人口百舌传开去了。结果成了骇人听闻的事情。一时闹得满城风雨,久久才平息下来。

灵活用法 亦作“骇人视听”。如:“劭在著作,将十年……或文词鄙野,或不轨之物,骇人视听,大为有识所嗤鄙。”(《隋书·王劭传》)

读写辨误 骇,不能读成 hé(核),不能写成“驳”。

★〖骇人听闻〗

黑雾笼罩魔鬼殿,骇人刑具听闻殇。
一刀断首魂飞苍,五马分尸身裂肠。
炮烙比干颠暴政,秦冤陈胜塌城墙。
揭竿横扫阎王窟,挥笔墨淹糜烂堂。
牢筑共樽乾朗稷,大同桃苑享醇觞。

[含冤负屈] hán yuān fù qū

见[负屈衔冤]

★〖含冤负屈〗

雪风呼啸血红热,北勇抗争懦后绥。
秦桧谗言寒箭射,岳飞殉国暗刀锥。
精忠陨落天穹泪,冤屈不平零雨悲。
莫等白头空叹泣,惜时奋强祭英蕤。

[汗流浃背] hàn liú jiā bèi

浃:湿透。[词源]汉·班固《汉书·杨敞传》:“敞惊惧,不知所言,汗流浃背。”

本义 形容汗出得多,湿透了衣衫。如:“农夫农妇,汗流浃背地蹲在田里,一锄一锄地掘。”(冰心《山中杂记》)

同义 汗出如浆、挥汗如雨

同义例句 每逢“双抢”季节，收割的农民忙得汗流浃背，下种的农民也累得汗如浆出。农民这样紧张劳动，既不违农时，又寄盼丰收。

读写辨误 “浃”，不能写成“夹”。

★〖汗流浃背〗

夏阳根植津珠润，数九成宫热血凝。
汗洒沧桑生稻穗，手横荆棘拍虫蝇。
汇流波浪托舟舰，脊立昆仑鼎阙徵。
湿背体衰粱米馥，呕心沥胆绿园兴。

[汗牛充栋]hàn niú chōng dòng

汗牛：使牛出汗；充栋：充满了屋子。[词源] 唐·柳宗元《陆文通先生墓表》：“其为书，处则充栋宇，出则汗牛马。”明·屠隆《鸿苞集》卷十七：“何必罢精神于汗牛充栋，兀兀经年，作书中老蠹鱼乎？”

本义 形容书籍非常多。如：“古人常用‘汗牛充栋’之类的成语形容藏书的丰富，意思是书籍非常多，如果堆放在屋子里，会高过栋梁，如果用车子搬运，会累得牛浑身出汗。”（陈宏天《打开知识宝库的钥匙——书目》）

同义 衡石量书、左图右史

反义 断编残简、断墨残楮

同义例句 国家图书馆藏书如衡石量书，汗牛充栋，不计其数。你要是去查阅资料，左图右史可以信手拈来。

对比例句 我爷爷说，以前老家对门住的是书香门第之家。相沿几代人藏书置上下三重屋，真可谓汗牛充栋；而我们家以前世代贫穷，目不识丁。一本皇历用了几代人，已成断编残简之物了。

灵活用法 亦作“充栋汗牛”。如：“今幸逢谷霖苍文宗欲作《明史纪事本表》，广收十七年朝报，充栋汗牛。”（明·张岱《与周戬伯》）

读写辨误 牛，不能读成 liú（流）；栋，不能写成“拣”。

★〖汗牛充栋〗

甲文竹简堆成山，宣纸满浮墨汁海。
书苑真金霓虹晖，翰林锦绣蛟龙彩。
冗辞充栋陈灰黄，雅册一诗辉雀恺。
璀璨珠玑血泪凝，佛禅睿智呕心苣。

[毫厘不差]háo lí bù shuǎng

毫、厘：极小的长度单位，十毫为一厘；爽：差错，失误。[词源]《礼记·经解》：“《易》曰：‘君子慎始，差若毫厘，谬以千里。’”

本义 形容与事实相符，一点也不差。如：“须合幽明古今而观之，方知毫厘不爽。”（明·冯梦龙《古今小说·游酆都胡母迪吟诗》）

同义 毫发不差

同义例句 他幼时聪颖异常，凡读过的书，都他过目不忘。合上书本可背出，毫厘不差，经历的事也能详细复述，毫发不差。

读音辨误 厘，不能读成 lì（利）。

★〖毫厘不差〗

十年寒暑练晨钟，两岸穿杨百发中。
满腹经纶浮慧雨，一招制胜谪仙聪。
业精于励荒于疏，滴水钻岩朝夕通。
近水识鱼扶鲤跃，胸蕴成竹卧青葱。

[好高骛远] hào gāo wù yuǎn

好：喜欢；骛：快跑的马，引申为追求。[词源]《宋史·程顺传》："病学者厌卑近而骛高远，卒无成焉。"

本义 指不切实际地追求或急于达到过高的目标。如："必须打好基础，才能建造房子，这道理是很浅显的。但是好高骛远、贪抄捷径的心理，却常常妨碍人们去认识最普通的道理。"（秦牧《画蛋·练功》）

同义 自不量力、贵远贱近、一步登天

反义 量力而行、脚踏实地、稳扎稳打、好整以暇

同义例句 "（赵玉兰）轻轻地说：'自不量力，既然害怕考试，为什么还报名？好高骛远，光想一鸣惊人。'"（蒋子龙《弧光》）

对比例句 他工作起来非常务实，总是脚踏实地、量力而行，从不好高骛远。

读写辨误 好，在这里不能读成 hǎo（郝）；骛，不能写成"警"。

★〖好高骛远〗

雏鸡软翅望鸿鹄，蛤蚧梦饕雁鹤肉。
蛮蚤夜郎井眼天，米虾鬼大嗤娥鹿。
积逾跬步至千迢，聚集细沙垒殿屋。
空竹昂头遭飓折，实樟长臂遮阳木。

[好为人师] hào wéi rén shī

为：当，做。[词源]《孟子·离娄上》："人之患在好为人师。"

本义 形容不谦逊，好以教导者自居。如："我在学问上贡献很小，我向来尊敬青年，视青年为老师，特别怕犯'好为人师'的毛病，不敢写什么'治学经验谈'。"（郭沫若语，载《艺谭》一九八二年第四期）

同义 自以为是、自作聪明

反义 不耻下问

同义例句 "科学的态度是'实事求是'，'自以为是'和'好为人师'那样狂妄的态度是绝不能解决问题的。"（毛泽东《新民主主义论》）

对比例句 我们要有甘当群众的小学生的精神，不耻下问，而不应好为人师，摆出一副先生的面孔。

读音辨误 好，这里不能读成 hǎo（郝）。

★〖好为人师〗

自以翰林儒伯富，趾高气傲舞轩昂。
纵然学识五车满，毕竟纸兵空一张。
三弟笃行藏教导，山鸡岭雁顶窝强。
为人师表率先范，鞠爱同樽谦让扬。
贤德礼诚伦理倡，博文睿智敬才郎。

[浩浩荡荡]hào hào dàng dàng

浩：大；荡荡：水大流急的样子。[词源]《尚书·尧典》：“汤汤洪水方割，荡荡怀山襄陵，浩浩滔天。”

本义 指水势浩大。如：“啊，我思念那洞庭湖，我思念那长江，我思念那东海，那浩浩荡荡的无边无际的波澜呀！那浩浩荡荡的无边无际的伟大的力呀！那是自由，是跳舞，是音乐，是诗！”（郭沫若《屈原》）

引申 形容规模很大，气势雄壮。如：“组织千千万万的民众，调动浩浩荡荡的革命军，是今天革命向反革命进攻的需要。”（毛泽东《论反对日本帝国主义的策略》）

同义 浩渺无际、汪洋大海与本义同义

反义 涓涓细流、弱水潺潺与本义构成反义

同义例句 大殿的后边出现了一片海水，浩渺无际，与天相接。排天而起的滔滔巨浪，浩浩荡荡地一直冲向远方。

对比例句 浩浩荡荡的万里长江源于弱水潺潺的山涧细泉。不积涓滴，难以成江海。学习，又何尝不是同一个道理呢？

★〖浩浩荡荡〗

鲲鹏满苍凌云翔，骏马成群奔远方。
滚滚长江龙脉汇，滔滔黄海汉华昂。
虎贲铠甲城池稳，义勇揭竿銮殿亡。
民水轩然澜苍道，公平荡漾汗青香。

[浩然正气]hào rán zhèng qì

浩：雄壮，刚正；气：气节。[词源]《孟子·公孙丑上》：“我善养吾浩然之气。”

本义 指崇高的气节和正义的操守。如：“这是天地间的浩然正气。但是我总以为非有几分呆气，勇气鼓不起来，正气亦将消散；试想富贵不能淫，威武不能屈，贫贱不能移，不是呆气十足的表现吗？”（邹韬奋《呆气》）

同义 义薄云天

反义 奴颜婢膝

同义例句 见义勇为者义薄云天，他们凭着胸中的浩然正气，同不法之徒顽强斗争，其英勇事迹深深地教育了我们。

对比例句 满怀浩然正气的郝区长鄙夷地斜视了一眼那奴颜婢膝的无耻叛徒，又更高地昂起了他那颗坚强的头颅。

读音辨误 然，不能读成 lán（兰）；正，不能读成 zhèn（镇）。

★〖浩然正气〗

倾泻瀑流清浊浪，狂风暴雨洗红尘。
比干傲立赴炮烙，包拯威仪压贼臣。
赤勇魁然朝战火，丹心尽瘁换良辰。
火炉烤炼汗青翠，儒墨浇培桃李仁。

[浩如烟海]hào rú yān hǎi

浩：广大；烟海：雾气弥漫的

茫茫大海。[词源]《荀子·富国》:“然后飞鸟,凫雁若烟海。”杨惊注:“远望如烟之覆海,皆言多。

本义 指广大无边雾气弥漫的茫茫大海或宽阔的水域。如:“其下陂湖汗浸,葭芦无畔,菱荷荇藻,蘅荃杜茝,众物居之,浩如烟海。”(宋·晁补之《北渚亭赋》)

比喻 现常形容图书资料繁多,无法统计。如:“或曰:‘古今载籍,浩如海’。”(清·周永年《儒藏记》)

同义 汗牛充栋、简牍盈积、左图右史与比喻义同义

反义 寥寥无几、九牛一毛、屈指可数、寥若晨星与比喻义构成反义

同义例句 中国传统文化源远流长,在浩如烟海的巨史宏篇之中有着无数关于人类美好未来的设想和生动描绘。

对比例句 这座藏书浩如烟海的图书馆,经过一场大火之后,所剩的图书屈指可数了。

灵活用法 亦作“浩若烟海”。如:“图书馆的书分门别类,浩若烟海。”(郑元济《谈学习》)

读写辨误 如,不能读成 yú(于);烟,不能写成“淹”。

★〖浩如烟海〗

凌越云书翔苍宇,深潜籍海探龙宫。
珠玑金砾垒诗府,简牍翰潮流水东。
浩瀚典章聪睿智,一池唐韵道玄通。
醉酣霞卷享乾览,沉浸墨瑶嘲雾空。

[和蔼可亲] hé ǎi kě qīn

和蔼:和善。[词源]清·李宝嘉《官场现形记》第二十九回:“原来这唐六轩唐观察为人极其和蔼可亲,见了人总是笑嬉嬉的。”

本义 指为人态度和善,使人感到亲近。如:“相处几天之后,这种印象全变了他和蔼可亲,愿意帮助你解决一切问题,就如一个相识多年的老朋友。”(李庄《任弼时同志二三事》)

同义 善气迎人、和颜悦色、平易近人

反义 冷若冰霜、盛气凌人、横眉立目

同义例句 我的母亲心地善良。她总是给人一种善气迎人的感觉,待人真诚而又和蔼可亲。

对比例句 我的祖父说,从前国民党搞法西斯教育,老师常对学生横眉立目加以训斥。如今新社会老师都很和蔼可亲,非常平易近人。

灵活用法 亦作“和蔼近人”。如:“但不知怎的总觉得他其实是和蔼近人,并不如先前自己所揣想那样可怕。”(鲁迅《离婚》)

读写辨误 和,不能读成 huó(活);蔼,不能写成“爱”。

★〖和蔼可亲〗

芬郁芙蓉不禁拢,迷人胜景自陶怡。
嫣然菊笑回眸顾,甜蜜语言心坎滋。
和蔼面庞亲可靠,春风佛手桂馨慈。
珠玑香粟饱饥腹,书馥扁舟醉玉池。

[涸泽而渔] hé zé ér yú

涸：水干竭；泽：湖泊；渔：捕鱼。[词源]汉·刘安《淮南子·主术训》："不涸泽而渔，不焚林而猎。"

本义　掏干了湖水捕鱼。如："不过，'故不掩群，不取麛禾，不涸泽而渔，不焚林而猎'。狩猎也要'护、养、猎并举'。"（吴伯箫《猎户》）

比喻　比喻取之不留余地。如："另外的错误观点，就是不顾人民困难，只顾政府和军队的需要，竭泽而渔，诛求无已。"（毛泽东《抗日时期的经济问题和财政问题》）

同义　焚林而猎、杀鸡取卵与本义、比喻义同义

反义　留有余地与比喻义构成反义

同义例句　"请皇上勿再竭泽而渔，杀鸡取卵，为小民留一线生机。"（姚雪垠《李自成》卷二）

对比例句　我们很需要木材，但不能乱砍滥伐，涸泽而渔，而要留有余地，有计划地砍伐，"砍蓄并举"。

灵活用法　亦作"竭泽而渔""竭泽涸渔"。如："竭泽而渔，岂不获得，而明年无鱼。"（《吕氏春秋·义赏》）

读写辨误　涸，不能读成gù（固）；渔，不能写成"鱼"。

★〖涸泽而渔〗

杀鸡取卵断根源，竭水待鱼空手获。
霸王别臣四楚歌，自戕后路独瘸落。
极端鲁莽悬崖边，草木焚灰失焯烁。
谨慎细心三思行，灵机应变万难乐。

[涸辙之鲋] hé zhé zhī fù

涸辙：干车沟；鲋：鲫鱼。[词源]《庄子·外物》：庄周家贫，故往贷粟于监河侯。监河侯曰："诺，我将得邑金，将贷子三百金，可乎？"庄周忿然作色，曰："周昨来，有中道而呼者，周顾视车辙中，有鲋鱼焉。周问之曰：'鲋鱼来，子何为者邪？'对曰：'我东海之波臣也，君岂有斗升之水，而活我哉？'周曰：'诺。我且南游吴越之王，激西之水而迎子，可乎？'鲋鱼忿然作色，曰：'吾失我常与，我无所处，吾得斗升之水，然活耳。君乃言此，曾不如早索我于枯鱼之肆！'"

本义　比喻处于困境急需救援的人。如："他浑身精湿，倚在水注中的一棵枯树下，眼睛紧紧地闭着，心里暗道："悔不该当初，不然怎会落得这个涸辙之鲋的地步呢？"（沙月《咽不下去的苦果》）

同义　虎落平阳

反义　如鱼得水

同义例句　我们什么时候受过这样的欺负？这可不是虎落平阳、涸辙之鲋么？

对比例句　人才市场的开放使无数涸辙之鲋如鱼得水，走出了困境。

读写辨误 涸，不能读成 gù（固），不能写成“枯”。

★〖涸辙之鲋〗

不测风云翻蜃阙，山洪暴雨凤鸾糜。
龙游浅水遭虾戏，虎落平阳受犬欺。
绝渡浪船逢援手，雪中送炭暖馨滋。
荆榛漫道何惶恐，同舰共谋更善时。

[赫赫有名] hè hè yǒu míng

赫赫：显耀、盛大的样子。[词源]汉·班固《汉书·何武传》：“其所居亦无赫赫名，去后常见思。”

本义 指名声很大、很显赫。如：“这位将军，就是历史上赫赫有名的威灵顿。”（岑桑《失败是个未知数》）

同义 大名鼎鼎

反义 默默无闻、名不见经传

同义例句 作为一名有学识有名望的教师，他在我们当地赫赫有名。

对比例句 丰田公司当时在日本还是默默无闻的，而现在却是赫赫有名的了。

读音辨误 名，不能读成 mín（民）。

★〖赫赫有名〗

宫阙瑶池虚幻景，人间名利实成禄。
风云榜单耀先宗，铁马英雄占帝屋。
权贵叱咤显赫威，贫穷屈膝空饥腹。
丹心碧血筑功誉，强国富民青史馥。

[黑白分明] hēi bái fēn míng

[词源]汉·董仲舒《春秋繁露·保位权》：“黑白分明，然后民知所去就。”

本义 形容好坏、是非曲直区分得很清楚。如：“而今教人之吏，多来称职，小违理实，辐见斥果、岂不休然黑白分明哉！”（南朝·宋·范晔《后汉书·朱浮传》）

引申 形容字迹、画面清楚，对比度明晰。如：“影子戏，由于形象明朗，黑白分明，产生了一种特殊的魅力，使人久久不能忘怀。”（萧建亨《影子的故事》）

同义 泾渭分明与本义同义，浓淡相宜与引申义同义

反义 泾渭不分、颠倒黑白、混淆是非、不分青红皂白与本义构成反义，乌眉电眼、漆黑一团与引申义构成反义

同义例句 这幅碳素静物画轮廓清晰，线条流畅，黑白分明，浓淡相宜。

对比例句 这张围棋盘刚用时格子黑白分明、十分醒目，现在已经乌眉皂眼、模糊不清了。

灵活用法 亦作“白黑分明”。如：“宣教言政事便宜，举奏部刺史郡国二千石，所贬退称进，白黑分明，由是知名。”（汉·班固《汉书·薛宣传》）

读写辨误 黑，不能读成 hè（赫），上部不能写成“里”。

★〖黑白分明〗
黑白清浑泾渭别，正邪对立势差同。
夏冬冷暖稷分合，昼夜龙蛇善恶攻。
当面后身心与箭，奸谀忠厚隔相融。
虚生两异阴阳竞，东岳旭云总耀红。

[横七竖八] héng qī shù bā

[词源]明·施耐庵《水浒传》第三十四回："一片瓦砾，横七竖八，杀死的男子妇女，不计其数。"

本义 形容乱七八糟。如："万盛米行的河埠头，横七竖八停泊着乡村里出来的敞口船。"（叶圣陶《多收了三五斗》）

同义 乱七八糟、乌七八糟

反义 井井有条、井然有序

同义例句 室内横七竖八地躺着几个醉汉，桌椅板凳、杯盘碗盏也被弄得乱七八糟。

对比例句 这个小县城建筑物井然有序，和原先横七竖八的景象形成鲜明的对照。

读音辨误 竖，不能读成xù（叙）。

★〖横七竖八〗
一夜秋飙扫萎荷，七零八落碎寒月。
昨天妖艳蝶蜂迷，现下枯黄凋谢猝。
日晷旋飞驹过缝，青丝转眼白头发。
早腾骏马冲云霄，风琢雨雕刻玉骨。

[横行霸道] héng xíng bà dào

霸道：蛮不讲理。[词源]清·曹雪芹《红楼梦》第九回："一任薛蟠横行霸道，他不但不去管约，反'助纣为虐'讨好。"

本义 指仗势胡作非为，横蛮不讲道理。含贬义。如："已经把他两个人押起来了，还派助理员到咱村开大会调查他们横行霸道的证据。"（赵树理《小二黑结婚》）

同义 为非作歹、胡作非为、横行无忌

反义 安分守己、奉公守法、循规蹈矩、与人为善

同义例句 "现在有极少数人拿着这个权力侵占群众利益，搞生活特殊化，甚至横行霸道，为非作歹，还好像是理所当然。"（邓小平《高级干部要带头发扬党的优良传统》）

对比例句 这个曾经横行霸道、为非作歹的犯罪分子，经过劳动改造后，决心奉公守法、重新做人。

读音辨误 横，不能读成hún（魂）。

★〖横行霸道〗
林野虎消猴霸王，海滩无虺蟹横道。
帝辛炮烙自身焚，嬴政峻刑阿房倒。
山外青山楼外楼，强中更有强人捣。
磨刀霍霍手头伤，仁德以柔康乐颢。

[横征暴敛] héng zhēng bào liǎn

横：强横；暴：无度的；征、敛：征税、搜刮。[词源]清·乐天居士《痛史》第二十四回："……中书省立了个规措所，名目是规划钱

粮，措置财赋，其实是横征暴敛，剥削脂膏。”

本义 反动统治者对人民疯狂地征税。如：“当统治者昏庸腐朽，横征暴敛，使得人民无法生活下去的时候，人民英雄就揭竿而起，把反抗强权，救民于水火之中作为自己的理想。”（陶铸《崇高的理想》）

同义 巧取豪夺

反义 轻徭薄赋

同义例句 这位老人历数了旧势力对劳动人民横征暴敛、巧取豪夺的丑恶行径，教育同学们热爱今天的社会主义祖国、珍惜幸福生活的来之不易。

对比例句 封建王朝建立之初，为笼络人心，往往轻徭薄赋，而进入没落时期以后，则必然横征暴敛，这是封建社会历史发展的一条基本规律。

灵活用法 亦作“暴征横敛”。如：“……这加税加饷，暴征横敛，便是致乱的大根源。”（梁启超《新中国未来记》第三回）

读音辨误 横，不能读成 hén（痕）；敛，不能读成 jiǎn（俭）。

★〖横征暴敛〗

苛政虎狼血口税，严刑峻法敛刀赋。
青苗榨汁草花枯，城堡骨垒黎庶苦。
揭竹竖旗掀恶旒，南湖红舰启鸿路。
桃源美景瑶池庭，大同人间天阙圃。

[洪福齐天]hóng fú qí tiān

洪福：大福气；齐天：与天同高。[词源]《元曲选·无名氏〈抱妆盒〉第四折》：“若不是万岁洪福齐天，怎能勾这等百灵咸助那。”

本义 旧时颂扬人福分大。如：“皆因是圣天子洪福齐天，文武每保社稷，皆丰稳之世也。”（元·郑德辉《程咬金斧劈老君堂》第四折）

引申 现在多作贬义，含讽刺意味。如：“生长在可为中国模范名城里的杨荫榆女士和陈西滢先生，真是洪福齐天。”（鲁迅《论“费厄泼赖”应该缓行》）

同义 福如东海、寿与天齐与本义同义

反义 时蹇运乖、天不假年与本义构成反义

同义例句 尽管战乱频仍、灾难深重，“老佛爷”慈禧太后却福如东海，藏身宫闱，依然过着洪福齐天般的祥和、奢侈生活。

对比例句 李自成等农民领袖进京后，不思进取，饱享太平福。就在义军洪福齐天的庆贺声中，时蹇运乖的道路已摆在他们面前。

贬义褒用 一般用作对帝王的赞誉之辞。如：“德菱道：照这样珍珠，是古今中外罕见的珍宝。老祖宗洪福齐天，所以得此异品哩！”（《慈禧太后演义》第三十五回）

书写辨误 洪，不能写成“宏”。

★〖洪福齐天〗

慈禧梦寐齐天福，国破园烧哀雁哭。
桃苑妍花彩蝶迷，这边欢笑那厢蹙。
官商霸占世间肴，黎庶痛丧沧海谷。

巧取豪夺终被均，汗晶成果安心腹。

[后顾之忧] hòu gù zhī yōu

顾：回头看。[词源]《魏书·李冲传》："朕以仁明忠雅，以台司之寄，使我出境无后顾之忧。"

本义 指对后方的担心或忧虑生活中将要发生意外的事情。如："如同很多被追捕的兽类一样，常有后顾之忧的兔子，眼睛长在头部两侧，便于观察两侧和脑后的动静。"（史庆礼《兔》）

同义 内顾之忧、后顾之患

反义 高枕无忧

同义例句 这次出差之前，老板叫我把一些内顾之忧的事情处理完了再走，以便安心在外工作，免除后顾之忧。

对比例句 王厂长说，以前他每想到退休一事，总有后顾之忧，怕厂里干群关系紧张起来。如今新提拔的副厂长挺能干，他离开后，就可以高枕无忧了。

读写辨误 之，不能读成 zī（资）；忧，不能写成"扰"。

★〖后顾之忧〗

螳螂捕蝉鸦伺后，缺疑虎啸马遭忧。
过河拆渡断回路，负义忘恩埋怨仇。
心思淌流时念敌，高瞻远瞩立高楼。
腹蕴浓墨撞沙乱，身挂侠袍潇洒游。

[胡说八道] hú shuō bā dào

胡说：说没有根据或没有道理的话。[词源]明·吴承恩《西游记》第六十八回："你那曾见《素问》《难经》《本草》《脉诀》，是甚般章句，怎生注解，就这等胡说乱道，会甚么悬丝诊脉！"

本义 毫无根据，瞎说一通。如："为了造语惊人，对仗工稳起见，有些文豪们是简直不恤于胡说八道。"（鲁迅《且介亭杂文·病后杂谈》）

同义 胡言乱语、鬼话连篇

同义例句 "冯梦龙在这篇序中……经书子史圣贤之作，鬼话连篇……而各种逢迎拍马和贬损责骂，更是胡言乱语、胡说八道。"（汤高才《历代小品大观》）

★〖胡说八道〗

指鹿为驹青白变，风波亭外雨淋呻。
痴人说梦颠三倒，奸佞诬谣罪满身。
无飓生浪虚幻吹，中伤捏造厥词申。
红楼疯语甄玄了，名利奢豪赛庙神。

[囫囵吞枣] hú lún tūn zǎo

囫囵：整个的。[词源]宋·朱熹《朱子语类》："今学者有几个理会得章句？也是浑沦（即'囫囵'）吞枣。"

本义 指把不经咀嚼的整个枣子吞下去。如："我见你须臾下礼有蹊跷，我这里囫囵吞个枣不知酸淡。"（元·杨景贤《西游记》第四本第十三折）

比喻 现常形容读书、学习不求甚解，或不加分析、辨别笼统地接受。含贬义。如：老实说，我读《水浒传》不过囫囵吞枣地看一遍，只注意紧张动人的情节。

同义 生吞活剥、食而不化、食古不化与本义同义，不求甚解、生搬硬套与比喻义同义

反义 细嚼慢咽与本义构成反义，融会贯通、心领神会与比喻义构成反义

同义例句 现在有些青年读书不注意选择，又不善于明辨是非，生吞活剥、囫囵吞枣地读书，这样会产生一些不良后果的。

对比例句 在我国四化建设的过程中，我们要认真地学习和借鉴其他国家的先进经验，并结合国情实际融会贯通地使用。如果采取生搬硬套、囫囵吞枣式的学习方法，其结果是有害的。

灵活用法 亦作“鹘仑吞枣”。如：“今动不动便先说个本来粗精无二致，正是鹘仑吞枣。”（宋·朱熹《答许顺之书》）

读写辨误 囫，不能读成 wù（勿）；枣，不能写成“束”。

★〖囫囵吞枣〗

浮霭天兵葬长平，枯焦皮纸烧街亭。
霸王焚简落乌水，韩信熟研登阙庭。
胡咽墨翰丢性命，细咀禅经化贤灵。
蜉游书岳轻飘雾，镂美金卷蛀嚼形。

[狐假虎威] hú jiǎ hǔ wēi

假：借。[词源]汉·刘向《战国策·楚策一》：“虎求百兽而食之，得狐。狐曰：‘子无敢食我也，天帝使我长百兽，今子食我，是逆天命也。子以我为不信，吾为子先行，子随我后，观百兽之见我而敢不走乎？’虎以为然，故遂与之行，兽见之，皆走。虎不知兽畏己而走也，以为畏狐也，”

本义 指狐狸借着老虎的威风炫耀自己，吓唬百兽。现比喻借权贵恶人之威，仗势欺人。含贬义。如：“平常因为教徒们借着洋大人的势力对同胞作种种侮辱，这时便不期而然地有一般人联合起来，挨家搜查这种狐假虎威的二毛子。”（冯玉祥《我的生活》第五章）

同义 狗仗人势、倚官仗势、仗势欺人

同义例句 人们之所以痛恨汉奸，是因为他们不仅卖国求荣，投敌叛国，而且还狗仗人势，狐假虎威，鱼肉百姓。

灵活用法 亦作“狐藉虎威”“虎威狐假”“威假虎狐”。如：“威假虎狐，肆其上下之手，眼同猫鼠，酿为表里之奸。”（清·蒲松龄《诈欺官私取财》）

读写辨误 狐，不能读成 gū（姑），不能写成“孤”。

★〖狐假虎威〗

狐窜虎前借暴威，众灵四散虎迷惑。
指麋为马群臣惊，曹剑挥皇衰汉国。
宦武王权贤相残，贼施奸谗红英墨。
狡顽巧尾藏时几，妖孽毒邪终受勒。

[狐疑不决] hú yí bù jué

见[迟疑不决]

[虎背熊腰] hǔ bèi xióng yāo

[词源]元·无名氏《飞刀对箭》第二折:"这厮倒是一条好……虎背熊腰,两条臂膊恰似栏杆。"

本义 形容男子汉身体健壮魁梧,充满阳刚之美。如:"西边坐着一个虎背熊腰,仪表不凡的大汉。"(清·褚人获《隋唐演义》第十六回)

同义 虎颈燕颔、魁梧奇伟

反义 鸡胸龟背、骨瘦如柴、尖嘴猴腮

同义例句 这位武警战士长得魁梧奇伟,虎背熊腰,走起路来,威风凛凛。

对比例句 两个虎背熊腰的公差,押着一个骨瘦如柴的犯人,沿途凶神恶煞地吆喝着,把这个犯人解押到了县衙门。

灵活用法 亦作"熊腰虎背""虎体熊腰"。如:"为首一将,生得广额阔面,虎体熊腰。"(明·罗贯中《三国演义》第二回)

读音辨误 背,这里不能读成bēi(碑)。

★〖虎背熊腰〗

虎背张飞横城碎,熊腰关羽敌翎围。
刘玄滋庶甘泉慰,诸葛帷谋扇智辉。
健硕刚强睿德驱,刀山火海布衣威。
良方利器黎民富,丹恳精忠鼎国徽。

[花红柳绿] huā hóng liǔ lǜ

[词源]五代·蜀·魏承班《生查子》:"花红柳绿间晴空。"

本义 形容春光明媚,景色宜人。如:"花红柳绿草芊芊,正值春光艳阳天。"(元·高则诚《琵琶记·牛氏规奴》)

比喻 形容颜色鲜艳纷繁。如:"分配果实,别的姑娘们喜爱那些花红柳绿的布匹,去充实嫁妆。"(孙犁《白洋淀纪事·王香菊》)

同义 花枝招展、红情绿意与本义同义,桃红柳绿、花团锦簇与比喻义同义

反义 枯枝败叶、花残月缺,绿暗红稀与比喻义构成反义

同义例句 阳春三月,花枝招展。鸟儿在花红柳绿的丛中啼鸣、穿飞。东湖美景鸟语花香,生机盎然。

对比例句 瑟瑟秋风,卷着枯枝败叶是深秋的景色;习习春风,拂着花红柳绿的丛林,是春意盎然的美景。

灵活用法 亦作"柳绿花红"。如:"秋至山寒水冷,春来柳绿花红"。(宋·释普济《五灯会元》)

★〖花红柳绿〗

春旭艳阳纤草绿,和风暖煦百花红。
观园琉瓦金辉耀,怡苑妙姑葱朵融。
菁岭朱胭蝶心染,荷池翠玉碧情隆。
相恭丹蕊黛眉嫣,勤汗九州青史虹。

[花天酒地] huā tiān jiǔ dì

花：比喻美女，也特指妓女。[词源]清·李宝嘉《官场现形记》第二十七回："到京之后，又复花天酒地，任意招摇。"

本义 指吃喝玩乐、荒淫无度的生活。含贬义。如："尽管东城外炮声隆隆，火光冲天，城内有兵马巡逻，禁止宵行，但深宅大院中仍然过着花天酒地的生活。"（姚雪垠《李自成》第一卷第一章）

引申 有时也形容生活富足，盛宴频繁的情形。如："来往过客，攀挽流连，余等复送为宾主，几于无日不花天酒地也。"（清·张集馨《道咸宦海见闻录》）

同义 酒池肉林、醉生梦死与本义同义，灯红酒绿、锦衣玉食与引申义同义

反义 发愤图强、壮志凌云、壮心不已与本义构成反义，饥寒交迫、啼饥号寒、粗茶淡饭与引申义构成反义

同义例句 "大多数是醉牛梦死花天酒地的浪子，不然便是胆小怕事买进卖出的商人。"（清·曾朴《孽海花》第二十九回）

对比例句 自古雄才多磨难，他们从小都立有凌云壮志，毕生为之奋斗；而那些沉醉于花天酒地的纨绔少年，都是寄生虫。

灵活用法 亦作"酒地花天"。如："马龙车水，酒地花天，好一派升平景象！"（清·曾朴《孽海花》第一回）

书写辨误 酒，不能写成"洒"。

★〖花天酒地〗

鸿阙天台角色戏，宴筵饕餮燕妖姿。
闻芳熏馥飘云雾，酣饫酗瑶浮酒池。
蝶涵芬脂沦蜜洞，蜂沉樽罕溺贪痴。
心花怒放于黎庶，把酌月圆芸众滋。

[花团锦簇] huā tuán jǐn cù

锦：有文彩的丝织品；簇：丛聚。[词源]明·吴承恩《西游记》第九十四回："那三宫皇后，六院嫔妃，引领着公主，都在昭阳宫谈笑。真是个花团锦簇。

本义 原指华丽、精美而高贵的服饰。如："其槅式样，或圆或方，或葵花蕉叶，或连环半壁，真是花团锦簇，剔透玲珑。"（清·曹雪芹《红楼梦》第十七回）

比喻 用来比喻百花齐放、五彩缤纷的景象。如"花市上就摆满了一片花草。紫竹、刺、梅、石榴、绣球、倒挂金钟、四季海棠，真是花团锦簇，千丽百俏，半条街飘满了清淡的花香。"（费大山《花市》）

引申 也形容文章精美、辞藻华丽。如："自古道：'人逢喜事精神爽。'那七篇文字做得花团锦簇。"（清·吴敬梓《儒林外史》第三回）

同义 峨冠博带、华冠丽服与本义同义，五彩缤纷、繁花似锦、百花斗艳与比喻义同义，班香宋艳、妙语连珠、字字珠玑与引申义同义

反义 布裙荆钗、葛巾野服、鹑衣百结与本义构成反义，落英缤纷、水流花谢、枯枝败叶与比喻义构成反义，佶屈聱牙、驴鸣狗吠与引申义构成反义

同义例句 我们住宅小区的街心花园，今日披上了节日的盛装。天上彩旗招展，地上鲜花盛开。由各种鲜花构成的美丽图案显得花团锦簇，美不胜收。

对比例句 花儿也能唱出四季歌：春天百花齐放、花团锦簇；夏天葵花向阳、荷花亭亭；秋天水流花谢、落英缤纷；冬天枯枝败叶、万花凋零。

灵活用法 亦作“团花簇锦”。如：“威尼斯是‘海中的城’……在圣马克场的钟楼上看，团花簇锦似的东一块西一块在绿波里荡漾着。”（朱自清《威尼斯》）

读写辨误 团，不能读成 tán（坛）；簇，不能读成 zú（族），不能写成“旖”。

★〖花团锦簇〗

春迎林姑燕客欢，绿茵髻漫大观园。
夏情梅竹缠连理，宝黛联诗结侣鸳。
秋啸凋零残锦落，葬花盼月泪无萱。
冬霜覆顶贯荣没，玉蚀尘蒙悟璞原。

[花香鸟语] huā xiāng niǎo yǔ

鸟语：鸟鸣。[词源]清·李汝珍《镜花缘》第九十八回：“云雾渐淡，日色微明，四面也有人烟来往，各处花香鸟语，颇可盘桓。”

本义 指大自然的一种时令季节。形容春天明媚的景象。如：“布谷鸟开始唱歌，劳动人民懂得它在唱什么：‘阿公阿婆，割麦割禾。’这样看来，花香鸟语，草长莺飞，都是大自然的语言。”（竺可桢《大自然的语言》）

同义 莺歌燕舞、草长莺飞

同义例句 花香鸟语春意浓，莺歌燕舞气象新，公园里充满了生机。

灵活用法 亦作“鸟语花香”。如：“一到五月，春天可以说是进入了她的全盛时代；处处青枝绿叶，鸟语花香。”（叶君健《卖火柴的小女孩》）

读写辨误 鸟，不能读成 liǎo（了），不能写成“乌”。

★〖鸟语花香〗—大观园

徐步春风携朵卉，潺湲溪曲伴莺吟。
弓桥缘木通灵韵，碧水缠涟浪凤琴。
花牖斑斓辉蜃颢，潋池蟾月诱猿心。
洞宫庭阙漫芳气，亭榭瑶觞对同音。

[花枝招展] huā zhī zhāo zhǎn

招展：迎风摆动。[词源]明·冯梦龙《醒世恒言·乔太守乱点鸳鸯谱》：“莲步轻移，如花枝招展一般。”

本义 形容花枝迎风摆动，姿态优美，景色迷人。如：“每一棵树头，每一枝花上，都系了这些事物，满园里绣带飘飘，花枝招展。”（清·曹雪芹《红楼梦》第二十七回）

比喻 形容年轻女子装扮艳丽。如:“春天像小姑娘,花枝招展的,笑着,走着。”(朱自清《春》)

同义 浓妆艳抹、穿红戴绿与比喻义同义

反义 荆钗布裙与比喻义构成反义

同义例句 展屏的孔雀花枝招展,吸引了不少游客。

对比例句 古代妇女一般都穿荆钗布裙,只有豪富人家的女子才能穿金戴银,打扮得花枝招展。

读写辨误 招,不能读成 zāo(糟);展,下部左边不能多写一撇。

★〖花枝招展〗—霓裳羽衣曲

星烁天花霁阙苑,月翩长袂浪银河。
贵妃袖逸春光彩,唐王樽摇旋凯歌。
蝶舞蜂飞笙韵律,嫔娇姿扭闪仙娥。
心跳琴曲荡秋色,身摆绵绸展妙婆。

[华而不实]huá ér bù shí

华:同“花”,开花;实:果实。[词源] 春秋·鲁·左丘明《左传·文公五年》:“且华而不实,怨之所聚也。”

本义 只开花,不结果。比喻外表好看,内容空虚。如:“华而不实,脆而不坚。”(毛泽东《改造我们的学习》)

比喻 比喻虚有其表,言过其行。如:“赋家之作,文胜于情,故华而不实。”(刘师培《文说》)

同义 虚有其表、脆而不坚、绣花枕头与比喻义同义

反义 秀外慧中与比喻义构成反义

同义例句 某些作家写的文字实在华而不实,只有肤浅华丽的辞藻堆砌,缺乏真情实感和实质内容。

对比例句 梅兰芳男扮女装,秀外慧中,绝非华而不实之辈能与之比拟的。

灵活用法 亦作“秀而不实”“华而失实”。如:“苗而不秀者有矣夫!秀而不实者有矣夫!”(《论语·子罕》)又如:“华而失实,过莫大焉。”(唐·刘知几《史通·言语》)

★〖华而不实〗

海市蜃楼霞幻影,镜花水月空云烟。
纸兵长平飘摇坠,溪旱街亭干火煎。
藏芋充珠淘劣俗,弄虚作假黑清莲。
表芯如一心诚殿,脚踏实坚垒九天。

[哗众取宠]huá zhòng qǔ chǒng

哗:喧闹;宠:宠爱。[词源] 汉·班固《汉书·艺文志》:“然惑者既失精微,而辟者又随时抑扬,违离道本,苟以哗众取宠。”

本义 用浮夸的言辞迎合群众,博取夸奖和欢喜。如:“无实事求是之意,有哗众取宠之心。”(毛泽东《改造我们的学习》)

同义 巧言令色、逢场作戏

反义 实事求是、原原本本

同义例句 在课堂上公然顶撞老师来哗众取宠,或许你自以为个性十足,然而没人会认为你的行为理所当然。

对比例句 教条主义者作宣传，无实事求是的心意，有的是哗众取宠，华而不实、脆而不坚的作风。

灵活用法 亦作“哗世取宠”“谇世取宠”。如：“而末流亦弥以哗世取宠。”（章炳麟《原儒》）又如：“士以诈世取宠，苟一时之得以自负。”（明·归有光《送国子助教徐先生序》）

读写辨误 宠，不能读成 lóng，不能写成“庞”。

★〖哗众取宠〗

鸡下卵凰咯炫耀，喇叭花吹春来啸。
纸兵浮漂坠长平，阿殿华銮霸王烧。
巫道作妖彰冥风，奸臣令色显旒曜。
半瓶水响酗狂徒，满腹经纶儒伯悄。

[化为乌有] huà wéi wū yǒu

乌有：何有，哪有。[词源]宋·苏轼《章质夫送酒六壶书至而酒不达戏作小诗问之》：“岂意青州六从事，化为乌有一先生。”

本义 变得什么都没有。形容丧失一切，或全部落空。如：“汉口镇旧与鹦鹉洲相连，汉水由后湖出江，国初忽冲开自山下出江，而鹦鹉洲化为乌有。”（清·魏源《湖广水利论》）

同义 化为泡影

同义例句 惨烈的战争使得昔日辉煌的建筑化为乌有，曾经闻名遐迩的名胜古迹只能在史册寻找。

书写辨误 乌，不能写成“鸟”。

★〖化为乌有〗

林姑报德降鸿府，宝黛眸瞳情寞呼。
梅竹鹊桥携伴侣，蝶蜂圃苑荡双姝。
怡园潇馆连桑梓，吟籁作诗同妙珠。
秋啸凋零埋艳卉，冬霜没顶贾荣乌。

[化险为夷] huà xiǎn wéi yí

险：险要，危险；夷：平坦，平安。[词源]清·曾朴《孽海花》第二十七回：“以后还望中堂忍辱负重，化险为夷。”

本义 化险要的地势为平坦安全。如：“我们却无可战栗，因为鲫鱼背上也有石栏和铁索在卫护我们。这也化险为夷了。”（徐迟《黄山记》）

引申 比喻将危险的形势转变为安全的局面。如：“他善于用兵，常能化险为夷，转败为胜。”（姚雪垠《李自成》第一卷）

同义 转危为安、力挽狂澜与引申义同义

同义例句 幸亏援军来得及时，阻止了敌人的进攻，我们才能够化险为夷打赢，摆脱危机，冲出重围，保存实力。

★〖化险为夷〗

星火燎原镰锤起，农工斧戟向魈魑。
四横赤水跨乌水，三番五调戏蒋疲。
二万长征甩困剿，红军会合化危夷。
南攻北战碎穷寇，黎庶銮宫扬锦旗。

[画饼充饥]huà bǐng chōng jī

[词源]晋·陈寿《三国志·魏书·卢毓传》:“选举莫取有名,名如画地作饼,不可啖也。”宋·李清照《打马赋》:“说梅止渴,稍苏奔竞之心;画饼充饥,少谢腾骧之志。”

本义 画个大饼来解饿。比喻名实不副,无济于事。如:“巧妇难为无米之炊,管家婆不能给孩子画饼充饥……”(刘绍棠《榆钱饭》)

比喻 现常比喻用空想来作自我安慰。如:“尽管在事实上是一贫如洗,妆饰一下外观,也怕是一种画饼充饥的办法罢?”(郭沫若《人力以上》)

同义 望梅止渴、指雁为羹、屠门大嚼与本义同义

反义 聊胜于无、聊以慰藉与比喻义反义

同义例句 “官人今日见一文也无,提甚三五两银子,正是教俺‘望梅止渴,画饼充饥’。”(明·施耐庵《水浒传》第五十一回)

灵活用法 亦作“充饥画饼”。如:“充饥画饼诚谌笑,印信凭由都是说。”(元·刘时中《端正好·上高监司》)

读音辨误 充,不能读成 cōng(葱)。

★〖画饼充饥〗

纸牌圈画幻妃嫱,胸口墨馍充玉粮。
海市蜃楼虚瑞景,黄粱美梦空欢场。
珠玑咀嚼流金油,扉页飘芳逸月香。
凝汗稻花温饱腹,书斋史卷慰情郎。

[画蛇添足]huà shé tiān zú

[词源]汉·刘向《战国策·齐策二》:“楚有祠者,赐其舍人卮酒。舍人相谓曰:‘数人饮之不足,一人饮之有余,请画地为蛇,先成者饮酒。’一人先成,引酒且饮之,乃左手持卮,右手画蛇,曰:‘吾能为之足。’未成,一人之蛇成,夺其卮曰:‘蛇固无足,子安能为之足!’遂饮其酒。”

本义 指画蛇时添上脚是多此一举,不但无益,反而有害。如:“张翼谏曰:‘将军功绩已成,威声大震,可以止矣。今若前进,倘不如意,正如画蛇添足也。’”(明·罗贯中《三国演义》第一百十回)

同义 多此一举、弄巧成拙

反义 恰如其分、恰到好处、千妥万当、适可而止

同义例句 刚买来的一件新毛衣,你偏要在上边绣朵花,真是画蛇添足,多此一举。

对比例句 印度妇女额中一点红,真是点得恰到好处,别具一格。若是非洲黑人妇女点上那一点呢,恐怕是画蛇添足、弄巧成拙了。

灵活用法 亦作“为蛇画足”。如:“弄巧成拙,为蛇画足。”(宋·黄庭坚《拙轩颂》)

读写辨误 蛇,不能读成 sè(涩);添,不能写成“忝”。

★〖画蛇添足〗

蛇女报恩委许仙，西湖鸳侣伴姻缘。
千年修道同船渡，一足枷难法海鞭。
水漫金山淹落魄，雷峰塔寺锁心弦。
孝儿营救重团聚，浪漫爱情万古传。

[怀古伤今]huái gǔ shāng jīn

怀：思念；伤：悲叹。

本义 怀念旧时代，对现实社会表示悲伤。如："现在是既不夸自己，也不信国联，改为一味求神拜佛，怀古伤今了却也是事实。"（鲁迅《中国人失掉自信力了吗》）

同义 厚古薄今

反义 厚今薄古、今胜于昔

同义例句 不管怎么说，历史是发展的，社会是进步的，因此任何厚古薄今的论调都是不正确的，怀古伤今就更没有必要了。

对比例句 只看到社会上某些丑恶现象，就丧失信心，怀古伤今，这是有失偏颇的。全面地看，今天与过去相比，应该说是今胜于昔。只有敢于厚今薄古，充分认识到社会的发展与进步，才能增强信心，搞好我们的工作和学习。

读音辨误 伤，不能读成 sāng（桑）；今，不能读成 jing（经）。

★〖怀古伤今〗

孔子随探邑郡王，诸公尊拜国乾相。
钱财粪土举家亲，义胆忠肝走四疆。
当尔方兄鳙拖磨，趋炎若鹜弃爹娘。
世风日下道沧丧，今不如昔哀叹伤。

[怀瑾握瑜] huái jǐn wò yú

瑾、瑜：美玉。[词源]《楚辞·九章·怀沙》："怀瑾握瑜兮，穷不知所示。"

本义 原指怀藏、手握美玉。后比喻有才志士纯洁无瑕的品德。含褒义。如："何故怀瑾握瑜，而自令见放为？"（司马迁《屈原列传》）

同义 金玉君子、琨玉秋霜、冰清玉洁、冰壶秋月

反义 凡夫俗子、混世魔王、衣冠禽兽

同义例句 屈原志洁行廉，怀瑾握瑜，是令人景仰的金玉君子。

对比例句 英雄岳飞胸怀精忠报国之志，怀瑾握瑜的美德名传千古，奸臣秦桧如同混世魔王，遗臭万年。

灵活用法 亦作"抱瑜握瑾"。如："左散骑常侍高适，朔气纵横，壮心落落，抱瑜握瑾，沉浮闾巷之间，殆侠徒也。"（明·徐献忠《唐诗品》）

读音辨误 瑾，不能读成 jǐng（井）。

★〖怀瑾握瑜〗

头戴白辰祛夜魅，胸怀银玉洁红尘。
手持长戟刺凶煞，恭献丹心护庶民。
尊拜翰林论政理，高悬利剑斩奸臣。
与民同渡共涛浪，亲屈沧桑富庶人。

[欢天喜地] huān tiān xǐ dì

[词源]元·王实甫《西厢记》五本四折："见将着夫人诰敕，县君名称，怎生欢天喜地，两只手儿分付与。"

本义 指非常高兴的样子。如："一九四九年十月一日，新中国成立了！当时我在沈阳，只见到处红旗招展，张灯结彩，人人欢天喜地。"（伍修权《我的历程》）

同义 欢欣鼓舞、兴高采烈、欢喜若狂

反义 愁眉苦脸、垂头丧气、一筹莫展

同义例句 他欢天喜地地去兑奖，却失魂落魄地回到家中，原来不过是一场乌龙事件。

对比例句 我校足球队得了冠军，大家都欢天喜地，而输队的一方有的愁眉苦脸，有的垂头丧气。

书写辨误 喜，不能写成"苦"。

★〖欢天喜地〗

春煦甘霖稻穗芳，鼎元金榜顶翎昌。
洞房花烛鸳鸯荡，翰苑墨流文史香。
琉瓦楼亭黎庶乐，端庄瑞府汉华强。
青山绿水碧空净，知己吟歌鹤舞祥。

[缓兵之计] huǎn bīng zhī jì

缓：延缓、推迟。[词源]明·罗贯中《三国演义》第九十九回："(张)郃曰：孔明用缓兵之计，渐退汉中，都督何故怀疑，不早追之？"

本义 指军事计谋的一种，使对方暂缓进军。如："门生恐其行缓兵之计，重弄欺骗官军逃出车厢峡故智，不准所请。"（姚雪垠《李自成》第一卷第十章）

引申 也指事态缓和以便另找对策。如："所谓调和只是敌人的缓兵之计。"（瞿秋白《〈鲁迅杂感集〉序言》）

同义 以屈求伸、以退为进与本义同义，权宜之计与引申义同义

反义 兵不厌诈、诱敌深入与本义构成反义，急于求成与引申义构成反义

同义例句 在敌强我弱的情况下，我们要实行缓兵之计、避实就虚的战略方针，以退为攻，以屈求伸，达到保证实力的目的。

对比例句 常言道，兵不厌诈，对于这股来犯的敌人，我们要采取缓兵之计，诱敌深入，以利集中力量进行聚歼。

读写辨误 之，不能读成 zī（资）；缓，不能写成"援"。

★〖缓兵之计〗

敌强我弱勿盲斗，帷幄韬谋刺贼身。
避锐锋芒佯退却，诱其孤进切长伸。
单迁碎整削狂慢，五马断肢降寇臣。
三十儒经仁为上，七奇二术义兵神。

[患得患失] huàn dé huàn shī

患：担忧，忧虑。[词源]《论语·阳货》："鄙夫可与事君也与哉？其未得之也，患得之；既得

之，患失之。”

本义 担心得不到，得到了又担心失去。原指忧虑禄位的得失。如：“小人之游世也以势利，故患得患失，无所不为。”（宋·胡宏《胡子知言》）

引申 后泛指忧虑个人的利害得失。如：“或者他对于个人总是患得患失，计较个人的利益。”（刘少奇《论共产党员的修养》）

同义 斤斤计较、锱铢必较与引申义同义

反义 公而忘私与引申义构成反义

同义例句 生活中总有些人怕吃亏，想占便宜，患得患失，斤斤计较，这种人真难相处。

对比例句 我们要在青年学生中，大力提倡公而忘私、国而忘家的奉献精神，摒弃患得患失、锱铢必较的不良习气。

★〖患得患失〗

蝇蚋方兄贪啬握，紫袍玉玺手长拿。
只盯蝉食无防雀，捡得芝麻丢胖瓜。
大肚撑船容陆海，鸿骞鹏志浩天霞。
开怀畅饮空杯去，元宝粪渣英业华。

[焕然一新] huàn rán yī xīn

焕然：光亮鲜明的样子。[词源]宋·陆游《老学庵笔记》：“有巨商三万缗，装饰泗州普照桥，焕然一新。”

本义 形容一改旧容，呈现崭新的面貌。如：它甩着长鼻子，冲着污浊的车身喷起了水。不一会儿，车身就焕然一新。

同义 面目一新、耳目一新

反义 依然如故、一如既往

同义例句 我的书房经过装修后焕然一新，使人有耳目一新的感觉。

对比例句 爷爷说，改革开放前，家乡没有发生什么变化，许多地方还依然如故。自三中全会以后，党的政策调动了农民的积极性，生活水平逐年提高，农村面貌焕然一新。

读写辨误 然，不能读成 lán（兰）或 nán（男）；焕，不能写成“换”。

★〖焕然一新〗

天道银河洗俗尘，山川楼阁焕然新。
良风市井邻居睦，碧浪浊流清水粼。
雅气芳亭儒墨馥，紫曦銮殿艳旗缤。
旭红沧海青葱绿，秋夜婵圆莲玉矜。

[荒诞不经] huāng dàn bù jīng

荒诞：荒唐离奇；经：常理。[词源]清·壮者《扫迷帚》第五回：“兄虽吴人，这种俗谚，因其荒诞不经，无关实用，却也不大理会。”

本义 形容言论荒谬，不可信。如：“这是多么荒诞不经的思想啊……在别的恒星周围运转的地球……然而我们坚决相信，这是最惊人的科学预言。”（郑文光《火刑》）

同义 荒谬绝伦、荒诞无稽

反义 言必有据、有案可稽

同义例句 你们这些荒诞不经的话，真是荒谬绝伦，只能拿去蒙骗天真幼稚的小孩。

对比例句 我们说论据要新颖，并不是允许论据荒诞不经，而是在言必有据的基础上求新。

读写辨误 诞，不能读成 yán（沿）；荒，不能写成“慌”。

★〖荒诞不经〗

一纸聊斋荒谬语，满篇怪诞红尘露。
人妖婚配蝶情缘，魔道交锋正疾路。
珠玉娟弹肺腑弦，墨筒龙喷倾盆雨。
眷歆长渡奈何桥，蜃阁幽门冥府遇。

[恍然大悟]huǎng rán dà wù

恍然：猛一下清醒的样子；悟：心里明白。[词源]明·罗贯中《三国演义》第七十七回：“于是关公恍然大悟，稽首皈依而去。”

本义 指一下子醒悟过来，心里明白了。如：“‘阿义可怜——疯话，简直是发了疯了。’花白胡子恍然大悟似的说。”（鲁迅《药》）

同义 豁然贯通、豁然开朗、顿开茅塞

反义 大惑不解、百思不解、疑团莫释

同义例句 张明经老师指点恍然大悟，王智多方苦思演算也终于豁然开朗。

对比例句 有的同学基础好，遇到难题，经老师稍加启发就会恍然大悟，而有些同学基础较差，虽经老师多方点拨，仍然大惑不解。

灵活用法 亦作“豁然大悟”。如：“倘蒙指教，豁然大悟。”（宋·道原《景德传灯录·卷五第三十三祖慧能大师》）

读写辨误 恍，不能读成 guāng（光），不能写成“晃”。

★〖恍然大悟〗

璞石鸿装感暖凉，大观园绎贯天堂。
春晖蜂蝶笙翩眇，夏艳鸳鸯戏荷塘。
秋谢葬花寒月曜，冬霜覆盖闭潇湘。
凤飞翎落人稀散，风浪浮沉恍悟沧。

[挥汗如雨]huī hàn rú yǔ

挥：洒、甩。[词源]汉·刘向《战国策·齐策一》：“临淄之途，车毂去，人肩摩，连衽成帷，举袂成幕，挥汗成雨。”

本义 形容挥洒的汗水像落下的雨一样。如：“空气紧张，医生、护士挥汗如雨。”（《中国青年报》记者《为了六十一个阶级弟兄》）

同义 汗流浃背

反义 优哉游哉

同义例句 所有的电台都开动了，报务人员汗流浃背，挥汗如雨，夜以继日地工作着。

对比例句 人们都在为抢修被大风吹坏的房舍挥汗如雨地忙着，他却优哉游哉地在那里散步。

读写辨误 如，不能读成 lú（炉）；汗，不能写成“汉”。

★〖挥汗如雨〗

艳阳火烤桑田灰，酷热炙烧黎庶黑。

汗雨甘泉润九州，稻粱丰富仓盈穑。
盘中粒粒津珠凝，宴席杯杯心血啬。
留有青山氤郁葱，舍予付出佳肴得。

[诲人不倦] huì rén bù juàn

诲：教导。[词源]《论语·述而》："默而识之，学而不厌，诲人不倦，何有于我哉？"

本义　指耐心教育人不知疲倦。含褒义。如："讲课时，有时累得面色苍白，连气都接不上来了，但你还是诲人不倦地讲着。"（曹靖华《飞花集·罗汉岭前吊秋白》）

同义　循循善诱、春风风人、苦口婆心

反义　不教而诛、扑作教刑、不屑教诲

同义例句　王老师用启发式的教学方法给我们上课，他总是循循善诱地剖析教材中的重难点，并做到诲人不倦，使我们很受教益。

对比例句　从前学校推行奴化教育，教师常对学生扑作教刑；中华人民共和国成立后人民教师忠诚党的教育事业，对学生诲人不倦。

褒义贬用　"艾奇逊是不拿薪水上义务课的好教员，他是如此诲人不倦地毫无隐讳地说出了全篇的真理。"（毛泽东《别了，司徒雷登》）

灵活用法　亦作"诲而不倦"。如："有名物定事之能，独见先睹之效，然犹而不厌，诲而不倦。"（汉·蔡邕《彭城姜伯淮碑》）

读写辨误　诲，不能读成 huǐ（毁），不能误写成"悔"或"侮"。

★〖诲人不倦〗—教师

晨曦朗朗开儒学，窗曜堂堂授礼科。
逐月揽星探秘阙，入洋捉鳖究龙窝。
挑灯烛泪流青汗，腾日云江倾墨河。
不倦斋教儒教道，李桃天下乐师歌。

[讳莫如深] huì mò rú shēn

讳：隐藏真相；莫：没有。[词源]《谷梁传·庄公三十二年》："讳莫如深，深则隐。"

本义　形容瞒得很紧，唯恐被他人知道。如："可爱的月亮啊，你究竟是谁？你尽可以讳莫如深，人类却总有一天会掀开你神秘的面纱，把你的来历查个水落石出！"（卞敏麟《月亮地球的妻子，姐妹，还是女儿》）

同义　深藏若虚、滴水不漏

反义　路人皆知

同义例句　问起他二十年前掘宝一事，他竟依然讳莫如深，深藏若虚。

对比例句　你不必讳莫如深，推说不知道，这事早就路人皆知，满世界都传开了。

读音辨误　讳，不能读成 wěi（伟）。

★〖讳莫如深〗

沙丘政变赵高毒，深匿驾崩假诏书。
指鹿作驹残义士，颠翻黑白败秦虚。
聪明反被聪明误，算尽机关惨死驴。

天阙灵眸监善恶，正邪有报早迟予。

[昏头昏脑] hūn tóu hūn nǎo

[词源]明·吴承恩《西游记》七十二回："却说八戒跌得昏头昏脑，猛抬头见丝篷丝索俱无，他才一步一探，爬将起来，忍着痛，找回原路。"

本义 指头脑不清醒。形容人糊里糊涂，晕头转向。如："撒了一地的鸡骨头、鸭翅膀、鱼刺、瓜子壳，周进昏头昏脑，扫了一早晨。"（清·吴敬梓《儒林外史》第二回）

同义 晕头转向、蒙头转向、昏头奋脑、糊里糊涂

反义 耳聪目明、心明眼亮

同义例句 这件事足以说明老祖的英明，他不是一个昏头昏脑的老头，他比起大多数人更加明事理。

对比例句 前几天家中出了事，把我忙得昏头昏脑。经过安心休息后，现在耳聪目明，精神很愉快。

读写辨误 脑，不能读成 lǎo（老），不能写成"恼"。

★〖昏头昏脑〗

千只战舟飞赤壁，三侯鼎立竞雄枭。
草船借雾收弓箭，旱将逐波晕惑谣。
炬火燃江荆楚血，冕旒败落华容桥。
帷幄妙计胜夷寇，青汗涓流睿智瑶。

[浑然一体] hún rán yī tǐ

浑然：完整不可分割的样子。

[词源]梁启超《节本明偶学案》："未发之中，即良知也，无前后内外而浑然一体者也。"

本义 指情景完全融合。如："写抒情……有时应插上一些景物描写，或借景抒情，或因情生景，使之景中有情，情中有景，情景交融，浑然一体。"（黄药眠《面向着生活的海洋》）

引申 引申为事物契合完整，不可分割。如："但由于设计师们处理得巧妙，走进大礼堂的人，放眼一望，从屋顶到地面，上下浑然一体，并不感到怎样空旷。"（孙世恺《雄伟的人民大会堂》）

同义 水乳交融与本义、引申义同义

反义 水火不相容、格格不入与本义构成反义

同义例句 幽静的室内传来美妙的钢琴声，与窗外的雨声浑然一体，形成了悦耳的天籁之音。

对比例句 宽容与坚强可以浑然一体，但与自私、狭隘是水火不相容的。

★〖浑然一体〗—雅园

苍柏桑榛荫绣瓦，亭台楼阁缀芳萱。
小桥流水通琴榭，弯道璇廊绕桂园。
梅竹蝴蜂融瓣蕊，荷池莲玉点双鸳。
桃源天地浑然体，诗赋风光亮颢言。

[魂飞魄散] hún fēi pò sàn

魂、魄：旧指灵魂、精神。[词源] 春秋·鲁·左丘明《左传·昭公二十五年》："心之精爽，是谓魂魄；魂魄去之，何以能久。"

本义 形容惊恐万状。如："在黄洋界和八面山上，还用它摆过三十里竹钉阵，使多少敌军魂飞魄散，鬼哭狼嚎。"（袁鹰《井冈翠竹》）

同义 失魂落魄、魂不守舍

反义 泰然自若、怡然自得

同义例句 在八路军和游击队的夹击下，日本士兵魂飞魄散，狼狈逃窜。

对比例句 面对这突发事件，这群人大都被吓得魂飞魄散，撒腿就跑，人群中只有一人泰然自若，他从容镇定地举起红旗，向疾驰而来的列车发出信号。

★〖魂飞魄散〗

长坂鏖战硝烟漫，曹帜压云城堡围。
一吼震天张猛挡，万军胆破鼠魂飞。
桃园侠气结兄义，茅草谋神振武威。
三国鼎台争俊杰，智能善恶刻宏徽。

[混淆黑白] hùn xiáo hēi bái

混淆：把不同的东西搅在一起，故意制造混乱。[词源] 章炳麟《致梁启超书》："盖常见纷争，混淆黑白，虽稍与立异者，犹不可保，况素非其类邪？"

本义 使真伪不辨，好坏难分。如："今年的所谓'文人相轻'，不但是混淆黑白的口号，掩护着文坛的昏暗，也在给有一些人'挂着羊头卖狗肉'的。"（鲁迅《再论"文人相轻"》）

同义 混淆是非、颠倒是非

反义 黑白分明、泾渭分明

同义例句 这伙人，颠倒是非、混淆黑白，就是为了达到他们不可告人的目的。

对比例句 在原则问题上，我们就是要泾渭分明，让那些惯于混淆黑白的人无机可乘。

读音辨误 混，不能读成 hǔn；淆，不能读成 yáo（摇）。

★〖混淆黑白〗

欲加之罪何无辞，搬弄是非除异腕。
指鹿为骢颠黑红，混淆视听陷良冠。
水池龟鳖遭鸬鹚，岱岳鸿鸾入佛幔。
清浊道魔泾渭途，邪难压正光明焕。

[祸不单行] huò bù dān xíng

祸：灾祸。[词源] 汉·刘向《说苑·权谋》："韩昭侯造高门，屈宜咎决其不出此门。云：此所谓福不重至，祸必重来者也。"宋·道原《景德传灯录·卷十一·紫桐和尚》："师曰：'祸不单行。'"

本义 指不幸的事往往会接连发生。如："那年冬天，祖母死了，父亲的差使也交卸了，正是祸不单行的日子。"（朱自清《背影》）

同义 福无双至、多灾多难、雪上加霜

同义例句 他赔了夫人后又折

了兵，果真是应验了那句“福无双至，祸不单行”。

书写辨误 祸，不能写成“涡”。

★〖祸不单行〗

损兵折将遇洪水，落井下刀遭虎吞。
屋漏风穿连夜雨，围追堵截接冰魂。
福无双至祸相行，患难丛生天地跟。
物极必反回泰华，时来运转喜临门。

[祸国殃民] huò guó yāng mín

祸、殃：损害，使受灾难。[词源]梁启超《立宪政体与政治道德》：“而不然者，诱之以利禄，怵之以祸害，能使之幡然尽弃其所守以党于敌，则国会以及一切地方议会，乃不啻为蠹国殃民之官吏傅之翼。”毛泽东《反对党八股》：“第八条罪状是：传播出去，祸国殃民。

本义 使国家受害、人民遭殃。含贬义，如：“你说各派军阀都是祸国殃民，抢地盘，这话可能也对。”（李六如《六十年的变迁》第十章）

同义 蠹国害民、蠹政虐民

反义 治国安民、富国裕民、益国利民、保国安民

同义例句 这些贪官污吏，先是蠹国害民，从经济犯罪开始；继之祸国殃民，置国家、人民利益于不顾，危害国家，残害人民。

对比例句 当前改革要抓两件事：一是倡廉肃贪，清除党内祸国殃民的贪官，唤回民心；二是深化改革，促使那些富国裕民的改革举措尽快出台。

灵活用法 亦作“蠹国耗民”。如：“彼不耕不织而蠹国耗民者，独僧尼耶？”（清·纪昀《阅微草堂笔记·如是我闻一》）

读写辨误 祸，不能读成“hè”；殃，左边不能写成“夕”。

★〖祸国殃民〗

指麋为马颠红黑，虚诏弱秦衰败国。
奸佞谗言害岳飞，腥风血雨残桑穑。
螳螂挡道蚍摇枝，作恶多端自毙克。
青史不清碧血殷，春秋吟记义仁德。

[祸起萧墙] huò qǐ xiāo qiáng

萧墙：影壁、宫室内当门的小墙。[词源]《论语·季氏》：“今由与求也，相夫子，远人不服而不能来也，邦分崩离析而不能守也，而谋动干戈于邦内，吾恐季孙之忧，不在颛臾，而在萧墙之内也。”《南村辍耕录·卷十九·阑驾上书》：“非惟今日祸起萧墙，抑且天下万世之不幸矣。”

本义 指祸乱从家里发生。形容因内部矛盾而引起祸患。如：“无如族人甚众，良莠不齐，每每心怀异志，祸起萧墙。”（清·李汝珍《镜花缘》）

同义 同室操戈、骨肉相残、变生肘腋

反义 精诚团结、众志成城

同义例句 “猝于九月十五日，变生肘腋、祸起萧墙，天理教匪七十余众，犯禁门、人大内。”（蔡

东藩《清史通俗演义》）

对比例句 诸葛亮初掌帅印，关公和张飞却不听他的调遣。刘备唯恐祸起萧墙，力劝关、张精诚团结，共图大业。

灵活用法 亦作“衅起萧墙”“祸起萧墙之内”“萧墙祸起”。如：“陛下若不从众议，恐旦夕萧墙祸起。”（明·罗贯中《三国演义》第八十回）

★〖祸起萧墙〗

一阙朋争朝式微，六雄称霸割城开。
二王觊玺扶苏戮，三国鼎分刘汉灾。
七步诗评皇族搏，同根相煮急刀裁。
脏伤病大表皮破，内得民心外御虺。

[豁然大悟]huò rán dà wù

见[恍然大悟]

★〖豁然大悟〗

高山流水九折河，霓锦羽衣同月歌。
管鲍觞樽笙知曲，蝶花牛女慧秋波。
五湖四海寰球阔，八九烦尘一二和。
饕餮空囊黄耄耋，墨浪银汉荡星娥。

[豁然贯通]huò rán guàn tōng

豁：敞亮，通畅；贯：前后穿通，没有梗阻。[词源]宋·朱熹《大学章句》：“至于用力之久，而一旦豁然贯通焉。”

本义 猛然明白过来。如：“经验证明，有许多书看一遍两遍还不懂得读三遍四遍就懂得了；或者一本书读了前面有许多不懂的地方，读到后面才豁然贯通。”（马南邨《不求甚解》）

同义 顿开茅塞、恍然大悟、豁然开朗

反义 不甚了了、一窍不通

同义例句 读书的魅力，在于柳暗花明又一村的豁然贯通，也在于腹有诗书气自华的潜移默化。

对比例句 我和卜世迪、盛武童有着一致的兴趣爱好，但在学习上水平却参差不齐，如《猴子与猫》这篇寓言，开始老师讲了第一遍，我们都还不懂。等老师讲第二遍后，卜世迪便豁然贯通，而我仍不甚了了，盛武童更差，简直是一窍不通。

读音辨误 豁，不能读成 huō；然，不能读成 lán（兰）。

[豁然开朗]huò rán kāi lǎng

豁然：开阔明朗的样子。[词源]晋·陶潜《桃花源记》：“复行数十步，豁然开朗。”

本义 指环境由昏暗狭窄忽然变为开敞明亮。如：“至则豁然开朗，如别有天地。”（清·管同《饿乡记》）

引申 常形容蒙昧糊涂经点拨而猛然清醒、明白过来。如：“由于剩余价值的发现，这里就豁然开朗了，而先前无论资产阶级经济学家或者社会主义批评家所做的一切研究都只是在黑暗中摸索。”（恩格斯《在马克思墓前的

讲话》)

同义 恍然大悟、茅塞顿开与引申义同义

反义 一窍不通、糊里糊涂与引申义构成反义

同义例句 峰回路转后的豁然开朗,远比一马平川、一帆风顺,更振奋人心。

对比例句 赵志勇平时太贪玩,从不预习功课,所以当老师把课文中的难点一讲过之后,别人心里都已豁然开朗,而赵志勇还是一窍不通。

灵活用法 亦作"豁然贯通""豁然开畅""豁然雾解""豁然意释"。如:"客豁然意解,沉痾顿愈。"(《晋书·乐广传》)

读写辨误 豁,不能读成 hè(贺); 朗,不能写成"郎"。

★〖豁然开朗〗

春花秋月寒英单,青汗芳香风化干。
梅竹霜侵朽老山,鸳鸯鹊虹散坟断。
烛光熄灭蜡成灰,翰墨曲折随纸烂。
雄杰百年荒冢枯,宝瑜空梦吁长叹。

J

[鸡毛蒜皮] jī máo suàn pí

[词源] 老舍《四世同堂》:"对于家中那些鸡毛蒜皮的事,他都不大注意。"

本义 北方口语。原形容琐碎、不足挂齿的小事。如:"目前大敌当前,同心协力还怕迟误,谁还记着那些鸡毛蒜皮的小事儿!"(姚雪垠《李自成》第一卷第十八章)

比喻 现常比喻轻得毫无价值的东西。如:"地上,含有马尿驴粪的黑土与鸡毛蒜皮一齐得意地向天空飞。"(老舍《北京的风》)

同义 无关紧要、不足挂齿、鸡零狗碎与本义同义,不值一文、轻于鸿毛、不屑一顾与比喻义同义

反义 至关重要、非同小可与本义构成反义,无价之宝、稀世之宝、敝帚千金与比喻义构成反义

同义例句 在遐想中,在鸡毛蒜皮的闲聊中,在键盘的飞快敲击中,一天,一个月,甚至一年就这样悄无声息地溜走了。

对比例句 以前我总以为那些鸡毛蒜皮的小事怎能表现主题呢? 读了唐弢《琐忆》一文,才明白了以小见大的道理。唐弢笔下的"琐事",都是表现鲁迅先生崇高品质至关重要的材料。

读写辨误 蒜,不能读成 sàn(散); 鸡字右偏旁,不能写成"乌"。

★〖鸡毛蒜皮〗

尘砂细渺垒云榭,芝叶卑官托阙宫。
鸡毛蒜皮窥市井,露珠滴水映苍穹。
勿嫌善小不慈德,岂有恶微胡作虫。
跬步千迢行罗马,墨浪万汇海洋鸿。

[鸡犬不宁] jī quǎn bù níng

宁:安宁。[词源] 唐·柳宗元《捕蛇者说》:"悍吏之来吾乡,

叫嚣乎东西，隳突乎南北，哗然而骇者，虽鸡狗不得宁焉。

本义 指鸡狗都不得安宁。形容朝廷的军队对百姓进行搜刮、骚乱得不安宁。如：“不是今天‘练壮丁’，就是明天‘编保甲’，弄得大家鸡犬不宁。”（范长江《中国的西北角·祁连山的旅行·六》）

引申 现泛指骚动行为，形容大吵大闹而引起的不安宁。如：“幸亏尊驾在她的背后说这样的话，否则府上一定要吵得鸡犬不宁了”（英·莎士比亚《威尼斯商人》四幕一场）

同义 鸡飞狗叫、人心惶惶与本义同义

反义 鸡犬不惊、匕鬯不惊、秋毫无犯与本义构成反义

同义例句 刹那间，两国人民都被一场突如其来的战争弄得鸡犬不宁，人心惶惶。

对比例句 中国人民解放军实行“三大纪律八项注意”的条例，每到一处，秋毫无犯。这同国民党军队使百姓鸡犬不宁形成了对比。

灵活用法 亦作“鸡犬不安”。如：“他越想越挠心，我这是何苦，烧香引鬼，搬砖打人砸了自己的脚面，闹得鸡犬不安。”（刘流《烈火金钢》第十回）

读写辨误 宁，不能读成 líng（零）；鸡字右偏旁，不能写成“乌”。

★〖鸡犬不宁〗

黑雾压城妖孽扰，寒风箭雨哀鸿祸。
鸡飞狗跳布衣惊，民不聊生黎庶躲。
苛政猛禽吐白骸，毒蛇奸吏放阴火。
揭竿而起挺刚梁，镰锤高扬斩锢锁。
倭寇犯疆侵宝岛，不宁鸡犬庶黎焦。
雄狮藐视狐猫扰，威虎慈悲让敌饶。
鬣狗愚氓撑鼠胆，定将蛇蝎扑尖镖。
仁儒友待众邻邑，恩德诚信谐相调。

[鸡犬相闻] jī quǎn xiāng wén

相闻：互相听得见。[词源]《老子》：“邻国相望，鸡犬之声相闻，民至老死不相往来。”

本义 鸡狗的叫声互相听得见，形容居住邻近。如：“阡陌交通，鸡犬相闻。”（晋·陶潜《桃花源记》）

同义 近在咫尺

反义 天涯海角、天南海北

同义例句 乡村不大，阡陌交通的弯曲小路，窄窄的街衢，彼此相望，鸡犬相闻。

对比例句 兄弟三人本都住在一起，鸡犬相闻，而现在却是天南海北，各奔前程去了。

灵活用法 常与“老死不相往来”连用。如：“党委各委员之间要把彼此知道的情况互相通知，互相交流……有些人不是这样做，而是像老子说的‘鸡犬之声相闻，老死不相往来’，结果彼此之间就缺乏共同的语言。”（毛泽东《党委会的工作方法》）

★〖鸡犬相闻〗

桃源蟠果芳鲜灿，鸡犬相闻人少往。
朝夕锄收鱼米香，春秋免赋乡琴响。

窗迎夜籁道无遗，市井和谐社稷朗。
黎庶富盈亭榭悠，仁儒孝悌老终养。

[积毁销骨]jī huǐ xiāo gǔ

毁：诽谤。[词源]汉·司马迁《史记·张仪列传》：“积羽沉舟，群轻折轴，众口铄金，积毁销骨，故愿大王审定计议。”

本义 形容许多的谗言诽谤能使一个人彻底灭亡。如：“夫以孔、墨之辩，不能自免于谗谀，而二国以危。何则？众口铄金，积毁销骨也。”（汉·班固《汉书·邹阳传》）

同义 众口铄金、众口销铄、人言可畏

同义例句 关于你的一些谣言，我劝你还是回避一下好，否则众口铄金，积毁销骨啊！

灵活用法 亦作“积毁可销骨”。如：“弄文罹文网，抗世违世情。积毁可销骨，空留纸上声。”（鲁迅《题〈呐喊〉》）

书写辨误 销，不能写成“消”。

★〖积毁销骨〗

洪涛泛滥一堤挡，唾沫横飞万难抗。
箭雨污言淹紫城，朋奸诽谤埋雄将。
唇枪珠弹穿丹胸，舌剑寒光裂内脏。
魔道燃銮熔鼎钟，翰林书骨战谗瘴。

[饥寒交迫]jī hán jiāo pò

交：一起、同时。[词源]宋·王谠《唐语林·政事上》：“高祖时，严甘罗，武功人，剽劫，为吏所拘。上谓曰：‘汝何为盗贼？’对曰：‘饥寒交迫，所以为盗。’”

本义 指饥饿、寒冷一起袭来。形容生活困苦悲惨。如：“在国民党反动政府、地主奸商的重重盘剥压榨下面，全村二百多户人家，全都过着饥寒交迫的生活。”（峻青《翡翠谷》）

同义 饥肠辘辘、啼饥号寒

反义 丰衣足食、家给户足、花天酒地、酒池肉林、锦衣玉食

同义例句 旧中国军阀混战，天灾人祸横行，年复一年饥寒交迫的生活使百姓苦不堪言，到处是一片啼饥号寒的悲惨景象。

对比例句 在万恶的旧社会，穷苦百姓生活在饥寒交迫之中，而那些达官贵人则过着酒池肉林、荒淫无度的生活。

灵活用法 亦作“饥寒交至”“饥寒交切”。如：“宴安自逸，岁暮奚冀，担石不储，饥寒交至。”（东晋·陶潜《劝农》）

读写辨误 迫，不能读成 pāi（拍）；饥，不能写成“饮”。

[饥寒交至]jī hán jiāo zhì

见[饥寒交迫]

★〖饥寒交至〗

魔云遮蔽草枯黄，桑梓冰霜稻穗荒。
苛政虎吞黎腹干，朱门肉臭路寒殇。
揭竿破阙得粮粟，扬臂登城受旭阳。
民水载舟冲巨浪，桃源饱暖大同昌。

[急人之困]jí rén zhī kùn

困：困境、难处。[词源]汉·司马迁《史记·魏公子列传》："平原君使者冠盖相属于魏，让魏公子曰：'胜所以自附为婚姻者，以公子之高义，为能急人之困。'"

本义 指为别人的困难而着急。如："笃于孝文，急人之困（难），大义落落，人莫敢以利动。"（明·归有光《吴纯甫行状》）

同义 急人之难、急公好义、排忧解难

反义 乘人之危、落井下石、趁火打劫

同义例句 朱伯儒同志以雷锋为榜样，数十年来坚持为人民群众排忧解难。他不仅急人之困，而且常用自己的实际行动感化了许多失足青年。

对比例句 我们褒扬急人之困、见义勇为的精神，鄙视乘人之危的行为。

灵活用法 亦作"急人之危""急人之急""急人之忧"。如："侧闻吾子急人之忧，不遗乡曲之情，忽垂特达之眷，使保安得执鞭弭，以奉周施。"（唐·牛肃《纪闻·吴保安》）

读音辨误 人，不能读成néng（能）；之，不能读成zī（资）。

★〖急人之危〗

久旱枯禾逢澍霖，天寒地冻雪中炭。
急流旋沫得救绳，暗道迷途遇火燧。
饥馑羁灵稀粥汤，浪仔棒槌回头岸。
虎苛刀下挽辞言，老树滋腴春卉焕。

[急中生智] jí zhōng shēng zhì

智：谋略、对策。[词源]清·石玉昆《三侠五义》："（樵夫）忽见猛虎衔一小孩，也是急中生智，将手中板斧照定虎头抛击下去，正打在虎背之上。"

本义 指在十分危急的情况下想出对付的办法。如："兔子的力气毕竟有限，一直跑下去，很难逃脱强敌的追捕；它往往急中生智，突然止步，观察敌情，向旁边一闪，改变方向，甩掉敌人。"（史庆礼《兔》）

同义 情急生智、人急生智

反义 束手无策、一筹莫展、无计可施

同义例句 常言道，狗急跳墙，人急生智。若遇到危险情况，通常是靠急中生智来化险为夷的。

对比例句 风大浪急，我们乘坐的小木船处境十分危急。乘客们见状都一筹莫展，老艄公却急中生智地将双桨插入水中稳住了船的摇晃。

灵活用法 亦作"急则智生"。如："今足下果用所长，过蒙见窘，然敌则气生，急则智生，四十二麾鹰扫并毕，不知大敌以为如何？"（唐·白居易《和微之诗二十三首·序》）

读音辨误 生，不能读成sēn（森）；智，不能读成zì（字）。

★〖急中生智〗

舞剑项庄意沛公，急中生智走谋策。
流涛旋沫翻灵浪，落水寒宫澎睿脉。
暗箭易弹脑洞开，明枪好引腹书赫。
临危来计空城军，诸葛玄琴冢虎圻。

[济困扶危] fú kùn jì wēi

见[扶危济困]

★济困扶危

宁丢阿斗要黎庶，仁厚怜贫蜀国灿。
仗义疏财小旋风，锄强扶弱梁山汉。
慈施乐善助穷荒，共苦同甘渡厄难。
恤闵济孤贤济公，诚信积德美誉赞。

[家喻户晓] jiā yù hù xiǎo

喻：明白；晓：知道。[词源]《论语·泰伯》："民可使由之，不可使知之。"程注："圣人设教，非不欲人家喻而户晓也。"

本义 指家家户户都知道。如："兔子，可以说是家喻户晓，童、叟皆知。"(史庆礼《兔》)

同义 尽人皆知、妇孺皆知、众所周知

反义 闻所未闻、秘而不宣

同义例句 孟姜女哭长城的故事在我国流传很久，真是家喻户晓，妇孺皆知。

对比例句 这一重大新闻早已家喻户晓，这里的人却闻所未闻。

灵活用法 亦作"家至户晓"。如："(常王)不出九重深密之地，使四方万里，朝令夕行，岂家至户晓也哉！"(《宣和书谱·叙论》)

书写辨误 晓，不能写成"尧"。

★〖家喻户晓〗—西游记

师徒坚毅西崇经，饱受风霜战魅魑。
玄奘乾坤慈义佛，悟空尘世泪情痴。
八思六欲俗难戒，沙土和浆概别辞。
仁勇笃行成圣道，家喻户晓善良施。

[假公济私] jiǎ gōng jì sī

见[假公营私]

[假公营私] jiǎ gōng yíng sī

假：借；营：谋求。[词源]明·余继登《典故纪闻传》卷九："假公营私，扰吾良民，违者罪之。"

本义 借公家的名义谋私利。如："或者假公营私，借着党的工作去达到他私人的某种目的。(刘少奇《个人与集体》)

同义 因公假私、因公行私

反义 大公无私、廉洁奉公、公而忘私

同义例句 雷锋一生都在为人民服务，栉风沐雨，从未做过假公济私的事情。在我们的心中，他就如冬日的暖阳一般永远温暖着每一个人，他将青春奉献给了祖国与人民，也将自己的身影永远印刻在了时间的长河中。

对比例句 假公营私是党内个人主义的一种表现，因公而忘私才是共产党人必备的共产主义品德。

灵活用法 亦作“假公济私”“借公扳私”。如：“他假公济私，我怎肯和他干罢了也呵！”《元曲选·无名氏〈陈州粜米〉第一折》

★〖假公济私〗

家盗难防阴贼赃，公权歪作自私当。
房存硕鼠淘空屋，国藏贼臣换柱梁。
蛔入膏肓躯体腐，镂贪銮殿社基亡。
和珅跌倒嘉皇饱，白蚁清除鸾塔刚。

[价值连城] jià zhí lián chéng

价：价格、价值；值：抵、相当；连城：连成一片的好多座城市。[词源] 汉·司马迁《史记·廉颇蔺相如列传》：“赵惠文王时，得楚和氏璧，秦昭王闻之，使人遗赵王书，愿以十五城请易璧。”唐·韦庄《乞彩笺歌》诗：“也知价重连城璧，一纸万金犹不惜。”

本义 形容物品十分珍贵。如：“这把扇流传百年后，一定可价值连城！”（谷斯范《新桃花扇》）

同义 无价之宝

反义 一钱不值

同义例句 那些陈列在国家博物馆里的展品都是价值连城的，值得我们观赏的。它们代表的不仅是一个时代的回忆，更是对中华优秀传统文化的传承。

对比例句 这幅名画在鉴赏家的心中是价值连城的艺术品，在饥饿难当的乞丐眼里却是一钱不值的一张纸。

读写辨误 连，不能写成“联”；城，不能读成 chén（陈）。

★〖价值连城〗

一枚璧玉值城邦，两国戟争宁碎亡。
甄宓黛鬟倾岱岳，英雄抛玺揽丽香。
心怀黎庶得天阙，眸蕴慕情拥蕙芳。
海干石尘魂烬灭，佛禅无价永青长。

[坚持不懈] jiān chí bù xiè

坚持：坚决保持、维护或进行；懈：松懈。

本义 坚持到底，毫不放松。如：“要洞悉事实发生的奥秘，要坚持不懈地寻求那些支配事实的规律。”（苏·巴甫洛夫《给青年们的一封信》）

同义 持之以恒、锲而不舍

反义 半途而废、一曝十寒

同义例句 为国为民的事业他会坚持不懈地干下去，锲而不舍直至成功。

对比例句 如果缺乏坚持不懈的精神，那么改革的大业就会面临半途而废的危险。

★〖坚持不懈〗

泉水咚咚穿铁石，溪流汩汩聚江海。
竹篁节节顶天庭，芳草芸芸漫野茝。
春夏生辰衍众灵，经年沧澥寰球彩。
瑶沙积慧睿文明，摘月揽星舞苍恺。

[坚定不移] jiān dìng bù yí

移：改变，变动。[词源] 宋·司马光《资治通鉴·唐纪·文宗开成五年》：“推心委任，坚定不移，则天下何忧不理哉!”

本义 形容意志坚强,决心或信念毫不动摇。如:“纠正、克服不正之风,方向上要坚定不移,措施上要果断有力。

同义 坚韧不拔、坚如磐石

反义 动摇不定

同义例句 心中有方向,脚下有力量,哪怕眼前迷雾四布,哪怕路途艰难险阻,我们也能朝着目标坚定不移地行进。

对比例句 在历次政治风波中,他的立场都是坚定不移的,动摇不定甚或改弦易辙不可能发生在他身上。

书写辨误 移,不能写成“一”。

★〖坚定不移〗

晨曦朗诵荡嵩麓,夕霭珠琴弹韵腹。
萤火雪光增睿聪,皱纹银鬓添觚牍。
滴流穿石开江山,墨汁润川香汗竹。
春茂秋枯脊柱坚,冬茵寒蕊蜡梅独。

[坚韧不拔] jiān rèn bù bá

韧:柔软而结实;拔:移动、改变。[词源]宋·苏轼《贾谊论》:“古人立大事者,不惟有超世之才,亦必有坚忍不拔之志。”

本义 形容意志坚定,不可动摇,如:“筑路工程队以坚韧不拔的毅力经受着各种艰难困苦。”(奥斯特洛夫斯基《钢铁是怎样炼成的》)

同义 坚定不移

反义 见异思迁、三心二意

同义例句 面对歪曲异样的逢迎面孔,他坚韧不拔地说出了自身的想法:松柏本孤直,难为桃李颜。

对比例句 唯坚韧不拔者始能遂其志,见异思迁者将一事无成。

读音辨误 “韧”不能读成 rěn(忍)。

★〖坚韧不拔〗

铁杵磨针志削山,滴流穿石海泡墨。
悬梁刺股蛀空书,吞竹饮觚熬毓德。
积砾学儒登鼎元,添枝加叶绿青色。
寒窗十载腹纶翰,鹏远千迢腾竺国。

[坚贞不屈] jiān zhēn bù qū

坚:坚定;贞:有节操;屈:低头、屈服。[词源]唐·韦应物《睢阳感怀》:“甘从锋刃毙,莫夺坚贞志。”陶铸《崇高的理想》:“文天祥,抗击当时的元兵进攻,坚贞不屈。”

本义 指保持坚定的节操,不向恶势力屈服,含褒义。如:“那些共产党人的坚贞不屈,为了人民和祖国视死如归的伟大精神更深深使他向往。”(杨沫《青春之歌》第二部第四十四章)

同义 威武不屈、宁死不屈、宁可玉碎不为瓦全

反义 卑躬屈膝、奴颜媚骨、屈节辱命、认贼作父

同义例句 菊花自古是高洁品性的象征,一如诗人誓死不愿降元的气节和坚贞不屈的决心。

对比例句 甫志高变节投敌，认贼作父。他向敌人告密使许云峰被捕。许被捕后坚贞不屈，痛斥了敌人的罪行。

读音辨误 屈，不能读成 qú（渠）。

★〖坚贞不屈〗

宋瑞丹心捐国史，岳飞精武战旗挥。
铡刀血迹藐仇敌，刑戮炮雷伴院归。
身挡谗矛维御殿，胸怀黎庶斗奸非。
宁牺不屈抗倭寇，卫国保家消毒蜚。

[艰苦卓绝] jiān kǔ zhuó jué

卓绝：极不平凡。[词源]《宋史·邵雍传》："始为学，即坚苦刻厉。"晋·陈寿《三国志·魏志·管宁传》："德行卓绝，海内无偶。"毛泽东《整顿党的作风》："党有几十万党员，他们在领导人民，向着敌人作艰苦卓绝的斗争。"

本义 指极其困苦的处境。形容意志坚强、斗争艰苦。如：每个有理想的青年，都从眼前的现实起步，以艰苦卓绝奋斗，作为通往理想境界的阶梯，为实现四化进而实现共产主义贡献毕生精力。

同义 坚韧不拔、艰苦奋斗、百折不挠

反义 养尊处优、饱食终日

同义例句 探索和开辟一条独属于自己的新路虽然需要艰苦卓绝的努力，却是人生中必经的旅程。

对比例句 少数人在青年时代虽经历过艰苦卓绝的战斗考验，磨炼了革命意志，但到了老年由于过着养尊处优的生活，有的革命意志衰退，丧失了晚节。

灵活用法 亦作"坚苦卓绝""艰苦卓厉"。如："用儒家之道德，故艰苦卓厉者绝无，而冒没奔竞者皆是。"（章炳麟《诸子学略说》）

读音辨误 卓，不能读成 zuō；绝，不能读成 jiē（接）。

★〖艰苦卓绝〗

鸦片熏心烧肺腑，清廷衰弱猛禽围。
燃宫毁苑占銮殿，割地赔银朝失威。
内外焦头强国压，艰辛卓绝锤镰挥。
南湖红舰引航向，浴血奋鬃龙崛飞。

[见异思迁] jiàn yì sī qiān

迁：变动。[词源]《管子·小国》："少而习焉，其心安焉，不见异物而迁焉。"清·黄小配《大马扁》第七回："因此满胸抑郁，终不免宗旨不定。见异思迁，是不自然的道理。"

本义 指看见不同的情况就改变原来的主意。形容心不宁、志不专。如："这对于一班见异思迁的人，对于一班鄙薄技术工作以为不足道，以为无出路的人，也是一个极好的教训。"（毛泽东《纪念白求恩》）

同义 朝三暮四、二三其德、反复无常、心猿意马

反义 矢志不渝、忠贞不渝、坚

定不移、一如既往

同义例句 他在少年宫练二胡,学艺不专。一会儿觉得琵琶弹得好听改练琵琶,一会儿又觉得古筝有趣,又去练古筝。这种见异思迁、反复无常的态度怎能学好技艺呢?

对比例句 这对夫妻对爱情忠贞不渝,结婚十几年恩爱如初,从不受别人所惑,未发生见异思迁的不轨行为。

读写辨误 异,不能读成 yǐ(蚁),上部不能写成“已”或“己”。

★〖见异思迁〗

牛女慕恋鹊桥会,梁祝蛹成凤蝶陪。
宝黛一心鸳侣伴,白蛇千番同船偎。
七姑董永天仙配,连理比肩双挽杯。
见异思迁丢己魄,三生今世自身回。

[将信将疑]jiāng xìn jiāng yí

将:且,又。[词源]唐·李华《吊古战场文》:“其存其没,家莫闻知;人或有言,将信将疑。”

本义 有点相信,又有点怀疑。如:“大家看了看钞票上的人像,又彼此交换了将信将疑的一眼,便把钞票塞进破布袄的空口袋或者缠着裤腰的空褡裢。”(叶圣陶《多收了三五斗》)

同义 半信半疑、疑信参半

反义 满腹疑团、坚信不疑

同义例句 他将信将疑地走进房里,看到地上有一只木箱,但钉死了,不让打开看,于是他仍半信半疑地从房间退出。

对比例句 原来他对这件事情的可行性是将信将疑的,通过专家论证,他对这件事的成功坚信不疑了。

读音辨误 将,这里不能读成 jiàng(酱)。

★〖将信将疑〗

假钓蒋干作诱饵,曹操疑信蒲圻败。
举棋犹豫空城迷,司马奔逃恨不快。
战雨风云幻莫猜,谨防佯诈灵机迈。
三十六计于心头,七十二谋随手派。

[交头接耳]jiāo tóu jiē ěr

[词源]《前汉春秋平话》:“第二,筵上不得交头接耳。”元·关汉卿《关大王独赴单刀会》第三折:“大小三军听我将令,甲马不许驰骤,金鼓不许乱鸣,不许交头接耳,不许笑语喧哗。”

本义 指两人头挨着头凑近耳朵说话。形容神秘、鬼祟地低声交谈:如“……浑家听了一个时辰,他却交头接耳,说话都不听得。”(明·施耐庵《水浒传》)

同义 低言悄语、窃窃私语

同义例句 “李氏看了,乐得她眉开眼笑,随着出了角门。众妇女见了,一个个低言悄语,交头接耳。”(清·石玉昆《三侠五义》第九十八回)

灵活用法 亦作“接耳交头”。如:“便是那些服侍的人,无不一个个接耳交头,颂扬叹赏。”(清·文康《儿女英雄传》第三十二回)

读音辨误 头，不能读成 tú（徒）。

★〖交头接耳〗

青少高鸿壮国强，知书达理技专长。
交头接耳无尊上，荒废科文懒奋翔。
刺股悬梁争旭日，腾蹄追赶乘骄阳。
功夫不负有心志，满腹经纶华夏昌。

[娇生惯养] jiāo shēng guàn yǎng

娇：过分怜爱；惯：纵容、放任。[词源] 清・西周生《醒世姻缘传》第六十五回：“似这几日，我看菩萨的面上，不合你一般见识；谁想娇生惯养了，你通常不像样了。”

本义 指父母对子女溺爱或纵容。含贬义。如：“在山东临清有一家财主。家里有一个‘少爷’，叫张好古。从小就娇生惯养，也没念过书。长大了吃喝嫖赌，无所不为。”（《相声传统作品选・连升三级》）

反义 自食其力、教子有方

对比例句 有些家长教子有方、不娇生惯养孩子，有意培养他们自食其力的生活能力。

书写辨误 娇，不能写成“骄”。

★〖娇生惯养〗

好贪懒做赖轻逸，悠躺肢肥马辨骡。
不学文盲蹉跎日，浪游纨绔缠花蛾。
大人溺爱惯优养，晚辈无能几孝何。
画饼充饥难动手，饲猪害子父母过。

[骄傲自满] jiāo ào zì mǎn

[词源] 宋・王明清《挥尘后录》卷八：“（徐师川）既登宥密，颇骄傲自满。”（宥密：宽仁安靖，引申为行宽仁安靖之政的场所，旧指政府。）

本义 指自以为了不起，看不起别人或满足已有的成绩。如：“我们经常说，不要因为我们的工作有成绩就骄傲自满起来。”（毛泽东《在中国共产党全国代表会议上的讲话》）

同义 居功自恃、自命不凡、倔强自傲、自高自大

反义 谦虚谨慎、虚怀若谷、不矜不伐

同义例句 成功对于永不懈怠的人是里程碑，对于骄傲自满的人是包袱，对于不求进取的人是祸害。

对比例句 人要进步最忌骄傲自满，需要的倒是其反面，谦虚谨慎。

读写辨误 自，不能读成 zhì（治）；骄，不能写成“娇”。

★〖骄傲自满〗

威虎昂头狐尾骗，低眉藐视狗遭烹。
一夫当勇乌江刎，满腹纸兵长堑坑。
名越巍峦浮紫雾，利金傲拜隔兄诚。
前功只挂先勋带，后誉仍需新锻成。

[狡兔三窟] jiǎo tù sān kū

狡：奸猾、诡诈；三：表示多；

窟：洞穴。[词源]汉·刘向《战国策·齐策四》："狡兔有三窟，仅得免其死耳；今君有一窟，未得高枕而卧也；请为君复凿二窟。"

本义 本指狡猾的兔子有三个藏身的洞穴。如："狡兔三窟：喜欢穴居的野兔，掘洞作窝时，除了留个较大的'前门'，还留几个'后门'，前门被堵，便走后门，野兔多的地方，弄得到处都是兔穴，彼此有地道相通，形成了一个"兔子村"，就更难捉到它们了。"《史庆礼《兔》)

引申 现常借指人有多种避祸或求生的方法。形容有备无患或诡计多端。如："这班富户狡兔三窟，富裕亲戚朋友众多，你就是把他们的粮食搜光，也饿不掉他们一颗大牙。"（姚雪垠《李自成》第二卷第三十八章）

同义 诡计多端与引申义同义

反义 无计可施与引申义构成反义

同义例句 动物为了防止侵害，有许多求生的本领，如狡兔三窟。人也一样，这个长期流窜作案的罪犯，为逃避法网，也狡诈刁钻，诡计多端。

对比例句 狡兔三窟能藏身，这名主犯暂未抓获。几个从犯是"新入道"的，东窗事发，便无计可施，已投案自首。

灵活用法 亦作"兔藏三窟""狡兔三穴"。如："鹏碍九天须却避，兔藏三窟莫深忧"。(唐·杜甫《见王监兵马使说近山有白黑二鹰诗二首》)

书写辨误 兔，不能写成"免"；窟，不能写成"屈"。

★〖狡兔三窟〗

风雾难料晴或雨，人心叵测善歧豪。
碧空万里霹雷雳，蜂蝶征途恐祸遭。
狡兔几窝防鬣狗，贤将两手对三刀。
脑中警惕弓桥滑，兵不厌佯睿智韬。

[矫揉造作]jiǎo róu zào zuò

矫：使弯曲的变直；揉：使直的变弯。[词源]清·曹雪芹《红楼梦》第五十一回："黛玉忙拦道：'这宝姐姐也忒胶柱鼓瑟，矫揉造作了。'"

本义 指装模作样。形容故意做作，很不自然。含贬义。如："他们原是好好妇人，却要装作男人，可谓矫揉造作了。"（清·李汝珍《镜花缘》第三十二回），

同义 装模作样、故作姿态、东施效颦、附庸风雅

反义 浑然天成、朴实无华、恰如其分

同义例句 "为了附庸风雅，不得不矫揉造作一番，骗骗自己而已。"（郭沫若《洪波曲》第十六章）

对比例句 "如果是说文章的修辞应当先求准确，应当恰如其分，不要矫揉造作，以辞害意，这当然是对的。"（施东向《义理、考据和辞章》）

读写辨误 矫，不能读成 jiāo

(交),不能写成“娇”。

★〖矫揉造作〗

东施浓抹效颦拙,纶腹纸兵长堑烧。
充数滥竽逃泄漏,浮华銮殿黑烟焦。
黛眉不矫芳龄少,虚肿衰癃嶙骨条。
无病呻吟真切臂,烽霾戏友断援桥。

[脚踏实地] jiǎo tà shí dì

[词源]宋·邵伯温《邵氏闻见录》:“君实脚踏实地人也。”

本义 比喻做事踏实认真。如:“他们渐渐丢了那空架子,脚踏实地向前走去。”(朱自清《论书生的酸气》)

同义 一步一个脚印

反义 好高骛远

同义例句 宏伟的目标既定,现在就需要我们一步一个脚印、脚踏实地去工作。

对比例句 他注意从点滴做起,脚踏实地向前行,从没有好高骛远、不切实际的想法。

读写辨误 实,不读 sí;脚,不能写成“腿”。

★〖脚踏实地〗

金冠亢歌无卵绩,枣花默语结甜成。
纸兵飘马失街隘,实卒钢盔大渡争。
项羽浮光空礼智,张良墨满助鸿征。
好高骛远空宵雾,耕稼苍茫桑海生。

[绞尽脑汁] jiǎo jìn nǎo zhī

尽:完。[词源]老舍《四世同堂》:“唯其如此,他才更能显出绞尽脑汁的样子,替她思索。”

本义 形容费尽心思。如:“他们同那些绞尽脑汁,直接为反动统治阶级出谋划策的政客是截然不同的。”(《邓小平文选·在全国科学大会开幕式上的讲话》)

同义 挖空心思、搜肠刮肚

反义 不假思索

同义例句 我虽然绞尽脑汁,冥思苦想了半天,可还是徒劳无功。

对比例句 只见王勃不假思索,挥笔写去,竟似行云流水一般,哪似先前这厅上众人绞尽脑汁却无从下手的窘状。

★〖绞尽脑汁〗

一色水天滕赋绝,红炉钢笔炼珠诗。
酒囊饭袋半杯响,刮肚搜肠空鸟知。
萤火冰光霓睿智,春花秋月蜡般枝。
磨刀不误砍柴事,腹蕴海书信手词。

[接二连三] jiē èr lián sān

接:连续。[词源]清·曹雪芹《红楼梦》第九十九回:“贾母还要将李纨等挪过来,为着元妃薨后,家中事情接二连三,也无暇及此。”

本义 形容一个接一个地不间断。如:郅顺义接二连三地打手榴弹,董存瑞趁着腾起的黑烟猛冲到桥下。

同义 牵五挂四、连绵不断、源源而来

反义 时断时续、断断续续、隔

三差五

同义例句 “于是接二连三，牵五挂四，将一条街烧得如‘火焰山’一般。”（清·曹雪芹《红楼梦》第一回）

对比例句 她把教练扔过来的排球接二连三地扣过球网。但时间一长，她体力难支，动作渐渐迟钝，再扔过来的球，只能隔三差五地垫过去。

★〖接二连三〗

一跳龙门登紫殿，三元鼎甲榜单红。
十年修行终收获，接二连三灯彩笼。
翰墨满车儒伯响，领翎正直苍松蓬。
春花秋果寒梅般，汗水凝珠芳史鸿。

[接踵摩肩] jiē zhǒng mó jiān

见 [比肩继踵]

★〖接踵摩肩〗

太平盛世国民富，市井喧嚣街嵌铺。
满目琳琅暇不应，摩肩接踵缓行步。
雄鹰高跃东西穿，铁马驰骋南北度。
龙绕桃源酣福醇，黎悠亭阁乐雅趣。

[嗟来之食] jiē lái zhī shí

嗟：招呼声，喂。[词源]《礼记·檀弓下》载：春秋时，齐国发生饥荒，黔敖准备了食物，面对贸贸然来的“饿者”“左奉食，右执饮，曰‘嗟，来食。’扬其目而视之曰：‘予唯不食嗟来之食，以至于斯也！’从而谢焉，终不食而死。”

本义 表示侮辱性的或不怀好意的施与。如：“美国人在北平，在天津，在上海，都洒了些救济粉，看一看什么人愿意弯腰拾起来。太公钓鱼，愿者上钩。嗟来之食，吃下去肚子要痛的。”（毛泽东《别了，司徒雷登》）

同义 盗泉之水

反义 仁浆义粟、赈灾济粮

同义例句 “妾闻志士不饮盗泉之水，廉者不受嗟来之食，况拾遗求利以污其行乎？”（南朝·宋·范晔《后汉书·列女传》）

对比例句 李自成大军所到之处以仁浆义粟普施百姓，饥民再不受嗟来之食之辱，对闯王仁民爱心感激不尽。

读音辨误 嗟，不能读 chā（叉）或 chāi（差）。

★〖嗟来之食〗

鸿鹄翱翔山远高，自耕沧海丰桑食。
残羹冷炙渺尊严，嗟使糜渣贬伏骥。
借烛鼎元翰学渊，闻鸡鞭舞武将帅。
汗凝荒野满粮仓，腹蕴典书开华邃。

[竭泽而渔] jié zé ér yú

竭：尽；泽：水泊；渔：捕鱼。[词源]《吕氏春秋·义赏》：“竭泽而渔，岂不获得，而明年无鱼。”

本义 把水淘干来捉鱼。如：“不涸（枯竭）泽而渔，不焚林而猎。”（汉·刘安《淮南子·主术训》）

比喻 现比喻只顾眼前利益、急功近利的极端的做法。如：“另外的错误观点，就是不顾人民困

难，只顾政府和军队的需要，竭泽而渔，诛求无已。”（毛泽东《抗日时期的经济问题和财政问题》）

同义 杀鸡取卵、焚林而猎与比喻义同义

反义 统筹兼顾、深谋远虑、精打细算与比喻义构成反义

同义例句 “请皇上勿再竭泽而渔，杀鸡取卵，为小民留一线生机！”（姚雪垠《李自成》卷二）

对比例句 对自然资源要计划开采、合理使用，要统筹兼顾，决不能急功近利而竭泽而渔。

读写辨误 竭，不能读成 hé（合）；泽，不能读成 zhé（折）；渔，不能写成“鱼”。

★〖竭泽而渔〗

涸泽捞鱼干幼鲫，杀鸡取卵断禽牲。
过河拆舫截回路，食蕨穷根斩缘生。
得失有无总量间，人情长短赠和坑。
峰峦翠翠富材烧，流水潺潺鹤远程。

[竭智尽忠]jié zhì jìn zhōng

竭：尽。[词源] 战国 · 楚 · 屈原《卜居》：“屈原既放，三年不得复见。竭智尽忠，而蔽障于谗；心烦虑乱，不知所从。”

本义 指用尽智力、效尽忠诚。如：“竭智尽忠求得这种‘最大的贡献’，这是人人对于自己对于社会应负的责任。”（邹韬奋《经历 · 前途》）

同义 竭尽全力、尽心竭力、全力以赴、鞠躬尽瘁

反义 敷衍塞责、敷衍了事

对比例句 有少数人受享乐主义的侵蚀，他们不再像战争年代那样为党的事业竭智尽忠，而是采取敷衍塞责的态度。

灵活用法 亦作“竭忠尽智”。如：“屈平正道直行，竭忠尽智，以事其君，谗人间之，可谓穷矣。”（汉 · 司马迁《屈原列传》）

读音辨误 竭，不能读成 jiē（揭）；智，不能读成 zì（自）。

★〖竭智尽忠〗

砚墨自岩润国沃，身躯来母忠先辈。
圣贤辅导受书丰，弟子感崇馈智佩。
乳汁养材肝血凝，恩情反哺孝尊对。
鞠躬尽瘁燃丹心，满腹经纶奉海内。

[竭忠尽智] jié zhōng jìn zhì

见 [竭智尽忠]

[孑然一身] jié rán yī shēn

孑然：孤独的样子。[词源] 裴松之注引《汉晋春秋》：“众叛亲离，孑然无党。”明 · 凌濛初《初刻拍案惊奇》：“你孑然一身，如何完得葬事？”

本义 指孤单一人。形容无亲无友或无依无靠。如：“待到重返故里，已经是七十多岁的老人。和他几十年前离乡时一样，依然是孑然一身，两手空空。”（峻青《雄关赋》）

同义 茕茕孑立、踽踽独行

反义 三亲六眷、儿孙满堂

同义例句 她不愿与这世间的污浊为伍，只愿默默守护这片净土，孑然一身地度过这一生。

对比例句 胡老头至今仍孑然一身，每逢节假日，便特别羡慕人家儿孙满堂的大家庭。

读写辨误 孑，不能读jué(绝)，不能写成“子”“孓”。

★〖孑然一身〗—七夕

窦情俩缘昙华闪，在水一方孑伫望。
三世缠绵蝶恋花，今生眷念泪涟长。
春怀秋盼晷盘轮，七夕鹊桥翩舞唱。
天地离拢人鬼缘，卯时魄附慰灵觇。

[节衣缩食] jié yī suō shí

节：减省；缩：缩减。[词源]宋·陆游《秋获歌》：“我愿邻曲谨盖藏，缩衣节食勤耕桑。”

本义 指在生活上省吃省穿，尽力节约。如：“那时乡间豪绅地主的欺压，衙门差役的横蛮，逼得母亲和父亲决心节衣缩食，培养出一个读书人来‘支撑门户’。”（朱德《回忆我的母亲》）

同义 省吃俭用、含辛茹苦

反义 挥金如土、骄奢淫逸

同义例句 底层穷苦的人们不知四书五经，却深谙救国救民之路，节衣缩食让子孙们掀起一片天来。

对比例句 他懊悔万分，为什么不想想自己不思学业、挥金如土，怎么对得起克勤克俭、节衣缩食的老母亲？

书写辨误 缩，不能写成“宿”。

★〖节衣缩食〗

烈焰燃烧沧海干，哀鸿遍地马憔悴。
钱分两半泰嵩重，梁嚼红尘千载寐。
沙子何充饥饱肠，海洋难省辛酸泪。
汗晶凝结朱蟠桃，碧血滋繁松柏翠。

[斤斤计较] jīn jīn jì jiào

斤斤：比喻小的利益或琐细的事。[词源]清·李宝嘉《官场现形记》四十二回：“至于文理浮泛些，或是用的典故不得当，他老人家却也不甚斤斤较量。”

本义 形容过分计较无关紧要的小事。如：“在劳动的过程里，很少有人为了个人的什么斤斤计较；倒是为集体做了些什么有意义的事情，才感到是真正的幸福。”（吴伯箫《记一辆纺车》）

同义 寸利必得、锱铢必较

反义 慷慨解囊

同义例句 同志朋友之间，不要凡事斤斤计较，如果寸利必得，从不相让，那他将会失去朋友。

对比例句 出乎人们的意料，这个平时爱斤斤计较的人，这一回捐款救助受灾地区，却慷慨解囊，使人们改变了平日对他的印象。

读音辨误 较，不能读成jiǎo(脚)。

★〖斤斤计较〗

点滴油星当脉汁，一根稻草作金条。
样样寸利必争得，斤斤锱铢心计貂。

时拂冠尘何弹剑，常酣花酒怎熬瑶。
鸡肠小肚自蚊子，慷慨解囊仁义骄。

[金榜题名] jīn bǎng tí míng

金榜：封建社会科举考试殿试录取名单的俗称；题名：写上了名字。[词源]五代·王定保《唐抽言》："金榜题名墨尚新，今年依旧去年春。"

本义 指殿试被录取。如："在封建社会，金榜题名，衣锦还乡，往往是那些地主阶级或者是向往地主阶级生活的人的理想。"（陶铸《崇高的理想》）

引申 泛指考试被录取。如：十年寒窗苦读，能够金榜题名当然是喜事。但落榜也并不意味着没有前途。只要保持努力向上、奋勇拼搏的精神，同样可以做出成绩来。

同义 雁塔题名与本义同义

反义 榜上无名、名落孙山与引申义构成反义

同义例句 两人交情深厚，但志向却各异。一个报考法学专业，金榜题名；另一个报考经济专业，又是雁塔题名。入学后，两人仍旧往来密切，相互激励，奋发向上。

对比例句 每年高考过后，金榜题名者的心情都是相似的，而名落孙山者的心态却是各不相同。

灵活用法 亦作"名题金榜""金榜挂名"。如："旧传有诗四句夸世人得意者云：'久旱逢甘雨，他乡见故知。洞房花烛夜，金榜挂名时。'"（宋·洪迈《容斋四笔·卷八·得意失意诗》）

读写辨误 名，不能读成 mín（民）；题，不能写成"提"。

★〖金榜题名〗

十载霜牖念智珠，一心虔恳藏经闾。
悬梁刺股挺坚脊，萤火雪光添睿储。
藐视萱花轻灌木，饱滋翰墨积贤书。
题名鼎甲耀桑梓，霞霭鹏程闪慧玙。

[金碧辉煌] jīn bì huī huáng

[词源]明·吴承恩《西游记》第四回："绛纱衣，星辰灿烂；芙蓉冠，金碧辉煌。"

本义 形容建筑物或室内陈设、场景或物品等光彩夺目、色泽艳丽、精致华贵。如："雪峰的红光映射到这辽阔的牧场上，形成一个金碧辉煌的世界，蒙古包、牧群和牧友们，都镀上了一色的玫瑰红。"（碧野《天山景物记》）

同义 富丽堂皇、雕梁画栋

反义 断垣残壁

同义例句 只能靠史料想象出金碧辉煌的圆明园，在亿万个像素交映跳跃中重现百年前的璀璨。

对比例句 这座原本金碧辉煌的大厦遭到这场大火的毁灭性的浩劫之后，只剩下一堆断垣残壁，令人惨不忍睹。

读写辨误 碧，不能读成 bǐ（比），不能写成"壁"或"璧"。

★〖金碧辉煌〗

紫城宫阙雄豪璨，华夏殿台金碧煌。
一柱顶灯擎竺境，九龙壁画黛朱桑。
满瞳珠宝坐蓬岛，不暇花妍醉袂芳。
鎏凤玉觞蝴恋卉，霓裳钟鼎梦天堂。

[金城汤池] jīn chéng tāng chí

城、池：城墙和护城河；汤：热水。[词源] 汉 · 班固《汉书 · 蒯通传》："皆为金城汤池，不可攻也。"颜师古注："金以喻坚，汤喻沸热不可近。"

本义 指像金属铸成的城池、沸腾的护城河水。形容坚不可摧的城防或阵地。含褒义。如："是的，在人们的心中。这才是真正的雄关，比什么金城汤池还要坚固的雄关！"（峻青《雄关赋》）

同义 铜墙铁壁、森严壁垒、高城深池、金汤之固

反义 不堪一击、十荡十决、一触即溃、不攻自破

同义例句 黑云压城，大军来袭，纵有金城汤池，将军也难安将士之心。

对比例句 锦州曾被国民党喻为金城汤池，结果在我人民解放军的铁拳下不堪一击，城防很快就被摧毁了。

灵活用法 亦作"汤池金城""汤池铁城""固若金汤"。如："这就是敌人号称'固若金汤'的道水城。"（冯德英《苦菜花》第十九章）

读音辨误 金，不能读成 jīng（京）；城，不能读成 céng（层）；池，不能读成 cí（词）。

★〖金城汤池〗

碧血烫池维邑缘，铜墙铁壁护銮堂。
金戈盔甲裹身貌，侠义仁贤系德疆。
富国强兵垒铠堡，惜贫怜弱筑民房。
君慈黎庶荒茫沃，百姓保骞生死当。

[金戈铁马]jīn gē tiě mǎ

戈：古代的一种兵器。金戈：金属制的戈；铁马：配有铁甲的战马。[词源]《新五代史 · 李袭吉传》："毒手尊拳，交相于幕夜；金戈铁马，蹂践于明时。"

本义 指代战争状况或军旅生涯。如："想当年，金戈铁马，气吞万里如虎。"（宋 · 辛弃疾《永遇乐 · 京口北固亭怀古》）

比喻 形容军队威武雄壮的英姿。含褒义。如："辕门号令声高，声高，金戈铁马出王朝。"（明 · 无名氏《鸣凤记 · 文华祭酒》）

同义 强弓劲弩、戎马倥偬与本义同义，披坚执锐、坚甲利兵与比喻义同义

反义 刀枪入库、马放南山、解甲归田与本义构成反义，弓折刀尽、溃不成军与比喻义构成反义

同义例句 这位老将军的一生是在戎马倥偬之中度过的。他曾率领金戈铁马，转征南北，立下许多战功。

对比例句 我们村里党支部

书记是一位解甲归田的复员军人。他经常给我们讲些在部队金戈铁马的战斗生活,向青年进行革命传统教育。

褒义贬用 这股国民党军队,虽然被美式精良的装备武装得金戈铁马,耀武扬威,不可一世,但在人民解放军的痛击下,被打得弓折刀尽,溃不成军。

灵活用法 亦作"金戈铁甲""铁马金戈"。如:"在接连两个单元的曼歌缓舞之后,应当来一点铁马金戈,使节奏有起伏。"(茅盾《关于长篇小说〈李自成〉的通讯·关于〈玛瑙山战役〉》)

读音辨误 金,不能读成 jīng(京)。

★〖金戈铁马〗

金戈铁马奠江海,儒礼丹心守业成。
叱咤风云彰骏杰,阴谋诡计摄旒庚。
铜身富甲一刀破,贤圣翰林两断横。
民水仁慈柔利刃,血心凝石殿堂盛。

[津津有味]jīn jīn yǒu wèi

津:唾液;津津:有滋味。[词源]明·凌濛初《二刻拍案惊奇》卷十八:"玄玄子先把外丹养砂干汞许多话头传了……甄监生听得津津有味。"

本义 形容生活中兴味浓厚的事情。含褒义。如:"话是这样说,可是谈起理论,许宁还是一套套地向道静谈得津津有味。"(杨沫《青春之歌》第一部第十二章)

引申 现也形容饮食有滋有味。如:"加上种种佐料,拌上葱子蒜苗,还要掌好火候,才端出一盘色、香、味都好的炒菜来,叫你吃得津津有味。"(马识途《夜谭十记》第五记)

同义 津津乐道、兴致勃勃与本义同义,脍炙人口与引申义同义

反义 味同嚼蜡、索然寡味、清汤寡水与本义、引申义构成反义

同义例句 对国外留学的见闻,他最津津乐道。我被他那绘声绘色的描述吸引住了,听得津津有味。

对比例句 这篇小说,他读起来津津有味,而我翻阅几节,觉得味同嚼蜡,再也看不下去了。

褒义贬用 如:"现在许多同志津津有味于这个中药铺的方法,实在是一种最低级、最幼稚、最庸俗的方法。"(毛泽东《反对党八股》)

读写辨误 津,不能读成 jīng(京)。

★〖津津有味〗—书

蛀入芸编沁学房,春花秋月蜡梅香。
珠玑情弹点芳菊,墨酒娥杯醉影长。
脚踏睿梯登廷阙,畅游书海驶瑶疆。
风吹扉页胭脂拂,册垒金銮驾殿堂。

[筋疲力尽]jīn pí lì jìn

筋疲:筋骨疲累;力尽:力气耗尽。[词源]唐·韩愈《论淮西事宜状》:"虽时侵掠,小有所得,力尽筋疲,不偿其费。"

本义 形容身体非常疲乏，没有一点力气。如："大家都已经做得筋疲力尽，叹着苦，但这时总还算有闲的，所以也谈闲天。"（鲁迅《且介亭杂文·门外文谈》）

同义 疲惫不堪、有气无力

反义 生龙活虎、精神抖擞、精神焕发

同义例句 长跑，不仅是气力的竞赛，更是意志的较量，到了最后阶段，运动员几乎都筋疲力尽，疲惫不堪了，谁有坚持到底的意志，谁有韧性，谁就会得胜。

对比例句 一天的忙碌之后，他虽筋疲力尽，但内心却有一种充实感。

灵活用法 亦作"精疲力竭"。如："这种办法叫'蘑菇'战术，将敌磨得精疲力竭，然后消灭之。"（毛泽东《关于西北战场的作战方针》）

书写辨误 筋，不能写成"肋"。

★〖筋疲力尽〗

灵瑜落俗享荣华，梦醉红楼金贯户。
春孕窦情盎观园，夏盛洪福宠臣府。
秋萧花葬鸳鸯魂，冬雪没檐怡院腐。
竭力筋疲尘世辛，逸悠绿野脱凡土。

[襟怀坦白]jīn huái tǎn bái

襟怀：胸怀；坦白：纯洁，直率。[词源]《陈书·周迪传》："迪性质朴，不事威……讷于言语，而襟怀信实，临川人皆德之。"

本义 心地纯洁，正大光明。如："一个共产党员，应该是襟怀坦白，忠实，积极，以革命利益为第一生命，以个人利益服从革命利益。"（毛泽东《反对自由主义》）

同义 光明正大、光明磊落

反义 偷偷摸摸

同义例句 为民做官，应当襟怀坦白，光明磊落，决不可欺上瞒下，为一己之私而危害人民的利益。

对比例句 我们一向襟怀坦白，从不偷偷摸摸地做事。

书写辨误 襟，不能写成"噤"。

★〖襟怀坦白〗

比干坦諫翻炮烙，包拯青天敞宇阳。
奸佞毒刀藏暗室，雾霾箭雨隐危亡。
窗开明亮旭风朗，流水清波溪漾长。
心里无私乾空浩，丹心碧血筑銮堂。

[进退两难] jìn tuì liǎng nán

[词源] 明·罗贯中《三国演义》六十三回："既主公在涪关进退两难之际，亮不得不去。"

本义 继续下去或停止、退却都不合适，形容处境十分困难。如："我正在进退两难之际，'给！'随着一声有点儿命令味道的招呼，凭空里伸过一根山藤手杖来。"（韩少华《温馨的风》）

同义 进退维谷、骑虎难下、左右为难

反义 进退自如

同义例句 他站在友情与爱情的岔路口，不知如何抉择，陷入了

进退两难的境地。

对比例句 他现在的处境已是进退两难,原来那种进退自如的条件已不复存在了。

★〖进退两难〗

羁旅俗尘辛楚泪,欲殇不愿曷仙难。
汗凝金岳驮鲐背,血铸琼楼冢骨残。
天地缘情奈何别,云江红线鹊桥寒。
丹砂饮鸩始皇卒,鹤逸瑶池梦竺峦。

[尽善尽美]jìn shàn jìn měi

尽:尽头。[词源]《论语·八佾》:"子谓《韶》:'尽美矣,又尽善也。'"《大戴礼记·哀公问五义》:"虽不能尽善尽美,必有所处焉。"

本义 内容和形式都好。形容达到完美无缺。含褒义。如:"他那理财、练兵、殖民、保教,以及工农商矿诸政,一切都井井有条,尽善尽美。"(清·无名氏《官场维新记》第一回)

同义 十全十美、完美无瑕、白璧无瑕

反义 美中不足、人无完人、金无足赤、一无是处、破绽百出

同义例句 我们应该认识到这一点,并不是每个人都能把这项任务做到尽善尽美。

对比例句 这座雕塑把两个熊猫的形态刻画得栩栩如生,构思与制作真是尽善尽美。可惜没有恰如其分的背景作衬托,这真是美中不足。

读音辨误 尽,不能读成jìng(敬)。

★〖尽善尽美〗

瑶池灿廷仙仁善,沧海风云鸿鹄殇。
美梦寒宫玉娥嫣,尘寰浊酒别愁伤。
蜃楼水月镜花颢,碧潋荷苞染淤浆。
璞石精雕镂金珏,汗青火烤炼华昌。

[尽心竭力]jìn xīn jié lì

竭:尽。[词源]《宋书·宗越传》:"越及谭金、童太壹并为之用命,诛戮群公及何迈等,莫不尽心竭力。"

本义 形容全身心地投入。如:"至于自己怎样尽心竭力,克己为人,却绝口不提。"(唐弢《琐忆》)

同义 竭尽全力、尽忠竭力、全力以赴

反义 三心二意、敷衍了事、敷衍塞责

同义例句 他爱岗敬业、脚踏实地,并尽心竭力地完成每一项任务。

对比例句 我们除了对本职工作尽心竭力之外,对分外的事情,如果有条件、有能力,也应该努力去把它做好,而不应该敷衍了事。

灵活用法 亦作"竭智尽力""尽心尽力"。如:"竭智尽力求得这种'最大的贡献',这是人人对于自己对于社会应负的责任。"(邹韬奋《经历·前途》)

读音辨误 力,不能读成lí(离)。

★〖尽心竭力〗

蚍蜉团聚横沙水，松柏韧坚穿石矶。
萤火星光融睿智，书山墨海孕珠玑。
尽心天竺获禅道，竭力蜀径腾廷旗。
日夜锤炉龙剑立，乾坤鹏越麓峰飞。

[尽心尽力] jìn xīn jìn lì

见[尽心竭力]

[经天纬地] jīng tiān wěi dì

经、纬：比喻规划、治理。[词源]《国语·周语》："天六地五，数之常也。经之以天，纬之以地。"北周·庾信《拟连珠》："经天纬地之文，拔山超海之力。"

本义 形容有规划天地的能力和才能。含褒义。如："有经天纬地之才，出鬼入神之计。"（明·罗贯中《三国演义》第三十九回）

同义 满腹经纶、雄才大略

反义 酒囊饭袋

同义例句 他虽无经天纬地之才，但是有统一天下的雄心壮志。

对比例句 自古以来经天纬地的雄才都是在磨难中锤炼出来的，而那些纨绔子弟多是些坐享其成的酒囊饭袋。

灵活用法 亦作"经纬天地""纬地经天"。如："果然巾帼奇女子，纬地经天才学深，更兼九烈与三贞。"（清·陈端生《再生缘》第七回）

读写辨误 经，不能读成jīn（金），不能写成"径"。

★〖经天纬地〗

茅房纳昊藏禅道，蒿草含芳蕴玉穑。
坤纬于胸舞紫云，乾经存腹倾翰墨。
轩帷谋略操千迢，鹅扇旋风弄三国。
卧虺翻飞天宇摇，英豪伟业山川刻。

[惊弓之鸟] jīng gōng zhī niǎo

[词源]汉·刘向《战国策·楚策四》："雁从东方来，更羸（gēng léi：射箭能手名）以虚发而下之。魏王曰：'然则射可以至此乎？'……对曰：'其飞徐而悲鸣。飞徐者，故疮痛也；悲鸣者，久失群也。故疮未息，而惊心未去也。闻弦音，引而高飞，故疮陨也。'"《晋书·王鉴传》："黩武之众易动，惊弓之鸟难安。"

本义 指被弓箭吓破胆的鸟。比喻受过惊吓的人，一遇类似情况就惶恐不安。含贬义。如："张家口、新保安、怀来和整个北平、天津、塘沽、唐山诸敌……都已成惊弓之鸟，尤其你们入关后是如此。"（毛泽东《关于平津战役的作战方针》）

同义 惊魂未定、心有余悸、惊猿脱兔、一朝被蛇咬，十年怕井绳

反义 初生之犊、困兽犹斗、狗急跳墙

同义例句 在淝水之战中，前秦苻坚的军队，被打得惨败。在东晋大将谢玄率部追击下，个个像惊弓之鸟。由于他们惊魂未定，所退

之处,如陷入草木皆兵之境。

对比例句 乘胜追击被打败的敌人,也要讲究策略。败北之师虽然如同惊弓之鸟,惶恐不安,但要警惕他们狗急跳墙式反扑,以减少不必要的伤亡。

灵活用法 亦作"伤弓之鸟"。如:"伤弓之鸟,落于虚发。"(《晋书·符生载记》)

读写辨误 惊,不能读成 jīn(金);鸟,不能写成"乌"。

★〖惊弓之鸟〗

昨时箭镞擦身过,此刻弹绳惊鸟蹉。
败叶飘汀横虱蚁,萧风撩碧荡虾嗦。
杯弓蛇影贼匍鼠,草木皆兵懦渡河。
清唳扬冠藐奸佞,雄豪赤手向妖魔。

[惊惶失措]jīng huáng shī cuò

惊惶:害怕、慌张;失措:不知怎么办好。[词源]《北齐书·元晖业传》:"孝友临刑,惊惶失措,晖业神色自若。"

本义 形容害怕、慌张,举动失去常态。如:"如果是一般将官,在这种情形下很容易失去了迎战力量,回马而逃。即使不回马而逃,只要他惊惶失措,也会影响自己的部队,立刻瓦解。"(姚雪垠《李自成》第一卷·第九章)

同义 手足无措、张皇失措、惶恐不安

反义 泰然自若、神色自若

同义例句 "父母对孩子大发雷霆、恫吓、威胁,会使孩子惊惶失措,惶恐不安。"(沙莲香《社会心理学》)

对比例句 人们都惊惶失措,唯有他泰然自若。

灵活用法 亦作"惊慌失措"。如:"由轻敌而发生的对于准备的放松,和由被敌人进攻所吓倒而发生的惊慌失措,都是应该坚决反对的不良倾向。"(毛泽东《中国革命战争的战略问题》)

书写辨误 措,不能写成"错"。

[惊慌失措] jīng huāng shī cuò

见[惊惶失措]

★〖惊慌失措〗

空城琴曲一弦断,败将落英千卒逃。
火炬连船慌择路,华容辱道笑愚曹。
心虚缺德浪涛淹,肚空墨稀软笔毛。
黎庶于胸民舰骋,经纶社稷殿台高。

[惊涛骇浪]jīng tāo hài làng

涛:大波浪;骇:使人害怕的。[词源]陆游《长风沙》:"江水六月无津涯,惊涛骇浪高吹花。"

本义 原指自然现象,水上的巨浪。如:"行至中途,飓风大作,虽双轮迅驶,而颠簸异常……业委性命于惊涛骇浪之中。"(清·王韬《淞隐漫录·金镜秋》)

比喻 现比喻险恶的社会环境或激烈的斗争。如:"是什么引起这骚动呢?不是惊涛骇浪,更不是台风。一百多年的港口了,任何风

浪也改变不了它的节奏。”(柯岩《汉堡港的变奏》)

同义 惊风骇浪、狂风恶浪与本义同义,大风大浪、风吹浪打与比喻义同义

反义 波澜不惊、水波不兴与本义构成反义,风平浪静、波平如镜与比喻义构成反义

同义例句 人生像条大河,可以风景清丽,更可能惊涛骇浪,你需要的伴侣,最好是那能够和你并肩立在船头,浅斟低唱两岸风光,同时更能在惊涛骇浪中紧紧握住你的手不放的人,换句话说,最好她本身不是你必须应付的惊涛骇浪。

对比例句 汹涌的海潮掀起惊涛骇浪,潮退之后,风和日丽,水波不兴,湛蓝的大海显得非常宁静。

灵活用法 亦作“骇浪惊涛”。如:“如今便岳阳楼来了两番,空听的骇浪惊涛,洗不净愚眉肉眼。”(《元曲选·马致远〈岳阳楼〉第二折》)

读音辨误 惊,不能读成 jīn(金)。

★〖惊涛骇浪〗

三座大山盘大地,一鸿巨浪上云阊。
南湖红舰朝东旭,镰锤炉膛炼铁刚。
二万征途甩困剿,九州黎庶占銮堂。
卧龙髯奋重腾跃,举世诧奇新帜扬。

[惊天动地]jīng tiān dòng dì

[词源]唐·白居易《白氏长庆集·李白墓》:“可怜荒垄穷泉骨,曾有惊天动地文。”

本义 使天地为之震惊。形容事业伟大。如:比前番在梁山泊上更觉轰轰烈烈,做出惊天动地的事业来,功垂竹帛,世享荣华。

比喻 现有时比喻声音巨响。如:就在这时候,嘹亮的冲锋号吹响了惊天动地的杀贼声由远而近。

同义 震天撼地、石破天惊与本义同义,震耳欲聋、万马奔腾、霹雳列缺与比喻义同义

反义 无声无息、默默无闻与本义构成反义,寂寥无声、万籁俱寂与比喻义构成反义

同义例句 “大雨声中忽地掺入了万马奔腾之声,惊天动地的口号声与呐喊声把大雨、响雷都压下去。”(唐人《金陵春梦》第三十五回)

对比例句 傍晚,天空乌云密布,雷声大得惊天动地,使炎热的夏天增加了闷热的感觉。一阵狂风暴雨过后,微风习习。入夜之后,一切显得风平浪静,万籁俱寂了。

歇后用法 这场攻坚战,敌我双方都动用了重型武器。仗打起来,将是雷公菩萨排阵势——惊天动地。

灵活用法 亦作“动地惊天”。如:“叫声屈动地惊天。”《元曲选·关汉卿〈窦娥冤〉第三折》

读音辨误 惊,不能读成 jīn(金)。

★〖惊天动地〗

嬴政挥师吞六国,刘邦良策唱高歌。

呼风唤雨改云雾，劈日引流翻海河。
金甲黄骢坐凤殿，玉台砚墨造魁峨。
三番六计定乾象，道德儒经奠礼和。

[惊心动魄] jīng xīn dòng pò

魄：魂魄，指内心深处，心灵。[词源]南朝·梁·钟嵘《诗品》："文温以丽，意悲而远，惊心动魄，可谓几乎一字千金。"

本义 指文学作品文笔奇绝而打动人心，令人惊叹、钦佩。如："昌黎之'巨刃磨天扬'等句，实足惊心动魄。"（清·赵翼《瓯北诗话》卷一）

引申 现常指令人吃惊或感到恐惧的事件、场景等。如："如果你走到悬崖跟前，脚下就会受到一种惊心动魄的震撼。"（碧野《天山景物记》）

同义 心惊胆战、心惊肉跳与引申义同义

反义 平淡无奇、无动于衷与引申义构成反义

同义例句 在经历过这次惊心动魄的地震后，我们都意识到了自然灾害是无情，我们在日常生活中要加强防震减灾意识。

对比例句 这部小说没有一处惊心动魄的情节描写，通篇平淡无奇，实在没有看头。

灵活用法 亦作"动魄惊心""怵魄动心"。如："获观宋榻绛帖二册，光彩焕发，令人动魄惊心。"（清·朱彝尊《绛帖平跋》）

读写辨误 惊，不能读成jīn（今）；魄，不能写成"瑰"。

★〖惊心动魄〗

战地刀枪血肉飞，魅魑夜啸敛魂追。
晴天霹雳腿瘫软，生死孤悬身殆危。
西竺妖姬书上乐，聊斋鬼怪墨趣吹。
惊心噩梦昙花短，胜景怡情宁和随。

[兢兢业业] jīng jīng yè yè

兢兢：小心谨慎；业业：畏惧的样子。[词源]《诗经·大雅·云汉》："兢兢业业，如霆如雷。"宋·宗泽《乞毋割地与金人疏》："陛下为天眷佑，为民推戴，人绍大统，固当兢兢业业，思传之亿万世。"

本义 指工作勤恳负责，小心谨慎的样子。含褒义。如："他五十几年兢兢业业遵守的信条——不白拿财东的东西，现在不得不放弃了。"（柳青《创业史》）

同义 小心谨慎

反义 敷衍塞责

同义例句 "二儿子为人稳重、正派，遇事兢兢业业、小心谨慎。在他心目中，宗民才真正继承了自己的性格、作风。"（羽山等《东风化雨》）

对比例句 我在王老师兢兢业业的工作作风影响下，克服了遇事敷衍塞责的毛病。

灵活用法 亦作"矜矜业业"。如："矜矜业业，惟恐有违。"（晋·陈寿《三国志·魏志·高堂

隆传》)

读写辨误 兢,不能读成jīn(金),不能写成“克”;业,不能写成“叶”。

★〖兢兢业业〗

随曦天地撒温暖,由水东西润济桑。
晷轴春秋旋浩气,莺啼顿挫荡梁香。
丹心炉火炼金玉,脊骨刚梁鼎凤堂。
沧海阡塍汗水施,大江南北蕙兰香。

[精兵简政] jīng bīng jiǎn zhèng

精:紧缩;简:简化,把繁杂的变成简单。[词源]毛泽东《为人民服务》:“‘精兵简政’这一条意见,就是党外人士李鼎铭先生提出来的,他提得好,对人民有好处,我们就采用了。”

本义 原特指中国共产党在抗日战争时期实行的一项重要政策。内容是紧缩军队编制和政府机构。如:“所以我们说,党中央提出的精兵简政的政策,是一个极其重要的政策。”(毛泽东《一个极其重要的政策》)

引申 现泛指精简人员、减少机构,以利提高工作效率。如:“国务院要求各级政府机关、各级行政部门的全体干部……特别要抓紧完成增产节约、精兵简政、稳定市场、改善供应这几个方面的任务。”(周恩来《国民经济的调整和当前任务》)

同义 遣神拆庙、拆庙断香、轻装从简与引申义同义

反义 叠床架屋与引申义构成反义

同义例句 要使政令畅通,我们应从行政机构改革入手。通过精兵简政,遣神拆庙的办法,大刀阔斧地砍去重叠机构,层次减少了。政令就能通畅。

对比例句 机构改革的实质是精兵简政,改变以往叠床架屋的臃肿面貌。

灵活用法 亦作“兵精政简”。如:“假若我们缩小自己的机构,使兵精政简,我们的战争机构虽然小了,仍然是有力量的。”(毛泽东《一个极其重要的政策》)

书写辨误 简,不能写成“筒”。

★〖精兵简政〗

宽体肥衣耀晔煌,罗裙绊腿掉茅房。
紧身束袂英姿爽,简政化繁渠道昌。
一勇当关千卒溃,三省六部九州良。
恐龙虚霸飓风倒,薄羽鸿扇凌宇翔。

[精明强干] jīng míng qiáng gàn

精明:精细,聪明。[词源]清·钱谦益《钱牧斋尺牍·与周安石之二》:“佛法付嘱大道,必须精明强干有心血荷担之人。”

本义 指精细聪明,办事能力强。如:“她的婆婆倒是精明强干的女人呵,很有打算,所以就将她嫁到山里去。”(鲁迅《祝福》)

同义 精明老练

反义 碌碌无能、庸庸碌碌、碌碌无为

同义例句 祥林嫂的婆婆“精明能干”,为多得“财礼”,故意把祥林嫂嫁给“深山野墺”里的贺老六,结果“到手了八十千”。(鲁迅《祝福》)

对比例句 他总以为自己精明强干,别人都是碌碌无能之辈,其实他在别人眼里,也是一个庸庸碌碌的人。

读音辨误 精,不能读成 jīn(金);明,不能读成 mín(民)。

★〖精明强干〗—诸葛亮

萱卉隆中蕴道象,瘦肩瘪腹饱翰墨。
帷帏智策胜千迢,羽扇风波翻三国。
城阖断弦弹溃兵,草船借箭辱曹贼。
丹心青石蜀坡茵,碧血军山芳蕙穑。

[精疲力尽]jīng pí lì jìn

见[筋疲力尽]

[精益求精]jīng yì qiú jīng

精:完美,好;益:更加。[词源]《论语·学而》:“《诗》云:‘如切如磋,如琢如磨’,其斯之谓与?”宋·朱熹注:“言治骨角者,既切之而复磋之;治玉石者,既琢之而复磨之,治之已精,而益求其精也。”

本义 形容在好的基础上做得更加完美。如:“白求恩同志是个医生,他以医疗为职业,对技术精益求精。”(毛泽东《纪念白求恩》)

同义 精进不休、锦上添花、百尺竿头、刮垢磨光

反义 粗枝大叶、粗制滥造、照猫画虎、半途而废

同义例句 我们学习知识要善于博采众长,做到精益求精,才能锦上添花。

对比例句 常言道学海无涯、艺无止境。因此,我们学习技术要精益求精,不能粗枝大叶,马虎从事,更不能满足一得之功就半途而废。

灵活用法 亦作“精里求精”。如:“这两位佳人,大概评论起来都是人间的绝色。若要在美中择美,精里求精,又觉得绕翠的姿容,更在围珠之上。"(清·李渔《鹤归楼》第一回)

读音辨误 精,不能读成 jīn(金);益,不能读成 yī(一)或 yǐ(乙)。

★〖精益求精〗

千年雨刷桂林丽,万载风磨石斧刀。
灰璞精雕成翡翠,青铜细镂古钟鼗。
三登书岭聊斋造,六横翰江水浒熬。
大任千锤成道骨,丹炉百炼焠英豪。

[井井有条]jǐng jǐng yǒu tiáo

井井:形容有条理。[词源]《荀子·儒效》:“井井兮其有理也。”清·吴敬梓《儒林外史》第十三回:“鲁小姐上侍孀姑,下理家政,井井有条,亲戚无不称羡。”

本义 指办事条理分明。含褒义。如:“经他的经营擘画,倒也

安顿得井井有条,大家都好像很愉快的。”(郭沫若《洪波曲》)

同义 有条不紊、井然有序

反义 杂乱无章、乱七八糟

同义例句 小王是一个事业狂,她经常工作到深夜才回家,但是家里还是被她收拾得井井有条。

对比例句 这些杂乱无章的报刊,经她耐心地清理后显得井井有条了。

灵活用法 亦作“井井有理”。如:“若置之繁难之地,必能随机处置,井井有理。”(宋·陈亮《与周立义参政书》)

读音辨误 井,不能读成jǐn(紧)。

★〖井井有条〗—孔明

腹蕴乾象操山脉,手扇睿风运水道。
集卒挥麾拥凤凰,布禅施德桑腴稻。
绿茵石蜀上天宫,帷幄案台酝远昊。
翰墨经纶纹府卷,礼宗琴曲悦孺老。

[井然有序] jǐng rán yǒu xù

井然:整齐而有秩序的样子,

[词源]《金史·志礼一》:“凡事物名数,支分派引,珠贯棋布,井然有序,炳然如丹。”

本义 形容条理分明,而有秩序。如:“站在景山高处望故宫,重重殿宇,层层楼阁,道道宫墙,错综相连,而井然有序。”(黄传惕《故宫博物院》)

同义 井井有条、有条不紊、有条有理

反义 杂乱无章、乱七八糟、横七竖八

同义例句 他安排工作肯动脑筋,什么问题他都考虑得很周全,计划写得井井有条,我们工作起来就显得井然有序了。

对比例句 我们住的地方以前是乱七八糟的湖塘,现在成了新开发的住宅小区,街道两旁高楼鳞次栉比,井然有序。

读音辨误 然,不能读成lán(兰)。

★〖井然有序〗

旭辉珠耀蝶蜂舞,阡陌桑腴稻穗油。
九品中正梁直守,三书六部秩鸿俦。
百禽朝凤乾坤朗,文武双恭拥冕旒。
笔浪墨花舟逸畅,红尘煦沫翠亭悠。

[井水不犯河水] jǐng shuǐ bù fàn hé shuǐ

犯:侵犯。

本义 相互之间不干预,不侵犯。如:“你干你的,我干我的,咱们井水不犯河水,你为什么要跑到我们这里来胡闹呢?”

引申 指只做自己主要应该做的事,不愿多尽一点儿义务和责任。如:“……其他报纸似乎都很少涉及这样两位有全国意义的模范人物。分工分到这样专门的程度,不免使人们感到惋惜……我因此希望我们的报纸、通讯社、广播电台和电视台,不要这样过分地井水不犯河水,好让大批读者、听众

和观众更容易知道尽可能多的事实，得到他们所需要得到的教育。”（胡乔木《痛惜之余的愿望》）

同义 相安无事与本义同义

反义 明争暗斗、你死我活与本义构成反义

同义例句 从此以后，你走你的阳关道，我过我的独木桥，咱们井水不犯河水。

对比例句 若继续这样你死我活地拼争下去，势必两败俱伤。与其如此，还不如彻底分开，从此井水不犯河水。双方虽然都明白这一点，但都不甘心主动撤离，因此仍然是明争暗斗，关系越来越紧张。

读音辨误 井，不能读成 jǐn（紧）。

★〖井水不犯河水〗

江河蜿蝘入洋海，孤井幽冥自映昊。
无利缺交南北迢，勿争莫吵东西灏。
老孺不往桃源疏，极乐喧嚣鹤月岛。
佛祖手心孙悟微，蚍蜉眼界乾坤浩。

[炯炯有神] jiǒng jiǒng yǒu shén

炯炯：光亮的样子。[词源] 清·薛福成《庸愈笔记江忠烈公殉难庐州》：“生平忠孝大节，出于天性，猿臂长身，炯炯有神，顾盼磊然，与人披肝沥胆，始终不渝。”

本义 形容眼光发亮，很有精神。如：“他握住吴吉昌的手，炯炯有神的目光凝视着吴吉昌说：‘我把解决落桃的任务交给你了，你把它担起来！’”（穆青等《为了周总理的嘱托》）

同义 目光炯炯、神采奕奕、目光如炬

反义 无精打采

同义例句 爷爷年过八十，每天坚持锻炼身体，如今腰板笔直，双目炯炯有神，走路飞快，真令人羡慕。

对比例句 他听到这意外的好消息后，原来无精打采的神态顿时不见了，双目炯炯有神地盯着对方。

读音辨误 炯，不能读成 huí（回）。

★〖炯炯有神〗

关祠云长眼生辉，怒目圆睁藐鬼魅。
桃苑血盟添两兄，横刀单骑走千里。
忠心耿耿扶刘公，刮骨疗伤耀俊帅。
失意荆州丢阖城，英豪陨落寺松翠。

[九霄云外] jiǔ xiāo yún wài

九霄：古人指天有九重。意为天的最高处。[词源] 元·王实甫《西厢记》第四本第一折：“成就了今宵欢爱，魂飞在九霄云外。”

本义 指无比高远的地方。如：“太子你也在这七宝盒中，我陈琳早魂飞九霄云外。”（《元曲选·无名氏〈抱妆盒〉第二折》）

比喻 形容遗忘得无影无踪或一干二净。如：“第二天早起，匆匆地整装出发。我根本把今天汽车司机罢工的事，忘在九霄云外了。”（冰心《樱花赞》）

同义 天高地迥、绝域殊方与本义同义，贵人多忘、置之脑后与比喻义同义

反义 去天五尺、近在咫尺、一牛吼地与本义构成反义，念念不忘、念兹在兹、记忆犹新与比喻义构成反义

同义例句 他和朋友们玩得非常开心，早就把那件可怕的事情抛到九霄云外去了。

对比例句 我们承担这次试验新产品的任务事关重大。大家都念兹在兹，岂敢把它忘到九霄云外。

书写辨误 霄，不能写成“宵”。

★〖九霄云外〗

宝玉落凡殷富享，喜哀怒乐楚酸尝。
春花秋月鸳鸯恋，寒雾葬香愁断肠。
翎羽轻飘虚熠耀，慕情付水雨流觞。
红尘浊秽抛云外，黛岳碧波悠逸芳。

[久别重逢]jiǔ bié chóng féng

[词源]清·曾朴《孽海花》第三回：“好多年不见了，说了几句久别重逢的话，招呼大家坐下，书童送上茶来。”

本义 指亲朋好友长久离别之后又相会面。如：“他抚摸棉苗，就像抚着自己久别重逢的孩子，全身颤抖了。”（穆青等《为了周总理的嘱托》）

同义 班荆道故

同义例句 历经磨难，这位母亲终于和儿子久别重逢了。

灵活用法 亦作“远别重逢”。如：“宝玉笑道：‘虽然未曾见过他，然我看着面善，心里就算是旧相识，今日只作远别重逢，亦未为不可。’”（清·曹雪芹《红楼梦》第三回）

读音辨误 重，不能读成cóng（从）。

★〖久别重逢〗

春花秋月鸳鸯恋，啸侣寒衾阒霰雪。
彩蝶比翼风雨折，阴晴圆缺恨离别。
馨情累利功名憔，银汉鹊桥痴缕结。
久别重逢如始交，百年耄耋相扶挈。

[居安思危]jū ān sī wēi

居：处于；思：想、考虑。[词源]春秋·鲁·左丘明《左传·襄公十一年》：“《书》曰：‘居安思危。’思则有备，有备无患。敢以此规。”

本义 指国家处在安定的环境里，要考虑到可能出现的危险或困难。如：“思国之安者，必积其德义。……不念居安思危，戒奢以俭……斯亦伐根以求木茂，塞源而欲流长也。”（唐·魏徵《谏太宗十思疏》）

引申 现常用于遇事要提高警惕，以防祸患。如：“疆事渐宁而备不可去，居安思危，睹灾而惧。”（宋·徐铉《颂德赋》）

同义 安不忘危、忧劳兴国与本义同义，防患未然、未雨绸缪、曲突徙薪、有备无患与引申义同义

反义 居安忘危、忘战必危、

逸豫忘身与本义构成反义，麻痹大意、安枕而卧、燕雀处堂与引申义构成反义

同义例句 范仲淹的“先天下之忧而忧，后天下之乐而乐”生动体现了居安思危的优秀品质。

对比例句 居安思危是长治久安的保证，居安忘危则贻害无穷。

灵活用法 亦作“于(处)安思危”。如：“虞卿谓春申君曰：臣闻之《春秋》，于安思危，危则虑安。”(汉·刘向《战国策·楚策四》)

读音辨误 思，不能读成 shī(师)。

★〖居安思危〗

阴晴冷暖难猜揣，螳螂捕蝉黄雀等。
叵测肝脾双面刃，绸缪未雨固高楼。
心心常似过桥日，念念有如临敌候。
尘世羁途飞陨石，南山舞榭防萧飕。

[居高临下] jū gāo lín xià

居：处在；临：俯视。[词源]清·毕沅《续资治通鉴·宋纪·高宗绍兴十一年》：“敌居高临下，我战地不利，宜少就平旷以致其师，宜可胜。”

本义 指站在高处往下看。如：“步出陵堂，居高临下，眼前一望的晴空，大自然正在浓绿季中。”(郭沫若《南京印象·谒陵》)

引申 现多指在精神上和能力上具有一种压倒对方的气势和条件。如：“他的气度，他的精神力量，在面对任何问题的时候，仿佛都有一种居高临下的优势。”(唐弢《琐忆》)

褒义贬用 形容一种傲慢无礼的态度。如：“他居高临下地问：‘唔，那你们对他讲了什么没有呢——对罗二爷？’”(张天翼《清明时节》)

灵活用法 亦作“居高视下”。如：“檄山立栅，分为数处，居高视下，隔水为营。”(《魏书·景穆十二王传·南安王》)

读写辨误 临，不能读成 líng(零)，不能写成“临”。

★〖居高临下〗

虎昂骄首遭狐戏，鸡扬红冠落草丛。
凌岳众峰飘雾霭，狂轩旒冕散鸾蓬。
旌旗顶戴笑癫醉，血剑之尖怒目冲。
虎踞龙盘才德铸，眼高手短蜃楼空。

[鞠躬尽瘁] jū gōng jìn cuì

鞠躬：弯着身子，表示恭敬，谨慎；瘁：劳累，疾病；尽瘁：竭尽劳苦。[词源]明·归有光《封中宪大夫兴化府知府周公行状》：“况若臣病即死，则鞠躬尽瘁，臣之分愿已毕。”

本义 恭敬、谨慎、不辞劳苦。形容竭尽全力地操劳。含褒义。如：“她对老父的照顾服侍，可以说是鞠躬尽瘁。”(法·巴尔扎克《守财奴》)

同义 尽心竭力、竭忠尽智、殚精竭虑、摩顶放踵

反义 尸位素餐、敷衍塞责

同义例句 敬爱的周总理尽心竭力为党和人民工作，他鞠躬尽瘁的高尚品德永远受到人民的称赞。

对比例句 人民崇敬为革命事业鞠躬尽瘁、作出贡献的好干部，痛恨那少数尸位素餐的“公仆”。

灵活用法 亦作“鞠躬尽力、死而后已”。如：“臣鞠躬尽力，死而后已。”（三国·蜀·诸葛亮《后出师表》）

书写辨误 瘁，不能写成“粹”。

★〖鞠躬尽瘁〗

谋华崛起奋扬书，为夏强盛举剑戟。
投笔从戎竖虎竿，深潜魔穴插仇脊。
九州征战脱围剿，一片丹心献血役。
萤火晷旋理万机，鞠躬尽瘁烛辉夕。

[举目无亲]jǔ mù wú qīn

举目：抬眼看。[词源]宋·苏轼《与康公操都官书》：“乡人之至此者绝少，举目无亲故。”

本义 指抬眼看不到亲人。形容孤独或人地两生。如：“我们三个当徒弟的，都只有十二三岁吧，实在受不住了……在天津举目无亲，怎么办呢，就把衣服什么的卖给打鼓的，凑了点钱买车票回北京。”（冰心《“面郎人”访问记》）

同义 人地生疏、无亲无故

同义例句 在深圳火车站我们看见许多打工仔，他们初来乍到，人地生疏，举目无亲，将凭着一股求生欲去闯一条生路。

灵活用法 亦作“举目无依”。如：“这几日身子虽觉渐安，争奈举目无依，萧条旅馆，好生伤感人也。”（元·施美君《幽闺记·逆旅萧条》）

读音辨误 亲，不能读成 qīng（青）。

★〖举目无亲〗

羁栖他域远桑梓，天地衾被落海涯。
举目异装鸦语嘴，助财短袖脸霜花。
慈母鬓发游儿衣，孝悌雁鸿连亲家。
苍莽山川同挂月，千迢洲际共弦划。

[举世闻名]jǔ shì wén míng

举世：全世界。[词源]北齐·颜之推《颜氏家训·杂艺》：“王逸少风流才士，萧散名人。举世唯知其书，翻以能自蔽也。”

本义 形容名声很大，尽人皆知。如：“在北京的西北郊，一百多年前，举世闻名的满清皇家花园——圆明园被英法联军一把大火化为灰烬。这是第二次鸦片战争中，帝国主义的一次野蛮暴行，是我们炎黄子孙永世难忘的奇耻大辱。”（王道成《圆明三园付劫灰》）

同义 名扬四海、名传遐迩

反义 默默无闻

同义例句 形容著名的程度。如：兰亭之所以名传遐迩，是与举世闻名的晋代大书法家王羲之的《兰亭集序》分不开的。

对比例句 历史上曾一度是法国政治、文化中心的凡尔赛宫在大革命后变得默默无闻了，而今日的凡尔赛宫已是举世闻名的游览胜地，各国游人络绎不绝，参观人数每年达二百多万，仅次于巴黎的埃菲尔铁塔。

★〖举世闻名〗

契文竹简启文化，铜鼎仁儒奠汉黄。
两水滋熙炎赤子，长城巍峨壮辉煌。
桂林山水甲天下，桑植秀峰胜阙堂。
紫禁圆明寰璀璨，金龙銮殿耀东方。

[拒人于千里之外]jù rén yú qiān lǐ zhī wài

拒：拒绝，拦挡。[词源]《孟子·告子下》："夫苟不好善，则人将曰：'訑訑，予既已知之也。'訑訑之声音颜色，距(拒)人于千里之外。"(訑訑：自满、自得的样子)。

本义 形容对别人态度傲慢，根本不想接触。含贬义。如："一饮食耳，或嫌其失火济之功，或诋其少水泉之洁，就使安成名高，宏微制美，而往往卷俎而退者多，置虚命彻者少，池池之声音颜色，拒人于千里之外，枚独何人，能无怖乎？"(清·袁枚《小仓山房尺牍》第八首)

引申 拒绝接受别人意见。形容自以为是，毫无商量的余地。如："……也会因为它语言无味，面目可憎，而拒人于千里之外，使人不愿意亲近。"(施东向《义理、考据和辞章》)

同义 拒之门外、闭门不纳、深闭固拒、闭门却扫与本义同义，固执己见、拒谏饰非、刚愎自用、以规为瑱与引申义同义

反义 善气迎人、相敬如宾、扫榻以待与本义构成反义，从善如流、广开言路、朝闻夕改、闻过则喜与引申义构成反义

同义例句 他这个人很任性，刚愎自用，常拒人于千里之外。

对比例句 发扬民主，广开言路是我党的优良传统。因此我们不能对直言敢谏的同志采取拒人于千里之外的态度。

灵活用法 亦作"拒人千里"。如："褒衣大袖，尧行舜趋。訑訑声颜，距(拒)人千里。"(严复《救亡决论》)

读音辨误 人，不能读成 néng(能)；之，不能读成 zī(资)。

★〖拒人于千里之外〗

碧岑蕾绽蕙兰芳，蝶骋洲缘折翅殇。
海角尊荣拦贵贱，天涯等级隔贫尪。
阙堂有路空瑶梦，冥府寻亲奈水凉。
雾霭连思金作道，稻花不拒汗滋香。

[聚精会神]jù jīng huì shén

会：集中。[词源]汉·王褒《圣主得贤臣颂》："聚精会神，相得益彰。"

本义 注意力高度集中。如："他躲在墙角聚精会神地看，兴奋得连放风也忘了。"(罗广斌等《挺进报》)

同义 专心致志、全神贯注

反义 心不在焉、漫不经心

同义例句 参谋们此时都全神贯注在雷军长身上，而雷军长却聚精会神地在研究地形图。

对比例句 他一边心不在焉地浏览画册，一边不停地向旁边聚精会神做作业的李迪问些闲话。

读音辨误 精，不能读成jīn（金）。

★〖聚精会神〗

三心随意鱼逃网，两眼紧瞄箭射杨。
霸王飘浮乌水刎，张良致志壮鸿昌。
仰头侧耳明天籁，注目倾情品郁芳。
双睫聚焦燃睿火，全身投入指穿墙。

K

[开卷有益]kāi juàn yǒu yì

卷：书；益：好处。[词源]晋·陶潜《与子俨等疏》："少学琴书，偶爱闲静，开卷有得，便欣然忘食。"

本义 指只要读书，一定会有收获。如："（宋）太宗日阅《御览》三卷，因事有阙，暇日追补之。尝曰：'开卷有益，朕不忧劳也。'"（宋·王辟之《渑水燕谈录》）

反义 读书无用、困而不学

对比例句 刻苦读书的人深知开卷有益的道理。那些厌学或急功近利的人则认为读书无用。

读音辨误 卷，这里不能读成juǎn。

★〖开卷有益〗

读简识文须用意，行间章里藏幽香。
珠玑琴奏玉环跳，扉页翻飞芬郁扬。
一字千金重泰岳，一书论语九州航。
禅经佛卷悟天道，儒礼仁慈社稷昌。

[开门见山] kāi mén jiàn shān

[词源]宋·严羽《沧浪诗话·诗评》："太白发句，谓之开门见山。"

本义 打开门就能看见山。如："开门见山，开牖见水。"（明·张岱《快园记》）

比喻 比喻说话、写文章一开头就阐明主题，不绕弯子。如："第三件事，是写信要开门见山，不相干的话少说。"（王力《和青年同志们谈写信》）

同义 单刀直入、开宗明义、直截了当与比喻义同义

反义 拐弯抹角与比喻义构成反义

同义例句 他喜欢开门见山，所以一开口便单刀直入地向杨晓冬提出质问。

对比例句 这位史俊绰号"大炮"，是个爽爽快快的人，不懂得拐弯抹角，也不会客气，说话总是开门见山。

★〖开门见山〗

推窗通气表明话，开户见山径呼唤。
直截了当中要令，转弯抹角自缠案。
鸿门宴席错良机，空邑假兵司马叹。

当即持竿掌钓钩，当裁不断理还乱。

[开天辟地]kāi tiān pì dì

辟：开辟。[词源]汉·王充《论衡·论死篇》："天地开辟，人皇以来，随寿而死。若中年夭亡，以亿万数，计今人之数，不若死者多。"

本义 指天地的创始。如："天地浑沌如鸡子，盘古生其中，万八千岁，天地开辟，阳清为天，阴浊为地。"（《艺文类聚》卷一引徐整《三五历记》）

引申 形容首创、空前的大事。如："中国产生了共产党，这是开天辟地的大事变。"（毛泽东《唯心历史观的破产》）

同义 亘古未有与引申义同义

反义 混沌未凿与本义构成反义

同义例句 中国共产党领导人民推翻三座大山，这是无产阶级亘古未有的事业；新中国成立的开国大典，是开天辟地的盛会。

对比例句 相传盘古开天辟地，把一个混沌未凿的状态，改造成了人类生息繁衍的世界。

灵活用法 亦作"盘古开天地"。如："自从盘古开天地，三皇五帝到如今，历史上曾有过我们这样的长征么？"（毛泽东《论反对日本帝国主义的策略》）

读写辨误 辟，不能读成pī（劈），不能写成"僻"或"劈"。

★〖开天辟地〗

秦皇统六聚炎黄，汉武尊儒扩邑疆。
贞观宗唐晖宇灿，康乾盛世美誉扬。
九卿中正典章稳，四大发明翰墨香。
镰锤旌旗龙蹿跃，新华雄国海寰浪。

[侃侃而谈]kǎn kǎn ér tán

侃侃：刚直而从容的样子。[词源]《论语·乡党》："朝，与下大夫言，侃侃如也。"清·文康《儿女英雄传》第五回："我既这等苦苦相问，你自然就该侃侃而谈。"

本义 指从容不迫、理直气壮地直抒己见。如："但他不等我回答，又站起来，回过身倚着实验桌旁，接着侃侃而谈。"（高士其《肚子里的食客》）

同义 娓娓而谈、滔滔不绝、慷慨陈词、口若悬河

反义 一言不发、沉默寡言、闭口不言、沉吟不语

同义例句 "他讲课很少带讲稿，……滔滔不绝如江河直泻，侃侃而谈如流水行云。"（杨绍雄《沉默的会议》）

对比例句 为了帮助这位犯了错误的干部，王书记从历史说到当今，广征博引，侃侃而谈。最后问这位干部听后有什么启发，他却沉默不语，一言不发。

灵活用法 亦作"侃侃而言"。如："是以老夫侃侃而言，使足下怏怏而别。"《元曲选·关汉卿〈谢天香〉》第四折）

读写辨误 侃，不能读成 gǎn（感），不能写成“侃”。

★〖侃侃而谈〗

睿积乾坤文曲籍，辩台豪放慧溪长。
三弦卷舌弹珠玉，两片嘴唇琴赋簧。
侃侃史篇云雾逸，滔滔典册巨涛扬。
一经论语山川澜，四库全书撒靥黄。

[看风使舵]kàn fēng shǐ duò

见 [见风使舵]

★〖看风使舵〗

墙头茅草随吹摆，江面浮萍漂水遛。
听鹿指骢当走狗，见眉使色为奸酋。
叛徒投敌遭斜视，陆放坚贞丹玉留。
云雾任天左右横，航程由我掌风流。

[慷慨激昂] kāng kǎi jī áng

慷慨：情绪激动；激昂：振奋昂扬。[词源] 唐 · 柳宗元《上权德舆补阙温卷决进退启》：“今将慷慨激昂，奋攘布衣。”

本义 形容人的情绪振奋豪壮而充满正气。含褒义。如：“在东京聚首时，一谈到国事上来，总要谈得慷慨激昂，而且有点口角流沫。”（郭沫若《创造十年续篇》）

同义 慨当以慷、意气风发

反义 如诉如泣、萎靡不振、垂头丧气

同义例句 我国外交部长在联合国大会上，意气风发、慷慨激昂地陈述了我国的对外政策，维护了国家的尊严。

对比例句 在第二十六届联合国大会上，中华人民共和国恢复了合法席位。当我国代表团团长慷慨激昂地致答词时，一些反对国家的代表坐在那垂头丧气。

灵活用法 亦作“激昂慷慨”。如：“三月一日，闽西人民的子弟兵激昂慷慨，挥泪高歌，踏上新的征途。”（张磊丞等《闽西三年游击战争》）

读写辨误 慨，不能读成 kài（忾）；昂，不能写成“晶”或“昴”。

★〖慷慨激昂〗

激昂翘首向披靡，慷慨舌簧弹玉花。
正义于身开险棘，妙词蕴腹逸诗葩。
蜿蜒曲折纵驰骋，跌宕沉浮奋苣涯。
君子头盘尖羽冠，万重嶂岭一挥划。

[慷慨就义]kāng kǎi jiù yì

就义：为正义事业而牺牲。

本义 毫不畏缩地为正义事业而牺牲。如：“那醒目的标题是《十七岁的女英雄刘胡兰慷慨就义》。”（马烽《刘胡兰传》）

同义 慷慨赴死

反义 贪生怕死、苟且偷生

同义例句 谭嗣同写完绝笔诗，为变法慷慨赴死，同时慷慨就义的还有林旭、杨锐等五人。

对比例句 贪生怕死的甫志高，出卖了重庆地下市委，叛变了革命。而被捕的革命志士虽受严刑拷打，但终不变节，许多人宁死不屈，慷慨就义。

★〖慷慨就义〗—岳飞

八千云路斩金寇，一杆旌旗扬宋勇。
鸿鹄凌霄莫等闲，武文具备才诗涌。
精忠报国刺肌肤，托冠怀丹壮志汹。
碧血怆流风满亭，凛然横铡英豪耸。

[苛捐杂税]kē juān zá shuì

苛：苛刻、繁重；杂：繁杂。[词源]《道咸宦海见闻录·序》：“清朝除所谓‘正供’以外，苛捐杂税，层出不穷，人民不堪负担。”

本义 指统治者征收苛刻繁多的杂税。如：“广西的苛捐杂税对瑶民特别重，广西军阀特别欺侮瑶民。”（陆定一《老山界》）

同义 横征暴敛、征敛无度

反义 轻徭薄赋

同义例句 旧社会各地军阀画地为牢，向百姓横征暴敛，繁重的苛捐杂税使老百姓苦不堪言。

对比例句 西汉初文、景二帝重视农业生产，废除了苛捐杂税，采取轻徭薄赋的政策，减轻了农民负担，促进了生产的发展和社会的安定，出现了封建统治相对稳定的景象，史称“文景之治”。

读音辨误 税，不能读成 suì（岁）。

★〖苛捐杂税〗

风刀雪箭残蓑笠，硕鼠蠕虫偷稻谷。
如发赋缗噬骨筋，似山劳役压臣伏。
朱门肉臭路骸寒，遍野哀鸿天雨哭。
揭竿扬旗扫阙宫，明霞煦沫茵花馥。

[可歌可泣]kě gē kě qì

可：值得；歌：歌颂；泣：哭。[词源]清·汪琬《尧峰文钞计甫草中州集序》：“幸得追随其步趋，而相与上下往复其议论，无不动心骇魄，可歌可泣。”

本义 形容悲壮的事迹值得歌颂，并令人感动得流泪。如：“其实，战士的日常生活是并不全部可歌可泣的，然而又无不和可歌可泣之部相关联，这才是实际上的战士。”（鲁迅《且介亭杂文附集·这也是生活》）

同义 有口皆碑、感天动地、感人肺腑

反义 无咎无誉

同义例句 在梁山伯和祝英台感人肺腑的故事背后是可歌可泣的凄美爱情。

对比例句 这些年的工作可算无咎无誉，和那些可歌可泣的事迹相比，显得太平淡了些。

★〖可歌可泣〗

长城屹立挡烽火，华夏桑腴平浪河。
雄岳威仪撕黑雾，翠枝坚韧抗风魔。
富黎携手挥金甲，天地同仇斩罔罗。
碧血沙场山水泣，朱丹鸾殿凯旋歌。

[刻不容缓]kè bù róng huǎn

刻：片刻；缓：拖延。[词源]清·李汝珍《镜花缘》第四十回：“不独刻不容缓，并且两命攸关。”

本义 形容形势紧急。如，“中

华人民共和国卫生部药政管理局的许多同志立即停下了别的工作，办理这件刻不容缓的事。”（《中国青年报》记者《为了六十一个阶级弟兄》）

同义 迫在眉睫、燃眉之急

反义 绰有余裕

同义例句 王大爷半夜心脏病发作，刻不容缓，迫在眉睫之际邻居们赶紧把他送到医院去了。

对比例句 时间不是绰有余裕，季节不等人，我们要充分认识到这是刻不容缓的事，应抓紧做好。

书写辨误 刻，不能写成“克”；缓，不能写成“爰”。

★〖刻不容缓〗

烽火烟情飞信急，驿桥飞马凌霞驰。
眼观八面察霄雾，手运沙场捷足施。
兵速光梭哪迟缓，稍纵迟滞机缘离。
电明乾象运帷幄，云驾飙风占阙池。

[刻舟求剑]kè zhōu qiú jiàn

求：寻找。[词源]《吕氏春秋·察今》载：楚国有个人过江，在船行江心时把剑掉进江中，他立即在船身上刻了记号，说：“我的剑是从这儿掉下去的。”船靠岸后，他便从做了记号的地方下水寻找，结果自然是没找到。

本义 比喻拘泥成法而不讲实际，办事刻板而不知变通。如：“夫事有贸迁，而言无变革，此所谓胶柱而调瑟，刻船以求剑也。”（唐·刘知几《史通·因习》）

同义 胶柱鼓瑟

反义 因地制宜、相机行事

同义例句 “似你这样寻根究底，便是刻舟求剑、胶柱鼓瑟了。”（清·曹雪芹《红楼梦》第一百二十回）

对比例句 事物是受时间、空间的制约发展着的，因此，我们在处理事情时要因时制宜、因地制宜，而不能拘泥于陈规旧习，那样只能是刻舟求剑了。

读音辨误 舟，不能读成 zōu。

★〖刻舟求剑〗

煦风莺曲碧波漾，黛色峰峦蕙草香。
游舫梦春惊碎澜，武夫佩剑坠黄浪。
刻舷待岸觅信物，轻棹早过几杏冈。
情窦玄思痴幻蜃，奔腾流水汰愚僵。

[空洞无物]kōng dòng wú wù

[词源]南朝·宋·刘义庆《世说新语·排调》：“王丞相枕周伯仁膝，指其腹曰：‘卿此中何所有？’答曰：“此中空洞无物，然容卿辈数百人。’”

本义 形容说话、写文章内容空泛。如：“如果头脑里仅留下一副框架，而没有具体的内容去充实，就会空洞无物。”（汪以群《读书四法》）

同义 言之无物、空话连篇

反义 言之有物、有血有肉

同义例句 他总是说一些空洞无物的官场套话，让人觉得言之无物，和他亲近不起来。

对比例句 这篇文章写得有血有肉，生机盎然，与那些空洞无物的文章形成了鲜明对照。

读音辨误 物，不能读成 wú（无）。

★〖空洞无物〗

赵将纸卒败长平，马谡厥词失街亭。
南竹呼唬空腹筍，云霞炫耀幻浮萍。
出师简表丹心照，六奔祁山振策翎。
桃蕾艳丽虚悦目，枣花素雅实甘馨。

[空中楼阁]kōng zhōng lóu gé

楼阁：楼房亭阁。[词源] 汉·司马迁《史记·天官书》：“海旁蜃气象楼台，广野气成宫阙然。”

本义 原指“海市蜃楼”，比喻脱离实际的幻想或虚构的事物。如：“他终于明白了，自己过去所追求的东西，自己一心一意想走的路，实际上是空中楼阁，绝不可能实现的。（焦祖尧《总工程师和他的女儿》）

同义 海市蜃楼、镜花水月

同义例句 无论做理论工作还是实际工作都应从实际出发，脱离实际去幻想虚构，终究只是空中楼阁，镜花水月。

读音辨误 阁，不能读成 guó（国）。

★〖空中楼阁〗

蓬莱仙阁桃源境，天竺宫廷美梦心。
西域虚都苍昊空，蜃楼幻影妄痴吟。
寰穹寺塔难凌霁，佛道禅卷轻薄衾。
稻粟木瓜充食腹，珠玑荣耀启聪琴。

[口若悬河] kǒu ruò xuán hé

见 [口似悬河]

★〖口若悬河〗

文曲星辰共蜃阁，嘴喷银汉昊天来。
滔滔书瀑泽苍魄，汩汩汗青鸿史开。
珠字浪花明智慧，睿津道律润葱苔。
竺禅乾象集云雨，不绝惠流盈鹿台。

[口是心非]kǒu shì xīn fēi

[词源] 汉·桓谭《新论·辨惑》：“道必当传其人。得其人，道路相遇，辄教之；如非其人，口是而心非者，虽寸断支解，而道犹不出也。”晋·葛洪《抱朴子·微旨》：“若乃憎善好杀，口是心非，背向异辞，反戾直正……凡有一事，辄是一罪。”

本义 指心口不一，嘴上说的是这，心里想的却是那。含贬义。如：“要求大家学会识别和对付那些‘口是心非’以致‘人面兽心’的人。”（伍修权《我的历程》）

同义 口与心违、口不应心、阳奉阴违

反义 心口如一、言行一致、表里如一

同义例句 周瑜察觉到蒋干口是心非，对自己阳奉阴违，猜测到是曹操派他来刺探吴国军情的。

对比例句 对待同志或朋友要真诚，做到言行一致取信于人。

千万不要口是心非,在真朋友面前不要烧假香。

灵活用法 亦作“面是心非”“貌似心非”。如:“汝近乃作负心事,知从前规言矩步,皆貌似心非。”(清·纪昀《阅微草堂笔记·如是我闻四》)

读写辨误 是,不能读成sì(四),不能写成“似”。

★〖口是心非〗

人脸兽行几幅面,心言不一两张刀。
狼披假套混羊圈,奸佞阴谋图宠褒。
蝎藏暗冬惊蛰露,犬凶恶虎从臣号。
出淤勿染玉莲白,清水红芯君子皋。

[口似悬河]kǒu sì xuán hé

悬河:瀑布。[词源]《晋书·郭象传》:“听象语,如悬河泻水,注而不竭。”

本义 形容很会说话,可以一套一套地说个不停。如:“假使苏秦、张仪、陆贾、郦生复出,口似悬河,舌如利刃,安能动我心哉?”(明·罗贯中《三国演义》第四十五回)

同义 滔滔不绝

反义 结结巴巴

同义例句 他口才极好,尤其是在人多的场合,他兴致更高,可以口似悬河、滔滔不绝地一个人说上大半天。

对比例句 他以前说话总是结结巴巴,而现在却可以在台上口似悬河地演讲几个小时。这变化的原因,他自己认为,胆量和基本的口才训练并不是最重要的,其中的秘诀只有三个字:多读书。

褒义贬用 表示不切实际的吹嘘。如:这家伙真本事没有,却很会“吹”,尤其说起那些似是而非的传闻来,常常口似悬河,眉飞色舞。

灵活用法 亦作“口若悬河”。如:“知县见他说得口若悬河,又是本朝确切典故,不由得不信。”(清·吴敬梓《儒林外史》第四回)

读音辨误 似,不能读成shì(是)。

[夸夸其谈]kuā kuā qí tán

[词源]毛泽东《改造我们的学习》:“或作文章,则夸夸其谈的……大篇,无实事求是之意,有哗众取宠之心。

本义 指说话或写文章不着实际,夸耀自己逞能。含贬义。如:“有些青年一遇上夸夸其谈的学者,立刻便吓倒,自惭浅薄……”(唐弢《琐忆》)

同义 鼓舌掀簧、空谈快意、放言高论、不根之论

反义 持之有故、言之有理

同义例句 他对这个专业可以说是一窍不通,却在那里放言高论,夸夸其谈。

对比例句 他是一位治学严谨的老教师,授课总是持之有故,言之有理,从不夸夸其谈。

灵活用法 亦作“夸夸而谈”。如:“吴荪甫先不发表意见,任听

唐云山在那里夸夸而谈。"(茅盾《子夜》)

读写辨误 夸,不能读成 kuà(挎),不能写成"咵"。

★〖夸夸其谈〗

言战莫如赵括强,牛皮真是幼常号。
薄卷游卒轻浮蜉,实阵挥戈僵法抱。
棋中车炮对马兵,死吟平仄硬生套。
深耕沧海沃桑田,远足西域收佛道。

[脍炙人口]kuài zhì rén kǒu

脍:切细的肉;炙:烤肉。[词源]《孟子·尽心下》:"公孙丑问曰:'脍炙与羊枣孰美?'孟子曰:'脍炙哉!'"

本义 比喻佳作等受人称赞。如:"一部最脍炙人口的《国风》与《小雅》,也是'三百篇'的最精彩部分,便是诗歌合作中最美满的成绩。"(闻一多《歌与诗》)

同义 喜闻乐见

同义例句 曲艺是人民群众喜闻乐见的文艺形式,好的说唱段子脍炙人口,充满生活情趣与哲理,耐人寻味。

读写辨误 脍,不能读成 huì(会);炙,不能写成"灸"。

★〖脍炙人口〗

美文轻舫渡山海,演绎人生情趣浓。
清馥薄荷馨腹胃,碧波涟水荡心胸。
春花秋月蝶诗恋,云雨电雷戈戟冲。
一酌佳瑶风彩享,五香脾沁蜃楼溶。

[宽洪大量]kuān hóng dà liàng

宽洪:形容气量大。[词源]《元曲选·无名氏〈渔樵记〉三折》:"我则道相公不知打我多少,元(原)来那相公宽宏大量。"明·罗贯中《三国演义》二十五回:"丞相宽洪大量,何所不容。"

本义 为人气量大。形容能宽厚待人。含褒义。如:"奶奶素日宽洪大量,今日老祖宗千秋,奶奶生气,岂不惹人议论?"(清·曹雪芹《红楼梦》第七十一回)

同义 大度包容、方寸海纳、豁达大度、宽以待人

反义 小肚鸡肠、鼠肚鸡肠、拒人千里

同义例句 母亲心慈善良,宽以待人,是个宽宏大量的人,从不计较这些小事。与左邻右舍有什么口角,即使别人不对,她总是好言化解。

对比例句 宽洪大量的人,可以广交朋友;心胸狭窄,小肚鸡肠的人,难以共处。

褒义贬用 "总是我老发昏不小心,对不起主顾。幸而府上是向来宽洪大量,不肯和小人计较的。"(鲁迅《祝福》)

灵活用法 亦作"宽洪大度""宽宏大量"。如:"这是误解,大约是在没有悟到现在的言论自由,只能够表示主人的宽洪大度地说些'老爷你的衣服……'为限。"(鲁迅《言论自由的界限》)

读音辨误 量,在这里不能读成 liáng(凉)。

★〖宽洪大量〗

如来仁掌纳天下,宰辅肚囊撑舫船。
浩瀚海洋收百水,茂林隽秀藏花千。
怨怨追报何时了,善善德儒黎庶怜。
君子不同尘俗计,相逢一笑断仇鞭。

L

[来龙去脉]lái lóng qù mài

龙、脉:旧时讲"风水"指山势走向。[词源]明·吾邱瑞《运甓记·牛眠指穴》:"此间前冈有块好地,来龙去脉,靠岭朝山,种之合格,乃大富贵之地。"

本义 指事物的来历或交代事情发生的经过。如:"一本书要出版,有时得向读者说明这本书的大体内容和来龙去脉……"(秦牧《长河浪花集·序》)

同义 前因后果、始末缘由、来踪去迹、木本水源

同义例句 理清其中的前因后果,调查清楚案件的来龙去脉对于警方有很大的帮助。

读音辨误 脉,不能读成 mò(末)。

★〖来龙去脉〗

潺潺青汗泻江海,汩汩溪泉探杳蒙。
娓娓渊源途经道,纷纷斓彩细酣融。
竹龟黑白精刀刻,帛纸丽肮甄隽红。
人事麻纱龙脉缕,珠玑佳赋绝句鸿。

[来日方长]lái rì fāng cháng

曰:未来的日子;方:正。[词源]晋·陆机《陆士衡集·短歌行》:"萍以春晖,兰以秋芳。来日苦短,去日苦长。"

本义 将来的日子还长着哩。用来劝人暂时不要急于从事某一活动。如:"小友,风物长宜放眼量。来日方长,何必争在这一朝一夕呢!"(金庸《倚天屠龙记》)

引申 将来的日子正长着哩。用来鼓励人们展望光明前途,增强信心和勇气。如:"天戴其苍,地履其黄,纵有千古,横有八荒,前途似海,来日方长。"(梁启超《少年中国说》)

反义 日暮途穷与引申义构成反义

对比例句 梁启超在《少年中国说》一文中指出,少年中国,前途似海,来日方长,老大帝国早就日暮途穷,呜呼哀哉了!

书写辨误 日,不能写成曰。

★〖来日方长〗

懵懂飞鸟鬓霜黄,日薄天涯萤火光。
逊色孙山它处鼎,腾蹄老骥骋风狂。
阴晴圆缺事难料,祸福相依雀演凰。
青岭不枯春水长,白冰化酌草花香。

[来之不易]lái zhī bù yì

[词源]明·朱柏庐《治家格言》:"一粥一饭,当思来之不易,半丝半缕,恒念物力维艰。"

本义 指很不容易才得到。形容财物、机遇难得。如：弟弟学习很认真，也很刻苦。他知道自己的学习机会来之不易。

同义 来处不易，大费周折、谈何容易

反义 轻而易举、唾手可得、手到擒来、拱手而取

对比例句 这些学习资料是我在图书馆经过一个多月的时间认真收集起来的，它来之不易。不是像你想的那样轻而易举就可得到的。

读写辨误 之，不能读成 zī（资），不能写成“自”；易，不能写成“遏”“或“葛”。

★〖来之不易〗

盘中粒粒皆辛苦，汗水淋淋凝稻谷。
烛泪墨汤珠玉熬，经年寒牖仕途逐。
丹心脊骨筑金銮，红羽花翎乞虎禄。
萤火雪光导睿聪，天公酬劳康庄福。

[滥竽充数]làn yú chōng shù

滥：不切实；竽：古时的簧管乐器。[词源]《韩非子·内储说上》载：齐宣王好听吹竽，每次都要三百人齐奏。有个不会吹竽的南郭处士进入了这个齐奏行列。齐宣王死后，他的儿子继位，却要每个人单独吹给他听，南郭处士只好逃跑了。

本义 比喻没有真本事的人混在能人里充数。如：“言调整人事，滥竽充数，依然如故。”（邹韬奋《抗战以来》）

同义 鱼目混珠、尸位素餐

反义 真才实学、货真价实

同义例句 我们要建立和健全监察制度，让那些鱼目混珠的伪劣商品无市场，让那些滥竽充数的无本事的人不能占据重要工作岗位。

对比例句 现在时兴通过考核竞争上岗，一些有真才实学的人为之叫好，而那些惯于滥竽充数的人却叫苦不迭。

读音辨误 充，不能读成 cōng（葱）。

★〖滥竽充数〗

鱼目淆珠充滥数，素餐尸位占茅房。
全堂竞技逐能手，半盏山醪响笑场。
蜻羽浮光轻弹水，雏毛虚耀跃飞墙。
十年面壁三元鼎，百世磨濡千古芳。

[狼狈不堪]láng bèi bù kān

狼狈：困窘；不堪：不能忍受。[词源]晋·陈寿《三国志·蜀志·马超传》：“宽、衢闭冀城门，超不得入，进退狼狈。”

本义 指处境困难、窘迫。如：“他们只到了半山寺，狼狈不堪，临峰翘望，败兴而归。”（徐迟《黄山记》）

引申 有时也指物件被毁坏。如：“余船十余只退远停泊，所有篷扇桅樯绳索杠具，大都狼狈不堪。”（清·林则徐《会奏穿鼻尖沙嘴叠次轰击夷船情形折》）

同义 焦头烂额与本义同义

同义例句 没想到竟然在大庭广众之下出洋相，使他感到狼狈不堪。

书写辨误 狼，不能写成“狠”；堪，不能写成“谌”。

★〖狼狈不堪〗

三国竞雄争霸主，云烟交战逐长江。
帷幄妙算借东霁，孤井愚痴弃甲降。
赤壁焰红烧贼舰，曹军狼狈丧家尨。
山川分合辰星旋，英杰风骚引唱腔。

[狼狈为奸]láng bèi wéi jiān

狈：传说中一种类似狼的动物，前腿短，须趴在狼身上才能行动；奸：狡诈。[词源] 清·吴趼人《二十年目睹之怪现状》第九回：“诗翁画客狼狈为奸，怨女痴男狼狈为奸。”

本义 现比喻坏人相互勾结，共同为非作歹。含贬义。如：“帝国主义与封建势力永远是相互勾结，狼狈为奸的。”（闻一多《谨防汉奸合法化》）

同义 朋比为奸、同恶相助、沆瀣一气

同义例句 这两个罪犯臭味相投，狼狈为奸，干了许多坏事。

读音辨误 为，在这里不能读成 wèi（味）。

★〖狼狈为奸〗

狐朋狗友一丘貉，相互勾连作恶多。
奸佞同流图玉玺，贼蠡合污坠渊河。
浊流虫蝎毒风水，君子清交纯碧波。
捭阖纵横星象幻，珠联璧合防妖魔。

[老当益壮]lǎo dāng yì zhuàng

当：应该；益：更加。[词源] 唐·王勃《滕王阁序》：“老当益壮，宁移白首之心？穷且益坚，不坠青云之志。”

本义 年纪虽已老了，志气却更加壮了。如：“记得那个时候，他是六十多岁，精神矍铄，声音响亮，讲话又亲切又质朴，那老当益壮的风度，到现在我还留着深刻的印象。”（吴伯箫《菜园小记》）

同义 老骥伏枥

反义 老态龙钟、老迈无能

同义例句 后汉马援老当益壮，常以“老骥伏枥、壮心不已”来激励自己，报效祖国。

对比例句 离退休人员应该老当益壮，继续为社会贡献力量，切切不可自堕其志，自甘老迈无能。

读音辨误 当，在这里不能读成 dàng（荡）。

★〖老当益壮〗

鬓须灰白怀心殷，面颊枯黄脊骨刚。
披甲挥戈当日勇，开疆拓土同骁强。
苍松繁叶抚莲玉，鲐背犀尖锋利长。
廉老威仪餐斗米，曹骢伏枥雀台扬。

[老态龙钟]lǎo tài lóng zhōng

龙钟：行动不灵便的样子。[词源] 唐·李端《赠谢戴》：“交结惭时辈，龙钟似老翁。”宋·陆游《听雨》：“老态龙钟疾未平，更堪俗事败幽情。”

本义 形容年老体衰,行动迟钝。如:“他开始显得老态龙钟,可是守财奴的脾气依旧由本能支持在那里。所以这个人从生到死没有一点儿改变。”(法·巴尔扎克《守财奴》)

灵活用法 也作“老迈龙钟”。如:“当日来时是何等样精力强壮,那知如今老迈龙钟,如同一场春梦。”(清·李汝珍《镜花缘》)也作“年迈龙钟”。如:“墓上,提着我的名字,说我蘧佑年迈龙钟,不能亲自再来拜谒墓道了。”(清·吴敬梓《儒林外史》)也作“年老龙钟”。如:“尔母年老龙钟,不能料理中馈。”(清·蒲松龄《聊斋志异》)

★〖老态龙钟〗

春绿秋黄腊月霜,蝶情羽化茧灰苍。
尘风皱额刻聪智,箭雨疤痕记痛伤。
曲驿凡间青汗馥,沉浮墨海瘠田桑。
拖儿带女蹒跚腿,鲐背挺胸心骨刚。

[雷霆万钧]léi tíng wàn jūn

雷霆:霹雳;钧:古代重量单位,约合当时的三十斤。[词源]汉·贾山《至言》:“雷霆之所击,无不摧折者;万钧之所压,无不糜灭者。”

本义 形容威力大,势不可挡。如:“万水奔腾,冲进峡口,便直奔巨礁而来,你可想象得到那真是雷霆万钧。”(刘白羽《长江三峡》)

同义 排山倒海

反义 有气无力

同义例句 “唯独共产主义的思想体系和社会制度以排山倒海之势、雷霆万钧之力磅礴于全世界,而葆其美妙之青春。”(毛泽东《新民主主义论》)

对比例句 这条河与人的脾气相仿,发起脾气,狂呼猛叫,雷霆万钧,待其脾气发过之后,便会渐渐安静下来,有气无力地向远方缓缓流淌。

书写辨误 钧,不能写成“钓”。

★〖雷霆万钧〗

三国鼎分鏖赤壁,两军对垒扑刀钲。
一鞭令下云旗舞,千鼓轰鸣遍骨横。
帷幄谋攻船借箭,空城玄曲抖风声。
狼烟狂卷草枯竭,玉玺戟戈砂砾铮。

[离乡背井]lí xiāng bèi jǐng

见[背井离乡]

★〖离井背乡〗

寻芳觅草奔边域,羁旅他乡背井离。
海角路遥霜雪冷,天涯荒陋玉琼奇。
两厢世界一弦望,四目泪涟共恋痴。
慈母线麻游子衣,孝儿鸿雁暖流滋。

[礼尚往来]lǐ shàng wǎng lái

礼:礼节;尚:注重。[词源]《礼记·曲礼上》:“往而不来非礼也;来而不往,亦非礼也。”

本义 在礼节上重视有来有往。如:“但我们没有人根据了‘礼尚往来’的仪节,说道:拿来!”(鲁迅《拿来主义》)

同义 投桃报李

反义 来而无往

同义例句 中国自古以来就是一个讲究礼仪,注重人情的国度,知恩图报、礼尚往来、投桃报李之类就是证明。

对比例句 来而无往岂不让人笑话？把这两盒土特产给他家送去,礼尚往来嘛！

读写辨误 尚,不能读成 sàng（丧）;礼,不能写成“理”。

★〖礼尚往来〗

草卉依依藤蔓结,蝶花眷眷馥相牵。
七姑郎俊鹊桥会,千载白蛇委许仙。
皓月楼兰邻国睦,惠恩得李赠桃先。
雁鸿回顾鸳鸯合,冬夏绵绵濡沫缠。

[里应外合]lǐ yìng wài hé

应:接应;合:配合。[词源]元·杨梓《忠义士豫让吞炭》第三折:“我劝谏主公,不惟不信,又将我言语对二子说,反被韩魏同谋,里应外合,决水淹我军。”

本义 指里面接应,同外面攻打的行动相配合。如:“过几日,我这里差人去投降,他们必然懈怠,我们却劫寨,那时里应外合,定获全胜。”（清·陈忱《水浒后传》第十七回）

同义 内外夹攻、里勾外连

反义 尽入彀中、批亢捣虚、假途灭虢

同义例句 “刘伯温说:‘太平府非其他城池可比,此城防守坚固,主帅李智信骁勇非常,取之不易。以贫道之见,只有里应外合,内外夹攻,方可取胜。’”（段少舫《朱元璋演义》第七十三回）

对比例句 政委说,我们要采取诱敌的战术,引蛇出洞,让敌人尽入彀中后予以聚歼,若采取里应外合的办法会贻误战机。

灵活用法 亦作“内应外合”“外合里应”。如:“则这官吏知情,外合里应。”（元·无名氏《陈州粜米》第一折）

读音辨误 应,在这里不读 yīng（英）。

★〖里应外合〗

木马入城践圃园,蛔虫穿腹勾魂魄。
金戈直捣殿台摧,蚁穴暗疮磐石凿。
蒋干细探自乱营,黄公烧火假降托。
兵非厌诈套中钩,里外串通陷虎落。

[理所当然]lǐ suǒ dāng rán

当然:应当如此。[词源]隋·王通《文中子·魏相篇》:“非辨也,理当然耳。”

本义 按道理讲,应当是这样。如:“那些弄虚作假骗取荣誉的人,在谎言被戳穿后,就理所当然地受到人民的唾弃,落得个‘脱毛的凤凰不如鸡’。”（周汉晖《谈诚实》）

同义 理当如此、天经地义

反义 岂有此理

同义例句 人民给了我们权力,我们应用之为人民服务,这是理所当然的;劳动者创造了文明,

又来享受这文明，此乃天经地义。

对比例句 无论从历史还是从现实看，中国“复关”和加入世界贸易组织，都是理所当然的事，少数缔约方却蓄意阻挠，真是岂有此理。

读音辨误 然，不能读成 lán（兰）。

★〖理所当然〗

风雨散场双蝶舞，阴霾掠过皓盘当。
丹心脊骨筑銮殿，良策忠言社稷昌。
墨油星灯聪睿闪，鼎元儒翰凤翎昂。
汗滋沧海桑田沃，馥郁红尘松翠常。

[理直气壮]lǐ zhí qì zhuàng

直：正确，合理；壮：强盛。[词源] 明 · 沈采《还带记 · 周女送饭》：“气高理必长，理直气必壮。”

本义 理由正确充分，说话的气势强盛。如：“这篇理直气壮、词句铿锵的驳议，充分显示了他敢于坚持真理的可贵品质。”（《中国古代科学家 · 祖冲之》）

同义 义正辞严

反义 理屈词穷

同义例句 他这一番话当真说得是义正辞严、理直气壮，倒使那些前辈们暗暗点头，大有欣赏之意。

对比例句 老冯见他理屈词穷、支支吾吾的狼狈样子，心中大快，愈发理直气壮起来。

书写辨误 直，下边不能写成“且”。

★〖理直气壮〗

沙场舌箭弓弦张，擂榭唇枪火药冲。
珠玉落盘儒礼当，牍书横腐扫禅宗。
平川侠胆豪情阔，正道沧桑义顶峰。
真理轩辕驱鼠蚁，丹心高塔霓霞浓。

[立竿见影]lì gān jiàn yǐng

[词源] 汉 · 魏伯阳《参同契》卷下：“立竿见影，呼谷传响。”

本义 形容收效迅速。如：“注射剂十分灵效，立竿见影，病人立刻止住了疼痛，恢复了神智。”（《中国青年报》记者《为了六十一个阶级弟兄》）

反义 劳而无功

对比例句 我们不能苛求做每件事都要立竿见影，但那种劳而无功的事我们是要尽量不做的。

读音辨误 影，不能读成 yǐn（引）。

★〖立竿见影〗

一夜风云横阙廷，转身鸾殿换乾纲。
驱除鞑虏归炎汉，掀倒轩辕还庶房。
白话直呼心肺语，新文即闪魄灵光。
桑田均同共尊贵，义帜当时舞彩章。

[立功赎罪]lì gōng shú zuì

赎：补偿。[词源] 明 · 冯梦龙《东周列国志》第四十回：“赵衰应曰，‘当革职，使立功赎罪。’”

本义 指建立功绩来补偿罪行或过失。如：“……强令吴吉昌去

瓜园‘立功赎罪’永远不准他再进棉花地。”(穆青等《为了周总理的嘱托》)

同义 将功赎罪、将功折罪

反义 负隅顽抗

同义例句 尽管看上去一败涂地,一无所有,但生活还是给了他一个机会,允许他下次立功赎罪,因为他还很年轻,有时间机会去将功折罪。

对比例句 如果你们投降,还有立功赎罪的机会,假使你们负隅顽抗,那只有死路一条。

书写辨误 赎,不能写成“赎”。

★〖将功赎罪〗

火炬连船曹操跌,落逃华道过关羽。
一将功败蒙悲羞,九郡收回耀王府。
雪耻风霜勇万夫,战勋卓著雄尊武。
金无足赤熟无瑕,加勉更弦张翼虎。

[历历可数]lì lì kě shǔ

历历:分明的样子。[词源]明·凌濛初《二刻拍案惊奇》:“定睛一看,草木树石,天光云影,眼前历历数,料道非梦。”

本义 清清楚楚,可以一件件数清。如:“左臂挂念珠倚之——珠可历历数也。”(明·魏学洢《核舟记》)

同义 历历可辨、一目了然

反义 雾里看花、了不可见

同义例句 年纪渐长后,往事历历可数,变得比以往任何时候都更一目了然,更能勾动遍历风霜后冰冷沉寂的心。

对比例句 刚才山腰的建筑物还历历可数,一阵大雾过来,便如雾里看花般了。

读写辨误 历,不能读成lí(离),不能写成“历”。

★〖历历可数〗

将相帝王多如蝼,风云英杰指头数。
秦皇汉武凤毛稀,贞观康乾独角武。
百世老骢孟德狂,千年倜傥唐寅虎。
雄才大略与仙齐,绝代功勋盖万古。

[励精图治]lì jīng tú zhì

励:同“厉”,奋勉;图:设法、谋划。[词源]汉·班固《汉书·魏相传》:“宣帝始亲万机,厉(励)精为治。”

本义 指振奋精神,设法治理国家。形容勤政为国为民。如:“哦,童年的梦,又从长久尘封的记忆中复活了。……复活在这十年内乱后的一个励精图治的夏天。”(峻青《雄关赋》)

同义 宵旰图治、励精更始、日理万机、奋发图强

反义 病民害国、祸国殃民、丧权辱国

同义例句 建国初期一切百废待举。为了建设繁荣富强的新中国,总理励精图治,日理万机处理国家大事。

对比例句 祸国殃民的“四人帮”,借“批林批孔”的机会,攻击一生励精图治、勤政为民的周总

理。他们的倒行逆施,激起了全国人民的愤恨。

灵活用法　亦作“厉精图治”。如:“厉精图治,将大有为。”(《宋史·神宗纪赞》)

读音辨误　精,不能读成 jīn(金);图,不能读成 tóu(投);治,不能读成 zì(自)。

★〖励精图治〗

伏枥呕心腴岱柏,躬身沧海沃桑田。
攀登蜀道开华夏,耕稼纵横拓汉川。
帷幄烛光辉大地,翰林儒墨馥云巅。
白衣铠甲挡风雨,慧眼天书描皓天。

[连绵不断]lián mián bù duàn

连绵:连接不断的样子。[词源]清·石玉昆《三侠五义》第一百一十回:“谁知细雨蒙蒙,连绵不断。刮来金风瑟瑟,遍体清凉。”

本义　形容连续不断,一直延续下去。如:“过去,多少劳动者为了土地而进行了连绵不断的悲壮斗争。”(秦牧《土地》)

同义　源源不绝、接二连三

反义　断断续续

同义例句　支前队伍连绵不断地排了几里长,粮食和弹药源源不绝地送到了前线。

对比例句　大别山区,山形姿态万千。有的山岭连绵不断,起伏跌宕有致;有的山头林立,断断续续地“一”字形摆开。

灵活用法　亦作“连绵不绝”“绵绵不绝。”如:“涓涓不壅,终为江河,绵绵不绝,或网罗。”(《孔子家语·观周》)

书写辨误　绵,不能写成“棉”。

★〖连绵不断〗—青汗

滔滔青史蜿蜒澜,滚滚车轮旋宇苍。
典牍扉开娥媚灿,竹筒累智积天章。
墨瑶汩汩润桃李,汉字方方垒殿堂。
芸众漫滋兰草蕙,芳情缠挽碧波长。

[恋恋不舍]liàn liàn bù shě

恋恋:心中喜爱、牵挂;舍:放弃,引申为离开。[词源]宋·王明清《挥座后录》卷六:“钱穆父与蔡元度俱在禁林,二公雅相好。元祐末,穆父先坐命词,以本官知池州。元度送之郊外,促膝剧谈,恋恋不(能)舍。”

本义　形容不忍分开。如:“我们的军队在完成了歼敌任务之后撤出了灵山的时候,他们农会主任和青妇队长在炮声隆隆中,恋恋不舍地把我们送出了很远很远。”(峻青《夜宿灵山》)

同义　依依不舍、难舍难分

反义　一刀两断、分道扬镳

同义例句　我恋恋不舍地回望着爸爸妈妈的脸,依依不舍地离开了家乡。

对比例句　王林与张军恋恋不舍地话别之后各赴前程。由于各人从事的专业不同,加之情感的变化,数年后,这对同窗学友最后在人生道路上分道扬镳了。

读写辨误　舍,不能读成 sě,不能写成“含”。

★〖恋恋不舍〗

啸寒刮面折枯叶，冷月葬花胭粉残。
春绿秋黄梅竹绕，荷池碧水两鸳欢。
潇湘空馆芬芳漫，萍泊天涯共玉盘。
怀揽帛巾思黛玉，鸾鸣凤和响坤乾。

[良师益友]liáng shī yì yǒu

益：有好处的。[词源]清·彭养鸥《黑籍冤魂》第二十回：“虽然有那良师益友，苦口婆心地规劝，却点是耳边风。”

本义 能给人以教诲和帮助的老师和朋友。如：“我后来之所以还喜欢读点书，全靠我幸运地调到了校内外的许多良师益友。”（于是之《幼学纪事》）

反义 狐朋狗友

对比例句 要想成为球星，除了刻苦训练外，还应多结识一些良师益友，以不断提高自己的技术水平。同时还要与以前的那帮狐朋狗友断绝往来，以避免干扰。

灵活用法 亦作“良朋益友”。如：“遇见知音，大家弹弹，倒是最能养心，最可解闷的……真可算得良朋益友。”（清·李汝珍《镜花缘》第七十三回）

读音辨误 师，不能读成sī（丝）；益，不能读成yí（移）。

★〖良师益友〗—教师

饱蕴经纶培学子，一支毛笔点龙睛。
呕心沥血吐真理，置腹推心授道明。
寸口悬河倾禅酌，翰林书海练游拼。
近看师友双盘膝，远似单人独掌旌。

[良药苦口]liáng yào kǔ kǒu

良：好。[词源]《韩非子·外储说左上》：“夫良药苦于口，而智者劝而饮之，知其入而已己疾也。”

本义 能治病的好药味道很苦。如：“赵子曰：‘良药苦口利于病，忠言逆耳利于行。’”（刘基《苦斋记》）

比喻 指有益处的劝诫或批评，听起来往往尖锐而不舒服。如：他这番话是重了点，但确是为了你好，正所谓良药苦口啊。

同义 忠言逆耳与比喻义同义

反义 口蜜腹剑与本义构成反义

同义例句 “夫良药苦口，唯疾者能甘之；忠言逆耳，唯达者能受之。”（晋·陈寿《三国志·吴书·孙奋传》）

对比例句 这话虽重些，却是良药苦口。莫听那人说得好听，他是口蜜腹剑，你可要留意。

★〖良药苦口〗—忠言逆耳

灵丹除舌祛菌毒，刮垢设矛防蝎荆。
善意刺聪针蛊弊，辛词揭短劈奸氓。
魏徵力谏水舟畅，扁鹊疗黄康庶生。
良药苦口治疾病，忠言逆耳益于行。

[两虎相斗]liǎng hǔ xiāng dòu

[词源]汉·刘向《战国策·秦策二》：“今两虎诤人而斗，小者必

死，大者必伤”。

本义 比喻两雄作你死我活的搏斗。如“天下莫强于秦楚。今闻大王欲伐楚，此两虎相斗。”（汉·司马迁《史记·春申君列传》）

同义 两雄不并立、两贤相厄

同义例句 一旦两个国家的关系恶劣，就像两虎相斗，两雄不并立，双方必然都会蒙受巨大的损失。

灵活用法 亦作“两虎共斗”。如：“今两虎共斗，其势不俱生”。（汉·司马迁《史记·廉颇蔺相如列传》）

★〖两虎相斗〗

一岳难容双霸王，两狮相斗活亡争。
苍无二日群尊主，百鸟朝凤独笛笙。
军阀戟戈烽火起，黎民涂炭草菅生。
叱咤云雾英豪立，大浪淘沙金石铿。

[量体裁衣]liàng tǐ cái yī

量：计量。[词源]《南齐书·张融传》：“今送一通故衣，意谓虽故乃胜新也。是吾所著，已令裁减称卿之体。”清·王筠《菉友肌说》：“量者称也，顾此言衣，非言人也。量体裁衣，部则不宜，而若惟此衣为宜，即若他人之衣皆不宜也。”

本义 指按照身材大小，裁剪衣服。如：“我还想起了一件有趣的事，临出国前，一位为我量体裁衣的老师傅曾对我说：‘你们到国外，吃好的，穿好的一定会发胖的，我将衣服特意做得大一圈。’其实，四年半的学习结束我们全都瘦了。”（钟青《在法国留学的日子里》）

比喻 现常比喻按照实际情况办事。如：“这种量体裁衣的培养和使用人才的方法是比较科学的，也是从实际出发，符合实际要求的。”（马南邨《燕山夜话·“科班”的教育法》）

同义 看菜吃饭、因人制宜、因材施教与比喻义同义

反义 削足适履、生搬硬套与比喻义构成反义

同义例句 俗话说，看菜吃饭，量体裁衣。你不根据实际情况来办事，迟早会吃亏的。

对比例句 我们必须根据自己的情况，量体裁衣，有的放矢地利用他人的经验，反对生搬硬套的学习方法。

读音辨误 量，在这里不能读成 liáng（凉）。

★〖量体裁衣〗

削足适履跛足跌，守株待兔梦仙浒。
比山划水筑鸾宫，按翅展鸿飞廷府。
力当威风设卒将，书高九品佩翎羽。
以身戎甲耀雄豪，凭己经纶掌苍宇。

[寥寥无几]liáo liáo wú jǐ

寥寥：形容数量少。[词源]清·朱彝尊《文渊阁书目跋》：“经典散失，寥寥无几。”

本义 形容数量非常少。如：“它将决定一个人的终身事业。经过初试这一关，剩下的人已经寥寥无几。”（何为《第二次考试》）

同义 寥若晨星、屈指可数

反义 比比皆是、不可胜数、多如牛毛

同义例句 尽管现在出版市场的新书如雨后春笋一般不断涌现，但是能真正称得上好书的作品寥寥无几。

对比例句 原来这里的菜园子比比皆是，现在却寥寥无几了。

读音辨误 寥，不能读成 liào（料）。

★〖寥寥无几〗

百鸟朝攀惟锦凤，擎天梁棒独龙宫。
辉煌青史唐宗耀，叱咤风云项羽雄。
妙手脉探神扁鹊，狂诗倜傥谪仙翁。
磨筋练骨淘沙砾，炉火焙丹金玉红。

[临阵磨枪]lín zhèn mó qiāng

阵：战场。[词源] 清·曹雪芹《红楼梦》第七十回：“‘临阵磨枪’，也不中用：有这会子着急，天天写写念念，有多少完不了的？”

本义 比喻事到临头才仓促做准备。如：即使对方的预警雷达网在飞行中途发现我，立即准备防御或反击，也已经是临阵磨枪，措手不及了。

同义 临渴掘井、临难铸兵

反义 未雨绸缪、有备无患、常备不懈

同义例句 我们要想取得这次比赛的胜利，应该在平素做好充分准备，临阵磨枪、临渴掘井势必难免失败的结局。

对比例句 我们必须牢牢树立有备无患的意识，临阵磨枪，仓促上阵是很难取得胜利的。

★〖临阵磨枪〗

马圈南岭刀存库，麻痹不仁睡呼噜。
兵至城墙急磨枪，仓忙应战乱敲鼓。
龙囚浅滩知腾飞，虎落平阳才耀武。
远水难浇近火焚，临时抱佛空安抚。

[淋漓尽致]lín lí jìn zhì

淋漓：湿淋淋地往下滴水的样子，比喻酣畅、痛快，尽情尽意；尽致：达到极点。[词源] 清·文康《儿女英雄传》：“再就让我说，我也没姐姐说的这等透彻，这等淋漓尽致。”

本义 形容文章或说话表达得充分透彻，尽情尽意。褒义。如：“有的好文章朴素，有的好文章色彩绚烂；有的文章以含蓄取胜，有的文章淋漓尽致。”（施东向：《义理、考据和辞章》）

同义 酣畅淋漓

反义 闪烁其词、吞吞吐吐、支支吾吾、语焉不详

同义例句 他擅长用白描的手法，把场景和人物描写得淋漓尽致，读来酣畅淋漓。

对比例句 请你淋漓尽致地把心里话都说出来，不要这样吞吞吐吐、闪烁其词。

书写辨误 致，不能写成“至”。

★〖淋漓尽致〗—仙诗

九天诗曲籁音憾，满地钟笙灵气狂。

笔绘红尘奇丽彩，墨挥江岸柳条扬。
情倾心腹连枝蒂，酣畅梦嫣双蝶荡。
一阵仙霖滋沃野，五洲山岳尽茵长。

[琳琅满目]lín láng mǎn mù

琳琅：精美的玉石。[词源] 南朝·宋·刘义庆《世说新语·容止》："有人诣王太尉，遇安丰、大将军、丞相在坐，往别屋见季胤、平子，还语人曰：'今日之行，触目见琳琅珠玉。'"又如：郭沫若《洪波曲》："博物馆中所陈列的是历代沙皇的用具、武器、车马、衣袍、冠带、星章等，真可以说是'琳琅满目。'"

本义 指眼前都是珍贵而又美好的东西。含褒义。如："架子上摆得真是琳琅满目，他的比较新的作品，如'鸡毛信'、'采茶扑蝶'等逼真细腻，不必说了……（冰心《"面人郎"访问记》）

同义 美不胜收、物华天宝、隋珠和璧

反义 满目疮痍、破铜烂铁、一文不值、不堪入目

同义例句 "张锡的居室里，活像个'泥人展览馆'，书柜里、桌子上、箱子顶、到处摆放着各类各色的泥人，真是琳琅满目，美不胜收。"（李玮《访第四代"泥人张"》）

对比例句 这里原是古战场的遗址，昔日满目疮痍、不堪入目。现经考古工作者的挖掘，出土了许多兵器及罕见的战争遗物。经过修复后这些出土文物焕然一新，琳琅满目地陈列在博物馆里，熠熠生辉。

灵活用法 亦作"满目琳琅"。如："还有极大的珊瑚树，极高的琥珀台，陈设两楹，真是满目琳琅，令人目眩。"（《慈禧太后演义》）

读音辨误 琳，不能读成 líng（零）。

★〖琳琅满目〗
风翻扉页敲心田，人纵娟情结簿缘。
满目珠玑青史灿，遍章萱草醉春妍。
口吟佳赋传鸿雁，眸闪霞诗慕俊贤。
投入书帷腾汗马，融身馥卷伴娥婵。

[凌云壮志]líng yún zhuàng zhì

见 [壮志凌云]

★〖凌云壮志〗
不惧霜刀剑雨狂，鸿鸾凌昊九天阙。
晨曦逐日竞风云，晚夕挑灯追玉月。
立马横戈驱恶魔，墨巅碧海茁昆碣。
移山调水换乾坤，浓艳花翎青汗卒。

[玲珑剔透]líng lóng tī tòu

玲珑：精致灵巧；剔：雕镂；透：空心，透明。[词源] 元·关汉卿《救风尘》："那厮爱女娘的心，见的便似驴共狗，卖弄他玲珑剔透。"

本义 形容为人机灵乖巧。如：这人待人接物玲珑剔透，但给人以华而不实的感觉。

引申 指器物精巧。这座玉雕

宝塔玲珑剔透,令他爱不释手。

同义 八面玲珑与本义同义

同义例句 我的妹妹虽然年幼,却十分玲珑剔透,随机应变的能力很强,这般八面玲珑,有时连我都自愧不如。

读音辨误 玲,不能读成 lín(林)。

★〖玲珑剔透〗—和氏璧

天灵素璞露凡俗,尘世淤荷暴嫣丑。
一石击流沧海澜,九州夺玺翻云手。
白珑瑕凝血丝嵌,碧孔剔镂祛佞垢。
玉绽落花浮月漂,经风尝雨归宗守。

[令人神往]lìng rén shén wǎng

神往:心中向往。[词源]清·钱泳《履园从话》:"余寓在京师,寓近光楼,其地与圆明园相近,景山诸乐部尝演习十番笛,第于月下听之,如云璈叠奏,令人神往。"

本义 指内心向往。如,"为什么不采取第二个政策呢?艾奇逊说:"第二种供选择的政策,从理论上来看,以及回顾起来,虽然都似乎是令人神往,却是完全行不通的……"(毛泽东《别了,司徒雷登》)

同义 心向往之、心驰神往

反义 令人作呕、事与愿违、事与心违

同义例句 北京是令人神往的地方。我常常心向往之,相信总有一天是能如愿以偿的。

对比例句 上海苏州河原是个令人神往的地方,现在我到此一看,由于工业污染使河水变黑发臭,令人作呕,真是事与愿违。

读音辨误 人,不能读成 néng(能)。

★〖令人神往〗

海市浮礁掩绿烟,秀山桃粉蝶翩跹。
梨花沧涔结金穗,柳拂涟漪荡玉鸢。
黎庶鸾台论社稷,布衣桑梓逸亭泉。
胸怀如意翻云雨,稻酒霞飘对弈仙。

[流离颠沛]liú lí diān pèi

见[颠沛流离]

[流连忘返]liú lián wàng fǎn

流连:留恋。[词源]《孟子·梁惠王下》:"从流下而忘反,谓之流,从流上而忘反,谓之连。"("反"通"返")明·冯梦龙《东周列国志》第八十一回:"夫差自得西施,以姑苏台为家,四时随意出游,弦管相逐,流连忘返。"

本义 指留恋依依难舍的心情,不忍离开。如:"未几,花渐含苞,而资斧将匮,寻典春衣,流连忘返。"(清·蒲松龄《聊斋志异·葛巾》)

同义 乐而忘返、恋恋不舍

反义 不屑一顾

同义例句 我喜欢旅游,去感受不一样的风景,开阔我的视野,领悟生命的多种可能性。每一处优美的风景,都会使我流连忘返。

对比例句 民众乐园原来是

令人流连忘返的娱乐场所，现在里面商铺林立，没有一点文化娱乐氛围，真使人不屑一顾了。

灵活用法 亦作“留连忘返”“留恋忘返”。如：“几天中我领略了两个字，一个是‘绿’，只凭这一点，已使我留恋忘返。”（宗璞《西湖漫笔》）

读写辨误 流，不能读成 niú（牛）；忘，不能写成“态”。

★〖流连忘返〗—橘子洲头

一愧羞娥潜绿水，两峰雄柏朔风扬。
翰林儒气拂涟碧，航母排涛挺旭阳。
英杰挥毫描锦绣，芙蓉绽蕾吐幽香。
回望毓秀钟灵岛，忘返流连战舰梁。

[柳绿花红]liǔ lǜ huā hóng

见 [花红柳绿]

[六神不安]liù shén bù ān

见 [六神无主]

[六神无主]liù shén wú zhǔ

六神：道家称心、肝、脾、肺、肾、胆为六神，各有神灵主宰，后泛指人的精神；无主：没主意。[词源] 明·冯梦龙《醒世恒言·卢太学诗酒傲王侯》：“吓得知县六神无主，还有甚心肠去吃酒。”

本义 形容心慌意乱、手足无措。如：“只要听见‘洋人’两个字，一样吓得六神无主。”（清·李宝嘉《官场现形记·制台见洋人》）

同义 六神不安、心慌意乱、手足无措

反义 从容不迫、泰然自若、镇定自若

同义例句 那时我六神无主，手足无措，幸得众邻居相助，我才渡过了难关。

对比例句 那天晚上走这一条山路，我被一条黑影吓得六神无主，山娃却习以为常，从容不迫地说：一只野兔。”

读音辨误 神，不能读成 shéng（绳）。

★〖六神无主〗

火卷赤壁昊天红，曹败华容一泻落。
草木似兵勾鬼魂，雨丝如箭吓冥魄。
六神出窍云霄茫，满腹翻江鸩酒灼。
刚胆精忠龙虎魁，奸臣猫鼠胆虚薄。

[碌碌无为]lù lù wú wéi

碌碌：平庸的样子。[词源] 汉·司马迁《史记·平原君虞卿列传》“公等碌碌，所谓因人成事者也。”

本义 形容才能平常，无所作为。如：“有的认为条件差，岗位平凡，无用武之地，不能充分发挥主观能动作用。结果，常常在碌碌无为的苦闷中慨叹蹉跎。”（陈群《理想的阶梯》）

同义 无所作为、庸庸碌碌

反义 大有作为、大有可为

同义例句 这班人都是些碌碌无为之辈。成天就是喝酒打牌，一副无所作为的模样。

对比例句 这些工人在旧体制企业中显得碌碌无为，到了新体制企业中焕发出了活力，大有作为。

读音辨误 为，这里不能读成 wèi（味）。

★〖碌碌无为〗

春逐蝶花拈蕙兰，夏怡凉榭醉瓜摊。
秋浮青草揽胜景，冬藏皮毛好逸安。
岁月蹉跎庸妄为，鬓霜白发空悲叹。
忘羊补栅非犹晚，快马腾蹄后首冠。

[落花流水]luò huā liú shuǐ

落花：暮春树枝上凋谢落下的花瓣；流水：被水流冲走。[词源] 唐·李群玉《奉和张舍人送秦炼师归岑公山》："兰浦苍苍春欲暮，落花流水怨离琴。"

本义 形容残春的景象。如："落花流水春去也，天上人间。"（五代·李煜《浪淘沙》）

引申 形容事物残败零落。如："是是非非竟不真，桃花流水送青春。"（五代·贯休《偶作因怀山中道侣》）

比喻 比喻被打得七零八落，不成局面。如："若卖与第二家还好，这薛公子的诨名，人称他'呆霸王'，最是天下第一个弄性尚气的人，而且使钱如土，只打了个落花流水，生拖死拽，把个英莲拖去，如今也不知死活。"（清·曹雪芹《红楼梦》第四回）

同义 残花败柳与本义同义，七零八落与比喻义同义

同义例句 我军抓住时机，奋起直追，打得敌军落花流水，鬼子队伍七零八落，溃不成军。

★〖落花流水〗

宝黛初眸曾识小，蝶花连理竹梅挑。
燕呢幽馥鸿銮殿，俊柏豪搂翠柳腰。
冰雪残枝寒月冷，衰兰凋谢乱流消。
雀跳凤阁何鸳配，空寺禅钟伴梦遥。

[落荒而逃]luò huāng ér táo

落荒：离开战场，向荒野逃跑。[词源] 元·无名氏《小尉迟》第三折："我诈败落荒而走，父亲必然赶将我来。"

本义 形容失败以后慌忙逃命。如："她只是像个挨了打的狗，夹着尾巴，收敛着恐惧与复仇的眼光，落荒而逃。"（丁玲《太阳照在桑干河上》）

同义 铩羽而遁、临阵脱逃

反义 临危不惧、临死不屈

同义例句 连老前辈都铩羽而遁，被他打得落荒而逃，我又怎能打得过他？

对比例句 眼见得周围诸人落荒而逃，而只有那壮汉临危不惧，兀自站在场中央。

★〖落荒而逃〗

长江难救通天火，曹操失魂华县落。
慌莫择径陷泥塘，丢枪弃剑恨讹错。
落荒逃窜威风消，溃不成军将士削。

嘲笑千虑自以为，关公情刃万饶恶。

百禽散去夜莺空，众草焚光鹰远僻。
借祸加难遭报应，雪中送炭暖琼液。

[落井下石]luò jǐng xià shí

[词源]唐·韩愈《柳子厚墓志铭》：“落陷阱，不一引手救，反挤之，又下石焉者，皆是也。”清·李宝嘉《官场现形记》第十二回：“他一见宪眷比从前差了许多，晓得其中一定有人下井投石，说他的坏话。”

本义 见人掉进井里，不去相救，反而扔下石头。比喻乘人之危，加以打击和陷害。含贬义。如：“落井下石，看风使舵，以别人的苦痛为笑乐，是他们这般人的全部主义。”（茅盾《腐蚀》）

同义 乘人之危、趁火打劫

反义 从井救人、雪中送炭

同义例句 他本就因怀才不遇而郁郁寡欢，你还在他面前这般落井下石，乘人之危炫耀自己的功绩、挖苦他，这就是你们不和的原因。

对比例句 落井下石丧天良，雪中送炭传美名。

灵活用法 也作“落井投石”“投石下井”“投井下石”。如：“他日复来，仍旧先咬老实人开手，‘投石下井’，无所不为，寻起原因来一部分就正因为老实人不‘打落水狗’之故。”（鲁迅《论“费厄泼赖”应该缓行》）

★〖落井下石〗

雄狮遇害陷深井，狐貉乘机埋乱石。
十八地牢锁冥渊，一支冷箭穿心脊。

[络绎不绝]luò yì bù jué

络绎：连续不断；绝：断。[词源]南朝·宋·范晔《后汉后书·光武十五王传》：“数遣使者太医令丞、方伎道术，络绎不绝。

本义 指前后相接，来往不断。形容人或车马川流不息、热闹非凡的场面。如：“长长的行列络绎不绝，由采石场到井口，形成一股人流。”（李云德《沸腾的群山》）

同义 川流不息、连绵不断

反义 门可罗雀、门庭冷落、路断人稀

同义例句 观看桂林美丽风光的人连绵不断、络绎不绝。

对比例句 这条横街以前路断人稀，自从开辟为集贸市场后，来购物的人络绎不绝。

灵活用法 亦作“络绎不断”。如：“孟相府，梁相府，还有新伯府，人们认识的献上殷勤，不认识的冒充世友，同样人进人出，络绎不断。”（清·陈端生《再生缘》第八十回）

读音辨误 绎，不能读成yī（一）；绝，不能读成jié（结）。

★〖络绎不绝〗

古色北京辉赫灿，高楼鳞次栉比亭。
琳琅满目耀花眼，绿叶遍街喷桂馨。
游客熙然千马攘，人头攒动万灯荧。
黛丽台榭衬嫣妹，金色鸾桥导阙庭。

M

[麻木不仁]má mù bù rén

不仁：没有感觉。[词源] 明·薛已《医案·总论》：“一日皮死麻木不仁，二日肉死针刺不痛。”

本义 本指肢体麻木，没有感觉。如：“疾痛疴痒，一触即知，其机至灵，其传自速。不灵不速时，曰麻木不仁。”（清·谭嗣同《以太说》）

比喻 现常比喻反应迟钝或无动于衷。如：“对同志对人民不是满腔热忱，而是冷冷清清，漠不关心，麻木不仁。”（毛泽东《纪念白求恩》）

同义 槁木死灰与本义同义，无动于衷、漠不关心、冷漠无情与比喻义同义

反义 一针见血与本义构成反义，一石激起千层浪、顽石点头与比喻义构成反义

同义例句 他受了那次打击以后便消沉起来，对周围的事情漠不关心，对同学也麻木不仁，显得那样冷漠无情。

对比例句 做思想工作要善于以情动人，这样才能收到一石激起千层浪的良好效果。如果采取呆板的说教，不仅教育者认为其对象麻木不仁，而且受教育者也会产生逆反心理或厌恶的情绪。

歇后用法 这个顽固分子已不可救药了，再给他做思想工作犹如给菩萨打针——麻木不仁，那是枉费心机的。

读写辨误 仁，不能读成 néng（能），不能写成“人”。

★〖麻木不仁〗

云霞飘彩任舒卷，蓓蕾绽红钟蝶粉。
黎庶食天趋稻香，布衣温饱奔暖缊。
辛酸无味舌头麻，虐待鄙夷遭骨忿。
鸿泽民生高载舟，百禽朝凤尊鸾巹。

[马不停蹄]mǎ bù tíng tí

[词源] 明·施耐庵《水浒传》第一百零九回：“王庆同众人马不停蹄，人不歇足，走到天明。”

本义 不停顿地持续前进。形容因情况紧迫而行动急促。如：“马不停蹄走至天色大明，看看追兵已远，方始勒住马。”（清·吴趼人《痛史》第三回）

比喻 现常比喻抓紧时间，动作连续而不间断。如：原来养蜂人的生活竟是这样的艰苦……（他们）得马不停蹄地往花开的地方赶，唯恐误了花时。

同义 快马加鞭、倍道而进与本义同义，争分夺秒、日夜兼程、接二连三与比喻义同义

反义 按兵不动、老牛破车、蜗行牛步与本义构成反义，慢条斯理、缓不济急、隔三差五与比喻义构成反义

同义例句 以马不停蹄的姿态

迎接未来，带着远方的期待独行，不顾艳阳灼烧，不惧风雨癫狂、冰雪刺骨，始终带着对未来的热情和新鲜感争分夺秒地前行。

对比例句 王厂长焦急地说：“这批货离交付时间只有三天了，我们必须马不停蹄地赶制。如果还是那样慢条斯理地干下去，就会延误工期，受到罚款处理。”

读写辨误 蹄，不能读成 dí（敌）；停，不能写成“仃”。

★〖马不停蹄〗

白云飘荡扑胜景，鸿鹄鹏程高远翔。
江水滔滔奔大海，墨流字字饱篇章。
刀枪入库生铜锈，笔搁砚台思绪荒。
策马狂蹄行竺道，莫跎老骥拐跚惶。

[马首是瞻]mǎ shǒu shì zhān

是：指示代词，复指“马首”。瞻：看。[词源]春秋·鲁·左丘明《左传·襄公十四年》：“荀偃令曰：‘鸡鸣而驾，塞井夷灶，唯余马首是瞻。’”

本义 指古代作战时将士只看主帅的马头决定行动的方向，现也形容行动听从指挥。如：“徐以显听献忠说出这个打算之后，马上摇摇头说：……他近一年半以来虽常依大帅之‘马首是瞻’，然而他不是大帅部将，也不会屈居人下。”（姚雪垠《李自成》第二卷第二十七章）

同义 唯命是从、亦步亦趋

反义 背道而驰、南辕北辙

同义例句 张飞跃马扬鞭奉命进军川西，所率之部马首是瞻、唯命是从听张飞的调遣，一路过关取隘到达涪州与刘备会师。

对比例句 美国在西方国家中总是以头号超级大国自居，常凭借实力恃强凌弱，使一些国家趋之若鹜，唯其马首是瞻。但也有背道而驰者，如日本在经贸方面常与美国唱对台戏。

灵活用法 亦作“瞻予马首”，如：“于是集谢庄少年之精技击者而诏之曰：‘与其坐而待亡，孰若起而拯之？诸君无意则已，诸君而有意，瞻予马首可也。’”（清·徐珂《冯婉贞》）

读写辨误 是，不能读成 sì（四）；瞻，不能读成 zhěng（整），不能写成“赡”。

★〖马首是瞻〗

投拜一人居众上，甘心匍匐狗儿爬。
马前仰首绝听从，唯诺垂头只应呀。
佝偻无椎堆媚脸，奸臣缺德暗磨牙。
笔杆刚正屹嵩岳，英杰坚强直面邪。

[埋头苦干]mái tóu kǔ gàn

埋头：专心的。[词源]鲁迅《且介亭杂文·中国人失掉自信力了吗》：“我们从古以来，就有埋头苦干的人。”

本义 形容专心致志、刻苦工作。含褒义。如：“他有浓厚的虚荣心，不愿埋头苦干，不愿做事务性、技术性的工作。”（刘少奇《个

人和集体》）

同义 脚踏实地、勤勤恳恳、兢兢业业

反义 游手好闲、投机取巧、敷衍塞责

同义例句 要使理想的海市蜃楼变成现实的宫殿，务必通过埋头苦干、不声不响的劳动，脚踏实地一砖一瓦地去建造。

对比例句 以前他做事经常投机取巧、挑肥拣瘦，生怕吃了亏，现在搞承包调动了他的积极性，工作起来不仅勤勤恳恳，而且还能埋头苦干。

★〖埋头苦干〗

彩霞绚丽浮虚霭，红薯埋头结实成。
十载寒窗登翰院，百年炉火德心生。
岳飞边塞斗凶虎，司马夜灯熬史宬。
水滴春秋滋浩漭，墨蕴渊海聚聪英。

[买椟还珠]mǎi dú huán zhū

椟：木匣；珠：珍珠。[词源]《韩非子·外储说左上》："楚人有卖其珠于郑者，为木兰之柜，熏以桂椒，缀以珠玉，饰以玫瑰，辑以翡翠，郑人买其椟而还其珠。"

本义 指重表面形式而不求实际效果，讽刺主次不分，取舍不当的行为。含贬义。如：要精通业务熟悉产品的性能，不然就难免干出买椟还珠的蠢事来。

同义 舍本逐末、本末倒置、明珠弹雀

反义 去粗取精

同义例句 读经如果不探究其中的义理，只留心章句训诂，那就像买椟还珠一样，读再多也没用。

对比例句 在商贸活动中，我们一定要注重商品的质量，不要被一些精美包装所迷惑，不然会做出买椟还珠的蠢事而上当受骗，对于行家而言，考验的正是去粗取精的本事。

贬义褒用 在一定语境里表示自谦。如："当然，以我浅陋的眼光，恐怕'买椟还珠'，没有什么好报告，不过我说过，只得'尽我的心力。'"（邹韬奋《萍踪奇语·开端》）

读写辨误 还，在这里不能读成 hái（孩）；椟，不能写成"模"。

★〖买椟还珠〗

买盒弃珠逐劣末，但闻香艳不尝果。
佛尊金服套虚荣，华丽雍容掩丑瘰。
舍本求末鼠目光，捡芝丢硕西瓜堕。
裸皇新被遭人讥，东妹效颦自曲娜。

[满不在乎]mǎn bù zài hu

乎：文言助词，作动词词尾。[词源] 朱自清《谈抽烟》："总之别别扭扭的，其实也还是个'满不在乎'实了。"

本义 指不在意、无所谓的样子。如："从美国回来的严醉，笑嘻嘻地摸出烟盒，满不在乎的徐鹏飞奉送雪茄……仿佛他们之间亦不存在什么芥蒂。"（杨益言、罗广斌《红岩》第二十五章）

同义 若无其事、漫不经心、毫不在意

反义 惊慌失措、郑重其事、心慌意乱

同义例句 我喊了他半天，他却毫不在意，显出一副满不在乎的样子。

对比例句 我以为，凡是司机开车都是郑重其事的。而眼前这位师傅开车像满不在乎似的。

读写辨误 乎，不能读成 hù（户），不能写成“呼”；满，不能写成“蒲”。

★〖满不在乎〗

不介风刀箭雨伤，腾云驾雾九霄狂。
夜来香毒酣几许，岱岳险峰修道光。
书上崎岖元甲耀，仕途荆棘凤翎昂。
枪林弹雨本生活，巨浪搏潮青史芳。

[满城风雨]mǎn chéng fēng yǔ

[词源]宋·惠洪《冷斋夜话》卷四：“昨日清卧，闻搅林风声，遂起题壁曰：满城风雨近重阳。忽催税人至，遂败意”。

本义 原指自然景象。如：“看着已到了满城风雨的时季，胜佛提议和常肃同行。”（清·曾朴《孽海花》第三十四回）

比喻 现常比喻人们对某件事议论纷纷，各种传言此起彼伏。如：“还有一次，国民党的一个地方官僚禁止男女同学，男女同泳，闹得满城风雨。”（唐弢《琐忆》）

同义 众说纷纭、议论纷纷、纷纷扬扬与比喻义同义

同义例句 调查工作要秘密进行，不要走漏风声，否则人们会议论纷纷，闹得满城风雨，局面就不好收拾了。

读写辨误 城，不能读成 cén；风，不能读成 fōng；满，不能写成“漫”。

★〖满城风雨〗

通宵飓澜扫金阖，满镇啸号雷雨狂。
见缝插针钻耳洞，逢场飞沫唾盈塘。
丽声琴曲止于嫉，丑女躲闺遭戏妆。
人渺言轻风细软，京师乌羽扬天堂。

[满面春风]mǎn miàn chūn fēng

[词源]元·王实甫《丽春堂》第一折：“得胜归来喜笑浓，气昂昂志卷长虹，饮千钟满面春风。”

本义 形容喜悦和蔼的面容。如：“在首都王府井大街，车水马龙，热闹繁忙，商店披着节日的盛装，人们满面春风地南来北往。”（《中国青年报》记者《为了六十一个阶级弟兄》）

同义 喜笑颜开、笑容可掬

反义 愁眉苦脸

同义例句 他喜笑颜开，不知道碰上了什么好事，满面春风地朝我走来。

对比例句 经过激烈的竞赛，终于有了定局，胜者满面春风，败者愁眉苦脸。

灵活用法 亦作“春风满面”。如：“不觉的淋漓酒湿宫袍，春风

满面乐陶陶。”（《元曲选外编·无名氏〈九世同居〉第四折》）

读音辨误 春，不能读成 cūn（村）。

★〖满面春风〗

贾家天降俏姑黛，梅竹相缠情实遥。
林妹春晖吹怡苑，宝郎满脸笑迎娆。
柳条绿水荡鸳侣，桂树香枝托丽娇。
风雨不黄湘馆翠，红楼梦幻鹊连桥。

[满腔热忱]mǎn qiāng rè chén

满腔：充满心中的；忱：真实的心情。[词源]毛泽东《纪念白求恩》："对同志对人民不是满腔热忱，而是冷冷清清，漠不关心、麻木不仁。这种人其实不是共产党员，至少不能算一个纯粹的共产党员。"

本义 指关心别人或热情地对待自己的工作、学习、生活。含褒义。如：许多同志满腔热忱，等着出去工作，这种积极性和热情，是很可贵的。

同义 古道热肠

反义 冷若冰霜、冷漠无情、麻木不仁

同义例句 我妈妈总是满腔热枕地帮助邻居，因此，大家都夸她是古道热肠。

对比例句 我们应当满腔热情地参加集体活动，不能冷若冰霜，漠不关心。

读写辨误 忱，不能读成 shěn（沈）；满，不能写成"漫"。

★〖满腔热忱〗

满腔激奋鸿龙志，倔将移山换阙天。
叱咤风雷降雨露，汗滋沧海茂桑田。
文星烛火明禅智，翰墨瑶琼染景妍。
林木拔成宫廷阁，茅萱妆就凌霄莲。

[满招损，谦受益]mǎn zhāo sǔn，qiān shòu yì

满：骄傲自满。[词源]《尚书·大禹谟》："满招损，谦受益。"

本义 指自满会使人受损，谦虚会给人带来好处。如："《书》曰：'满招损，谦得益。'忧劳可以兴国，逸豫可以亡身，自然之理也。"

读写辨误 招，不能读成 zāo（糟），不能写成"遭"。

★〖满招损，谦受益〗

雾霭轻狂风卷散，兰茵低匐绿山葱。
霸王倔傲乌江刎，武帝尊儒社稷融。
嫔贵孤芳空傲老，张良拾履得经通。
峦中有岭强中强，刘备礼贤添卧骢。

[漫不经心]màn bù jīng xīn

漫：随便；不经心：不放在心上。[词源]清·梁绍壬《两般秋雨庵随笔》卷五："读书必须识字。今人口习受授，漫不经心。"

本义 随随便便，不放在心上。形容态度不认真。如："他们也还是带着那种迁就的微笑，漫不经心地用筷子挑上几根荠菜……"（张洁《挖荠菜》）

同义 漠不关心、心不在焉

反义 全神贯注、聚精会神

同义例句 我可以通过这潦草的心不在焉的字迹看出作者在写作时是多么的漫不经心。

对比例句 大家都聚精会神，只有他漫不经心。

书写辨误 漫，不能写成“慢”。

★〖漫不经心〗

熟读经书须用意，一词鼎重抵千金。
墨熬丹桂串珠字，情钻帛文通古今。
铅印芬芳如玉粉，喧哗悠漾似风吟。
象形帷幄蕴禅道，撇捺挥毫令羽歆。

[漫无边际]màn wú biān jì

[词源] 陶菊隐《北洋军阀统治时期史话》第二十四章：“（徐世昌）只向黎（元洪）说了一些海阔天空、漫无边际的话。”

本义 指非常广阔，一眼望不到边。也指思考、谈论、写文章内容空泛或没有中心。如：“傍晚，人们在一天辛劳后，躺在用溪水冲洗过的石板上，享受习习的晚风，漫无边际地讲三国、说水浒，从远近奇闻谈到农作物的长势和收成。”（黄河浪《故乡的榕树》）

反义 要言不烦

对比例句 我们现在讨论的是个实实在在的问题，希望大家要言不烦地谈问题，而不要漫无边际地扯远了。

书写辨误 漫，不能写成“慢”。

★〖漫无边际〗

乏文词海漫洲际，滥字充章胡乱语。
东扯天涯竺国玄，西谈海角龙王雨。
叙情偏论远千迢，风马无干近难处。
言简意赅方扼要，珠玑琦丽堪佳著。

[毛骨悚然]máo gǔ sǒng rán

悚：惊恐。[词源] 元·汤垕《画鉴·唐画·韩嵩》：“二牛相斗，毛骨悚然。”

本义 毛发直立，脊梁骨发冷。形容精神紧张，内心害怕。如：“秦王闻之，不觉毛骨悚然。”（明·冯梦龙《东周列国志》第九十七回）

同义 不寒而栗、胆战心惊

反义 面不改色、无所畏惧

同义例句 在这个镇上发生了一件令人毛骨悚然的事：村里的一户人家一夜之间竟然消失了！

灵活用法 亦作“毛发悚然”“毛骨耸然”。如：“行修听罢，毛骨耸然，惊出一身冷汗。”（明·凌濛初《二刻拍案惊奇·大姊魂游完宿愿》）

读音辨误 悚，不能读成 sù（速）或 shù（树）。

★〖毛骨悚然〗

纣王烙台烙骨场，毫毛直立脊椎凉。
比干怒谏何栏火，岳帅精忠岂怕狼。
面临屠刀嘲厉鬼，昂髯气势盖山冈。
唯抛身首升凌志，自古云榜碧血妆。

[毛遂自荐]máo suì zì jiàn

毛遂：战国时赵国人，曾自告奋勇去楚国求援以抵御秦国的进攻；自荐：自己推荐自己。

本义 指毛遂自己推荐自己。如："原来，毛遂自荐并不避嫌疑。他本来就认为：有才能的人，就像放在布袋里的锥子，一定会冒出尖来。不冒尖，你怎么晓得他有才！"（赵金禾《毛遂不避嫌疑》）

比喻 指自己主动提出要求去承办某件事情。如：我们本着唯才是举的原则，大家可以相互推荐，也可以毛遂自荐。

同义 自告奋勇与比喻义同义

反义 另请高明与比喻义构成反义

同义例句 在需要毛遂自荐的时候，就不能畏缩不前，人生要自己主宰，敢于自告奋勇，勇敢出击。

对比例句 干这事我是外行，只好另请高明。若有谁愿干，就毛遂自荐吧。

读写辨误 遂，不能读成 suí（随）；自，不能读成 zhì（治）；荐，不能读成 cún（存）；遂，不能写成"逐"。

★〖毛遂自荐〗

天降玉珠将炫耀，自推佳俊报精忠。
翰林在手绘桃苑，韬略于胸运浩穹。
横戟刀矛能削岭，长音琴曲弹霞红。
莫因府小拒龙凤，卧虺腾飞华夏鸿。

[冒天下之大不韪]mào tiān xià zhī dà bù wěi

冒：冒犯、犯；韪：是、对；不韪：不是、错误。[词源] 春秋·鲁·左丘明《左传·隐公十一年》："犯五不韪而以伐人，其丧师也，不亦宜乎？"

本义 指甘冒天下人认定的过错，公然干坏事。如："第三顾虑苏联和欧洲的人民以及各国的人民反对它，它将冒天下之大不韪。艾奇逊的可爱的坦白性是有限度的，这第三个顾虑他不愿意说。"（毛泽东《别了，司徒雷登》）

灵活用法 也作"冒天下大不韪"。如："令叔何敢冒天下大不韪，来霸占姻兄之产？"（李动人《死水微澜》）也作"犯天下之不韪"。如："如山涛者，既为邪说之魁，遂使嵇绍之贤，且犯天下之不韪，而不顾夫邪正之说不容两立。"（清·顾炎武《日知录》）

读音辨误 韪，不能读成 huì（会）或 wéi（围）。

★〖冒天下之大不韪〗

逆民行舫独舟翻，苛政禽凶激揭竿。
敲骨饮浆遭掘墓，草菅人命自伤残。
奸臣当道忠良血，官逼民反水泊安。
蚍蜉撼槐淹深壑，螳螂挡路辙轮弹。

[没精打采]méi jīng dǎ cǎi

采：精神，神色。[词源] 清·曹雪芹《红楼梦》第八十七回："贾宝玉满腹疑团，没精打采地归至怡红院中。"

本义 形容精神萎靡不振或不高兴的样子。如："树缝里也漏着一两点路灯光，没精打采的，是渴

睡人的眼。”（朱自清《荷塘月色》）

同义 萎靡不振、垂头丧气

反义 神采奕奕、精神焕发

同义例句 面对生活的种种考验，我们不能没精打采、消极悲观，要积极地面对生活。

对比例句 比赛结束了，胜者神采奕奕，挥拳呐喊；败者没精打采，默不作声。

书写辨误 采，不能写成“彩”。

★〖没精打采〗

斜视圣卷瞌睡深，玩争蟋斗眼来光。
讨厌史学乌江刎，拜教典章汉业昌。
书蕴金珠铅郁粉，墨飘翰院菊花芳。
挑灯提志摘文曲，腾马挥缨旗帜扬。

[眉花眼笑]méi huā yǎn xiào

[词源] 元 · 王实甫《西厢记》第二本第二折：“彼见昨日惊魂动魄，今日眉花眼笑。”

本义 形容眉头舒展、眼含笑意，极其高兴的样子。如：“大钺看完奏捷文书，喜得眉花眼笑，向十英作揖道贺说：‘老师相吉人佑，所以连清兵都来帮助我们杀线。’”（谷斯范《新桃花扇》第十九回）

同义 喜眉笑眼、眉飞色舞、喜笑颜开

反义 愁眉苦脸、愁眉不展

同义例句 他把这两本书拿到灯下一看，不觉眉花眼笑，手舞足蹈。父母看到他如此爱书，也喜笑颜开。

对比例句 “你老是眉头不展，面带忧色，不曾有一日眉花眼笑，到底为着什么事？”（明 · 郑之义《旗亭记》二十一出）

灵活用法 亦作“眉开眼笑”。如：“刘姥姥听说，喜得眉开眼笑，去给巧姐儿道喜。”（清 · 曹雪芹《红楼梦》第一十九回）

书写辨误 眉，不能写成“肩”或“媚”。

[眉开眼笑]méi kāi yǎn xiào

见 [眉花眼笑]

★〖眉开眼笑〗

范生中举眉开花，手舞足跳眼笑傻。
八股仕途爬牍书，九层官塔拜跸马。
抛除四旧埋糟糠，弘扬五经耀华夏。
才子状元文理兼，知情仁义睿聪雅。

[美不胜收]měi bù shèng shōu

胜：尽；收：接收。[词源] 清 · 钱泳《履园丛话 · 艺能 · 治庖》：“惟鱼之一物，美不胜收。”

本义 指美好的东西很多，来不及一一欣赏。如：“站在正宫前极目远眺，玉带似的人工河上波光粼粼，帆影点点，两侧大树参天，郁郁葱葱，绿荫中女神雕塑婷婷而立。近处是两池碧波，沿池的铜雕塑丰姿多态，美不胜收。”（吉祖英《凡尔赛宫》）

反义 不堪入目

对比例句 随着旅游产业的发展，旅游污染的问题不容忽视。越

是风景美不胜收的地方,游客扔的垃圾就越多。这些垃圾不堪入目,大煞风景。

读音辨误 胜,不能读成 shèn(慎);收,不能读成 sou。

★〖美不胜收〗

艳阳煦影催驹马,脚下生风手拂花。
黛色云峰铜镜画,粉脂荷蕾沁心华。
鸟鸣溪曲柳戏鸭,卉笑蝶翩萍荡涯。
亭阁小桥酣绿水,清风翻卷逸辰霞。

[美中不足]měi zhōng bù zú

[词源]明·凌濛初《初刻拍案惊奇》卷二十七:"破镜重圆,离而复合,固是好事;但王夫人所遭不幸,失身为妾,又不曾根究奸人,报仇雪恨,尚为美中不足。"

本义 指大体尚好,但有不足之处。如:"有时候他还觉得美中不足,要是牛能说话,把了解的和想说的都一五一十地说出来,那该有多好呢。"(《牛郎织女》)

同义 白玉微瑕、白璧微瑕、金无足赤

反义 十全十美、白璧无瑕、完美无缺、瑕不掩瑜

对比例句 这座石雕把熊猫的形态表现得栩栩如生,美中不足的是底盘略小了。但瑕不掩瑜,作品还属上乘。

读音辨误 中,不能读成 zōng(宗);足,不能读成 zhú(竹)。

★〖美中不足〗

仙袂霓霞飘岳岭,紫云笼罩蜃楼生。
莺歌风笛溪流曲,蜓旋蝴翩鱼跃争。
树影婆娑花嫣闪,雀台燕舞榭鹂声。
美中不足难全览,来日重游更趣胜。

[门庭若市]mén tíng ruò shì

庭:院子;市:集市。[词源]汉·刘向《战国策》:"群臣进谏,门庭若市。"

本义 形容人多,热闹非常。如:因宣传工作做得好,加上优质的服务态度,所以生意特别好,人来人往,门庭若市。

同义 络绎不绝、川流不息

反义 门可罗雀

同义例句 这家公司今日成立,门庭若市,前来祝贺的人川流不息。

对比例句 昔日这人在位有权势,门庭若市,今朝他已退位,门可罗雀,这世态也由此可见一斑。

读写辨误 若,不读 lào(落);庭,不能写成"廷"。

★〖门庭若市〗

红楼怡院銮辉煌,贾府如街喧鼎沸。
车马穿梭门市攒,达官频往芬瑶贵。
庭园戏曲莺歌飘,荒野蓬蒿雪笠慰。
殿宇恢宏檐凤翘,路边寒丐乞怜畏。

[迷途知返]mí tú zhī fǎn

迷途:错误的道路。[词源]南朝·梁·丘迟《与陈伯之书》:"夫迷途之反(返),往哲是与;不远而复,先典攸高。"

本义 指迷失了道路或方向，知道返回来。比喻察觉到了自己的错误能够改正。如："像宋祁这样的文学家，那还是迷途知返的。"（秦牧《语林采英》）

同义 浪子回头、过而能改、悬崖勒马、知过必改、迷而知返

反义 迷不知归、不知悔改、执迷不悟、屡教不改

同义例句 以身试祸，岂不痛哉！若迷而知反，尚可以免。（晋·陈寿《三国志·魏志·袁术传》）

对比例句 劳改所的干部真有办法，他们能把那迷不知归的犯人教育成为迷途知返的新人。

灵活用法 亦作"迷而知反"。如："以身试祸，岂不痛哉！若迷而知反，尚可以免。"（晋·陈寿《三国志·魏志·袁术传》）

读写辨误 途，不能读成 tóu（头），不能写成"徐"。

★〖迷途知返〗

迷惘彷徨心指竺，回头是岸脚逵路。
乱云化霭霓苍穹，箭雨凝珠泽青茹。
左想天规忠国旗，右思儒礼善黎布。
刀枪作笔墨山河，顺应民潮舟远渡。

[弥天大罪]mí tiān dà zuì

弥：满。[词源]《元曲选·无名氏〈谢金吾〉四》："纵有那弥天罪，也难赎。"清·西周生《醒世姻缘传》："你若不是造下弥天大罪，你为甚的却将四五千金的与人？"

本义 指天大的罪恶。如："不但如此，有的人还认为谁要是坚持实事求是，从实际出发，理论和实践相结合，谁就是犯了弥天大罪。"（邓小平《讲讲实事求是》）

同义 滔天大罪、逆天大罪、罪恶滔天

反义 莫须有、欲加之罪

同义例句 希特勒发动第二次世界大战，犯下了弥天大罪；墨索里尼、东条英机同为战争狂人，同样罪恶滔天。

对比例句 秦桧以莫须有的罪名害死抗金爱国名将岳飞，而他自己倒真的犯下了弥天大罪，成为千古罪人。

灵活用法 也作"迷天大罪""逆天大罪"。如："汝等杀人放火，打家劫舍，犯着弥天大罪，都是该死的人。"（明·施耐庵《水浒传》第二回）

读写辨误 弥，不能读成 ěr（耳）；不能写成"称"。

★〖弥天大罪〗

秦臣竟冒天庭甦，奸佞玷污忠岳飞。
妥协保身分祖国，投降绥靖黑翎辉。
几番诡计添诬罪，长跪祠堂乞赎诽。
永世煎熬油条炸，万年遗臭脚跟蜚。

[绵绵不绝]mián mián bù jué

绵绵：接连不断。[词源]《孔子家语·观周》："涓涓不壅，终为江河，绵绵不绝，或成网罗。"

本义 接连不断，一直延续下去。如："眼望着绵绵不绝的青山，

和浩浩荡荡的流水，便不觉地感到此身的飘飘然。”（丁玲《小火轮上》）

引申 也指不断流传。如：“因此也就为阔人，太监，太太，小姐们所钟爱，种子绵绵不绝。”（鲁迅《论“费厄泼赖”应该缓行》）

同义 络绎不绝、源源不断与本义同义

反义 断断续续、隔三差五与本义构成反义

同义例句 绵绵不断的小雨仍然没有阻挡络绎不绝的游人的脚步，人们雨中漫步，自在快乐。

对比例句 这几天天气真怪，昨天还是绵绵不绝的蒙蒙细雨，今天却隔三差五地下起了阵雨。

灵活用法 也作“连绵不断”。如：“谁知细雨蒙蒙，连绵不断，刮来金风瑟瑟，遍体清凉。”（清·石玉昆《三侠五义》第一百一十三回）

书写辨误 绵，不能写成“棉”。

★〖绵绵不绝〗

贯庭翠荫掩梅竹，黄菊摇枝对侣鸯。
怡院宝哥恭蕙茝，潇湘黛妹蕴幽香。
绵延情实流波澜，翩眇蝶花相凝望。
雪覆红楼梦烟散，绿芽新叶万年长。

[面不改色]miàn bù gǎi sè

[词源]元·秦简夫《赵礼让肥》第二折：“我这虎头寨上，但凡拿住的人呵，见了俺，丧胆亡魂，今朝拿住这断，面不改色。

本义 脸色如常。形容临危沉着，神情镇静，不慌乱。如：哪知晏子面不改色，他站起来说：“大王怎么不知道哇？淮南的柑橘，又大又甜……”

同义 神色不惊、镇定自若

反义 面无人色、面色如土、丧胆亡魂

同义例句 当刁德一诈问新四军时，阿庆嫂面不改色，镇定自若地与敌人周旋。

对比例句 随着审讯的进行，原本面不改色的犯罪嫌疑人逐渐变得慌张起来，几乎面无人色。

读音辨误 色，不能读成shè（社）。

★〖面不改色〗

烽火肆淫草木焚，铁蹄践踏生灵恸。
乌云盖顶英山雄，寒剑架肩面匆恫。
蓑笠甲盔挡箭头，笔筒枪杆对狼铳。
丹心筑殿维旗红，碧血泽林保翠凤。

[面黄肌瘦]miàn huáng jī shòu

[词源]元·杨梓《霍光鬼谏》一折：“眼欺缩腮模样，面黄肌瘦形相。”

本义 脸色蜡黄，身体消瘦。形容体质虚弱、面带病色。如：由于长期监狱生活的折磨，弟弟长得脑袋大，身子小，面黄肌瘦。

同义 面有菜色、鸠形鹄面

反义 面如满月、肥头大耳、脑满肠肥

同义例句 过去一遇灾荒，农民就挖野菜充饥，因此个个营养不

良,面有菜色。特别是老人和小孩个个面黄肌瘦。

对比例句 肥头大耳的县官高高地坐在公堂上,审讯一个面黄肌瘦的犯人。

读写辨误 肌,不能写成“饥”;瘦,不能读成 sōu (搜),不能写成“廋”。

★〖面黄肌瘦〗—苦读

春随暖煦翻扉页,冬揽寒梅伴牍陪。
日坐斋房探禅经,夜挑烛火砚台偎。
翰林儒墨汗青馥,四库中华礼知瑰。
不倦书山憔悴瘦,岂恫求学面黄灰。

[面面相觑]miàn miàn xiāng qù

觑:看;相觑:你看着我,我看着你。[词源]宋·释普济《五灯会元》卷三十七:“师曰:‘毕钵岩中面面相觑。’”

本义 形容大家你看着我,我看着你,不知如何是好的情景。如:“在座的人面面相觑,大家带着询问和疑惑的眼光望着她。”(何为《第二次考试》)

引申 引申为一种惊惧或无可奈何的情状。如:“胡兵们都面面相觑,不肯动作。”(郭沫若《蔡文姬》)

同义 相顾失色与引申义同义

同义例句 我们面面相觑,不知道应该谁先出声打破这种令人窒息的寂静。

读音辨误 觑,不能读成 rú (儒)或 qū (区)。

★〖面面相觑〗

鸿门宴筵藏杀气,项庄舞剑意刘公。
佳肴鸡鸭刀穿行,宾客惊惶相觑逢。
霸王得誉昏惘惑,刘邦巧计驾西风。
举棋不定错良机,枭杰别姬乌水冲。

[面目可憎]miàn mù kě zēng

憎:厌恶。[词源]唐·韩愈《昌黎先生集·送穷文》:“凡所以使吾面目可憎,语言无味者,皆子之志也。”

本义 指语言没有意味,文章写得难看,形容说话或写文章词汇单调乏味,令人生厌。含贬义。如:“在辞章拙劣的文章中间,人们所读到的永远只是干瘪的词汇,刻板的句法,它语言无味,面目可憎,而拒人于千里之外,使人不愿意亲近。”(施东向《义理、考据和辞章》)

引申 现常指人或物难看。形容相貌丑陋或神情卑劣。含贬义。如:“她(黄老姨太)的确是一个‘语言无味,面目可憎’的女人。”(巴金《谈〈秋〉》)

同义 面目狰狞、青面獠牙与引申义同义

反义 面如满月、眉目如画、面如傅粉、眉清目秀与引申义构成反义

同义例句 这座祠庙里有一幅降妖伏魔的工笔画,画中的妖魔有的青面獠牙,有的面目狰狞。总之均面目可憎。

对比例句 猪八戒长得肥头大

耳，但憨态可掬；那些女妖精眉清目秀，但一露原形，便面目可憎了。

读写辨误 憎，不能读成 zhēng（争），不能写成“曾”。

★〖面目可憎〗

一副面庞双角色，两重人格各灰黑。
刘墉佝偻儒才晖，秦桧俊相丑毒贼。
作恶多端魑目凶，仁贤和善慈容德。
獠牙毒辣遭仇憎，帅气珠辉谱丽墨。

[面如土色]miàn rú tǔ sè

面：脸，脸色。[词源]《敦煌变文集·捉务布传文》：“归到壁前看季布，面如土色结眉频。”

本义 形容因内心恐惧不安，脸色如土色一般发黄、发灰。如：“瑜执干手……言罢大笑。蒋干面如土色。”（明·罗贯中《三国演义》第四十五回）

同义 面无人色

反义 面不改色

同义例句 这突如其来的情况，使许多人都惊慌失措，面如土色，而两位平日里就胆小的姑娘更是吓得面无人色，最后竟晕了过去。

对比例句 他们三个人之中，小韩和小谭都被面前的尖刀吓得面如土色，只有小秦面不改色，从容地与歹徒周旋，寻找着反击的机会。

读音辨误 如，不能读成 yú（鱼）；色，不能读成 shè（设）。

★〖面如土色〗

好贪懒作厌勤劳，摸狗偷鸡躲夜黑。
雷霆一声天网开，妖惊几滚面灰色。
奸臣佞党遭播轰，老鼠过街众捉贼。
做事为人一善心，江湖仕道万难克。

[民不聊生]mín bù liáo shēng

聊：依赖。[词源] 汉·司马迁《史记·张耳陈余列传》：“财匮力尽，民不聊生。”

本义 平民百姓失去了最基本的物质条件，生活无靠。如：“话中单说建州饥荒，斗米千钱，民不聊生。”（明·冯梦龙《警世通言·范鳅儿双镜团圆》）

同义 民生凋敝、饥寒交迫、生灵涂炭

反义 安居乐业、民康物阜、国富民强

同义例句 天下吏贪将弱，民不聊生，水旱靡时，盗贼滋炽。（明·海瑞《治安疏》）

对比例句 我们都应该自觉维护安定团结的局面，使全体人民都能安居乐业，如果发生大的动乱，就会使国民经济遭到破坏，乃至饥荒四起，民不聊生。

灵活用法 亦作“人不聊生”。如：“……凌辱官员，毒虐军民，盗肆贪残，赃秽狼藉，金银以千万计，人不聊生。”（明·余继登《典故纪闻》卷十）

读写辨误 民，不能读成 míng（明）；聊，不能读写成“廖”。

★〖民不聊生〗

乌云霾聚妖魔拢，大地罅开鬼作祟。
遍地哀鸿骸碎坑，红楼燕舞冤鬟坠。

虎狼苛政民匍跄，沧海浊流黎庶泪。
贫难立锥掀凤椅，轻舟顺水快云辔。

[民怨沸腾]mín yuàn fèi téng

怨：仇恨；沸腾：开锅的水翻滚。[词源] 清·袁枚《随园诗话补遗》卷十："王荆公行新法，自知民怨沸腾，乃《咏雪》云：'势大直疑埋地尽，功成终欲放春回。村农不识仁民意，只忆青天万里开。'"

本义 指人民的怨恨情绪达到极点，就像开水沸腾了一样。如："大家都知道，秦始皇以全国的人力物力仅仅连接原有的秦燕赵的长城并加以增补，就引起了民怨沸腾。"（翦伯赞《内蒙访古》）

同义 怨声载道、民怨盈涂

反义 歌功颂德、交口称誉、口碑载道、有口皆碑

同义例句 上半年在那里办过几个月厘局，不应该要钱的心太狠了，直弄得民怨沸腾，有无数商人来省上控。（清·李宝嘉《官场现形记》第五回）

对比例句 你成天只听些歌功颂德的话，根本不注意早已出现的质量问题，到如今产品积压、民怨沸腾，你能推卸责任吗？

读写辨误 沸，不能读成 fú（扶），不能写成"佛"。

★〖民怨沸腾〗

萧风寒雪柳条抖，乌霭轰雷雀鸟畏。
孟女泪流长江翻，州官烟火黄河沸。
雄峰伟殿凤凰骄，沧海桑田黎水贵。
大地云霞梨卉潇，南山鹤彩乾坤蔚。

[名不虚传]míng bù xū chuán

虚：不符合实际的，假的；传：传扬，传播。[词源] 宋·华岳《白面渡》："系船白面问溪翁，名不虚传说未通。"

本义 实际情况与传说的一样。如："干曰：'兵精粮足，名不虚传！'"（明·罗贯中《三国演义》第四十五回）

同义 名副其实、名符其实

反义 徒有虚名、名不副实

同义例句 都说"桂林山水甲天下"，今日得见，风光旖旎，果然名不虚传。

对比例句 在这次广泛的调查中，只有一些老字号的产品深得消费者信赖，确实名不虚传。而许多广告做得天花乱坠的产品都是名不副实的。

读音辨误 名，不能读成 mín（民）。

★〖名不虚传〗

饱浸风霜梅艳雪，久遭烈焰柏茵亭。
五辛真火耀金睛，八百云霄达竺廷。
满腹翰儒春茂华，九歌天问楚骚经。
滥竽充数落荒野，烟斗焚灰颐苑冥。

[名副其实]míng fù qí shí

副：相称，符合。[词源]汉·曹操《与王修书》："君澡身浴德，流声本州；忠能成绩，为世美谈。名

实相副,过人甚远。”

本义 名声与实际水平相符合。如:“老人是打坡的,夜里能够百步以外打香火,那是名副其实的百发百中。”(吴伯箫《猎户》)

同义 名不虚传

反义 名不副实、徒有虚名

同义例句 号称“智多星”的老马10道题答对了9道,可谓名副其实,而号称“小诸葛”的老施10道题全部答对了,更是名不虚传。

对比例句 新闻报道要讲究名副其实,假如对名不副实的人宣传多了,那么必将降低新闻的价值和威信。

灵活用法 亦作“名符其实”“名实相符”。如:“凡夫名词字义,远因于古训、近创于已见者,此必使名实相符,而后立言可免于纰之荒谬。”(章炳麟《论承用“维新”二字》)

读写辨误 名,不能读成mín(民);实,不能读成sí;副,不能写成“付”。

★〖名副其实〗

红梅独艳傲寒雪,苍柏常青翠紫庐。
哪吒赤绳抽恶虺,朱熹挥笔撰天书。
谪仙李白逸神赋,字王羲之抛玉疏。
孙圣齐天金棍实,南郭鱼目滥竽虚。

[明察秋毫]míng chá qiū háo

察:观察;秋毫:鸟兽在秋天新生出的很细的毛。[词源]《孟子·梁惠王上》:“明足以察秋毫之末。”

本义 指目光锐利,对很细小的事理也能看得很清楚明白。如:“可见要高人一等的不受愚,还得仔细地‘明察秋毫’才行。”(鲁迅《两地书》)

同义 洞若观火

反义 蒙在鼓里、摸不着头脑、一叶障目、眼花缭乱

同义例句 余忆童稚时,能张目对日,明察秋毫,见藐小微物,必细察其纹理。(清·沈复《浮生六记·闲情记趣》)

对比例句 这个案子虽然已经结了,可真正的罪犯并没有伏法,许多人一直都被蒙在鼓里,幸而新任庭长明察秋毫,只用了短短两个月时间就将冤案重新审理完毕,将逍遥法外一年多的真凶收入恢恢法网。

读写辨误 明,不能读成mín(民);察,不能读成cá,不能写成“查”;毫,不能写成“豪”。

★〖明察秋毫〗

蝼偏丝缕陷蛛网,蚁误伪花落避役。
赵括粗疏掉长平,孔明细察借风伯。
一蒿障眼迷前程,三句两言见状迹。
静观毫微辨假真,动望乾象识穹碧。

[明眸善睐]míng móu shàn lài

眸:眼珠子;睐:顾盼。[词源]三国·魏·曹植《洛神赋》:“丹唇外朗,皓齿内鲜,明眸善睐,靥辅

承权。”

本义 形容女子的眼睛明亮而灵活，顾盼多情，美丽动人。如：“我若能挹你以为眼，我将赠给那善歌的盲妹；她必明眸善睐了。”（朱自清《绿》）

同义 明眸皓齿

反义 面目可憎

同义例句 这个小姑娘明眸善睐，惹人怜爱。

对比例句 舞台后，各色人物聚在一处，明眸善睐的女子和面目可憎的“坏蛋”正在化妆。

书写辨误 眸，不能写成“目”。

★〖明眸善睐〗

牛郎汗霁逸穹阙，织女明眸灵雀飞。
阡陌沧桑腴土冒，茅蓬连理素馨围。
冷冰银汉横情窦，天地山河隔贵微。
七夕鹊桥佳俪结，一条虹彩翼双辉。

[明目张胆]míng mù zhāng dǎn

明目：睁大眼睛；张胆：张开胆量。[词源]《晋书·王敦传》：“今日之事，明目张胆，为六军之首，宁忠臣而死，不无赖而死矣。”

本义 指有胆识，敢作敢为。含褒义。如：“大丈夫当正色之地，必明目张胆以报国恩，终不能为碌碌之臣保妻子耳。”（《旧唐书·韦思谦传》）

引申 形容无所顾忌地为所欲为。含贬义。如：“他们说：老牛筋这是明目张胆的抵制婚姻法。”（马烽《结婚现场会》）

同义 敢作敢为、浑身是胆、无所畏惧、胆大如斗与本义同义，明火执仗、横行无忌、冒天下之大不韪与引申义同义

反义 胆小如鼠、胆小怕事、畏首畏尾与本义构成反义；安分守己、鬼鬼祟祟与引申义构成反义

同义例句《晋书·王敦传》：“今日之事，明目张胆，为六军之首，宁忠臣而死，不无赖而生矣。”

对比例句 随着社会治安工作的深入开展，那些明目张胆的犯罪活动逐渐减少。但对他们鬼鬼祟祟的行动，我们还要提高警惕。

读音辨误 明，不能读成 mín（民）。

★〖明目张胆〗

天章落俗染尘血，金冕移魂剑出招。
指鹿为马明椅占，斧声烛影直宫挑。
嗣孙手足奈河离，社稷穷黎炭火焦。
冰雪碧流清玉玺，人民殿院锦旗飘。

[明哲保身]míng zhé bǎo shēn

明哲：明智，深明事理；身：自己。[词源]《诗经·大雅·香民》：“既明且哲，以保其身。”

本义 指明智的人不参与可能危及己身的事。如：“尽瘁事君，明哲保身。”（唐·白居易《白氏长庆集·杜佑致仕制》）

引申 形容不顾他人安危与公众利益，只想顾全个人利益，回避原则斗争的庸俗作风。如：“事不关己，高高挂起；明知不对，少说

为佳；明哲保身，但求无过，这是第三种。”（毛泽东《反对自由主义》）

同义 洁身自好

反义 见义勇为与引申义构成反义

同义例句 高节更只能造就一些明哲保身的男子汉，甚至于一些虚无主义者。（朱自清《论气节》）

对比例句 一个奉行“明哲保身”宗旨的人，绝不可能在凶残的歹徒面前挺身而出，见义勇为。

读写辨误 哲，不能读成 zé（泽），不能写成“则”。

★〖明哲保身〗

雷电霹峰藏大树，风云变幻两边摇。
烽烟压境单逃邑，洪水来临唯离漂。
独善其身空阁殿，青山不复哪柴烧？
同流合污遭抛弃，忠胃丹心风德朝。

[明珠暗投]míng zhū àn tóu

暗：黑暗；投：扔，抛。[词源]汉·司马迁《史记·鲁仲连邹阳列传》：“臣闻明月之珠，夜光之璧，以暗投人于道路，人无不按剑相眄者，何则？无因而至前也。”

本义 指把一个闪闪发光的珍珠和宝玉抛到黑暗的地方。比喻贵重物品落到不识货的人手里。如：“不遇识者，明珠暗投。”（宋·胡继宗《书言故事大全·卷十二·事物譬类》）

比喻 也比喻有才能的人没有得到重用或好人误入了坏人群中。如：“（庞）统曰：‘吾欲投曹操去也。’（鲁）肃曰：‘此明珠暗投矣。可往荆州投刘皇叔，必然重用。’”（明·罗贯中《三国演义》第五十七回）

同义 怀才不遇、大材小用、黄钟毁弃、沧海遗珠与比喻义同义

反义 蛟龙得水、量才录用与比喻义构成反义

同义例句 一个人再有才干，若是无人赏识，或入错了行，也是明珠暗投，无法尽情发挥。

对比例句 杨修明珠暗投以致恃才放旷，屡犯曹操忌讳。而曹操亦非量才录用之辈，忌恨之余借故诛杀了他。

灵活用法 亦作“明珠投暗”。如：“他一面又很为我的那两本书痛惜：落在捕房的手里，真是明珠投暗了。”（鲁迅《南腔北调集·为了忘却的记念》）

读音辨误 珠，不能读成“zū（租）”。

★〖明珠暗投〗

金璇掉淤龙嵌滩，鱼目混珠瑜弥灰。
钉耙落凡刚鬣困，怀才不遇空悲罍。
谪仙入阙徒觞令，天问九歌沉汨徊。
东北易旗兵谏释，鸿挪枯树雁南嵬。

[冥思苦想]míng sī kǔ xiǎng

见[苦思冥索]

★〖冥思苦想〗

雪光萤火思明颢，桃苑翰林探大同。
深吮汗青聪睿智，透穿浓墨悟迷宫。
寸笺文牍蕴乾象，点滴荷珠映昊穹。

洞眼可知风雾幻，推敲及达蜃楼东。

[摩肩接踵]mó jiān jiē zhǒng

见[比肩继踵]

★〖摩肩接踵〗

荷花兰菊折人腰，密织游瞻醉紫酌。
雷寺塔旁肩并肩，西湖桥畔脚跟脚。
白蛇恋恋芯丝开，玉树频频情卉落。
碧水莲蓬渡逸云，桃红靥嫣春心鹊。

[莫名其妙]mò míng qí miào

莫：不，不能够：名：说出；妙：奥妙、玄妙。[词源]清·吴趼人《三十年目睹之怪现状》第四十八回："大家看见，莫名其妙，只得把他退回去。"

本义 指不明白，搞不清是怎么回事，如，"三仙姑莫名其妙，抬头看了看区长的脸。区长见是个擦着粉的老太婆，才知道是认错了人"（赵树理《小二黑结婚》）

同义 如堕烟海、无缘无故、不可思议

反义 可想而知、如饮醍醐、目击道存、一通百通

同义例句 他提出了一个不可思议的问题，一时把大家弄得莫名其妙。

对比例句 对这个莫名其妙的问题，他反复思考着，终于从自然现象中得到启示，如饮醍醐，找到了问题的答案。

灵活用法 亦作"莫明其妙"。如："但楚伦屡次叮嘱我，叫我不要走在国民党的前面，意思是指那篇《成立布告》而说的，我在当时实在是莫明其妙。"（柳亚子《南社纪略·我和南社的关系》）

读写辨误 莫，不能读成mó（膜），不能写成"漠"。

★〖莫名其妙〗

一轮弯月照江水，万籁寂安赤壁息。
忽听鼓雷震地天，箭头齐射幽船翼。
草人不语卷风云，虚卒畏魑乱舞弋。
曹操莫名馈礼筵，孔明窃笑愚痴臆。

[莫明其妙]mò míng qí miào

见[莫名其妙]

[漠不关心]mò bù guān xīn

漠：冷淡。[词源]清·李绿园《歧路灯》九十五回："人家竞相传钞，什袭以藏，而子孙漠不关心，这祖宗之所留，一切都保不住了。"

本义 指态度冷淡，毫不关心。如："买车的既已冷淡，对别人的车就漠不关心。"（老舍《骆驼祥子》）

同义 漠然置之、麻木不仁

反义 满腔热忱

同义例句 "对同志对人民不是满腔热忱，而是冷冷清清，漠不关心，麻木不仁。"（毛泽东《纪念白求恩》）

对比例句 通过"爱集体的主题教育"之后，同学们都增强了集体主义观念，过去对班集体漠不关

心的人现在对班上的活动都满腔热忱,积极参加。

灵活用法 亦作"漠不关情"。如:"试如圣谕:"回思未第之先,与多士何异?乃于落卷漠不关情,设身处地,于心何忍?"(清·林则徐《请定乡试同考官校阅章程并预防士子剿袭诸弊折》)

读写辨误 漠,不能读成mó(馍),不能写成"莫"。

★〖漠不关心〗

众禽大限各涯边,鸳侣丹心守夙缘。
暖日西游留冷夜,蜡梅傲雪吐芳妍。
蛟龙独奔仙庭乐,黎庶翻江海阙颠。
天宇佯装抛勇士,磨筋炼骨锻梁肩。

[漠然置之]mò rán zhì zhī

漠然:冷淡的样子;置:放在一边。[词源]汉·班固《汉书·冯奉世传》:"诏召丞相韦玄成、御史大夫郑弘、大司马车骑将军王璎、左将军许嘉、右将军奉世人议……玄成等漠然莫有对者。"

本义 对人对事态度冷淡,毫不关心。如:"见群众不宣传,不鼓动,不演说,不询问,不关心其痛痒,漠然置之,忘记了自己是一个共产党员,把一个共产党员混同于一个普通的老百姓。这是第七种。"(毛泽东《反对自由主义》)

同义 无动于衷、置之不理

反义 拍案而起、挺身而出

同义例句 他那副无动于衷的神情惹恼了小雯。小雯暗自伤心,连这样重要的事情他都可以漠然置之,与他还有什么真情可言?

对比例句 在大是大非面前,他从不含含糊糊、漠然置之,无论何时,他都是挺身而出、仗义执言。

读音辨误 漠,不能读成mó(馍)。

★〖漠然置之〗—包拯

上方玉旨手中剑,漠视险危魔鬼跄。
横扫毒蛇埋诡佞,拨开云雾见青天。
蛛丝马迹揪邪筋,大义灭亲除孽缘。
黑面丹心呼正气,刚椎风骨垫人肩。

[默默无闻]mò mò wú wén

默默:不作声;无闻:没有名气。[词源]汉·蔡邕《释诲》:"连光芒于白日,属炎气于景云,时逝岁暮,默而无闻。"

本义 指没有名气,不为人们所知。如:"昨天还是默默无闻的皮尔,明天为什么不能登上荣誉的宝座?"(向明《一曲遥寄》)

同义 碌碌无闻、名不见经传、湮没无闻

反义 大名鼎鼎、名满天下、赫赫有名、闻名遐迩

同义例句 秋天又到了,在温暖的夕阳下,我总会想起儿时的故事,想起充满稚气的岁月,也想起在我们身边默默无闻的老师们。

对比例句 现在有一些大名鼎鼎的作家,在新华书店里直接为默默无闻的读者签名售书。

灵活用法 亦作"没没无闻"

“昧昧无闻”“漠漠无闻”。如：“你我要是见得到此，虽然不能和大帅一般威震四海，也不致没没无闻了。”（蔡东藩、许廑父《民国通俗演义》）

读写辨误 默，不能读成 mài（卖），不能写成“黯”。

★〖默默无闻〗—孔子

腹海经纶丹凤付，鸿翱诸国寒冰折。
默无声息盘修身，挥响教鞭醒世哲。
虎豹丛林开礼儒，腥风旷野恭仁节。
一书论语震寰球，千古名誉云榜列。

[目不暇给]mù bù xiá jǐ

暇：空闲；给：供应。[词源] 汉·班固《汉书·高祖纪下》：“天下既定，命萧何次律令，韩信申军法，张苍定章程，叔孙通制礼仪，陆贾造《新语》。又与功臣剖符作誓，丹书铁契，金匮石室，藏之宗庙。虽日不暇给，规模弘远矣。”

本义 所要看的好东西很多，来不及看完。如：“各种景象，新鲜而又庄严，使他目不暇给，驰魂夺魄。”（徐迟《地质之光》）

引申 指事务繁多芜杂，使人忙碌不停，感觉时间不够用。如：周总理日理万机，辛苦异常，除了要处理目不暇给的日常公务之外，每日还有各种外事接待与重大事件的处理。

同义 应接不暇与引申义同义

同义例句 山阴道上，花草烂漫，使人应接不暇。每每回忆起那份历历美景目不暇接的欢乐，他都不禁微微笑了起来。

读写辨误 暇，不能写成“瑕”或“假”；给，不能念成“gěi”。

★〖目不暇给〗—红楼梦

宝玉一心投贾胎，凡间万卉顾无暇。
竹梅情实蝶绡缠，鸳侣鹊桥荷叶驾。
怡院白霜破镜分，湘房寒夜凋花姹。
秋风萧瑟红英残，冰雪覆蒙王府化。

[目不转睛] mù bù zhuǎn jīng

[词源] 明·冯梦龙《警世通言》卷十一：“老婆婆看着小官人，目不转睛，不觉两泪交流。”

本义 眼睛一动也不动，形容对所看的对象饶有兴趣，注意力非常集中。如：飞机在空中灵活地做着各种动作，我目不转睛地望着，心想，要是我也能操纵这么一架飞机，该多好啊。

同义 不敢旁骛、全神贯注

反义 东张西望、左顾右盼、心不在焉

同义例句 他目不转睛地盯着师傅的手，全神贯注地想要记住每一个动作。

对比例句 大家都目不转睛地盯着黑板，只有他心不在焉地东张西望，左顾右盼。

灵活用法 亦作“眼不转睛”。如：“姐姐，你怎生眼不转睛看那秀才则甚？”（元·乔吉《金钱记》第一折）

读写辨误 转，在这里不能读

成 zhuàn（转动的转）；睛，不能写成“晴”。

★〖目不转睛〗—宝黛情

泪雨涟潺报滴恩，柔眸紧锁实情人。
竹弹梅蕊开朱瓣，柳缠槐宸连理伸。
春夏红楼群卉艳，秋冬潇馆独花颦。
高低门第天渊距，无分今生化蝶身。

[目瞪口呆]mù dèng kǒu dāi

瞪：睁大眼睛；呆：说不出话来。[词源] 明 · 施耐庵《水浒传》第二十六回：“众邻舍俱目瞪口呆，再不敢动。”

本义 形容因吃惊或害怕而发愣。如：“面对这自然界的奇景，我们个个目瞪口呆。站在千万只飞舞的蝴蝶当中，我们觉得自己好像是多余的了。”（《文章评改 · 澜沧江边的蝴蝶会》）

同义 瞠目结舌

反义 面不改色

同义例句 狮王一声长啸，把人们震得目瞪口呆，连导游小姐也瞠目结舌，一时说不出话来。

对比例句 小姑娘冲天而起，飞身旋上，观众目瞪口呆，小姑娘立在高处，却面不改色。

读音辨误 瞪，不能读成 dēng（灯）。

★〖目瞪口呆〗—桃花源

陶公梦幻入桃源，仙境绚丽瞠目圆。
追日逐星随个性，官舟民水顺黎川。
乾坤浩瀚任鸿远，天地花间酒同筵。
孺教老尊悠月霁，绿波霞榭逸云骞。

[目牛全无]mù niú quán wú

见 [目无全牛]

[目无全牛]mù wú quán niú

全牛：整个儿的一头牛。[词源]《庄子 · 养生主》：“始臣之解牛之时，所见无非牛者；三年之后，未尝见全牛也。”

本义 比喻技艺到了极其纯熟、得心应手的境界。如：“操利柄而目无全牛，执其吭如刍豢悦口。”（唐 · 杨承和《梁守谦功德铭》）

同义 炉火纯青、神工鬼斧、运斤成风

反义 黔驴之技、技止此耳、黔驴技穷

同义例句 当年汉剧表演艺术家陈伯华演出《宇宙锋》，技艺已届炉火纯青境地；而今三十年后观其弟子辈唱念做打功夫也几达目无全牛光景，真可谓“青出于蓝而胜于蓝啊！”

对比例句 这道士自称能掐会算，其技可谓目无全牛，被人逼问失窃的财物究竟去向何方时，便黔驴技穷了。

灵活用法 也作“目牛无全”。如：“害马已去，世事都捐；投刃皆虚，目牛无全。”（晋 · 孙绰《游天台山赋》）

读音辨误 牛，不能读成 liú（流）。

★〖目无全牛〗—庖丁解牛

庖丁单戟穿牛洞，冬夏磨研天地通。
昨日皮山难插缝，今时游刃涧中风。
初挑猛犸长枪折，现舞红缨碎骨空。
十载横戈金石透，一朝挥手破苍穹。

N

[南来北往]nán lái běi wǎng

[词源]元·李行道《灰阑记》第三折："但是南来北往，经商客旅，都来我这店里吃酒。

本义 指人从不同方向来往。形容来来往往的行人、车马很多，街市繁荣热闹。如："在海上和河里打鱼的船，常在镇西的渡口码头上停泊卸鱼和装粮，所以这镇上就开了不少店铺，招徕着那些南来北往的人们。"（峻青《海啸》第三章）

同义 人来人往、车水马龙、熙来攘往

反义 路断人稀、车断人稀、阒无一人

同义例句 "在首都王府井大街，车水马龙，热闹繁忙，商店披着节日盛装，人们满面春风地南来北往。"（《为了六十一个阶级弟兄》）

对比例句 这座古镇昔日是县粮食集散地，南来北往的商贾很多，历经大自然的沧桑，这里水土流失严重，土质沙化，作物不兴，古镇遗址虽在，却阒无一人。

灵活用法 亦作"南来北去"。如："这里是大道官塘，怎没个行人南来北去。"（《元曲选·贾仲名〈对玉梳〉第三折》）

读音辨误 南，不能读成 lán（兰）；北，不能读成 bái（白）。

★〖南来北往〗

徐婉习风吹汉夏，丝绸之路置新花。
南来铁马驰光达，北往雄鹰越际涯。
哈密瓜飞炎热岛，菠萝径到啸寒洼。
地球村宅神龙速，和睦交流共世家。

[南辕北辙]nán yuán běi zhé

辕：车前驾牲口的两根直木；辙：车轮走过的痕迹。[源]汉·刘向《战国策·魏策四》："魏王欲攻邯郸，季梁往见王曰："今者臣来，见人于大行，方北面而持其驾，告臣曰：'我欲之楚'。臣曰：'君之楚，将奚为北面？'曰：吾马良。'臣曰：'马虽良，此非楚之路也。'曰：'吾多用。'臣曰："用虽多，此非楚之路也。'曰：'吾御者善。'此数者愈善，而离楚愈远耳。"

本义 指做法失当，形容仅凭主观愿望办事，客观条件再好也是虽多无益。如："先民有言，适楚而北辕者，曰：'吾良马，用多，御善。'此三者益侈，其去楚益远矣。"（汉·荀悦《申鉴·杂言下》）

比喻 形容行为和目的、方向正好相反。含贬义。如："民脂有尽，上欲无穷，是犹欲挽贫返弱，亦何异南辕而北辙也。"（蔡东藩《慈

禧太后演义》第三六回尾评）

同义 北辕适楚、欲益反损与本义同义，事与愿违、适得其反、背道而驰与比喻义同义

反义 恰到好处与本义构成反义，如愿以偿、殊途同归与比喻义构成反义

同义例句 我们应该因地制宜发展生产，你当村长的却要大家出外打工。结果舍本求末，荒了土地误了人。这种做法如南辕北辙，事与愿违，与上级的要求是背道而驰的。

对比例句 到北方推销空调，那会南辕北辙；如果在“三大火炉”搞展销，就会如愿以偿。

灵活用法 亦作“北辙南辕”。如：“数十年来，北辙南辕，风樯篷底，有所见即抄，或录草稿以归。”（清·陆以恬《冷庐杂识·徐敬斋明佳》）

读音辨误 南，不能读成 lán（兰）；北，不能读成 bǎi（摆）。

★〖南辕北辙〗

挥鞭北上辙南方，奔马背驰终极反。
硕鼠贪饕淹油池，猛狮苛政华船蹇。
万千蒋匪剿红旗，四渡赤河脱困圈。
蚍蚁撼槐落水沟，顺流扬旆芳漂远。

[能工巧匠]néng gōng qiǎo jiàng

巧：灵巧。[词源]明·许仲琳《封神演义》三回：“能工巧匠费经营，老君炉里炼成兵，造出一根银尖戟，定邦定国正乾坤。”

本义 技术高明的工匠。如：“若登泰山之巅，你可俯视广袤无边的大地，倍觉祖国的辽阔，而漫步于苏州园林之中，你则会惊叹能工巧匠们的绝技，益发感到我们人民的聪明智慧。”（刘宇《旅游三乐》）

灵活用法 亦作“能人巧匠”。如：“其实既是个细琢细磨的能人巧匠，也有着敢想敢干的猛烈劲儿。”（康濯《太阳初升的时候》）

书写辨误 匠，不能写成“匝”。

★〖能工巧匠〗

鲁班挥袂云飞阁，李春轻飘桥虹跨。
巧匠金锤锻棒箍，能工彩笔画绵蛇。
水晶球里浮天宫，九寨沟中赤舭驾。
改宇换山一颗心，摘星捉鳖双刀把。

[能屈能伸]néng qū néng shēn

屈：屈己、委曲；伸：伸直、施展。[词源]清·文康《儿女英雄传》第十五回：“想不到这样一个人，竟自能屈能伸。”

本义 当受到委屈时能忍耐，当有利于施展才能时就努力奋进。含褒义。如：世界上力气最大的是植物的种子……这种力是看不见的生命力。……（它）有弹性，能屈能伸的力；有韧性，不达目的不止的力。

同义 尺蠖求伸、能上能下、能官能民

反义 一蹶不振、胶柱鼓瑟

同义例句 古人云：“大丈夫

能伸能屈。”我们共产党人更应具有刚柔相济的品格。能上能下、能官能民,与人民群众保持密切联系,是我们的本色。

对比例句 人生的道路是曲折的。我们要像柳树那样能伸能屈,决不能遇到挫折就一蹶不振;也不能不识时务,胶柱鼓瑟,不知变通。

读写辨误 伸,不能读成 sēn(森),或 shēng(生);屈,不能写成“层”。

★〖能伸能屈〗

朝霞夕霭又阳艳,弯月穿霾再玉圆。
落叶挥金生翠绿,蛹蚕化蝶续春弦。
子长伏桌立青史,勾践卧薪还辱鞭。
胯下龟头追狡兔,孙膑屈膝胜庞涓。
长征二万千折路,赤水四迂翻九天。

[逆来顺受]nì lái shùn shòu

逆:违逆,违背意志或愿望。[词源]宋·无名氏《张协状元》第十二出:“逆来顺受,须有通时。”

本义 指面对他人的欺压或无礼行为采取顺从、忍受的态度。如:“林冲安分守己,逆来顺受,结果被逼得无处容身。”(茅盾《谈〈水浒〉的人物和结构》)

同义 忍气吞声、犯而不校、唾面自干

反义 不屈不挠、不平则鸣

同义例句 我们不能什么事情都逆来顺受,一味忍气吞声,我们也得适当地表达我们自己内心的诉求与想法。

对比例句 在日本侵略者的淫威面前,少数人逆来顺受,甘当“顺民”,更有极少数人充当了无耻的汉奸。而大多英勇的中国人民则不屈不挠,顽强斗争。

贬义褒用 表示为达到某种目的而暂时忍受折磨。如:她打入敌军内部已整整两年了。为避免暴露身份,她只得逆来顺受,抗拒着常人无法想象的精神压力。

读音辨误 逆,不能读成 lí(离)或 yí(移);顺,不能读成 xùn(训)。

★〖逆来顺受〗

八千云路忠愚冕,暗箭风波血溅衢。
林教战刀垂白虎,野猪林墓陷郊途。
孟姜泪水难熔铁,陈胜揭竿黎庶呼。
三座大山哪暖被,红船破浪碎糜都。

[匿迹销声] nì jì xiāo shēng

见[销声匿迹]

[拈轻怕重]niān qīng pà zhòng

拈:用手指拿东西。[词源]毛泽东《纪念白求恩》:“不少的人对工作不负责任,拈轻怕重,把重担子推给人家,自己挑轻的。”

本义 比喻做事挑挑拣拣,不愿干重活。如:“我们班有个同志,叫他出车就高兴,不叫出车或做点其他工作就不大满意,还有的同志拈轻怕重,生怕累了自己”(《雷锋

日记选·1961年12月30日》)

同义 避重就轻、挑肥拣瘦

反义 任劳任怨

同义例句 他从小娇生惯养,长大后又不严格要求自己。因此在工作中总是避重就轻,拈轻怕重。

对比例句 我们村里老支书总是任劳任怨地为村民办实事,在工作中从不拈轻怕重,深受群众的拥戴。

读音辨误 拈,不读成zhān(沾)。

★〖拈轻怕重〗

攀枝附卉由风摆,蝼蚁撼雷卑小茕。
青草蓬蒿麻雀屋,鸿基磐石凤旗英。
关公龙戟走千里,蟋蟀阿斗他国茔。
肩负江山黎庶重,无亏百姓一身轻。

[蹑手蹑脚]niè shǒu niè jiǎo

蹑:轻轻行动。[词源]清·曹雪芹《红楼梦》第二十七回:"只见那一双蝴蝶,忽起忽落,来来往往,将欲过河去了。引得宝钗蹑手蹑脚的,一直跟到池边滴翠亭上。"

本义 形容动作小心轻捷,偷偷地行动。如:等了好一会儿,周扒皮蹑手蹑脚地出来了,刚到鸡窝门口,玉宝喊了声:"有贼!"伙计们拿着棍子都跑出来,把周扒皮按倒就打。

反义 大摇大摆、大模大样、毛手毛脚

对比例句 爷爷生病了。妈妈一再嘱咐我,要蹑手蹑脚地进出,东西要轻拿轻放,千万不要大摇大摆地走动,以免惊动他老人家。

灵活用法 亦作"捏手捏脚"。如:"正在踌躇想要退下,不料一回身,王阿二捏手捏脚跟在后面,已到楼门口了。"(韩邦庆《海上花列传》第十四回)

读写辨误 蹑,不能读成shè(摄);脚,不能写成"却"。

★〖蹑手蹑脚〗

绿水池春清煦暖,圃园百艳尽芬芳。
蝶情翩盼绕兰卉,蕾瓣含羞喷郁香。
轻手轻移拢蓓蕊,徐张徐合迎心郎。
太阳弦虹结圆枕,月色玉帷蕴幼凰。

[弄虚作假]nòng xū zuò jiǎ

[词源]黄药眠《各种工作者》:"弄虚作假的人,在众人面前滔滔不绝地说:'我无时无刻不一心一意地为人民服务。'"

本义 说假话或造假象,借以骗人。如:"不懂装懂,弄虚作假的现象,再也不能继续下去。"(《人民日报》评论员《善于建设一个新世界》)

同义 招摇撞骗

反义 实事求是

同义例句 这些人到处招摇撞骗,为了牟取暴利而惯于弄虚作假。

对比例句 弄虚作假只能骗得一时,唯有实事求是才能行得长远。

★〖弄虚作假〗

变色假龙披衮裳，猪笼洞眼散芬芳。
奸谀嘴脸笑藏虎，铜雀亭台血酒狂。
一野红桃几点黑，繁华锦缎病娇肠。
世间多少白兰蕙，纷落碧觞甜鸩汤。

[怒发冲冠]nù fà chōng guān

[词源]《庄子·盗跖》："盗跖闻之大怒，目如明星，发上指冠。"

本义 头发因愤怒至极而向上直立起来顶起了帽子。形容盛怒的样子。如："怒发冲冠，凭栏处，潇潇雨歇。"（宋·岳飞《满江红》）

同义 怒不可遏、怒火中烧

反义 心平气和

同义例句 听到这一消息，大家都怒不可遏，性子暴烈的小马更是怒发冲冠，拍案而起。

对比例句 这条件太苛刻了，简直是欺人太甚！大伙儿都怒发冲冠，你叫谁心平气和地去和他们谈呢！

读写辨误 发，这里不能读成 fā，也不能读成 fǎ（法）；冠，不能写成"寇"。

★〖怒发冲冠〗

灵犀通电连枝理，瞳眼凝眸结漂萍。
蝶恋心仪拢蓓蕾，花倾肺腑摆妍婷。
身躯知己半条命，丹寸归乡家暖馨。
怒发冲冠维伉俪，鸳鸯双舞慰流星。

[怒气冲冲]nù qì chōng chōng

冲冲：非常激动的样子。[词源] 明·冯梦龙《东周列国志》四十五回："先轸方在家用饭，闻晋侯已赦三帅，吐哺入见，怒气冲冲问襄公：'秦囚何在？'"

本义 形容极为愤怒的样子。如："不要多嘴！"法官怒气冲冲地又拿起他面前那块惊堂木狠狠地拍了几下。

同义 怒不可遏、怒形于色、怒发冲冠

反义 心平气和、平心静气、喜形于色

同义例句 爸爸怒气冲冲地走过来，大声责问道：谁把金鱼缸打破了？见他怒形于色的样子，我和弟弟都吓得不敢吭声。

对比例句 我心平气和地向他解释半天，他还是怒气冲冲地走了。

灵活用法 亦作"怒气冲天"。如："北地王刘谌闻知，怒气冲天，乃带剑入宫。"（明·罗贯中《三国演义》第一百一十八回）

读音辨误 怒，不能读成 lòu（漏），不能写成"努"。

[怒气冲天]nù qì chōng tiān

见 [怒气冲冲]

★〖怒气冲天〗

魔鬼狼烟笼国境，炎黄怒火直云霄。
明园碎石棱龙剑，辛丑条文废纸烧。
镰锤铿锵朝恶寇，红船哗喇破危礁。
百年崛起驱霾雾，一跃腾飞盛世骄。

O

[呕心沥血]ǒu xīn lì xuè

沥：滴。[词源]南朝·梁·刘勰《文心雕龙·隐秀》："呕心吐胆，不足语穷。"唐·韩愈《归彭城》："刳肝以为纸，沥血以书辞。"

本义 形容耗尽了精力和心思，似乎心都快要呕出来、血都快要淌出来了。如："我们往往看不见，他们是在如何心甘情愿地呕心沥血。"（高尔基《时钟》）

同义 苦心孤诣

反义 敷衍塞责、无所用心

同义例句 他呕心沥血、苦心孤诣经营了数十年的商城竟然在一场大火中化作了灰烬。

对比例句 对于自己的事，他可以竭尽全力、呕心沥血。但对于集体的事，他往往是敷衍塞责、马虎了事。

灵活用法 亦作"呕心滴血"。如："余愿呕心滴血以拜求之，祈余二万万女同胞无负此国民责任也。"（清·秋瑾《精卫石·序》）

读写辨误 呕，不能读成ōu（欧）；沥，不能写成"沤"。

★〖呕心沥血〗

春秋转瞬叶飘零，继昼惜阴昙夜婷。
腾马越峰追日月，伏台凝智刻真经。
呕心吐字垒雄殿，沥血化浪流汗青。
肝脏抹霞云彩秀，鬓丝霜白睿聪灵。

[藕断丝连]ǒu duàn sī lián

[词源]唐·孟郊《去妇》："妾心藕中丝，虽断犹牵连。"

本义 比喻双方在形式上的联系虽然断了，但在情感上还有牵挂。如："女人们到底有些藕断丝连。过了两天，四个青年男女聚在水生家里……"（孙犁《荷花淀》）

反义 一刀两断、割袍断义

对比例句 我看他不像个好人，既然分开了，干脆就一刀两断，不要藕断丝连，免得他又来缠你。

读写辨误 断，不能读成dàn（旦）；丝，不能读成shī（诗），不能写成"幺幺"。

★〖藕断丝连〗

阳光红艳西沉去，明月清风东上来。
海角羁游共皓玉，他乡音讯雁鸿徕。
今生未可鸳鸯伴，后世蝶成比翼腮。
寒啸断枝尖笋露，春晖又绿岸坡苔。

P

[盘根究底]pán gēn jiū dǐ

见[寻根究底]

[抛头露面]pāo tóu lù miàn

抛：露出；露：显出来。[词源]明·兰陵笑笑生《金瓶梅词话》："几次欲待要往公门诉状，诚恐抛头露面，有失先夫名节。”

本义 指妇女在大庭广众中出现。如：“还有女儿长华，黄花闺女，逃出去抛头露面，成何体统！”（清·陈端生《再生缘》第七回）

引申 现常指公开露面。有时含贬义，如：“不如再下一道命令，规定男女老幼，诸色人等，一律戴上防毒面具，既禁空气流通，又防抛头露面。”（唐弢《琐忆》）

同义 出头露面、出风头、招摇过市与引申义同义

反义 隐名埋姓、匿影藏形、深居简出、足不出户与引申义构成反义

同义例句 他喜欢出风头，办什么事都爱抛头露面，以此炫耀自己。

对比例句 在那次闹工潮的时候，敢于抛头露面的人被警方逮捕了，其余的人都隐名埋姓，匿影藏形，转入其他地方去了。

灵活用法 亦作“露面抛头”。如：“她是女流，倘被朝廷拿问，露面抛头，武成王体面何在？”（明·许仲琳《封神演义》第三十二回）

读音辨误 露，在这里不能读成 lòu（漏）。

★〖抛头露面〗

满灌无澜半桶当，孤蝉尖啸遍林唱。
欲加罪过招摇撞，都邑狂风哗树漾。
赵括纸兵好舞戏，卧龙城府茅庐藏。
寒窗十载潜修行，金榜一鸣天下扬。

[披荆斩棘]pī jīng zhǎn jí

披：分开；斩：割断；荆、棘：丛生的多刺植物。［词源］南朝·宋·范晔《后汉书·冯异传》：“异朝京师引见，帝谓公卿曰：‘是吾起兵时主簿也，为吾披荆棘，定灵中’。”

本义 比喻在创业中清除种种障碍，克服重重艰难。如：“这却正见出他是在开辟着一条新的道路；而那披荆斩棘，也正是一个斗士的工作。”（朱自清《闻一多先生怎样走着中国文学的道路》）

同义 筚路蓝缕

反义 一帆风顺

同义例句 没有先辈们披荆斩棘、筚路蓝缕，哪有今天我们这样幸福的生活。

对比用法 我们一帆风顺地走到今天，全仰仗先人们披荆斩棘，给我们奠定下雄厚的基业。

读写辨误 斩，不能读成 zǎn；棘，不能写成“刺”。

★〖披荆斩棘〗

烛光睿智闪文曲，笔杆彩旗耀紫轩。
牍字嚼书吞汗简，丹心凝石固疆垣。
披荆蜀顶醉银汉，斩棘横枝破佞藩。
春夏青黄瓜碧血，霜冬梅艳御花园。

[平铺直叙]píng pū zhí xù

铺：铺陈，平平淡淡地展开来说。［词源］明·祁彪佳《远山堂曲品·具品狐裘》：“记孟尝君事，平铺直叙，详略尚未得法。”

本义 指文章没有波澜，缺乏曲折的情节和激烈的矛盾冲突而过于平淡。如："第二，善于运用变化错综的手法，避免平铺直叙。"（茅盾《谈〈水浒〉的人物和结构》）

同义 平淡无奇

同义例句 在写作中，我们可以尽量避免常用平铺直叙的叙述方法，从而使文章更加波澜起伏。

读写辨误 平，不能读成 pín（贫）；叙，不能写成"述"。

★〖平铺直叙〗

荒茫戈壁孤烟散，空荡苍穹独雁单。
贾府巧书林黛恋，聊斋妖孽虎皮寒。
西游怪诞迷仙客，三国青帷抖紫銮。
白纸平铺沉雨浪，蜀山陡峭绝峰峦。

[平易近人]píng yì jìn rén

平易：态度或性格谦和。[词源]汉·司马迁《史记·鲁周公世家》："平易近民，民必归之。

本义 形容人性情温和谦让，别人很容易与他接近。如："从那一次和以后多次的交谈中，鲁讯先生给我的印象始终是：平易近人。"（唐弢《琐忆》）

同义 和蔼可亲

反义 盛气凌人、咄咄逼人

同义例句 爸爸当了十几年厂长，从不摆架子，工人们都觉得他和蔼可亲。如今哥哥也走上了领导岗位，他继承了爸爸的风范，也是礼贤下士，平易近人。

对比用法 原著中本来平易近人的人物却被改编成了一副盛气凌人的模样，实在是水平太差了。

读写辨误 平，不能读成 pín（贫）；易，不能写成"勿"。

★〖平易近人〗

慈面春风飘蕙兰，芬芳蓓蕾蝶酣缠。
来如和煦花妍笑，去同雪城炭艳燃。
管鲍坦然乾昊朗，冕蓑携袂九州圆。
亲临溪碧鱼融水，肺腑琴弦共渡船。

[迫不得已]pò bù dé yǐ

迫：逼迫；已：停止。[词源]汉·班固《汉书·王莽传》："迫不得已，然后受诏。"

本义 指被逼迫得没有办法，不得不如此。如："他在国内虽然年年打仗，但都是迫不得已。"（郭沫若《蔡文姬》第一幕）

同义 无可奈何、万般无奈

反义 心甘情愿

同义例句 为了生计，他迫不得已离井背乡，无可奈何地走上了艰难曲折的道路。

对比例句 常言道：人在屋檐下，不得不低头。他是迫不得已，可你却为何心甘情愿地受制于人呢？

读写辨误 迫，不能读成 pāi（拍）；已，不能写成"乙"或"己"。

★〖迫不得已〗—抗美援朝

鸭绿江滨烟火袭，神州边境遭蹂躏。
迫催披甲保桑田，不得挥戈灭鬼磷。
甘岭尖峰扬脊梁，津湖冰水凝刚瑾。
气昂横岛驱魑魔，雄赳踏碑携弟亲。

[迫在眉睫]pò zài méi jié

迫：逼近。

本义 形容事情已很紧急，已近在眼前了。如："新的内战危机忽然又迫在眉睫了。"（方纪《挥手之间》）

同义 火烧眉毛、急如星火

同义例句 环境保护组织列举了许多研究事例向世界表明拯救大自然迫在眉睫。

书写辨误 迫，不能写成"泊"。

★〖迫在眉睫〗

秋风卷叶人羲老，弹指一挥芳草憔。
莫待大难投佛脚，无丹鬼病拜仙饶。
借光映雪翻千册，滴水移山造鹊桥。
满鬓银丝盈睿智，双眸点翠万峰骄。

[破镜重圆]pò jìng chóng yuán

[词源] 唐·孟柴《本事诗·情感》载：南朝陈国驸马徐德言预料妻子乐昌公主在亡国后会被人掠走，便将一铜镜破为二半，各执其一，以便日后相逢作凭。陈亡后，公主果被杨素抢走。一日，徐至京城遇一人卖破境，与所藏另一半正相合，遂题诗其上嘱卖者告知原主。公主见诗，悲泣不食，杨素得知原委，感其夫妻情深，便让公主与徐重新团聚。元·施君美《幽闺记·推就红丝》："破镜重圆从古有，何须疑虑及生愁？"

本义 比喻夫妻离散后又重新团聚。如："试问古来几曾见破镜能重圆？"（林觉民《与妻书》）

引申 比喻夫妻关系破裂后又重归于好，恢复感情关系。如：离异三年后，他们反思了各自的过错，在亲朋好友的劝导下，终于破镜重圆。

同义 重修旧好与引申义同义

反义 分钗断带与引申义构成反义

同义例句 时隔多年，这对曾经相爱却分离的情侣终于在今日解除彼此间的误会，破镜重圆了。

对比例句 对他这种无情无义的人，我只能分钗断带，永不再回头，想要破镜重圆是绝对不可能的。

读写辨误 镜，不能读成 jìn（进）；圆，不能写成"园"。

★〖破镜重圆〗

寰宇浑然同体魄，日辰相拥两交辉。
蜂花大地共春舞，鸳侣浩空比翼飞。
碎镜虚华身幻影，月宫宝黛幔圆围。
千山万水穿兰蝶，九曜鹊桥重合归。

[破家荡产]pò jiā dàng chǎn

见 [倾家荡产]

[扑朔迷离]pū shuò mí lí

扑朔：四脚乱动；迷离：两眼半闭着。意为把兔子两耳揪住提起，雄兔表现为四脚乱动，雌兔则表现为眯缝双眼，以此来辨别雌雄。但是，如果兔子在地上跑动，那么雌雄就难以辨别了。[词源]《木兰诗》:“雄兔脚扑朔,雌兔眼迷离。双兔傍地走,安能辨我是雄雌?”

本义 比喻事物变化复杂,看不清真面目。如:“这样布置后,它打开了它的云库,拨给这区域的,有倏来倏去的云,扑朔迷离的雾,绮丽多彩的霞光,雪浪滚滚的云海。”(徐迟《黄山记》)

引申 形容事情或某个事件很复杂,看不清内幕。如:有人这样说,有人那样说,众口不一,议论纷纷,使这件事越发显得扑朔迷离。

同义 云遮雾罩与引申义同义

反义 一清二楚、水落石出与引申义构成反义

同义例句 这件扑朔迷离的案子经侦察员调查了半个月,仍然是云遮雾罩,毫无线索。

对比例句 只要找到那个躲藏在外的当事人,这个表面上扑朔迷离的事件就一定会水落石出,真相大白。

灵活用法 亦作“迷离扑朔”。如:“双兔傍地,难迷离扑朔之分。”《古今杂剧·无名氏〈女状元〉》第四折)

读写辨误 朔,不能读成 suò,不能写成“塑”。

★〖扑朔迷离〗—红楼梦

贾府芸生惶扑朔,怡庭尘雾慌迷离。
雨村佩戴红翎雾,潇馆痴情花葬随。
辣凤尸横冰雪路,宠妃跌倒锦楼畸。
谁明寰世蝶花谢,殚竭空门悟道知。

Q

[七手八脚]qī shǒu bā jiǎo

[词源]宋·释普济《五灯会元》卷二十:“上堂七手八脚,三头两面,耳听不闻,眼觑不见,苦乐逆顺,打成一片。”

本义 指大家一起动手,形容人多而有些忙乱的样子。如:没等运苹果的姑娘招呼,他们就七手八脚地捡起苹果来。

同义 人多手杂、手忙脚乱

反义 一手一足、单枪匹马

同义用法 大家七手八脚很快地将一车水泥卸完。但由于人多手杂,碰破了十几包水泥。

对比例句 农村忙“双抢”,还是人多好。大家七手八脚,活儿一下子就干完了。像他家只一个人,这种事一手一足,单枪匹马,不知要干到何时。

读写辨误 七,不能读成 qí(齐);脚,不能写成“角”。

★〖七手八脚〗—空城计

大军压镇雾霾扰,东窜西奔众哭嚎。
七手抬几墙阖上,八鞋慌乱掉沟槽。
孔明沉着扇云浪,悠扬琴旋狂啸号。
弦断空城清脆响,疑曹惊恐溃崩逃。

[七嘴八舌]qī zuǐ bā shé

[词源]明·名教中人《好逑

传》五回："众人正跑得有兴头上，忽然被公子拦住，便七嘴八舌地乱嚷。"

本义 形容人多嘴杂。如："这儿老孙头摔倒地上，半晌起不来，调皮的人们围上来，七嘴八舌打趣他。"（周立波《暴风骤雨》）

引申 引申为议论纷纷。如："倒没有惹人七嘴八舌地讲究。"（清·曹雪芹《红楼梦》）

同义 人多嘴杂与本义同义，沸沸扬扬与引申义同义

反义 众口一词、异口同声与本义构成反义

同义例句 这里人多嘴杂不是说话的地方，不如找个清静处，省得别人七嘴八舌地议论。

对比例句 新领导一番有理有据的演讲，使以往七嘴八舌的议论变成了众口一词的决议。

读音辨误 嘴，不能读成 zhuǐ。

★〖七嘴八舌〗

泪还泉水滴恩愿，天上掉来仙黛妹。
梅竹连心情窦拢，宝林鸳侣比肩对。
七言姑姐语门当，八舌丫鬟说缘配。
篱下悲怆蝶恋难，月寒葬卉靓妹退。

[欺人太甚]qī rén tài shèn

欺：压榨；甚：过分。[词源]《元曲选·郑廷玉〈楚昭王〉四折》："公主着他做了盟主，又与他一口宝剑，筵前举鼎，欺人太甚。"

本义 指欺负、凌辱人太过分。如："如果欺人太甚，如果实行压迫，那末，共产党就必须用严正的态度对待之。"（毛泽东《和中央社、扫荡报、新民报三记者的谈话》）

歇后用法 这个骑着别人脖子上拉屎欺人太甚的家伙，终于被公安机关逮捕了，四邻都拍手称快。

灵活用法 亦作"欺人忒甚"。如："公子，你你……不要欺人忒甚哪！"（延安评剧研究院《逼上梁山》第一幕第十场）

★〖欺人太甚〗

徐徐鸦片烧长辫，阵阵枪炮炸御园。
一纸牍文横赤县，九重刀剑割城垣。
红船破浪迎朝旭，星火燎原焚朽辕。
铁马驰光丝路捷，铜膀华夏又开元。

[漆黑一团]qī hēi yī tuán

[词源] 冯玉祥《我的生活》第三十章："……再不，就是商议着如何卖官地、典文物以及拆城墙、卖砖瓦一类的勾当；使人只见目前漆黑一团，简直闷得透不过气来。"

本义 形容什么也不懂得或看不清。如："在这种情况下，就是创新历史，只懂得希腊，不懂得中国，对于中国昨天和前天的面目漆黑一团。"（毛泽东《改造我们的学习》）

同义 暗无天日、不见天日、昏天黑地

反义 重见天日、开云见日

同义例句 旧社会，千百万仁人志士，在暗无天日、漆黑一团的

社会里摸索，探求救国救民真理。

对比例句 阿Q生活的未庄，漆黑一团，人们多么渴望重见天日，看到生活的希望啊！

灵活用法 也作“黑漆一团”“一团漆黑”。如：“他们自己的名利前途，也是一团漆黑。”（吕振羽《简明中国通史》第九章）

读音辨误 漆，不能读成qí（旗）。

★〖漆黑一团〗

乌云笼罩天空黑，妖孽横行哀鸟遍。
苛政猛禽吐白骸，州官烟火墨民院。
暗无晴日衰枝枯，箭雨刀光败稻甸。
挥袂而昂掀冕旒，禁城般帜插新殿。

[齐心合力]qí xīn xié lì

见[同心协力]

[杞人忧天]qǐ rén yōu tiān

杞：周朝时诸侯国名。[词源]《列子·天瑞》：“杞国有人忧天地崩坠，身亡所寄，废寝食者。”

本义 杞国有人怕天塌下来。如：“杞人忧天，伯虑愁眠。”（清·李汝珍《镜花缘》）

比喻 比喻不必要的或无根据的忧虑和担心。如；“他还用红笔在这段话前面写下‘杞人忧天’四个字作为标题。”（白夜、柏生《卓越的科学家竺可桢》）

同义 庸人自扰与比喻义同义

同义例句 一个人本来不能包办一切，所以多愁多虑多烦恼，都是杞人忧天、庸人自扰的事情。

书写辨误 杞，不能写成“杷”或“机”。

★〖杞人忧天〗

庸懦自忧天宇塌，惊心惶恐地球裂。
枝条皆箭和风咆，暴雨霹雷刀剑决。
学富五车渡梵船，经纶满腹乾坤哲。
手挥鹅扇叱乌霾，身驾雁鸿做俊杰。

[弃邪归正]qì xié guī zhèng

见[改邪归正]

[弃甲丢盔]qì jiǎ diū kuī

见[丢盔弃甲]

[气势磅礴]qì shì páng bó

磅礴：广大无边的样子。[词源]宋·文天祥《正气歌》：“是气势磅礴，凛冽万古存。”清·归庄《自订时文序》：“大抵议论激昂，气势磅礴，纵横驰骤，不拘绳墨之作也。”

本义 形容气势雄壮、盛大。如：“凡尔赛宫建于路易十四时代，全宫占地面积一百十一万平方米，其中建筑面积为十一万平方米，园林面积一百万平方米，宫殿建筑气势磅礴，布局严密、协调。”（吉祖英《凡尔赛宫》）

同义 气贯长虹、气吞山河、气

壮山河

同义例句 万里长城矗立于群山之上，气势磅礴，让敌军望而生畏。

读写辨误 磅，在这里不能读成 bàng（棒）；礴，不能写成“薄”。

★〖气势磅礴〗

磅礴昆仑横世脊，中华气势屹霄云。
江河旖旎山川秀，悠久文明儒学熏。
甲骨纸书垒紫殿，九章珠算弹飞文。
黄河滚滚翻东海，长水曲折开世勋。

[气势汹汹] qì shì xiōng xiōng

汹汹：形容来势很猛。[词源]《荀子·天论》：“君子不为小人之汹汹也辍行。”吴玉章《从甲午战争前后到辛亥革命后的回忆十九》：“他气势汹汹，说完就坐下了。过了许久，没有一个人敢起来发言。”

本义 现常形容来势凶猛的样子。含贬义。如：孙悟空正要收兵，只见风烟滚滚，哪吒三太子气势汹汹地赶来了。

同义 气焰熏天、张牙舞爪

反义 和颜悦色、温文尔雅、文质彬彬

同义例句 爷爷说，那年日本鬼子气势汹汹地开来一车兵，他们个个张牙舞爪在村里抄家，硬说咱们村里有八路军，弄得整个村子鸡犬不宁。

对比例句 几个文质彬彬的大学生，正在同一伙流氓搏斗。他们齐心协力，机智勇敢地制服了这帮气势汹汹的歹徒，并把首犯扭送到了派出所。

灵活用法 亦作“其势汹汹”。如：“两个拳师放对，聪明的拳师往往退让一步，而蠢人则其势汹汹，劈头就使出全副本领。”（毛泽东《中国革命战争的战略问题》）

读写辨误 势，不能读成 sì（四）；汹，不能写成“匈”或“凶”。

★〖气势汹汹〗

虎豹握枪气势汹，强兵凶武占中原。
大炮撕裂城墙口，烽火焚烧御殿园。
五四运筹龙伯起，三重嵬麓锤掀翻。
一飘丝路马鞭扬，九海围拢珠穆轩。

[气象万千] qì xiàng wàn qiān

气象：景象。[词源]宋·范仲淹《岳阳楼记》：“朝晖夕阴，气象万千，此则岳阳楼之大观也。”

本义 指自然景色或事物富于变化，气势非常壮观。如：“平台是全陵的制高点，与入口处石坊的垂直高度差超过七十米，这里视野辽阔，气象万千，既便近视，又宜远眺。”（刘叙杰《巍巍中山陵》）

同义 千变万化、云蒸霞蔚、波澜壮阔

反义 一成不变、四季如春

同义例句 “这里，天和地连成一片，云和山拥抱在一起。雾去雾来，气象万千。云、雾、山、树，都在迷离恍惚，千变万化。”（孙乃昌《黄山云》）

对比用法 我国幅员辽阔，南北温差大，气象万千。但有的地方气候较稳定，如云南省昆明市，那里四季如春，气候宜人。

★〖气象万千〗

东西霞雾千差别，南北花容万紫妍。
大理春光芬馥驻，昆仑漫雪乱烟缠。
宫廷烛笼走灯观，宦海沉浮轮渡船。
流水无常苍昊幻，扎岩渺浊柏恒鲜。

[气壮山河]qì zhuàng shān hé

气：气概、气势；壮：宏伟、雄壮。[词源] 宋 · 陆游《老学庵笔记》："赵元镇丞相谪(zhé：封建时代特指贬官)朱崖，病亟，自书铭旌，云：'身骑箕尾归天上，气作山河壮本朝。'"

本义 指气势如山河般雄壮。如：战士们昂首挺胸，相继从悬崖往下跳去。狼牙山上响起了他们的壮烈豪迈的口号声……这声音惊天动地，气壮山河。

同义 气吞山河、气贯长虹、气势磅礴

反义 少气无力、气息奄奄、奄奄一息

同义用法 这首歌曲的旋律气贯长虹。在器乐演奏中配上激情高昂的朗诵，更能显示出气壮山河的艺术效果。

对比例句 收音机正在放一首气壮山河的军乐曲，突然机子出故障，转速渐慢播出的声音逐渐减弱，显得少气无力，听得心烦。

读写辨误 河，不能读成 huó（活）；壮，不能写成"状"。

★〖气壮山河〗

百万雄师跨大江，气吞山岳武威扬。
镰锤横扫南方寇，蒋匪溃逃垂死殇。
二万长征攻敌剿，九州沃土布衣康。
民心向背城楼耸，黎庶翻身华夏昌。

[恰到好处]qià dào hǎo chù

恰：刚巧，正好。[词源] 况周颐《蕙风词话》卷一："恰到好处，恰够消息，毋不及，毋太过。半塘老人论同之言也。"

本义 形容说话、做事正好到了最合适的地步。如："《左传》所记当时君臣的话，从容委曲，意味深长。只是平心静气地说，紧要关头却不放松一步：真所谓恰到好处。"（朱自清《经典常谈 · 春秋三传第六》）

同义 恰如其分

反义 过犹不及

同义例句 三月的天，春寒料峭略带阴霾，四月的雨，缠绵而不失凄婉，五月的风，像极了婴儿的手，温润柔软。五月的一切都是恰到好处，淋漓而不失柔美，热烈而不失婉约。

对比用法 做事不在乎一定要超前多少，而妙在恰到好处。欲速则不达，过犹不及，正是从反面说明了这一点。

读写辨误 处，不读 cù（醋）或 qù（趣）；恰，不能写成"洽"。

[恰如其分]qià rú qí fèn

分：分寸。[词源] 清·李绿园《歧路灯》第一百〇八回：“赏分轻重，俱是阎仲端酌度，多寡恰如其分，无不欣喜。”

本义 指说话、做事正合分寸，达到最适当的程度。如：“他们能把铜丝恰如其分地剪好曲好。”

同义 恰到好处

反义 过犹不及

同义例句 香樟树的姿态最优美，常常倾斜了身子，恰如其分地与对面的伙伴，将整条公路架成了一个半圆顶的绿色的顶空。

对比例句 处理人际关系要恰如其分，过分亲热和过分疏远，都会过犹不及，收不到好的效果。

读音辨误 分，这里不能读成fēn。

★〖恰如其分〗

浓淡适度青莲粉，胸有成篁弦月圆。
东施效颦贻拙笑，画蛇添足赘疣填。
说来无意听猜虑，点到为要几念悬。
一碗水平端昊宇，三兄好汉九重天。

[千变万化]qiān biàn wàn huà

[词源]《列子·周穆王》：“乘虚不坠，触实不硋，千变万化，不可穷极。”

本义 形容变化极多，难以捉摸。如：“浓烟冷笑了一声说：你这完全是妒忌我。但妒忌也是白搭。你看我的千变万化，你看我越变越壮大。”（严文井《浓烟和烟囱》）

同义 变化无穷、瞬息万变

反义 一成不变、万变不离其宗

同义例句 大千世界是变化无穷的。譬如草原上的气候，时阴时晴、时风时雨，真是千变万化，令人难以捉摸。

对比例句 魔术师的戏法万变不离其宗，他依靠物理和化学的方法，加上熟练的手法掩人耳目，给人以千变万化的感觉。

灵活用法 亦作“千变万状”。如：“后殿又为温室，凝缸室，浴兰至曲房连槛，饰黄金白玉，以里为表里，千变万状。”（汉·伶元《飞燕外传》）

★〖千变万化〗

春煦百花遍绿野，秋寒万木枯黄叶。
始皇一剑统神州，二世朱缨断刎折。
殿阁风云宫阙茔，红楼鸳侣化仙蝶。
黑丝鬓白凝磐峰，香骨山川碧永烨。

[千方百计]qiān fāng bǎi jì

方：方法；计：计谋。[词源] 宋·朱熹《朱子语类·卷三十五·论语·学如不及章》：“譬如捉贼相似，须是着起气力精神，千方百计去赶捉他。”

本义 指用尽一切办法，想尽各种主意。如：“大家千方百计想办法去挽救他的生命。”（穆青等《为了周总理的嘱托》）

同义 想方设法、绞尽脑汁、挖

空心思

反义 无计可施、无所用心、计无所出

同义例句 这件事情很重要，请大家千方百计拿出办法，就是绞尽脑汁也得在今夜拿出解决问题的方案。

对比例句 面对着这日益恶化的伤情，我们不能一筹莫展，无计可施。应该千方百计、想方设法抢救这位勇斗歹徒的英雄。

灵活用法 亦作“百计千方”。如：“百计千方，总无效。”（清·钱泳《履园丛话·精怪·鳖精》）

读音辨误 百，不能读成 bái（白）。

★〖千方百计〗—赤壁之战

凶险枭鹰串赤壁，卧龙威虎阻旱鸭。
英雄口喷百炉丹，帷幄挥扇千计洽。
唤雨呼风借箭矛，苦肌离间迷魂夹。
一通真火焚连船，万马跌蹄华道峡。

[千呼万唤]qiān hū wàn huàn

千、万：表示次数多，非实指一千次，一万次。[词源]唐·白居易《琵琶行》：“千呼万唤始出来，犹抱琵琶半遮面。”

本义 指多次地催促 。如：这一带小商小贩极多，由此把环境弄得一塌糊涂。当地群众屡次上告上访，经千呼万唤，有关部门才出面解决问题。

★〖千呼万唤〗

红花吐蕊迎兰蝶，青蔓抱枝心赏色。
绿野千呼比翼翩，蛙池万唤同濡墨。
蓬蒿雷电与甘鸪，海角羁途齐稼穑。
漭漭苍穹觅共鸣，芸芸众庶缘生默。

[千回百折]qiān huí bǎi zhé

回：曲折、环绕。[词源]清·李绿园《歧路灯》九十五回：“心中千回百折，胡思乱想，没个藏身处。”

本义 形容思想、情绪或事态的波折。如“…… 而观其千回百折，听教贮苦，吞酸茹险之状，自设身以此境。”（梁启超《意大利建国三杰传·结论》）

引申 形容歌声婉转绕梁。如：“那王小玉唱到极高的三四叠后，陡然一落，又极力骋其千回百折……”（清·刘鹗《老残游记》第二回）

同义 余音绕梁与引申义同义

同义例句 那歌声千回百折，赢得全场热烈的掌声。晚会结束后，仍使人感觉余音绕梁。

★〖千回百折〗

抑扬婉曲动心唱，蜿绕奔流多旋浪。
江水百回汗马难，黄河千转戍边长。
春秋三国镰锤旆，阿殿焚销紫禁昌。
丝路跨岖寰世享，火苗点纸助天翔。

[千军万马]qiān jūn wàn mǎ

[词源]《南史·陈庆之传》：“洛中谣曰：名军大将莫自牢，千军万马避白袍。”

本义 形容兵马、人员众多，声

势浩大。如:“一边是平静的湖水,迎着斜风细雨,懒洋洋只是欲步不前,一边却暗唔叱咤,似有千军万马,躲在绮丽的黄锦底下。”(李健吾《雨中登泰山》)

反义 单枪匹马、孤家寡人

对比例句 个人力量再大,也只能是单枪匹马,只有唤起广大民众,才能形成千军万马之势。

★〖千军万马〗

曹军万马腾赤壁,旱鸭浮舟驶浪船。
龙虎同心洪漭挡,英雄联手火神燃。
呼风唤雨借弓箭,苦肉离间迷晕眩。
睿智灼帷烧傲剑,金绳摇晃骥随牵。

[千钧一发]qiān jūn yī fà

钧:古代重量单位,一钧合三十斤;发:头发。[词源] 汉·班固《汉书·枚乘传》:“夫以一缕之任系千钧之重,上悬无极之高,下垂不测之渊,虽甚愚之人,犹知哀其将绝也。”宋·程珌《程端明公洺水集·卷一》:“肆我祖宗得请于上帝,假手鞑靼,连岁屏除,岌岌之势千钧一发矣。”

本义 三万斤的重物吊在一根头发丝上,比喻情况万分危急。如在这千钧一发的时刻,英雄们奋不顾身,都箭一般地穿过熊熊大火,冲进城去,和城里的敌人展开了激烈的搏斗。

同义 危如累卵、危如朝露、危如丝发、危在旦夕

反义 安如泰山、安然无恙、转危为安、化险为夷

同义例句 鬼子的大队人马疯狂地向枣庄扑来,情势千钧一发、危在旦夕。村里民兵迅速行动,四处伏击,决心痛打敌人。

对比例句 大风把屋上一块瓦刮下来了,眼看就要落在行人的头上。在这千钧一发之时,他眼疾手快地拉开了行人,使一场灾祸化险为夷。

灵活用法 亦作“一发千钧”“一发引千钧”。如:“现在和议的事一发千钧,在他国内私行捕禁,虽说行馆有治外法权,万一漏了消息,连累和议,不是玩的。”(清·曾朴《孽海花》第二十九回)如:“群儒区区修补,百孔千疮,随乱随失,其危如一发引千钧。”(唐·韩愈《与孟尚书书》)

★〖千钧一发〗

千军沙雾遮天日,孤邑寒风吹阖罅。
飘逸鹅毛拂鹤琴,悠扬鹂曲荡云榭。
亭台童子静含眸,楼下副将跌马下。
一唽断弦响空城,万蹄乱兔漫长夜。

[千里之行,始于足下]qiān lǐ zhī xíng, shǐ yú zú xià

行:行程,路程。[词源]《老子》第六十四章:“千里之行,始于足下。”

本义 比喻再大的事,再宏伟的事业,也必须从头一步一步地做起。如:“千里之行,始于足下”,在开始的时候,就得有个盘算……”

（陶铸《崇高的理想》）

同义 循序渐进、合抱之木，生于毫末、九层之台，起于垒土

反义 一步登天

同义例句 我们做事都应循序渐进，尤其是陌生的复杂的事情，要懂得千里之行，始于足下的道理。

对比例句 要想取得好成绩，就必须踏踏实实、一步一个脚印地艰苦努力，想一步登天是不可能的，这就是千里之行，始于足下的道理。

读音辨误 行，不能读成 háng（航）或 xín；足，不能读成 zhú（竹）或 zóu。

★〖千里之行，始于足下〗—西游记

天竺雷恩藏德经，仁怀玄奘披荆取。
一辞京郡远游羁，千里云山腾苍宇。
昼踏焰峰炼佛心，夜横魑魅碎魔府。
九重磨难悟渊禅，百世修行仙万古。

[千奇百怪]qiān qí bǎi guài

[词源]宋·普济《五灯会元》："如有人在州县住，或闻或见，千奇百怪，他总将作寻常。"

本义 形容稀奇古怪的事物或现象。如：海滩上有美丽的贝壳，大的，小的，颜色不一，形状多样，真是千奇百怪，无所不有。

同义 稀奇古怪、无奇不有

反义 平淡无奇、不足为奇、司空见惯

同义例句 大千世界千姿百态，千奇百怪的事无奇不有。例如在马达加斯加有一种猴子，它的身形与老鼠相近，一次可跳三来米远，真是稀奇古怪得很。

对比例句 我们到神农架参观时看到许多千奇百怪的花鸟草虫，感到新奇。当地农民则说，他们已司空见惯，觉得不足为奇了。

读写辨误 百，不能读成 bái（白）；怪，不能写成"圣"。

★〖千奇百怪〗

天竺曲途千刺壑，云崖山雾百烽火。
三消白骨女妖精，七灭蜘蛛胭粉祸。
旖旎风光魑魅藏，太师龙椅蛇皮裹。
沧桑险道取真经，锤脊炼筋修正果。

[千头万绪]qiān tóu wàn xù

绪：丝头，头绪，喻开端。[词源]三国·魏·曹植《自试令》："（王）机等吹毛求疵，千端万绪，然终无可言者。"

本义 形容事情非常复杂纷乱。如："关系多了，错综复杂，千头万绪，往往出现'万事俱备，只欠东风'的情况"。（华罗庚《统筹方法》）

同义 错综复杂、千丝万缕

同义例句 形势错综复杂，这就要求我们从千头万绪中分清主次轻重，抓住主要问题来带动其他问题的解决。

读音辨误 绪，不能读成 shù（树）。

★〖千头万绪〗

千里长城山有敌，万芸尘世概闻香。
神州牍案满书阁，天地纷繁忙晕皇。
胡子眉毛胡乱扯，庖丁傻眼豕横堂。
积沙成塔首磐石，九品中正顺理章。

[千言万语]qiān yán wàn yǔ

[词源]唐·郑谷《燕》诗："千言万语无人会，又逐流莺过短墙。"

本义 形容想要说的很多。如："不止一次把这些诗句悄悄念给你听，北大。千言万语，有时只能凝聚为最浓的几行。"（田晓菲《十三岁的际遇》）

反义 三言两语、一言不发、默默无语

对比例句 毕业典礼之后，同学们还依依不舍地聚在一起，有的千言万语相互祝愿；有的相互交换纪念品；有的坐在一起默默无语，一言不发，沉浸在美好的回忆之中。

灵活用法 亦作"万语千言"。如："这时的梁永生，是多么想说几句话来回答他的妻子啊！尽管他的心里有千言万语，万语千言，嘴里，却是连一句话也说不出来！"（郭澄清《大刀记》）

★〖千言万语〗

门第高低错先姻，坚贞殉葬阴阳狱。
今生鸳侣棒槌驱，来世蝶花情实续。
久别重逢千语言，相濡以沫万笙曲。
鹊虹搭结有缘人，爱笛所波石蜃玉。

[千载难逢]qiān zǎi nán féng

载：年；逢：遇到。[词源]梁·萧子显《南齐书·庾杲之临终上世祖表》："臣以凡庸，谬徽昌运。奖擢之厚，千载难逢。"

本义 形容机会或情况极难遇到。如："对于作家来说，我们所处的是一个千载难逢的时代，一个在艺术上语言上可以深入创造的时代！"（唐弢《作家要铸炼语言》）

同义 千载一会、十年九不遇

反义 司空见惯、朝夕相处

同义例句 这是千载难逢的机会，万不可错过，如丧失掉这千载一会之机遇，我们只有悔恨不已。

对比用法 要使我们的事业有发展，必须善于从那些司空见惯的现象中发现规律，同时果敢抓住那些千载难逢的机遇。

读写辨误 载，不能读成 zài（在）；逢，不能写成"逄"。

★〖千载难逢〗

白素恩情报许仙，西湖桥续断姻缘。
百年修得同船渡，千载炼成共枕眠。
邪恶法师安陷阱，善良郎主中魔圈。
雷峰寺塔难封愿，上辈知音今世传。

[阡陌交通]qiān mò jiāo tōng

阡陌：田间小路。[词源]晋·陶潜《桃花源记》："阡陌交通，鸡犬相闻。"

本义 形容耕地整齐广阔。如：江河两旁，阡陌交通，男耕女

织，一派田园风光。

灵活用法 亦作“阡陌纵横”。如：这里沃野千里，阡陌纵横，整齐的灰瓦农舍，家家开着后窗，歌声相闻。

读音辨误 陌，不能读成 mài（卖）。

★〖阡陌交通〗

盛世太平新习代，田园旖旎蜃楼来。
纵横桑梓排村落，交错琉砖并月台。
朗朗清风飘蝶卉，潺潺碧水映妍腮。
陶翁惊诧天宫降，把酒桃源醉绿苔。

[牵肠挂肚]qiān cháng guà dù

牵：拉。[词源] 明·周楫《西湖二集·假邻女诞生真子》：“就使老实汉，也要惹下牵肠挂肚之债。”

本义 指放心不下，形容挂念殷切。如：“是呀，是呀，小乖乖。我不能让事情搁在那儿牵肠挂肚。你总不至于要我受罪吧。”（法·巴尔扎克《守财奴》）

同义 念念不忘、企而望归、神摇意夺、切切在心

反义 无牵无挂、高枕无忧

同义例句 奶奶说，抗日战争期间，兵荒马乱，爷爷被日本鬼子抓去做苦力，她总是牵肠挂肚地思念爷爷，企而望归。

对比用法 王厂长说：“新产品生产已经上马，大家不要以为可以高枕无忧了。它在市场上能否竞争取胜，还使我牵肠挂肚呀。”

灵活用法 亦作“牵肠割肚”“挂肚牵肠”。如：“可怎生将俺孩儿一时勾去，害得俺张善友牵肠割肚的。”（《元曲选·无名氏〈冤家债主〉》）

读音辨误 肚，不能读成 dǒu（抖）。

★〖牵肠挂肚〗

海角炭红爹妈心，天涯丝缕慈母线。
嗷嗷待哺乳瑶酣，跌跌蹒跚大手牵。
呕血沥肠子女胖，节衣缩食鸿孩宴。
将儿月影怀中搂，梦雨英雄秋水穿。

[牵强附会]qiān qiǎng fù huì

牵强：把没有联系的事勉强拉到一起；附会：把某种意思强加给某个事物，把并不存在的联系勉强加在某些事物之间；附：勉强往上安；会：生硬地拉扯到一起。[词源] 宋·郑樵《通志·总序》：“董仲舒以阴阳之学，倡为此说，本于〈春秋〉、牵合附会。”

本义 将事物进行不合适的联系或作不恰当的比喻。如：“以牝代表东方文化而以牡代表西方文化，大约不是牵强附会之谈吧。”（林语堂《谁最会享受人生》）

同义 强词夺理、穿凿附会

反义 言之成理、顺理成章、无懈可击

同义例句 “有这种毛病的人常常强词夺理，把许多不通的道理硬要说通，因而随意穿凿，牵强附会。”（马南邨《学问不可穿凿》）

对比例句 这场专题辩论会进

行得非常激烈，红队一方表现尤为出色，他们论据确凿，言之成理，几乎无懈可击；蓝队一方虽口齿伶俐、反应敏捷，但终因牵强附会之处太多，败在红队手下。

读音辨误 强，这里不能读成qiáng（墙）。

★〖牵强附会〗

比干力谏作谋反，岳帅丹心成抗令。
附拥当仇流碧血，牵驴做马控朝兵。
狐凭威虎混眸听，奸告忠良捏罪名。
骈字惊惶文字狱，雪光牛骥毳毛清。

[前程万里]qián chéng wàn lǐ

前程：前面的路程，比喻事业方面的前途。[词源] 宋·计有功《唐诗纪事·崔铉》："崔铉儿时咏架上鹰，有'万里碧霄终一去，不知谁是解绦人'之句。韩滉说：'此儿可谓前程万里。'"

本义 形容前途远大，不可限量。常作颂词，含褒义。如："哥哥荣任是美事，家中自有兄弟支持，不必挂怀。前程万里，须自保重！"（明·冯梦龙《警世通言》第十一卷）

同义 鹏程万里、前程无量

反义 山穷水尽、江河日下

同义例句 我们伟大的祖国，在改革开放中更加繁荣昌盛，前程无量。我们青年人也正可大显身手，只要勤奋实干，将是前程万里。

对比例句 社会主义事业如日中天，前程万里。事实与一些"江河日下"之类的谣言恰好相反。

读音辨误 程，不能读成 chén（陈）。

★〖前程万里〗

玄晖饮墨满朝华，晨旭腾峰冲蜃霞。
提笔沙场元甲鼎，挥毫翰院独芳葩。
脚翻沧海生葱绿，手牵黎民越陡涯。
一点朱批红大地，万方山岳圃园花。

[前功尽灭]qián gōng jìn miè

见 [前功尽弃]

[前功尽弃]qián gōng jìn qì

功：功劳、成绩；尽：全部；弃：丢掉、丧失。[词源] 汉·司马迁《史记·周本纪》："今又将兵出塞，过两周，倍（背）韩攻梁，一举不得，前功尽弃。"

本义 指以前的功劳完全白费，或事将成而受挫，以致失败。如："武职出百死一生得官，今坐流徙仗者概充军，则前功尽弃，而罪反重于文职。"（明·余继登《典故纪闻》卷十一）

引申 现也指原有的成绩或努力完全白费。如：可惜的是：缝纫鸟虽然聪明，毕竟还不能把这样精致的杰作牢固地编结在树枝上。只一场狂风暴雨，便被打了下来，落得个前功尽弃。

同义 功亏一篑、功败垂成与本义同义，枉费心机、功不补患、化

为乌有与引申义同义

反义 大功告成、功成名立与本义构成反义，不可磨灭、名标青史与引申义构成反义

同义例句 “一腔报国之心，竟成画饼，前功尽弃，化为乌有。”（茅盾《祖逖闻鸡起舞论》）

对比例句 他们以为大功告成，放松了对自己的严格要求，经不住资产阶级糖衣炮弹的袭击，结果成了人民的罪人，落得前功尽弃，名声扫地。

灵活用法 亦作“全功尽弃”“前功尽灭”。如：“公之功甚多，今公又以秦兵出塞，过两周，践韩，而以攻梁，一攻而不得，前功尽灭。”（汉·刘向《战国策·西周策》）

★〖前功尽弃〗

赤壁落缨曹梦碎，街亭颠倒伐兵垂。
卧薪燃火深仇报，自刎乌江功绩亏。
滴水春秋穿虎石，细沙日月殿堂骊。
银河滚滚长江远，翰墨哗哗青汗诗。

[前仆后继]qián pū hòu jì

仆：倒下。[词源]清·秋瑾《吊吴烈王樾》：“前仆后继人应在，如君不怕轩辕孙！”

本义 前面的人倒下了，后面的人紧跟上来。形容英勇顽强，不怕牺牲。如：“灾难深重的中华民族，一百年来，其优秀人物奋斗牺牲，前仆后继，摸索救国救民的真理。”（毛泽东《改造我们的学习》）

同义 勇往直前、一往直前

反义 临阵脱逃、后继无人、后无来者

同义例句 中国人民解放军战士在攻打凤凰山战斗中，前仆后继，勇往直前，不怕牺牲，与敌人争夺山头阵地。

对比例句 真正的英雄，在枪林弹雨中，前仆后继，一往无前，绝不临阵脱逃。

灵活用法 也作“前赴后继”。如：“全世界人民要有勇气，敢于战斗，不怕牺牲，前赴后继。”（毛泽东《支持刚果（利）人民反对美国侵略的声明》）

读写辨误 仆，不能读成 fù（赴），不能写成“扑”。

★〖前仆后继〗

秋瑟萧风残叶烬，寒冬霜白般梅丰。
冷娥莽卉鸳鸯散，暖霭冰消蝶恋红。
英骨牺牲时有后，血流壑谷翠岚笼。
离离青草岁枯兴，野火焚灰春又葱。

[潜移默化]qián yí mò huà

潜、默：暗中，无形的；移：改变；化：变化。[词源]《颜氏家训·慕贤》：“潜移暗化，自然似之。”

本义 指人的思想行为被影响或受到感染后渐渐地、不知不觉地发生了变化。如：“苏比这时敏感的心情和老教堂的潜移默化会合在一起，使他灵魂里突然起了奇妙的变化。”（欧·亨利《警察和赞美诗》）

同义 耳濡目染

反义 顽固不化

同义例句 他跟了师傅十几年，不仅学到了师傅的手艺，而且耳濡目染，潜移默化，他的为人也像师傅一样正直、善良。

对比例句 我们几个同时从北方来的人都潜移默化地把大米当作了主食，就他一个人顽固不化，还是成天吃馍喝面汤。

读音辨误 潜，不能读成 qiǎn（浅）。

★〖潜移默化〗

大雄宝殿狮神态，桃苑荷池仙气浓。
孟母三迁朱玉近，鲜花遍野鹤山形。
书香门第翰林茂，墨海卧龙诗兴重。
水浒侠豪腰插匕，官场品伪马前恭。

[黔驴技穷]qián lǘ jì qióng

穷：尽，完了。[词源]参见[黔驴之技]

本义 指仅有一点本领已经使完了，终于露出空虚怯弱的本质。含贬义。如："他们不过是黔驴技穷，想求个活命罢了。"（陈立德《前驱》三十八）

同义 无计可施、梧鼠技穷

反义 余勇可贾、大显神通

同义例句 "敌人已经露出马脚，他们已经感到黔驴技穷，无计可施了。"（罗广斌、杨益言《红岩》第十三章）

对比例句 最后一次交锋，悟空大显神通，而女妖则黔驴技穷，再无计可施了。

[黔驴之技]qián lǘ zhī jì

黔：地名，今贵州一带；技：技能、本领。[词源]唐·柳宗元《三戒·黔之驴》："黔无驴，有好事者船载以入，至则无可用，放之山下。虎见之，庞然大物也，以为神，蔽林间窥之……他日，驴一鸣，虎大骇，远遁，以为且噬己也，甚恐。然往来视之，觉无异能者……稍近益狎，荡倚冲冒。驴不胜怒，蹄之。虎因喜，计之曰：'技止此耳'。因跳踉大㘎，断其喉，尽其肉，乃去。"

本义 讥讽看起来是庞然大物，实际上本领有限。含贬义。如："柳宗元曾经描写过的'黔驴之技'，也是一个很好的教训。"（毛泽东《一个极其重要的政策》）

同义 技止此耳、机关算尽、黔驴技穷

反义 神通广大、技艺超群、足智多谋

同义例句 这股敌人妄图要金蝉脱壳之计逃跑，结果还是被我军歼灭了。狡诈的土匪司令机关算尽，其手段也不过是黔驴之技。

对比例句 打仗要勇敢，还要靠足智多谋，如果仅凭"三板斧"的本事，那如同黔驴之技，是不能应付战场上瞬息万变的局势的。

★〖黔驴技穷〗

守宫丢尾溜之远，豺貉现形羊角穿。
赵括纸兵空唤爹，孟获老赖甘朝遣。

根深不惧风云掀，磐石稳基嘲雪卷。
一颗丹心行五洲，民心向背应千变。

[强弩之末]qiáng nǔ zhī mò

弩：古时射箭的机械；之：到；末：尽头。[词源] 汉·司马迁《史记·韩长孺列传》：“且强弩之极矢不能穿鲁缟；冲风之末，力不能漂鸿毛。”

本义 用强劲的弩弓射出的箭，到射程最末一段，力量也没了。如：“强弩之末，力不能入鲁缟。”(汉·班固《汉书·韩安国传》)

比喻 比喻原本强大的力量，到了末了也衰竭无力了。如：“曹操之众远来疲敝，闻追豫州，轻骑一日一夜行三百余里，此所谓‘强弩之末势不能穿鲁缟者也。’”(宋·司马光《赤壁之战》)

同义 再衰三竭与比喻义同义

反义 方兴未艾与比喻义构成反义

同义例句 敌人一败再败已是再衰三竭，先前气势汹汹，现已是强弩之末了。

对比例句 敌方已是强弩之末，而我方则方兴未艾，谁胜谁负已是很显然的了。

读写辨误 弩，不能读成 lǒu (篓)；末，不能写成“未”。

★〖强弩之末〗

千米弩弓鸟穿杨，空城弦断马骢溃。
三秋禾秆弯腰垂，满穗稻粮饱凤喙。
耄耋鲐皮蹒跛挪，额头银发睿聪倍。
珍惜华茂青春时，莫待眼花慢步悔。

[强词夺理]qiǎng cí duó lǐ

强：硬要；词：狡辩。[词源] 明·罗贯中《三国演义》：“孔明所言，皆强词夺理，均非正论，不必再言。”

本义 固执、勉强地发表不可信的言论。如：“有这种毛病的人常常强词夺理，把许多说不通的道理，硬要说通。”(马南邨《学问不可穿凿》)

引申 明明没有道理，却还要固执地与人争辩。如：你无视事实，编造谎言欺骗大家，硬说该道歉的应该是我们，这不是强词夺理吗？

同义 牵强附会、穿凿附会与本义同义，胡搅蛮缠、无理取闹与引申义同义

反义 入情入理、据理力争、理直气壮与引申义构成反义

同义例句 你这不是强词夺理吗？我警告你，你再这样胡搅蛮缠、无理取闹，我会告你扰乱公共秩序，让公安机关来处罚你。

对比例句 明天我们同上级主管部门的领导讨论建校舍的问题，应当据理力争，但不能强词夺理。只有说明利害关系，提出入情入理的要求，才能解决问题。

读音辨误 强，不能读成 qiáng (墙)。

★〖强词夺理〗

君王神授代天言，指鹿为马强夺权。
三经五常儒道圣，九衙灯火灭炊烟。
蚪文毫字压昆岳，厥话唇枪炸沃田。
恶语脏池莲玉萎，暖声酌酒畅琼筵。

[巧夺天工]qiǎo duó tiān gōng

天工：天然的造就。[词源]元·赵孟頫《赠放烟火者》："人间巧艺夺天工，炼药燃灯清昼同。"

本义 制作工艺的精巧胜过天然的造就。如："野生的动物植物衬托出人工饲养和栽培的巧夺天工。"（吴伯箫《猎户》）

同义 鬼斧神工、妙手天成

反义 粗制滥造

同义例句 这位民间艺人的根雕作品真可谓妙手天成、巧夺天工。

对比例句 这些手工制品是准备赠给儿童村的，不要求每件都巧夺天工，但绝不允许粗制滥造。

★〖巧夺天工〗

故宫珍宝

禁阙骊瑜紫霭晖，苍穹星月逊恭卑。
栩扇如蝶巧天匠，楚粉同妃冕冠垂。
华夏汗珠凝和玉，能工牙琢史丰碑。
城门洞放桃源彩，璀璨霓虹举世随。

乐山大佛

佛像高云乐气仙，如来慕侣结金兰。
神眸栩栩天工琢，身岳巍巍齐苍乾。
禅指昊穹施法道，雄居大地去磨难。
一尊坐镇守山水，四海升平幸福安。

[巧妇难为无米之炊]qiǎo fù nán wéi wú mǐ zhī chuī

炊：做饭。[词源]宋·陆游《老学庵笔记》卷三："晏景初尚书，请僧住院，僧辞以穷陋不可为。景初曰：'高才固易耳。'僧曰：'巧妇安能作无面汤饼乎？'"清·翟灏《通俗编》："《鸡肋编》：'陈己（师道）诗：巧手莫为无面饼。即俗语云无米之炊也。'"

本义 最能干的妇女，没有米也做不出饭来。比喻做事缺乏必要条件，难以成功。如："闲时吃稀，忙时吃干，数着米粒下锅；等到惊蛰一犁土的春播时节，十家已有八户亮了囤底，揭不开锅了。巧妇难为无米之炊，管家婆不能给孩子大人画饼充饥……"（刘绍棠《榆钱饭》）

同义 巧妇做不得无面馎饦（bó tuō：古代一种面食；汤饼）

反义 万事俱备、粮草先行

同义例句 既然巧妇难为无米之炊，未必能人可以做出无面馎饦？枪法再好，没有子弹是不能消灭敌人的。

对比例句 司务长对炊事员说，兵马未到粮草先行。现在已万事俱备，再不是巧妇难为无米之炊了。

灵活用法 亦作"无米之炊"，如："无米之炊，是人力所做不到的。（鲁迅《两地书·八三》）

读音辨误 为，在这里不能读

成 wèi(味);炊,不能读成 cuī(崔)。

★〖巧妇难为无米之炊〗

一个刘公三虎将,千迢飞马伯乐弹。
雪云丰景金粱满,巧妇难烹无米餐。
逆水行舟遭浪淹,替天行道聚梁山。
海量大胆粮苍垒,搬石打天砸旆杆。

[切切私语]qiè qiè sī yǔ

见[窃窃私语]

[窃窃私语]qiè qiè sī yǔ

窃窃:声音细小。[词源]明·冯梦龙《东周列国志》第四十六回:"(商臣)又故意与行酒侍儿窃窃私语,芈(mǐ:姓)氏两次问话,俱失答应。"

本义 指背地里小声谈话或议论的样子。如:海底是否没有一点儿声音呢?不是的。海底的动物常常在窃窃私语。

同义 窃窃私议、交头接耳

反义 大喊大叫、高睨大谈、大声疾呼

同义例句 今天语文课上《林黛玉进贾府》,老师刚介绍完黛玉的身世,张红和李芳就议论起来。一会儿交头接耳,窃窃私语,一会儿低声嗤笑。老师对他们提出了批评。

对比例句 激烈的争论终于结束了,大喊大叫变成了窃窃私语。

灵活用法 亦作"切切私语"。如:"今仁兄面黄肌瘦,精神恍惚,语言错乱。及听兄晚间房中,每每与人切切私语,此必有作怪蹊跷的事。"(明·凌濛初《二刻拍案惊奇》卷二九)

★〖窃窃私语〗

威龙咆哮震寰宇,风雨泪流桑梓憔。
麻雀啾啾叹恐雳,兰芝默默嘀枯腰。
雄狮一跃剑苍昊,白马千蹄冲旭朝。
云散雾消蜂卉绕,山林欢唱玉莲骄。

[锲而不舍]qiè ér bù shě

锲:刻。[词源]《荀子·劝学》:"锲而不舍,金石可镂。"

本义 比喻坚持不懈地做一件事。如:"……对腐朽反动、卑鄙恶浊的现象和人物进行着'锲而不舍'的'韧'性战斗。"(萧三《我的一项自我批评》)

同义 持之以恒

反义 三天打鱼两天晒网、半途而废、一曝十寒

同义例句 读书是艰苦的,只有持之以恒,锲而不舍,才能有所收获,有所建树。

对比例句 体育锻炼也必须锲而不舍,如果一曝十寒,那是收不到效果的。

读写辨误 锲,不能读成 qì(气),不能写成"契"。

★〖锲而不舍〗

黄河滚滚穿山岭,简牍层层破雾苍。
春夏点萤辉鼎甲,秋冬流墨史卷芳。
卧薪燃火烧卑辱,羊子丢书断乐章。
精鸟啄缝清蛀蚁,金龙雕柱竖雄堂。

[钦差大臣]qīn chāi dà chén

钦：过去指皇帝或皇帝有关的事务；差：派遣。

本义 指由皇帝亲自委派并代表皇帝出外办理重大事情的官员。如："雯青因是钦差大臣，上海道特地派了一支官轮来接，走了一夜，次早就抵埠头。"（清·曾朴《孽海花》第九回）

引申 讽刺官僚主义者。如："我们党吃所谓'钦差大臣'的亏，是不可胜数的。"（毛泽东《〈农村调查〉序言》）

读音辨误 钦，不能读成 qīng（青）。

★〖钦差大臣〗

一道寒光横大地，九州蛰豸缩蛇头。
天公宝剑走华夏，狐友狗朋罗网兜。
刚直不垂杨箭竹，金睛透雾察阴幽。
六亲不认莠民灭，皇亲国戚同庶舟。

[亲密无间]qīn mì wú jiàn

间：缝隙。[词源]汉·班固《汉书·重望之传赞》"萧望之历位将相，籍师傅之思，可谓亲昵亡（无）间。"张鼎丞《整风在延安中央党校》："大家都团结在毛泽东思想的红旗下，上下左右亲密无间。"

本义 指人与人之间没有隔阂。形容关系非常亲密。如："在我们的社会主义大家庭里，亿万劳动人民是一个亲密无间的整体。"（王石、房树民《为了六十一个阶级弟兄》）

同义 亲如骨肉、亲如兄弟、情同手足、如影随形

反义 势不两立、同床异梦、貌合神离、两不相涉

同义例句 我们这个五人学习小组非常团结，大家相处在一起亲密无间、情同手足。

对比例句 他俩以前关系非常好，彼此亲密无间。现在一个弃学经商，一个坚持求学深造，双方两不相涉，各奔前程。

灵活用法 亦作"亲昵无间"。如："由于这种政治上思想上的一致关系，是在革命斗争中出现和形成……所以更显得亲昵无间，牢不可破。"（李欣《志同道合》）

读写辨误 间，在这里不能读成 jiān（房间的"间"）；密，不能写成"蜜"。

★〖亲密无间〗

春暖花开蝶恋花，寒冬腊月蔓缠丫。
红楼宝黛同啥玉，天地断桥连白蛇。
书屋聊斋人鬼叙，田园梁祝翼比划。
燕窝两小呢喃曲，蓬荜耄皤相沫茶。

[沁人心脾]qìn rén xīn pí

沁：渗入。[词源]宋·林洪《冷泉亭》："一泓清可沁诗脾。"清·王士镇《池北偶谈·谒陵诗》："廿载承恩无守补，钟鸣漏尽尚依依。予谓五六句，最沁人心脾。"

本义 指空气新鲜景色宜人。形容令人心旷神怡。如："然而夜

气很清爽，真所谓‘沁人心脾’，我在北京遇着这样的好空气，仿佛这是第一遭了。”（鲁迅《呐喊·社戏》）

引申 形容诗文给人以清新、爽朗的感受。如：“文章好坏，不在长短。古代不少名作，仅只二三十句，而情意无穷，沁人心脾。”（臧克家《学诗断想·文不在长》）

同义 赏心悦目、心旷神怡与本义同义，荡气回肠、感人肺腑、如饮香醇与引申义同义

反义 令人作呕、臭不可闻、不堪入目与本义构成反义，枯燥无味、味同嚼蜡、诘屈聱牙与引申义构成反义

同义例句 唐诗宋词名篇佳作颇丰，这些脍炙人口的诗词，读起来既沁人心脾，又感人肺腑。

对比例句 近来，有些自诩是沁人心脾的意识流作品，让人读起来感到诘屈聱牙味同嚼蜡。

灵活用法 亦作“沁人心腑”。如：“嘉靖间乃兴《闹五更》《寄生草》……举世传诵，沁人心腑。”（明·沈德符《野获编》）

读写辨误 沁，不能读成 xīn（心），不能写成“泌”。

★〖沁人心脾〗

春光明媚百禽唱，贾府怡庭千卉香。
黛玉肌肤芳月榭，宝公逐馥蝶思娘。
妙姑沁润入脾脏，梅竹连枝鸳侣荡。
情窦初开山色秀，风华英武激昂张。

[青出于蓝]qīng chū yú lán

[词源]《荀子·劝学》：“青，取之于蓝而青于蓝；冰，水为之而寒于水。”

本义 青色从蓼蓝中提炼出来，但颜色却深于蓼蓝。如：“人言青出于蓝，今乃蓝出于青。”（《清朝野史大观·卷九·纪文达不没人长》）

比喻 比喻学生超过老师或后人超过前人。如：“粗看起来，仿佛都是没出息的孩子，但做起文章来却青出于蓝。”（鲁彦《西安印象》）

灵活用法 亦作“青胜于蓝”。如：“恐梦似真，翻新人妙，不特不嫌沿袭，几于青胜于蓝。”（况周颐《蕙风词语》卷二）

书写辨误 蓝，不能写成“兰”或“篮”。

★〖青出于蓝〗

暖煦春风吹凤冈，脆芽冒尖绿茵裳。
曹冲小孩称大象，司马智勇破水缸。
王勃辉煌滕王阁，卫青横扫恶匈狼。
长江后浪推前浪，一代更比一代强。

[青黄不接]qīng huáng bù jiē

青：田里的青苗；黄：成熟金黄色的谷物。[词源]宋·欧阳修《欧阳文忠公集·卷一一四·言青苗第二札子》：“犹是青黄不相接之时。”《元典章·户部·仓库》：“即目（前）正是青黄不接之际。”

本义 陈粮吃完,新粮还没成熟。指粮食紧张的时节。如:“年年暮春时节,我都回乡长住。仍然是青黄不接春三月……”(刘绍棠《榆钱饭》)

比喻 现常喻指人、财、物、力、时间以及某项事业暂时中断,造成难以接济的现象。如:“由于历史原因,我们的科学技术队伍发生了青黄不接的现象。”(邓小平《在全国科学大会开幕式上的讲话》)

同义 后继无人、供不应求、生寡食众与比喻义同义

反义 后继有人、生众食寡、供过于求、后浪推前浪与比喻义构成反义

同义用法 从前农村经常闹春荒,粮食青黄不接,商贾们趁机抬价,即使有粮出售,也是供不应求,百姓苦不堪言。

对比例句 我厂生产的饮料季节性强,生产旺季如果原料跟不上就出现青黄不接的情况;一到销售淡季又供过于求。

灵活用法 亦作“青黄不交”。如:“来年青黄不交之际,常平有钱无米。”(宋·苏轼《奏浙西灾份第一状》)

读音辨误 青,不读 qīn(亲)。

★〖青黄不接〗

一阵雷炮儒像倒,千年宣纸毒芝烧。
唇枪白话唾翰墨,洪雅五经诗赋凋。
老子鲐纹孺发短,黄梁殆尽翠瓜寥。
古松刚毅昆仑脊,苍柏新花姿色骄。

[青天霹雳]qīng tiān pī lì

见[晴天霹雳]

[轻举妄动]qīng jǔ wàng dòng

轻:轻率;举:行动;妄:任意、盲目。[词源]《韩非子·解老》:“众人之轻弃道理而易忘(妄)举动者,不知其祸福之深大而道阔远若是也。”

本义 轻率而又盲目地采取行动。如:“虽然我很厉害,但在预警雷达网和导弹预警卫星的监视下,我也不敢轻举妄动。”(朱毅麟《洲际导弹自述》)

同义 鲁莽从事、恣意妄为

反义 小心翼翼、谨小慎微、三思而行

同义例句 指挥打仗,要全面考虑局部形势和全局的关系,不能轻举妄动,鲁莽从事。

对比例句 他是一个循规蹈矩、小心翼翼的人,从来不鲁莽从事、轻举妄动。

读写辨误 轻,不能读成 qīn(亲);“妄”不能写成“忘”或“枉”。

★〖轻举妄动〗

曹操大军横赤壁,蜀吴慎举按兵戎。
蛋飞顽石粉身碎,羚斗恶熊帷幄攻。
同掌火枪英智睿,草船借箭驾东风。
燃船红炬烧凫鸭,江水讯嘲灰烬空。

[轻描淡写]qīng miáo dàn xiě

[词源] 清·吴趼人《二十年目睹之怪现状》第四十八回:“臬台见他说得这等轻描淡写,更是着急。”

本义 指文章、绘画中着力不多的叙述和用淡色轻轻着笔描绘。如:这幅轻描淡写的山水画,看似不经意,实则意境深远。

比喻 比喻说话、写文章有意减轻问题的重要程度。如:“或者轻描淡写地说一顿,不作彻底解决,保持一团和气。”(毛泽东《反对自由主义》)

反义 精雕细刻与本义构成反义

对比例句 凡是精雕细刻的作品,都耗费了作者大量的心血,不像轻描淡写那样来得容易,因此非下苦功夫不可。

★〖轻描淡写〗

雾云遥处入仙苑,世外桃源怡蝶园。
桑梓鹂琴围翠舍,花池莲玉弹飞鸳。
轻描淡出别愁绪,重彩眸悠鹤逸轩。
梦幻蜃楼蓬岛远,康庄大道马蹄喧。

[倾家荡产]qīng jiā dàng chǎn

倾:倒出;荡:扫除、弄净。[词源] 晋·陈寿《三国志·蜀志·董和传》:“货殖之家,侯服玉食,婚姻葬送,倾家荡产。”

本义 指把家产全部弄光。如:“所以弄得人倾家荡产,败名失德,丧躯殒命。”(明·凌濛初《初刻拍案惊奇》)

同义 两手空空、囊无一文、空无所有

反义 发家致富、家给人足、招财进宝

同义例句 他嗜赌成性,常输得两手空空,囊无一文。家人好生相劝,他却越输越赌,结果弄得倾家荡产,家徒四壁。

对比例句 在封建社会里有的人为了长宜子孙,拼命聚财发家致富。虽然他们的子孙能坐享其成,却不思进取。有的成了纨绔子弟过着花天酒地的生活,结果坐吃山空,倾家荡产。

灵活用法 亦作“倾家破产”“破家荡产”。如:“触着他的,风波立至,必要弄得那人破家荡产,方才罢手。”(明·冯梦龙《醒世恒言·灌园叟晚逢仙女》)

读音辨误 倾,不能读成 qǐng(顷)。

★〖倾家荡产〗

宁荣二府横长街,苍旻风云舞日月。
春夏怡庭黄菊鲜,秋冬潇馆金枝没。
倾心玉泪付鸳鸯,荡产红楼倒朽阙。
翎羽满堂花烛鸣,蝶绡宝玉暗凋竭。

[情不自禁]qíng bù zì jīn

禁:抑制。[词源] 南朝·梁·刘遵《七夕穿针》诗:“步月如有意,情来不自禁。”明·冯梦龙《醒世通言·宿香亭张浩遇莺莺》:“浩此时情不自禁,遂整巾正衣,向前

而揖。女子敛袂答礼。”

本义 抑制不住激情。形容感情真实而又自然地流露出来。如：王叔叔说：“这样壮丽的人民大会堂，不到一年工夫就建成了！”我情不自禁地说：“盖得可真快啊！”

同义 情难自禁、按捺不住、不由自主

同义例句 听了这首欢快的乐曲，他按捺不住自己的激情，随着悠扬的旋律，情不自禁跳起舞来。

读音辨误 情，不能读成 qín（琴）。

★〖情不自禁〗

涕零贾府报泉恩，黛妹落凡伴宝玉。
梅竹无猜促膝聊，蝶萱缠绕翩跹曲。
怡楼花烛洞房辉，潇馆兰枝门第辱。
不禁潸然泪雨倾，腑肝俱裂黄泉仆。

[情理难容]qíng lǐ nán róng

容：忍受、宽恕。[词源]明·施耐庵《水浒传》第十回：“泼贼！我自来又和你无甚么冤仇，你如何这等害我！正是‘杀人可恕，情理难容’！”

本义 从人情和事理两方面都不能宽恕。形容言行过分或罪恶深重使人难以忍受。如：“打断曲文，罪犹可恕；抹煞宾白，情理难容。”（清·李渔《闲情偶寄·授曲第三》）

同义 天理难容、罄竹难书

反义 情有可原、无可厚非、人情入理

同义例句 这个家伙作恶多端，情理难容的罪行罄竹难书。真是人神共愤，天理难容。

对比用法 这些干部禁不起金钱的诱惑，走上了犯罪的道路，其罪行情理难容，怎能说情有可原呢？

★〖情理难容〗—油炸秦桧

绥靖求荣保狗头，污言良将诽折挫。
奸谀献媚溜须吹，秀美神州山海破。
结党营私敛横财，诬淫岳帅血风剁。
难容天理下油锅，跪拜世人谢罪过。

[情随事迁]qíng suí shì qiān

迁：变化。[词源]晋·王羲之《兰亭集序》：“情随事迁，感慨系之矣。”

本义 指思想感情随着事情、环境的变化而变化。如：“后来大抵带在身边，只是情随事迁，已没有翻译的意思了。”（鲁迅《为了忘却的记念》）

同义 情随境变、时过境迁、叶落知秋

同义例句 想当年，他在校乐队当指挥是风骚一时的。现在年过半百，叶落知秋，情随事迁，好汉不提当年勇了。

读写辨误 随，不能读成 shuí（谁），不能写成“隋”。

★〖情随事迁〗—卧薪尝胆

乌云笼罩城楼摧，冕羽落英蹄下跪。
昔日万人之上皇，今时俘虏做奴婢。
卧薪尝胆图槐刚，埋首耕耘雪国耻。

炉火锻丹筋骨强，揭竿奋起再雄史。

[晴天霹雳]qíng tiān pī lì

霹雳：炸雷。[词源]宋·王逢原《谢满子权寄诗》："九原黄土英灵活，万古青天霹雳飞。"

本义 形容陡然爆发的惊人的巨响。如："……随即听见他大吼一声，像一声晴天霹雳，菊花青随着这声霹雳腾空而起，像闪电般越过河滩，跃上对岸，直向敌人最密集的地方冲去……"（姚雪垠《李自成》第八章）

比喻 指突然发生的不幸事件。如：这噩耗犹如晴天霹雳，把她彻底击垮了，使得她连续几天躺在床上茶饭不思。

灵活用法 亦作"青天霹雳"。如："正如久蛰龙，青天飞霹雳。"（陆游《四日夜鸡未鸣起作》）

读写辨误 霹，不能读成 pí（皮）；雳，不能读成 lí（离），不能写成"厉"。

★〖晴天霹雳〗—错鸳悲

玉珠汩汩付恩滴，丝帛绵绵待蝶笼。
诗意画情含粉窦，眉来眼去射飞鸿。
洞房花烛鞭炮响，潇馆霹雷脾脏忡。
床枕卿卿头白老，落花流水一场空。

[请君入瓮]qǐng jūn rù wèng

君：对于对方的尊称；瓮：一种陶制的器具，似坛。[词源]《新唐书·周兴传》："初，兴未知被告，方对俊臣食。俊臣曰：'囚多不服，奈何！'兴曰：'易耳，内之大瓮，炽炭周之，何事不承。'俊臣曰：'善。'命取大瓮且炽火，徐谓兴曰：'有诏按君，请尝之'。兴骇然汗，叩头服罪。"清·曹雪芹《红楼梦》六十三回："宝琴笑道："请君入瓮'。"

本义 比喻用某人整人的办法来整某人。如："仁人们或者要问：那么，我们竟不要'费厄泼赖'么？我可以立刻回答：当然是要的，然而尚早。这就是'请君入瓮'法。"（鲁迅《论"费厄泼赖"应该缓行》）

同义 以其人之道还治其人之身、以眼还眼、以牙还牙

反义 反其道而行之

同义例句 来俊臣用请君入瓮法，也就是以其人之道还治其人之身的方法，惩治了残暴的地方官吏周兴。

对比例句 鲁迅先生对"落水狗"主张采用"请君入瓮"法，反对过早一味"费厄泼赖"。那些"仁人"们反其道而行之，对"落水狗"实行犯而不校的恕道。

读写辨误 瓮，不能读成"gōng"或"wǎ"，不能写成"翁"。

★〖请君入瓮〗—纸上谈兵

薄盔狂妄虚浮飘，长剑划渊待戟到。
赵括无谋入峡湾，白将诱敌落圈套。
左冲右突瓮中龟，弓箭天罗地网灶。
纸可渡军亦烧兵，乾穹有序云无道。

[穷形尽相]qióng xíng jìn xiàng

穷、尽：完全，彻底；形、相：形象，形态。[词源]晋·陆机《文赋》："期穷形而尽相。"

本义 形容文笔细腻生动，将物态描绘得逼真而透彻。如："描摹物态，求其穷形尽相；刻画心理，能使细致入微。"（周先慎《简笔与繁笔》）

引申 形容丑态毕露。如：这家伙喝醉了之后，不仅胡言乱语，而且手舞足蹈，真是穷形尽相，令人厌恶。

同义 惟妙惟肖、入木三分与本义同义，丑态毕露、丑态百出与引申义同义

同义例句 这篇游记对当地风俗人情的描写真是惟妙惟肖，穷形尽相。

灵活用法 亦作"穷形极状"。如："若是将这些牙酸肉麻的情况，写得穷形极状，未免蹈小说家窠臼。"（清·李绿园《歧路灯》第二十二回）

读音辨误 形，不能读成 xín。

★〖穷形尽相〗—贾雨村

雨村星眼儒风骨，直鼻福腮翎羽虹。
翻掌权椅攀爵贵，顺云贪宝藏娇红。
葫芦命案寒心杀，乌帽沉浮枷锁笼。
霓彩怡楼骸面映，栩生尽相笔刀功。

[茕茕孑立，形影相吊]qióng qióng jié lì, xíng yǐng xiāng diào

茕茕：孤独；孑：孤单；形：身体；吊：安慰。[词源]晋·李密《陈情表》："外无期功强近之亲，内无应门五尺之僮，茕茕孑立，形影相吊。"

本义 形容无依无靠，非常孤独。如："在这个世界上，我茕茕孑立，形影相吊。没有亲人，没有朋友，什么人也没有。"（亨·特罗亚《最好的顾客》）

比喻 比喻失道寡助，孤立无援。如："总之是没有人去理他，使得他茕茕孑立，形影相吊，没有什么事做了，只好挟起皮包走路。"（毛泽东《别了，司徒雷登》）

同义 孤苦伶仃、形单影只与本义同义

同义例句 他幼年父母双亡，孤苦伶仃，中年又遭受坎坷磨难，妻离子散，剩下他一个茕茕孑立，形影相吊，邻居们十分同情他。

★〖茕茕孑立，形影相吊〗—霸王别姬

沉舟破釜碎秦卒，旷古无双神勇荡。
力拔山兮横巨鹿，身威盖世烧阿房。
楚河汉水遭欺骗，霸王别姬泪断肠。
四面楚歌茕孑立，乌江流逝伟名扬。

[琼楼玉宇]qióng lóu yù yǔ

琼：美玉，泛指精美的物品；玉宇：传说中仙人的住所。[词源]晋·王嘉《拾遗记》："翟乾祐于江岸玩月，或问：'此中何有？'翟笑曰：'可随我观之。'俄见琼楼玉宇烂然。"

本义 原指仙境中的楼台、月宫。现常形容装饰华美的高楼大厦。如：这些光艳夺目的房屋好像月宫里的琼楼玉宇移到了人间。

同义 珠宫贝阙、桂殿兰宫

反义 茅茨土阶、蓬户柴门、荆室蓬户

同义例句 随着我国旅游事业的发展，为了吸引更多的旅游者，在许多著名山川或文化名城都开发了一批仿古建筑。有的像琼楼玉宇，有的像桂殿兰宫。游客到此如同走进了仙境。

对比例句 为了兴建我国的电影城，国家投资在无锡建设摄影基地。市郊原来那一片茅室蓬户的农舍，都被一座座琼楼玉宇、朱楼翠阁等古典式建筑所代替。

读音辨误 琼，不能读成 qún（群）。

★〖琼楼玉宇〗

宁荣二府横京畿，雅阁千林遍郁院。
天阙瑶池入俗凡，琼楼玉宇布桃甸。
风流云雨满亭台，蟠果酸甜生就缘。
春艳笑花夏蝶跹，秋卷落叶冬寒殿。

[取之不尽，用之不竭]qǔ zhī bù jìn, yòng zhī bù jié

竭：尽，完。[词源]宋·苏轼《前赤壁赋》："惟江上之清风，与山间之明月，耳得之而为声，目遇之而成色。取之无禁，用之不竭，是造物者之无尽藏也，而吾与子之所共适。"

本义 形容来源极丰富。如："不过作为语言的取之不尽、用之不竭的源泉，毕竟还是来自活人尤其是人民群众的口头。"（唐弢《作家要铸炼语言》）

同义 源源不绝

反义 所剩无几

同义例句 新鲜深刻的创作内容，只能从取之不尽，用之不竭的社会生活中发掘，才能源源不绝；而脱离了生活，闭门造车，创作将走进死胡同。

对比例句 他们认为这里矿产丰富，取之不尽，用之不竭，就滥开采，这样虽然热闹了一阵，但破坏了地质结构，造成了极大的浪费。现在，他们的矿井已所剩无几了。

读写辨误 之，不能读成 zī（资）；尽，不能读成 jìng（敬）；竭，不能写成"碣"。

★〖取之不尽，用之不竭〗—仁爱

鹂音过耳清风梭，红萼飘瞳夕霭落。
天地日娥对相拢，蝶花千拥耄鲐寞。
苍穹烟灭灰飞消，慈德恒笙莺舞鹤。
仁衍万星鹊虹长，爱滋梅竹光阴灼。

[全神贯注]quán shén guàn zhù

神：精神。贯注：集中。[词源]清·陈端生《再生缘》第五十三回："嗳唷！总算他肯自己说穿，这下都全神贯注，看老太太会不会醒过来。"

本义 指精神、注意力高度集中。如："不论是在月白风清还

是九级风浪的夜里，他们都全神贯注地盯着宽阔的海域。”（秦牧《土地》）

同义 聚精会神、专心致志、目不转睛

反义 心不在焉、心猿意马、神不守舍、漫不经心

同义例句 我们上课要全神贯注地听讲，专心致志地学习。

对比例句 同学们在全神贯注地看老师做实验，我却漫不经心地在实验室里看其他标本。

灵活用法 亦作“全神倾注”。如：“她全神倾注的只在哇的一声之后那最关紧要的一个报告。”（叶圣陶《遗腹子》）

读写辨误 全，不能读成 qián（前）；贯，不能写成“贺”。

★〖全神贯注〗

一盏清茶逾大海，满几浓墨九州才。
聚精瑶殿雀无响，贯注慧师求道来。
天地经纶蕴象塔，苍玄迷障黑云开。
十年寒窗沉竿牍，一举书山扬凤苔。

R

[惹是生非]rě shì shēng fēi

惹：招引；生：引发；是、非：事端，纷争。[词源]《元曲选·外编》：“大兄弟虎狼丛惹事招非。”

本义 指言行不当而与他人发生矛盾，引起纠纷。如：“苏比6次故意惹是生非，都没有达到入狱的目的。”（欧·亨利《警察和赞美诗》）

反义 安分守己

对比例句 这孩子一向安分守己，即使没人照管，他也不会到外面去惹是生非。

灵活用法 亦作“惹是招非”“招是生非”。如：“你许多时不行这条路，如今去端门看灯，从张员外门前过，又去惹是招非。”（《京本通俗小说·志诚张主管》）如：“嘁嘁嚓嚓，招是生非，搬弄口舌，决不在大处着眼。这衣钵流传不绝。……”（鲁迅《答徐懋庸并关于抗日统一战线问题》）

读写辨误 是，不能读成 sì（四），不能写成“事”。

★〖惹是生非〗—薛蟠

权杖横云蔽日月，薛蟠飞马践芳色。
无端惹是柳挥刀，特意生非淫间黑。
搅草拈花污纤枝，阳消阴爵臭翰墨。
夜阑竹箭射羔羊，弯弩回弹伤自刻。

[热火朝天]rè huǒ cháo tiān

本义 形容气氛热烈、情绪高涨。如：“砌墙的速度是惊人的，人们追赶叫喊，热火朝天，惹得过路的人都很惊奇。”（陆文夫《围墙》）

同义 如火如荼、热气腾腾

反义 死气沉沉

同义例句 看到这如火如荼的斗争、热火朝天的情景，新来的大

学生被深深感动了。

对比例句 因谈判破裂,工程只得停工待料,原先热火朝天的工地,一下子变得死气沉沉。

★〖热火朝天〗

百步穿杨靶露窗,千兵竞技赛场忙。
硝烟热火炮声响,呐喊朝天斗志昂。
虎甲金盔诛虎豹,龙威德礼屈仇殇。
五洲宁静蜃楼稳,四海富腴桑梓香。

[热血沸腾]rè xuè fèi téng

[词源]刘白羽《红太阳颂》:"抗日战争爆发了。那是一个多么惊心动魄而又灾难深重的年代呀!中国的天空在燃烧,大地在流血。不甘心作亡国奴隶的亿万人民满腔怒火,热血沸腾。"

本义 比喻心情激动,情绪高昂。含褒义。如:战士们热血沸腾,紧跟在班长后面。他们知道班长要把敌人引上绝路。

同义 激昂慷慨、斗志昂扬

反义 无动于衷、冷漠无情、萎靡不振

同义例句 五四运动期间,全国各大城市的爱国学生和工人热血沸腾,走上街头举行集会,激昂慷慨地发表演说,痛斥北洋政府卖国的罪行。

对比例句 当我校足球队荣获市运动会冠军的消息传来时,我校球迷们激动得热血沸腾,兴奋不已;而那些对足球不感兴趣,又没有校荣誉感的同学,对此则无动于衷。

读音辨误 热,不能读成lè(勒);"沸"不能读成fú(扶)。

★〖热血沸腾〗

鸦片硝烟城阁碎,枪炮轰响雅园垂。
三蒐朽殿神州窒,千百芳茵霸道推。
举国沸腾金甲挺,匹夫热血绿峨眉。
亿年黄河咆东海,源远长江大同追。

[人才济济]rén cái jǐ jǐ

济济:众多的样子。[词源]《尚书·大禹谟》:"济济有众。"又《诗经·大雅·文王》:"济济多士,文王以宁。"

本义 形容有才能的人很多。如:"在解析数论、代数数论、函数论、泛函分析、几何拓扑学等等的学科之中,已是人才济济,又加上了一个陈景润。"(徐迟《哥德巴赫猜想》)

同义 人才荟萃、人才辈出

同义例句 只有不拘一格地选拔人才,才能出现人才济济、人才辈出的局面,优秀人才才能脱颖而出。

读音辨误 济,不读作jì(季)。

★〖人才济济〗

九品腐堂门阀朽,一登科举俊花浮。
贡生济济栋梁聚,翰墨滹滹芳史流。
高矮树丛皆吐蕾,江湖龙鸟概翎留。
三元盛盛人才扬,九派佛儒行行优。

[人海人山]rén hǎi rén shān

见 [人山人海]

[人迹罕至]rén jì hǎn zhì

罕：稀少。[词源]《南齐书·高帝纪上》："自霜露所坠，星辰所经，正朔不通，人迹罕至者，莫不逾山越海，北而称蕃。"

本义 人的足迹很少达到。形容地处偏僻。如："……这是菜园，人迹罕至，所以不相宜，只好来捕鸟。"（鲁迅《从百草园到三味书屋》）

同义 杳无人迹、绝域殊方；荒郊野外

反义 人丛地密；通都大邑、必由之路

同义用法 这西边深山老林人迹罕至，而那北边的荒漠大泽也是杳无人烟的地方。

对比例句 我们走过这人迹罕至的荒郊，就可进入人丛地密的通都大邑。

读写辨误 罕，不能读成 hàn（汗），不能写成"宰"。

★〖人迹罕至〗

竺乾漫道炊烟稀，萱草遍坡人罕至。
白骨妖魔横涧峦，虎狼魑魅占峰寺。
火瞳金睛识邪云，赤胆忠心维笃志。
久经磨锤仙脊成，一番鸿就鹤翎骑。

[人山人海]rén shān rén hǎi

[词源] 明·施耐庵《水浒传》第五十一回："每日有那一般打散，或是戏舞，或是吹弹，或是歌唱，赚得那人山人海价看。"

本义 人群如山似海。形容人聚集得很多。如：这时候，江潮还没有来，可是，海塘大堤上早已人山人海。大家昂首东望，等着、盼着。

同义 人如潮涌、人头攒动、万人空巷、水泄不通

反义 路断人稀、杳无人迹、阒（qù：寂静）无一人

同义例句 今日第六届全国书市开幕，一大早武汉展览馆广场上就已人山人海。待开门进入展馆时，人如潮涌，挤得水泄不通。

对比例句 每逢星期天或节假日，前来东湖游览的人络绎不绝，白天里每个景点人山人海。一到傍晚之后，就显得路断人稀了。

灵活用法 亦作"人海人山"。如："今晚各人自八点钟已经齐集，十分踊跃，人海人山，专候两位到来。"（《东欧女豪杰》第五回）

读音辨误 山，不能读成 sān（三）。

★〖人山人海〗

紫禁城楼锦旆开，广场圣地人如海。
一声鸣炮诞新华，百姓高呼万岁载。
四渡赤河围剿甩，三奇战役蒋军殆。
镰锤崛起砸牢笼，碧血长征摧朽苔。

[人声鼎沸]rén shēng dǐng fèi

鼎：古代煮食器；沸：沸腾。[词源]明·冯梦龙《醒世恒言》卷十："一日午后，刘方在店中收拾，只听得人声鼎沸，他只道什么发火，忙来观看。"

本义 形容人声喧嚷嘈杂，像水在鼎中沸腾。如："(先生)大声道：'读书'！于是大家放开喉咙读一阵书，真是人声鼎沸。"（鲁迅《从百草园到三味书屋》）

同义 沸沸扬扬、沸反盈天

反义 鸦雀无声、万籁俱寂

同义例句 证券交易所里人声鼎沸，股民们沸沸扬扬地议论股市行情。

对比例句 课间操刚做完，操场上人声鼎沸；等上课铃一响，校园又恢复了平静，显得鸦雀无声了。

读写辨误 沸，不能读成 fù（复）；鼎，不能写成"顶"。

★〖人声鼎沸〗

子监学童济济堂，明窗咏读琅琅响。
孺孩默默聆听经，教授滔滔天道放。
课间少儿鼎沸喧，案前儒老沉思苍。
风云变幻律飞循，磐石静讥狂雨荡。

[人心惟危]rén xīn wéi wēi

惟：是；危：险恶。[词源]《尚书·大禹谟》："人心惟危，道心惟微。"《蔡沈集传》："人心易私而难公，故危。"

本义 指别有用心的人自私、险恶，难以揣测。含贬义。如："后来他对于我那'人心惟危'说的怀疑减少了。"（鲁迅《为了忘却的记念》）

同义 居心叵测、心怀鬼胎、两面三刀、人心难测

反义 开诚相见、襟怀坦白、披肝沥胆

同义例句 在社会交往中，有些人居心叵测，人心惟危。为了达到某种私利或心怀鬼胎诽谤他人，或两面三刀陷害他人。

对比例句 东汉末年，社会动荡，人心惟危。刘备、关羽、张飞患难遇知音，桃园三结义成了披肝沥胆、生死与共的亲兄弟。

读写辨误 心，不能读成 xīng（星）；惟，不能写成"唯"。

★〖人心惟危〗

三国纷争乱黑云，遍山哀雁血红君。
纵横捭阖股掌间，东战西征合与分。
幕后居心难揣测，直眸仇敌坦诚芬。
红尘黄土匹夫拌，雄殿栋梁英骨勋。

[人云亦云]rén yún yì yún

云：说；亦：也，跟着。[词源]金·蔡松年《槽声同彦高赋》诗："糟床过竹春泉句，他日人云吾亦云。"

本义 人家怎么说，也跟着怎么说。形容没有主见。如："为表示他是属于英国府的，他不能随便的人云亦云地乱说。"（老舍《四世

同堂》)

同义 鹦鹉学舌

反义 固执己见

同义例句 如:“我们管人云亦云的说话叫‘鹦鹉学舌’。”(吕叔湘《人类的语言》)

对比例句 人云亦云不好,固执己见也不正确,只有实事求是地坚持真理,才是可取的态度。

语音辨误 亦,不能读成yí(移)。

★〖人云亦云〗

暴雨狂风卷碎叶,洪江涛海带尘沙。
鹿当驴马跟鹦叫,鱼钓真龙随鸟喳。
柔弱蚁蝼无脊柱,匍跄躲避尾虫爬。
剑篁不任浮云摆,仙骨钢梁鼎中华。

[任劳任怨]rèn láo rèn yuàn

任:担任、承担,忍受;劳:劳作、劳苦;怨:埋怨。[词源]汉·桓宽《盐铁论·刺权》:“夫食万人之力者,蒙其忧,任其劳。”汉·班固《汉书·石显传》:“诚不能以一躯称快万众,任天下之怨。”清·颜光敏《颜氏家藏尺牍·劳副都之辨》:“惟存一矢公矢慎之心,无愧屋漏,而闹中任劳任怨,种种非笔所能尽。”

本义 指不怕劳累和埋怨。形容心甘情愿地不辞劳苦。含褒义。如:“母亲在家里极能任劳任怨。”(朱德《回忆我的母亲》)

同义 埋头苦干

反义 游手好闲、好逸恶劳、怨天尤人

同义例句 他工作总是埋头苦干,任劳任怨地完成各项任务。

对比例句 我们班组大部分同志对工作认真负责,任劳任怨。只有少数人不能坚持搞好本职工作,有游手好闲的现象。

读写辨误 任,不能读成nèn(嫩),不能写成“认”。

★〖任劳任怨〗—老黄牛

放奔四蹄震泰山,深耕五谷奠轩辕。
俯身沧海腴桑梓,蹲立银河守枕鸳。
角刺獠牙掀虎豹,足平荆棘莫衔冤。
草穿胃腹吐鲜奶,不屑风琴笑憨言。

[任重道远]rèn zhòng dào yuǎn

任:责任,肩负的使命。[词源]《论语·泰伯》:“士不可以不弘毅,任重而道远。”

本义 指肩负着重大的使命而道路崎岖漫长。如:把我国建设成现代化强国,要经过几代人的努力,任重道远。

反义 无所事事、悠哉游哉

对比例句 我们这一代青年肩负着跨世纪的建设重担,任重道远,因此要勤奋学习,刻苦锻炼,决不可胸无大志,以致整天悠哉游哉、无所事事。

灵活用法 亦作“任重而道远”。如:“那江中的水是那样清澈,而又那样渊深;那样宁静,而又那样畅快活泼;那样平易近人,而又那样任重而道远。”(吴方《鸭绿江的风格》)

读音辨误 远，不能读成 ruǎn（软）。

★〖任重道远〗

威虎小休犬拔毛，黄龙游滩鱼虾戏。
鸦烟乌黑紫禁城，武汉枪炮长辫弃。
黎庶镰锤重振旗，中华腾跃展鸿翅。
一飘丝路雨花新，四海桃源道远暨。

[日久天长]rì jiǔ tiān cháng

见[天长日久]

[日理万机]rì lǐ wàn jī

理：处理；万机：繁多的政务。[词源]汉·班固《汉书·百官公卿表上》："相国、丞相皆秦官，金印紫绶，掌丞天子助理万机。

本义 形容国家首领处理政务十分繁忙。如："可是，他老人家在日理万机的情况下，却挂念着我这样一个普通的工人，亲自打电话来询问我的情况。"（刘秀新、刘宗明《一件珍贵的衬衫》）

反义 尸位素餐

对比例句 这部影片赞扬了日理万机、呕心沥血的厂长兼总工程师，批判和讽刺了某些尸位素餐的高层领导干部。

★〖日理万机〗—诸葛亮

圣贤出旭循乾道，冕冠扶正鼎蜀汉。
鹅扇一挥韬略漫，神州三国掌心乾。
轻驰舟叶穿洪流，稳坐帷堂琴剑弹。
日理星辰梳海江，鞠躬天地碎骸断。

[日新月异]rì xīn yuè yì

新：更新；异：不同。[词源]《易·系辞》："日新之谓盛德。"又《礼记·大学》："苟日新，日日新，又日新。"

本义 每天每月都在更新变化。形容发展、变化很快。如："生活的诱惑在于日新月异和日新月异的不断感悟，艺术的魅力在于面对共同的生活，能用自己的嗓音歌唱。"（陶文瑜《诗歌提倡"异工同曲"》）

同义 一日千里

反义 依然如故

同义例句 近几年，市政建设日新月异，以一日千里的速度发展着。

对比例句 在日新月异的形势面前，依然如故的态度是不可取的。

灵活用法 亦作"日异月新"。如："声律之妙，日异月新。"（清·叶燮《原诗》卷一）

★〖日新月异〗

昨日鸦烟宫阙火，今时台榭庶民歌。
一挥翰墨蓝图布，转瞬回头楼宇摩。
翠蝶绽开蟠粉果，黄骢幻影铁机梭。
天天刮目诧山水，岁岁鲜花新袂娑。

[容光焕发]róng guāng huàn fā

容光：脸上的光彩；焕发：光彩四射的样子。[词源]清·蒲松龄《聊斋志异·卷七·阿秀》："竟妆，容光焕发。”

本义 形容精神振奋，情绪饱满。如：“大家一怔之后，便容光焕发地互相告语，并且研究这刺客是谁，汉字是怎样三个字。”（鲁迅《范爱农》）

同义 精神焕发、神采奕奕

反义 没精打采、萎靡不振、面黄肌瘦

同义例句 我校体操队的健儿们个个容光焕发。他们在训练场上神采奕奕的样子充满了朝气勃勃的生机。

对比例句 这个小孩患有疳积，面黄肌瘦，总是没精打采。经过治疗和精心调养之后，变得容光焕发了。

读写辨误 发，这里不读“fà”（头发的发）；焕，不能写成“换”或“涣”。

★〖容光焕发〗

蝴蝶扑卉翩跹舞，蓓蕾迎蜂蕊瓣滋。
梅竹凝眸曾相识，鸳鸯鱼水就同池。
宝哥热血容光发，黛妹柔肠香粉怡。
喜上眉梢千彩焕，寔情肺腑一飘诗。

[荣华富贵]róng huá fù guì

荣华：原指草木开花，比喻兴盛显要；富贵：有钱有地位。[词源]汉·王符《潜夫记·论荣》：“所谓贤人君子者，非必高位厚禄富贵荣华之谓也。

本义 财多势大，兴盛显达。如：“论起荣华富贵，原不过是过眼云烟。”（清·曹雪芹《红楼梦》）

引申 引申为奢侈豪华的生活。如“‘香君，你仔细想想，趁年纪轻着，乐得拣个大官大府的人家，享受荣华富贵。’”（谷斯范《新桃花扇》）

同义 高官厚禄

反义 穷愁潦倒

同义例句 他完全被高官厚禄所收买，贪图荣华富贵，把当年的革命志气抛在九霄云外。

对比例句 他受封建科举的残害，手不能提，肩不能扛，无一为生本领，一生过着穷愁潦倒的生活，至死也没有实现荣华富贵的迷梦。

★〖荣华富贵〗

荣光殿宇阿房火，华丽冕旒剑下落。
富满仓粮不附云，贵豪翎羽虚名壑。
纸袍纱帽政坛浮，醉卧酒池愁海虐。
金玉翻飞碎浊流，迷痴蝶梦南山鹤。

[如出一辙]rú chū yī zhé

辙：车轮碾轧的痕迹。[词源]宋·洪迈《容斋续笔·卷十一·名将晚谬》：“自古威名之将，立盖世之勋而晚谬不克终者，多失于恃功矜能而轻敌也。……四以（关羽、王思政、慕容绍宗、吴明彻）之过，如出一辙。”

本义 形容言行完全一致。如：“这种构思，这样笔法，与《触龙说赵太后》如出一辙，而同样奏效。”（臧克家《纳谏与止谤——重读〈邹忌讽齐王纳谏〉有感》）

同义 一模一样、毫无二致

反义 千差万别、大相径庭、天渊之别

同义例句 在尤卡坦半岛北部保存下来的古代美洲玛雅文化中,考古学家发现玛雅人创造的象形文字、彩陶图案等与中国古文化有如出一辙、毫无二致的地方。

对比例句 中日两国的佛教文化如出一辙,都是受印度佛教影响而产生的。而佛教的教义与西方奉行的天主教的教义则大相径庭。

读音辨误 如,不能读成 yú(鱼);辙,不能读成 chè(彻)。

★〖如出一辙〗—历史

秦汉三国晋历同,隋唐五代宋朝样。
陈桥兵变郭威榜,刘季斩蛇王莽尚。
分久必拢合必分,极衰大治循环荡。
正邪起伏汗青途,否定否之应道相。

[如法炮制]rú fǎ páo zhì

如法:依照成法;炮制:将中草药原料加工制成药剂。[词源]宋·释晓莹《罗湖野录卷四庐山慧日雅禅师》:"若克依此书,明药之体性,又须解如法炮制。"

本义 比喻照老办法或老规矩办事。如:"把蒲公英在开水里烫过,去了苦味就好吃的,我们如法炮制过一次,却再没有勇气去找来吃了。"(壶井荣《蒲公英》)

同义 依样画葫芦

反义 不落窠臼、别开生面、另起炉灶

同义例句 开始我以为当一个药剂员很简单,只是依样葫芦照着师傅如法炮制就行了,现经实践证明,药剂工作里面学问可深呢!

对比例句 我们只有开动脑筋,不落窠臼,才能使产品保持竞争力,如法炮制则将被淘汰。

读音辨误 炮,这里不能读成 pào(泡)。

★〖如法炮制〗

天空哀号乌鸦黑,大地毒愁遭蝎蛇。
指鹿为驹刀横冕,许田打猎拜曹爷。
郭威挥剑篡权位,宋祖陈桥瓢样画。
奸贼恶魔炮古法,罪魁难躲铡妖邪。

[如狼似虎]rú láng sì hǔ

如、似:好像。[词源]《尉缭子·武仪》:"一人之兵,如狼似虎,如风如雨,如雷如霆,震震冥冥。"

本义 指将士威武、勇猛。含褒义。如:"曹宁领兵直至宋营前,吆喝道:'吠!闻得你们岳家人马,如狼似虎'。"(清·钱彩·金丰《说岳全传》)第五十六回)

比喻 现常形容凶暴、残忍。含贬义。如:"手下用一班如狼似虎的奴仆,又有几个助恶的无赖子弟,日夜合做一块,到处闯祸生灾,受其害者无数。"(明·冯梦龙《灌园叟晚遇仙女》)

同义 豺狼成性与比喻义同义

反义 慈眉善目、慈悲为怀与比喻义构成反义

同义例句 这些溃军如狼似

虎，大肆劫掠，遇有阻拦，则乱砍滥杀，真是豺狼成性。

对比例句 几个慈眉善目的老和尚怎能抵挡这帮如狼似虎的匪徒的袭击，整座庙宇登时被洗劫一空。

灵活用法 亦作“如狼如虎”。如：“满拟卒业之后，牺牲弱质，救我同胞，怎料如狼如虎，为鬼为蜮的民贼……意要和我们誓不甘休。”（《东欧女豪杰》第一回）

读音辨误 如，不能读成 yú（鱼）；似，不能读成 shì（式）。

★〖如狼似虎〗

边塞烽烟凶虎起，刚椎墙廓护都京。
同仇敌忾横夷寇，众志为城华盛名。
草木皆兵拦鬣狗，匹夫镰锤断魔旌。
鸿恩仁义泽黎庶，礼德无鞘屈铁兵。

[如闻其声]rú wén qí shēng

闻，听到。[词源] 唐·韩愈《独孤申叔哀辞》：“濯濯其英，晔晔其光，如闻其声，如见其容。”

本义 形容文学作品对人物的刻画生动传神、细腻逼真。如：“例如人物的对白中常用当时民间的口头语，因而使得我们如闻其声。”（茅盾《谈〈水浒〉的人物和结构》）

灵活用法 常与“如见其人”连用，形容文学作品对人物刻画得非常细腻生动，使读者就像亲眼看到了活生生的人。如：《水浒》中描写鲁提辖拳打镇关西一节，手法细腻，情节生动，语言精彩，使读者如闻其声，如见其人。

读音辨误 如，不能读成 yú（于）。

★〖如闻其声〗—武松打虎

九杯火酒入空腹，两脚轻飘沙石飞。
虎啸剥衣腥刺鼻，霸王怒目泰山巍。
英雄闪过血盆口，刚臂抡锤碎甲胄。
书页翻风咆哮震，蚪文弹曲铁拳挥。

[如意算盘]rú yì suàn pán

算盘：谋划、计算。[词源]清·李宝嘉《官场现形记》第四十四回：“好便宜！你倒会打如意算盘，十三个月工钱，只付三个月。”

本义 指只从自己得利去考虑、划算。含贬义。如：“……美帝国主义在美洲的战线，它是认为比较巩固的。这些就是美国侵略者的整个如意算盘。”（毛泽东《别了，司徒雷登》）

同义 善自为谋、一厢情愿

反义 事与愿违、三思而行、黄粱美梦

同义例句 他这个人善自为谋，总是替自己打些如意算盘，企图损害他人的利益。

对比例句 我们办事应该从客观实际出发，三思而行，千万不要只打如意算盘，如果是这样，往往会事与愿违。

读音辨误 算，不能读成 sàn（散）。

★〖如意算盘〗—贾雨村

玉仰鼎甲待冲天，盘算青云腾达殿。

衔府墨梅贪白银,葫芦红酒敬官馔。
井池落石陷恩公,仕道轻袍枷锁圈。
宦海霞游乾象漂,蜃楼美梦空杯宴。

[如愿以偿]rú yuàn yǐ cháng

偿:满足。[词源]清·李宝嘉《官场现形记》第四十六回:"(童子良)在抚台面前替他说了许多好话,后来巴祥甫竟其如愿以偿,补授临清州缺。"

本义 指愿望得到满足。如:"今年春天,我在上海工艺美术研究所,见到了他的老师赵阔明同志,我们谈话中提到这位驰名中外的'面人郎',我总想能有机会见见才好,今天果然如愿以偿了。"(冰心《"面人郎"访问记》)

反义 事与愿违

对比例句 诸葛亮借东风如愿以偿;但在风未起时,周瑜等将领坐立不安,唯恐事与愿违。

读写辨误 偿,不能读成 sháng,不能写成"尝"。

★〖如愿以偿〗

梅蕊傲霜枝艳红,箭篁昂首紫云冲。
破蒙化蝶双蝴舞,经雪见浪鸳侣重。
跧伏银河逢鹊虹,寔情宝黛玉花浓。
西湖修道同船渡,桃苑金兰蜀汉彤。

[入木三分]rù mù sān fēn

[词源]唐·张怀瓘《书断·王羲之》:"晋帝时祭北郊,更祝版,工人削之,笔入木三分。"

本义 原形容书法笔力遒劲雄健。如:"若执法不变,纵能入木三分,亦被号奴书。"(五代·梁·释栖霞《论书》)

比喻 现常比喻对事物的认识很深刻。如:"对社会观察的深刻,往往使他的批判独抒新见,入木三分。"(唐弢《琐忆》)

同义 一针见血、一语破的、力透纸背与比喻义同义

反义 不着边际、东拉西扯、隔靴搔痒与比喻义构成反义

同义例句 同学们对他的批评都很尖锐,可以说是一针见血,而班主任最后的总结分析更是入木三分,挖出了他学习滑坡的最根本的原因。

对比例句 写议论文必须有一定的理论深度,文章才能入木三分,否则就只能是隔靴搔痒。

读音辨误 入,不能读成 yù(玉)。

★〖入木三分〗—道德经

玄道飞沙分合漫,酣熏戟舞血殷红。
尘寰悲喜德宁静,舟叶珠流礼浪鸿。
字里行间行苍狗,竹卷翰苑曲弦风。
一支利剑划环宇,三界乾图禅佛通。

[入情入理]rù qíng rù lǐ

入:合乎,切合。[词源]清·李宝嘉《官场现形记》第九回:"说得来入情入理,极其动听。"

本义 指说话、办事切合情理。如:"这篇文章,用了大半篇幅作

了譬喻的描绘，三个人物的情态和心理，真实透彻，入情入理，令人信服。”（臧克家《纳谏与止谤——重读〈邹忌讽齐王纳谏〉有感》）

同义 合情合理、无可非议

反义 情理难容、天理难容、不通情理

同义例句 哥哥爱护弟弟，帮他料理生活，辅导他学前识字，这是入情入理、无可非议的事情。

对比例句 父母心疼自己的儿女，这是天经地义、入情入理的事情。可是在现实社会中有少数年轻夫妇抛弃女婴，这种行径是情理难容的。

读音辨误 入，不能读成 yú（鱼）。

★〖入情入理〗—泪斩马谡

孔明扬扇翻祁岳，马谡傲横屯土冈。
孤岭涸泉粮草绝，街亭失落蜀空墙。
负荆请赦难逃罪，挥泪折缨于理当。
眷顾人情收义子，手旗正法手心良。

[若无其事]ruò wú qí shì

若：如，好像。[词源]老舍《四世同堂》：“冠先生也来得厉害，若无其事地把手顺便送给了瑞宣，很亲热地握了一会儿。”

本义 好像没有那回事似的。形容态度镇定自若或满不在乎的样子。如：“老板娘把他们领到二号桌，若无其事地将桌上那块‘预约席’的牌子藏了起来，对柜台喊着，‘阳春面两碗！’”（日·栗良平《一碗阳春面》）

同义 行若无事、泰然自若、满不在乎、毫不在意

反义 煞有介事、惶恐不安、谨言慎行

同义例句 他俩在教室里打闹把课桌脚折损了，当老师过来查看时，他们装着满不在乎的样子，还若无其事地继续逗乐。

对比例句 山道曲曲折折，乘客都感到惶恐不安，司机却若无其事。

灵活用法 亦作“如无其事”。如：“这些人依旧破口骂个不了，但是相去已远。统领听不见，庄大老爷也听不见，就作为如无其事，不去提他了。”（清·李宝嘉《官场现形记》第十八回）

读音辨误 若，不能读成 luò（洛）；事，不能读成 sì（四）。

★〖若无其事〗—怒斩西门庆

秋雨涕零兄长泪，怒号血断淫花袂。
利矛急穿醉香楼，英武咆哮奸鬼泄。
两掌横挥恶霸爬，一刀结果狗头毙。
似无雷电飘然飞，水泊梁山霞彩霁

[弱不禁风]ruò bù jīn fēng

弱：身体瘦弱、单薄；禁：受。[词源]唐·杜甫《江雨有怀郑典设》：“乱波分披已打岸，弱云狼藉不禁风。”

本义 形容人体质弱，似乎一点风都可以吹倒的样子。如：“然而‘弱不禁风’的小姐出的是香汗，

'蠢笨如牛'的工人出的是臭汗。不知道倘要做长留世上的文字,要充长留世上的文学家,是描写香汗好呢,还是描写臭汗好?"(鲁迅《文学和出汗》)

同义 弱不胜衣

反义 虎背熊腰、力大无穷

同义例句 她那弱不胜衣的样子不是因为营养不良,而是吸收不好。大家都劝她多进行体育活动,可她又吃不了那苦头,结果直到现在,依然是弱不禁风。

对比例句 三个好朋友毕业后各遂其愿,各得其所——虎背熊腰的董志汉做了一名刑警;力大无穷的陈栋进了体工大队的举重队;而弱不禁风的葛燕林则供职于GDM公司,做了一名微机操作员。

灵活用法 亦作"弱不胜风"。如:"虽然吃人参汤与燕窝粥,仍旧面黄肌瘦,弱不胜风。"(林语堂《萨天师语录》)

读写辨误 禁,不能读成jìn(进),不能写成"襟"。

★〖弱不禁风〗—林黛玉

涕泪贯家酬惠滴,许身情赎伏他檐。
青梅竹马无猜结,宝黛鸳鸯濡沫添。
酸楚嗔呵甜蓓蕾,月寒凋卉暗瑜奁。
纤肢难御秋风折,莫忍她婚落冥阎。

[弱肉强食]ruò ròu qiáng shí

食:吃。[词源]唐·韩愈《送浮屠文畅师序》:"弱之肉,强之食。"明·瞿佑《剪灯新话》:"自盖前朝失政,列郡受兵,大伤小亡,弱肉强食。"

本义 指自然界中弱者被强者吞食的现象。如:"'手无寸铁'的兔子有哪些本领,才保证它们在弱肉强食的动物世界里得以生存呢?"(史庆礼《兔》)

比喻 现常形容人类社会生活中弱者被强者欺凌、吞并的情形。如:"尽管这个制度还不完善,又遭受了破坏,但是无论如何,社会主义制度总比弱肉强食、损人利己的资本主义制度好得多。"(邓小平《党和国家领导制度的改革》)

同义 优胜劣汰与本义同义,倚强凌弱与比喻义同义

反义 锄强扶弱与比喻义构成反义

同义例句 帝国主义推行弱肉强食的政策,他们倚强凌弱,疯狂地掠夺殖民地人民的财富。

对比例句 在弱肉强食的世界里,是需要一些锄强扶弱的勇士的。

★〖弱肉强食〗—三国杀

狂风霾霭飞沙石,分合争雄烟火起。
弓箭戟戈划地盘,豺狼虎豹占廷椅。
纵横捭阖离间愉,暗算中伤帷幄喜。
铁马挥刀登殿堂,生灵茅草鸿如蚁。

S

[塞翁失马]sài wēng shī mǎ

塞：边疆险要之处；翁：老头儿。[词源] 汉 · 刘安《淮南子 · 人间训》：“近塞上之人有善术者，马无故亡而入胡。人皆吊之。其父曰：‘此何遽不为福乎？’居数月，其马将胡骏马而归。人皆贺之。……故福之为祸，祸之为福，化不可及，深不可测也。”宋 · 陆游《长安道》：“士师分鹿真是梦，塞翁失马犹为福。”

本义 比喻遭到暂时损失，可能因此得到好处。也指坏事在一定条件下变成好事。如：“但真所谓‘塞翁失马安知非福’罢，阿 Q 不幸而赢了一会，他倒几乎失败了。”（鲁迅《阿 Q 正传》）

同义 因祸得福

反义 福过灾生、乐极生悲、泰极而否

同义例句 他这次真是因祸得福，这就是古人说的塞翁失马。

对比例句 塞翁失马、泰极而否，这些古训充满了辩证法，给人们认识事物以有益的启迪。

灵活用法 常与“安知非福”连用。如：“处士有志未遂，甚为可惜，然塞翁失马，安知非福。”（清 · 李汝珍《镜花缘》第七回）

读音辨误 塞，这里不能读成 sè（色）或 shāi（筛）。

★〖塞翁失马〗

风雷难测苍云幻，水莫常形宦海颠。
马跌前蹄尚避箭，沉舟破釜绝崖迁。
红尘漫漫何浮坠，有缺呼呼得失连。
舍弃羚羊擒猛虎，丢车打炮灭夷全。

[三长两短]sān cháng liǎng duǎn

[词源] 明 · 冯梦龙《醒世恒言》卷八：“倘有三长两短，你取出道袍穿了，竟自走回，那个扯得你住！”

本义 对意外的灾祸或事故的委婉说法。如：眼看你们的身子一天比一天衰弱，只要哪一天吃不上东西，说不定就会起不来。真有个三长两短，我怎么去向党报告呢？

同义 一差二错、山高水低

同义例句 你的身体不大好，这次出差远行恐怕难以支撑得住。路上万一有个三长两短，或一差二错的，那就麻烦了。

读音辨误 三，不能读成 shān（山）；短，不能读成 dǎn（胆）。

★〖三长两短〗—黛玉殇

泪水酬恩消憔悴，倾身蝶恋耗丹涔。
潇园碧血流情墨，怡院心诗朗爱琴。
纤袂承支门第重，薄脂腮托族卑阴。
三长哀叹天姻错，两短垂呼悲慕吟。

[三顾茅庐]sān gù máo lú

顾：拜访；茅庐：草屋。[词源] 三国 · 蜀 · 诸葛亮《出师表》：

"先帝不以臣卑鄙,猥自枉屈,三顾臣于草庐之中,咨臣以当世之事。"

本义 指东汉末年,刘备曾三次拜访隐居在隆中(今湖北襄阳市郊区)的诸葛亮。如:"陶科长两手捧下眼镜,向我点个头,又去看'刘备三顾茅庐'了。"(张恨水《八十一梦·第十五梦》)

比喻 比喻真诚实意地邀请和拜访别人。如:"我住着半间儿草舍,再谁承望三顾茅庐。"(元·马致远《荐福碑》)

同义 屈尊敬贤、礼贤下士与比喻义同义

反义 过门不入与本义构成反义

同义例句 当年刘备三顾茅庐、礼贤下士之举,在今天仍有深刻的意义。

对比用法 对于一切有用之才,我们各级领导,要有求贤若渴的心情和三顾茅庐的行动,绝不能过门不入,避而远之。

灵活用法 亦作"三顾隆中"。如:"已授一编圯下,却须三顾隆中。"(宋·张孝祥《西江月·张钦夫寿》)

★〖三顾茅庐〗

华州分合枭雄起,利剑争池儒上珍。
桃苑结豪三义汉,隆中求道七星臻。
一躬蓬荜鞠仙骨,二拜草房请圣臣。
三顾茅庐天眼惠,六韬帷幄鼎强神。

[三人行必有我师]sān rén xíng bì yǒu wǒ shī

[词源]《论语·述而》:"子曰:'三人行,必有我师焉。'"

本义 三人同行,其中必定有人可以做我的老师。如:"孔子曰:'三人行,则必有我师。'是故弟子不必不如师,师不必贤于弟子。"(唐·韩愈《师说》)

引申 指到处都有值得自己学习的人,能者为师。如:这次派你去带领大伙儿一块儿干,希望你能虚心向大家学习,切勿骄傲,要记住,三人行必有我师。

同义 能者为师与引申义同义

反义 好为人师与引申义构成反义

同义例句 能者为师,一个好学的人,总是可以从别人那里吸收营养,古人说,三人行必有我师,这话是有道理的。

对比例句 好为人师的人不懂得三人行必有我师的道理,总是以为自己比别人聪明。

读音辨误 行,不能读成 xín;师,不能读成 sī(丝)。

★〖三人行必有我师〗

山外青山楼外阁,这峰还有那峰高。
青于蓝却胜于绿,强中更有强中手。
人岂貌相任渺雀,愚公移岳石磨刀。
九流行行状元甲,三雁同飞有强韬。

[三三两两]sān sān liǎng liǎng

[词源]《乐府诗集·娇女诗》:“鱼行不独自,三三两两俱。

本义 形容三五成群地在一起。如:“特别是在夏天,吃过晚饭后,人们就三三两两都到票房来了。”(新凤霞《傻二哥》)

引申 零零散散,为数不多。如:“黑森森的树木夹在柏油路两旁,三三两两的电灯在树荫间闪烁。”(茅盾《子夜》)

同义 零零星星与引申义同义

反义 熙熙攘攘、多如牛毛与引申义构成反义

同义例句 如:人们三三两两地聚在一起,在广场上显得零零星星的,完全没有集会的气氛。

对比例句 人们开始三三两两进入广场,不一会儿,就熙熙攘攘,水泄不通了。

灵活用法 亦作“三三五五”。如:“这时离废历过年只有三天,还有三三五五的中年妇人穿着污旧的单衣裤,到城各处偷偷地乞食。”(范长江《中国的西北角》)

★〖三三两两〗

百卉遍芳潇粉馆,七仙飘逸大观园。
蝶蜂三两戏兰荷,梅竹双双许恋言。
枝蔓蟠桃悬慕赋,柳条叶下荡秋原。
风云雷电折萱蕾,落萼化蝴共舞骞。

[三头六臂]sān tóu liù bì

[词源]宋·释道原《景德传灯录·卷十三·汾州善昭禅师》:“曰:‘如何是主中主?’主师曰:‘三头六臂擎天地,忿怒哪吒扑帝钟。’”

本义 原指佛的法相,能变出三个头、六只手。如:“悟空跟着也喊声‘变’,也变做三头六臂;把金箍棒晃一晃,变做三条,六只手拿着三条棒架住。”(明·吴承恩《西游记》)

比喻 现常形容本领高强有能耐。如:“这不要紧!我正想去看看那红军是怎样的三头六臂了不起!”(茅盾《子夜》)

同义 神通广大与比喻义同义

反义 碌碌无为、一无所能、酒囊饭袋、黔驴技穷与比喻义构成反义

同义例句 红军如同天兵神将,三头六臂。他们四渡赤水克遵义,巧过乌江,强渡大渡河,飞夺泸定桥,真是神通广大,令敌人丧胆。

对比例句 这项工作太重了,即使三头六臂的人也是招架不了的,叫一个一无所能的人怎能胜任呢?

读音辨误 三,不能读成shān(山);臂,在这里不能读成bèi(备)。

★〖三头六臂〗—哪吒

天地圆球诞玉童,无边法力纵苍穹。
三头睿智擒蛟蜃,六臂钢拳破海宫。
风火轮烧虾蟹卒,混天绫覆鳖龟梦。
真身佛化莲花子,小将大刀斩巨蚣。

[三心二意]sān xīn èr yì

[词源] 汉 · 王充《论衡 · 询时》:“非有三心两意,前后相反也。”元 · 关汉卿《救风尘》一折:“待装个老实,学三从四德,怎奈是匪妓,都三心二意。”

本义 指心思不专一或意志不坚决、办事不果断。如;“可是眼下大敌当前,后有追兵,你可千万不要三心二意,迟疑不决,误了大事!“(姚雪根《李自成》第一卷第四章)

同义 心猿意马、五心不定、三翻四覆、犹豫不决

反义 一心一意、专心一志、全心全意

同义例句 对决定自己前途的大事不能五心不定拿不出主意,一旦作出选择后,工作就不能三心二意。

对比例句 我们上课时应该专心一志地听讲,不要三心二意想其他事情。

读写辨误 心,不能读成 xīng(星); 意,不能写成“忌”。

★〖三心二意〗—宝玉读书

白菊无声诗窦锦,贤仁满口雌黄垢。
三心四籍恋厢卷,二意五经钟爱友。
香髻根根睿翰林,紫袍件件墨兰厚。
鸳鸯错配红楼空,埃世沉浮情赋久。

[三言两语]sān yán liǎng yǔ

[词源] 明 · 施耐庵《水浒传》第六十八回:“小乙可惜夜来不在家里,若在时,三言两语,盘倒那先生。”

本义 指不啰唆。话虽少但有分量。如:“若不是我这老手,三言两语拿他降伏住,还不晓得闹点什么事出来哩!”(清 · 李宝嘉《官场现形记》第五十三回)

同义 只言片语、要言不烦

反义 洋洋万言、长篇大论、唠唠叨叨、喋喋不休

同义例句 他开会发言总是要言不烦,三言两语就把问题说清楚了。

对比用法 快下班了,王科长还在长篇大论地作报告,大家多么希望他三言两语把报告讲完啊。

灵活用法 亦作“三言两句”。如:“我到那里三言两句,肯写休书,万事俱休。”(元 · 关汉卿《救风尘》第二折)

读写辨误 三,不能读成 shān(山); 两,不能写成“二”。

★〖三言两语〗—黛玉言

泪雨淋淋诉衷肠,珠玑串串慕诗香。
三言辛辣激情实,两语尖酸刻爱膛。
水玉明眸开蕊字,轻纱兰袂逸雅章。
无声寒月葬花骨,万绣红楼梦话凉。

[丧天害理]sàng tiān hài lǐ

见 [伤天害理]

[杀鸡骇猴]shā jī hài hóu

骇：惊吓、震惊。[词源]清·李宝嘉《官场现行记》第五十三回："拿这人杀在贵衙署旁边，好教他们同党瞧着或者有些害怕。俗话说得好，叫作'杀鸡骇猴'，拿鸡子宰了，那猴自然害怕。"

本义 指严惩一个来警戒同类。如："光绪因朝廷守旧大臣抗拒他的命令，百般阻挠新政，正在气头上，便采取'杀鸡骇猴'的手段，传旨革去文悌的御史之职。"（陶菊隐《袁世凯演义》第二回）

同义 杀一儆百、惩一儆百

反义 赏一劝百、僭赏滥刑、朋坐族诛、株连九族

同义例句 近来犯罪现象较多，为了保持社会安定，可采取杀鸡骇猴的办法，以利惩一儆百，使犯罪率下降。

对比用法 对于惩治犯罪分子，我们不能采取朋坐族诛的办法，只能采取杀鸡骇猴的办法，惩一儆百。

灵活用法 亦作"杀鸡给猴看"。如："他们常以开展斗争的办法，去开展工作，推动工作，故意去寻找斗争对象，（党内的同志）作为机会主义的代表者来开展斗争，牺牲与打击这一个或几个同志，'杀鸡给猴看'。"（刘少奇《论党内斗争》）

读写辨误 骇：不能读成 hé（核）；猴，不能写成"侯"。

★〖杀鸡儆猴〗

身挺影正雄殿堂，乾坤朗朗如来将。
尚方宝剑寒光闪，贪赃奸邪狱锁当。
扬剪断鸡猴跪倒，挥毫横戟万驹样。
六亲不别皆同法，九夏有朝共合张。

[山明水秀]shān míng shuǐ xiù

[词源]宋·黄庭坚《蓦山溪·赠衡阳妓陈湘》："眉黛敛秋波，尽湖南，山明水秀。"

本义 形容山光明媚，水色秀丽。如："在一个山明水秀的村庄里，她认识了一个佃户的女儿名叫黑妮，接着她们成了好朋友。"（杨沫《青春之歌》第二部第八章）

同义 青山绿水

反义 穷山恶水

同义例句 桂林是一个山明水秀的旅游胜地。这里青山绿水，风景优美甲天下。

对比例句 这里以前是穷山恶水、交通闭塞的大山区。现在改革开放政策指导下，旧貌换新颜：不仅劈山架桥修公路繁荣了经济，而且还开发了旅游资源，成为山明水秀的风景区。

读写辨误 山，不能读成 sān（三）；秀，不能写成"绣"。

★〖山清水秀〗—丽景

五指山头松柏绿，一缝涧里弥霞旭。
虎山巍峨溪蛇翩，峦岭涟漪鹂瑞曲。
瀑布飞流鸿鹄昂，碧波旋舞戏莲玉。
树摇花笑草飘浪，蝶恋荷嫣翁钓趣。

[山穷水尽]shān qióng shuǐ jìn

穷：尽。[词源] 宋·陆游《游山西村》诗："山重水复疑无路，柳暗花明又一村。"

本义 指山和水都到了尽头，前面再无路可走了。形容陷入了绝境。如："这些年来，生产确实破坏得很严重，几乎到了山穷水尽的地步。"（马烽《结婚现场会》）

同义 走投无路、日暮途穷、穷途末日

反义 柳暗花明、绝处逢生、前程万里

同义例句 这股逃到深山老林的残匪，弹尽粮绝，陷入山穷水尽之中。他们走投无路，只好下山向人民解放军投降。

对比例句 我们地质考察先遣队登上山顶后，粮尽水缺，正处于山穷水尽的绝境之中，这时后勤小分队赶了上来，使我们绝处逢生，生活供应有望了。

灵活用法 亦作"水尽山穷""水穷山尽"。如："论做官的道理呢，原该追个水尽山穷；既然如此，先让他把这个供画了。"（清·刘鹗《老残游记》第十六回）

读写辨误 山，不能读成 sān（三）；穷，不能写成"方"。

★〖山穷水尽〗—霸王绝

力横巨鹿荡秦国，破釜抡锤碎殿粉。
叱咤风云焚阿房，坑埋降卒仇冤忿。
鸿门毒宴反残遭，众叛亲离孤立坟。
四面楚歌投绝亡，霸王别姬乌江刎。

[山摇地动]shān yáo dì dòng

见 [地动山摇]

[善终正寝]shàn zhōng zhèng qǐn

见 [寿终正寝]

[伤天害理]shāng tiān hài lǐ

伤天：伤害天道；害理：败坏伦理。[词源] 清·蒲松龄《聊斋志异·吕无病》："堂上公以我为天下之龌龊教官，勒索伤天害理之钱，以吮人痈痔者耶？"

本义 指做事残忍、绝灭人性。如：""一个男子汉，干什么吃不了饭，偏干伤天害理的事！呸！呸！"（老舍《茶馆》第二幕）

同义 丧尽天良、暴虐无道、绝灭人性

反义 乐善好施

同义例句 1938 年 12 月，日本法西斯制造了震惊中外的"南京大屠杀"事件。侵略者兽性大发、惨无人道，烧、杀、奸淫无恶不作；肆意大批屠杀无辜，血流成河。真是伤天害理，暴虐无道，惨绝人寰！

对比例句 在旧社会，有的地主豪绅生活糜烂，七老八十还逼良民少女为妾，真是伤天害理，乱了人伦；有的开明绅士则讲究名声，常善气迎人，青黄不接时，乐善好施，开仓济贫。

灵活用法 亦作“丧天害理”。如:“话说老残与申东造议论玉贤正为有才,急于做官,所以丧天害理,至于如此,彼此叹息一回。”(清·刘鹗《老残游记》第七回))

★〖伤天害理〗

苛政虎咆卷活骨,州官放火竹茅寒。
朱门肉臭雀鸠饿,贾府尊卑碧玉残。
鸿宇殿堂蝼蚁垒,蓬蒿空壁冷羹餐。
难容天理揭竿起,逼上梁山圃苑安。

[伤弓之鸟]shāng gōng zhī niǎo

见[惊弓之鸟]

[赏心悦目]shǎng xīn yuè mù

赏心:心情欢畅;悦目:看了舒服。[词源]南朝·宋·谢灵运《拟魏太子邺中集诗序》:“天下良辰、美景、赏心、乐事,四者难并。”汉·刘向《说苑·修文》:“衣服容貌者,所以悦目也。”

本义 形容看到美好的景色或美丽的画面而心情愉快。如:“在铅灰色的水泥楼房之间,摇曳赏心悦目的青翠。”(黄河浪《故乡的榕树》)

同义 心旷神怡、动心悦目、怡情悦性

反义 触目惊心、伤心惨目

同义例句 看着这赏心悦目的秀丽景色,陈果心旷神怡、激动不已。

对比例句 旧社会这里人民的生活情景让人伤心惨目;如今,这里花果满山,良田万顷,令人赏心悦目。

书写辨误 赏,不能写成“尝”。

★〖赏心悦目〗

夜阑横拂揭心扉,幽梦萦涟竹筒晖。
霞客轻云飘雁荡,骠将大漠赤缨挥。
九州风雾幻分合,三国悬琴弹马飞。
怡院胭脂忧卉谢,南柯悠逸汗青辉。

[舍本求末]shě běn qiú mò

见[舍本逐末]

[舍本逐末]shě běn zhú mò

舍:放弃;逐:追求;本、末:树根和树梢,喻指根本的和次要的。[词源]《吕氏春秋·上农》:“民舍本而事末则不舍,不令则不可以守,不可以战。”北魏·贾思勰《齐民要术·序》:“舍本逐末,贤者所非。”

本义 原指放弃根本的(农桑),追求末节、次要的(商业),现形容主次、轻重倒置。含贬义。如:“如果作者本没有什么新颖独创之见,却勉强去雕砌一些警句、格言之类来等着读者喝彩,那就是舍本逐末的做法,同形式服从内容的要求相违背,是我们所不取的。”(施东向《义理·考据和辞章》)

同义 本末倒置、轻重倒置

反义 丢车保帅、强本节用、提纲挈领

同义例句 语文教学如果不抓“双基”训练,一味地追求华丽辞藻的使用,这无疑是本末倒置,这种舍本逐末的办法是不可取的。

对比例句 农业是整个国民经济的基础,弃农经商是舍本逐末。因此,我们要强本节用,把关系到国计民生的农业搞上去。

灵活用法 亦作“舍本从末”“舍本求末”。如:“自己亲族贫乏,尚不肯周济分文,到得此辈寡缘,偏肯整几两价布施,岂不是舍本从末的痴汉。”(明·冯梦龙《醒世恒言·汪大尹火焚宝莲寺》)

读写辨误 舍在这里不读shè(社),不能写成“舌”;末不能写成“未”。

★〖舍本逐末〗—美骊情

冕旒窥觊仙姑艳,銮旆仰望杨贵颜。
日夜枕香丢玉玺,春秋蝶恋殿朝闲。
独酣佳丽激民愤,孤享珍肴刺邈蛮。
迷昧花容安史乱,倾城美女倒江山。

[舍己为人]shě jǐ wèi rén

舍:舍弃。[词源]《论语·先进》:“吾与点也。”朱熹注:“曾点之字……初无舍己为人之意。”

本义 为了别人的利益而牺牲自己的利益,如:“爱朋友,讲义气,舍己为人,这些地方他和朱老忠有共同的地方,但他没有朱老忠的明朗、豪迈、勇于斗争的气魄。”(梁斌《漫谈〈红旗谱〉的创作》)

同义 舍己救人、舍己从人

反义 损人利己、自私自利

同义例句 世上有一种让人尊敬的人,他们在大灾难面前能舍己为人,舍己救人。

对比例句 人世间有两种截然相反的人生观,一类以舍己为人为乐,另一类以损人利己为快,前者是高尚的,后者是卑鄙的。

读写辨误 为,这里不能读成wéi(围);舍,不读sě;己,不能写成“已”或“巳”。

★〖舍己为人〗—雷锋

苦难解脱返饴糖,短暂人生好事长。
朋友来宾春煦和,豺狼侵袭箭穿膛。
火车一路温情暖,沧海九州滋助香。
足行山川留爱卉,手摸绿浪逸仁芳。

[舍生取义]shě shēng qǔ yì

舍:放弃;生:生命;取:求取;义:正义。[词源]《孟子·告子上》:“生,亦我所欲也;义,亦我所欲也。二者不可得兼,舍生而取义者也。”明·李昌琪《剪灯余话·鸾鸾传》:“舍生取义兮捐微躯,谁云女妇兮丈夫弗如?”

本义 指为正义、真理而勇于献出生命。含褒义。如:“人之所以不爱其死者,最要莫如自认道德的责任,即所谓义务观念是也。孔子所谓杀身成仁、孟子所谓舍生取义,皆以此观念为中坚也。”(梁启超《墨学微》第五章)

同义 舍生忘死、杀身成仁、舍身求法

反义 贪生怕死、苟且偷生、因循苟安、舍生为利

同义例句 “‘杀身成仁’‘舍生取义’,在必要的时候,对于多数共产党员来说,是被视为当然的事情。”(刘少奇《论共产党员的修养》)

对比例句 “君子舍生取义,小人则舍生为利。”(明·余继登《典故纪闻》卷一)

灵活用法 亦作“舍生存义”。如:“元康忠勇,舍生存义。”(《北齐书·杜弼传赞》)

读音辨误 生,不能读成 shēn(身)。

★〖舍生取义〗—夏明翰

揭竿何惧刃,只要义旗真。
杀了夏明翰,还延后续人。
云入苦难救众生,心融百姓血拼峥。
粉身肝胆维公理,碎骨筋椎为义正。
只要脊梁天地直,砍头不过逸冥城。
前冲火海战苛政,后继刀山事业成。

[身败名裂]shēn bài míng liè

身:身份、地位;败:毁坏;裂:破损。[词源] 宋:辛弃疾《贺新郎·别茂嘉十二弟》词:“将军百战身名裂,向河梁,回头万里,故人长绝。

本义 指地位丧失,名誉扫地。如:“我父亲因地权的事打了官司,闹得身败名裂。”(杨沫《青春之歌》)

同义 声名狼藉

反义 德高望重

同义例句 他因为私吞起义军费,受到革命派的指责,弄得声名狼藉,身败名裂了。

对比例句 德高望重的社会名流,竟然不能保持晚节,落得个身败名裂的可悲下场,真令人深思。

灵活用法 亦作“身名俱裂”。如:“孰与头足异处,身名俱裂,为天下笑哉!”(《晋书·刘牢之传》)

读音辨误 身,不能读成 shēng(生);名,不能读成 mín(民)。

★〖身败名裂〗—唐玄宗

持灯描景丽城乡,挥仗横飑稳殿堂。
盛世长安车马贯,开元京郡宇寰昂。
夕阳落暮好霞色,扬玉雍姿倾国殇。
安史乱刀身败惨,老皇幽阙裂名伤。

[身不由己]shēn bù yóu jǐ

身:身体;由:顺从、听从。[词源] 明·罗贯中《三国演义》第七十四回:“上命差遣,身不由己。望君侯怜悯,誓以死报。”

本义 指行动受到拘束。形容不能自作主张或不能按自己的意图办事。如:“阿Q虽然似乎懂得,但总觉得站不住,身不由己地蹲了下去,而且终于趁势改为跪下了。”(鲁迅《阿Q正传》第九章)

同义 不由自主、鬼使神差、俯仰由人、笼鸟池鱼

反义 自由自在、自行其是

同义例句 这位老人蹲在地上,身不由己地顺势扶着路边护

栏,双腿不由自主地颤抖着。

对比例句 他饮酒较多,头重脚轻、身不由己地走到外面呕吐。经过醒酒处理后,他感到一身轻松,又自由自在地同大家有说有笑地畅谈起来。

灵活用法 亦作“身不由主”。如:“我身不由主,只能应合着大众的步调朝西跑。”(叶圣陶《一个练习生》)

读写辨误 身,不能读成 shēng(生);己,不能写成“已”或“巳”。

★〖身不由己〗

秦帝吞丹暴病亡,霸王叱咤楚歌殇。
国妃爱冕嵬坡吊,三桂丧忠崇殿殃。
傅仪少年遭退位,倭夷傀儡失椎刚。
苍穹乾象七星横,长翅火龙寰宇扬。

[身临其境]shēn lín qí jìng

[词源] 明 · 袁宏道《八识略说序》:“向非身历其境,恶能穷其边崖,指其归宿者哉 !”

本义 亲身到那个环境。如:“读了这篇文章的开头,我们觉得作者不像是写出来的,而是把济南端到我们面前,使我们如身临其境,开始感受到济南冬天的独特气息,应该说是春的气息。”(吴炫《一幅恬淡明丽的春之图——读老舍的〈济南的冬天〉》)

灵活用法 亦作“身历其境”。如:“石林最迷人之处并不在于远眺,而在于身历其境。这就是说,你必须钻进石林的深处,窥探它心灵的秘密。”(洛汀《天下第一奇观云南石林揽胜记》)又如:“黄山在影片和山水画中是静静的,仿佛天上仙境,好像总在什么辽远而悬空的地方;可是身历其境,你可以看到这里其实是生气蓬勃的,万物在这儿生长发展,是最现实而活跃的童话诞生的地方。”(菡子《黄山小记》)

亦作“亲临其境”。如:“英国的风俗人情,在读过英国文学的人,总有多少的认识,但是总不如亲临其境自己去体会出来。”(林语堂《伦敦的乞丐》)

读音辨误 身,不能读成 sēn(森)或 shēng(生)。

★〖身临其境〗

蜃楼蓬岛南柯夜,身临张家入竺舍。
云卷雾缭五指山,莺歌燕舞百花夏。
黄龙洞里穿鸯凰,翠竹峭崖瀑布泻。
手横荆榛知路难,足登绝顶风流写。

[身无寸铁]shēn wú cùn tiě

见 [手无寸铁]

[深居简出]shēn jū jiǎn chū

简:简省,少。[词源] 唐 · 韩愈《送浮屠文畅师序》:“夫兽深居而简出,惧物之为己害也。”

本义 指野兽潜在深山隐僻的地方,很少外出。如:动物园里的老虎,比起深居简出的野生虎,就少了几分虎气,失了几分威风,叫人感到多了几分“猫气”。

引申 形容人平常待在家中，很少出门。如：“室主人显然过的是深居简出的书斋生活，他与外界保持不多联系的主要手段则是搁在书箱上的那架电话机。”（沙叶新《陈毅市长》）

同义 杜门不出与引申义同义

同义例句 为尽早完成这部书稿，他深居简出，到最后阶段，他几乎是杜门不出，连家人都不容易和他说句话。

★〖深居简出〗

贯宝宠儿花妹多，林姑醋妒生窝火。
薛钗缠俊献殷勤，黛玉退门含泪躲。
简出闺房思旧情，深居潇馆忧愁锁。
寒宵葬卉痴魂伤，婚礼场边娇殒朵。

[深谋远虑]shēn móu yuǎn lǜ

谋：策划、打算。[词源]汉·贾谊《过秦论上》：“深谋远虑，行军用兵之道，非及曩（nǎng：从前）时之士也。”

本义 指办事策划、考虑得十分周全、深远。含褒义。如：“深谋远虑的人，总还以从此小心，不要多说为稳妥。”（鲁迅《华盖集续编·有趣的消息》）

同义 深思熟虑、足智多谋

反义 轻举妄动、鲁莽从事、轻虑浅谋

同义例句 诸葛亮足智多谋。他有深谋远虑的本领，在辅佐刘备兴汉的军事决策中，能运筹帷幄，决胜于千里之外。

对比例句 这股轻举妄动的敌人果然中计，进入了王团长深谋远虑所策划的伏击圈，被我军一网打尽。

灵活用法 亦作“深谋远计”“深谋远猷”“深识远虑”。如：“大夫（文）种为越王深谋远计，免会稽之危，以亡为……”（汉·司马迁《史记·范睢蔡泽列传》）

读音辨误 深，不能读成 shēng（升）。

★〖深谋远虑〗—诸葛亮

茅屋经纶论古今，满怀翰墨划天下。
运筹心火攻连船，帷幄东风借箭华。
五略计谋强蜀山，六韬鸿策兴川夏。
空城琴弩弹惊兵，尽瘁沥肝无己暇。

[深恶痛绝]shēn wù tòng jué

恶：厌恶；痛：痛恨；绝：极点。[词源]元·王实甫《西厢记》三本四折金圣叹批：“不言谁送来与先生者，深恶而痛绝之至也。”

本义 形容对某人某事极为厌恶、痛恨。如：“人们对说假话之风是深恶痛绝的。”（周汉晖《谈诚实》）

同义 疾恶如仇、切齿痛恨

反义 孜孜以求、梦寐以求

同义例句 他对社会上那些腐败现象深恶痛绝，对那些丑恶行为更是疾恶如仇，从不视若无睹，漠不关心。

对比例句 “可叹这些同志，既

然对‘株连九族’是那样深恶痛绝的，为什么鸡犬升天却这般孜孜以求呢！”（林克欢《公仆还是老爷》）

灵活用法 亦作“深恶痛疾”。如：“便使我忽又良心发现，而且增加勇气了，于是点上一支烟，再继续写些为“正人君子’之流所深恶痛疾的文字。”（鲁迅《藤野先生》）

读音辨误 恶，这里不能读成è（饿）。

★〖深恶痛绝〗—秦桧

婢肢颤惧虎狼吼，夹尾垂头绥靖抖。
低首弯腰仰鼻毛，暗中投降奴颜丑。
奸谀媚上害英雄，忠国良将冤诡手。
作恶炸成黄油条，遭枷屈跪拜恒久。

[神采奕奕]shén cǎi yì yì

神采：人的神气和脸上的光彩；奕奕：精神焕发的样子。[词源]清·吴趼人《二十年目睹之怪现状》第三十七回：“我在底下看着，果然神采奕奕。”

本义 形容精神饱满、容光焕发的样子。如：“敬爱的周总理神采奕奕地辞去，驰车回中南海去了。”（徐迟《地质之光》）

同义 容光焕发、神采飞扬

反义 没精打采、萎靡不振

同义例句 大家见他神采奕奕、容光焕发的样子，知道他已经将那烦恼之事置之脑后了。

对比例句 贾宝玉满腹疑团，一反神采奕奕的神态，没精打采地回到怡红院。

书写辨误 采，不能写成“彩”；奕，不能写成“弈”。

★〖神采奕奕〗—开国大典

一星霓虹镰锤枪，万里长征新旆灿。
紫禁城宫登阁楼，英豪神采容光焕。
轰鸣四海诞华生，宣告百黎天地换。
盛典国开青史创，人民万岁兴唐汉。

[神机妙算]shén jī miào suàn

神、妙：形容高明；机、算：指计谋。[词源]南朝·宋·范晔《后汉书·王涣传》：“又能以谲数发擿奸伏，京师称叹，以为涣有神算。”元·无名氏《隔江斗智》第二折：“俺孔明军师委实有神机妙算，只一阵烧的那曹操往许都，一道烟也似跑了。”

本义 形容神奇的心计，高超的谋略。含褒义。如：“鲁肃见了周瑜，告诉他借箭的经过。周瑜长叹一声，说：‘诸葛亮神机妙算，我真不如他！’”（小学语文《草船借箭》）

同义 神术妙策、铺谋定计、料敌若神

反义 束手无策、一筹莫展、无计可施

同义例句 王连长高兴地说，我们的司令员真神机妙算、料敌若神，敌人果然进入了我们的伏击圈。

对比例句 下棋如同打仗布阵，要有神机妙算的本领，如果不

精心谋划，对方若使出怪招，就会让你束手无策，陷入一筹莫展的窘境。

灵活用法 亦作“神机妙策”。如：“若不是军师神机妙策，铺谋定计啊，刘备怎能勾(够)回还也。”《元曲选外编·无名氏〈黄鹤楼〉第四折》

读写辨误 算，不能读成 shuàn(涮)；神，不能写成“申”。

[神机妙策]shén jī miào cè

见[神机妙算]

★〖神机妙策〗—草船借箭

轻逸悠舟荡夕阳，乌霾江岸渐迷茫。
草人摇舞鼓翻浪，众弩齐飞进货舱。
一夜漾波空手去，万千弓箭满回航。
曹兵哀叹懊悲悔，公瑾惊呼神妙方。

[神气活现]shén qì huó xiàn

神气：自命不凡与众不同的样子；活现：逼真地显现。[词源]巴金《秋》四九：“‘好，你就在这儿等着！’克定气冲冲地说，便神气活现地去找克安。”

本义 形容自鸣得意十分傲慢的神态。含贬义。如：狐狸神气活现，摇头摆尾，老虎半信半疑，东张西望。

引申 有时用于诗文、绘画、建筑装饰、工艺雕刻，形容再现人或事物的形象生动逼真，含义可褒可贬。如：“有一个是说鲁班学习海龙王宫殿的建筑艺术，学得异常吃力，后来，由于受到周围事物的启发，‘妙手偶得’，才建造出风格崭新、神气活现的宫殿来的。”(秦牧《鲁班的妙手》)

同义 神气十足、颐指气使、洋洋自得与本义同义，活灵活现、栩栩如生、惟妙惟肖与引申义同义

反义 不矜不伐、垂头丧气与本义构成反义

同义例句 凭着一点小聪明，他碰巧把事情做成功了，于是更加洋洋自得，神气活现了。

对比例句 两个猴子在耍猴人的指挥下钻圈。小猴纵身一跃顺利钻过，大猴来回两次都碰倒了藤圈，耍猴人狠狠地揍了它一鞭子，大猴垂头丧气，小猴则得意洋洋、神气十足，它那神气活现的样子把观众给逗乐了。

读音辨误 活，不能读成 hé(河)。

★〖神气活现〗—取经成仙

九九磨难风骨锻，一翻云阙德功圆。
唐僧佛手化甘露，大圣金枪刺孽穿。
八戒眼中皆色馔，沙尚脚步竭忠连。
师徒神气腾苍宇，禅道真经灵活仙。

[神通广大]shén tōng guǎng dà

神通：佛家用语，指神奇的法术。[词源]《大唐三藏法师取经神话·人王母地之处第十一》：“师曰：你神通广大，去必无妨。”

本义 形容办法多、本领高超。

如：巨灵神见了李天王，垂头丧气跪下道："弼马温"果然神通广大，小将打不过他，败阵回来。

同义 三头六臂、架海擎天、法力无边

反义 不学无术、一窍不通、碌碌无为

同义例句 我没有三头六臂，这事我干不了，谁神通广大谁去干。

对比例句 一个人若有神通广大的本领，这是在勤奋学习、坚持在社会实践中千锤百炼逐步形成的。如果既不学无术，又不在社会实践中磨炼，这个人就会碌碌无为。

褒义贬用 "这次案情十分严重，几个仇家也有权有势，在省城神通广大，必欲将他置之死地而后快。"（姚雪垠《李自成》第二卷第三七章）

灵活用法 亦作"广大神通"。如："公门中人，三头六臂，广大神通，真令人无法捉摸。"（清·颐锁《黄绣球》第五回）

读音辨误 神，不能读成 shéng（绳）。

★〖神通广大〗—孙悟空

石头缝里诞风骨，云竺闹翻齐昊府。
一指禅掀天将兵，五行山下抗元祖。
宁成血水救师公，不企苟存退橘圃。
九九大难炼苍孽，三番功德留千古。

[神气十足]shén qì shí zú

见 [神气活现]

[审时度势]shěn shí duó shì

审：详查、细究；时、势：时局、发展趋势；度：揣度、估计。[词源] 清·洪仁玕《资政新篇》："其理在于审时度势与本末强弱耳。"

本义 仔细地观察研究现状，正确估计发展趋势。如："'当局者'因切身利害所驱使，有时不能清醒地审时度势，就有迷误的可能。"（吴桐《"旁观者"未必清》）

同义 见风使舵

同义例句 他们一个善于审时度势，一个惯于见风使舵，所以两家竞争日趋激烈，一时还分不出高下来。

读音辨误 度，这里不能读成 dù（杜）。

★〖审时度势〗—孔明策

蓬荜窗台察宇象，草船借箭驾清醒。
叱咤曹贼挟皇天，崇拜德公黎庶拯。
挑烛摇扇描蜀红，耕耘沧海腴桑茗。
空城弦曲弹千军，帷幄运筹三国鼎。

[升堂入室]shēng táng rù shì

升：登上；堂：古代宫室的前屋；室：宫室的后屋。[词源]《论语·先进》："子曰：'由之瑟，奚为于丘之门？'门人不敬子路。子曰：'由也升堂矣，未入于室也。'"晋·陈寿《三国志·魏书·管宁传》："娱心黄老，游志六艺，升堂入室，究其阃奥。"

本义 本指子路学习孔子之道

虽有成就,但尚有差距。形容在学问造诣上有程度深浅的差别。如:“言子路之学识深浅,譬如自外入内,得其门者。入室为深,颜渊是也;升堂次之,子路是也。”(宋·邢禺《十三经注疏》)

引申 赞扬人在学术、技艺上有很高的造诣。如:“书目用途很多,它是能够帮助人们打开各种知识宝库大门的钥匙。但是,进入大门并不等于升堂入室,要想真正获得各种知识,还必须付出辛勤的劳动。”(陈宏天《打开知识宝库的钥匙——书目》)

同义 百尺竿头、更上一层楼与本义同义,登峰造极、出神入化、炉火纯青与引申义同义

反义 十全十美、完美无缺、精益求精与本义构成反义,技止此耳、平淡无奇、不学无术与引申义构成反义

同义例句 朱自清先生的散文创作,达到了升堂入室、炉火纯青的境界。他的成就是我国现代散文的一座丰碑。

对比例句 常言道:“闻道有先后,术业有专攻。”一个人不可能万事精通。在某一学术上可以取得升堂入室的成就,而在其他方面则可能平淡无奇。

灵活用法 亦作“入室升堂”“登堂入室”。如:“如孔氏之门人用赋也,则贾谊登堂、相如入室矣。”(汉·班固《汉书·艺文志》)

读音辨误 升,不能读成 shēn(深);入,不能读成 yǔ(与)。

★〖升堂入室〗—升腾

昆仑雪峤雁迷乘,天际霓虹蝶舞征。
戈壁金沙神秘漫,苍穹乾象海迷澄。
学洲彼岸勤划橹,书岭山巅苦读升。
火影刀光登殿室,脱胎换骨紫云腾。

[生而知之]shēng ér zhī zhī

[词源]《论语·述而》:“我非生而知之者,好古,敏以求之者也。”

本义 生下来就明白知识和道理。如:“人非生而知之者,孰能无惑。”(唐·韩愈《师说》)

同义 先知先觉

反义 实践出真知

同义例句 人非生而知之,那种先知先觉的观点是唯心主义的。

对比例句 人的知识从哪里来?历史告诉我们:实践出真知,生而知之是骗人的鬼话。

读音辨误 生,不能读成 sēng(僧);知之,不能读成 zī。

★〖生而知之〗—宝黛情

春煦撩红梅竹跳,夏池荷嫣粉莲娇。
秋波犀扫金枫殷,冬旭融枝白雪烧。
蝶卉缠绡连理拥,鸳鸯戏水穿弓桥。
贾瑜碎化同林鸟,黛妹心含宝玉夭。

[生龙活虎]shēng lóng huó hǔ

生:活力强的。[词源]宋·朱熹《朱子全书·理性四·定性》:“只见得他如生龙活虎相似,便把

捉不得。”

本义 形容人像龙虎那样活泼矫健、充满活力。如：全团战士个个生龙活虎，端着明晃晃的刺刀冲了上来，敌人吓得腿都软了。

同义 龙腾虎跃、活蹦乱跳

反义 老气横秋、暮气沉沉、半死不活

同义例句 我校足球队的运动员，个个生龙活虎，在场上龙腾虎跃，体力显得很充沛。

对比例句 年轻人应该是生龙活虎，朝气蓬勃，不要那么暮气沉沉，一副老气横秋的样子。

读音辨误 活，不能读成 hé（合）。

★〖生龙活虎〗—长津湖战役

敌寇炮弹侵汉界，保家卫国甚豪雄。
疾如龙电津湖闪，威似虎贲碉堡攻。
英骨傲冰迎利刺，岿然挺立死难躬。
浑身融雪磐石坚，魂魄他乡碧血红。

[生杀予夺]shēng shā yǔ duó

生：活着：杀：死去；予：给予；夺：拿走，剥夺。[词源]明·冯梦龙《东周列国志》第九十七回：“夫制国之谓王，生杀予夺，他人不敢擅专。”

本义 指对生命财产的处置。如：“一个打杂的很快地走过来了。干这种职务的……或者是在地方上有一点势力的流氓，所以在这种地方，他们差不多有生杀予夺的权力。”（夏衍《包身工》）

同义 生杀之权、杀生之柄

反义 生死肉骨

同义例句 有人以为说得比做得更有生杀予夺的权力，因此他们误以为批评家对于创作是操生杀之权占文坛的最高位的。

对比例句 他的性命现在攥在你的手里，生杀予夺都由你，可是我提醒你，他的父亲当年对你们家可是有过生死肉骨的大恩哪！

灵活用法 亦作“杀生与夺”“生死予夺”。如：“故丧祭、朝聘、师旅也，贵贱、杀生、与夺一也。”（《荀子·王制》）

读写辨误 生，不能读成 sēng（僧）或 sēn（森）；予，不能写成“子”。

★〖生杀予夺〗—纣王

拥髻抱妃迷黛色，挥戈舞剑淫天下。
利刀挖出比干心，炮烙烧焦忠烈马。
抛血撕筋喂狗狼，砍椎削骨盖銮瓦。
瑶池糜酒泡江山，鹿苑擂琴碎国夏。

[生死关头]shēng sǐ guān tóu

[词源]清·文康《女儿英雄传》第八回：“那时我的生死关头，不过只争一线。”

本义 面临死亡的关键时刻。如：“他‘做’了，在情况紧急的生死关头，他走到游行示威队伍的前头，昂首挺胸，长须飘飘。”（臧克家《闻一多先生的说和做》）

同义 生死攸关、生死存亡

反义 无关宏旨、无关大局

同义例句 这数十名群众处在生死关头，切不可有半点疏忽，生死存亡全在转瞬之间。

对比例句 已到生死关头，谁还有闲心谈论这些无关宏旨的琐事。

读音辨误 死，不能读成 shǐ（史）。

★〖生死关头〗—董存瑞

毒蛇弹焰射红旆，英杰挺胸攻敌城。
左右蜿蜒波折进，升沉腾跃驾烟征。
桥头堡下空悬野，勇士心中满义生。
千载一时身鼎昊，乾坤万分夏新成。

[生吞活剥]shēng tūn huó bō

[词源]唐·刘肃《大唐新语·谐谑》："有枣强尉张怀庆，好偷名士文章。……为之谚曰：'活剥张昌龄，生吞郭正一。'"明·徐渭《奉师季先生书》："大约谓先儒若文公者，著释速成，兼欲尽窥诸子百氏之奥，是以冰解顺理之妙固多，而生吞活剥之弊亦有。"

比喻 比喻生硬抄袭、模仿或囫囵吞枣，食而不化。如："他们从欧美日本回来，只知生吞活剥地谈外国。"（毛泽东《改造我们的学习》）

同义 生搬硬套、囫囵吞枣与比喻义同义

反义 融会贯通与比喻义构成反义

同义例句 有些留学生从欧美日本回来，爱犯一个毛病，就是生吞活剥地谈外国，生搬硬套地模仿外国。

对比例句 王明等所谓"布尔什维克"，他们只知生吞活剥马列主义的原句，不能融会贯通马列主义的理论，犯了主观主义错误。

灵活用法 也作"活剥生吞"。如："弟阅《金刚经》诸解，深恨灶外灶，硬入人语，未免活剥生吞。"（明·张岱《与祁文载》）

★〖生吞活剥〗

枳貌橘同酸楚味，东施效颦丑假美。
削筋适履臭鞋香，吞枣囫囵尖刺嘴。
鹦鹉舌簧乱拉琴，人云亦雾殿堂毁。
照葫画勺囊膜描，按纸索骥见李鬼。

[生于忧患，死于安乐]shēng yú yōu huàn，sǐ yú ān lè

忧患：困境、灾祸。[词源]《孟子·告子下》："入则无法家拂（bì）士，出则无敌国外患者，国恒亡。然后知生于忧患，而死于安乐也。"

本义 忧患能磨炼人，使人发奋，因而得生；安乐使人丧志怠惰，因而致死。如："又道是：'生于忧患，死于安乐'，古人何必无端地作此等危言，未必不有见于此。"（清·文康《儿女英雄传》）

同义 忧劳兴国、逸豫亡身

同义例句 历史上有许多忧劳兴国，逸豫亡身的帝王，也有一些生于忧患，死于安乐的农民起义领袖。

书写辨误 忧，不能写成"优"或"尤"。

★〖生于忧患,死于安乐〗

梅傲寒风红蕾艳,猪贪肴馔俎砧休。
沉舟绝境死还活,醉倒罗裙山海丢。
翱翥长空雏展鹄,缩头龟鳖瓮中球。
优胜劣汰强威立,搏击苍穹方自由。

[声名狼藉]shēng míng láng jí

声名:名誉;狼藉:乱七八糟、杂乱不堪。[词源] 汉·司马迁《史记·蒙恬列传》:“恶声狼藉,布于诸国。”

本义 形容名誉坏到极点。如:“独立党党员们,请看你们这位候选人!请看这位声名狼藉的伪证犯!”(马克·吐温《竞选州长》)

同义 身败名裂、名声狼藉

反义 名扬天下、口碑载道

同义例句 历史上丧失民族气节的人都是声名狼藉的,只落得身败名裂、遗臭万年的下场。

对比例句 同是中共一大代表,后来走上了不同的道路,有的为人民谋利益,一生功绩口碑载道;有的卖国求荣而声名狼藉。

书写辨误 藉,不能写成“籍”。

★〖声名狼藉〗—赵高

觊觎皇冕谋邪计,假拟旨麾篡王位。
排挤忠良杀子苏,指麋为马施淫伪。
扶持傀儡任挥戈,脚下生风冥府坠。
丑陋脸皮千古扇,声名遗臭万年邃。

[省吃俭用]shěng chī jiǎn yòng

吃、用:引申为生活、过日子;俭:节约。[词源] 明·凌濛初《二刻拍案惊奇》卷二十二:“虽不及得富盛之时,却是省吃俭用,勤心苦胝、衣食尽不缺了。”

本义 指生活节俭,舍不得吃,舍不得穿。如:他省吃俭用,为了供两个孩子读书。

同义 克勤克俭、节衣缩食

反义 挥霍无度、一掷千金、大手大脚

同义例句 妈妈操持家务,精打细算。常用省吃俭用、克勤克俭结余下来的钱给我购买文具。

对比例句 省吃俭用是我们民族的优良传统。现在我们生活富裕了,也应当节省开支,不要养成大手大脚、挥霍无度的坏作风。

读写辨误 省,在这里不能读成 xǐng(省悟的“省”);吃,不能写成“乞”。

★〖省吃俭用〗—黎农俭

秋风卷叶锦川荒,草木深藏饿虎狼。
财阀绫罗蚕不养,朱门肉臭乞骸霜。
盘中粒粒泪含血,饥腹咕咕省稗粮。
汗水瑶池金穗饱,脊梁挺直顶天房。

[盛气凌人]shèng qì líng rén

盛气:骄横的气焰;凌:侵犯、欺侮。[词源] 清·文康《儿女英雄传》二十五回:“无如他的主意是拿定个老道转毫,不用一丝盛气凌人。”

本义 骄横傲慢,气势逼人。如:“有了一点成功,就盛气凌人,

不可一世，企图压倒别人，不能平等的谦逊和气地待人。”（刘少奇《个人与集体》）

同义 咄咄逼人、不可一世

反义 平易近人、和蔼可亲

同义例句 假洋鬼子钱秀才自从买了“银桃子”后，在未庄盛气凌人，不可一世，根本不把阿Q放在眼里。

对比例句 大文豪鲁迅，在文学青年面前，平易近人，从不教训人，更不盛气凌人。因此，很多文学青年都聚集在他周围。

灵活用法 原作“盛气临人”。指以威严的气势压人。如：“盛气临人，无敢忤者。”（宋·楼钥《仲舅敷文阁学士汪公挽词》）也作“尚气凌人”，如：“凡事谦恭，不得尚气凌人，自取耻辱。”（宋·朱熹《朱子全书·学五·教人》）

读写辨误 盛，不能读成shèn（肾）；凌，不能写成“棱”。

★〖盛气凌人〗—纣王

贪恋酒肴迷黛色，听信妖孽杀良将。
尖刀刺向比干腹，炮烙烤焦忠国梁。
吐沫火星烧庶舍，怒喉雷炸塌民房。
傲狼狂野亡巨鹿，疯舞金戈毁宇堂。

[失魂落魄]shī hún luò pò

魂、魄：迷信把离开人的形体能存在的精神称为“魂”，把依附形体而显现的精神称为“魄”。[词源]元·无名氏《看钱奴》第二折：“饿得我肚里饥失魂丧魄，冻的我身上冷无颜落色。”

本义 形容心神不宁、行动失常、异常惊慌的神态。如：“吴爽像遭到雷击一般，她睁大眼睛，失魂落魄。”（李存葆《高山下的花环》）

同义 心惊胆战、魂不守舍

反义 若无其事、神色自若

同义例句 关敬陶一时吓得失魂落魄，头发根子发乍，心惊胆战地退到门外。

对比用法 现在他神色自若，脸上已经没有一点失魂落魄的不自然的神情，这样大家便放了心。

灵活用法 亦作“丧魂失魄”。如“……民众热情澎湃，敌人丧魂失魄，这贡献还不大呀！”（欧阳山《三家巷》）

书写辨误 魂、魄，不能写成“瑰”“槐”。

★〖魂飞魄散〗—聊斋

黑月无光幽气拢，尘沙天地概随风。
魂遭魔鬼飞灵窍，魄遇妖精寒夜恫。
薄纸画皮深吻厚，丑姑肺腑石犀通。
阴曹昙卉暗香馥，乌魅喧骚心鲜红。

[十拿九稳]shí ná jiǔ wěn

[词源]明·阮大铖《燕子笺购幸》：“此是十拿九稳，必中的计较。”

本义 指办事很有把握。如：“因为过去两年劳动相当紧张，人们看大春很好，丰收是十拿九稳了，希松了一口气……”（沙汀《一次风波》）

同义 万无一失、探囊取物、手到擒来、如拾地芥

反义 谈何容易、难乎为继、力不从心、瞎子摸鱼

同义例句 为了十拿九稳地在春季运动会夺取男子百米冠军，他除了刻苦训练之外，还对自己的体能、技术作多方测试，尽量做到万无一失、一举成功。

对比例句 你不经过刻苦的学习，想十拿九稳地通过考试，到时候恐怕力不从心、事与愿违。

歇后用法 他是一位好猎手。你们要他请吃野味，这对他来说，犹如“坛子里捉乌龟，是十拿九稳的事儿”。

灵活用法 亦作“十拿十稳”。如：“既是天尊显圣，将来生子是十拿十稳的了。”（清·张南庄《何典》第一回）

读写辨误 拿，不能读成 lá（旯）；稳，不能写成“隐”。

★〖十拿九稳〗—草船借箭

百万雄师横赤壁，一条毒计背梁伤。
抬头望穿苍乾象，挥扇帷韬弥霭飏。
擂鼓咚咚恫贼寇，弩弓飕飚晃虚枪。
九天风雾诸公稳，十万箭支拿满仓。

[十全十美]shí quán shí měi

见[尽善尽美]

[实事求是]shí shì qiú shì

实事：客观存在的事物；求：研究，分析探究；是：客观事物发展的规律性。[词源]汉·班固《汉书·河间献王传》：“河间献王德，以孝景前二年立，修学好古，实事求是。”

本义 指踏踏实实的工作态度，认真细致的工作作风。如：“共产党员应是实事求是的模范，又是具有远见卓识的模范。”（毛泽东《中国共产党在民族战争中的地位》）

反义 穿凿附会

对比例句 “做学问的人，要树立正确的治学态度，毫无疑问，除了实事求是以外，再也不能设想还会有别的什么态度了。这种态度，和任何穿凿附会的作风，绝没有丝毫共通之处。”（马南邨《学问不可穿凿》）

读音辨误 事，不能读成 sì（四）。

★〖实事求是〗

云翔磐跱水循流，驾鹤顺风南海悠。
青昊乾坤明黑白，长江碧浪洗悲愁。
羞花闭月藏红蕾，慈目朱妍隐吊钩。
打破砂锅开苍象，刨根究底得金貅。

[拾金不昧]shí jīn bù mèi

金：金钱，现泛指贵重物品；昧：隐瞒。[词源]南朝·宋·范晔《后汉书·列女传》：“拾遗求利，以污其行。”清·李绿园《歧路灯》第一百零八回：“把家人名分扯倒，又表其拾金不昧。”

本义 指拾到钱财或贵重物品，不隐瞒，并设法物归原主。如：

老奶奶捡到一个钱夹,里面有一大笔钱,她把钱夹交到居委会。居委会主任夸奖她拾金不昧的高尚风格。

同义 道不拾遗、民不妄取

反义 见利忘义、见财起意、监守自盗

同义例句 “道不拾遗、民不妄取”的美德在田莉同学身上得到了充分体现,她数次拾金不昧,受到老师的赞扬。

对比例句 在加强社会主义精神文明建设的过程中,我们要树立拾金不昧的好风气,反对见利忘义的错误行为,对那些监守自盗的人,要绳之以法。

书写辨误 昧,不能写成“味”。

★〖拾金不昧〗

飞来碧石宝哥贯,横亘金珠试苟欲。
瑜见好仁回屋馨,贝收贼手蒸笼浴。
失而复得天公慈,归物留香荒野绿。
恭予上苍济庶黎,还交原主满心足。

[豕突狼奔]shǐ tū láng bēn

豕:猪;突:冲撞;奔:奔跑。[词源]明·归庄《万古愁》:“有几个狼奔豕突的燕和赵,有几个狗屠驴贩的奴和盗。”

本义 比喻坏人惊慌奔跑的状态。如:“山岗上,一簇簇英兵背着一面英国旗豕突狼奔,向山后夺路逃窜。”(吕宏、叶元《林则徐》)

同义 鸡飞狗跳

同义例句 鬼子遭到突袭,豕突狼奔。被困在村里的伪军也鸡飞狗跳,乱作一团。

灵活用法 亦作“狼奔豕突”。如:“可是在一般穿长褂子的人听来,就很惊慌,狼奔豕突似的西窜东逃。”(李六如《六十年的变迁》)

书写辨误 豕,不能写成“家”;狼,不能写成“狠”。

★〖豕突狼奔〗—三元里抗英

三元里遇英魔爪,羊邑鳞伤黎难遭。
怒焰冲天燃积火,星光燎野扬风刀。
众民自发凝团勇,万剑横空纸虎啕。
锣鼓喧嚣弓箭射,贼兵狼狈四方逃。

[世外桃源]shì wài táo yuán

世:人们共同生活的环境;桃源:晋代陶渊明在《桃花源记》中描写的隐蔽在桃花溪源头处的一个自然村落。桃源,即桃花溪源头,代指这个村落。

本义 比喻脱离现实社会、远离社会人群的地方。如:他对生活和工作中的矛盾感到无可奈何,甚至产生一种厌倦情绪,企望找到一个世外桃源。但这怎么可能呢?

读写辨误 世,不能读成sì(四);源,不能写成“园”。

★〖世外桃源〗

一帘幽梦桃源挂,百字满卷皆墨花。
林野兽禽争美味,红尘俗子夺王家。
骨筋血肉筑銮殿,沧海酸甜汗水华。
蓬岛梨云净世界,象牙塔里逸虹霞。

[事倍功半]shì bèi gōng bàn

事:从事;功:效益。[词源]清·李宝嘉《官场现行记》第三十四回:"要做善事,靠着善书教化人终究事倍功半。"

本义 指做事方法不对头费力大,收效小。如:"读书不知要领,劳而无功;知某书宜读而不得精校注本,事倍功半。"(陈宏天《打开知识宝库的钥匙——书目》)

同义 徒劳无功、吃力不讨好

反义 事半功倍

同义例句 "如果不加紧排水,则地下水位不能下降、盐分继续上升和蒸发,即便采取其他多种措施,都徒劳无功,至少是事倍功半,吃力不讨好。"(马南邨《燕山夜话·地下水和地上水》)

对比例句 办什么事情都要讲究方法。方法对能找窍门,收到事半功倍的效果。反之则事倍功半。

读音辨误 事,不能读成sì(四)。

★〖事半功倍〗

娇藤攀枝入青天,鸿鹄驾雾翱云翔。
都江堰分水泽民,扇来东风船借箭。
兵不血刃战敌寇,水载轻舟航海远。
暴政始皇二世灭,仁义高祖长朝汉。

[事与愿违]shì yǔ yuàn wéi

违:违背,相反。[词源]三国·魏·嵇康《幽愤诗》:"事与愿违,遘兹淹留。"(遘:遭遇)

本义 指事情的发生、发展与人的愿望相违背。如:"人们从事各项活动,总是希望获得成功,避免失败。可是实际上往往事与愿违。"(章炳元《畏惧错误就是毁灭进步》)

同义 适得其反、天违人愿

反义 如愿以偿、天从人愿、不出所料

同义例句 他想在读中专的同时套读大专,结果力不从心,不仅事与愿违,还适得其反,两边都没有读好。

对比例句 曹操犯了经验主义的错误,他不相信冬天能起东风,结果事与愿违、败于赤壁。而诸葛亮借东风如愿以偿,火攻曹兵成功。

灵活用法 亦作"事与心违"。如:"貌先年老因忧国,事与心违始乞身。"(宋·欧阳修《纪德陈情上致政太傅杜相公》)

读写辨误 事,不能读成sì(四);愿,不能写成"原"。

★〖事与愿违〗

鹬蚌相争渔者利,螳螂捕蝉雀相后。
出师未捷身先亡,忠将遭污剑失手。
美梦千秋二世殇,玉环江海一时否。
聪明反被聪明误,算尽机关套己肘。

[事在人为]shì zài rén wéi

为:做。[词源]明·冯梦龙《东周列国志》:"事在人为耳,彼朽骨者何知。"

本义 要干成一件事情，重要的在于努力去做。如：光说不行，我们应该下决心去干，事在人为，我就不信我们干不成。

同义 有志者事竟成

反义 谋事在人、成事在天

同义例句 事在人为，杨才志下定决心，勤学苦练，终于练就了一身真功夫。这正是有志者事竟成啊。

对比例句 大部分会员都坚信事在人为，只要积极准备，缜密部署，这次起义是有把握成功的。也有少数人认为，谋事在人，成事在天，起义能否成功，目前还不能过于乐观。

读音辨误 事，不能读成 sì（四）；为，不能读成 wèi（未）。

★〖事在人为〗

积沙成塔入天昊，滴水穿山浩八方。
翻越蜀峰承禅慧，横驰戈壁驾骊黄。
汗珠沧海腴桑梓，墨卉神州弥道香。
风雨莫候苍狗幻，英名榜单嵌筋钢。

[势不可当]shì bù kě dāng

势：局势、来势；当：阻挡、抵挡。[词源]《晋书·郗鉴传》："群逆逸，其势不可当，可以算屈，难以力竞。"

本义 指来势迅猛，无法阻挡。如：远远望去，瀑布像一条大河挂在山前。它从高空直落，势不可挡，让人看了还真以为是银河从天而降呢！

同义 锐不可当、势如破竹

反义 强弩之末、势穷力竭、兵来将挡、水来土掩

同义例句 大自然既为人类造福，又给人类带来灾难。山洪暴发势不可当，台风袭击势如破竹。像这样的自然灾害，人类还无法遏制。

对比例句 这股洪水来势凶猛，势不可当，但经过泄洪，到了这里已经是势穷力竭，不会造成危害了。

灵活用法 亦作"势不可遏"（è：阻止）。如："兵少安，适有持铜匜（yí：古代一种器皿）沃水者误落于地，惊曰，追者至矣。群起东走，势不可遏，其丧胆也若此。"（《清野史大观·卷三 木果木之败》）

读音辨误 当，在这里不能读成"dàng"。

★〖势不可当〗—历史潮流

九夏合分诸国乱，一堂天下汉华强。
指麋为马遭腰斩，陷害忠良炸油汤。
鱼水浪欢舟舫远，清风朗霁月风光。
冕旒素布同琴乐，桃苑佳肴美酒香。

[势不两立]shì bù liǎng lì

势：情势；两立：双方并存。[词源]《韩非子·人主》："故有术不必用，而势不两立，法术之士，焉能无危？"

本义 指矛盾尖锐，双方有很深的仇恨，不能并存。如："孤与老贼势不两立，君言当击，甚与孤合，此天以君授孤也。"（宋·司光

光《赤壁之战》)

同义 水火不容、不共戴天

反义 并行不悖、水乳交融

同义例句 我与这贼有不共戴天之仇,定然势不两立,岂有求合之理!

对比例句 你们并不是势不两立的两股力量,完全可以发挥各自的优势,并行不悖。

读写辨误 势,不能读成 sì(四),不能写成“誓”。

★〖势不两立〗

一山难纳二狮王,龙爪剑挥金凤凰。
三国对垒曹相横,七雄混战始皇强。
明眸岂许黑针蛰,忠将除奸炸桧肠。
美丑善邪千古斗,阴阳魔道碧空苍。

[视而不见]shì ér bù jiàn

[词源]《老子》十四章:“视之不见名曰夷,听之不闻名曰希。”

本义 指看见了却像没看见一样,形容漠不关心,不往心里去。如:“她的病身子禁不起生气,所以近二三年来她颇学会了点视而不见、听而不闻的本事,省得教自己的病体加重。(老舍《四世同堂》)

同义 熟视无睹、视若无睹、充耳不闻

同义例句 对我们身边的一些不良现象,应该大胆批评,不应该充耳不闻、视而不见。

灵活用法 亦作“视之而不见”。如:“……终日视之而不见,听之而不闻……”(《庄子·知北游》)

读音辨误 视,不能读成 sì(四)。

★〖视而不见〗

书里风光天竺妙,哪瞧山水与芳娇。
卷宗霞霁扬金榜,茅屋笔筒纤细乔。
宝黛文章情窦逸,墨流尘世字为桥。
无闲当眼贵妃貌,但有蓬莱蝶舞潇。

[视死如归]shì sǐ rú guī

[词源]《韩非子·外储说左下》:“三军既成陈(阵),使士视死如归,臣不如公子成父。”

本义 指把死当作回家一样。形容为了正义的事业不怕牺牲的精神。含褒义。如:“等了好几分钟……敌人没有开枪。王若飞视死如归,厉声喝道:‘开枪吧!混蛋们!’”(小学语文《视死如归》)

同义 舍生忘死、视死如生、万死不辞

反义 贪生怕死、苟且偷生、苟全性命

同义例句 革命烈士夏明瀚,生前舍生忘死地为人民解放事业奋斗。他被捕后,视死如归,写下了“砍头不要紧,只要主义真”的壮烈诗篇。

对比例句 叛徒甫志高贪生怕死,出卖革命同志;江姐被捕后,视死如归,怒斥了叛徒的罪行。

灵活用法 亦作“赴死如归”“视死若归”。如:“车不结轨,士不旋踵,鼓之,而三军之士视死若

归。”(汉·刘向《新序·杂事》)

读音辨误 如,不能读成 yú(于)。

★〖视死如归〗

十月揭竿枪炮响,一飘旗帜赤船扬。
镰锤挥舞对妖魍,星火燎原燃四方。
白色恐怖霾雾压,举头家往凛然昂。
明翰洒血同心继,正义终摧邪恶狼。

[视死若归]shì sǐ ruò guī

见[视死如归]

[视为畏途]shì wéi wèi tú

畏途:可怕的道路。[词源]《庄子·达生》:“夫畏涂(通“途”)者,十杀一人,则父子兄弟相戒也、必盛卒徒而后敢出焉。”毛泽东《中国革命战争的战略问题》:“根据地的人民条件……特别是对于作战说来,说是有武装起来了的人民。敌人视为畏途,主要的也在这一点。”

本义 指看成可怕、危险的道路。形容对待困难或艰险的态度。如:“有人对初学写作的人强调文法,结果使人捉摸不定,不敢下笔,对写作视为畏途。”(孙犁《好的语言和坏的语言》)

同义 望而生畏、望而却步

反义 视为等闲、轻车熟路、驾轻就熟、如履平地

同义例句 我看驯虎表演就望而生畏。所以我不会选择这种职业,我把它视为畏途。

对比例句 一开始,我把冰上运动视为畏途,后来经过刻苦训练,现在能在冰上自由自在地做各种动作,如履平地一般了。

灵活用法 亦作“视如畏途”。如:“近来刑部,因批驳严,参罚重,缙绅中视如畏途。”(明·东鲁古狂生《醉醒石》第九回)

读音辨误 视,不能读成 sì(四);途,不能读成 tóu(头)。

★〖视为畏途〗—张骞

何惶西域火山途,汗水骢蹄丝路铺。
深入虎窝谋勇斗,纵横捭阖制匈奴。
十年囚禁非人痛,一番荆棒醉竺壶。
带进香葡牵动佛,远扬罗马欧洲都。

[手忙脚乱]shǒu máng jiǎo luàn

[词源]宋·朱熹《朱子语类·学》:“今亦何所迫切,而手忙脚乱,一至于此耶?”

本义 指遇事慌张、拿不定主意、穷于应付。如:“一忽儿冷了一忽儿又热,冷冷热热的,一天就要变上几变,害得人家手忙脚乱的。”(茅盾《委屈》)

同义 慌手慌脚、手足无措

反义 不慌不忙、有条不紊、从容不迫

同义例句 在学校迎春晚会上,我第一次当节目主持人,突然有句串词忘记了,顿时使我手忙脚乱,一时手足无措,好不狼狈。

对比例句 他接受第一次试跳

因手忙脚乱而失败的教训，这次试跳，他不慌不忙，从容不迫地一跃，跳过了横杆。

灵活用法 亦作“手脚忙乱”。如：“莫一似落汤螃蟹，手脚忙乱。”（宋·释道原《景德传灯录·卷十九·韶州云门山文偃禅师》）

读写辨误 手，不能读成 sǒu（叟）；脚，不能写成“角”。

★〖手忙脚乱〗—元妃省亲

贵妃省亲皇德浩，贾家攀凤霓灯高。
亭娇榭摇百花笑，鹤舞鸳飘千蝶翱。
王母袂缠双脚乱，辣婆嘶哑众厮劳。
大街小巷观流彩，骨肉分离别泪啕。

[手无寸铁]shǒu wú cùn tiě

铁：指武器。[词源] 明·罗贯中《三国演义》一〇九回：“见维手无寸铁，乃骤马挺枪追之。”

本义 手里没有拿任何武器。形容赤手空拳。如：“手无寸铁的兔子有哪些本领才能保证它们在弱肉强食的动物世界里得以生存呢？”（史庆礼《兔》）

同义 赤手空拳

反义 荷枪实弹、披坚执锐

同义例句 武术散打表演都是赤手空拳的较量。双方手无寸铁地格斗，比的是硬功夫。

对比例句 荷枪实弹的日本鬼子闯进村庄，对手无寸铁的百姓大肆杀戮。

灵活用法 亦作“身无寸铁”。如：“虽有从人，身无寸铁，一时毕命。”（明·冯梦龙《东周列国志》第十五回）

读音辨误 手，不能读成 sǒu（擞）；寸，不能读成 chèn（衬）。

★〖手无寸铁〗—南京大屠杀

凶龟倭寇喷铅弹，铁铳钢炮建邺殃。
赤手空拳被蹂躏，男诛女剥血城殇。
尸横遍野乌鸦泣，人世阴曹烈火烫。
三十万民遭杀戮，千秋罪孽史难忘。

[手舞足蹈]shǒu wǔ zú dǎo

蹈：跳动。[词源]《诗经·大序》：“永（咏）歌之不足，不知手之舞之，足之蹈之也。”

本义 双手舞起来，双脚跳起来。形容高兴至极。如：焰火花样百出，变幻无穷，乐得人们手舞足蹈。

同义 兴高采烈

反义 闷闷不乐

同义例句 阿明看见自己成绩得到赏识，愈加兴高采烈，手舞足蹈起来。

对比例句 待到大姐远嫁后，她便整日闷闷不乐，再也看不到她手舞足蹈、天真活泼的样子了。

书写辨误 舞，不能写成“午”；蹈，不能写成“韬”。

★〖手舞足蹈〗

浮云霞彩空愉目，翎羽紫袍实利禄。
翠鸟红花窗外虚，金书缃缥埋头牍。
珠玑百字陶香卷，铜板三元摧老读。
一举成名手舞狂，万元飘逸足腾竺。

[手足无措]shǒu zú wú cuò

措：安放。[词源]《论语·子路》："刑罚不中，则民无所措手足。"

本义 手脚不知放在哪里才好。形容非常慌张、不知如何是好的样子。如："赵蒙生发窘地，手足无措地说：'那就先吃点菜吧！'……"（李存葆《高山下的花环》）

同义 手忙脚乱、不知所措

反义 泰然自若、从容不迫

同义例句 他的脾气真怪，一忽儿冷，一忽儿又热，一天要变上几变，害得人家手忙脚乱、手足无措。

对比例句 他如此手足无措，与刚才那种泰然自若的样子相比，简直判若两人。

书写辨误 措，不能写成"错"。

★〖手足无措〗—宝黛初识

上天掉下林珠娘，贾府旁门真迎住。
宝玉憨诚直礼恭，黛姑羞涩手无措。
似曾相识熟眸缘，破碧敞心投目注。
神俊仙娥对眼波，寘情痴恋同船渡。

[守株待兔]shǒu zhū dài tù

守：靠近，依傍；株：露出地面的树桩；待：等候。[词源]《韩非子·五蠹（dù：蛀虫）》："宋人有耕田者，田中有株，兔走（跑）触株，折颈而死，因释其耒（lěi：古代的一种农具）而守株，冀（jì：希望）复得兔。兔不可复得，而身为宋国笑。"

本义 本指守在树桩下，再等兔跑来撞死。后用作讥讽相信狭隘经验、不知变通的人。含贬义。如："周祖荫一看周威如此态度，绝望地叹了口气说：'唉，守株待兔，必然坐失良机。'"（黎汝清《万山红遍》下卷第三十一章）

比喻 有时比喻靠侥幸心理，妄想不劳而获，坐享其成。含贬义。如："妾闻治家以勤俭为本，守株待兔，岂是良图？"（《古今小说·杨八老越国奇逢》）

同义 胶柱鼓瑟、刻舟求剑与本义同义，坐收渔利、坐享其成、坐食山崩与比喻义同义

反义 相机行事、随机应变与本义构成反义，找米下锅、自食其力、自求多福与比喻义构成反义

同义例句 "若载一时之礼，以训无穷之俗，是刻舟求剑、守株待兔也。"（汉·桓谭《新论·法术》）

对比例句 俗话说"自求多福"，为人在世应该自食其力，用双手创造幸福的生活。谁要做守株待兔者，是会贻笑天下的。

灵活用法 亦作"守株而伺兔""待兔守株"。如："世易俗异，事势舛殊，不能通其变，而一度以揆之，斯契船而求剑、守株而伺兔也。"（南朝·宋·范晔《后汉书·张衡传》）

读写辨误 株，不能读成 zū（租）；兔，不能写成"免"。

★〖守株待兔〗

偶遇兔撞株下待，经年寡守木鸡呆。

天飘馅饼黄粱梦，坐享其成空美哉。
末路蜗虫牛角葬，苍穹鸿雁喜风来。
汗珠滋润凝金果，走出偏隅霓虹开。

[首屈一指]shǒu qū yī zhǐ

首：首先；屈：弯曲；一指：大拇指。[词源] 清·颜光敏《颜氏家藏尺牍施侍读闰章》："海论诗辄为首屈一指。"

本义 扳着指头计数，先弯大拇指。形容名列首位。含褒义。如："此校确系美国之首屈一指，我毕业于此后，纵欲继续研究，在此邦亦无处可去也。"（闻一多《家书给父母亲》）

同义 名列前茅、独占鳌头

反义 等而下之、名落孙山、瞠乎其后

同义例句 他们班的文艺活动开展得很好，在全校是首屈一指的，每次会演成绩总是名列前茅。

对比用法 我们学校前几届都有"尖子生"，他们的成绩在全市是首屈一指的。近几年来后继无人，校际评优我们也名落孙山了。

读音辨误 指，不能读成 zǐ（子）。

★〖首屈一指〗
软弱柔枝风撂倒，雄威猛虎岱山翘。
翰林深入三元鼎，聪慧超群九教娇。
泼墨黛桃飞雁鹭，划刀游刃碎牛妖。
强胜六国统华夏，绝顶全球贞观骄。

[寿终正寝]shòu zhōng zhèng qǐn

寿终：尽其天年而死；正寝：旧式住宅的正房屋。[词源] 明·许仲琳《封神演义》十一回："纣王立身大呼曰：'你道朕不能善终，你自夸寿终正寝，非侮君而何！'"

本义 指老年人在家里安然死去。如："瓦特早没有子女，也居然'寿终正寝'，何况在将来，更何况有儿子的人呢？"（鲁迅《我们现在怎样做父亲》）

引申 后泛指事物或现象日趋消亡。如："这样看来，邮递这条路是要断绝了，刊物也就不免寿终正寝了！"（邹韬奋《患难余生记·流亡》）

同义 终其天年、老死牖下、寿满天年与本义同义

反义 天年不遂与本义构成反义欣欣向荣与引申义构成反义

同义例句 慈禧太后垂帘听政47年，中国历经多少内忧外患，她却能锦衣玉食，活到73岁，也算寿满天年，落得寿终正寝了。

对比例句 这位可怜的孤独的中年人，真是天年不遂，得了这种怪病，只能住在医院里，看来他不能寿终正寝了。

灵活用法 也作"善终正寝"。如：姬昌曰："不才还讨得个善终正寝。"（明·许仲琳《封神演义》第十一回）

读写辨误 寝，不能读成 qǐng（请），不能写成"侵"。

★〖寿终正寝〗—封建退位

几番风流封建溃，千疮百孔晚清退。
君权神授苍穹乌，泥匠凡尘渺草秽。
八股骈文才子囚，四周闭国夏华碎。
一声炮响武昌昂，九世朽台銮殿废。

[束手就擒]shù shǒu jiù qín

束，缚、绑。就：接受：擒：捉拿。[词源]《宋史·符彦卿传》："与其束手就擒，易若死战，然未必死。'"

本义 双手被捆住等人捉拿。形容无力抵抗或无法逃脱。如：一个划破玻璃企图盗窃展品的罪犯束手就擒。

同义 束手就范、坐以待毙

反义 负隅顽抗、垂死挣扎、困兽犹斗

同义例句 当今我们处于和平发展时期，容易产生麻痹松懈思想。如果我们不随时保持高度的警惕，万一打起仗来就会束手就擒，坐以待毙。为此，我们必须坚持不懈地加强国防建设，随时准备歼灭来犯之敌。

对比例句 敌人是不会自行灭亡、束手就擒的，他们还会负隅顽抗，作垂死挣扎。

灵活用法 亦作"束手就缚"。如："官兵前后受敌，料杀他们不过，只得齐齐丢下兵器，束手就缚。（清·褚人获《隋唐演义》第四十二回）

读写辨误 擒，不能读成 qíng（情）；束，不能写成"吏"。

★〖束手就擒〗—华容道上拜关公

火烧赤壁催魔跑，曹操溃逃华容道。
两侧峭崖草木兵，一条泥路陷蹄套。
关公吆喝云刀横，孟德将擒恭手讨。
红脸厚恩剑柄垂，放过贼寇旧情保。

[束手无策]shù shǒu wú cè

束：捆、绑；策：计策。[词源]元·无名氏《宋季三朝政要》："（秦）桧死而逆（完颜）亮南牧，兵号百万，孰不束手无策。"

本义 像捆住了手似的，无法应付。形容处于一筹莫展的困境。如："只要略有知觉的人就都知道：这回学生请愿，是因为日本占据了辽吉，南京政府束手无策，单会去哀求国联，而国联却正和日本是一伙。"（鲁迅《"友邦惊诧"论》）

同义 一筹莫展

反义 急中生智、计上心来

同义例句 经反复思量，王和义还是束手无策、一筹莫展。

对比例句 束手无策的杨军突然急中生智，用头猛地朝敌人胸口一撞，敌兵被撞翻在地，杨军趁机逃离了虎口。

书写辨误 束，不能写成"束"；策，不能写成"刺"。

★〖束手无策〗—长平之战

赵括纸兵落深壑，两边崖壁入危厄。
书中战马任驰驱，峡谷困狮手莫策。
前缺援军后少将，左旁刀刺右划脉。
蜃楼云彩空飘浮，文岭荆峰得竺册。

[水落石出]shuǐ luò shí chū

落：掉下，往下降；出：露出，显现。[词源]宋·欧阳修《醉翁亭记》："野芳发而幽香，佳木秀而繁阴，风霜高洁，水落而石出者，山间之四时也。"

本义 本指水落下去，石头显现出来。形容自然景色的变化。如："山高月小，水落石出。"(宋·苏轼《后赤壁赋》)

比喻 现常比喻事情发展的结果。形容真相大白，清清楚楚。如："我正想问个水落石出，可是小高的嘴唇又闭紧了，脸色比以前还难看。"(陈慧瑛《彩色的翅膀》)

同义 水落归漕与本义同义，真相大白、原形毕露、暴露无遗与比喻义同义

反义 石沉大海、沉冤莫白、不明不白与比喻义构成反义

同义例句 法官斩钉截铁地说，这个案子一定要查个水落石出，让那些在作案中浑水摸鱼的人原形毕露，使复杂的案情真相大白。

对比例句 这个案子眼看就要水落石出，狡诈的罪犯却节外生枝，故弄玄虚，把审讯线索搞得又不明不白了。

读写辨误 落，在这里不读lào(落枕的"落")；出，不能写成"击"。

★〖水落石出〗—狄仁杰断案

血溅屏画扑离跳，乞丐秀才迷眼杳。
微服乔装入黑巢，睿聪帷幄判凶兆。
抽丝剥茧抓蜗虫，顺藤摸瓜揭伪表。
水落石浮真相来，世间神探家喻晓。

[水深火热]shuǐ shēn huǒ rè

水、火：比喻灾难。[词源]《孟子·梁惠王下》："如水益深，如火益热，亦运而已矣。"清·康有为《答南北美洲诸华侨论中国只可行立宪不可行革命书》："且倡革命者，必以民权自立为说，当水深火热之余，莫不信之望之。"

本义 指陷入灾祸之中，形容生活极端困苦或灾难深重。如："1884年正当帝国主义入侵，中国人民处于水深火热之中的时候，慈禧却为自己的生日大肆挥霍……"(黄传惕《故宫博物院》)

同义 水火之中、生灵涂炭

反义 安居乐业、国泰民安

同义例句 抗日战争时期，人民处于水深火热之中。日寇肆虐，生灵涂炭，民众苦不堪言。

对比例句 共产党把广大劳苦大众从水深火热之中拯救出来，国泰民安，社会出现蒸蒸日上的繁荣景象。

读写辨误 深，不能读成shēng(生)；热，不能读成lè(勒)，不能写成"执"。

★〖水深火热〗—旧社会

州官放火黎灯暗,衙府南开钱进场。
身穿绫罗非织布,朱门肉臭乞骸凉。
苛捐杂税海深苦,君法铜炉烈焰烫。
虎迫梁山挥剑起,镰锤砸碎玉銮堂。

[水泄不通]shuǐ xiè bù tōng

泄:水排出。[词源]《敦煌变文集·卷一·伍子胥变文》:“敕既不行,水楔(泄)不通,州县相知,榜标道路。”宋·释惟白《续传灯录》:“祖师门下,水泄不通,佛事门中,风行草偃。

本义 形容非常拥挤或包围得很严密。如:板棚里挤得水泄不通,人声嘈杂,乱哄哄的。

同义 风雨不透、车水马龙

同义例句 每逢赶集日,这里车水马龙,街道顿时显得狭窄起来,而遇年节,则更是人山人海、水泄不通。

书写辨误 泄,不能写成“泻”。

★〖水泄不通〗—四面楚歌

破釜挺身危境起,沙场大捷斩秦将。
阿宫烟倒降兵泪,冥府闻风魔鬼惶。
四面楚歌围傲兀,滴流不漏困凶王。
乌江自刎别姬去,旷世英豪残暴殇。

[顺理成章]shùn lǐ chéng zhāng

顺:依照;理:原理;章:文章。[词源]宋·朱熹《朱子全书·论语》:“文者,顺理而成章之谓。”

本义 写文章逻辑严密,层次分明。如:“这一段话意思错综复杂,很不容易说清楚,但经过作者的整理,却都串连了起来。一步一步说下来,顺理成章,要言不烦。”(朱德熙《谈朱自清的散文》)

引申 指说话、做事合乎常理。如:他的话表面上看起来还算顺理成章,不过只能骗过老实人,聪明人是知道他的底细的。

反义 颠三倒四、杂乱无章与引申义构成反义

对比例句 人家的作文都顺理成章,怎么你写的文章老是颠三倒四?

读音辨误 顺,不能读成 xùn(训)。

★〖顺理成章〗—伟人毛泽东

布衣领袖引晨旭,星火燎原遍地熊。
四渡赤河甩困剿,辽沈战役定乾穹。
叱咤风雨驱邪霸,挥舞社旗华强东。
顺理成章千古伟,天之骄子汗青红。

[顺水推舟]shùn shuǐ tuī zhōu

舟:船。[词源]《元曲选·康进之〈李逵负荆〉》:“你休得顺水推舟,偏不许我过河拆桥。”

本义 喻指顺势、乘便行事,形容善于灵活应变。如:“关大妈的嘴,就像焊过似的,连哼都不哼一声了,黑胖子觉得这么条半死不活的老命,竟有人肯花钱来买,自己乐得顺水推舟,卖了人情又进财,就做了‘好事’了。”(茹志鹃《关大妈》)

同义 相机而行、因利乘便、将计就计

同义例句 周瑜一心想夺荆州,杀刘备,想出一条"美人计";诸葛亮劝刘备顺水推舟,相机而行,以此将计就计。结果周瑜弄巧成拙,赔了夫人又折兵而贻笑天下。

灵活用法 亦作"顺水推船"。如:"天地也!做得个怕硬欺软,却原来也这般顺水推船!"(元·关汉卿《窦娥冤》)

读写辨误 舟,不能读成 zōu(邹),不能写成"丹"。

★〖顺水推舟〗

懿将借风淹同俦,孔明顺水摇浪舟。
蜀奸北伐迟粮草,诸葛抽身设伏流。
张郃追兵圈套困,山倾箭石大军丢。
魏家宫阙无羁绊,司马颛权任所由。

[瞬息万变]shùn xī wàn biàn

瞬:一眨眼;息:喘口气。[词源]鲁迅《致章廷谦》:"世事瞬息万安,我辈消息不灵,所以也莫名其妙。"

本义 比喻在极短的时间内有许多变化。如:"毫秒之间,景物不同;同一地点,瞬息万变。"(徐迟《黄山记》)

反义 一成不变、亘古不变

对比例句 在激烈的比赛中,情况是瞬息万变的,所以大家不要把教练的战术看成一成不变的,要随机应变,灵活运用。

灵活用法 亦作"一息万变"。如:"……军情一息万变,不是可以捱时捱刻的事。"清·李宝嘉《官场现形记》第十二回)

读音辨误 瞬,不能读成 xùn(训)或 shǔn(吮)。

★〖瞬息万变〗

红尘脚步飞奔急,流水行云难念枝。
高铁驰光纵九陌,银鹰翱翥五洲怡。
摩楼鳞次布京邑,车虹火蛇城卉丽。
人是物非山海幻,目不暇接万观琦。

[说长道短]shuō cháng dào duǎn

[词源]汉·崔瑗《座右铭》:"无道人之短,无说人之长。"

本义 指议论人的是非、好坏。如:"我任凭他们说长道短!反正组织上还没通知把我调走!"(李存葆《高山下的花环》)

同义 说三道四、说东道西

反义 自有公论

同义例句 人们应坚定地走自己看准的路,不要被那些无聊的人说三道四、说东道西所左右。

对比用法 不要怕人说长道短,你的文章、人品的好坏优劣是会自有公论的。

读音辨误 说,不能读成 suō(梭);长,不能读成 cáng。

★〖说长道短〗

哪个人前不说人,哪个人后无人说。
说三道四辨真人,有则改之无畏拙。
说我有过知我心,奉吾者望吾成鳖。
轻飘悠逸风言河,人岂圣贤熟少缺。

[硕大无朋]shuò dà wú péng

硕：大；朋：比。[词源]《诗经·唐风·椒聊》："彼其之子，硕大无朋。"

本义 原指形貌健美，壮实无比。如《诗经》毛亨传："朋：比也。"郑玄笺："硕，谓壮貌佼好也；大，谓德美广博也；无朋，平均不朋党。"

引申 现常形容巨大无比。如："例如最珍贵稀罕的菊花品种，最硕大无朋的名贵葡萄，都不是这类工艺品的表现对象，它只能表现一般的，常见的，这样才带给人以逼真之感。"（秦牧《酷肖》）

同义 大莫与京、无与伦比、无可比拟与引申义同义

反义 小巧玲珑、娇小玲珑与引申义构成反义

同义例句 这个南瓜重达 70 公斤，真是硕大无朋，无与伦比。

对比用法 在古代青铜器展览会上，既有商代硕大无朋的司母戊大方鼎，也有许多小巧玲珑的青铜器工艺品。

灵活用法 亦作"硕大无比"，如："在住宅的上空有一个硕大无比的"玻璃'罩子。这个罩子是用巨型光能平板做成的。"（《未来的房屋》）

读写辨误 硕，不能读成 suǒ（所），不能写成"琐"。

★〖硕大无朋〗—荧光

硕寰无比苍穹中，一点荧光望闪电。
小草矮微绿石峦，茅燕喃曲悦城甸。
英雄炬火耀神州，蛾子笼辉灿宝殿。
不枉血虹逸紫霞，岂怨灰烬曾眩战。

[死得其所]sǐ dé qí suǒ

所：处所，适宜的地方。[词源]《魏书·张普惠传》："人生有死，死得其所，夫复何恨。

本义 指死得有价值、有意义。含褒义。如："我们为人民而死，就是死得其所。"（毛泽东《为人民服务》）

反义 死于非命，虚生浪死、遗臭万年

对比例句 人生自古谁无死？有的人为人民利益、为正义事业而死，他死得其所；有的人为酒、色、财、气而死于非命；有的人因出卖祖国和人民利益而死，他就遗臭万年。

读音辨误 死，不能读成 shǐ（史）。

★〖死得其所〗

万芳皆萎叶枯黄，一草烈烟戈壁扬。
比子丹心荧华夏，岳飞碧血殷桑乡。
明翰抛首信仰正，秦桧偷生油火丧。
脊骨可为銮殿栋，身留大地魄天堂。

[死于非命]sǐ yú fēi mìng

非命：横死。[词源]《孟子·尽心上》："桎梏死者，非正命也。"《宋史·食货志上一》："咸淳三年，京师粜贵，勒平江、嘉兴上户

运米入京，鞭笞囚系，死于非命者十七八。”

本义 指因遭到意外的横祸而身亡。如：“尽管兔子有不少招数保命，终因强敌太多，加上各种疾病，有不少都死于非命。”（史庆礼《兔》）

同义 不测之祸、不得善终

反义 死得其所、寿终正寝、起死回生、死里逃生

同义例句 他大学刚毕业便遭不测之祸，在一次车祸中当场死于非命。

对比例句 我的伯父是一位老船长。曾经历几次海事险情，都死里逃生，躲过了死于非命的厄运。

读写辨误 死，不能读成 shǐ（史），不能写成“死”。

★〖死于非命〗

生魂本是灵珠草，苍宇之间任荡摇。
不测风云折脊骨，旦夕祸福横荆条。
旋风突扫蚁迢远，枝箭偶穿威虎夭。
苦辣酸甜身体煎，红尘珍惜乘逍遥。

[四海为家]sì hǎi wéi jiā

四海：原指全国各地，现引申指普天下。[词源]汉·班固《汉书·高帝纪》：“且夫子以四海为家，非令壮丽，亡以重威？”明·余继登《典故纪闻》卷四：“人君以四海为家，因天下之财供天下之用，何有公私之别？”《元曲选外编·罗贯中〈风云会〉第一折》：“四海为家，寸心不把名牵挂。”

本义 原指帝王占有天下，现指到处可以为家。如：“我们是四海为家的，我们是以一切人民为兄弟姐妹的。”（孙犁《看护》）

引申 现常形容有志者不恋故土。含褒义。如：“孩子如果已经长大，就得告别妈妈，四海为家。”（戴巴棣《植物妈妈有办法》）

同义 天下为家、四海一家、浪迹江湖与本义同义，志在四方、四方之志、走南闯北与引申义同义

反义 落叶归根与本义构成反义，安土重迁、求田问舍、胸无大志与引申义构成反义

同义例句 青年人应该志在四方，以四海为家，去实现自己的理想。

对比例句 这位老华侨在年轻时走出国门，以四海为家，去闯荡世界。但他爱国的赤子之心从未泯灭，现落叶归根，在家乡安度晚年。

读音辨误 四，不能读成 shì（市）；为，在这里不能读成 wèi（位）。

★〖四海为家〗

暖衾芳枕好温馨，驰骋沙场耀火荣。
温室花枝萎靡谢，苍穹鸿鹄扬翎鸣。
不惊荆棘风雷雨，天被地床戈笔横。
四海为家呼华气，一番盛业伟名宏。

[四通八达]sì tōng bā dá

通：连接；达：畅达。[词源]《子华子·晏子问党》：“且齐之为

国也……其涂(途)之所出,四通而八达,游士之所凑(接近)也。"《晋书·慕容德载记》:"潘聪曰:"滑台四通八达,非常王之居。"

本义 指四面八方有路相通,形容交通非常便利。如:"岛上四通八达,到处是浓荫夹道的大路。"(杨朔《海市》)

引申 现也形容能沟通各个方面。如"四通八达,圆之又圆,这是儒家伦理的极致。"

同义 四衢八街、九省通衢与本义同义,四方辐辏、一点灵犀与引申义同义

反义 水断陆绝与本义构成反义,格格不入与引申义构成反义

同义例句 武汉市素有九省通衢之称,这里交通四通八达。

对比例句 这里原来是古代丝绸之路上的一座四通八达的边关重镇,由于沙化严重,历经多年的侵蚀,造成水断陆绝,现在成了一座人迹罕至的古城遗址。

灵活用法 亦作"四通五达""四会五达"。如:"夫陈留,天下之冲,四通五达之郊也。"(汉·司马迁《史记·郦生陆贾列传》)

读写辨误 四,不能读成 shì(士);八,不能写成"入"。

★〖四通八达〗—书

纤纤片纸厚悠今,点点墨兰凝蝶心。
甲骨漫游驮古殷,竹卷弹奏响戈琴。
翰林宇达百家观,雅院书通四海箴。
一部论经穿华夏,八方鸿雁会知音。

[似是而非]sì shì ér fēi

似:好像;是:对的;非:对的和错的。[词源]《孟子·尽心下》:"恶似而非者,恶莠,恐其乱苗也。"

本义 指好像对,实际又不对;好像是实际上又不是。如:"自由人不是主人,但像主人,似是而非。"(闻一多《战后文艺的道路》)

同义 类是而非

反义 泾渭分明

同义例句 失物招领处的东西真多,我去认领丢失的一块表,同类的可不少。拿这块觉得类似而非,取那一块又认为相像,似是而非的,使我感到为难,不好认领了。

对比例句 老人看报上的小字如同雾里看花,"日"与"目"似是而非,戴上老花眼镜再看,一目了然,泾渭分明了。

读音辨误 似是,不能读成 sì sì 或 shì shì。

★〖似是而非〗—真理

苍宇繁星似乱麻,日辰轮换绽春华。
天有规律佛经诵,尘世相濡缘结花。
銮殿戟戈乎强理,翰林柔墨沸情茶。
磐岩稳固风霜蚀,水性杨花岂舍家。

[肃然起敬]sù rán qǐ jìng

肃然:恭敬的样子:起敬:产生敬仰的心情。[词源]南朝·宋·刘义庆《世说新语·规箴》:"执经登坐,讽诵朗畅,词色甚苦。

高足之徒，皆肃然增敬。”宋·陆游《剑南诗稿·卷十五·记梦》：“肃然起敬竖发毛，伏读百过声嘈嘈。”

本义 指对所敬仰的人或事，自然流露出十分恭敬、钦佩的神情。含褒义。如：“大家都在用惊奇但是肃然起敬的眼光望着他，连何五子也不例外。”（叶君健《母校》）

同义 万流景仰、众望所归

反义 深恶痛绝、不屑一顾、嗤之以鼻

同义例句 在参观“二七”纪念馆时，老师的讲解使我们对施洋、林祥谦等革命烈士肃然起敬，他们的英勇行为和崇高品质，万流景仰。

对比例句 我学习中国近代史的开篇“禁烟运动”时，对林则徐的爱国精神肃然起敬，对琦善的卖国行为则深恶痛绝。

褒义贬用 作家张天翼笔下的华威先生，是一个无聊的政客。他趾高气扬，处处以“要人”的身份出现，企图让人对他肃然起敬。

灵活用法 亦作“竦然起敬”。如：“其为人忠诚悃愊，人望之者，不言而竦然起敬。”（明·归有光《少傅陈公六十寿诗序》）

读写辨误 肃，不能读成 shù（树），上部一竖要写出头。

★〖肃然起敬〗—岳飞

八千云路黄沙啸，一杆红缨挑敌寇。
脊背精忠付上苍，脚飞尘土扫匈兽。
怒眸横对狡猱狐，长笑风波昂挺首。
后辈肃然崇拜仰，英雄榜单万千寿。

[素不相识]sù bù xiāng shí

素：向来。[词源] 晋·陈寿《三国志·吴志·陆瑁传》：“及同郡徐原，爰居会稽，素不相识，临死遗书，托以孤弱。”

本义 指彼此向来就不认识。如：“回国以后每天都收到来自全国各地的大量信件，寄信人十有八九是素不相识的。”（陈祖德《超越自我》第十七章）

同义 素昧平生

反义 似曾相识、一见如故

同义例句 老李被自行车撞伤后，几位素不相识的人把他送到医院治疗。这些与他素昧平生的好心人，还慷慨解囊为他付了医药费。

对比例句 我和这位作家素不相识，却一见如故，最终成了挚友。

读音辨误 素，不能读成 shù（树）；相，在这里不能读成 xiàng（向）。

★〖素不相识〗—宝黛恋

兄妹两江无相识，观园初见似曾知。
竹梅缠绕结连理，鸳侣戏波共碧池。
泪水还恩身体许，难融门第贵卑歧。
月寒葬卉叹悲楚，投入来生天竺痴。

[随波逐流]suí bō zhú liú

逐：追随。[词源] 汉·司马迁《史记·屈原贾生列传》：

"举世混浊,何不随其流而扬其波?"宋·朱熹《朱子语类·历代一·晋》:"石林说王导只是随波逐流底人,谢安却较有建立,也煞有心于中原。"

本义 指随着波浪起伏、任其漂流。如:"一个个麦垛转着圈顺水漂下来,桑树、扫帚、门板、箩筐、箱子、柜,随波逐流。"(李准《黄河东流去》)

比喻 形容为人处世随大流,没有立场或主见。含贬义。如:"总之,学问从实地上用功,议论自然确有根据;若浮光掠影,中无成见,自然随波逐流,无所适从。"(清·李汝珍《镜花缘》第十八回)

同义 随流扬波、随波逐浪与本义同义,随俗沉浮、与世偃仰与比喻义同义

反义 一潭死水与本义构成反义,洁身自好、愤世嫉俗、我行我素、故步自封与比喻义构成反义

同义例句 有人在歪风邪气面前,该说的不说,该顶的不顶,随波逐流,与世偃仰。

对比例句 "你心胸开阔,气度那么从容!你不随波逐流,也不故步自封。"(郭沫若《屈原》第一幕)

读写辨误 随,不能读成 shuí(谁),不能写成"隋";逐,不能读成 zuó(昨),不能写成"遂"。

★〖随波逐流〗

枯叶随波东逝水,鲤鱼迎浪跳龙门。
三军无帅游兵散,天下失君诸子浑。
萤火雪光元甲鼎,春眠夏爽老难温。
大任劳骨磨鸿志,叱咤风云主昊坤。

[随机应变]suí jī yìng biàn

机:时机、情势。[词源]《旧唐书·郭孝恪传》:"随机应变,则易为克殄。"

本义 随着情势变化,灵活机动地应对。如:"刘勋苍随机应变地立起身来,'你们座山雕有坎子,我们九爷也有坎子……'"(曲波《林海雪原》)

同义 见机行事

反义 刻舟求剑

同义例句 这几十日水路,正不知还要发生什么事情!只能随机应变、见机行事。

对比例句 我们要根据实际情况随机应变,不能刻舟求剑,死板机械。

灵活用法 也作"临机应变"。如:"可是在细心周到上我不如一功,在临机应变上我不如补之。"(姚雪垠《李自成》)

读音辨误 应,这里不能读成 yīng(英)。

★〖随机应变〗—智取威虎山

外合里应灭土匪,子荣独撞擒枭克。
山雕毒辣狡狼凶,勇士巧言对手黑。
暗号口令行话逢,魔巢诡计遇红色。
尖刀后插冥妖心,一网尽除魍魉贼。

[随声附和]suí shēng fù hè

随:跟着;附和:依从应和。

[词源]明·许仲琳《封神演义》:“崇侯虎不过随声附和,实非本心。”

本义 别人说什么就跟着说什么。形容盲从无主见。如:“有些人居然随声附和,作了这种谬论的尾巴。”(毛泽东《论联合政府》)

同义 鹦鹉学舌、人云亦云

反义 刚直不阿

同义例句 他们偶然随声附和几句,只不过是鹦鹉学舌,并没有自己的主张。

对比例句 刚直不阿、坚持真理是应该发扬的品质,而随声附和是应该摒弃的。

读音辨误 和,这里不能读成hé(河)。

★〖随声附和〗—和珅做官

幽闼应虫潜紫殿,轩辕鼻息传天雷。
任何圣旨皆为诺,哪里龙挥磕响回。
贴耳垂头崇万岁,颐指气使抖黎催。
溜须拍马奴颜婢,贪赃枉规尸骨灰。

[随遇而安]suí yù ér ān

随:顺从;遇:境遇、遭遇。[词源]清·文康《儿女英雄传》第三十八回,“一日走不了半站,但有个住处,便随遇而安。”

本义 本指无论处在什么环境下,都能安然自适。形容对生活有极强的适应能力。如:别的昆虫大多在临时的隐蔽所藏身。而蟋蟀和它们不同,从不随遇而安。

引申 有时指安于现状、不思进取。如:“便是有那福命,计算起来,也吾生有限,浩劫无涯,倒莫如随遇而安,不贪利、不图名、不为非、不作孽,不失自来的性情,领些现在的机缘,倒也是神仙境界。”(清·文康《儿女英雄传》第二十四回)

同义 既来之,则安之、安贫乐道与本义同义,安于现状、得过且过、苟且偷安与引申义同义

反义 择谷选米、挑肥拣瘦与本义构成反义,得寸进尺、锦上添花、居安思危与引申义构成反义

同义例句 青年人要敢于在艰苦的生活中磨炼自己,要有随遇而安的本领,抱定既来之、则安之的决心,扎根在生活的沃土中,努力奋斗,是会结出事业硕果的。

对比例句 “自古雄才多磨难”这就是说,人才是在艰苦环境中磨砺而成的。为此,我们要培养自己对生活的适应能力,做到随遇而安。切莫做择谷选米、挑肥拣瘦的贫贱娇人。

灵活用法 亦作“随寓而安”。如“随寓而安,斯真隐矣。”(清·刘献廷《广阳杂记》卷三)

读写辨误 随,不能读成shuí(谁);不能写成“隋”。

★〖随遇而安〗

莫弃茅房漏黑雨,蓬蒿或有卧龙伏。
天山床被拥乾坤,冰雪电雷鸿志沐。
四壁空空修养身,粗茶淡淡虔诚读。
心蕴桃苑陋庐辉,霞火炼丹真道煜。

[碎骨粉身]suì gǔ fěn shēn

见 [粉身碎骨]

[损人利己]sǔn rén lì jǐ

[词源] 五代后晋·刘昫等《旧唐书·陆象先传》:"为政者理则可矣,何必严刑树威。损人益己,恐非仁恕之道。"

本义 损害他人,使自己得到好处。如:"凡有损人利己之心的人其结果都不妙。"(毛泽东《新民主主义的宪政》)

同义 损公肥私

反义 毫不利己、专门利人

同义例句 损人利己、损公肥私是与精神文明建设的主旨背道而驰的。

对比例句 我们要学习白求恩同志毫不利己、专门利人的精神,决不做损人利己的事。

书写辨误 己,不能写成"已"。

★〖损人利己〗

青青草地虎狼凶,肉弱强吞欺小童。
十万箭令含杀戮,满船借箭气周公。
污伤忠烈下油火,引敌入关奸贼虫。
同室相煎兄弟噬,善邪报应早迟逢。

[索然寡味] suǒ rán guǎ wèi

索然:没有意思、没有趣味的样子。[词源] 清·钱玄同《随感录·四四》:"我们引来当典故用,不是肤泛不切,就是索然寡味。"

本义 形容对某种事物不感兴趣,觉得一点意思也没有。如:"……'我'早年看戏感到索然寡味,却又焦躁不安地等待那名角小叫天出场……"(周先慎《简笔与繁笔》)

同义 味如嚼蜡、兴致索然、枯燥乏味

反义 津津有味、妙趣横生、兴趣盎然

同义用法 她对学书法不感兴趣,上了好长时间的课还是觉得索然寡味,味如嚼蜡。

对比例句 他这个人赢得起输不起,赢了就兴趣盎然,缠着别人不让走;输了便觉索然寡味,甩手就走。

灵活用法 亦作"索然无味"。如:"到中国看辫子,到日本看木屐,到高丽看笠子,倘若服饰一样,便索然无味了。"(鲁迅《灯下漫笔》)

读音辨误 索,不能读成 suó;然,不能读成 lán(兰)。

★〖索然寡味〗

白蜡嚼咀索乏味,烛红开慧增聪睿。
墨丸入肚浑身酸,腹有诗书气自丽。
佳品醇香汗水熬,珠玑霓彩火虫励。
盘修枯燥悟禅机,蛀竹苦钻功耀世。

T

[泰然处之]tài rán chǔ zhī

泰然：平静的，不慌不忙的；处：对待。[词源]宋·朱熹《近思录》卷之七："人之于患难只有一个处置，尽人谋之后却须泰然处之。"

本义 指沉着镇定地对待事物。如："老山东已松开孙若西，他平了平气，眼睛半闭，泰然处之，稳立不动。"（冯德英《迎春花》第二十二章）

反义 提心吊胆、惊慌失措

对比例句 敌人进犯延安时，毛主席对大兵压境的险情泰然处之，带领着中央机关穿插在敌军中，没有一个人惊慌失措。

褒义贬用 如："听了不正确的议论也不争辩，甚至听了反革命分子的话也不报告，泰然处之，行若无事。这是第六种。"（毛泽东《反对自由主义》）

灵活用法 亦作"处之泰然"。如："家贫，躬耕，粟熟则食，粟不熟则食糠核菜茹，处之泰然。"（明·宋濂等《元史·许衡传》）

读音辨误 处，不能读成qù（去），也不能读成chù。

★〖泰然处之〗—空城计

大军压境小邦黑，孤戍卒徒虚汗生。
诸葛泰然城阖坐，懿公谨慎察云旌。
指尖轻拂霓霞曲，马足焦虑将落英。
一缕断弦弹剑雾，万千铁骑溃逃兵。

[贪生怕死]tān shēng pà sǐ

贪：顾惜。[词源]明·罗贯中《三国演义》第二十四回："贪生怕死之徒，不足以论其事！"

本义 为了顾全自己的生命、免遭死亡而放弃和逃避应尽的责任和义务。如："我们反对借口保护自己的生命和健康而损公肥私，而贪生怕死，但是有了病，特别是有了严重的病，还是要治，并且要治好。"（胡乔木《痛惜之余的愿望》）

反义 视死如归、无所畏惧

对比例句 面对数十倍于己的敌人，大家都无所畏惧，视死如归。只有陈阿三贪生怕死，一个人悄悄地溜了。

读音辨误 生，不能读成sēn（森）；死，不能读shǐ（史）。

★〖贪生怕死〗—秦桧

七尺男儿病偻背，一张奴貌婢躬相。
贪生怕死伏凶寇，奸佞污言害岳将。
绥靖求和丢华夏，数典忘祖弃家乡。
风波亭下遭油炸，跪拜人间臭万长。

[谈笑风生]tán xiào fēng shēng

风生：活泼风趣。[词源]宋·辛弃疾《念奴娇·赠夏成玉》："遐想后日蛾眉，两山横黛，谈笑风生颊。"

本义 形容谈话时有说有笑，兴致很高且有风趣。如："这时谈笑风生，有的人又唱起兴国山歌来。"（成仿吾《长征回忆录》）

反义 向隅而泣

对比例句 看到向隅而泣的贾生，刚才还在谈笑风生的几个人，也说不出话了。

★〖谈笑风生〗—红楼诗会

红楼诗社聚英才，雅院吟怀绽靥腮。
一纸芳香灵睿逸，几条珠字实情开。
翰林墨肚喷诗粉，闺屋幽思奔月台。
荡漾风生梅竹跳，摩肩谈笑艳波来。

[忐忑不安]tǎn tè bù ān

忐忑：心神不宁的样子。[词源]清·曾朴《孽海花》第三十回："正是人逢乐事，光阴如驶，彩云看了十多出戏，天已渐渐地黑了，彩云心里有些忐忑不安，恐怕回去得晚，雯青又要噜苏。"

本义 形容心不安，神不宁，并显出忧虑的样子。如："她脸色苍白，神情激动。她忐忑不安地想：'他会说什么呢？'"（俄·列夫·托尔斯泰《穷人》）

同义 七上八下、坐立不安

反义 心安理得、心安神泰

同义例句 王二婶惦着老伴开刀后的情况。她回家拿饭菜后又急忙赶到医院，心里七上八下、忐忑不安地直奔手术室。

对比用法 我和王华在教室里打闹，不慎把桌子脚折断。班主任找我们谈话，我心里忐忑不安，王华却心安神泰、满不在乎。

灵活用法 亦作"忐忑不宁""忐忑不定"。如："话说王柏臣正为这两天外头风声不好，人家说他匿丧，心上怀着鬼胎，忐忑不定。"（清·李宝嘉《官场现形记》第四十一回）

读音辨误 忐忑，不能读成 shàng xià（上下）。

★〖忐忑不安〗—马谡请罪

失守街亭脸面卑，羞臊难当跪军师。
负荆请罪求饶恕，忐忑不安诛罚施。
夸大其谈空纸演，骄矜偏见败逃辞。
令规如铁岂私徇，前事不忘须慎思。

[滔滔不绝]tāo tāo bù jué

滔滔：流水滚滚的样子；绝：断绝、停止。[词源]清·李汝珍《镜花缘》第十八回："多九公见紫衣女子所说书名倒像素日读熟一般，口中滔滔不绝。"

本义 常形容话多或口才好，讲起来像流水一般连续不断。如："问他的思想、意见、政策、方法、计划、结论、滔滔不绝的演说、大块的文章，是从哪里得来的，他觉得是个怪问题，回答不出来。"（毛泽东《人的正确思想是从哪里来的？》）

同义 伶牙俐齿、口若悬河、唠唠叨叨与本义同义，源源不断、接二连三、络绎不绝与引申义同义

反义 期期艾艾、结结巴巴、哑口无言、缄口不言与本义构成反

义,无源之水、青黄不接与引申义构成反义

同义例句 王老师学识渊博,给我们讲历史课,谈古论今口若悬河、滔滔不绝。

引申 有时形容事物连续不断。如:“他仅仅说了这么一句,两线珍珠一般大的眼泪,便滔滔不绝地滚出来了!”(叶紫《山村一夜》)

对比例句 在平时,许宁的话多,我们在一起交谈,他总是滔滔不绝讲些奇闻轶事,可是开会讨论问题,他却哑口无言。

灵活用法 亦作“滔滔不竭”。如:“张九龄善谈论,每与宾客议论经旨,滔滔不竭,如下坂走丸也。”(后唐·王仁裕《开元天宝遗事》)

读音辨误 绝,不能读成 jié(结)。

★〖滔滔不绝〗—诸葛亮舌战群儒

说服蜀吴瑜壁合,孔明只影战群儒。
滔滔不绝百家道,潺潺细流千智珠。
唇剑舌枪冲翰伯,羽毛挥洒扇愚夫。
一番天理封鸦嘴,众鸟朝凤殊同途。

[逃之夭夭]táo zhī yāo yāo

夭夭:花木茂盛鲜艳。[词源]《诗经·周南·桃夭》:“桃之夭夭,灼灼其华。”

本义 原指“桃”“逃”谐音借作逃跑的诙谐说法。现常形容不辞而别或乘机逃跑。常含贬义。如:“南郭先生不会吹竽,本来无可厚非。但是,他不该不会装会,弄虚作假,冒充内行,而且一味装下去,靠蒙骗过日子,以致落得逃之夭夭,贻笑天下的结局。”(《人民日报》特约评论员《善于建设一个新世界》)

同义 溜之大吉

反义 插翅难飞、天网恢恢

同义例句 今天体育老师要换个检查团体操的动作,由于小陶平时训练不认真,又怕今天出洋相,便想逃之夭夭了事。他正准备溜之大吉时被老师给拦住了。

对比例句 这个罪犯作案后妄图逃之夭夭,可不出三个小时即被我公安人员抓获,真是天网恢恢,犯罪分子插翅难飞。

读音辨误 之,不能读成 zī(资)。

★〖逃之夭夭〗—滥竽充数

号入森林皆雀鸟,琴笙妙曲唯鹦乔。
轰隆交响隐翁蚋,清脆鹂音莺韵箫。
鱼目混珠虚眼耳,荷枪实弹铁盔骄。
真才笃学走天地,假货空囊败溃夭。

[桃李满天下]táo lǐ mǎn tiān xià

桃李:桃树和李树,喻指人才。[词源] 宋·司马光《资治通鉴·唐纪》中记载:狄仁杰荐张柬之、姚元崇等数十人,后多为名臣,时人对狄仁杰说:“天下桃李,悉在公门矣。”

本义 比喻培养的人才极多,

遍布各地。如："苏林教授一生桃李满天下，但这样年轻而又有才华的学生却还是第一个，这样的事情也还是第一次碰到。"（何为《第二次考试》）

同义 桃李门墙

同义例句 一个是桃李满天下的音乐家，一个是桃李门墙的教授，他们夫妇为国家培养了不少栋梁之材。

★〖桃李满天下〗—教之乐

一碧清茶妙道来，四方玉案海书开。
寸头白笔绘精彩，整板玄机展奥台。
口若悬河倾睿智，手携学子跃鸿才。
禾苗茁壮园丁汗，桃李连天喜乐哉。

[腾云驾雾]téng yún jià wù

腾：上升；驾：操纵。[词源]元·尚仲贤《柳毅传书》二折："俺泾河龙呼的风，唤的雨，腾的云，驾的雾，部下有水卒鬼兵，神通变化，怎得便弱与他？"

本义 指神仙施展法术，来去快捷。如："爷爷呀！原来是腾云驾雾的神仙下界。"（明·吴承恩《西游记》第十七回）

比喻 现常形容行动轻快。如："他们（挑山工）就会不声不响地从你身旁走过，悄悄地走到你的前头去了。等你发现，你会大吃一惊。以为他们是像仙人那样腾云驾雾赶上来的。"（冯骥才《挑山工》）

引申 有时形容遇事一时晕头转向。如："人就仿佛在腾云驾雾一般，眼前的东西，都觉得有点转动。"（张恨水《啼笑因缘》第十七回）

同义 来无影、去无踪与本义同义，逐日追风、追风逐电、风驰电掣与比喻义同义，晕头转向、如坠烟雾、天旋地转与引申义同义

反义 蜗行牛步、老牛破车与比喻义构成反义，如履平地、眼明心亮与引申义构成反义

同义例句 我的右脚骨折，在床上整整躺了一百天。刚下床的时候，我感到头重脚轻，脑海里天旋地转，整个身体如腾云驾雾一般。

对比例句 飞行员老王说，他刚练习荡桥时，感到头晕目眩，身子如腾云驾雾。后来经过刻苦锻炼，如履平地，达到这种程度，再练飞行就不感到心悸、头昏了。

书写辨误 驾，不能写成"架"。

★〖腾云驾雾〗—荡天地

书籍如霞澜昊宇，遐思若霭古飘今。
舞文弄墨挥虹雨，儒道禅宗尘世金。
腹满诗词华紫霁，心存黎庶誉高岑。
绪烟仙竺真经惠，腾雾凌云掌苍林。

[提心吊胆]tí xīn diào dǎn

提、吊：悬起来没有着落。[词源]明·吴承恩《西游记》第十七回："众僧闻得此言，一个个提心吊胆，告天许愿。"

本义 形容十分担心害怕：

如："于是我对报纸有了戒心，拿起来就觉得提心吊胆，像一个人想睡觉的时候去揭开床毯，可是担心那底下会有一条响尾蛇似的。"（马克·吐温《竞选州长》）

同义 胆战心惊

反义 泰然处之

同义例句 一闻闯王离此不远，他们都提心吊胆。今天闯王攻城了，他们更加胆战心惊，准备弃城而逃。

对比用法 家中失窃，仆人们个个提心吊胆，怕老爷责骂，只有他泰然处之，行若无事，好像与他无关。

灵活用法 亦作"悬心吊胆"。如："但他们往往遭到农会严厉拒绝，所以他们总是悬心吊胆地过日子。"（毛泽东《湖南农民运动考察报告》）

书写辨误 吊：不能写成"掉"。

★〖提心吊胆〗—败走华容

旱鸭溃逃赤壁火，慌张径走华容道。
草枝皆卒鬼兵冲，心如浮萍水井倒。
烈焰焚身恐未消，擂锵云戟又横扫。
叶条石片都成刀，惨败投降方命保。

[醍醐灌顶]tí hú guàn dǐng

醍醐：智慧；灌顶：往头脑里灌输。[词源]唐·顾况《行路难》："岂知灌顶有醍醐，能使清凉头不热。"

本义 比喻向人灌输智慧，使人彻底醒悟。如："一刹那间，新的意境醍醐灌顶似的激荡着他。"（欧·亨利《警察和赞美诗》）

同义 恍然大悟、茅塞顿开

反义 浑浑噩噩

同义例句 听老师这一点拨，我如醍醐灌顶，恍然大悟。

对比例句 似这种顽愚之人，非得醍醐灌顶，否则他不会迷途知返。

★〖醍醐灌顶〗

竺乾蓝碧凡间雾，磐石无声玉兔茫。
文曲星辉山海颢，菩提树绿俗尘祥。
佛禅布道人寰晓，儒学施教桃李芳。
一席膝交胜十载，九言肺腑醒渔郎。

[天崩地裂]tiān bēng dì liè

崩：倒塌；裂：破裂。[词源]汉·刘向《战国策·赵策三》："天崩地坼（ché：裂开），天子下席。"明·罗贯中《三国演义》第一〇五回："一声响亮，就如天崩地裂，台倾柱倒，压死千余人。"

本义 原指帝王生、死引起社会上的震动，或比喻重大事变。如："始皇出世，李斯相之，天崩地坼，掀翻一个世界。"（明·李贽《史纲评要·后秦记》）

引申 现常形容灾难性的震响。如："风很大，拥着浪花不断向河堤上猛扑，刚退回去，又猛扑上来。忽然天崩地裂一声响，堤决口了。"（《抢险》）

同义 天翻地覆与本义同义，惊天动地、天塌地陷与引申义同义

反义 万籁俱寂、天从人愿与引申义构成反义

同义例句 山洪暴发时如天崩地裂,响声惊天动地。

对比例句 这几年天从人愿,没有发生像邢台、唐山地区那样天崩地裂的大地震。

灵活用法 亦作“天崩地塌”,如:“宾主酬酢,很是欢跃,大家手舞足蹈,忽闻炮声雷震,弹丸骨飞,仿佛天崩地塌、山鸣海啸一般。”(《慈禧太后演义》第三十七回)

★〖天崩地裂〗—孙悟空

石破天惊猴出动,山崩地裂闹仙宫。
五行峰下养仁性,千里西游踏险丛。
三打白妖金睛辨,九拼一劫斗魔虫。
披裟斩魍渡峦海,头顶光环正果功。

[天兵天将]tiān bīng tiān jiàng

[词源]清·贾凫西《木皮散人鼓词·开场》:“那鲧(gǔn:古人名,夏禹的父亲)却生的儿子,神通广大,伏虎降龙,手下天兵天将,那等利(厉)害。”

本义 旧指天上神仙派遣的兵将。现常比喻本领或武艺超群的人。如:“玉皇大帝命令托塔李天王为大元帅,会同哪吒三太子,调派天兵天将,往下界擒拿孙悟空。”(小学语文《齐天大圣》)

同义 盖世之才、天下无双

反义 虾兵蟹将

同义例句 共产党领导的人民军队是一支天下无双的队伍。在革命战争中如天兵天将一般,所向披靡,无往不胜。

对比例句 抗日游击队的勇士们,像天兵天将一样来无影去无踪,常常打得日伪军晕头转向,小股的虾兵蟹将更是丢盔弃甲,望风而逃。

灵活用法 亦作“天神天将”。如:“他们老远地瞧着,一定当是天神天将来了,不要说是打强盗,就是打外国人,外国人从来没有见过,见了也是害怕的。”(清·李宝嘉《官场现形记》)第三十一回)

读音辨误 将,在这里不读jiāng(将军的“将”),不能误写成“降”。

★〖天兵天将〗—大闹天宫

不辱卑微弼马温,齐云大旆搅乾坤。
天兵可凌小喽卒,天将难承金棒抡。
旗卷瑶池崩阙廷,掀翻丹鼎碎仙樽。
神针穿火烂铜塔,正义无拦挺禁门。

[天长地久]tiān cháng dì jiǔ

[词源]《老子》:“天长地久。天地所以能长且久者,以其不自生,故能长生。”

本义 指天地存在久远。形容时间悠久。如:“天长地久岁不留。”(汉·张衡《张河间集·思玄赋》)

比喻 现常形容男女对爱情的忠贞,像天地一样长久,永无改变。如:“其既得联婚,连枝比翼,情意既洽,欢爱无穷,以为天长地

久矣。”(康有为《大同书》甲部)

同义 万古千秋、天长日久与本义同义,谊深情长、忠贞不渝与比喻义同义

反义 转瞬之间、弹指之间、俯仰之间、一朝一夕与本义构成反义,露水夫妻、瓦上霜与比喻义构成反义

同义例句 这对老夫妻相互忠贞不渝,他们的爱情如同天长地久,白头偕老。

对比例句 有的夫妻谊深情长,爱情天长地久;有的人终身大事处理轻率,情感如同瓦上霜,不能长久。

灵活用法 亦作“地久天长”。如:“暑来寒往,地久天长。”(南朝·梁·陆倕《石阙铭》)

读音辨误 长,在这里不能读成 zhǎng(掌)。

★〖天长地久〗—梁祝蝶花恋

梅竹相缠玉案香,鸳鸯结伴碧空翔。
藤枝连理花园拥,门第隔墙尘世凉。
一炸惊雷棺木裂,二人合体共衾裳。
破囊化蝶舞翩眇,情实绵绵天地长。

[天翻地覆]tiān fān dì fù

覆:翻过来。[词源]唐·刘商《胡笳十八拍》诗:“天翻地覆谁得知,如今正南看北斗。”

本义 使天地换了位置。比喻变化巨大,变革彻底。如:“物到极时终必变,天翻地覆五洲红。”(陈毅《三十五岁生日寄怀》)

引申 引申为秩序大乱或吵闹得很凶。如:“啊,天翻地覆了!天翻地覆了……我万想不出你,替我卓门闹出这样伤风败俗的丑事!”(郭沫若《卓文君》)

同义 日新月异

反义 一潭死水

同义例句 这是一个天翻地覆的年代,也是个日新月异的时代,给英雄以用武之地。

对比例句 假如把封建社会比喻作一潭死水的话,那么,异族的入侵就像投入的一块大石,引起了天翻地覆的变化。

书写辨误 覆,不能写成“复”。

★〖翻天覆地〗—大闹天宫

岂容弼马温翎渺,齐宇高旌顶紫穹。
桃果进肠超万岁,瑶池入口胜神翁。
金箍横扫乾坤圈,棒杖穿通托塔虫。
一脚踢翻仙帝殿,匹夫能匠与天同。

[天花乱坠]tiān huā luàn zhuì

坠:掉落。[词源]南朝·梁·慧皎《高僧传》记载,梁武帝时,云光法师讲经,感动了上天,天花纷纷落了下来。宋·释道原《景德传灯录·卷十五·鄂州清平山令遵禅师》:“若未会佛……说法如云如雨,讲得天华(花)乱坠,只成个邪说争竞是非,去佛法大远。”

本义 指天上的花纷纷掉落下来,现形容说话过分夸张,以动听之言迷惑人。常含贬义。如:“古书上记载佛教里的和尚在禅房里

讲经，讲得天花乱坠，百鸟全飞来了，猛兽也驯顺了，路上的小贩们也都放下担子来听。”（孙犁《好的语言和坏的语言》）

同义 大吹牛皮、油腔滑调、张大其词

反义 语不惊人、味同嚼蜡、难以置信

同义例句 “傅二棒锤索性张大其词，说得天花乱坠。”（清·李宝嘉《官场现形记》第五十六回）

对比例句 在人行道上摆地摊的人，把那“万能胶”说得天花乱坠。我听多了这种吹牛皮的话，真觉得味同嚼蜡，难以置信。

读音辨误 乱，不能读成 làn（烂）；坠，不能读成 zuì（最）。

★〖天花乱坠〗—纸兵花撒

玄云餍阙颢穹美，匹士媚言冕冠醉。
大嘴一吹黩武飘，牛腩九屁天花坠。
滔滔不绝墨河浑，洒洒唾星蝌蚪魅。
纸卒血躯百里流，自吞苦果千秋泪。

[天昏地暗]tiān hūn dì àn

昏、暗：天黑无光。[词源]唐·韩愈《龙移》诗：“天昏地黑蛟龙移，雷惊电激雄雌随。”元·无名氏《货郎担》第四折：“早是意急心慌情冗冗，又值天昏地暗雨涟涟。”

本义 形容风云遮日，大地无光。如“只见狂风四起，飞沙走石，天昏地暗，日月无光。”（明·施耐庵《水浒传》第六十回）

比喻 形容政治腐败、社会混乱。如：“‘四害’横行、天昏地暗的日子里，在干校劳累一天，晚上并不一定能得好睡。”（赵家璧《记郑伯奇在良友图书公司》）

引申 有时形容双方争斗、吵闹很厉害。如：“可怜明州二十万兵马，一时杀得天昏地暗，尸积如山，血流成河。”（《说唐》第六十四回）又如：“丁雅珍吵起来，足以使一般人晕头转向，天昏地暗……（陈冲《会计今年四十七》）

同义 日色无光、彤云密布与本义同义，暗无天日、昏天黑地与比喻义同义，天翻地覆、晕头转向与引申义同义

反义 晴空万里、天朗气清、风和日丽与本义构成反义，拨云见日、重见天日、大放光明与比喻义构成反义，相敬如宾、和睦相处与引申义构成反义

同义例句 “将次午时，真可作怪，一时间天昏地暗，日色无光，狂风大作，飞沙走石，播土扬泥，你我不能相顾。”（明·冯梦龙《喻世明言·任孝子烈性为神》）

对比例句 中华人民共和国成立前，广大劳动人民生活在社会最底层，犹如在天昏地暗的地狱之中。中华人民共和国成立后他们获得翻身，重见天日，过上自由幸福的生活。

★〖天昏地暗〗

风沙四起天昏暗，白骨三形骗俗僧。
妖气缠身贤圣晕，美艳迷惘靡淫登。

火眼金睛辨狐怪，肉体凡胎惑鬼灯。
一棒打翻阴魍魉，百般挑拨恶刀绳。

[天经地义]tiān jīng dì yì

经：真理、常理；义：公理、正理。[词源] 春秋·鲁·左丘明《左传·昭公二十五年》："夫礼，天之经也，地之义也，民之行也。"《文选·沈约〈齐故安陆昭王碑文〉》："天经地义之德，因心必尽。"

本义 指正确而又不容辩解或怀疑的道理。含褒义。如：如果抗战是天经地义，不要忘记当年的青年，便是撑持这天经地义最有力量的支柱。"（闻一多《可怕的冷静》）

同义 颠扑不破、毋庸置辩、天理人情、理所当然

反义 荒谬绝伦、大谬不然、岂有此理、不经之谈

同义例句 尊老爱幼是我们中华民族的一种美德，这是天经地义、符合天理人情的事情。

对比例句 阴阳五行说有其辩证的因素，这是大经地义的。如果把它神秘化用于迷信活动则大谬不然。

读写辨误 经，不能读成 jīn（今），不能写成"轻"。

★〖天经地义〗—忠国

狼烟四起恶魔撞，哀雁遍荒黎庶伤。
二万云途殷血洒，一缨丹旆紫城扬。
刀诛笔伐墨浪海，镰锤戟挥男士当。
赤膊刺忠峰岭背，脊椎梁栋竖山冈。

[天南海北]tiān nán hǎi běi

本义 一个在天之南，一个在海之北。形容距离遥远。如："革命的道路千万里，天南海北想着……"（贺敬之《回延安》）

比喻 比喻谈话或写文章漫无边际。如："她初到乡间，一切觉得新鲜，精神十分兴奋，拉开话匣子，天南海北，信口开河大吹一阵。"（李英儒《野火春风斗古城》）

同义 天涯海角与本义同义，漫无边际与比喻义同义

反义 一衣带水、唇齿相邻与本义构成反义

同义例句 不管你怎么天南海北地胡侃，他都能把你漫无边际的内容引到主题上来。

对比例句 他们天南海北地寻了个遍，不想他竟然在一衣带水的对岸住着。

★〖天南海北〗

南国桃源天卉坠，北河蜃阁蓬莱媚。
开呵银汉滔滔来，挥墨江山刷刷翠。
西域竺乾魍魉妖，东聊斋屋狐精魅。
夸夸吹嘘纸兵灰，马失街亭海口泪。

[天壤之别] tiān rǎng zhī bié

天壤：天上和地下。[词源] 晋·葛洪《抱朴子·论仙》："趋舍所尚，耳目之欲，其为不同，已有天壤之觉、冰炭之乖矣。"清·文康《儿女英雄传》第三十六回："同一科甲，就有天壤之别了。"

本义 像天上和地下的差别。形容相差极大。如:“它(国民党)的军队和红军比较起来真有天壤之别。”(毛泽东《中国革命战争的战略问题》)

同义 天差地远、千差万别、差若天渊

反义 不分轻重、半斤八两、大同小异、铢两悉称

同义例句 我国内陆西部早晚气温千差万别,这典型的大陆性气候与海洋性气候相比,那又有天壤之别了。

对比例句 他俩学习绘画同拜一师。技艺出自一门,不分轩轾。但他俩的气质与性格则有天壤之别:一个内向,一个开朗。

灵活用法 亦作“霄壤之别”“天渊之别”。如:“拿这位厉王和齐威王一比,真可谓天渊之别了。齐威王下令求谏,周厉王却以‘能止谤’自喜……”(臧克家《纳谏与止谤》)

读写辨误 壤,不能读成 lǎng(朗),不能写成“娘”。

★〖天壤之别〗—睿与盲

甲骨硬生儒道佛,戟戈横草乌江刎。
禅宗仁教腾乾坤,蝼蚁凡尘爬的吻。
飘逸霓霞天竺恒,醉醺瑶瓮蚯虫坟。
心无杂念苍穹宽,腹积财油燃自焚。
老鼠过街百姓擂,功名芳史千秋殷。

[天神天将]tiān shén tiān jiàng

见[天兵天将]

[天网恢恢,疏而不漏]tiān wǎng huī huī, shū ér bù lòu

天网:天道的网,指自然的惩罚;恢恢:广大的样子;疏:不密。[词源]《老子》第七十三章:“天网恢恢,疏而不失。”

本义 指天道像广阔的大网,看起来很稀疏,但绝不放过任何一个坏人。形容作恶多端的人逃脱不了国法的严惩。如:“陈某凶恶至极,罪通于天,虽经半载,犹必假之使自鸣其恶,天网恢恢,疏而不漏,信然。”(清·淮阴百一居士《壶天录》)

同义 天罗地网、插翅难逃

反义 漏网之鱼、逍遥法外

同义例句 公安机关布下天罗地网,开封博物馆“9·18”特大文物盗窃案很快就侦破了。真是天网恢恢,疏而不漏。

对比例句 这个金融诈骗犯犯罪潜逃后,曾一度逍遥法外,在我公安机关发动群众后,警民密切配合,天网恢恢,疏而不漏,逃犯终于被捉拿归案。

灵活用法 亦作“天网恢恢”。如:“江青一句屁话,成为‘圣旨’,顺我者昌,逆我者亡。以谤止谤,冤狱累累。人力无穷,天网恢恢。他们的滔天大罪,终于被清算。”(臧克家《纳谏与止谤》)

读写辨误 疏,不能读成 sū(苏),不能写成“蔬”。

★〖天网恢恢，疏而不漏〗

螳螂捕蝉黄雀后，寒刀高挂劈邪魑。
人心似铁官炉火，蛾蚁扑雷蛛网居。
秦桧陷良油煎炸，和珅贪赃紫翎除。
钢绳飞鼠落便桶，龙子搅浑成丑鱼。

[天无绝人之路]tiān wú jué rén zhī lù

绝：断绝。[词源]《元曲选·无名氏〈货郎担〉》四折："果然天无绝人之路，只见那东北上摇下一只船来。"

本义 苍天不会断绝人的生路。比喻身处绝境能找到生路。如："父亲说：'事已如此，不必难过，好在天无绝人之路。'"（朱自清《背影》）

同义 绝处逢生、天不绝人、柳暗花明、车到山前必有路

反义 上天无路、入地无门、走投无路

同义例句 "也就是在这个时候，出现了一丝转机……于是，他笑了；我说过的啊，'天无绝人之路'。有道是"山穷水尽疑无路，柳暗花明又一村'。"（王蒙《杂色》）

对比例句 正当司马父子上天无路、入地无门之时，一阵倾盆大雨浇灭了谷口的大火，使他们得以逃生。真是天无绝人之路。

读音辨误 绝，不能读成 jié（洁）。

★〖天无绝人之路〗

蜀崖陡峭陈仓度，翎羽沉浮鼎甲升。
四横赤河撕封剿，万迢征旅庶民胜。
张骞西域陷匈笼，脱骨换筋振汉兴。
五指困囚锤百载，九殇得道悟空能。

[天涯海角]tiān yá hǎi jiǎo

涯：边际；海角：海的尽头。[词源]唐·韩愈《祭十二郎文》："一在天之涯，一在地之角。"宋·张世南《游宦记闻》："今之远宦及远服贾者，皆云天涯海角，盖言远也。"

本义 指极偏远的地方，或形容相隔甚远。如："从此我就过起游艺的生涯了，我和我的爱人，背着箱子，拉着大孩子，抱着小孩子，一家人走遍了天涯海角。"（冰心《"面人郎"访问记》）

同义 天南地北、远在天边

反义 近在咫尺、一衣带水、望衡对宇

同义例句 这位老华侨年轻时被生活所迫，浪迹天涯海角，最后在远在天边的南非开普敦定居。

对比例句 通信卫星使地球变成了一个"村落"，天涯海角如同近在咫尺，世界各地的新闻都能当天知晓。

灵活用法 亦作"天涯地角""海角天涯"，如："春生何处暗周游，海角天涯遍始休。"（唐·白居易《春生》）

读音辨误 角，在这里不能读成 jué（决）。

★〖天涯海角〗—寰宇情

南北鸿书红豆芳，高山流水羽霓裳。
天涯凤树连枝理，海角鸳鸯比翼翔。
贾府红楼真玉恋，聊斋人鬼配情场。
脱囊化蝶穿年代，仙女牛郎天地镶。

[天渊之别]tiān yuān zhī bié

见[天壤之别]

[甜言蜜语]tián yán mì yǔ

[词源]明·冯梦龙《醒世恒言·蔡瑞虹忍辱报仇》："卞福坐在旁边，甜言蜜语，劝了一回。"

本义 指像蜜糖一样的话。形容为了讨好或欺骗别人而说的动听的话，含贬义。如："有些甜言蜜语或客气话，说得过火，我们就认为是假话。"（朱自清《论老实话》）

同义 花言巧语

反义 恶语伤人、忠言逆耳

同义例句 推销假冒伪劣商品的人，最会甜言蜜语，把他的东西说得天花乱坠，凭着乖唇蜜舌、花言巧语引诱顾客上当受骗。

对比例句 对别人甜言蜜语，在自己人跟前却恶语伤人，真是个吃里爬外的东西。

贬义褒用 "他（宝玉）嘴里一时甜言蜜语，一时有天无日，一时又疯疯傻傻，只休信他。"（清·曹雪芹《红楼梦》第三回）

灵活用法 亦作"甜言美语""甜嘴蜜舌"。如："化一盏茶吃，你可是甜言美语的，出家人那里不是积福处。"（元·马致远《岳阳楼》第二折）

读写辨误 蜜，不能读成 mí（迷），不能写成"密"。

★〖甜言蜜语〗

酣醉馋猫煎膘肉，溜鬚拍屁下金钩。
几钱樽酒升三级，一口蜜痰粘凤楼。
鼓掌掀翻龙王椅，甜河溺没骏雄头。
鼠贪无厌油锅落，宠信妃言山海丢。

[挑拨离间]tiǎo bō lí jiàn

挑拨：拨弄是非；离间：使别人相互猜疑。[词源]毛泽东《论反对日本帝国主义的策略》："他们必然想出各种法子来破坏这个统一战线，用他们威迫利诱、纵横捭阖的手段来挑拨离间。"

本义 指制造矛盾，使人不和。含贬义。如："反动派挑拨离间，卑鄙无耻，你们看见联大走了，学生放暑假了，便以为我们没有力量了吗？"（闻一多《最后一次演讲》）

同义 挑拨是非、搬弄是非、调三窝四、乘间投隙

反义 息事宁人、排难解纷、研核是非

同义例句 为了破坏我俩之间的团结，他搬弄是非，无中生有，在我们之间挑拨离间。

对比例句 对于朋友之间的真诚友谊，我们应当珍惜，即使相互有些矛盾，应该尽力排难解纷，息

事宁人,千万不要挑拨离间,破坏别人的团结。

读写辨误 间,在这里不能读成 jiān（房间的“间”）; 拨,不能误写成“拔”。

★〖挑拨离间〗

阴魂白骨离间计,挑拨师徒内闹辞。
三影幻形迷碧水,一腔怒火紧箍施。
忠精反受休书弃,棍棒千钧碎怪姬。
除魍误鳌真伪试,西行漫道凝相知。

[铁面无私]tiě miàn wú sī

铁面:直面。[词源]《宋史·赵抃传》:“荐为殿中侍御史,弹劾不避权幸,声称凛然,京师目为‘铁面御史’”。清·曹雪片《红楼梦》第四十五回:“我想必得你去做个‘监察御史’,铁面无私才好。”

本义 指不讲私人情面。形容刚直不阿,公正严明,秉公执法。含褒义。如:“法律虽然铁面无私,照章办事,至少没那么知趣,会干涉二位大爷的私事。”（欧·亨利《警察和赞美诗》）

同义 大公无私、廉正无私

反义 徇私舞弊、贪赃枉法、徇情枉法、执法犯法

同义例句 这位法官清正廉明,大公无私。他在办案过程中敢于硬碰硬,是位铁面无私的好法官。

对比例句 在法庭上,铁面无私的法官将这个徇私舞弊的犯罪分子的申诉予以逐一驳斥,终于使他低头认罪。

灵活用法 亦作“铁面而无私”。如:“不管你官家眷属,女人孩子,他一定一个个要查,一处处要看,真是铁面而无私。”《文明小史》第四十五回）

读音辨误 无,不能读成 wù（物）。

★〖铁面无私〗

鸨钢脊骨锻天任,官法炉熏铁面黑。
一柄上方镇宝刀,六亲不认斜瞳侧。
龙孙乱草断青丝,翎羽逆风顶戴勒。
轻弹蛛丝揭秘机,横挥浊气清乾色。

[听之任之]tīng zhī rèn zhī

听、任:听凭、任凭;之:代词,代人或事物。[词源]汉·刘安《淮南子·修务训》:“夫地势,水东流,人必事焉……听其自流,待其自生,则鲧、禹之功不立,而后稷之智不用。”

本义 放任自流,不关心,不负责任。如:“见损害群众利益的行为不愤恨,不劝告,不制止,不解释,听之任之。这是第八种。”（毛泽东《反对自由主义》）

同义 听其自然、听天由命

反义 拔苗助长、因势利导

同义例句 对于众人的议论,他听之任之,抱着听其自然的态度,没有半点懊悔。

对比例句 对儿童的教育,要遵循科学规律,拔苗助长、操之过急不行;听之任之、听其自然也不行。

★〖听之任之〗

杂茅疯长花园乱，放任山羊游离藩。
孺子顽嚣茹黑血，金钟点拨凤台喧。
一条裙带近亲病，九品中正栋宇轩。
淫酒浸疏骊岳倒，巧骑骏马驶桃源。

[亭亭玉立]tíng tíng yù lì

亭亭：玉立的样子。[词源]明·张岱《公祭祁夫人文》："一女英迈出群，亭亭玉立。"

本义 形容女子身材修长而秀媚(丽)。如："大家都注视着陈伊玲，嫩绿的绒线上衣，咖啡色的西裤，宛如春天早晨一株亭亭玉立的小树。"(何为《第二次考试》)

引申 也形容花木形态挺拔秀丽。如："粉红色的波斯菊，鲜红的野百合花，亭亭玉立的金针花……正如丝绒锦绣，装饰着这无边的大地。"(丁玲《杜晚香》)

同义 亭亭倩影与本义同义，玉树琼枝与引申义同义

反义 五大三粗与本义构成反义

同义例句 亭亭玉立的小娟与她妈亭亭倩影的剧照一看，就知是一脉相承的。

对比用法 几个五大三粗的汉子，硬是掀翻了一车柴草，惹得几个亭亭玉立的女子窃窃私笑。

书写辨误 亭，不能写成"停"。

★〖亭亭玉立〗—荷池

轻霭拂波粼铄闪，蕾芯嫣笑迎辉光。
荷花亭立招蝴蝶，红鲤缠莲迷纤仰。
珠玉落盘摇绿伞，青蛙荡碧擂鸣狂。
人间桃苑如仙境，往返瑶池醉馥香。

[挺身而出]tǐng shēn ér chū

挺身：撑直身体。[词源]宋·薛居正等《旧五代史·周书·唐景思传》："后数日城陷，景思挺身而出。"

本义 形容勇敢地站出来。如，"我也看见婵娟被人虐待，我看见你挺身而出，指天画地有争论。"(郭沫若《屈原》)

同义 自告奋勇

反义 临阵脱逃

同义例句 他自告奋勇地带领着五十多名猎手寻找央宗。在群狼面前，他挺身而出，与之周旋，最后终于脱险。

对比例句 他们禁不起敌人的利诱威胁，终于临阵脱逃，同意了卖国的条约。而青年学生挺身而出，毫不妥协地进行斗争。

★〖挺身而出〗—刘胡兰

白色恐怖笼华夏，腥风血雨鬼狼嚎。
手拦枪弹护群众，昂首投身向铡刀。
离别如归奔大同，丹心付国献春桃。
生来伟大重山岳，死得光荣巾帼高。

[同甘共苦]tóng gān gòng kǔ

甘：甜的，比喻欢乐；苦：比喻艰辛。[词源]汉·刘向《战国策·燕策》："燕王吊死问生，与百姓同其甘苦。"

本义 比喻同欢乐、共患难。如:“同甘共苦,才能有更多的共同感情和共同语言。”(李欣《关心群众生活》)

同义 患难与共、风雨同舟

反义 尔虞我诈、钩心斗角

同义例句 高桂英是李自成同甘共苦、患难与共的发妻和好帮手。

对比例句 在同志和朋友之间,我们提倡同甘共苦,反对钩心斗角。

灵活用法 亦作“分甘共苦”。如:“詹与分甘共苦,情若兄弟。”(《晋书·应詹传》)又如:“工作人员和人民所创造出来的‘甘’,我们是同了,但工作人员不要‘同’得太多;过去的‘苦’我们是‘共’了的,现在物质生产增长赶不上人民增长的‘苦’,我们也是‘共’了的,但不要‘共’得太少。”(谢觉哉《论同甘共苦》)

★〖同甘共苦〗—长征

蜃景大同奔海市,蓬莱星火远征歌。
四横赤水戏蛇蝎,一纵铁链登蜀坡。
身下雪山浮白雾,脚跟沼泽拔青波。
乾坤床被共暖手,会旆延安合鼎锅。

[同工异曲]tóng gōng yì qǔ

见[异曲同工]

[同归于尽]tóng guī yú jìn

归:趋向;尽:灭亡。[词源]《列子·王瑞》:“天地终乎?与我偕终。”卢重玄解:“大小虽殊,同归于尽耳。”

本义 表示一起毁灭或死亡。如:“你回来以后,焦急地等待着妈妈,可是等来的是你妈妈拉响了手榴弹跟敌人同归于尽的噩耗。”(魏巍《再见了,亲人》)

同义 金石俱焚、兰艾同焚、一网打尽、鱼死网破

反义 你死我活、有你无我、势不两立

同义例句 两个流氓团伙今天要拼个鱼死网破,双方都决心与对方同归于尽。

对比例句 在解放隆化城这场你死我活的战斗中,董存瑞为了减轻我军的伤亡、加速歼灭敌人,毅然拉响了炸药包与暗堡里的敌人同归于尽。

读写辨误 同,在这里不能读成 tòng(“胡同”的“同”);于,不能读成 yǔ(与);归,不能写成“规”。

★〖同归于尽〗

狼心狗肺黑心肠,牛马猪羊遭祸殃。
遵义行旃担大任,斩妖除怪血红光。
不从淫虐摘翎羽,宁可玉摧非瓦装。
肤革本由清水养,粉身碎魍为忠殇。

[同日而语]tóng rì ér yǔ

语:亦作“言”“论”。[词源]汉·班固《汉书·息夫躬传》:“臣与(公孙)禄异议,未可同日而语

也。”宋·苏轼《放鹤亭记》：“由此观之，其为乐未可同日而语也。”

本义 指两件事或两种情况放在同一时间里来谈论。如：“至于因思虑不周，说错一句半句，也不要紧，错了就改嘛！那种出以公心、敢于仗义直言的人，即使有些缺点，我以为也不可与那种少说为佳、明哲保身的‘好好先生’同日而语！”（高占祥《当说必说》）

同义 相提并论、等量齐观

反义 另眼相待、春诵夏弦、不相为谋

同义例句 “运动”，在哲学和体育学科中是既有联系又有区别的概念，因此不可同日而语，也不能等量齐观。

对比例句 启明星、北斗星就其象征意义而言可同日而语，至于体育、文艺等明星，则是形象比喻，就不能等同，要另眼相待了。

灵活用法 亦作“同日而言”“同年而语”。如：“夫破人之与破于人也，臣人之与臣于人也，岂可同日而言哉！”（汉·刘向《战国策·赵策二》）

读音辨误 日，不能读成 ér（儿）。

★〖同日而语〗

天地万般差迥异，莫衷牵强聚同庭。
百花齐放彩斑驳，百语争鸣儒道经。
今古伟卑红黑别，东西中外远乡听。
武文刀笔口炮弹，玉石贵微神鬼冥。
蛙蛤郎装拢月兔，黄粱美梦笑人惺。
木鱼岂当珍珠宝，顽劣何能芳汗青。

[同心同德]tóng xīn tóng dé

心：愿望；德：意志。[词源]《尚书·泰誓中》“予有乱臣十人，同心同德。”

本义 指人们共同的心愿和意志。形容为共同目标形成的统一行动。含褒义。如：“只要共产党人团结一致，同心同德，任何强大的敌人，任何困难的环境，都会向我们投降的。”（毛泽东《关于共产国际解散问题的报告》）

同义 和衷共济、同舟共济、二人同心，其利断金

反义 离心离德、同床异梦、钩心斗角、尔虞我诈

同义例句 全国人民在党的领导下，和衷共济，同心同德，为实现强盛，振兴中华而努力奋斗。

对比例句 实现现代化是我们几代人的共同的奋斗目标。我们一定要同心同德，反对一切离心离德的错误言行。

灵活用法 亦作“一心一德”，“同心一德”。如：“乃一心一德，立定厥功，惟克永世。”（《尚书·泰誓》）

读写辨误 心，不能读成 xīng（星）；德，不能写成“徳”。

★〖同心同德〗

蚍蜉团聚横涛江，牛马连排战虎狼。
一个好皇三个将，桃园结义蜀旗扬。
众心成塔铜墙壁，独断交讧毁纣商。
拧就乾坤钢铁索，鞭挥日月换新苍。

[同心协力]tóng xīn xié lì

心：思想；协：合，协调一致。[词源] 汉·贾谊《过秦论》：“且天下尝同心并力攻秦矣，然困于险阻而不能进者，岂勇力智慧不足哉？”《周书·崔谦传》：“然后与宇文行台，同心协力，电讨不庭。

本义 指思想一致，共同努力。含褒义。如：“蔺相如见廉颇来负荆请罪，连忙热情地出来迎接。从此以后，他们俩成了好朋友，同心协力保卫国家。”（小学语文《将相和》）

同义 戮力同心

反义 离心离德、钩心斗角、尔虞我诈

同义例句 我们的口号是：“戮力同心，奋发图强，一定要获得先进班集体的称号！”在大家的努力下，这个愿望终于实现了，这是我们同心协力结出的硕果。

对比例句 拔河比赛是一项同心协力的体育项目。如果在双方较量中，哪一方有人离心离德，劲不往一处使，哪一方就会失败。

灵活用法 亦作“同心并力”“齐心协力”“齐心合力”“协力同心。”如：“我三人结为兄弟，协力同心，然后可图大事。”（明·罗贯中《三国演义》第一回）

★〖同心协力〗—西游行

漫漫霁霞高万丈，层层云坎剑横梁。
山间磷石蹿阴火，海底浑流翻恶浪。
白骨魂销肝胆照，紧箍咒紧圣徒伤。
同舟共济渡凶水，协力齐心达竺堂。

[痛心疾首]tòng xīn jí shǒu

痛心：极其悲痛；疾首：头痛。[词源] 春秋·鲁·左丘明《左传·成公十三年》：“诸侯备闻此言，斯是用痛心疾首，昵就寡人。”

本义 形容痛恨到了极点。如：“方南渡之初，君臣上下痛心疾首，誓不与虏俱生。”（宋·陈亮《上孝宗皇帝第一书》）

引申 引申为痛心、悲愤到了极点。如：苍天苍天泪如雨，倭人竟割台湾去！这诗句说明当时中国人民是多么痛心疾首！

同义 深恶痛疾与本义同义

反义 欢欣鼓舞与本义构成反义

同义例句 从讽刺的深恶痛疾到对世道的痛心疾首，也都很快烟消云散了。

对比例句 敌人痛心疾首之日，正是人民欢欣鼓舞之时。

★〖痛心疾首〗

钢铁不浮霞彩殿，惊涛骇浪丹心炼。
身姿雄赳跨寒江，碧血殷山红异绚。
骨作长城泰岳鸣，肌成青翠绿雅院。
魂殇他国河流零，风采榜单英烈传。

[头破血流]tóu pò xuè liú

[词源] 明·吴承恩《西游记》第四十回：“照道士脸上一刮，可怜就打得头破血流身倒地，皮开颈

折脑浆倾！”

本义 头被打破，血流满面。形容伤势重。如：“特派若干打手捣乱宪政座谈会会场。仅将听众从此惊散，未把十几个各党派的参政员打得头破血流……”（邹韬奋《患难余生记》）

比喻 形容失败惨重。如：“打得敌人头破血流，退回双堆集去。”（谢雪涛《“老虎团”的结局》）

同义 焦头烂额、鼻青脸肿、皮开肉绽与本义同义，落花流水、损兵折将与比喻义同义

反义 安然无恙、平安无事与本义构成反义，百战不殆、旗开得胜与比喻义构成反义

同义例句 这股被我军打得头破血流、损兵折将的敌人，狼狈地逃回他们的大本营。

对比例句 我们同这股顽敌激战了一夜，敌人被打得头破血流，而我们却旗开得胜。

灵活用法 亦作“头破血出”如：“幸而车夫早有点停步，否则伊定要栽一个大斤头，跌到头破血出了。”（鲁迅《一件小事》）

读音辨误 头，不能读成 tú（徒）；血，不能读成 xiě（写）。

★〖头破血流〗

智威双冠叱风雨，钢铁枭雄鼎殿梁。
头破洞开明禅睿，般红洒就慧聪光。
金瓜迸裂飞仙子，翰墨流华掀海洋。
挥首功名青史赫，血书宣纸烈辉煌。

[投石下井]tóu shí xià jǐng

见［落井下石］

[吐气扬眉]tǔ qì yáng méi

见［扬眉吐气］

[图穷匕见]tú qióng bǐ xiàn

图：地图；穷：尽；匕：匕首、短剑；见：通“现”，显露。［词源］汉·刘向《战国策·燕策三》：“秦王谓轲曰：‘起，取武阳所持图？’轲既取图奉之，发图，图穷而匕首见。”

本义 借指事情形迹败露，本意真相大白。如：“不意先生乃蓄别抱，图穷匕见，爰有斯言。”（叶圣陶《一个青年》）

同义 露出马脚、水落石出

反义 事以密成、潜踪隐迹、潜踪藏影

同义例句 正当蒋介石在重庆谈判桌上大谈“和平”的时候，不料在战场上露出马脚，他的密令《剿匪手册》被我军缴获，于是他图穷匕见，撕毁墨迹未干的《双十协定》，悍然发动了内战。

对比例句 曹操谋害董卓未果，假借献刀之计搪塞。事后终于图穷匕见，旋即潜踪隐迹，再等良机。

灵活用法 亦作“匕首还献”“图穷匕首见”。如：“金椎漫筑甘

泉道，匕首还随督亢图。”（宋·钱惟演《始皇》）

读写辨误 图，不能读成tóu（头）；见，这里不能读成jiàn（建）；匕，不能写成“七”。

★〖图穷匕见〗—荆轲刺秦王

遮羞布道弥天谎，匕首冒尖露本相。
口蜜腹刀为义当，佳肴倒刺金钩幌。
男儿直面恶豺狼，岂惧阎王弓弩杖。
唯有牺牲多浩然，丹心红殷史芳长。

[荼毒生灵]tú dú shēng líng

荼毒：残害；生灵：百姓。[词源]唐·李华《吊古战场文》：“荼毒生灵，万里朱殷。”

本义 残酷地毒害人民。如：“听说，后来玉皇大帝也就怪法海多事，以至荼毒生灵，想要拿办他了。”（鲁迅《论雷峰塔的倒掉》）

同义 草菅人命

反义 为民请命、救民水火

同义例句 在黑暗的旧中国，反动政府荼毒生灵、草菅人命，劳动人民过着牛马不如的生活。

对比例句 历史上从来就有靠荼毒生灵来养肥自己的人，从来也有为民请命而献身的人。

读音辨误 荼，不能读写成chá（茶）。

★〖荼毒生灵〗

鬼火四溅霾雾罩，哀鸿遍地野蒿烧。
草菅人命血流瀑，涂炭生灵黎庶憔。
温顺牛羊何俎肉，锋芒尖角刺阎妖。
脊椎城堡阻凶虎，仁义儒教良狗招。

[徒劳无益]tú láo wú yì

徒：徒然，白白的。[词源]《杨家将传》第三回：“常言救兵如救火，若待宋师临城，则成滑渭之势，徒劳无益也。”

本义 指白费气力，毫无用处。如：“你这善心变成了徒劳无益。‘虽曰爱之，其实害之。’”（陶钝《一盆万年青》）

同义 劳而无功

反义 事半功倍

同义例句 我们要想提高效益就必须尽量不做那些徒劳无益的事，劳而无功不光是耗掉财物，而且还耗掉了宝贵的时间。

对比例句 凡事要注意方法，方法得当事半功倍，方法不当，即使花力气再大也徒劳无益。

★〖徒劳无功〗

乾坤有序一禅中，量力而行万路通。
螳臂当车无济事，蚍蜉撼树枉劳功。
搬砖投灞砸头破，一石三禽巧弹弓。
点滴墨流芳青汗，满头睿发洒苍穹。

[徒有虚名]tú yǒu xū míng

徒：空，只。[词源]《北齐书·李元忠传》……元忠以为万石给人，计一家不过升斗而已，徒有虚名，不救其弊，遂出十五万石以赈。

本义 只有一个虚名。如：“久闻刘景升善善恶恶，特往谒之。及至相见，徒有虚名，盖善善

者而不能用，恶恶者而不能去者也。”（明·罗贯中《三国演义》第三十五回）

同义 枉担虚名、有名无实、名不副实

反义 名下无虚、名不虚传、名副其实

同义例句 荆州刘表徒有虚名，其实，他有名无实，没有多大能耐，不堪曹操一击。

对比例句 我们做研究工作的不能徒有虚名，要加强学习，充实自己，做到名副其实。

灵活用法 也作“徒拥虚名”“徒有其名”“虚名在外”。如：“责任内阁徒有其名，事实上用人行政都受总统干涉。”（陶菊隐《北洋军阀统治时期史话》）

★〖徒有虚名〗

元妃失宠红楼倒，繁荣贯府实萧条。
门庭冷落车马散，海棠凋谢灯笼消。
寒月葬花春泪潸，梅竹鸳鸯萍水飘。
投入绸缎馨紫阁，玉碎魂泊云庙桥。

[推陈出新]tuī chén chū xīn

陈：谷仓中的旧粮；新：新粮。[词源]宋·费衮《梁溪漫志九·张文潜粥记》引苏东坡帖：“吴子野劝食白粥，云能推陈出新，利膈养胃。”

本义 指抛弃旧的事物，推举出新的事物来。如：“诗固病在窠臼，然须推陈出新，不至流入下劣。”（清·方熏《山静居诗话》）

同义 吐故纳新、除旧布新

反义 因循守旧、陈陈相因

同义例句 事物要不断保持与外界的交流，才能始终拥有活力，吐故纳新、推陈出新是万物发展的客观规律。

对比例句 学习古典作品，不能因循守旧、照抄照搬，而应该推陈出新，有继承，也有创新。

读写辨误 陈，不能读成 cén，不能写成“阵”。

★〖推陈出新〗

一出长鞭去冗税，百天戊戌乾坤瑞。
甲符牍纸富文明，诗赋曲弹丰雅魅。
万卉丛中别样红，独枝朱杏云端媚。
长江后浪推前浪，青绿胜蓝新更翠。

[推心置腹]tuī xīn zhì fù

推：拿出；置放置，[词源]南朝·宋·范晔《后汉书·武帝纪上》：“降者更相语曰：‘萧王推赤心置人腹中，安得不投死乎！’”

本义 形容对人信任，讲心里话。如：“特别是希望那些至今对知识分子还有某种不信任感、不敢推心置腹的人们，以及那些为争名夺利，甚至对社会主义祖国至今还三心二意，羡慕资本主义‘天堂’的人们，多读读他们的事迹。”（胡乔木《痛惜之余的愿望》）

同义 推诚相见、披肝沥胆、肝胆相照

反义 虚情假意、笑里藏刀、钩心斗角、尔虞我诈

同义例句 既然是共渡难关，那么我们双方都应该推心置腹，肝胆相照。

对比例句 你也真是糊涂！对这种虚情假意的人，你跟他推心置腹地说那么多干啥？

读音辨误 置腹，不能读成 zhí fú（直扶）。

★〖推心置腹〗—隆中会

寒冬三顾草庐开，促膝一聊天道来。
躬礼拜请文曲闪，满车学富蜀都财。
推心置腹灌江海，洗耳恭听韬略猜。
头顶羽毛挥两剑，三强鼎立竞铜台。

[吞吞吐吐]tūn tūn tǔ tǔ

[词源]清·李宝嘉·《官场现形记》第六回："这位侄少爷总算得能说会道，不肯把叔子的话直言回复蒋福，原是免得淘气的意思。然而那一处吞吞吐吐的情形，已被蒋福看透。"

本义 指心里有难言的事而说话不利索的样子。如："'我有点闷。我自己也说不出为什么。我自己也不晓得要看什么。我有点害怕。'枚少爷皱着眉头，吞吞吐吐地说。"（巴金《秋》）

同义 支支吾吾、半吞半吐、欲言又止

反义 脱口而出、伶牙俐齿、直截了当、直言不讳

同义例句 "你一味地吞吞吐吐，支支吾吾，你把我作何等人看待？"（清·文康《儿女英雄传》第五回）

对比例句 你有什么心思就直截了当对我说，再不要吞吞吐吐了。

读音辨误 吐，不能读成 tù。

★〖吞吞吐吐〗

街亭轰塌蜀门倒，祁岳洞开霜雪号。
马谡支吾怨石涸，孔明怒火烧巾袍。
斩钉截铁雌黄吼，有勇无谋兵败逃。
军法不容虚纸卒，乾图浮霭得含韬。

[拖泥带水]tuō ní dài shuǐ

[词源]宋·杨万里《竹枝歌》："知侬笠漏芒鞋破，须遣拖泥带水行。"宋·严羽《沧浪诗话·诗法》："语贵洒脱，不可拖泥带水。"

本义 指拖着泥、带着水行动不便。如："我们只有雷霆，只有闪电，只有风暴，我们没有拖泥带水的雨！这是我的意志，宇宙的意志。"（郭沫若《屈原》）

比喻 现常比喻行动不利索，说话或写作不简洁。如："这不是文绉绉地拖泥带水的语言，而是沉着痛快的、充满了辣味和火气的语言。"（朱自清《论朗诵诗》）

同义 繁冗拖沓、冗词赘句与比喻义同义

反义 干脆利落、直截了当、简明扼要与比喻义构成反义

同义例句 成语"博士买驴"，讥笑古代一位学官，拖泥带水地写了三张纸还未写下一个驴字。后来就以此讽刺某些人写作不得要

领、繁冗拖沓的作风。

对比例句 他不仅办事雷厉风行，干脆利落，而且说话也简明扼要，从不拖泥带水。

灵活用法 亦作“拖浆带水”“带水拖泥”。如：“冒雨荡风，带水拖泥，步难移，全没些气和力。（元·施君美《幽闺记》）

读音辨误 泥，不能读成lí（离）。

★〖拖泥带水〗

天机佛道精禅妙，文曲珠玑缀黛裾。
藕断拖泥藏泪水，莲花婷立脱灰淤。
红尘纷扰诸多染，辞赋概云镌琢玙。
大浪淘沙金玉闪，世人吟诵唯诗书。

W

[完璧归赵]wán bì guī zhào

完：完好；璧：圆形扁平而中心有孔的玉。[词源]汉·司马迁《史记·廉颇蔺相如列传》：“城入赵而璧留秦，城不入，臣请完璧归赵。”

本义 比喻把原物完好地归还原主。如：“请放心，不要多久，这两件东西定会完璧归赵，此事放在弟身上好啦。”（姚雪垠《李自成》）

反义 久假不归

对比例句 借别人东西，应当完璧归赵，损坏不赔甚至久假不归将失去信誉。

读写辨误 璧，不能读成bí，不能写成“壁”。

★〖完璧归赵〗

顽石霞装诱诡随，周游列国看刀飞。
宝瑜沉寂尘寰吵，黛玉红妆觊觎围。
圆滑滚来元宝欲，琢磨智慧璧全归。
非分之念一场空，德义诚信千古晖。

[玩物丧志]wán wù sàng zhì

玩物：沉迷于某种玩乐活动。丧志：丧失志气。[词源]《尚书·旅獒》：“玩人丧德，玩物丧志。”

本义 指沉醉于玩赏所爱之物，消磨掉了志气。如：胸怀祖国，可以猛志常在，壮志凌云；贪图享乐，就会玩物丧志。

同义 胸无大志

同义例句 你这样胸无大志，成天鬼混，最终会玩物丧志、后悔莫及的。

读音辨误 丧，这里不能读成sāng（桑）。

★〖玩物丧志〗

景色宜人黛丽娆，拈花扑蝶激情投。
躺于蟋盒度华茂，酣酊庭园伴耍猴。
虱子咬光牛犊角，绿鹦撕破绛缨绸。
莫将韶岁付流水，榜单成于逆溯游。

[万不得已]wàn bù dé yǐ

[词源]鲁迅《孤独者》：“这种本子，在他算作贵重的善本，非万不得已，不肯轻易变卖的。”

本义 指实在没有办法了。如“……所以倘不是万不得已，我是不大和他一同出去的……”（鲁迅

《为了忘却的记念》)

同义 迫不得已、无可奈何

反义 心甘情愿

同义例句 假如不是万不得已,我是不会走这条路的,但我确实是别无良策,身处困境而无可奈何了。

对比例句 大家虽然都做着同样的事,但心情却各不相同,因为有的是万不得已才来到这里,而有的则是心甘情愿,主动要求来的。

书写辨误 已,不能写成"巳"或"己"。

★〖万不得已〗—张骞西行

宏图大展扩疆土,鸿鹄凌云戈壁徒。
天地床被云露饮,鹰弓狼剑穿匈奴。
万般无奈红缨折,不得煎熬沙漠炉。
一颗丹心终返国,九曲丝路汗青铺。

[万古长青]wàn gǔ cháng qīng

[词源]《元曲选·无名氏〈谢金吾〉第四折》:"也论功赠封食邑,共皇家万古长春。"秦牧《红旗初卷英雄城》:"中朝两国人民的战斗友谊万古长青。"

本义 指像松柏那样四季青绿。形容永远长存而不衰退。含褒义。如:"我们不仅取宝,也做科学研究,使林海不但能够万古长青,而且可以综合利用。"(老舍《林海》)

同义 万劫不朽、永垂不朽

反义 昙花一现、好景不长、化作泡影、化为乌有

同义例句 中朝两国人民的友谊万古长青,两国人民用双手建造起来的事业永垂不朽。

对比例句 袁世凯称帝不得民心,他那妄想使封建制度万古长青的美梦化作了泡影。

灵活用法 亦作"万古长春"(新)。如:"也论功赠封食邑,共皇家万古长春。"(元·无名氏《谢金吾》第四折)

读音辨误 长,不能读成 zhǎng(涨)。

★〖万古长青〗—崖柏

头顶蓝天脚踩云,身横啸号引乾坤。
静观尘世雾霾幻,窃笑皇旒白骨魂。
不羡枯枝红焰烬,但留绿树柴薪温。
任凭艳丽百花诱,持着青山万古存。

[万籁俱寂]wàn lài jù jì

籁:一种乐器,引申指声音;寂:静。[词源]唐·常建《题破山寺后禅院》诗:"万籁此俱寂,但余钟磬音。"清·吴敬梓《儒林外史》第十二回:"当夜万籁俱寂,月色初上,照着阶下皁囊里血淋淋的人头。"

本义 指一切声音都没有,形容非常安静。如:"这时万籁俱寂,只听到滴答的钟声和可以微闻得到的母亲的呼吸。"(邹韬奋《我的母亲》)

同义 鸦雀无声、夜阑人静、阒然无声、悄声无息

反义 人声鼎沸、沸反盈天、沸

沸扬扬

同义例句 这座深宅大院到了晚间,夜阑人静、万籁俱寂,一切显得那么安谧。

对比例句 捷克著名哑剧团正在演出,整个剧场人声鼎沸,掌声不断。演出结束后,我独自坐在这露天的大剧场里,久久地回味着,此时已夜深人静,万籁俱寂。

灵活用法 亦作"万籁无声"。如:"众人周围走了一道,但见护相团的,万籁无声。"(明·冯梦龙《灌园叟晚逢仙女》)

书写辨误 籁,不能写成"簌"。

★〖万籁俱寂〗

明月高悬天地静,怀心羁绊汗青涛。
墨汤汩汩衍文化,钢笔圆圆绘蜜桃。
烛火噼啦金凤唱,聊斋翻页亲妖魍。
谧宁画卷人情曲,夜阑波光思绪滔。

[万马奔腾]wàn mǎ bēn téng

奔腾:疾驰跳跃。[词源]明·凌濛初《初刻拍案惊奇》卷二十二:"须臾之间,天昏地黑,风雨大作,但见封姨(风神)逞势,巽二(风神)施威。空中如万马奔腾,树梢似千军拥沓。"

本义 无数匹马奔腾跳跃。形容声势浩大、进展迅速的壮丽景象。如:"你看,整齐的纺车行列,精神饱满的竞赛者队伍,一声号令,百车齐鸣,别的不说,只那嗡嗡的响声就有飞机场上机群起飞的气势。那哪是竞赛,那是万马奔腾,在共同完成一项战斗任务。"(吴伯箫《记一辆纺车》)

同义 声势浩大、波澜壮阔、浩浩荡荡、排山倒海

反义 万马齐喑、死气沉沉

同义例句 中国人民解放军以万马奔腾、排山倒海之势强渡长江,取得了渡江战役的伟大胜利。

对比例句:旧社会哀鸿遍野,万马齐喑,新社会生机蓬勃,万马奔腾。

读写辨误 奔,不能读成bēng(崩),不能写成"笨"。

★〖万马奔腾〗—空城计

万马奔腾扑独城,几丝尘雾止蹄声。
悠扬旋曲舞风霭,惶恐兵将后背惊。
城阁扬琴藏奥妙,闾前牲口晕玄笙。
一咚弦断崩天雳,千骥无缰腿乱挣。

[万事如意]wàn shì rú yì

如意:符合心意。[词源]清·曹雪芹《红楼梦》第五十三回:"那红禀上写着:门下庄头乌进孝叩请爷爷奶奶万福金安,并公子小姐金安,新春大喜大福,荣贵平安,加官进禄,万事如意。"

本义 指一切都很顺利。如:"在北海亭吃了过年面,听着除夕夜的钟声,然后亲朋好友聚集起来,一起到附近的神社去烧香磕头,以求神明保佑在新的一年里万事如意,厄除运开。"(日·粟良平《一碗阳春面》)

同义 一帆风顺、一路福星

反义 节外生枝、动辄得咎、一波三折

同义例句 他祝愿我在人生征程上,一帆风顺,万事如意。

对比例句 我憧憬着美好的未来,希望学业有成,万事如意。可是当我踏上社会以后,事业、婚姻、家庭三者之间矛盾不断,一波三折。

灵活用法 亦作“万事亨通”,如:“他应当告诉程长顺逃走,应当再劝小崔别以为拉上了包车便万事亨通。”(老舍《四世同堂》)

读音辨误 事,不能读成 sì(四);如,不能读成 yú(鱼)。

★〖万事如意〗

聃老醒来乾宇朗,大同颢景桃源亮。
青山绿袂金禾香,黄菊瓦房桑梓壮。
铁马纵横南北穿,雄鹰凌雾寰瀛畅。
千迢返舍看娘母,万事顺心如意望。

[万无一失]wàn wú yī shī

失:失误,差错。[词源]汉·枚乘《七发》:“孔老览观,孟子持筹而算之,万不失一。”

本义 形容办事非常有把握。如:“空投的又是水剂药品,而且要保证做到万无一失。”(《中国青年报》记者《为了六十一个阶级弟兄》)

同义 万不失一、十拿九稳

反义 顾此失彼

同义例句 这次比赛,舆论普遍认为德国足球队夺冠是万无一失、十拿九稳的事,谁知结果不然,这应了“足球是圆的”那句话。

对比例句 这是关系到本公司存亡的一次活动,我们要做到万无一失,决不能临阵磨枪,顾此失彼。

读音辨误 失,不能读成 sī。

★〖万无一失〗

差之毫纳谬千里,错失良机功缺篑。
长平纸兵赵国亡,街亭败北祁山粹。
满腔经卷行浪涛,千里九州史留魅。
百炼丹心铁骨龙,万无一失殿堂瑞。

[万紫千红]wàn zǐ qiān hóng

紫、红:泛指色彩。[词源]宋·朱熹《春日》诗:“等闲识得东风面,万紫千红总是春。

本义 形容春天百花齐放,色彩艳丽。如:我们生活在万紫千红的春天,让我们为春天而歌唱吧。

引申 引申为景象繁荣兴旺。如:“虽然百废待兴,但已经是万紫千红的局面。”(徐迟《地质之光》)

同义 姹紫嫣红

反义 清一色

同义例句 在万紫千红的春光里,桃花,梅花,迎春花……花团锦簇,姹紫嫣红,开满了花园。

对比例句 革命时期,清一色的军装是青年学生的着装,而在改革开放的今天,青年人的服装争奇斗艳,装点着万紫千红的新生活。

读写辨误 紫，不能读成 zhǐ（止），上边不能写成“比”。

★〖万紫千红〗

凡俗霜秋枯叶卷，蓬莱万紫千红鲜。
阴阳两隔化双蝶，银汉横拦喜鹊连。
寒月葬花聊屋叙，百年修得共摇船。
心存仁义青山绿，眼里黛岑漫野妍。

[汪洋大海] wāng yáng dà hǎi

汪：水深广。[词源]明·许仲琳《封神演义》第二回：“轰天炮响，汪洋大海起春雷。”

本义 水势、水面极其浩大。如：“好端端的村庄已经塌陷了，出现在她眼前的是一片汪洋大海，这就是死海。”（刘兵《死海不死》）

比喻 比喻巨大的力量和不可抗拒的阵势。如：“动员了全国的老百姓，就造成了陷敌于灭顶之灾的汪洋大海，造成了弥补武器等等缺陷的补救条件，造成了克服一切战争困难的前提。”（毛泽东《论持久战》）

★〖汪洋大海〗—黎水

汩汩溪泉滋玉稻，源源汪涌海洋罾。
一珠汗滴映乾象，八百洞庭鱼米瑶。
黄水九蜿华夏颢，长江直泻衍天骄。
青山绿碧桑榆苑，黎水载舟东旺潮。

[亡羊补牢]wáng yáng bǔ láo

亡：逃、丢失；牢：关牲口的圈。[词源]汉·刘向《战国策·楚策四》：“见兔而顾犬，未为晚也；亡羊而补牢，未为迟也。”

本义 原指羊跑了再去修补羊圈，比喻事情出了差错赶紧设法补救。如：“张学良始则失地，今幸固守锦州，亡羊补牢，可称晚悟。”（章炳麟《与孙思昉论时事书·二》）

同义 来者可追、知过必改

反义 防患未然、江心补漏

同义例句 常言道：“亡羊补牢犹未晚”，你现在能知过必改，还是好同志。

对比例句 亡羊补牢非上策，防患未然理在先。

书写辨误 补，不能写成“扑”。

★〖亡羊补牢〗

亡羊丢失前车鉴，后事补牢犹未晚。
学疏漏文重墨浓，袋赊金币富京苑。
晨光虽过夕阳红，春娇易飘枫叶婉。
宫廷泄丹忠国填，城砖跌落民心挽。

[枉费心机]wǎng fèi xīn jī

枉：白白的；心机：心思。[词源]明·许仲琳《封神演义》第四十回：“枉费心机空费力，雪消春水一场空。”

本义 指白费心思。如：这台机器寿命已到，没法再用了，你再怎么捣鼓，也只会枉费心机。

灵活用法 亦作“枉运心机”。如：“邹忌的譬喻再妙，辞令再巧，没有齐威王善听的耳朵，也是白费唇舌，枉运心机。”（臧克家《纳谏与止谤》）

★〖枉费心机〗
历史车轮滚滚前，循规开辟换新天。
螳螂挡道不量力，枉费心机缚茧缠。
黄水蜿蜒浪大海，长江一泻汗青传。
汗流润泽九州绿，瀚墨浓描桃苑鲜。

[妄自菲薄]wàng zì fěi bó

妄：胡乱地；菲薄：小看，轻视。[词源]三国·蜀·诸葛亮《前出师表》："不宜妄自菲薄，引喻失义，以塞忠谏之路也。"

本义 指过分地看轻自己。如："单靠这几个人办不出什么大事。但对于自己，荪甫从来不肯'妄自菲薄'。"（茅盾《子夜》）

同义 自轻自贱、自惭形秽

反义 自以为是、妄自尊大、自命不凡、狂妄自大

同义例句 年轻人不要妄自菲薄，自轻自贱是没有出息的。

对比例句 李密到了后期也一扫妄自菲薄的姿态，开始妄自尊大，疏远旧将了。

读写辨误 菲，这里不能读成fēi（飞）；薄，不能写成"溥"。

★〖妄自菲薄〗
江海云榜英伟出，尘间更是贱微鸣。
勿悲鼠辈渺卑小，相信凤凰来俗夫。
破釜沉舟昂霸王，荧光文曲烛灯呼。
挥刀泼墨划青史，天造我材功必殊。

[望穿秋水]wàng chuān qiū shuǐ

秋水：形容清澈明亮的眼睛。[词源]元·王实甫《西厢记》第三本第二折："望望他盈盈秋水，蹙损他淡淡眉山。"

本义 形容盼望之极。如"听蕉声一阵一阵细雨下，何处与人闲嗑呀？望穿秋水，不见还家，潸潸泪似麻。"（清·蒲松龄《聊斋志异·凤阳人士》）

同义 望眼欲穿

反义 无牵无挂、无思无虑

同义例句 他二人一分手就是五年，一个望穿秋水，一个望眼欲穿，相思日增但因有事缠身，就是不得相见。

对比例句 她极羡慕别人无牵无挂的生活。她丈夫漂洋过海一去便是三年，怎能叫她不望穿秋水。

读写辨误 穿，不能读成cuān；水，不读suǐ；望，右上方不能写成"夕"。

★〖望穿秋水〗—七夕情
乾坤有恋紫兰牵，天地姻亲牛女连。
风雨彩虹翻黑雾，洪涛汹涌隔银川。
碧波红鲫游欢畅，茵翠柳堤望眼穿。
七夕朱翎弓鹊羽，鸳鸯相会伉香缘。

[望而生畏]wàng ér shēng wèi

望：看；生：产生；畏：恐惧，害怕。[词源]《论语·尧日》："君子正其衣冠，尊其瞻视，俨然人望而畏之。"清·吴趼人《痛史·序》："卷帙浩繁，望而生畏。"

本义 指一看到就感到害怕。

如“我国经典,未经整理,读起来特别难,一般人往往望而生畏、结果是敬而远之。”(朱自清《“经典常谈”序》)

同义 望而却步

反义 临危不惧、无所畏惧

同义例句 一条大蛇拦住了去路。我们几个女生对蛇一向是望而生畏的,可没想到那几个男同学也望而却步,吓得不敢动弹。

对比例句 妹妹小时候对老鼠是望而生畏,现在长大了就无所畏惧了。

歇后用法 他见老师,如同耗子见猫——望而生畏。

读写辨误 生,不能读成 shēn(申);畏,不能写成“喂”。

★〖望而生畏〗

一次蛇咬怕井绳,杯弓蛇影望生畏。
虎门风雨输西夷,碧眼洋人当刺猬。
草木皆兵吓自家,大惊小怪石金贵。
腹蕴诗赋气升华,心里无私天地蔚。

[望风而逃]wàng fēng ér táo

风:风声,踪影。[词源]宋·司马光《资治通鉴·梁武帝天监四年》:“渊藻是萧衔骨肉至亲,必无死理,若克涪城,渊藻安肯城中坐而受困,必将望风逃去。”

本义 看到对方的一点影子或听到一点风声就吓跑了。如:“守台军士,发炮数口,各自弃甲投戈,望风而走,炮台悉为逆据。”(《三元里抗英》)

同义 闻风而逃、闻风丧胆、望风披靡

反义 迎头痛击

同义例句 这是一支让敌人闻风丧胆的铁军,还没有抵达敌阵营,敌人便望风而逃。

对比例句 这是一支勇猛顽强铁军,敌军来势虽大,但铁军不会像先前的叛军那样望风而逃,他们会给敌人以迎头痛击。

读写辨误 而,不能读成 èr(二);望,左上角不能写成“云”,下边不能写成“土”。

★〖望风而逃〗—败走华容道

诸葛草船韬借箭,黄公苦肉骗愚曹。
火烧连坞鸭飞跑,烟雾缠身拼命逃。
草木皆兵惊魍魉,风声鹤唳魄煎熬。
一扇谋略扫千马,百战成功于策高。

[危在旦夕]wēi zài dàn xī

旦夕:早晚之间,一天之内,形容时间很短,相当于“眨眼间”。[词源]晋·陈寿《三国志·吴志·太史慈传》:“今管亥暴乱,北海(孔融)被围,孤穷无援,危在旦夕。”

本义 生命受到威胁,危亡即刻就要来到。如:“当强敌压境,国家民族危在旦夕的时候,民族英雄的理想,就是要把敌人赶走,使自己的民族生存和发展下去。”(陶铸《崇高的理想》)

同义 危如累卵、危如朝露、千钧一发

反义 安如磐石、稳如泰山、长

治久安

同义例句 敌军长正在危如累卵的形势面前焦躁不安，又接到第一防区的急电：守城部队已被解放军团团围困，危在旦夕！

对比例句 重新翻修的大厂房在风雨中安如磐石，可不远处的校舍却四处漏雨，在六级大风中摇晃着，危在旦夕。

读写辨误 危，不能读成 wéi（围），不能写成“范”。

★〖危在旦夕〗

圆明烟火应声毁，大地神州旦夕危。
东亚病夫蒙耻辱，华人与狗磕头垂。
新文呐喊挥镰锤，马列红船巨浪推。
黎庶旌旗飘殿宇，汉唐鼎盛再丰碑。

[威风凛凛]wēi fēng lǐn lǐn

凛凛：严厉、可敬畏的样子。[词源] 明 · 吴承恩《西游记》第七十五回：“一个个全装披挂，介胄整齐，威风凛凛，杀气腾腾。”

本义 指气势强大，形象威武，令人畏惧。如：“那个一身天蓝西装衫裙的时髦姑娘，一刹那间变成了一位威风凛凛的古代武士。”（峻青《雄关赋》）

同义 神气十足、神气活现

反义 文质彬彬、温文尔雅

同义例句 别看这帮地头蛇现在神气十足、威风凛凛地在乡亲们面前胡作非为，总有一天，政府要来收拾他们，为百姓申冤报仇。

对比例句 “见如今御史台威风凛凛，怎敢向翰林院文质彬彬。”（元 · 费唐臣《贬黄州》第三折）

读音辨误 风，不能读成 fōng；凛，不能读成 lǐng（领）。

★〖威风凛凛〗—关羽

红脸高头威凛苍，青龙飞舞横军杖。
千山单骑侠风行，万卒莫前一剑挡。
桃苑结兄三国图，华容搭道回恩让。
荆州泪别春秋叹，刮骨割邦心痛胀。

[威武不屈]wēi wǔ bù qū

威武：武力。[词源]《孟子 · 滕文公下》：“富贵不能淫，贫贱不能移，威武不能屈，此之谓大丈夫。”

本义 指不畏强暴的压力所屈服。如：“而同志之李君中孚，遂为上官逼迫，至卧操白刃，誓欲自裁……真可谓威武不屈。”（顾炎武《答李紫澜谏书》）

同义 宁死不屈、坚贞不屈

反义 屈膝投降、摧眉折腰

同义例句 宁死不屈的刘胡兰，献出了年轻的生命。她威武不屈的精神永远令世人敬仰。

对比例句 邓世昌威武不屈，顽强对日作战；李鸿章却屈膝投降，与日方签订了《马关条约》。

灵活用法 常与“贫贱不能移”连用，如：我们中国，确有许多“威武不能屈，贫贱不能移”的必说真话的人们。（鲁迅《记苏联版画展览会》）

读音辨误 屈，不能读成 chū。

★〖威武不屈〗

天予重任劳其累,磨炼钢筋锻志坚。
富贵勿要淫杂念,贫卑不可丧尊贤。
威雄岂会屈强暴,翎羽怎能挥霸权。
大丈夫擎天立地,挑山护土杰英前。

[为非作歹]wéi fēi zuò dǎi

非、歹:坏事。[词源]清·曹雪芹《红楼梦》第五十七回:“紫娟笑道:“我说的是好话,不过叫你心里留神,并没有叫你去为非作歹。”

本义 任意干各种坏事。如:“要使人不敢为非作歹,那便要利用这好恶心,严刑以警之,信赏以诱之。”(郭沫若《韩非子的批判》)

同义 为所欲为、无恶不作

反义 循规蹈矩、安分守己

同义例句 那些靠枪杆子发迹的大小军阀,在自己的辖区内为非作歹,为所欲为,称霸一方。

对比例句 那时是恶人为非作歹的天下,老百姓只能循规蹈矩。

读写辨误 歹,不能写“万”。

★〖为非作歹〗

潇湘洁净一飘红,贾府脏园狮唯白。
公子剑挥血水溅,葫芦酒盏权钱益。
高低门第斥鸳鸯,裙带羞遮云雨宅。
作歹为非倒阁楼,恶邪因果终来厄。

[为富不仁]wéi fù bù rén

为富:成了富人;不仁:刻薄、心肠不好。[词源]《孟子·滕文公上》:“阳虎曰:‘为富不仁矣。’”

本义 指发了财的富人不能为别人着想。如:“母亲没有灰心,她对穷苦农民的同情和对为富不仁者的反感却更强烈了。”(朱德《回忆我的母亲》)

引申 引申为富人心狠手辣,不管别人死活。如:“咱们……狠狠地惩治了那些为富不仁的乡绅土豪,富家大户。”(姚雪垠《李自成》)

反义 乐善好施与引申义构成反义

对比例句 一些为富不仁的资本家,有时也装出一副乐善好施的面孔,资助一些公益事业,借此换取好名声。

读音辨误 为,这里不能读成wèi(味)。

★〖为富不仁〗

骨骸粉凝白银碗,碧血染成红将王。
身穿绫罗非布纺,莺歌宫阙没工帮。
金山楼满黑心眼,殿塔九层枯脊梁。
富室凶龙咆乞丐,兰亭瑶乐庶黎忙。
庸人懒稼阴刀策,邪恶奸商盗血光。

[韦编三绝]wéi biān sān jué

韦:熟牛皮:韦编:古代用竹简写书,然后用熟牛皮绳把竹简编联起来;三:概数,指多次;绝:断。[词源]汉·司马迁《史记·孔子世家》:“孔子晚而喜《易》……读《易》韦编三绝。”

本义 本义指孔子晚年反复研读《周易》,以致编联竹简的皮绳断了多次。

比喻 比喻勤奋读书。如:“刘禹锡曰:韦编三绝,所以明末会者多于解也。”(宋·王谠《唐语林·文学》)

反义 浅尝辄止与本义构成反义

对比例句 浅尝辄止与韦编三绝是两种形式鲜明对照的治学态度。对于科研工作者来说,前者是应该力戒的。

★〖韦编三绝〗

竹牍默言乾象封,思维三穿贯苍穹。
烛光萤火耀文慧,雪映娥辉启睿聪。
点滴墨弹儒道禅,片张书构殿堂鸿。
十年寒窗鼎元甲,百载面墙千古红。

[唯一无二]wéi yī wú èr

见[独一无二]

[维妙维肖]wéi miào wéi xiào

维:语气助词;也作“惟”“唯”;妙:工巧;肖:相似,逼真。[词源]清·冯镇峦《读〈聊斋〉杂说》:“《聊斋》中间用字法,不过一二字,偶露句中,遂已绝妙,形容维妙维肖,仿佛《水经注》造语。”

本义 形容描绘、模仿人或物的神情状态非常逼真。如:“而我所最爱的,还是一小组一小组的旧北京街头小景,什么卖糖葫芦的……卖茶汤的;卖砂锅的;吹糖人的;无不维妙维肖!”(冰心《“面人郎”访问记》)

同义 栩栩如生、活灵活现、呼之欲出

反义 刻鹄类鹜、画虎不成反类犬

同义例句 国画大师齐白石画的小鸡栩栩如生,神态惟妙惟肖。

对比例句 我刚学绘画时不怕“画虎不成反类犬”的讥笑,勤学苦练三年多,现在技艺逐渐成熟、各种人物写生画可以画得维妙维肖了。

灵活用法 亦作“惟妙惟肖”。如:“其演《进蛮诗》《审判客》诸剧,摹绘情形,惟妙惟肖,其调高响逸处,尤能绕画梁而遏行云,盖古之韩娥类也。”(清·王韬《淞隐漫录·东部雏伶》)

读写辨误 肖,在这里不能读成 xiāo(消),不能写成“俏”。

★〖维妙维肖〗

春兰过眼秋枯黄,情寞花开四季倩。
梦寐伊人栩栩生,天仙颐态妙飞燕。
雾中金菊西施晖,朦郁彩蝴嫔贵现。
万物飘曈轻蜃云,一嫣回望千年眷。

[唯唯诺诺]wéi wéi nuò nuò

唯、诺:古汉语中表示同意或照办的词,相当于“好”“是”。诺,亦作“喏”。[词源]《韩非子·八奸》:“此人主未命而唯唯,未使而喏喏,先意承旨,观貌察色,以先主

心者也。”

本义 指百依百顺、过分依从的驯服态度。含贬义。如:“应当受到指责的,倒不是‘好表现自己’,而是那种害怕困难,得过且过,唯唯诺诺,相互推诿,不负责任,不求有功,但求无过不敢表现自己的人。”(赵金禾《毛遂不避嫌疑》)

同义 唯命是从、百依百顺

反义 桀骜不驯

同义例句 对于老师和家长的正确意见,我们应该虚心接受。但不加分析地唯唯诺诺、百依百顺,却不是一个中学生应有的态度。

对比例句 胆小怕事的他一贯唯唯诺诺,虽然朋友多,但没有谁瞧得起他;恶霸向来桀骜不驯,大家虽不敢小看他,但都敬而远之,结果他一个朋友也没有。

读写辨误 唯,不能读成 wéi(围),不能写成“维”。

★〖唯唯诺诺〗

一人之下万人上,千娇美醇奸佞妄。
弯脊卑躬暗箭藏,低头屈膝龙轩望。
应声虫咬断肝肠,狐假虎威社稷荡。
笑虎挥鞭鹿马嘶,禄山之乱哀鸿丧。

[为民除害]wèi mín chú hài

为:替,帮助;除:铲除;害:祸害,坏人坏事。[词源]汉·陈琳《檄吴将校部曲文》:“丞相衔奉国威,为民除害,元恶大憝,心当枭夷。”

本义 指替百姓消除祸患。如:“听说闯王要东渡黄河,为民除害。我们日盼夜盼,好容易盼到了这一天。”(小学语文《李闯王渡黄河》)

同义 除暴安良、锄强扶弱

反义 为虎作伥、为虎傅翼、养虎遗患、助纣为虐

同义例句 施耐庵在《水浒传》中描写了许多为民除害的感人故事,鲁提辖拳打镇关西就是除暴安良的例子。

对比例句 这几个流氓分子跟随他们的黑主子为虎作伥,常闹得四邻不安,最终他们作恶多端受到严惩。公安机关为民除害的举动,深受群众的赞扬。

灵活用法 亦作“为民除患”。如:“为民除患,兄弟无复多人,弥应思吊不咸,益相亲信。”(南朝·宋·刘彧《与诸方镇及诸大臣诏》)

读写辨误 为,不读 wéi(事在人为的“为”);除,不能写成“去”。

★〖为民除害〗—包拯

乌云笼罩苍穹黑,遍野哀鸿大地煎。
叛党横行违法礼,奸臣当道污忠贤。
包公明镜竖华夏,利剑挥戈魍魉颠。
九品端庄三道净,万家欢乐朗青天。

[为民请命]wèi mín qǐng mìng

请命:请求保护利益或生命。[词源]汉·班固《汉书·蒯通传》:“西向为百姓请命。”

本义 为了民众的利益，向当权者提出请求。如："我们从百年以来，就有埋头苦干的人，有拼命硬干的人，有为民请命的人……"（鲁迅《中国失掉自信力了吗》）

反义 为虎作伥、明哲保身

对比例句 在眼看人民群众的利益将要受到损害的时候，敢于站出来为民请命，这是值得称道的。而明哲保身，躲在一边不闻不问则是可鄙的。假如屈服于恶势力并且为虎作伥，那他便是人民的敌人。

读音辨误 为，不能读成 wéi（围）。

★〖为民请命〗

白龙惊恐霸王虎，不忍哀鸿流浪呼。
霜发冲冠顶火炮，兰袍横袖阻弹雨。
怀心化屋作民房，呐肺斥疵于众富。
碧血飞溅轩冕红，汗青芳誉康庄路。

［未卜先知］wèi bǔ xiān zhī

卜：占卜，算卦。［词源］元·无名氏《桃花女》第三折："卖弄杀〈周易〉阴阳谁知你，还有个未卜先知意。"

本义 比喻预测能力很强。如："……但老通宝是不肯相信的。……从没见过绿油油的桑叶白养在树上，等到成了枯叶去喂羊吃。除非是蚕花不熟。但那是老天爷的权柄，谁又能够未卜先知？"（茅盾《春蚕》）

同义 先知先觉、先见之明、神机妙算、料事如神

同义例句 他之所以能够未卜先知、料事如神，是因为他善于综合分析情况并进行严密的层层推理，才作出结论。

读音辨误 卜，不能读成 pǔ（普）。

★〖未卜先知〗

龟纹蜿曲走迷宫，蠡卜旋翻掉黑窿。
白袯飘然来俗世，扇毛轻摆出隆中。
无钩长线钓金鲤，空舫行云满载弓。
霞彩本形乾象衣，心犀苍昊驾东风。

［蔚为大观］wèi wéi zhuàng guān

蔚：盛大；大观：盛大的景象。

本义 形容事物丰富多彩，成为盛大的景象。如："乡村风景，甚觉宜人，野外花园，殊有清趣，树木蔚为大观。"（鲁迅《两地书（五十一）》）

同义 洋洋大观、洋洋洒洒

同义例句 改革开放以来，出现了大量的优秀文学艺术作品，真是洋洋洒洒，蔚为大观。

灵活用法 亦作"蔚为奇观""蔚为壮观"。如："每逢早春，梅花盛开，雪海香涛，蔚为壮观。"（王大为《超山梅花香雪海》）

书写辨误 蔚，不能写成"慰"。

★〖蔚为壮观〗—大观园

远观蜃阙浮南海，近看桃源醉蕃腮。
月舫波廊蜿十里，莺歌燕舞漫瀛台。
怡园湘馆蝶桥结，翎带红湖粉茉皑。
石牍白猊磐万古，诗情花卉澜东莱。

[畏首畏尾]wèi shǒu wèi wěi

畏：害怕。[词源]春秋·鲁·左丘明《左传·文十七年》："古人有言曰：'畏首畏尾，身凡有几？'"

本义 形容瞻前顾后、顾虑重重的疑惧状态。如："招贤馆许多宾朋，如今事到临头，一个个畏首畏尾，全不想念交情。"（清·石玉昆《三侠五义》第七十六回）

同义 缩手缩脚、瞻前顾后、前怕狼后怕虎

反义 无所畏惧、勇往直前、敢作敢为

同义例句 "不要因为惧怕错误而畏首畏尾，缩手缩脚。怕这怕那，是成不了事业的。"（章炳元《畏惧错误就是毁灭进步》）

对比例句 他刚上台演讲时总有畏首畏尾的感觉，现在经过锻炼就无所畏惧、潇洒自如了。

书写辨误 畏，不能写成"畏"。

★〖畏首畏尾〗

上惊雷电下慌蜈，前怕狼豺后怕虎。
缩首乌龟任宰生，屈身叛佞碎疆土。
卑弓刀剑鼠窝爬，跪叩花翎脚狗俯。
腹有诗书气自华，丹心火焰骨筋武。

[温故而知新]wēn gù ér zhī xīn

温：温习、回顾；故：旧的。[词源]《论语·为政》："温故而知新，可以为师矣。"

本义用法 指重新温习学过的东西，又可以获得新的认识。如："王姑脸一沉：'学而时习之，温故而知新。'"（刘绍棠《花街》）

同义 数往知来、忆苦思甜

反义 数典忘祖

比喻 现有时喻指回顾过去，以借鉴历史经验，更好地认识当前。如："肯定现在绝不意味着否定过去。'温故而知新'还是一句至理名言。"（萧乾《一个乐观主义者的独白》）

灵活用法 亦作"温故知新"。如："故略表举大分，以通古今备温故知新之义云。"（汉·班固《汉书·百官公卿表上》）

读音辨误 而，不能读成 rì（日）；新，不能读成 xīng（星）。

★〖温故知新〗

悟能一口吞仙品，岂得红尘酸楚味。
反嚼回甘酣畅淋，老牛津道慧孺纬。
一条鞭法王安聪，百日维新康有为。
前事不忘后事师，千秋青汗万年蔚。

[文过饰非]wén guò shì fēi

文、饰：掩饰；过、非：错误。[词源]唐·刘知几《史通·惑经》："斯则圣人设教，其理含宏，或援誓以表心，或称非以受屈，岂与夫唐儒末学，文过饰非，使夫问者缄辞杜口，怀疑不展，若斯而已哉！"

本义 用虚假好听的言辞来掩饰自己的过失、错误。如："一个真正的人，总是以诚为荣，以伪为羞，不隐藏真相，不文过饰非，心口如一，磊落光明。"（周汉晖《谈

诚实》)

同义 讳疾忌医

反义 闻过则喜

同义例句 在工作中出现一些缺点或错误,他总是主动承担责任,有错就改,从不文过饰非或讳疾忌医。

对比例句 犯了错误,应该闻过则喜,勇于承认,勇于改正,如果文过饰非,坚决不改,那是很危险的。

★〖文过饰非〗

磐岩寂静雾吹仙,篁片刚正云扰妍。
笔下蚯虫飞赤凤,口流银汉溢穹天。
墨浓粉饰朱门黑,白纸金书禅道玄。
蛇套百鞋冥府钻,珠笙万乐伯琴弦。

[纹丝不动]wén sī bù dòng

纹丝:形容很细小、微末。[词源]清·曹雪芹《红楼梦》二十九回:"偏生那玉坚硬非常,摔了一下,竟纹风没动。"

本义 形容一点儿也没有改变或损坏。如:"我们趴在地上必须纹丝不动,咳嗽一声或者蜷下腿,都可能被敌人发觉。"(李元兴《我的战友邱少云》)

同义 一成不变、依然如故

反义 千变万化、瞬息万变、变化无常

同义例句 钢化玻璃杯不怕摔,把它扔在水泥地上纹丝不动,依然如故。

对比例句 这个孩子性格变化无常。一不高兴就发呆,纹丝不动地坐着;一旦兴奋起来,手舞足蹈,有说有笑。

读写辨误 丝,不能读成 shī(师);丝,下边不能写成"⼀"。

★〖纹丝不动〗—石头记

神仙难耐太虚臻,化作灵瑜享贵人。
春旭怡园飘锦缎,秋霜枯叶烛光沧。
贾家十里风流极,真实双鸳许蝶身。
冰碎红楼饶乐梦,磐狮不动笑凡尘。

[闻鸡起舞]wén jī qǐ wǔ

闻鸡:听到鸡叫;舞:舞剑。[词源]唐·房玄龄等《晋书·祖逖传》:"(祖逖)与司空刘琨俱为司州主簿,情好绸缪,共被同寝。中夜闻荒鸡鸣,蹴琨觉曰:'此非恶声也。'因起舞。"

本义 本指听到鸡叫,就起床舞剑练武。后比喻有志向的人发奋自励。如"令须发霜白的人,闻鸡起舞。"(曹靖华《花》)

同义 卧薪尝胆、自强不息

同义例句 古时候有许多闻鸡起舞、卧薪尝胆的志士,仍不失为我们今天的榜样。

书写辨误 舞,不能写成"午"。

★〖闻鸡起舞〗

雄鸡一唱天空白,闻曲戈旋鸿满才。
一世之成于伟志,一天之计在阳开。
晨曦高照艳丽灿,百鸟争鸣万景来。
全力拉弓能跨俗,滴流汗水史河魁。

[闻所未闻]wén suǒ wèi wén

闻：听；未：从来没有。[词源] 唐 · 权德舆《工部尚书鲍防碑》："盲或有犯，投之不疑焉，曰：'使我闻所未闻，圣朝之瑞也。'"

本义 从来没有听到过。如："寻邬调查找的是一部分中级干部，一部分下级干部，一个穷秀才，一个破产了的商会会长，一个在知县衙门管钱粮的已经失了业的小官吏。他们都给了我很多闻所未闻的知识。"（毛泽东《〈农村调查〉序言》）

反义 司空见惯、不足为奇与本义构成反义

对比例句 这种骗术对于极少出门的他来说，简直是闻所未闻，可对于我们经常到各地出差的人来说，是司空见惯、不足为奇的。

灵活用法 常与"见所未见"连用。如："要想把这次访问的收获都写出来那是写不完的，不过也可以用最简单的话概括这次访问的收获，那就是'见所未见，闻所未闻'。"（翦伯赞《内蒙访古》）又如："许多农民运动的道理，和在汉口、长沙从绅士阶级那里听得的道理，完全相反。许多奇事，则见所未见，闻所未闻。"（毛泽东《湖南农民运动考察报告》）亦作"闻所不闻"。如："七十子之于仲尼也，日闻所不闻，见所不见。"（扬雄《法言》）

书写辨误 未，不能写成"末"。

★〖闻所未闻〗

未闻奇异怪哉多，楼外青峰岭外国。
天马行空凌紫霄，火龙潜海金龟得。
巨鲸张嘴血流江，侏儒乾争烟雾黑。
一部山经知苍坤，万花世界掌云色。

[刎颈之交]wěn jǐng zhī jiāo

刎颈：割脖子：交：交情、友谊。[词源] 汉 · 司马迁《史记 · 廉颇蔺相如列传》："卒相与欢，为刎颈之交。"

本义 指能同生死共患难的朋友。如："他有两个闺中谈禅的密友，却是一个刎颈之交的娇妻。"（清 · 曾朴《孽海花》）

同义 生死之交、莫逆之交

反义 泛泛之交、点头之交

同义例句 他俩岂止是莫逆之交，自有过那次共同的遭遇后，他俩便已成刎颈之交。

对比例句 他俩共过患难，是刎颈之交，不是那种点头之交可相比的。

★〖刎颈之交〗

翻山跨岭共携手，狂啸大浪同渡舟。
桃苑三兄凝侠义，管公一曲叔牙俦。
破丝化蝶舞翩盼，鸳侣戏波伴旅游。
唯有乾坤丹颈绕，三生魂魄苍寰悠。

[问心无愧]wèn xīn wú kuì

[词源] 清 · 纪昀《阅微草堂笔记 · 槐西杂志一》："君无须问此，只问己心，问心无愧，即阴律所

谓善。”

本义 自己问自己的良心，也不感到愧疚。如：“……走正直诚实的生活道路，必定会有一个问心无愧的归宿。”（高尔基《时钟》）

同义 心安理得

同义例句 这件事虽然没办成，但我尽了力，可以问心无愧。而你临阵脱逃，负有不可推卸的责任。你就不能像我这样心安理得地休息。

灵活用法 亦作“扪心无愧”，如：“扪心无愧畏，腾口有谤讟。”（唐·白居易《和梦游春诗》）

★〖问心无愧〗

不负苍天诞此生，敞开胸宇问无愧。
雄鸡闻我唱天光，文曲挑灯同我縋。
脊骨刚椎鼎甲元，丹心碧血红忠瑞。
霜眉流睿传青丝，枫叶化泥妆绿魅。

[我行我素]wǒ xíng wǒ sù

素：平素，向来。[词源]《礼记·中庸》：“君子素其位而行，不愿乎其外。”柔石《二月》：“（陶岚）冷笑地答：‘笑骂由人笑骂，我行我素而已。’”

本义 不管外界如何议论，仍按自己一贯的做法行事。如：“在制导系统指引下，我行我素，外界干扰对我不起作用。”（朱毅麟《洲际导弹自述》）

同义 固执己见

反义 随波逐流

同义例句 大家提出了许多宝贵的意见，但他拒不接受，固执己见，依然我行我素，结果造成了不必要的损耗。

对比例句 很多人不甘清贫，在经商热潮的冲击下，随波逐流，纷纷抛弃了教科书，去开公司、办企业。而他却不为所动，仍我行我素，继续啃他的书本，尽职尽责地教着他的学生。

★〖我行我素〗

自诩神通斗兽王，万军碎卒扎枯冈，
纸兵浮彩轻风落，莽将埋头剑雨慌。
牛犊依母挨虎口，飞蛾亲火有光亡。
乱挥棍棒散鸳侣，死钻金瓶唯利殇。

[卧薪尝胆]wò xīn cháng dǎn

薪：柴草；胆：苦胆。[词源]汉·司马迁《史记·越王勾践世家》：“越王勾践返国，乃苦身焦思，置胆于坐，坐卧即仰胆，饮食亦尝胆也。”

本义 指越王勾践以柴草为卧具，经常尝胆的苦味，立志灭吴。形容决心报仇雪耻。如：“越王念复吴雠（chóu，即“仇”）非一旦也。苦身劳心，夜以继日，目卧则攻之以蓼，足寒则渍之以水，冬常抱冰，夏还握火。愁心苦志，悬胆于户，出入尝之，不绝于口。”（汉·赵晔《吴越春秋·勾践归国外传》）

比喻 现常喻指刻苦自励、发愤图强。含褒义。如：“仆受遗以来，卧薪尝胆。”（宋·苏轼《拟孙权答曹操书》）

同义 报仇雪恨、复仇雪耻与本义同义,圆木警枕、励精图治、深知砥砺、发愤图强与比喻义同义

反义 乐以忘忧、忍辱偷生、仰人鼻息与本义构成反义,自暴自弃、得过且过、饱食终日、乐天知命与比喻义构成反义

同义例句 中国足球队在世界杯外围赛被淘汰后,卧薪尝胆、发愤图强,终于在广岛亚运会夺得亚军。

对比例句 中国女排夺得五连冠后,斗志越来越差,在近年世界大赛中名落孙山,队员中有自暴自弃的表现。现在郎平执教,全队卧薪尝胆,决心再振雄风。

灵活用法 亦作“尝胆眠薪”“坐薪悬胆”。如:“陛下当坐薪尝胆之日,奈何以毬鞠细物动摇民间,使屠宰耕牛以供不急之用,非所以示百姓也。’(《金史·术虎筠寿传》)

读写辨误 尝,不能读成 sháng,不能写成“赏”。

★〖卧薪尝胆〗

温房花朵委风雨,安乐窝猪曲利刀。
卧柴刺肌思楚痛,胆汤清苦忆煎熬。
闻鸡剑舞强筋骨,挑烛夜红雄豹韬。
勾箭飞龙祛耻辱,践踏仇敌玺重操。

[无边无际]wú biān wú jì

际:边缘。[词源] 巴金《寻梦》:“前面是茫茫一片白雪,无边无际,我看不见路,也找不到脚迹。”

本义 指看不到边际,形容范围广阔。如:“啊,我思念那洞庭湖,我思念那长江,我思念那东海,那浩浩荡荡的无边无际的波澜呀!那浩浩荡荡的无边无际的伟大的力呀!”(郭沫若《屈原》)

同义 一望无际、广袤无垠

反义 一览无余、尽收眼底、一箭之地、一席之地

同义例句 在广袤无垠、无边无际的戈壁滩上,有一支驼队正在由东向西穿行。

对比用法 在无边无际的大海中有许多无名小岛,有些仅为一席之地。

灵活用法 亦作“无边无垠”。如:“黄与绿主宰着,无边无垠,坦荡如砥,这时如果不是宛若并肩的远山的连峰提醒……你会忘记了汽车是在高原上行驶。”(茅盾《白杨礼赞》)

★〖无边无际〗—漫雪

千里冰封大地净,万迢雪逸苍花梨。
晶莹凌柱鼎茅屋,剔透珠玑映洁颐。
浩莽霜雾蓬岛阙,指尖白玉雅仪姬。
啸风卷蝶月牙冷,寒絮窝中热气滋。

[无边无垠]wú biān wú yín

见 [无边无际]

[无的放矢]wú dì fàng sh

的:箭靶的中心;矢:箭。

本义 喻指说话、写文章或办事既不看对象又不切实际。如："马克思列宁主义和中国革命的关系，就是箭和靶的关系。有些同志却在那里'无的放矢'，乱放一通，这样的人就容易把革命弄坏。"（毛泽东《整顿党的作风》）

同义 对牛弹琴、语不择人

反义 有的放矢、一语中的、一针见血、对症下药

同义例句 这个孩子说话语不择人，有时竟没大没小的，无的放矢，乱说一通，令人讨厌。

对比例句 "不是为了要解决中国革命的理论问题、策略问题，而到马克思、恩格斯、列宁、斯大林那里找立场，找观点，找方法，而是为了单纯地学理论而去学理论。不是有的放矢，而是无的放矢。"（毛泽东《改造我们的学习》）

读写辨误 无，不能读成 wū（屋）；矢，不能写成"失"。

★〖有的放矢，无的放矢〗

三日有风驾草船，一梭乱箭送诸葛。
必拿空响惊飞禽，盲目捞针海底斡。
对犊弹琴弦曲殇，道禅中肯乾坤阔。
一针见血切膏肓，万马颠奔淝水遏。

[无动于衷]wú dòng yú zhōng

衷：内心。[词源] 清·李宝嘉《官场现形记》第三十三回："以至顶到如今，偏偏碰着这位将军是不轻易见客的，他见也好，不见也好，便也漠然无动于衷了。"

本义 内心未受到一点触动。形容对应该关心的事毫不关心。如："神圣的抗战，死了那么多的人，流了那么多的血，他都无动于衷。"（老舍《不成问题的问题》）

同义 漠不关心、漠然置之、麻木不仁

反义 闻风而动

同义例句 这事关系到你的前途，你怎么能麻木不仁，无动于衷？

反义用法 大家都闻风而动，只有他无动于衷。

贬义褒用 "他总是不爱说话，沉默地，像无动于衷的不断工作。"（丁玲《太阳照在桑干河上》）

★〖无动于衷〗—抗金

狼烟迭起硝烟漫，乌霭笼罗阁凤呛。
紫冠垂头轩冕降，朱门肉臭路骸凉。
赤身刺字忠精火，血水雾云旋舞枪。
泪雨风波呜战甲，江河破碎鹄鸿殇。

[无法无天]wú fǎ wú tiān

法：法纪。天：指天理。[词源] 清·曹雪芹《红楼梦》第三三回："你在家不读书也罢了，怎么又做出这些无法无天的事来！"

本义 指不顾法纪天理的行为。形容肆无忌惮、胡作非为。如："并且他自己也过着无法无天的、魔鬼一样的生活。"（郑文光《火刑》）

同义 目无法纪、胡作非为

反义 安分守己、遵纪守法、安

守本分

同义例句 现在有些不法分子胡作非为，制造假药坑害群众。人民政府对他们这种无法无天的行为进行严厉打击。

对比用法 这个无法无天的犯罪分子，经过劳动改造后，决心做一个遵纪守法的公民。

读音辨误 无，不能读成 wū(屋)。

★〖无法无天〗

圆直经纶旋日晷，乾坤道法筑纲常。
纣王烙炮向天炸，比叔丹心蛇穿膛。
妲己妖精迷社稷，姜翁金钓诱狐狼。
黎民揭竹横盔甲，周武旌旗竖殿堂。

[无关紧要]wú guān jǐn yào

紧要：急切的，重要的。[词源]清·李汝珍《镜花缘》第十七回："可见字音一道，乃读书人不可忽略的。大贤学问渊博，故视为无关紧要；我们后学，却是不可少的。"

本义 表示与急切的重要的事没有什么关系。如："钱塘江上游的富春江，早就给我许多幻想了，直到最近，才算了却了这个无关紧要的心愿。"（柯灵《散文选·桐庐行》）

同义 无关宏旨、无关痛痒、无关大局

反义 事关重大、非同小可、举足轻重、生死攸关

同义例句 把学习搞好最关键的是学习态度和科学的方法。至于与谁同坐这是无关紧要的事情，用什么笔做笔记则更是无关痛痒了。

对比例句 防火工作事关重大，千万不要把它看成无关紧要的事啊！

灵活用法 亦作"不关紧要"。如："那抚军听了备细，知道凤鸣岐是有名的壮士，其中必有缘故，况且苗总兵已死于狱……事也不关紧要。"（清·吴敬梓《儒林外史》第五十一回）

读音辨误 紧，不能读成 jǐng(井)。

★〖无关紧要〗

春芬蝶卉溢情窦，狐彩妖雾幻苍狗。
斋院念歪俗气庸，翰林风乱儒人朽。
一心磨铁棒成针，九犊续推泰岳抖。
不负旭光结学缘，方将才子鼎元首。

[无济于事]wú jì yú shì

济：帮助，补益。[词源]清·钱彩、金丰《说岳全传》第十三回："我岂不知贼兵众盛，就带你们同去，亦无济于事。"

本义 对事情没有什么帮助或益处。如"城内督标抚标旗满官兵，均奋勇出城决战，大将军仁慈不肯发令，以为无济于事也。"（《三元里抗英》）

同义 于事无补、杯水车薪

反义 不无小补

同义例句 大火已经包围了整

个小镇，仅靠脸盆水桶来扑救，已是杯水车薪，无济于事了。

对比例句 大家不要认为这件事采取任何办法都无济于事，张工程师提出的方案还是不无小补的，我们要尽可能减少损失。

书写辨误 于，不能写成“与”。

★〖无济于事〗

春晖舞蝶痴芳蜓，秋气浮霞恋媚蛏。
光景游嬉蹉华茂，泪零何染白头青。
悬梁刺股揽文曲，引雪挑灯映阙庭。
舍得一身风骨剐，敢咤日月行吾令。

[无家可归]wú jiā kě guī

[词源] 唐·陆贽《平朱泚后车驾还京大赦制》：“如无家可归者，给田宅，使得存济。

本义 指没有家可以回去。如：“……寒冷将铁路工人赶到这里，马车夫和穿得很单薄的无家可归的人们也来取暖。”（高尔基《母亲》）

同义 托足无门、流离失所、四海飘零

反义 容身之地、安家立业、日入而息

同义例句 旧社会军阀混战，在兵荒马乱的岁月，许多老百姓托足无门、无家可归，民不聊生。

对比例句 那些无家可归的劳苦大众，在党和政府的关怀下，纷纷安家立业，过上了幸福的生活。

书写读音辨误 归，不能写成“扫”。

★〖无家可归〗

烽燧弥漫剑雨狂，铁蹄肆掠鹿台荒。
江河破碎牛羊散，遍野哀鸿何处乡。
赤子丹心身献国，匹夫盔甲挺胸昂。
天矛地盾驱魔魆，笔岭墨浪维梓桑。

[无价之宝]wú jià zhī bǎo

[词源]《全唐诗·卷八百四·鱼玄机〈赠邻女〉》：“易求无价宝，难得有心郎。”《武王伐纣平话》卷上：“臣知西伯侯姬昌有一对琼瑶玉钏。此钏无价之宝也。”

本义 指无法用金钱估价的宝物。形容极贵重的东西。如：“小魏捡到钻石的消息一传开，小山村沸腾了。乡亲们都来看钻石，不时发出赞叹声……简直是无价之宝。”（《钻石》）

同义 稀世之宝、物华天宝、奇珍异宝、价值连城

反义 一钱不值、弃若敝屣、粪土不如、破铜烂铁

同义例句 这个案件反映的是开封博物馆被盗的情况。犯罪分子盗走的几十件文物，都是价值连城的无价之宝。

对比例句 我不识古董，以为是一文不值的破铜烂铁，哪晓得这是他家的无价之宝呢。

灵活用法 亦作“无价至宝”。如“他临去之时，赐我这种无价至宝，为赠答之物，名曰‘神煞棍棒’。”（《飞金龙传》第七回）

读音辨误 之，不能读成 zī（资）。

★〖无价之宝〗—情义无价

百岁人生千万念，苍茫尘俗价何昂。
金元船漂东流水，酒肉囊穿梦幻场。
蝶化双飞三世伴，鹊桥一聚昊坤长。
窥情风雨同舟渡，侠义雷光共铁肠。

[无精打采]wú jīng dǎ cǎi

精、采：精神。[词源] 清·曹雪芹《红楼梦》第二十五回："小红待要过去，又不敢过去，只得悄悄向潇湘馆取了喷壶而回，无精打采，自向房内躺着。"

本义 形容不高兴，没精神。如："早餐时，我无精打采地看着报纸，忽然发现下面这么一段，老实说来，我从来没有那么吃惊过。"（马克·吐温《竞选州长》）

同义 萎靡不振

反义 精神抖擞、神采奕奕

同义例句 "（杨子荣）无精打采地喘了一口粗气，然后像个病人一样萎靡不振地站在那里。"（曲波《林海雪原》）

反义用法 他出现在会场上，是那样神采奕奕，谈笑风生，一改平时独居时那副无精打采的样子。

灵活用法 亦作"没精打采"。如树缝里边漏着一两点路灯光，没精打采的，是渴睡人的眼。"（朱自清《荷塘月色》）

读写辨误 采，不能写成"彩"。

★〖无精打采〗

一心不在圣贤篇，万事蹉跎空茂年。
春暖花开嬉雀蝶，夏炎困顿好休眠。
人生有如碧蓝玉，风雨雕修晖彩眩。
剑舞笔挥强道骨，书华诗火甲榜传。

[无可厚非]wú kě hòu fēi

厚：重、过分；非：责难。[词源] 汉·班固《汉书·王莽传》："莽怒，免英官，后颇觉悟，曰：'英亦无可厚非。'复以英为长沙连率。"

本义 指不可过分责难。如："作者的动机无可厚非，但客观效果则不尽符合作者的动机。"（茅盾《一九六〇年短篇小说漫评》）

反义 一无是处

对比例句 不要因为这一件事，就把别人说得一无是处，这次失败本是多方原因造成的，他们所做的努力是无可厚非的。

书写辨误 厚，不能写成"后"。

★〖无可厚非〗

人非圣贤谁少过，横加指责自来错。
鸭翻赤壁毛烧飞，羽轻祁山街亭落。
大斧割疣伤指头，后弓破祖古今鏊。
金无足赤非完人，拇指短拳臂力博。

[无可奈何]wú kě nài hé

奈何：如何，怎么办。[词源] 汉·司马迁《史记·周本纪》："太史伯阳曰：'祸成矣，无可奈何！'"又：汉·刘向《战国策·燕策》："既已，无可奈何，乃遂收盛樊於期之首，函封之。"

本义 指没有办法。如："她从心底发出一声无可奈何的喟

叹。”（吴金良《醉人的春夜》）

同义 无计可施、束手无策

反义 胸有成竹

同义例句 眼见国内年年打仗，文人们却束手无策，无可奈何。

对比例句 只有他一个人胸有成竹，其他人都是一副无可奈何的模样。

★〖无可奈何〗

百年尘世千秋梦，弹指一挥牙齿松。
昨早梅竿嬉蝶卉，今宵耄耋守禅宗。
牛姑天地泪银浦，宝黛葬花寒月痈。
诗逸豪情酣众士，笔流兰墨史香浓。

[无米之炊]wú mǐ zhī chuī

见 [巧妇难为无米之炊]

[无穷无尽]wú qióng wú jìn

穷尽：完结。[词源] 宋·晏殊《踏莎行》：“无穷无尽是离愁，天涯地角寻思遍。”

本义 没完没了，很多、很长或很广阔。如：“无数的世界在无穷无尽的宇宙的广阔胸怀中产生、发展、灭亡，又重新产生……”（郑文光《火刑》）

同义 无尽无休、没完没了、漫无边际

反义 一目了然、一览无余、屈指可数

同义例句 宇宙是无穷无尽的，因此人们认识和改造世界的活动也是无尽无休的。

对比例句 无穷无尽的星辰错落密布于星空，很难一览无余。

读音辨误 尽，不能读成 jìng（镜）。

★〖无穷无尽〗

鸿鸾高达似人排，杳嶞峰峦绽艳腮。
黛岳汗泉飞瀑布，碧流蛇曲出茵苔。
蝶翩蜂舞绕芬馥，鄰闪鱼腾凤羽开。
苍狗随云轻逸散，青葱翠绿滚将来。

[无人问津]wú rén wèn jīn

津：渡口。[词源] 晋·陶潜《桃花源记》“……闻之，欣然规往。未果，寻病终，后遂无问津者。”

本义 没有人有兴趣去打听或尝试。如：“……而忧愁又是如此之多，以致便宜得几乎无人问津了。”（高尔基《时钟》）

反义 趋之若鹜、门庭若市

对比例句 看到别人那里门庭若市，而自己这边却无人问津，他心里真不好受。

读音辨误 津，不能读成 jīng（京）。

★〖无人问津〗

春煦拂窗贯府红，夏炎情寞悠蝉韵。
秋霜瑟瑟枯枝漂，冬雪漫漫黄道隐。
突入风云三甲衰，旦昏祸福九姻分。
樱花香粉鹜群趋，败叶朽门无有问。

[无所不为]wú suǒ bù wéi

为：做。[词源] 晋·陈寿《三国志·吴志·张温传》：“揆其奸心，

无所不为。”

本义 没有什么事不干的。常形容什么坏事都做得出来。含贬义。如：“从小就娇生惯养，也没念过书。长大了吃喝嫖赌，无所不为。”（《相声传统作品选·连升三级》）

同义 无恶不作、无所不用其极

反义 安分守己、不敢越雷池一步、遵纪守法

同义例句 这伙流氓经常骚扰四邻，无恶不作。他们无所不为的罪行引起了群众的公愤。

对比例句 这个流氓分子经过劳动改造之后，安分守己，再不像以前那样无所不为了。

读音辨误 为，在这里不能读成 wèi（味）。

★〖无所不为〗

金元膨胀吞天下，权杖乱飞茅屋危。
手向冕旒占太椅，口咬香玉揽娇眉。
税租瑶役枷黎庶，暴敛横征无不为。
苛政虎狼遭剑刺，枯骸朽殿恶徒碑。

[无微不至]wú wēi bù zhì

微：细小；至：达到。[词源]清·采蘅子《虫鸣漫录》：“将婚前数日，女从容白母曰：‘父为我制厚奁，无微不至，感且不朽。’”

本义 指没有一处细小的地方照顾不到。形容待人细心、体贴入微。含褒义。如：“兹生，你不知道当初他对我多么好，真是好得很。体贴、爱护、敬重，无微不至。”（巴金《化雪的日子》）

同义 无所不至、关怀备至、体贴入微

反义 漠不关心、不闻不问、冷酷无情、冷若冰霜

同义例句 王老师对我给予了体贴入微、无微不至的关怀，使我很受感动。

对比例句 父母亲对孩子的关怀总是无微不至的。孩子长大以后，也要孝敬父母，不能对他们采取漠不关心的态度。

读写辨误 至，不能读成 zì（字）；微，不能写成“徵”。

★〖无微不至〗

银汉横蛮月老牵，鸳鸯慕恋脖脐偎。
雨烟雷电守温凊，冷暖酸甜细品杯。
春夏秋冬枝叶伴，天涯海角北南陪。
乾坤床被茅房度，同苑共翩彩蝶瑰。

[无以复加]wú yǐ fù jiā

复：再。[词源]春秋·鲁·左丘明《左传·文公十七年》：今大国曰：“尔未逞吾志。敝邑有亡，无以加焉。”汉·班固《汉书·五莽传下》：“且令万世之后无以复加也。”

本义 指无法再往上增加。形容已经达到顶点。如：“但我敢断言，反改革者对于改革者的毒害，向来就并未放松过，手段的厉害也已经无以复加了。”（鲁迅《论“费厄泼赖”应该缓行》）

同义 登峰造极、不一而足、

不为已甚、叹为观止

同义例句 日寇实行“三光政策”，其残忍程度无以复加、登峰造极。他们在中国、在东南亚犯下了不可饶恕的罪行。

★〖无以复加〗

宫廷妖霾冕冠迷，纣王暴虐登峰极。
红光炮烙硝烟浓，黑暗蛇池血污黑。
比叔丹心狼狗叼，姜公钓竿魍蒐勒。
鹿台烽火焚邪魔，黎庶竿旗新殿直。

[无影无踪]wú yǐng wú zōng

踪：踪迹。[词源]元·吴昌龄《东坡梦》第三折：“你那里挨挨拶拶，闪闪藏藏，无影无踪。

本义 形容踪迹完全消失。如：“一袋烟已经抽完了，歇一口气，回头看看兔子还‘无影无踪’，迈着八字步，磕磕烟灰，慢慢溜达吧。”（苏光《笑的武器——浅谈华君武的‘动物’漫画）》

引申 形容一时不知去向。如：“那两百只小船，都装满了，一个人一把桨，如飞得棹起来，都穿入那小港中，无影无踪地去了。”（清·吴敬梓《儒林外史》第四十三回）

同义 百不一存、荡然无存、一干二净、踪影全无与本义同义，杳如黄鹤、不翼而飞与引申义同义

反义 班班可考、暴露无遗、层出不穷与本义构成反义，雪泥鸿爪、蛛丝马迹与引申义构成反义

同义例句 山洪暴发、大雨倾盆，把这座山边小村冲得无影无踪，一切百不一存。

对比例句 尽管冲毁村庄的洪水退得无影无踪了，但它冲刷的痕迹还班班可考，这为我们防范山洪提供了实证材料。

灵活用法 亦作“无踪无影”。如“大象自然不见，真空吸尘器也消失得无踪无影。”（萧乾《大象与大纲》）

读音辨误 影，不能读成 yǐn（引）；踪，不能读成 zhōng（中）。

★〖无影无踪〗

灯红酒绿胭脂薰，苑圃娥宫蝶梦豫。
弹指一挥青鬓银，镜中花月随烟去。
蹉跎春色空悲伤，诗腹书身诱惑御。
烛焰珠玑肴馔酣，墨兰山水璀芳誉。

[无忧无虑]wú yōu wú lǜ

虑：顾虑。[词源]元·郑廷玉《忍字记》二折：“我做了个草庵中无忧无虑的僧家。”

本义 没有一点忧愁和顾虑，表示心满意足，心情舒畅。如：“狂风吹不倒它，洪水淹不没它，严寒冻不死它，干旱旱不坏它。它只是一味地无忧无虑地生长。”（陶铸《松树的风格》）

同义 无牵无挂、高枕无忧

反义 牵肠挂肚、愁肠百结、忧心忡忡

同义例句 他是一个心情开朗、乐观豁达的人，面对生活，无忧无虑、无牵无挂。

对比例句 一切朝希望看，才会无忧无虑。人生不如意事常八九，万一发生不幸的意外事件，切忌惊慌失措，也不必忧心忡忡，应冷静处理。

★〖无忧无虑〗—桃花源

绿茵山涧隐桃源，红雨凡间洞外天。
日出耕耘霞夕歇，鸡龙相舞袅炊烟。
金禾翩眇梨飞雪，百卉琳琅碧酒鲜。
不见戟戈撑顶戴，但游庭院享天年。

[五彩缤纷]wǔ cǎi bīn fēn

五彩：各种色彩；缤纷：繁多交错。[词源]清·吴趼人《二十年目睹之怪现状》第四十三回："铺设得五色画的那一堂寿屏。"

本义 形容色彩鲜艳繁多。如："全城到处是灯彩，有的整条街都横竖悬挂着五色的灯串，人们好像出入在五彩缤纷的'烟火'里。"

同义 五光十色、五彩斑斓

反义 乱七八糟、一团乱麻、漆黑一团

同义例句 每逢佳节，天安门广场都披上节日的盛装。五彩缤纷的旗帜迎风招展，入夜后五光十色的彩灯灿烂辉煌。

对比例句 这里原来是一片乱七八糟的棚户区，现在经过开发后亦成了商业城，高楼林立，各式广告五彩缤纷、目不暇接。

灵活用法 亦作"五色缤纷"如："春到蝴蝶泉，自然别有景致。花卉盛开，泉水碧蓝，成千上万的蝴蝶，大的像春燕，小的如蜜蜂，纷纷飞到这里来聚会。色泽斑斓，五色缤纷，耀人眼目。"（存有《春到蝴蝶泉》）

读音辨误 缤，不能读成 bīng（兵）。

★〖五彩缤纷〗—桃源

一帘牍画绛桃开，五彩缤纷玉粉来。
梁祝蝶双林涧舞，牛姑相会鹊桥抬。
管鲍弦笛山悠曲，宝黛珠诗缀鹿台。
绿绮峰峦亭榭逸，雁鸿寰宇展天才。

[五湖四海]wǔ hú sì hǎi

五湖：指我国境内的五大湖；四海：古人认为我国四境有海环绕。[词源]《周礼·夏官·职方氏》："其浸五湖。"《论语·颜渊》："四海之内，皆兄弟也。"唐·吕岩《绝句》："斗笠为帆扇作舟，五湖四海任遨游。"

本义 原泛指我全国各地或全世界。如："我们都是来自五湖四海，为了一个共同的革命目标，走到一起来了。"（毛泽东《为人民服务》）

同义 四面八方、五洲四海

反义 一衣带水、一隅之地、盈盈一水

同义用法 我们都是来自五湖四海，为了一个共同的目标，从四面八方走到一起来，参加这项大型工程的建设。

对比例句 中日两国是一衣带

水的邻邦，并非远离五湖四海。这样有利的地理位置，为两国的经济往来、文化交流提供了便利的条件。

灵活用法 亦作“四海五湖”。如：“诸位看官，诸位老总，在下周游四海五湖，今日来到贵乡宝地，在家靠父母，出外靠朋友，有钱的帮钱，没钱的帮人场。”（黎汝清《叶秋红》下卷第四十二章）

读写辨误 四，不能读成 shì（世），里面两笔不能写成两竖，应写成“儿”。

★〖五湖四海〗

万端兴起随心动，寰宇生情遥远亲。
四海墨流飘汉酌，五湖纳腹溶华津。
纤江脉道连天下，敖广龙宫结比邻。
九曲汪洋平浊浪，一经论语厚坤臻。

[五颜六色]wǔ yán liù sè

[词源] 清·李汝珍《镜花缘》第十四回：“惟各人所登之云，五颜六色，其形不一。”

本义 指色彩繁多。如：“别的‘冷光源’，诸如五颜六色的霓虹灯、荧光灯、高压水银灯，都不断诞生。”（罗会明《海光》）

引申 指各色各样。如：“这在四川的拉夫史上是一桩奇迹，于是那些乡下人，哦了一声，立刻发出五颜六色的推测出来了。”（沙汀《凶手》）

比喻 指多种美丽的色彩。如：“到过罗马的人，见到这里的喷泉和古水道，定会赞叹不已。喷洒在空中的泉水，在阳光的照射下，呈现出一条条彩虹，如同五颜六色的绸锦飘扬在空中。”（石兄《古城罗马》）

★〖五颜六色〗

喜形于表粉花心，城府儒师笼簿衾。
绫缎五颜诗腹泻，素雅六色赋兰金。
宝哥纨绔逐蝴蝶，林黛咏歌寒月吟。
浓抹淡妆翰院丽，珠玑灿烂耀来今。

[物阜民康] wù fù mín kāng

见 [民康物阜]

X

[希世之珍]xī shì zhī zhēn

希世：世间少有；珍：珍宝。[词源] 元·欧阳玄《题紫微老人大字歌》：“家藏有此希世珍。”

本义 指人间极稀罕难得的珍宝。如：“乐官传视，皆曰：‘希世之珍也。’”（明·刘基《工之侨为琴》）

反义 多如牛毛

对比用法 这种旧书哪里是希世之珍，地摊上多如牛毛，不值得收藏。

灵活用法 亦作“希世之宝”。如：“这是一部宋版张君房刻本的《庄子》……要算希世之宝呢！”（清·刘鹗《老残游记》）

★〖希世之珍〗

和氏璧瑜碎大周，卧龙出御蜀峰起。
国难当顶儒为珍，安逸阙廷酣酒喜。
一口悬河淹乱夷，千斤方鼎压妖靡。
淘神顽石闹天宫，灿烂珠玑青史绮。

[稀奇古怪]xī qí gǔ guài

稀奇：少而奇特；古怪：离奇、不寻常。[词源] 清·刘鹗《老残游记》第十三回："这也罢了，只是你赶紧现你那稀奇古怪的案情罢。"

本义 指稀少、奇特的现象，使人感到诧异。如："也有那些书，不管里面说着一件什么稀奇古怪的事，因为作者没有语言上的功夫，弄得语言生硬起来，丑起来，使读者像夜间下着大雨走山道，绊绊磕磕，疲乏不堪，终于把书一丢，去寻好梦了。"（孙犁《好的语言和坏的语言》）

同义 离奇古怪、怪诞不经

反义 见怪不怪、不足为奇、司空见惯、屡见不鲜

同义例句《聊斋志异》通过稀奇古怪的狐鬼故事来表现触及当时社会现实生活的情形。读这部小说集确实使人感到离奇古怪。

对比例句 前几年刚看港台武打片时，我觉得有些情节稀奇古怪，武打设计也怪诞不经，现在看多了也就不足为奇了。

灵活用法 亦作"希奇古怪"。如："从古至今……从未有这般希奇古怪之事。"（清·西周生《醒世姻缘传》第七十四回）

书写辨误 怪，不能写成"怿"。

★〖稀奇古怪〗

聊斋幽屋青烟袅，窗牖隙缝渗夜妖。
牡艳花开梁祝脸，墙飘兰墨蝶魂招。
纤姿白骨迎玄奘，宝黛鸳鸯会鹊桥。
南柯酣嬉桃缘运，蒲公云梦绮怀逍。

[息事宁人]xī shì níng rén

息：平息；宁：安定。[词源] 南朝·宋·范晔《后汉书·章帝纪》："其令有司，罪非殊死，且勿案验；及吏人条书相告，不得听受，冀以息事宁人。"

本义 原指把矛盾纠纷平息下来，使有关的人安定下来，不再相互争斗。后指从中调整或自行让步，平息纠纷，使彼此相安，和睦相处。如："《自由谈》上的文字……加以蒲鞭者不少，但为息事宁人计，不如已耳。"（鲁迅《致黎烈文》）

同义 排难解纷

反义 惹是生非

同义例句 邻里之间发生矛盾是难免的。若出现争吵，就应采取息事宁人的态度，帮助双方排难解纷。

对比例句 你到处惹是生非，最后却总是要靠我去息事宁人，这样长久下去，谁受得了？

褒义贬用 "在某种条件下，'好好先生'确实能得到一些个人好处；在某些喜欢息事宁人的人看来，他们也许还算是'好人'。"

(高占祥《当说必说》)

读音辨误 息,不能读成 xí(习);宁,不能读成 lín(林)。

★〖息事宁人〗—玄奘

三藏慈书走海涯,双垂作揖躬乡霸。
屈从骨杖躲魔窟,匍匐利刀匿鬼蟒。
事事都安笑点头,人人皆好保浆华。
阿弥陀佛哪禅经,幸有金箍护汉厦。

[熙来攘往]xī lái rǎng wǎng

熙、攘:喧闹,纷乱的样子。[词源]汉·司马迁《史记·货殖列传》:"天下熙熙,皆为利来;天下攘攘,皆为利往。"

本义 形容人来人往,热闹非常。如:"街街巷巷熙来攘往的人群,有说有笑,呈现着一种繁荣的景象,欢乐的气氛。"(吴伯箫《难老泉》)

同义 络绎不绝、川流不息

反义 路断人稀

同义例句 节日的中山公园,游人熙来攘往,络绎不绝,呈现出一片欢乐的气象。

对比例句 昔日路断人稀的小村庄,今天已是熙来攘往的农贸市场了。

读写辨误 攘,不能读成 lǎng(朗);熙不能写成"照"。

★〖熙来攘往〗—贾府

贾庄真富门庭市,顶戴招摇领绮枝。
车水马龙三里鼓,熙来攘往万蹄吱。
绫罗天盖贵香阁,美女云飘驾鹭池。
一夜秋风横匾落,九重雪覆玉楼罹。

[熙熙攘攘]xī xī rǎng rǎng

见[熙来攘往]

[嬉皮笑脸]xī pí xiào liǎn

嬉:顽皮、轻佻。[词源]清·曹雪芹《红楼梦》第三十回:"你要仔细,你见我和谁玩过!有和你素日嬉皮笑脸的那些姑娘,你该问他们去!"

本义 形容嬉笑或面容不严肃的样子。如:"王福升:(向胡四丢个眼色,嬉皮笑脸的)干什么呀?"(曹禺《日出》)

同义 涎皮赖脸

反义 一本正经

同义例句 冯敬义涎皮赖脸道:"好不值钱的干儿子!你有多少干儿子、湿儿子,我还不知道!"看着他那嬉皮笑脸的样子,旁人不禁作呕。

对比用法 看着张老师一本正经的样子,他俩再也不敢嬉皮笑脸了。

★〖嬉皮笑脸〗—西门庆

金娇西门搭孽缘,淫窝绮梦伴缠绵。
嬉皮剑插桃花蕊,笑脸魂迷极乐眠。
云雨雷光风雾急,纲常伦理转身颠。
快心事过遭殃果,奸狗狐妖受毒鞭。

[习以为常]xí yǐ wéi cháng

习:习惯。[词源]《魏书·太

武五王传》:“将相多尚公主,王侯亦娶后族,故无妾媵,习以为常。”

本义 长期这样做,已经成为惯例常规。如:“汤夫人暗暗打量着这个‘江湖女侠’是否有轻浮举止和习以为常的风骚神情。”(姚雪垠《李自成》)

同义 习惯成自然、习与性成

反义 少见多怪、大惊小怪

同义例句 我家大小皆是如此,习以为常,反以吃茶为苦,竟是习惯成自然了。

对比例句 官场上多年如此,习以为常,你还不知,真是少见多怪。

★〖习以为常〗

饱撑易入暖被睡,酒足易飞虚蜃逍。
见到棺材方掉泪,刀横脖颈醒知饶。
习常泪水作燃料,惯以碾压猛弹跳。
亡羊补牢时不晚,闻鸡起舞战矛挑。

[洗耳恭听]xǐ ěr gōng tīng

洗:将耳朵洗净,表示郑重;恭:恭敬。[词源] 元 · 廷玉《楚阳公》第四折:“蓉小官洗耳恭听。”

本义 形容恭恭敬敬地专心倾听。如:“然而蒲和生低下头,洗耳恭听,唯唯称是,诚恳之态度似不像是装出来的。”(曾凡华、侯健《荡匪大湘西》)

引申 表示愿意听人讲话的客气话。如:请谈谈您的高见,我洗耳恭听。

反义 充耳不闻与本义构成反义

对比例句 如果你对大家的批评充耳不闻,那么别人也不会对你的意见洗耳恭听。

书写辨误 恭,不能写成“茶”。

★〖洗耳恭听〗

霾雾墨笼金玺暗,世尘蒙垢耳根聋。
一晨春雨山川绿,百日维新浊道通。
偏听侧翻兼听直,忠言逆耳铁心红。
涤祛污秽清灰野,沐浴净身洁昊空。

[喜出望外]xǐ chū wàng wài

喜:高兴;望:希望、意料。[词源] 宋 · 苏轼《与李之仪书》:“契阔八年,岂谓复有见日,渐近中原,辱书尤数,喜出望外。”

本义 指事情比希望得到的还要好。形容心里非常高兴。如:老班长到处找野菜,挖草根,可是光吃这些东西怎么行呢!一天,他在一个水塘边给我们洗衣裳,忽然看见一条鱼跳出水面。他喜出望外……

同义 大喜过望、喜从天降

反义 大失所望、祸从天降

同义例句 王奶奶想抱孙儿子,她把希望寄托在三媳妇身上。果然三媳妇生了一个胖小子。王奶奶喜出望外。抱着小宝贝连声说道“喜从天降,喜从天降!”

对比例句 同事告诉他马上要选新主管了,他喜出望外,认为非自己莫属,结果却是总部派来的新主管,令他大失所望。

读写辨误 出,不能读成 chú(除),不能写成“击”;喜,不能写成“吉”。

★〖喜出望外〗—范进中举

笔管挥毫当顶戴,蜡灯红蕊映花翎。
春秋挑烛梦元甲,冬夏酣游飞阙廷。
十载寒窗空面壁,一弹须白独身伶。
突然金榜从天降,喜泣癫疯嘴兔形。

[喜气洋洋]xǐ qì yáng yáng

洋洋:得意的样子。[词源]宋·范仲淹《岳阳楼记》:“登斯楼也,则有心旷神怡、宠辱偕忘,把酒临风,其喜洋洋者矣。”

本义用法 形容非常高兴而又十分得意、欢乐的样子。如:听人说“金皇后”要下驹了,槽跟前围了很多人,个个喜气洋洋。

同义 眉飞色舞、笑逐颜开、喜眉笑眼、得意洋洋

反义 愁眉苦脸、一筹莫展、忧心忡忡

同义例句 他打开录取通知书一看,乐得眉飞色舞,喜气洋洋地对我们说,“我考上重点大学啦!”

对比例句 同学们都在喜气洋洋地过节,只有王林一人愁眉苦脸。后来才知道他妈妈重病住院了。

书写辨误 喜,不能写成“吉”。

★〖喜气洋洋〗

闻鸡起舞画苍虬,驾驭晨光照四周。
朝蕴露珠明禅道,夜随星火梦乡游。
脚划彩霁翻云史,手拂心弦穿海州。
喜有诗书芳世界,洋洋得意馥春秋。

[下笔千言]xià bǐ qiān yán

言:字。[词源]明·张岱《雁字诗小序》:“余少而学诗,迨壮迨老,三十以前,下笔千言,疾如风雨。”

本义用法 一动笔就写出千万字的文章。形容文思敏捷,落笔成章。褒义。如:“十二三岁时,就下笔千言,皆以神童相待。”(张鸿《续孽海花》第三十五回)

同义 下笔成章、一挥而就、下笔如有神

反义 江郎才尽、才竭智疲

同义例句 江淹小时候聪慧过人,无论写诗作文,均是下笔千言,一挥而就。

对比例句 江淹年幼时,确有下笔千言、一挥而就的灵感。但老大之后,不再努力,也就江郎才尽了。

褒义贬用 指虽然一下就写出千万字的文章,但远离题意。如:“其结果,往往是‘下笔千言,离题千里’,仿佛像个才子,实则到处害人。”(毛泽东《反对党八股》)

灵活用法 也作“下笔万言“每有所著述,下笔万言,不加点窜,然恒以静夜为之,昧爽乃少休。”(鲁迅《小说旧闻钞·二十年目睹之怪现状》)

★〖下笔千言〗
千盘砚磨浓翰墨，一粒稠浆凝玉玑。
蜡烛潺潺流睿水，星光闪闪映文徽。
春秋简牍挂窗牖，南北程朱布桌几。
腹蕴诗书佳句喷，挥毫生卉万铅辉。

[下车伊始]xià chē yī shǐ

下车：比喻新官到任；伊始：初期，刚开始。伊，语气助词。[词源] 清 · 淮明百一居士《壶天录》卷上：“宁波宗太守湘文，当下车伊始，即自撰一联，悬于门首。”

本义 比喻刚到一个地方担任领导工作。如：“有许多人，‘下车伊始’，就哇喇哇喇地发议论，提意见，这也批评，那也指责，其实这种人十个有十个要失败。”（毛泽东《〈农村调查〉序言》）

同义 初来乍到、新官上任

同义例句 这位从基层上来的石校长，初来乍到，并不急于发号施令，而是深入师生中了解情况，听取意见，不像前面那位从教育局来的郭校长，下车伊始，便指手画脚，结果使本来就乱的教学秩序变得更乱了。

读音辨误 伊，不能读成 yǐn（引）或 yǔn（允）。

★〖下车伊始〗—新官上任
一轿上坐威风山，三把炬龙大地颤。
顶戴红珠炽焰腾，花翎利剑血光扇。
墨头子弹穿昆仑，杖椅座磐镇馆殿。
横竖有因咆哮雷，喉咙火气乌云卷。

[先斩后奏]xiān zhǎn hòu zòu

斩：砍头，杀头；奏，奏章，报告。[词源] 汉 · 班固《汉书 · 申用嘉传》：“吾悔不先斩错乃请之。”颜师古注：“言先斩而后奏。”

本义 现指未经请示先作处理，然后再向上级报告。如，“因为他（魏忠贤）是明嘉宗皇上的最宠信的太监，有先斩后奏的权力。”（《连升三级》）

同义 先行后闻

反义 先奏后斩、承风希旨

同义例句 张厂长说，购回这批物资是先行后闻。因为采购员有权抢购紧急物资，可以先斩后奏。

对比例句 在抗日民族统一战线中，我党领导的抗日民主政府有相对独立的自主权，凡有利于抗战的事，对国民党政府可以先奏后斩，也可以先斩后奏。

读音辨误 奏，不能读成 zhòu（宙）。

★〖先斩后奏〗—包拯
乌容心绛精忠国，白被剑锋除魍魉。
先斩毒瘤割恶徒，后书皇帝刚坚掌。
一身正气凛然尊，六戚不偏唯义仗。
明察秋毫辨细丝，同仁臣子乾坤朗。

[先知先觉]xiān zhī xiān jué

觉：对事物有所认识。[词源]《孟子 · 万章上》：“天之生此民也，使先知觉后知，使先觉觉后觉也。”

本义 指对事理的认识产生在事理发生之前。如："否认认识依赖于实践的那种先知先觉，对新萌芽的事物，一露头就能认识其全部意义和内部规律的人是不存在的。"（吴晗《说谦虚》）

同义 未卜先知、先见之明、料事如神

反义 事后诸葛、马后炮

同义例句 实践出真知，谁也不是先知先觉、料事如神的圣人。

对比例句 虽然我们不可能先知先觉，但能够能动地反映世界。那种事后诸葛的做法，是消极被动的。

读音辨误 觉，这里不能读成 jiào（叫）。

★〖先知先觉〗

文曲星光照圣贤，乾图天道入心田。
先知云雾借弓箭，预感鸿门杀气旋。
滕阁鹏飞王勃雁，曹冲稳坐象军船。
一句佛禅十春牍，老子廪生千古年。

[显而易见]xiǎn ér yì jiàn

显：明白、清楚；易：容易、不费力。[词源] 清 · 李渔《闲情偶寄 · 结构第一》："此显而易见之事，从无一人辩之。"

本义 指一下子可以看清楚。形容事情或道理非常明显。如："天上下雨，地面就湿；太阳出来，东西就容易晒干；火可以烧东西；水可以灭火。这些事情显而易见，都很好懂。"（秦牧《蛇与庄稼》）

同义 不言而喻、众所周知、在人耳目

反义 闻所未闻、见所未见、隐晦曲折

同义例句 他讲的都是些众所周知、显而易见的道理，让人很容易接受。

对比例句 任何事情都有难、易之分。读书也是一样。有的书写得通俗，道理显而易见，有的书写得隐晦曲折，故作高深，读起来味同嚼蜡。

★〖显而易见〗

夕曜隐峦青色浓，遐思腾跃凌苍穹。
星罗棋子北南布，易见玄机乾象通。
牛女银河拢鹊翼，云山连理窦情融。
雾氛辨杏红尘弥，风雨雷光酸楚中。

[相提并论]xiāng tí bìng lùn

并：并列一起。[词源] 清 · 文康《儿女英雄传》第二十七回："如今把他两个相提并论起来，正是艳丽争妍，聪明相等。"

本义 指把两者并列提出来加以评论。如："今之论者，常将'打死老虎'与'打落水狗'相提并论，以为都近于卑怯。"（鲁迅《论"费厄泼赖"应该缓行》）

同义 等量齐观、同日而语、混为一谈

反义 无与伦比

同义例句 鲁迅和郭沫若，他俩在现代文学史上的地位，常被人相提并论，等量齐观。因为他俩在

现代文坛上，并驾齐驱，成就辉煌，都留下了不朽的传世之作。

对比例句 鲁迅先生的小说、郭沫若的历史剧在现代文坛上齐放异彩，其文学成就可以相提并论，等量齐观。但鲁迅的杂文成就，就无与伦比、一枝独秀了。

灵活用法 也作“相提而论”。如“相提而论，是自明扬主上之过。”（汉·司马迁《史记·魏其武安侯列传》）

读写辨误 相，在这里不能读成 xiàng（向）；论，不能写成“伦”。

★〖相提并论〗

世界浩繁天各异，飞禽走兽语难通。
驹奔伯乐千迢远，牛对扬琴双耳聋。
尘世何为尊贱相，仕途怎论机缘同。
三生轮转哪将福，一曲缠绵蝴蝶梦。

[相依为命]xiāng yī wéi mìng

为命：维持生命。[词源]晋·李密《陈情表》：“臣无祖母，无以至今日，祖母无臣，无以终余年，母孙二人，更相为命。”

本义 指二人相互依靠生活着。形容谁也离不开谁。如：“死而复生的只有这些乱杂的败草。永逝不返的却是我们相依为命的慈母。”（郭沫若《棠棣之花》）

同义 唇齿相依、休戚与共、休戚相关

反义 不共戴天、誓不两立、你死我活、冰炭不容

同义例句 她自幼丧父，从小与母亲相依为命。母女俩唇齿相依度过了十八个春秋。

对比例句 原本是休戚相关的两个友好国家，居然一变成为势不两立的敌对国，国际风云也是变幻莫测的。

读音辨误 相，在这里不能读成 xiàng（向）；为，在这里不能读成 wèi（卫）。

★〖相依为命〗—万恶旧社会

黑云笼罩神州黑，猛虎咆哮箭雨夜。
枯骨堆山垒古城，饿殍臭肉遍茅舍。
兵荒戈戟碎銮轩，马乱铁蹄花朵谢。
乌血炮灰草命悲，寒风蓬屋空依嫁。

[项庄舞剑，意在沛公]xiàng zhuāng wǔ jiàn, yì zài pèi gōng

[词源]汉·司马迁《史记》载：项羽设鸿门宴，意图诳刘邦（沛公）至而杀之。席间，项羽令项庄假以舞剑助兴而伺机击杀刘邦于座上，为刘邦侍卫樊哙所阻，未得逞。

本义 比喻用虚假的言行作掩饰，以达到不可告人的目的。如：“在康有为之意，志在成名，如项庄舞剑，意在沛公，今见成名动也不动，已自愧悔。”（《晚清文学丛钞·大马扁》第四回）

同义 别有用心、醉翁之意不在酒

反义 直言不讳、旗帜鲜明、光明正大

同义用法 我看这是“项庄舞剑，意在沛公”，他一反常态地表现

出这么大的热情,肯定别有用心。

对比例句 他们拐弯抹角地提出了一大堆所谓"新举措",实际上是"项庄舞剑,意在沛公",是妄图全盘否定大会通过的决议。我们应揭穿他们的阴谋,同时也应直言不讳地对决议提出我们的不同看法和可行性修正意见。

读音辨误 项,不能读成hàng。

★〖项庄舞剑,意在沛公〗

恐怖鸿门起旋风,项庄舞剑向刘公。
指麋为马明刀晃,笑面妖魑暗箭攻。
声北击南孙膑法,醉翁迷蝶借醺疯。
兵如厌诈何知彼,百战不亡弦紧弓。

[像煞有介事]xiàng shà yǒu jiè shì

像煞:像极;介事:那样的事。[词源]《冷眼观》第十七回:"伲是女娘家,出门出路,归格客人,朝子伲忒出子眼睛,像煞有介事。"

本义 原指江浙一带方言,形容装腔作势,活像真有那么一回事似的。如:"然'国货年'是宣布了,'国货商场'是成立了,像煞有介事的,仿佛抗日救国全靠一些戴着假面具的买办多赚几个钱。"(鲁迅《南腔北调集·真假堂吉诃德》)

同义 装腔作势、装佯其象、炫玉贾石

反义 若无其事、一本正经、满不在乎

同义例句 妈妈问小明,花瓶是谁摔碎的?他装佯其象,像煞有介事地说:"我不知道。"

对比例句 自习课多数同学在一本正经地做作业,几个爱说笑的同学一见老师来了就像煞有介事地拿着书本应付起来。

灵活用法 亦作"煞有介事"。如"……亏漫画作者想得出来,偏偏画了这样一个煞有介事的挤奶者,穿着一件工作服,俨然一副认真挤奶的得意姿态,在公牛的腹部下正儿八经的地下工作者。"(苏光《笑的武器——浅谈华君武的'动物'漫画》)

读写辨误 煞,不能读成sā(撒);介,不能读成gài(盖);像,在这里不能写成"象"。

★〖像煞有介事〗—夸张

无钩神钓鳝鱼跳,虾米巨龟皆上套。
口若悬河奏凯旋,长平纸卒落坑道。
未投眸目见真容,却把耳听谣惑造。
言过其真簧舌唇,街亭失守败名倒。

[销声匿迹]xiāo shēng nì jì

销:通"消",消失;收敛;匿:隐藏;迹:踪迹。[词源]宋·孙光宪《北梦琐言》卷十一:"销声敛迹,惟恐人知。"清·李宝嘉《官场现形记》第二十八回:"他生平最是趋炎附势的,如何肯销声匿迹。"

本义 形容踪迹消失。如"北雁南飞,活跃在田间草际的昆虫也都销声匿迹。"(竺可桢《大自然的语言》)

引申 有时指不公开露面或隐藏起来。如:"但为着做到真正

‘销声匿迹’,按照闯王的意思将人马分作三股。”(姚雪垠《李自成》卷二)

同义 藏踪蹑迹、匿影藏形、声销迹灭与本义同义,不露声色、隐姓埋名、潜踪隐迹、藏之名山与引申义同义

反义 原形毕露、不可磨灭、死灰复燃与本义构成反义,抛头露面、招摇过市、大张旗鼓与引申义构成反义

同义例句 由于地壳的变动,中生代后恐龙全部声销迹灭,其他特大型动物也随之销声匿迹。

对比例句 “夫丰城之剑,鲛宫之珠……或上薄星辰,或折流洪涛,销声匿迹中自有不可磨灭者存。”(明·张钺《何大复先生遗集》序)

灵活用法 亦作“匿迹销声”。如:“黑八哥一干人也劝他,叫他暂时匿迹销声,等避过风头再作道理。”(清·李宝嘉《官场现形记》)

读写辨误 匿,不能读成ruò(若);销,不能写成“锁”。

★〖销声匿迹〗

尘寰污浊苛征恶,桃苑消沦牡菊枯。
玉兔躲藏寒月笼,蝶花飞往蜃楼孤。
观音慈露洒人世,情寞腾空驱老乌。
绿水青山融大地,鸳鸯翩舞白鹅湖。

[小巧玲珑]xiǎo qiǎo líng lóng

小巧:娇小、灵巧;玲珑:精巧细致,伶俐可爱。[词源]宋·辛弃疾《临江仙·戏为山园苍壁解嘲》:“有心雄泰华,无意巧玲珑。”郭沫若《革命春秋·创造十年》:“因为西湖的好处是在它的小巧玲珑,就像规模放大了的庭园:琵琶湖那样宏阔的大湖,是没有这种风味的。”

本义 形容东西小而精致。如:“鲁迅的书桌上刻着一个‘早’字。字是横着刻的,很像一个含苞未放的花骨朵,如一只小巧玲珑的火把。”

比喻 现有时形容体态轻盈的年轻少女。如:她身材纤细,显得小巧玲珑,是体操队的主将。

同义 娇小玲珑、袅袅婷婷、袅袅娜娜与比喻义同义

反义 庞然大物与本义构成反义,五大三粗与比喻义构成反义

同义例句 芭蕾舞中的小天鹅体态小巧玲珑。扮演它的女演员身材袅袅婷婷,跳起舞来真是楚楚动人。

对比例句 体操队的女运动员个个身材小巧玲珑;而那女子柔道队里的选手们都长得五大三粗。

灵活用法 亦作“玲珑小巧”。如:“而这一切,又使草虫显得更加玲珑小巧了。”(秦牧《粗犷与细腻》)

读写辨误 玲,不能读成lín(林),不能写成“铃”。

★〖小巧玲珑〗—林黛玉

宝贝厌烦寂寞仙,下凡荣府享华筵。
玲珑精致招人喜,小巧窈然图夙缘。

情实深深浓黛色,寒霜楚楚葬花年。
红尘何处泪涟直,风雨蝶花缠相绵。

[小题大做]xiǎo tí dà zuò

小题:原为明、清科举考试用语,指以“五经”文之法做“四书”文。引申为小题目、小事情。[词源] 清·曹雪芹《红楼梦》七十三回:“探春坐下,便问:‘刚才谁在这里说话,倒像拌嘴似的?’迎春笑道:‘没有什么,左不过他们小题大做罢了,何必问他? ’”

本义 比喻故意把小事渲染成很大或当作大事来处理,如:“看来这是小题大做。但在工作环节太多的时候,这样做就非常有必要了。”(华罗庚《统筹方法》)

同义 借题发挥与本义同义

反义 大题小做与本义构成反义

同义例句 有的文章标题范围较小,但可以小题大做,也可以借题发挥。

对比用法 题目小,可以小题大做;题目大,可以大题小做。关键在于要写得有新意、深度和力度。

灵活用法 亦作“小题大做”。如:“中央认为,今天必须反复强调坚持四项基本原则……中央这样提出问题,是不是小题大做? 不是的。情况的发展使党不能不这样提出问题。”(《邓小平文选·坚持四项基本原则》)

★〖小题大做〗—虚浮

蝌蚪字符镶凤桐,墨缸蛆卵跳龙宫。
芝麻浮眼彭瓜果,蜡烛青光灯笼红。
抓住尾巴邀爵赏,轻舟掀起大浪风。
小猴终是萝蒿子,昆岳雄才世界隆。

[心安理得]xīn ān lǐ dé

理得:合乎情理。[词源] 茅盾《创造》:“说她是心安理得地乐于她的活动罢,也似乎不像。”

本义 自以为合乎情理,心情安适。如:“也还有一些人认为现在已经生活得差不多,甚至感到已经满足,心安理得,不想再前进一步。”(陶铸《崇高的理想》)

同义 问心无愧

反义 惶恐不安

同义例句 看他那问心无愧的样子,出了一点力就觉得了不起,任务还没有完成,就心安理得了。

对比例句 因为他没出什么大力,所以庆功会后,别人都心安理得地领取了自己的那份奖品,而他在拿到奖品后,一直都惶恐不安。

灵活用法 亦作“心安神泰”。如:“噩梦不生,心安神泰。”(清·西周生《醒世姻缘传》第一百回)

★〖心安理得〗

灵星入世何将为,般曜霓辉莫负行。
文曲烛灯晖鼎甲,精忠报国献丹诚。
满腔香墨芳青汗,双手擎天雄壮横。
无枉亏骞潇洒渡,心安理得慰人生。

[心潮澎湃]xīn cháo péng pà

澎湃：波涛起伏的样子。

本义 形容心情十分激动。如："毛主席作了关于地质和石油的一系列指示，李四光听了心潮澎湃。"（徐迟《地质之光》）

同义 浮想联翩、思潮起伏

反义 心灰意冷、心如死灰

同义例句 我听了巡回报告团的事迹，不禁心潮澎湃，浮想联翩。

对比例句 我虽然心灰意冷，但在这样的时刻，也不能不心潮澎湃，为之雀跃。

读音辨误 湃，不能读成 bài（败）。

★〖心潮澎湃〗—激情涌

题名金榜心花放，婚轿梦欢贵子降。
碧血沸腾山火喷，实情奔涌蝶衫绛。
胸如海浪翻乾坤，身似赤龙舞九江。
百载沧桑几许奇，一杯酌酒万难降。

[心驰神往]xīn chí shén wǎng

驰、往：向往。

本义 指对某种事物或境界非常倾慕和向往。如："老舍先生的笔法是老练的。一篇千字文竟能展示出这么生动的、令人心驰神往的境界，这非有大的功力不可。"（吴炫《一幅恬淡明丽的春之图——读老舍〈济南的冬天〉》）

同义 令人神往

同义例句 他很少出门，对风景胜地黄山早就心驰神往。其实，除黄山外，还有许多名山秀川和名胜古迹也同样令人神往。

读写辨误 驰，不能读成 chì（赤），不能写成"弛"。

★〖心驰神往〗—梦乡

猛虎蝎蛇潜陋室，不堪困扰梦蓬莱。
春光灿烂百花艳，鸳侣戏波蝶舞来。
日出而耕霞落息，稻鱼飘馥蕙肴开。
窗明几净书声朗，翁老琴悠铜雀台。

[心甘情愿]xīn gān qíng yuàn

心甘：乐意，愿意。[词源]元·关汉卿《蝴蝶梦》第三折："他便死也，我也甘心情愿。"

本义 心里完全愿意，毫不勉强。如："为了挽救六十一位同志的生命，在这重要的时刻，就是冒天大的危险，他们也心甘情愿！"（《中国青年报》记者《为了六十一个阶级兄弟》）

同义 自觉自愿

反义 勉为其难

同义例句 这是他心甘情愿的事，成与不成，他都不会有什么的，事情靠自觉自愿地去做就好办了。

对比例句 人家不心甘情愿，你们就不要勉为其难了。

灵活用法 亦作"甘心情愿"。如："还必须使全国广大人民群众觉悟，甘心情愿和我们一起奋斗，去争取胜利。"（毛泽东《愚公移山》）

读音辨误 心，不能读成 xīng（星）。

★〖心甘情愿〗

风云榜单显荣耀，英雄不惜攀蜀道。
烛火燃眉旺元鼎，晨光啸风磨寒刀。
腹胀浓墨喷珠玑，背刺血字精忠报。
脊髓作梯凌云霄，脑袋花开红樱桃。
铁索桥上走豪武，风雨雷电见英豪。
唯有牺牲多斗志，敢叫日月换新韶。

[心慌意乱]xīn huāng yì luàn

心、意：情绪，心情。[词源] 清 · 吴趼人《二十年目睹之怪现状》第十八回："孩儿自从接了电报之后，心慌意乱。"

本义 指心理上受到刺激而产生害怕和不稳定的情绪。如："别里科夫心慌意乱，匆匆忙忙地穿大衣，脸上带着恐怖的神情。"（契诃夫《装在套子里的人》）

同义 方寸已乱、心烦意乱

反义 从容不迫

同义例句 他心慌意乱地跑上场，连传了两个失误球，使全队士气大减，连教练也惊慌失措，方寸已乱。

对比例句 眼看特务就要搜查那口皮箱了，小黄不由得心慌意乱起来，而老张则从容不迫，暗暗地捏紧了小黄的手。

书写辨误 慌，不能写成"荒"。

★〖心慌意乱〗—弦风碎马(空城计)

乌霭压头楼欲摧，孤竿残旆雾烟靡。
高台笙曲镇风云，匹士颤巍小腿跪。
城阁丽歌飘逸悠，墙门曹魏恐惶死。
一钟琴啸雷咆哮，万马嘶鸣兵卒毁。

[心灰意冷]xīn huī yì lěng

心、意：心思、意志；灰、冷：消沉、痛极。[词源] 朱仲玉《南唐演义》："唐公说便如此说，却十分过意不去，心灰意懒。"

本义 形容灰心丧气，意志消沉。如："这岔道口分岔出两条路：一条是心灰意冷、一蹶不振的路，这路通向彻底的失败，这时的失败才是真正的失败……"（岑桑《失败是个未知数》）

同义 万念俱灰

反义 雄心勃勃

同义例句 柴大人听了更觉凄凉，一时心灰意冷、万念俱灰。

对比例句 扫荡胡尘，射落胡星，是他雄心勃勃的志向，如今几经挫折他也心灰意冷了。

灵活用法 亦作"心灰意懒"。如："谁也没有理由因为自己缺乏某一方面的能力而悲观失望，心灰意懒。"

读音辨误 冷，不能读成 lěn。

★〖心灰意冷〗

万夫拥挤独绳桥，孤马落汤垂首叹。
烛夜书刊飞纸鸢，晨光刀剑睡银汉。
落花流水歇兰亭，柳暗花明又一岸。
墨罐醉酣幻聊斋，观园铺竹红楼灿。

[心口如一]xīn kǒu rú yī

[词源] 清 · 文康《儿女英雄

传》第二十回："你家这个姨奶奶虽说没什么模样儿，可倒是个心口如一的厚实人儿。"

本义　指心里怎样想，嘴里就怎样说。形容为人诚实、直率。如："一个真正的人，总是以诚为荣，以伪为羞，不隐藏真相，不文过饰非，心口如一，磊落光明。"（周汉晖《谈诚实》）

同义　表里如一、披心相付、言行一致

反义　心口不一、口是心非、言行相诡

同义例句　他待人处事心口如一，言行一致，是值得信赖和尊敬的。

对比例句　我大哥为人豪爽，直言敢谏，心口如一。他对那些口是心非、阳奉阴违的人非常反感。

读音辨误　心，不能读成 xīng（星）；如，不能读成 yú（鱼）。

★〖心口如一〗

乌云密布乾坤暗，浑水搅泥红鲤殃。
碧血丹心唇舌绛，直肠倒豆里边荡。
比干谏疏冲天阙，黑脸包公白刃锵。
两面三刀油煎待，肺怀春煦锦旗扬。

[心旷神怡]xīn kuàng shén yí

旷：开朗；怡：愉快。[词源] 宋·范仲淹《岳阳楼记》："登斯楼也，则有心旷神怡，宠辱偕忘，把酒临风，其喜洋洋者矣。"

本义　形容心境开阔，精神畅快。如："这枕抱着呵，骨清毛爽；靠着呵，心旷神怡；枕着呵，梦断魂劳。"（明·无名氏《三化邯郸》第二折）

同义　游目骋怀

反义　心烦意乱

同义例句　如：雨后初晴，山上林木葱郁，岸边草青沙白，湖上帆影深波，鱼跃镜面，真叫人游目骋怀、心旷神怡。

对比例句　看你心烦意乱的样子，不如去一趟莲花山，登上山顶，你就会觉得心旷神怡，愁云尽扫。

灵活用法　亦作"心神旷怡""心爽神怡"。如："兰儿心爽神怡，也不管他是什么名地。只是随行随赏，目不胜接。"（《慈禧太后演义》）

读音辨误　旷，不能读成 guǎng（广）；怡，不能读成 tái（台）。

★〖心旷神怡〗—美景

手掌尖头悬紫阙，脚跟底下弥宫怡。
如来五指鼎苍宇，月姊青衫绿柳眉。
蛟蜃翻飞穿溶洞，鸳鸯翩舞戏天池。
泉酣风醉乾坤幻，人鸟旋峰逸鹤诗。

[心满意足]xīn mǎn yì zú

[词源] 明·施耐庵《水浒传》第三十二回："武松道：'我方才心满意足，走了罢休。'"

本义　心中非常满足，称心如意。如："使匈奴和汉人真正成为一家，在我就心满意足了。"（郭沫若《蔡文姬》）

同义　称心如意、如愿以偿

反义 大失所望

同义例句 丁香花的芳香更加浓郁。浓郁的香气令人联想起最称心如意的事，使人感到心满意足。

对比例句 大失所望的丁楠颓然地倒在沙发上，而李林却在一旁心满意足地看着自己的猎物。

★〖心满意足〗

百年人世千年梦，几番炼丹万古红。
晨旭驾光飞紫阁，挑灯摘月得珠珑。
龙门腾跃凌云榜，碧血风波青汗功。
脊髓架梁芳宝塔，肌肤烈焰映熙鸿。

[心心相印]xīn xīn xiāng yìn

相印：相通[词源]唐·裴休《圭峰定慧禅师碑》："但心心相印，印印相契，使自证知光明受用而已。"

本义 彼此想的一样，情意相通。如："群众领袖本没有和段祺瑞等辈心心相印，也未曾互相沟通，怎么能料到这阴险的辣手。"（鲁迅《空谈》）

同义 心有灵犀一点通

反义 同床异梦

同义例句 他俩心心相印，这次又不约而同地报名去边疆。在动员会上，两人只交换了一下眼神，便知道了对方的心意，真是心有灵犀一点通。

对比例句 看看人家夫妻心心相印，再想想同床异梦的丈夫，她又是嫉妒，又是伤心。

灵活用法 亦作"心心相通"。如："现在这字条将诉说他们的一切，解答她的种种疑问，使她与他们心心相通……"（叶圣陶《夜》）

★〖心心相印〗—梁祝

两颗丹心共蔓窗，一条砚桌结金堂。
眉来电闪点灵火，眼去秋波情实长。
春夏鸳鸯戏碧水，秋冬连理绕扶桑。
天姻缘分人间爱，地化蝶飞谐俪妆。

[心悦诚服]xīn yuè chéng fú

悦，高兴、愉快；诚，真心诚意；服，服气。[词源]《孟子·公孙丑上》："以德服人者，中心悦而诚服也。"宋·陈亮《与王季海丞相书》："独亮之于门下，心悦诚服而未尝自言，丞相亦不得而知之。"

本义 指真心而诚恳地佩服。如：我心悦诚服地点着头，感到这山民的几句朴素的话似乎包蕴着意味深长的哲理。

同义 口服心服、心折首肯、五体投地

反义 口是心非、阳奉阴违、口服心不服

同义例句 这道数学题我们几个人做了半天都未算出来，林兵同学一看，提笔就解出来了。他的算法看得我们口服心服，对他巧妙的演算能力，我们都心悦诚服。

对比例句 我跟弟弟谈了半天贪玩的危害性，他表面上点头赞许，并未心悦诚服。没过几天，老毛病复发，这个口是心非的小淘气

被爸爸狠狠地教训了一顿。

读音辨误 悦，不能读成 ruì(锐)。

★〖心悦诚服〗

心高不及圣贤德，刚毅何强睿智铁。
孟获七擒臣略谋，张飞一战服聪哲。
笔冲茅屋翰林誉，力拔山兮钦佩绝。
敬仰墨流壮海河，磨针穿岳碎冰雪。

[欣喜若狂]xīn xǐ ruò kuáng

欣喜：快乐、高兴的样子；若：好像；狂：失去控制。[词源]唐·杜甫《闻官军收河南河北》："却看妻子愁何在，漫卷诗书喜欲狂。"吴玉章《辛亥革命》："当清朝政府假意宣布预备立宪的时候，他们欣喜若狂，积极组织立宪政党，准备回国去做清朝的立宪功臣。"

本义 形容高兴到了极点。如："体育馆里，美国队欣喜若狂，她们在为自己以三比零战胜去年的世界杯冠军中国队而欢呼、跳跃。"(孙杰《金杯之光》)

同义 喜不自胜

反义 悲痛欲绝、闷闷不乐

同义例句 北京国安队战胜意大利足坛劲旅 AC 米兰队时，队员们欣喜若狂，球迷们也喜不自胜。

对比例句 巴西队夺得九四年世界杯冠军时，他们举国上下欣喜若狂，喜不自胜；而意大利队队员们几乎悲痛欲绝。

灵活用法 亦作"欣喜欲狂"。如："十月的一天，会场上传来了国民党第三军在清风店全军被歼的捷报，我们欣喜欲狂。"(丁玲《杜烽剧作选》序)

读写辨误 欣，不能读成 xīng(星)，不能写成"心"。

★〖欣喜若狂〗

金榜飞来长翅膀，红尘风雨逸仙堂。
三元鼎立花翎冒，九品云梯手舞狂。
花烛月圆芳酊馥，羁栖他国遇同乡。
泪珠不为伤心弹，酣酒只唯共屈仰。

[欣欣向荣]xīn xīn xiàng róng

欣欣：草木生长旺盛的样子；荣：繁茂。[词源]晋·陶渊明《归去来辞》："木欣欣以向荣，泉涓涓而始流。"

本义 指草木生长得繁盛。形容自然界充满生机。如："庭前偶植梧桐二本，总似人长，日携清泉洗之，欣欣向荣，越益繁茂。(清·文康《儿女英雄传》第二十九回)

比喻 现常喻指精神振奋，事业兴旺发达。含褒义。如："欣欣向荣的 1984 年开始了，我国社会主义音乐文化前景怎样呢？新的一代大有人在，比我们老得强，威武雄壮的戏要靠他们演出。"(贺绿汀《新年展望》)

同义 生机勃勃、蒸蒸日上、如日方升与本义、比喻义同义

反义 死气沉沉、奄奄一息、日薄西山、江河日下与本义、比喻义构成反义

同义例句 改革开放的春风，使祖国大地出现一派欣欣向荣的景象，不少企业生机勃勃地步入市场，开拓进取。

对比例句 凡是思想解放、真抓实干的企业都露出欣欣向荣的气象，而那些因循守旧、不思进取的企业仍旧是死气沉沉。

读写辨误 欣，不能读成 xīng（星），不能写成"新"。

★〖欣欣向荣〗

陶令惊呼桃苑异，山川绿雾繁花绮。
车龙蜿旋弓波桥，摩塔凌霄齐鹤椅。
商品琳琅满眼霞，倩姑飘逸整街喜。
学斋书曲跳青春，亭阁老翁悠悦耳。

[行将就木]xíng jiāng jiù mù

行将：即将，就要；就木，进入棺木。[词源]春秋·鲁·左丘明《左传·僖公二十三年》："（重耳）将适齐，谓季隗曰：'待我二十五年，不来而后嫁。'对曰：'我二十五年矣，又如是而嫁，则就木焉。'"

本义 指快要进棺材了。比喻即将死亡。如："其中包括前期遗老、民国新贵、大地主和大绅士……而绝大部分都是行将就木的老古董。"（陶菊隐《北洋军阀统治时期史话》）

同义 奄奄一息、风烛残年

反义 生气勃勃、如日中天

同义例句 在旧中国行将就木、奄奄一息之际，国民党将领纷纷起义，站到了人民这一边。

对比例句 我们虽都老了，行将就木，但看到倾注了我们心血的事业如日中天，生气勃勃，一派兴旺景象，我们毫无遗憾。

★〖行将就木〗

春蚕临绝丝方尽，蜡烛将幽泪始干。
莫等青云全鬓白，蹉跎耄耋空悲寒。
挑灯星摘揽文曲，闻唱舞鞭唯国安。
两手余香留汉史，百年人世少遗叹。

[行若无事]xíng ruò wú shì

行：行动，办事；若：好像。[词源]《孟子·离娄下》："禹之行水也，行其所无事也。"

本义 举止镇静，如同没事一般。形容在紧急关头镇静如常。如："'我不怕！他要告，先拿他们办了！'……万太尊说罢，行若无事。"（清·李宝嘉《官场现形记》）

引申 引申为对坏人坏事听之任之，不闻不问。如："听了不正确的议论也不争辩，甚至听了反革命分子的话也不报告，泰然处之，行若无事。这是第六种。"（毛泽东《反对自由主义》）

同义 泰然自若、旁若无人与本义同义，满不在乎、不闻不问与引申义同义

反义 惊慌失措、坐立不安与本义构成反义

同义例句 看到这幅惨景，他们竟然行若无事、满不在乎地走着。

对比例句 他平时见了稍阔一

点的人已经坐立不安；更不要说这次见到了道台大人，就更不能行若无事了。

★〖行若无事〗—聊斋

冷风嗖嗖茅棚颤，幽僻频频灵火延。
妖怪飘然侵卧室，狐骚弥漫室休眠。
但行食宿似无见，只作爱妃冥府缘。
蝴蝶心仪妍荷馥，阴阳天地藕丝连。

[形影不离]xíng yǐng bù lí

形：形体、身体。[词源]《吕氏春秋 · 卷十四》：“圣人之见时，若步之与影不可离。”清 · 纪昀《阅微草堂笔记》卷二：“青县农家少妇，性轻佻，随其夫操作，形影不离。”

本义 指像影子相伴着身体那样一刻也分不开。形容关系非常亲密。如：陈明和我每天一块儿上学、回家，一块儿温习功课。我们成了形影不离的好朋友。

同义 形影相随、形影相依、情同手足

反义 形单影只、形影相吊、孑然一身

同义例句 他俩情同手足，经常形影不离，上学玩耍都在一起。

对比用法 常言道：少时夫妻老来伴。人到老年有个形影不离的伴侣是幸福的。如果孑然一身、形单影只那就很凄凉了。

读音辨误 影，不能读成 yǐn（引）。

★〖形影不离〗

一月皓盘生二魄，两厢本我玉临风。
挥之不去灵和肉，结发连肢濡沫融。
滴滴汗珠满粮库，涓涓笔墨史河充。
同心日晷正天下，阴阳皆因向赤衷。

[兴高采烈]xìng gāo cǎi liè

兴：兴致，情绪；采烈：神采飞扬，精神饱满。[词源] 南朝 · 梁 · 刘勰《文心雕龙 · 体性》：“叔夜俊侠，故兴高而采烈。”

本义 形容很高兴的样子。如：“华连卡也骑着自行车来了，涨红了脸，筋疲力尽，可是快活，兴高采烈。”（契诃夫《装在套子里的人》）

同义 喜气洋洋

反义 垂头丧气

同义例句 去春游的路上，同学们个个都兴高采烈，喜气洋洋。

对比用法 大家正垂头丧气，以为申请不会被批准了，杜小雅兴高采烈地跑来告诉大伙儿：学校又重新考虑了我们的申请，最后终于批准了！

读写辨误 兴，不能读成 xìn（信）；采，不能写成“彩”。

★〖兴高采烈〗

绿茵红缎点春光，粉黛清芬学府香。
兰墨珠玑浓郁翰，朗风翻页奏佳音。
煦波伴曲鸟儿唱，碧树流萤耀阁房。
眉闪蝴蝶桃拢艳，象牙塔殿绽天堂。

[兴致勃勃]xìng zhì bó bó

勃勃：旺盛的样子。[词源]清·李汝珍《镜花缘》第五十六回："谁知他还是兴致勃勃道：'以天朝之大，岂无看文巨眼。'"

本义 形容兴趣高，情绪很好。如："带动年轻人，挎起背包，兴致勃勃，朝岱宗坊出发了。"（李健吾《雨中登泰山》）

同义 兴会淋漓、兴高采烈

反义 兴味索然

同义例句 李大叔面对兴高采烈的孩子们，兴致勃勃地讲起当年从敌人重围中脱险的故事。

对比例句 这本书对于一般人来说，可能会被看作是索然无味的，可他却读得兴致勃勃、爱不释手。

读写辨误 兴，这里不能读成xīng（星）；致，不能写成"至"。

★〖兴致勃勃〗—传道解惑

晨旭引车奔学斋，思维回荡夜批改。
眼望学子兴趣昂，心里企怀知识载。
口若悬河倒睿聪，手挥足蹈浪诗海。
返程冥思放欠教，蜡烛又翻书卷彩。

[衅起萧墙]xìn qǐ xiāo qiáng

见[祸起萧墙]

[凶多吉少]xiōng duō jí shǎo

凶：不吉利、不幸。[词源]明·冯梦龙《东周列国志》第三十二回："公主抱病半月，被奸臣隔绝内外……世子此梦，凶多吉少。"

本义 指凶险兆头多，吉祥兆头少。如："明知凶多吉少，而闻先生大无畏地在群众大会上，大骂特务，慷慨淋漓，并指着这群败类说：'你们站出来！你们站出来！'"（臧克家《闻一多先生的说和做》）

同义 险象环生

反义 趋吉避凶、化险为夷

同义例句 看看这险象环生的阵势，此番前往，定是凶多吉少，你可要倍加小心。

对比例句 大家都说这次迎战是凶多吉少，就看陈康如何临场发挥、化险为夷了。

读写辨误 吉，不能写成"喜"。

★〖凶多吉少〗—风波血

八百路程驰界关，一支令箭战旗断。
前方勇士死沙场，后殿奸臣苟且钻。
笑虎嘴张不吐飧，风波亭阁血流叹。
正邪因果皆符应，卑佞伏从英杰汉。

[凶神恶煞]xiōng shén è shà

神、煞：鬼怪。[词源]《元曲选·桃花女》："遭这般凶神恶煞，必然板僵身死了也。"

本义 指凶恶的神灵。如：那时候一提骷髅，简直像凶神恶煞一样，充满了恐怖和神秘之感。

比喻 比喻凶恶的坏人。如："大家一看见金四和那些凶神恶煞

的家丁，就知道是怎么一回事了。”（马忆湘《朝阳花》）

同义 穷凶极恶与比喻义同义

反义 慈眉善目与比喻义构成反义

同义例句 侯殿坤一副凶神恶煞的样子，穷凶极恶地宣布“谁也不许收尸。”

对比例句 杨老太太这副慈眉善目的样子，与传闻中的凶神恶煞实不相称。

★〖凶神恶煞〗—西游记

仁佛之途千里远，路漫行道一心建。
披荆斩棘山川汗，降怪除妖碧血献。
青面獠牙无所惶，凶神恶煞套箍圈。
正邪博弈精诚团，丹炼成仙得如愿。

[汹涌澎湃]xiōng yǒng péng pài

汹涌：水猛烈上涌的样子；澎湃：波浪互相撞击。[词源] 汉 · 司马相如《上林赋》：“沸乎暴怒，汹涌澎湃。”（沸乎：水涌起的样子）

本义 形容水势很大，波浪互相撞击，发出巨响。如：“我向下俯视，从昆仑山上冲激下来两条汹涌澎湃的巨流。”（刘白羽《昆仑山的太阳》）

比喻 比喻声势浩大，不可阻挡。如：“南方的革命浪潮一天天汹涌澎湃起来了。”（冯玉祥《我的生活》）

引申 引申为形容感情强烈、奔放、不可抑制。如：“可是，内心的激动是抑制不住的、汹涌澎湃的感情还是在不知不觉中流露出来。”（杨植霖《王若飞同志在绥远狱中》）

同义 波澜壮阔与本义，比喻义同义

反义 水波不兴、风平浪静与本义，比喻义构成反义，心如止水与引申义构成反义

同义例句 明末农民战争汹涌澎湃、波澜壮阔，动摇着明朝的腐朽统治。

对比例句 今天海上波涛汹涌澎湃，与昨日的风平浪静相比，又是另一道风景。

★〖汹涌澎湃〗

江水咆哮东海向，汗青汩汩启明航。
蚍蜉挡道车轮辗，蚂蚁摇枝叶压亡。
百舸争流千类竞，三元鼎立状元香。
梁正塔耸昂轩宇，朗朗乾坤粮满仓。

[胸有成竹]xiōng yǒu chéng zhú

胸：心里；成：已长成的。[词源] 宋 · 苏轼《文与可画筼筜（yùndàng：大竹子）谷偃竹记》：“故画竹，必先得成竹于胸中。”宋 · 晁补之《赠文潜甥杨克一学文与可画竹求诗》诗：“与可画竹时，胸中有成竹。”

本义 原指画竹子时脑海里有竹子的形象。现常比喻处理事情心里有主意，有盘算如：“毛委员胸有成竹，决定马上向南去追赶部队。”（陈伯钧《毛主席率领我们上井冈山》）

同义 胸中有数、心中有数、胸中丘壑

反义 胸中无数

同义例句 他办事从不忙乱，事前总是反复琢磨做到心中有数。因此，一旦着手行动就显得胸有成竹了。

对比例句 这些老职员都受过训，他们说话、办事显得胸有成竹、从不忙乱。而这新来的小伙子是仓促上阵，待人接物常胸中无数，经常闹出一些笑话。

灵活用法 亦作"成竹在胸"。如："所谓'成竹在胸'，凡事有了把握，依着条理办去，总没有办不好的。"（清·李宝嘉《官场现形记》第五十七回）

读音辨误 竹，不能读成 zhū（朱）。

★〖胸有成竹〗

云竹弥漫涵昊象，天簧挺立破天苍。
揭竿扬帜划江海，紧握权杆傲旭方。
心映尘烟收箭竹，手开玄妙火攻舱。
身披简牍观风雨，挥毫自如画宇航。

[雄心壮志]xióng xīn zhuàng zhì

[词源]宋·欧阳修《苏才翁挽诗二首》："柳岸抚柩送归船，雄心壮志两峥嵘。"

本义 指远大的理想和志向。如："他要重新振作当年的雄心壮志，坚定不移地把它实现。"（欧·亨利《警察和赞美诗》）

同义 豪情壮志

反义 胸无大志

同义例句 老一辈革命家的豪情壮志感染了他们。他们决心继承革命传统，树立雄心壮志，把祖国建设得更加富强。

对比例句 一个积极进取的人，在实现自己的雄心壮志的过程中，一定会遇到困难和挫折，但意志坚强者并不会因此而退缩、消沉，变成一个胸无大志的庸人。

读音辨误 心，不能读成 xīng（星）。

★〖雄心壮志〗

燕雀安知鸿鹄志，鹏程寰宇恢宏史。
烛光摇曳映文星，晨旭舞戈云榜士。
一跃龙门三鼎元，绝尊翎羽万人旨。
夜磨铁杵叠移山，射日揽辰配玉玺。

[袖手旁观]xiù shǒu páng guān

袖手：把手笼在袖子里。[词源]唐·韩愈《祭柳子厚文》："巧匠旁观，缩手袖间。"宋·苏轼《朝辞赴定州论事状》："弈棋者胜负之形，虽国工有所不尽，而袖手旁观者常尽之，何则？弈者有意于争，而旁观者无心故也。"

本义 指把手笼在袖子里在一旁观看。比喻置身事外、不参与、不过问或不帮助。如："荪老三的事就和我自己的事一样，我不能袖手旁观。"（茅盾《子夜》）

同义 冷眼旁观、漠然置之

反义 拔刀相助

同义例句 一直蹲在炕上冷眼

旁观的李老二，这时吼了一声，他再也不能袖手旁观了。

对比例句 若不是大恩人拔刀相助，我早就没命了，谁像你袖手旁观，现在还厚着脸皮来邀功请赏。

书写辨误 袖，不能写成“神”。

★〖袖手旁观〗—春秋战国

春雨无常秋焰焦，烽烟叠起国分立。
纵横捭阖离间划，和氏璧争玉碎粒。
卷袖腕交观岸烧，鹬蚌相竞翁收拾。
干戈连日虎狼牙，遍野哀鸿黎庶泣。

[虚怀若谷]xū huái ruò gǔ

虚：开阔，空阔；谷：山谷。[词源]《老子》第十五章：“旷兮其若谷。”

本义 胸怀像山谷一样深广。形容气度很大。如：“当我们意识到我们所从事的事业的伟大，以及工作中所取得的胜利和成绩的巨大以后，我们更应该虚怀若谷地倾听大家议论我们工作中的缺点和错误。”（陶铸《太阳的光辉》）

同义 谦虚谨慎、虚己受人

反义 骄傲自满、拒谏饰非

同义例句 如：我们的干部必须尽快提高自己的觉悟性，虚怀若谷，谦虚谨慎，戒骄戒躁。

对比例句 他们都是青年，骄傲自满是难免的，不可能像年长的学者那样虚怀若谷。

★〖虚怀若谷〗

泉滴喧哗轻薄水，汪洋静谧映蓝天。
浮云傲气空飘荡，墨海谦怀纳史渊。
深草茅房藏卧虎，无声老子道经传。
十年寒窗潜心炼，一举成名耀榜单。

[虚无缥缈]xū wú piāo miǎo

虚：假的，空的；无：不存在的；缥缈：似有似无、隐隐约约的。[词源]唐·白居易《长恨歌》：“忽闻海上有仙山，山在虚无缥缈间。”

本义 形容事物模模糊糊看不清楚。如：“大自然把紫红的峰，雪浪云的海，虚无缥缈的雾，苍翠的松，拿过来组成了无穷无尽的幻异的景。”（徐迟《黄山记》）

引申 形容事物不可捉摸，无法把握，非常虚幻。如：“然而整个蒙古民族之前途，却正在虚无缥缈之中。”（范长江《塞上行·行纪》）

同义 海市蜃楼、镜花水月与引申义同义

同义例句 在尚未解决温饱问题的农民看来，这些所谓宏伟的构想如同镜花水月，都是些虚无缥缈的东西。

读音辨误 虚，不能读成 shū（书）。

★〖虚无缥缈〗—悟空

天高九宇任鹏飞，洋阔五洲凭鲫跃。
十载寒窗面壁修，一翻龙阁翰林乐。
旋挥顶戴有恭迎，指点江山皆彩雀。
饱腹黄粱美梦多，苏醒南海胜仙鹤。

[虚张声势]xū zhāng shēng shì

张：张扬。[词源]唐·韩愈《论淮西事宜状》："然皆暗弱、自保无暇，虚张声势，则必有之。"

本义 假装出强大的声势，以吓唬别人。如："从商丘开来的一支官军原只想虚张声势，做个样儿看看……"（姚雪垠《李自成》）

反义 不动声色

对比例句 诸葛亮在一旁不动声色地看着周瑜虚张声势的苦肉计。

★〖虚张声势〗

长坂尘雾万夫卒，独勇横桥众莫开。
一曲悠琴雷电炸，千兵曹贼跌鞍骇。
空篁哗响迎风折，实木清寥顶阙材。
纵有齐天浪得意，不如五指坐云台。

[栩栩如生]xǔ xǔ rú shēng

栩栩：生动活泼的样子；生：活生生的。[词源]《庄子·齐物论》："昔者庄周梦为蝴蝶，栩栩然蝴蝶也。"清·吴趼人《发财秘诀》："那小人做得才和枣核般大，头便像一颗绿豆，手便像两粒芝麻，却做得须眉欲活，栩栩如生。"

本义 指诗文、绘画、工艺雕刻艺术形象非常逼真，好像活的一样。如："这些画里的虾所以栩栩如生，是由于他深刻观察过真正的虾的生活，笔墨变化，写照传神已经到达了极高境界的缘故。"（秦牧《虾趣》）

同义 活灵活现、活龙活现、惟妙惟肖、呼之欲出

反义 画虎不成、刻鹄类鹜、死气沉沉

同义例句 口技演员模拟猫狗等动物的叫声，真是栩栩如生，活灵活现。

对比例句 优秀评书演员能把所说的故事情节讲得曲折生动，刻画人物栩栩如生，很吸引人；有的评书演员基本功不扎实，表演起来死气沉沉的，就使人乏味。

读音辨误 栩，不能读成 xú（徐）或 yǔ（羽）。

★〖栩栩如生〗—清明上河图

人间大同靓神廷，惟肖逼真飞眼前。
旭日喧街朱气漫，夕霞妙女黛氤妍。
琳琅满目头攒动，楼阁林排香酒筵。
圆桌高杯笙曲溢，桃源颢景诱天仙。

[絮絮叨叨]xù xù dāo dāo

絮絮：连续重复；叨叨：话多。[词源]《元曲选·白仁甫〈梧桐雨〉》第四折："尽言词絮絮叨叨。"

本义 形容说话重复、啰唆、收完没了。如：老太婆絮絮叨叨地骂着走进厨房去，一看见那燃尽的蜡烛，就叫起来。

同义 喋喋不休、呶呶不休

反义 简明扼要、要言不烦、三言两语、沉默寡言

同义例句 邻居胡太婆一见了我妈妈就絮絮叨叨地说她家里事。

开始我妈说听了还有些意思,次数多了对她那喋喋不休的琐事感到心烦。

对比例句 老师要他们把昨天争吵的情况说一下,他絮絮叨叨地说不清事情的原委,而张明三言两语就简明扼要地把争吵的情况说清楚了。

读音辨误 絮,不能读成 rú(如);叨,不能读成 diāo(刁)。

★〖絮絮叨叨〗

刀刀入耳利于病,絮絮暖被覆热馨。
叮嘱刺花威武壮,念叨游子健全翎。
舌簧啪啪倒肠直,宽嘴哗哗禅道经。
话语悠扬丝结远,长波琴曲荡心灵。

[煊赫一时]xuān hè yī shí

煊:光明;赫:显著,盛大。[词源]清·阮葵生《茶余客话》:“珠帘甲帐,烜赫一时。”

本义 声名或权势曾经很大。如:烜赫一时的王氏三兄弟终于伏法了,当地百姓无不拍手称快。

同义 名噪一时

反义 默默无闻

同义例句 有些人烜赫一时是靠了宗法的势力。而还有些人名噪一时是靠一些人为的吹捧。

对比用法 烜赫一时的人往往都缺乏民众的真心拥戴。只有默默无闻的劳动者才最容易获得人们的信任。

读音辨误 煊,不能读成 xuàn(绚)。

★〖烜赫一时〗元妃省亲

喜烛辉红半壁崖,铜锣惊响一条街。
挥衫遮苍霞波海,脚踏山平满地鞋。
百鸟朝凤翎羽错,千姿楼阁顺游排。
震天动地喧腾景,玉帝探头观宝钗。

[血海深仇]xuè hǎi shēn chóu

本义 多指因亲人被杀而引起的极深的仇恨。如:“他转回身来面向着哀悼的人群,我们要把悲痛变成力量,我们要誓死报这场血海深仇。”(曲波《林海雪原》)

同义 深仇大恨

反义 恩重如山

同义例句 这杀父的血海深仇一定要报,谁也抹不去这一深仇大恨。

对比例句 解放军待我们恩重如山,帮我们惩治了恶霸,报了几辈子留下的血海深仇。

灵活用法 亦作“血海冤仇”。如:“这些血海冤仇的根源,他还不十分清楚。”(杜鹏程《保卫延安》)

读音辨误 血,不能读成 xuě(雪)。

★〖血海深仇〗

千峰云路电驰程,满载忠情身刺绘。
前面虎狼迎面来,后跟奸佞暗刀脍。
苟安绥靖陷良将,风波亭台寒剑害。
似海深仇热血腾,化成焦油炸秦桧。

[血雨腥风]xuè yǔ xīng fēng

[词源] 梁启超《劫灰梦传奇》:“俺曾见腥风血雨冬和夏,俺曾见列国屯营分占住官衙。”

本义 混合鲜血的雨,充满腥气的风,形容恶势力大屠杀的残酷景象。如:“投身革命即为家,血雨腥风应有涯。”(陈毅《梅岭三章》)

灵活用法 亦作“腥风血雨”。如:“在一阵突然而来的腥风血雨中,工人被打死和打伤达一百多人。”(陶菊隐《北洋军阀统治时期史话》)

★〖血雨腥风〗—二七惨案

白色恐怖笼罩沪,虎狼凶恶爪牙露。
宁当错杀一千人,不可漏共一百素。
血雨成河苦水淹,腥风窒息黎民蠹。
镰锤反弹揭竿去,革命红旗迎浪赴。

[雪中送炭]xuě zhōng sòng tàn

[词源] 宋·范成大《大雪送炭与芥隐》:“不是雪中须送炭,聊装风景要诗来。”明·凌濛初《初刻拍案惊奇》:“只有锦上添花,那得雪中送炭。”

本义 指在别人危困之际,给予急需的资助。如:您带着全村妇女,冒着炮火送到阵地上来的打糕真是雪中送炭呀!

同义 雨中送伞、绨袍之赐、锦上添花

反义 雪上加霜、雨后送伞、落井下石

同义例句 天寒地冻我还薄衣单衫,表哥给予绨袍之赐,犹如雪中送炭。

对比例句 “对于他们,第一步需要还不是‘锦上添花’,而是“雪中送炭’,所以在目前条件下,普及工作的任务更为迫切。”(毛泽东《在延安文艺座谈会上的讲话》)

灵活用法 亦作“雪里送炭”,如:“那边日子近来不得,娘的贺礼,就是雪里送炭。”(清·李绿园《歧路灯》第八十七回)

读音辨误 雪,不能读成 xié(协)。

★〖雪中送炭〗

霜风银雪吹茅兰,白素黄蓑薄衣单。
一桶炭炉寒室煦,万番温慰暖心丹。
红光划破乌霾夜,炽火滚烫融隔栏。
赤絷及时驱冷冻,热乎余馥世间漫。

[寻根究底]xún gēn jiū dǐ

究:推求、追查;底:底细。[词源] 清·曹雪芹《红楼梦》第一百二十回:“似你这样寻根究底,便是刻舟求剑,胶柱鼓瑟了。”

本义 指追寻事情发生的根源。如:“他从不满足于间接得来的材料,总要找原著寻根究底,不管这样做有多麻烦。”(施东向《义理、考据和辞章》)

同义 追本溯源、寻踪觅迹、打破砂锅问到底

反义 浅尝辄止、不求甚解

同义例句 为了探索大自然的

奥秘，科学家都有追本溯源、寻根究底的治学精神。

对比例句 爸爸说我小时候对什么都爱寻根究底地发问，长大了却学什么东西都浅尝辄止。

灵活用法 亦作“寻根问底”“追根究底”，“追根起苗”，如：“她追根起苗地想过，千不怪，万不怪，只怪国民党陷害忠良。”（菡子《万妞》）

读写辨误 寻，这里不能读成 xín；底，不能写成“诋”。

★〖寻根究底〗

火瞳金睛探寰瀛，石破苍开天地明。
飞越南山寻禅道，下潜龙海觅根茎。
何来何去何生为，苦辣葬花风雨情。
一副目光趋顶戴，江湖元宝万舸争。

[循序渐进]xún xù jiàn jìn

循：顺着；序；次序；渐：逐步。[词源]《论语 · 宪问》：“不怨天，不尤人，下学而上达，知我者其天乎？”宋 · 朱熹注：“此但言其反己自修，循序渐进耳。”

本义 指按照一定的顺序或步骤逐渐深入或提高。如：“你们从一开始，就要在积累知识方面养成严格的循序渐进的习惯。”（苏 · 巴甫洛夫《给青年们的一封信》）

同义 由浅入深、按部就班

反义 一步登天、杂乱无章

同义例句 “经过这番讲堂上的系统的训练以后，按部就班，循序渐进，对于战时军事指挥的基本理论和应用，我都粗粗有了一点心得。”（冯玉祥《我的生活》）

对比例句 学习知识只能循序渐进，由浅入深，不能指望走捷径，一步登天。

★〖循序渐进〗

楼外青山峰上云，解元会元状元循。
墨盈江海曦之显，鼎甲登科九品臣。
溪水涓涓洋海浩，珠玑滴滴汗青醇。
百年编竹叠经道，千载耕耘华夏春。

[徇情枉法]xùn qíng wǎng fǎ

徇：屈从；枉：歪曲、违背。[词源] 清 · 曹雪芹《红楼梦》第四回：“雨村便徇情枉法，胡乱判断了此案。”

本义 指屈从私情、违背法纪。如：法律面前人人平等，绝不允许徇情枉法，视法律如儿戏。

同义 徇私舞弊、营私舞弊

反义 铁面无私、执法如山

同义例句 弟弟发现哥哥营私舞弊、徇情枉法，要到县上去告他。

对比例句 曹丞相的可畏之处，在于他当机立断、执法如山，不徇情枉法，这些大臣们早就领教了。

读音辨误 徇，不能读成 xún（寻）；枉，不能读成 wáng（王）。

★〖徇私枉法〗—和珅

得道歪门奴狗宠，擅权贪赃腐乾隆。
应声磕拜响朝佩，伴帝溜须翎羽红。
两目炯神望宝玉，双勾荡玺任心风。
箭头有眼刺邪恶，鱼肉酒缸淹蛀虫。

Y

[鸦雀无声]yā què wú shēng

[词源]清·曹雪芹《红楼梦》第三十回:“各处主仆人等多半都因日长神倦,宝玉背着手,到一处,一处鸦雀无声。”

本义 连最爱叫的乌鸦和麻雀都不叫了。形容环境非常安静或冷清。如:“就这一眼,满园子里便鸦雀无声,比皇帝出来还要静悄得多呢,连一根针吊(同“掉”)在地下都听得见响!”(清·刘鹗《明湖居听书》)

反义 人声鼎沸

对比例句 上课时,校园里鸦雀无声,一下课就人声鼎沸了。

灵活用法 亦作“乌鹊无声”。如:“天风吹雨人阑干,乌鹊无声夜向阑。”(宋·苏轼《绝句三首》)

书写辨误 鸦,不能写成“鸦”。

★〖鸦雀无声〗—夜游

万籁俱眠花月夜,一形携影梦乡游。
娇昙纤纤招银兔,绿蔓徐徐引塔楼。
星领红尘翱浩宇,风牵霞绪逸神州。
萤辉闪耀灵光丽,暮色蓬莱心旷悠。

[睚眦必报]yá zì bì bào

睚眦:瞪眼睛,怒目而视;报:报复。[词源]汉·司马迁《史记·范雎蔡泽列传》:“一饭之德必偿,睚眦之怨必报。”

本义 连瞪了他一眼的小怨小忿都要报复。形容气量极其狭小。如:“有些人还绘声绘色,说他如何世故,如何脾气大,爱骂人,如何睚眦必报,总之,鲁迅是不容易接近的,还是不去和他接近好。”(唐弢《琐忆》)

同义 鼠肚鸡肠

反义 捐弃前嫌、既往不咎、宽大为怀

同义例句 现实生活中,有的人鼠肚鸡肠,猜忌他人,睚眦必报,斤斤计较,很难相处。

对比例句 人与人之间要和睦相处,求大同,存小异,以大局、事业为重。对待同事间的恩恩怨怨,不能睚眦必报,而要捐弃前嫌,既往不咎,宽大为怀,才能团结同志。

灵活用法 也作“睚眦杀人”“睚眦之恨”。如:“(郭)解布衣,为任侠行权,以睚眦杀人。”(汉·司马迁《史记·游侠列传》)又如:“今以睚眦之恨,乃成嫌隙。”(晋·陈寿《三国志·魏志·胡质传》)

读写辨误 睚,不能读成 ái(癌);眦,不能写成“呲”。

★〖睚眦必报〗

瞪眸视作箭光燃,反观回应刀剑怼。
眼里莫容沙子钻,胸中难受半句刺。
鸡肠曲折不流情,鼠目眯扁菩萨义。
怒目利牙伤嘴唇,相公大肚飞船恣。

[哑口无言]yǎ kǒu wú yán

[词源]明·冯梦龙《醒世恒言》卷八:"一番言语,说得张六嫂哑口无言。"

本义 像哑巴一样,说不出话来。如:他的话是那样没头没脑,让我哑口无言。

引申 形容理屈词穷的窘态。如:"许晓轩慢慢地翻看,果然找到了纸条上的那个消息,特务哑口无言了。"(罗广斌等《在烈火中永生》)

同义 张口结舌与本义、引申义同义

反义 口若悬河与本义、引申义构成反义

同义例句 张律师的雄辩,使被告张口结舌直至哑口无言。

对比例句 唐知县见他说得口若悬河,滔滔不绝,也自知理屈三分,渐渐地就哑口无言了。

读音辨误 哑,不能读成 yà(亚)。

★〖哑口无言〗

三戟鼎烹争霸主,纵横捭阖珠连配。
引经据典晓禅真,动魄深情秉利喙。
满学悬河箭雨倾,群儒哑口目瞪对。
风云无语借弓矛,火口吞曹雄舌佩。

[揠苗助长]yà miáo zhù zhǎng

揠;拔。[词源]《孟子·公孙丑上》:"宋人有闵其苗之不长而揠之者,芒芒然归,谓其人曰:'今日病矣!予助苗长矣。'其子趋而往视之,苗则槁矣……助之长者,揠苗者也,非徒无益,又害之。"

本义 把禾苗拔起以助生长。形容因急躁妄为而违背事物发展规律,结果事与愿违,把好事弄坏。含贬义。如:"任何画派和任何画家无时不在发展变化中创造新的画风和画作……有的明显,有的不明显罢了。因此,用不着揠苗助长,硬要它变"。(马南邨《燕山夜话·变和不变》)

同义 急于求成、欲速不达、操之过急、急功近利

反义 瓜熟蒂落、水到渠成、循序渐进、按部就班

同义例句 "我们要按科学规律办事,决不能做揠苗助长的蠢事。如果不是采取强迫命令、欲速不达的方针,那末,几年之内,就可能使大多数农民都组织在农业生产和手工业生产的互助团体里面。"(毛泽东《必须学会做经济工作》)

对比例句 小芳接受能力差,要辅导她做作业只能循序渐进,由浅入深地进行,不能揠苗助长,把难题讲得太多。

灵活用法 亦作"拔苗助长"。如:"这就是我们赞成循循善诱而不赞成拔苗助长的重要论据。"(李欣《老生常谈·循循善诱》)

读音辨误 揠,不能读成 yǎn(眼)或 yàn(堰)。

★〖拔苗助长〗

春溪滋润秋瓜香，寒苦蜡梅傲冷雪。
十载树木百载人，千年松柏万锤铁。
拔苗催长断根源，扬鞭空响虚竹折。
杖杵磨针非一日，循序挖石移泰岳。

[言简意赅]yán jiǎn yì gāi

赅：完整，全面。[词源]清·无名氏《官场维新记》第十六回："把近日官场中人所有不传之秘，都直揭出来，而且说得言简意赅。"

本义 语言简练，但意思很清楚、全面。如："毛主席的这几句话，言简意赅，非常通俗而又非常深刻。"（杨献珍《加强党性锻炼》）

同义 言简意明、言简意深、简明扼要、言简理尽、文简义明、要言不烦

反义 拖泥带水、连篇累牍、长篇大论

同义例句 你这次发言要说的内容很多，但会议的时间安排很紧，所以请你最好能言简意赅、要言不烦地把问题讲清楚就行了，不要展开说得太多。

对比例句 我们提倡短小精悍、言简意赅的文风，反对写文章拖泥带水、长篇大论。

灵活用法 亦作"言简意深"。如："词语虽然粗俗，笔气极其纵横，而且言简意深，包括不遗。"（清·石玉昆《三侠五义》第四十一回）

读音辨误 赅，不能读成hé（核）或hái（孩）。

★〖言简意赅〗

枝繁叶茂蔽天日，野草斑纹乱缠纱。
单指点眉疏禅道，众星密布幻云麻。
箭篁独傲顶霞际，墨水一麾涵万花。
百字隆中辉苍象，几划横赋咏诗华。

[言近旨远]yán jìn zhǐ yuǎn

旨：含义。[词源]《孟子·尽心下》："言近而指（指通"旨'）远者，善言也。

本义 语言浅显而含义深远。如："其书阐发孔孟大旨，殚尽心力，折衷旧解，言近旨远，文简义明。"（清·李汝珍《镜花缘》）

同义 言约旨远

反义 言不及义

同义例句 你们两人的见解都很好：一个说得言近旨远，一个论说得言约旨远，真有异曲同工之妙。

对比例句 他说了半天还是言不及义，经老师的指点后就一语中的，大家觉得言近旨远了。

灵活用法 亦作"言近而旨远"。如："好诗都是富于启示性的，言近而旨远，能够通过一两个鲜明的意象唤起读者的联想……"（袁行霈《咏柳》赏析）

读音辨误 旨，不能读成zǐ（子）。

★〖言近旨远〗—隆中对

珠玑佳句表思绪，妙语横生道理绝。
字里近身人本情，行间远达宏图杰。
血流滴下前车师，浓墨凝精真实切。

寥笔数言点衷肠，一腔肺腑睿聪哲。

[言之有理]yán zhī yǒu lǐ

见[言之成理]

[言之成理]yán zhī chéng lǐ

成理：在理。[词源]《荀子·非十二子》："然而其持之有故，其言之成理，足以欺惑愚众。"

本义 话说得有道理。如："虽然仁人们未必肯用，但我还可以言之成理。"（鲁迅《论"费厄泼赖"应该缓行》）

同义 至理名言、入情入理

反义 岂有此理、不合情理、强词夺理

同义例句 老猎户介绍的狩猎经验，不仅言之成理，而且入情入理，精辟实用，简直是一部《狩猎经》。

对比例句 他的辩词，乍听起来言之成理，细想一下，满是强词夺理。

灵活用法 也作"言之有理"如："爱卿爱朕，言之有理，传与内侍，明早还宫。"（明·凌濛初《二刻拍案惊奇·宋公明闹元宵》）。

★〖言之有理〗—增广贤文

不信蜀栈曲霄路，跌堑陈仓离间悟。
天地阴阳德经论，红尘圆缺贤文谕。
血流滋养脑聪明，墨滴珠玑史海露。
苦乐酸甜入卷禅，风云据理旌旗呼。

[言之无物]yán zhī wú wù

[词源]毛泽东《反对党八股》："党八股的第一条罪状是：空话连篇，言之无物。"

本义 言论或文章内容空洞。如："那文从头至尾都写的四六骈体，辞藻浮华，言之无物。（冯玉祥《我的生活》第十七章）

同义 空洞无物

反义 言之有物

同义例句 "空话连篇，言之无物"，就是说，讲话，写文章，又臭又长，空洞无物，不解决任何实际问题。

对比例句 我们提倡简练为文，言之有物，反对空话连篇，言之无物。

★〖言之无物〗—虚竹

哗哗直响引双瞳，嗖嗖剑光无浪风。
青面獠牙冲宇傲，肚圆诗瘪节高空。
滥竽充数无容地，纸卒长平碧血红。
秋枣实成丽卉落，经年杨木顶朝宫。

[掩耳盗铃]yǎn ěr dào líng

掩：遮住、捂住；盗：偷窃；铃：原指大钟。[词源]《吕氏春秋·自知》："百姓有得钟者，欲负而走，则钟大不可负，以锤毁之，钟况然有音。恐人闻之而夺己也，遽掩其耳。"唐·刘知几《史通·卷三·书志》："掩耳盗钟，自云无觉。"

本义 指捂住自己的耳朵去偷

铃,比喻自己欺骗自己。含贬义。如:“硬把汉奸合法化了,只是掩耳盗铃的笨拙的把戏。”(闻一多《谨防汉奸合法化》)

同义 掩目捕雀、掩鼻偷香、自欺欺人

同义例句 这个犯罪分子在作案的时候自以为得计,实为掩耳盗铃。他自欺欺人的伎俩留下了许多破绽。

灵活用法 亦作“掩耳偷铃”。如:“难道他掩耳偷铃,则待要见世生苗。”(元·佚名《举案齐眉》)

读音辨误 掩,不能读成 yān(淹)。

★〖掩耳盗铃〗

盗铃掩耳似无声,鸵鸟埋头欺自睁。
浊水效颦胜织女,红楼结彩赫煌生。
盲人摸象鸣逞意,打脸充胖幻影争。
锁国夜郎蛙井大,经纶满腹浪涛征。

[偃旗息鼓]yǎn qí xī gǔ

偃:放倒;息:停止。[词源]晋·陈寿《三国志·蜀志·赵云传》裴松之注引《云别传》:“云入营,更大开门,偃旗息鼓。公军疑云有伏兵,引去。”

本义 指行军时隐蔽行动。形容军中没有动静。如:“张献忠将人马分成数股,偃旗息鼓,向兴归山开去。”(姚雪垠《李自成》)

比喻 比喻休战或无声无息地停止行动。如:“我放弃了竞选。我偃旗息鼓,甘拜下风。”(马克·吐温《竞选州长》)

同义 鸣金收兵与比喻义同义

反义 大张旗鼓与本义构成反义,重整旗鼓与比喻义构成反义

同义例句 现在正是关键时刻,需要抓紧做工作,怎么能偃旗息鼓、鸣金收兵呢?

对比例句 对这类科学知识的普及工作,用不着偃旗息鼓,相反,我们还要大张旗鼓地进行宣传。

灵活用法 亦作“掩旗息鼓”。如:“秦显家的听了,轰去了魂魄,登时掩旗息鼓,卷包而去。”(清·曹雪芹《红楼梦》)

读音辨误 偃,不能读成 yàn(堰)。

★〖偃旗息鼓〗

马谡街亭戕败落,孔明北伐折回怆。
半途而废退堂鼓,前绩尽抛旗偃慌。
臂可疗休心勿静,刀将横放志坚昂。
长城蔓蔓秦唐举,墨滴潺潺青史芳。

[眼不转睛]yǎn bù zhuǎn jīng

见[目不转睛]

[眼花缭乱]yǎn huā liáo luàn

缭:缠绕。[词源]元·王实甫《西厢记》:“只教人眼花缭乱口难言,魂灵儿飞在半天。”

本义 指事物的色彩或姿态多而变幻不定,使人看了眼睛发花看不清或看不过来。如:“而这舞松之风更把云雾吹得千姿万态,令人

眼花缭乱。”（徐迟《黄山记》）

引申 有时用于对语言或事情变化的心理感受，形容心里疑惑或被迷惑住了。如：“匡大被他这一番话说得眼花缭乱，浑身都酥了。”（清·吴敬梓《儒林外史》第二十回）

同义 如坠五里雾中与引申义同义

反义 心明眼亮、洞若观火与引申义构成反义

同义例句 “今天呼兄唤弟，明天大杀大砍，使人眼花缭乱，如坠五里雾中。”（陶菊隐《北洋军阀统治时期史话》第七十章）

对比例句 面对经济大潮，有人眼花缭乱，不解东西。有人则心明眼亮，脚踏实地。

灵活用法 亦作“眼花缭乱”“眼花雀乱”。如：“……黑暗久了，骤然遇见光明，难免不眼花缭乱，自然只能先看见红色。”（瞿秋白《饿乡纪程》）

读写辨误 乱，不能读成 làn（烂）；缭，不能写成“嘹”。

★〖眼花缭乱〗

幽洞盘丝妖孽翩，蜘蛛花袖舞缭乱。
泳姿百态戏师徒，八戒几迷魂魄漫。
口口甜言醉圣僧，丝丝绵缠鸩盛宴。
金睛识鬼道高长，铁棒横飞魍魉散。

[奄奄一息]yǎn yǎn yī xī

奄奄：呼吸微弱的样子；息：呼吸时进出的气息。[词源]晋·李密《陈情表》：“但以刘（祖母刘氏）日薄西山，气息奄奄，人命危浅，朝不虑夕。”

本义 只剩下微弱的一口气。形容临近死亡。如：“病榻上卧着一位奄奄一息的‘老人’。”（月薇《失落的梦》）

引申 引申为事物即将消亡、毁灭。如：在农民起义的猛烈打击下，腐朽帝国已经奄奄一息、朝不保夕了。

反义 生龙活虎、生机勃勃与本义构成反义

对比例句 奄奄一息的老将军看着生龙活虎的战士，脸上现出欣慰的笑容。

灵活用法 也作“一息奄奄”，如：“紫鹃等看去，只有一息奄奄，明知劝不过来，惟有守着流泪。”（清·曹雪芹《红楼梦》）

读音辨误 奄，不能读成 yān（淹）。

★〖奄奄一息〗

行将就木奄然息，尘世酸甜何等义。
一路颠簸盲目徒，回光返照前因思。
红楼冷月葬花魂，和府金山坟冢睡。
风雨无妨赴火汤，云梯蜀道英雄志。

[扬眉吐气] yáng méi tǔ qì

扬：高扬、扬起。[词源]唐·李白《与韩荆州书》：“何惜阶前盈尺之地，不使白扬眉吐气，激昂青云耶？”

本义 扬起眉头，吐出怨气。形容被压抑的心情得到舒展的高

兴神情。如:“只要将来做了八府巡按,妈也就可以扬眉吐气了。”(巴金《家》)

同义 仰首伸眉、熏风解愠

反义 愁眉锁眼、肚里泪下、垂头丧气、心灰意冷

同义例句 中国人被讥为“东亚病夫”的时代一去不复返了。新中国的体育健儿不仅仰首伸眉地参加了许多国际体育大赛,而且频传勇夺冠军的喜讯。每当我们听到健儿们领奖奏响的国歌时,真叫人扬眉吐气。

对比例句 从前农民生活痛苦不堪,常常肚里泪下,中华人民共和国成立后在共产党的领导下,他们翻了身,过着扬眉吐气、喜气洋洋的幸福生活。

灵活用法 亦作“吐气扬眉”如:“公子听得这一番说话,方才觉得有些吐气扬眉。”(明·凌濛初《二刻拍案惊奇·痴公子狠使噪脾钱》)

读写辨误 吐,在这里不能读成 tù(兔);扬,不能写成“杨”;眉,不能写成“眉”。

★〖扬眉吐气〗

蓬荜沧流饿辘饥,朱门肉臭乞仰尸。
一身枷锁窒呼吸,百姓揭竿群众师。
横扫朽堂倾怨气,掀翻腐局扬豪眉。
镰刀岂止生禾谷,昂首凌云竖锦旗。

[洋洋洒洒]yáng yáng sǎ sǎ

洋洋:多的样子;洒洒:顺畅连绵的样子。[词源]清·夏敬渠《野叟曝言·凡例》:“……故此成一百五十余回洋洋洒洒文字。”

本义 形容文章篇幅长且流畅自如。如:“那又是洋洋洒洒下笔如有神的手,但现在,一律都被锄锹的木柄磨起了老茧了。”(茅盾《风景谈》)

反义 三言两语、言简意赅、要言不烦

对比例句 这个问题三言两语就可以说得清,何必要洋洋洒洒写那么多字呢?

褒义贬用 其他所有的汇报材料都很简明扼要,只有他的这份洋洋洒洒写了上万字,废话占了一半。

读音辨误 洒,不能读成 shǎ(傻)。

★〖洋洋洒洒〗

寒窗十载蕴经典,出笔万珠挥自如。
点粒米楷藏禅道,浩波海墨湃今初。
长长情谊西厢说,缠缠鸳鸯蝴恋徐。
百岁人生千古梦,一编史记怎成书。

[摇头摆尾]yáo tóu bǎi wěi

摇、摆:左右晃动。[词源]《敦煌变文集·降魔变文》:“亦有雪山象王,金毛狮子,震目扬眉,张牙切齿,奋迅毛衣,摇头摆尾。”

本义 原指动物活泼姿态。形容悠然自得的样子。如:“临济门下有个赤梢鲤鱼,摇头摆尾向南方去,不知向谁家齑(jī:细、碎)瓮里

淹杀?”(宋·普济《五灯会元·元安禅师》)

比喻 现也形容得意轻狂的样子。含贬义。如:狐狸神气活现,摇头摆尾;老虎半信半疑,东张西望。

同义 悠然自得、自由自在与本义同义,摇头晃脑、自鸣得意、顾盼自雄与比喻义同义

反义 呆头呆脑、呆若木鸡、槛猿鸟笼与本义构成反义,自轻自贱、垂头丧气与比喻义构成反义

同义例句 这个奴才见了主子便摇头摆尾地奉迎,说几句恭维话得了主子的欢心,就自鸣得意起来。

对比例句 他油滑地说,对上司要会摇头摆尾地阿谀奉承,即使讨个没趣,也不能显出垂头丧气的样子。

灵活用法 亦作“摆尾摇头”。如:“鳌鱼脱却金钩去,摆尾摇头再不来。”(明·凌濛初《初刻拍案惊奇》)

读写辨误 头,不能读成 tú(图);摇,右上部不能写成“爪”。

★〖摇头摆尾〗

萌狗摇头祈宠爱,频频摆尾讨欢来。
奸臣叩首觊花羽,佞相哈腰觎横财。
可援挚诚温暖手,莫抛脏话恶魔灾。
鞠躬黎庶伏天地,悠漾春光展俊才。

[摇摇欲坠]yáo yáo yù zhuì

摇摇:动荡的样子;欲:将要;坠:落下。[词源]《大戴礼记·武王践阼》:“若风将至,必先摇摇。”明·罗贯中《三国演义》第一百零四回:“众视之,见其色昏暗,摇摇欲坠。”

本义 本指物体将落下或倒塌。形容情势很危险。如:“船在动,星也在动,它们是这样低,真是摇摇欲坠呢!”(巴金《繁星》)

比喻 现常比喻人的地位、处境危险,随时有垮台、崩溃的可能。如:“清廷不得不加倍地在人民身上榨取,以支持其摇摇欲坠的政权。”(冯玉祥《我的生活》第六章)

同义 倒悬之危、岌岌可危与本义同义,土崩瓦解、危机四伏与比喻义同义

反义 安如磐石、坚如磐石与本义构成反义,固若金汤、稳如泰山、万劫不朽与比喻义构成反义

同义例句 这座古庙遭白蚁的侵蚀,房梁与柱子被蝼空,情势岌岌可危,庙宇将摇摇欲坠。

对比例句 布达拉宫由于年久失修,部分祠堂庙阁有摇摇欲坠之感。现在经过整修后,又显得安如磐石了。

读音辨误 欲,不能读成 yóu(由)。

★〖摇摇欲坠〗

贾府朱堂气势煌,马龙车水凤脂芳。
宝瑜剔透红尘浊,冷月花焉泪雨床。
春贵根基微命浅,冬冰路滑骨折殇。
乌纱羽重栋梁塌,情纸寒楼玉坠亡。

[咬文嚼字]yǎo wén jiáo zì

咬、嚼：过分讲究。[词源] 元·乔吉《小桃红·赠刘牙儿》："含宫泛徵，咬文嚼字，谁敢嗑牙儿。"

本义 形容作诗词写文章时推敲字句。如：为了获得竞赛的胜利，他把文章修改了三次，仍显不足，又在那里重新推敲，咬文嚼字地苦苦思考。

引申 指读书时只注意个别字句上的推敲琢磨，而忽视主要的思想内容。如："不要固执一点，咬文嚼字，而要前后贯通，了解大意。"（马南邨《不求甚解》）

同义 字斟句酌与本义同义

反义 一目十行与引申义构成反义

同义例句 写议论文最讲究字斟句酌，尤其是在归纳中心论点和下结论时，更要求咬文嚼字，严丝合缝。

对比例句 读书要讲实效，时间宽裕时，读古书就应咬文嚼字，弄通弄懂；时间紧张时，读大部头小说就可一目十行，了解大致的故事情节就行了。

歇后用法 用以讽刺呆板的读书方式。如：他读书不讲方法，常常为了一些不关主旨的字词去花费时间，真是老鼠钻进书堆里——咬文嚼字，所以事倍功半，一年也读不了几本书。

读音辨误 嚼，这里不能读成 jué（决）。

★〖咬文嚼字〗

推门不响敲门惊，绝句佳肴酣意境。
闻牍墨香嚼有嗞，文章珠耀黛妍景。
花魂冷月怨红楼，石刻隽词诧世颖。
独字霓光夜未明，通篇雅典翰言领。

[要言不烦]yào yán bù fán

要：简明扼要；烦：拖拉繁琐。[词源] 晋·陈寿《三国志·魏志·管辂传》裴松之注引《管辂别传》："飏言：'君见谓善《易》，而语初不及《易》中辞义，何故也？'辂寻声答之曰：'夫善《易》者，不论《易》也。'晏含笑而赞之：'可谓要言不烦也。'"

本义 语言简练而意思明白。如："一步步说下来，顺理成章，要言不烦。"（朱德熙《谈朱自清的散文》）

同义 言简意赅

反义 长篇大论、喋喋不休、滔滔不绝

同义例句 秦老师给同学们解答问题向来都是要言不烦，言简意赅。

对比例句 这位年轻的冯校长大会讲话总是干干脆脆，要言不烦，不像过去的老校长，讲起话来总爱长篇大论，滔滔不绝地没个完。

书写辨误 烦，不能写成"繁"。

★〖要言不烦〗—文言文

两句诗歌飞紫云，九州江海绽儒翰。

三言赅意内涵丰，四库全书概所观。
五滴墨兰桃苑丽，六条简牍凝青汗。
一经论语走天涯，一字方正筑华汉。

[夜阑人静]yè lán rén jìng

阑：很晚。[词源]元·李文蔚《燕青博鱼》“……恰正是夜阑人静。”

本义 当夜深，人们都停止了活动，寂静无声。如：“到了晚间，夜阑人静，悄悄离了店房，来到卞家疃。”（清·石玉昆《三侠五义》第六十一回）

同义 更阑人静、夜静更深

同义例句 夜静更深了，他才动笔写作。这样习惯了，乃至非到夜阑人静时刻，他便写不出一个字。

灵活用法 亦作“夜深人静”。如“……伺夜深人静，潜从丈五高楼跳下。”（梁启超《意大利建国三杰传》第四节）

读音辨误 人，不能读成 lén 或 réng。

★〖夜阑人静〗—夜深人静
万声俱寂月随我，蓬岛蜃楼幽思浮。
昙卉芳漫飘蝶羽，鸳鸯相缠伴清流。
娥姑萤妹跟儒墨，风雾龙袍罩岳州。
乌国洞房身影落，聊斋热闹笼灯游。

[一本正经]yī běn zhèng jīng

正经：庄重，正派。[词源]曹禺《日出》第一幕：“陈白露（一本正经地）：‘咦，你不认识，这是我的爸爸。’”

本义 形容很规矩、郑重的样子。如：“老人一本正经地听着，一会儿心领神会地微笑，一会儿点头赞许。”（法·都德《柏林之围》）

同义 道貌岸然、道学先生

反义 嬉皮笑脸、谑浪笑傲

同义例句 谁都知道，这是一位道貌岸然的先生，讲起话来一本正经，挺能迷惑人的。

对比例句 这个人有些虚伪。当着上司面一本正经，背后却嬉皮笑脸，戏说他的上司。

读写辨误 经，不能读成 jīn（金），不能写成“径”。

★〖一本正经〗
正襟危坐高师诵，捣蛋顽皮猴子动。
半夜三更得法门，一飞冲宇凌霄洞。
梵文佛手招妖魔，棍棒金箍魍魉痛。
禅教经书人事驮，竺乾漫道尘沙送。

[一尘不染]yī chén bù rǎn

尘：佛教称色、声、香、味、触、法为六尘。[词源]宋·张耒《腊初小雪后圃梅开》诗：“一尘不染香到骨，姑射仙人风露身。”

本义 原指教徒不被六尘玷污。现形容十分清洁，一点也不受坏影响。如：“水珠四射，把假山上的小宝塔洗得一尘不染。”（袁鹰《小站》）

同义 一干二净、六根清净

反义 同流合污、近墨者黑

同义例句 佛教徒能做到六根清净，因此才有所谓一尘不染的可能。

对比例句 面对金钱的腐蚀诱惑，老张同志能做到一尘不染，而你却与贪污分子同流合污。

读写辨误 染，不能读成 lǎn（览），不能写成"梁"。

★〖一尘不染〗

任有雾云混浊浪，碧荷于泥岂浓黄。
红楼肮脏乌纱黑，林妹花枯黛愈芳。
孟母三迁离毒远，包公脸墨赤心房。
方兄套脖锁喉紧，蓑笠轻舟流水长。

[一发千钧]yī fà qiān jūn

见[千钧一发]

★〖一发千钧〗—荆轲刺秦王

画卷展开跳匕首，利刃直刺帝王旒。
说时迟钝皇忙退，说是快来兵空矛。
瞬间定神蹲马步，一挥寒剑向仇喉。
天扶华夏成泱国，英杰血光惊九州。

[一帆风顺]yī fān fēng shùn

帆：船帆。[词源]明·施耐庵《水浒传》第四十一回："三只大船载了许多人马头领，却投穆太公庄上来。一帆顺风，早到岸边埠头，一行众人，都上岸来。"

本义 指船挂满帆，顺风行驶。如："近日江水暴涨，闻君欲买舟东下，谨祝一帆风顺，沿途平安。"（罗文斌等《在烈火中永生》）

比喻 比喻办事、境遇非常顺利，没有挫折。如："改革是一向没有一帆风顺的。"（鲁迅《中国语文的新生》）

同义 一路顺风与本义同义；势如破竹、无往不胜与比喻义同义

反义 一波三折与比喻义构成反义

同义例句 自从平息了内讧之后，义军一帆风顺，一路势如破竹、锐不可当。

对比例句 办任何事情都不会是一帆风顺的，总是有一波三折不顺利的时候。

褒义贬用 "洪承畴是万历年间的进士出身，登第时年岁很轻，从此步步青云，一帆风顺。"（姚雪垠《李自成》）

读音辨误 帆，不能读成 fán（凡）。

★〖一帆风顺〗

十万学童挤独桥，三元鼎立状元骄。
春风得意马蹄响，一日看花京国娇。
泼墨挥毫成酌酒，舞袍指手笑颜朝。
紫城月阁莫狂妄，红烛高台恐折腰。

[一夫当关，万夫莫开]yī fū dāng guān, wàn fū mò kāi

当：把守；开：攻破。[词源]唐·李白《蜀道难》："剑阁峥嵘而崔嵬，一夫当关，万夫莫开。"

本义 指地势险要，易守难攻。如：说什么一夫当关，万夫莫开，在我们那辽阔的疆土之上的许许多多重关要塞，从来就没有哪一座

关塞真正起到过这样的作用。

同义 金城汤池、铁壁铜墙

反义 纸壁蒿墙

同义例句 这一道屏障犹如铁壁铜墙,我看是一夫当关,万夫莫开。

对比例句 说什么"一夫当关,万夫莫开",我看它只不过是纸壁蒿墙,不堪一击。

★〖一夫当关,万夫莫开〗

长坂坡前尘雾缈,密林深处马鸣箫。
张飞双斧横风口,曹卒千军转背调。
一勇当关铜铁壁,万夫难破屈英骁。
磐峰灵睿国基强,泰岳拦洪社稷骄。

[一概而论]yī gài ér lùn

概:古代平斗斛的木棍。一概:同一个标准。[词源]《楚辞·九章·怀沙》:"同糅玉石兮,一概而相量。"唐·刘知几《史通·叙事》:"而作者安可以今方古,一概而论得失。"

本义 指对事物不作区分,用统一的标准来看待或处理。如:"帝……能倾听逆耳之言,采纳美芹之献的,历史上并不多见。但是也不能一概而论。"(臧克家《纳谏与止谤》)

同义 相提并论

反义 另眼相待

同义例句 凡是针,都是缝衣服用的吗?这可不能一概而论。因为针由于构造、功能、用途不同是不能相提并论的。例如医用针、避雷针是不能缝衣的。

对比例句 大千世界,千奇百怪。待人接物不能用老眼光一概而论。具体情况具体分析,遇到新人新事则要另眼相待。

灵活用法 亦作"一概而言"。如:"各从其志,不可一概而言也。"(晋·葛洪《抱朴子·释滞》)

读写辨误 概,不能读成 kài,不能写成"慨"。

★〖一概而论〗

天地不同风雨奇,南橘北枳酸甜异。
世间无有叶共形,孪子难逢齐一致。
照瓠画瓢日月讥,东施效颦众人戏。
统而概论泯多样,文武英才皆得志。

[一干二净]yī gān èr jìng

[词源]清·李汝珍《镜花缘》四十四回:"此山大虫,亏得骆小姐杀得一干二净,我们才能在此安业。"

本义 形容一点也不剩。如:"这号马,十冬腊月天,一身毛褪得一干二净,冷得直哆嗦,出不去门。"(周立波《暴风骤雨》)

同义 片甲不留

同义例句 大军到来,顽匪被杀得片甲不留,一个月过去,这里的匪患便被消除得一干二净了。

★〖一干二净〗

来欲满怀天地得,去时一切灰飞灭。
宝哥蝶舞热忱姑,黛色花枯寒月别。
泰岳粉尘海突峰,石碑沙空鼠虫穴。
金山银水随风飘,铅字墨香千古哲。

[一鼓作气]yī gǔ zuò qì

一鼓：指敲第一遍战鼓；作：振作；气：勇气、士气。[词源]春秋·鲁·左丘明《左传·庄公十年》："夫战，勇气也。一鼓作气，再而衰，三而竭。"

本义 本指战场上擂第一遍战鼓时，士气最旺盛。后引申为做事一口气干到底。如："初听这话，还是一鼓作气的。"（清·李宝嘉《官场现形记》）

反义 半途而废

对比例句 这事若不一鼓作气做完，那就势必半途而废。

★〖一鼓作气〗

百折不挠非止摆，一鼓作气再而衰。
十年寒窗鼎元甲，二万长征銮殿禧。
江水奔腾冲大海，老骥伏枥捷音驰。
乘红打铁炼筋骨，挥笔呵成墨凤枝。

[一哄而散]yī hòng ér sàn

哄：吵闹、喧嚷、起哄。[词源]明·凌濛初《初刻拍案惊奇》卷一："看的人见没得买了，一哄而散。"

本义 形容大伙喧嚷着一下子散开、离去。如：姑娘直起身子，不由得皱起眉头，万一遇上的是一帮淘气包，每人捡起几个苹果，一哄而散，挡也没法挡呀。

同义 一触即溃

反义 一呼百应、一哄而起

同义例句 这股敌人真是一帮亡命之徒，装出不可一世的样子。可是与我们一交火便一触即溃，后边的人马随之一哄而散。

灵活用法 亦作"一轰而散"，如："一轰而起，一轰而散，他逮不住领头人儿，看他有什么法子？"（梁斌《红旗谱》卷二·二十九）

读音辨误 哄，在这里不能读成 hǒng；散，不能读成 shàn（善）。

★〖一哄而散〗

趋炎而傍无依跑，树倒猢狲皆溜光。
百鸟朝凤沾翎羽，千军心散鹿台殇。
元妃失宠红楼塌，兵败山崩銮殿荒。
为庶揭竿随呼应，同舟共济迎浪行。

[一挥而就]yī huī ér jiù

就：成功、完成。[词源]《宋史·文天祥传》："天祥以法天不息为对，其言万余，不为稿，一挥而成。"

本义 形容写字、写文章、绘画很快就完成。如："'下笔千言'，'一挥而就'的情形也许是有的，但如果不是粗制滥造，那至少有两个条……（施向东《关于写文章》）

同义 一气呵成、一蹴而就

反义 字斟句酌

同义例句 他的书法作品都是一挥而就。一般先是凝神静思一会儿，而后提起笔来，不论字多字少，均一气呵成。

对比例句 同是作家，写作习惯却各不相同，有的惯于一挥而就，有的却爱字斟句酌。

★〖一挥而就〗—李白

文曲星吟銮殿辉，谪仙袖字神州美。

一挥而就山金黄，百诵红尘苍绛紫。
酒盏乾坤三影诗，骊山萱蕙书妃绮。
蓬蒿翰墨如来酣，绝赋风流千古唯。

[一见如故]yī jiàn rú gù

故：故旧、老朋友。[词源]五代·王定保《唐摭言》卷六："光化戊午岁，来自襄南，融一见如旧相识，延让呜咽流涕，于是攘臂成之矣。"宋·张洎《贾氏谭录》："李邺侯为相日，吴人顾况西游长安，邺侯一见如故。"

本义 指初次见面就如同老友一样。如："我们的谈话一开了头，他就一见如故对我谈起他的童年，他谈得那样生动、那样亲切，把我的全部精神吸引住了，我想问他的一切都忘却了！"（冰心《"面人郎"访问记》）

同义 一见如旧、一见倾心、一见钟情、一面如旧、一拍即合、似曾相识、相见恨晚、相交有年、白头如新、情同手足、八拜之交

反义 素不相识、视同路人

同义用法 刘、关、张三人一见如故，他们互诉报国安邦之志，都有相见恨晚的感觉。

对比例句 他俩一见如故，谈得非常投机，虽是一面之交却似相交多年的老朋友。

灵活用法 亦作"一见如旧""一面如旧"。如："见华一面如旧，钦华德范，如师资之礼焉。"（《晋书·张华传》）

读音辨误 如，不能读成yú（鱼）。

★〖一见如故〗—宝黛初识
一靥雪貂轻逸入，众人瞠目仰寒兔。
双瞳对视秋波澜，两实梦萦见如故。
竹马豪情伸手携，青梅羞涩绯红露。
涓涓滋润干枯玫，汩汩濡沟融恋慕。

[一举两得]yī jǔ liǎng dé

[词源]汉·刘珍《东观汉记·耿弇传》："吾得临淄，即西安孤，必覆亡矣，所谓一举而两得者也。"

本义 指做一件事而得到两方面的收益。如："二郡田地逼狭，谓可徙迁西州，以充边土，赐其十年之复，以慰重迁之情，一举两得，外实内宽，此又农事之大益也。"（《晋书·束皙传》）

同义 一箭双雕、一石二鸟

反义 一举两失、鱼死网破、鸡飞蛋打、赔了夫人又折兵

同义例句 他研制的这台环保设备，既能净化空气，又使废物被利用，真乃一箭双雕、一举两得。

对比例句 掎角之势，能攻能守，一举两得。这次我们打伏击，要吸取马谡失街亭的教训，不要像他那样一举两失、贻笑天下。

读写辨误 得，在这里不能读成déi或de，不能写成"的"。

★〖一举两得〗
江堰灌排水分畅，鱼兼掌得两全美。
一弓二鸟箭双雕，三气周瑜收郢姊。

好事成双天辅成，事如人意耕耘起。
烛光熬墨生秋香，竹简映辉翎羽紫。

[一蹶不振]yī jué bù zhèn

蹶：跌倒；振；振作。[词源] 汉 · 刘向《说苑》：“一蹶之故，却足不行。”

本义 指跌倒了，再也爬不起来。如：脑血管病患者应十分小心，防止摔倒，否则会一蹶不振。

比喻 比喻遭到失败或挫折再也振作不起来。如：“难道看到各家义军被诱降，随后一个一个被消灭，让起义大业一蹶不振，全部瓦解么？”（姚雪垠《李自成》）

同义 一败涂地与比喻义同义

反义 东山再起与比喻义构成反义

同义例句 吴佩孚兵多、粮足、枪炮好，这次被北伐军打得一败涂地，竟然一蹶不振了。

对比例句 假如军师不死，一定不会允许他一蹶不振，而必定扶助他东山再起。

★〖一蹶不振〗—赤壁败北
老骥扬鞭横北魏，戟戈高舞向南挥。
浪涛不遂枭雄意，风骨草船借箭飞。
旱鸭岸边空拍叫，冲天熊火万军围。
华容败走跪求过，一蹶不振霜发稀。

[一脉相承]yī mài xiāng chéng

脉：血脉、血统，比喻派系；承：继承。[词源] 明 · 汪庭讷《三祝记 · 叙别》：“你向日将囊金封还张子，纯仁今日将麦舟赈济曼卿，这才是一脉相传，何愁皇天不佑。”

本义 血亲关系世代继承延续下来。如：“如今这两个侄儿，虽分鸿胪、宜宾两派，毕竟二脉相承，所以一个模样。”（清 · 李绿园《歧路灯》第九十三回）

引申 现常形容不同时期的思想观点、意识形态在本质上的延续或联系。如：“归根结底，这是同资产阶级的世界观一脉相承的。”（陶铸《崇高的理想》）

灵活用法 亦作“一脉相传”“一脉相通”。如：“这和颜回的‘一箪食，一瓢饮，在陋巷，不改其乐’的态度确有一脉相通的地方。”（郭沫若《儒家八派的批判》）

读音辨误 脉，不能读成 mò；承，不能读成 cén 或 chén（陈）。

★〖一脉相承〗—文化传承
长江蜿蜒翰墨流，甲文简牍柳休优。
四书五理德经久，百姓九州华夏悠。
魔道千年仁入骨，正邪黑白有春秋。
黄河滚滚几弯曲，儒海知信永远游。

[一毛不拔]yī máo bù bá

毛：汗毛。[词源] 唐 · 虞世南《北堂书钞 · 引〈燕丹子〉》：“荆曰：‘有鄙志，尝谓心向意等，投身不顾；情有乘异，一毛不拔。’”

本义 本指战国时代哲学家杨朱的极端自我主义。如：“杨子取为我，拔一毛而利天下，不为也。”

(《孟子·尽心·上》)

比喻 后形容自私、吝啬。如:“差人道:‘沈姑娘,你也太拿老了!叫我们管山的吃山,管水的吃水,都像你这样一毛不拔,我们喝西北风!’”(清·吴敬梓《儒林外史》)。

同义 爱财如命与比喻义同义

反义 一掷千金、慷慨解囊与比喻义构成反义

同义例句《欧也妮·葛朗台》中塑造了葛朗台这个爱财如命、一毛不拔的吝啬鬼的艺术形象,给人印象深刻。

对比例句 在富人中常见一掷千金的大老板,但也有一毛不拔的吝啬鬼。

歇后用法 他用钱太抠了,真是个“铁公鸡——一毛不拔”。

书写辨误 拔,不能写成“拨”。

★〖一毛不拔〗—铁公鸡

薄币轻飘重泰岳,头颅不及角票重。
一毛不拔铁鸡硬,百万银元坟墓封。
红酒笑拢钱孔弟,滴流不漏外田农。
欲将手指点金石,朱阁肉糜哀乞冬。

[一模一样]yī mú yī yàng

模:模型;样:样子。[词源]明·凌濛初《初刻拍案惊奇》:“话说人生只有面貌最是不同。盖因各位父母所生,千枝万派,那能够一模一样的。”

本义 形容都是一个模样,没有差别。如:“汉武帝看见布幕上果然出现了一个人影,这影子就和李夫人的侧影一模一样。”(萧建亨《影子的故事》)

引申 有时指想法完全一致。如:这两篇文章的观点一模一样,我怀疑就是一个人写的。

同义 毫无二致、如出一辙与本义同义,不谋而合与引申义同义

反义 千差万别、各有千秋、截然不同、迥乎不同与本义构成反义,各不相谋、貌合神离、人心如面与引申义构成反义

同义例句 对这件事情的看法,我们两人是一模一样的,真是不谋而合。

对比例句 别看他俩在公开场合说得那样动听,讲的内容又一模一样。实际上他俩各不相谋、貌合神离。

读写辨误 模,在这里不能读成 mō(摸),不能写成“摸”。

★〖一模一样〗

树枝同体不同叶,南橘北枳纷彩虹。
芸芸众生人相异,茫茫人海实情同。
同窗共桌异门第,蝴蝶翩跹共渡东。
未要腾云骑紫鹤,但将如意凌长风。

[一目了然]yī mù liǎo rán

目:看一眼;了:清楚,明白。[词源]宋·朱熹《朱子语类》:“见得道理透后,从高视下,一目了然。”

本义 形容事物、事理很清楚,一眼就能看明白。如:“以上的根

据和判断清清楚楚，一目了然。”（张志公《写总结的几个问题》）

反义 眼花缭乱、扑朔迷离

对比例句 根据主犯的交代，“4·26海关事件”似乎一目了然了。可正当侦破小组准备出击时，罪犯突然在狱中被人毒死，整个案情顿时又变得扑朔迷离起来。

褒义贬用 形容故事平淡，情节过于简单，缺乏吸引力。如：《边城匿影》的情节非常曲折，高潮迭起，扣人心弦，是一部成功的作品。而《夜雨钟声》则是故弄玄虚，其实故事非常简单，只看开头，整个故事便可一目了然，没有多大意思。

读音辨误 然，不能读成 lán（兰）。

★〖一目了然〗

司马之心孩孺识，指麋为马意淫施。
百般狡辩暗藏鬼，一目了然邪恶辞。
白骨三妖金睛烧，黑庞几眼透奸欺。
光天化日见胸境，朗朗乾坤天地知。

[一暴十寒]yī pù shí hán

暴：晒；寒：冻。[词源]《孟子·告子上》：“虽有天下易生之物也，一日暴之，十日寒之，未有能生者也。”

本义 指做事没有恒心，不能坚持做到底，或做一做又停一停，不能持续不懈地做完，以致劳而无功或半途而废。如：“或作或辍，一暴十寒，则虽读书百年，吾未见其可也。”（吴梦祥《日录》）

同义 三天打鱼、两天晒网

反义 持之以恒、锲而不舍

同义例句 瞿胖子想减肥，瘦皮李三想强壮身体，两人便一同开始各自的锻炼计划。然而瞿胖子跑步是三天打鱼，两天晒网，瘦皮李三的健美训练也是时断时续，一暴十寒。结果，瘦的仍旧瘦，而胖的是越来越胖了。

对比例句 在学习的问题上，我们成绩差的同学应该有锲而不舍的刻苦精神，才能迎头赶上，而成绩好的同学也应该不懈不怠，持之以恒，才能稳步前进。任何一暴十寒的做法都是达不到目的的。

读音辨误 暴，这里不能读成 bào（报）。

[一曝十寒]yī pù shí hán

见[一暴十寒]

★〖一曝十寒〗

三日打鱼戏锦鲤，两天晒网暇闲遥。
一时兴趣心潮湃，十步波折意志消。
滴水涓流终穿石，愚公坚锤泰山摇。
浅尝辄止半途废，不懈进舟宏伟骄。

[一窍不通]yī qiào bù tōng

窍：洞，指感官。[词源]元·张国宾《罗李郎大闹相同寺》一折：“啊，这老的一窍也不通。”

本义 指非常闭塞、愚钝无知。如：“虽然他是一窍不通的浑虫，可是双桥镇上并无‘镇长’之流的

官儿,他也还明白。”(茅盾《子夜》)

同义 一无所知、黑漆皮灯

反义 一通百通、触类旁通、无所不通

同义例句 这是个好逸恶劳、不学无术的人,本专业的事他都一窍不通,与专业相关的知识更是一无所知。

对比例句 我原来对这项工作是一窍不通的,经过学习和名师指点后把握了关键,一下子就明白了许多道理,真是触类旁通。

读音辨误 窍,不能读成 qiáo(桥)。

★〖一窍不通〗

井底蛙懵苍昊象,夜郎藐视汉华长。
天文不识跳梁慌,禅佛莫明光眼茫。
书页翻开天地牖,烛灯透过俗尘荒。
丹心凌雾破寰宇,墨渗江河蓝海洋。

[一清二白]yī qīng èr bái

见[一清二楚]

[一清二楚]yī qīng èr chǔ

本义 指非常清楚、明白。如,“只有政府的告示和报纸上的文章,其中规定着禁止什么,他才觉得一清二楚。”(契诃夫《装在套子里的人》)

同义 昭然若揭

反义 云谲波诡

同义例句 我们已经把这问题分析得一清二楚了,其中计划泄露的问题也已昭然若揭。

对比例句 这事的起因和发展很复杂,目前仍是云谲波诡,很难弄得一清二楚。

灵活用法 亦作“一清二白”。如:“我一会闲了,到你家,面见老太太,说一个一清二白。”(清·李绿园《歧路灯》第一〇三回)

读音辨误 清,不能读成 qīn(亲);楚,不能读成 cǔ 或 coǔ。

★〖一清二楚〗

葵藿仰嫣日晓喻,昙芯羞露月明白。
回眸一笑秋波推,耄耋百年濡沫惜。
竹马逗挑青眼柔,祝英台会梁山伯。
蝶花春梦红楼酣,无限风光醒目石。

[一去不复返]yī qù bù fù fǎn

复:再。[词源]汉·司马迁《史记·荆轲传》:“风萧萧兮易水寒,壮士一去兮不复还。”

本义 指人或动物离开某地后就再也不返回来了。如:“黄鹤一去不复返,白云千载空悠悠。”(《崔颢《黄鹤楼》)

引申 指时光、岁月或某个时代已成为过去,永远不会返回或重现。如:“年华似水,它不停地向前流,一去不复返。”(余心言《青春是美丽的》)

反义 循环往复与引申义构成反义

对比例句 其他地区“靠天收”的时代已经一去不复返了,而这个贫困地区的农家百姓依然循环往

复地遭受着旱涝天灾。

灵活用法 亦作"一去不返"。如:"不想过了几天,金寓做了黄鹤,一去不返。"(清·无名氏《官场维新记》第四回)

读音辨误 复,不能读成 fú(扶)。

★〖一去不复返〗—红楼衰

聊斋前世泽恩惠,梦幻今生鸳侣回。
怡院春花梨正般,潇湘秋月绿衫灰。
元妃树倒观园散,寒黛凋零鲜卉颓。
朱阁坍崩灯笼灭,石头泪水落空杯?

[一扫而空]yī sǎo ér kōng

[词源]宋·苏轼《题王逸少帖》:"天门荡荡惊跳龙,出林飞鸟一扫空。"鲁迅《彷徨·祝福》:"从白天以至初夜的疑虑,全给祝福的空气一扫而空了。"

本义 指扫除得很干净。如:"待到傍晚我们上船的时候,这老屋里的所有破旧大小粗细东西,已经一扫而空了。"(鲁迅《故乡》)

同义 秋风扫落叶、一网打尽、一笔勾销

反义 层出不穷

同义例句 扫黄打黑把这里污浊的黄、赌空气一扫而空,犯罪分子也被一网打尽。

对比例句 封建迷信活动屡禁不止,有些地方甚至层出不穷,这需要采取有力的行动,才能把这种落后的风气一扫而空。

灵活用法 亦作"一扫而光"。如:"她快而有力地挥一下手,像快刀斩乱麻一样把重重的忧虑一扫而光。"(冯德英《迎春花》第十一章)

读音辨误 扫,不能读成 shǎo(少)。

★〖一扫而光〗

独上高楼摘星辰,四周矮草拌经历。
月亭摩顶不胜寒,烛影摇光魔爪雳。
稳坐泰山傲蝼蚁,挥毫泼墨扫孤寂。
竹卷琴曲伴红尘,书彩绽开仙廷霓。

[一视同仁]yī shì tóng rén

一视:一样看待;仁:仁爱。[词源]宋·朱熹《朱子语类·卷二十·论语》:"虽贵乎一视同仁,然不自亲始也不得。"

本义 同等对待,不分亲疏厚薄。如:"要是对'落水狗'和'落水人'独独一视同仁,实在未免太偏,太早,正如绅士们之所谓自由平等并非不好,在中国却微嫌太早一样。"(鲁迅《论"费厄泼赖"应该缓行》)

同义 不分畛域、有教无类、贵贱无二、无适无莫

反义 另眼相看、拣佛烧香、厚此薄彼、恤近忽远

同义例句 孔老夫子教学生有一个原则,那就是"有教无类"。意思是,受教的权利是平等的,对受教者是一视同仁的。

对比例句 作为一个部门的领导,对属下应一视同仁。如果厚此

薄彼，搞远近亲疏，这个部门的工作就难以做好。

灵活用法 也作“一视而同仁”。如：“是故圣人一视而同仁，笃近而举远。”（唐·韩愈《原人》）

书写辨误 仁，不能写成“人”。

★〖一视同仁〗

高峰低壑暴山洪，贵贱尊卑衍剑攻。
绫绢遮天遭竹刺，蓑翁不立揭竿冲。
三躬茅屋得诸葛，九拜魏徵丝路通。
相聚百年濡沫馥，同台举盏共觞融。

[一丝不苟]yī sī bù gǒu

苟：马虎。[词源]清·吴敬梓《儒林外史》第四回：“上司访知，见世叔一丝不苟，升迁就在指日。”

本义 比喻很认真，很仔细，一点都不马虎。如：“他对于语言的简洁和正确是一丝不苟的……”李卜克内西《回忆马克思恩格斯》）

反义 马马虎虎

对比例句 考试一定要严肃认真，一丝不苟，绝不能马马虎虎，应付了事。

读音辨误 苟，不能读成jù（句）。

★〖一丝不苟〗

差之毫厘谬千里，大意疏防失郢州。
马虎长平牛纸破，随便街亭败军遛。
精雕细琢金瑜灿，斟字酌句佳赋留。
缕缕细仁功德水，针针见穴雾穹悠。

[一丝一毫]yī sī yī háo

[词源]清·李宝嘉《官场现形记》：“真正是涓滴归公，一丝一毫也不敢乱用。”

本义 指数量极少，或程度极低。如：“你们能在白皮书和艾奇逊信件里找到一丝一毫的仁义道德吗？”（毛泽东《别了，司徒雷登》）

同义 一点一滴

反义 不可胜数

同义例句 这些台板上的沙子一点一滴都要扫干净，绝不能留下一丝一毫，否则就会引起故障。

对比例句 这份数据非常准确，几乎没有一丝一毫的误差，但原来那份差错太多，简直不可胜数。

灵活用法 “这位英雄的像终于站在雕刻家面前了。真是一丝也不多，一毫也不少，正同雕刻家心里想的一模一样。”（叶圣陶《古代英雄的石像》）

读音辨误 丝，不能读成shī（诗）。

★〖一丝一毫〗——一尘不染

冰清玉洁还泉恩，满脸春风入贾族。
相见如初前世姻，青梅竹马宴情逐。
人间门第隔良缘，黛玉绝诗讽殄戮。
百陋俗氛难沾身，一尘不染荷花独。

[一塌糊涂]yī tā hú tú

[词源]鲁迅《致萧军、萧红》：

“凡有寄出书籍，倘是我写封面的，他就特别拆开来看，弄得一塌糊涂。”

本义 形容乱糟糟的样子。如：“我的画画满了绿树、绿蔓、绿叶、绿茎，简直是绿得不可开交，一塌糊涂。”（于是之《幼学纪事》）

同义 乱七八糟、一片狼藉、污七八糟

反义 整整齐齐、有条不紊、井然有序、井井有条

同义例句 新植的草皮还没长好，他们便迫不及待地冲进去踢起球来。结果，把球场弄得一塌糊涂，草皮都乱七八糟地翻翘着。

对比例句 这伙票贩子为牟取非法暴利，经常扰乱秩序，把原本井井有条的队伍搅得混乱不堪，售票窗口更是挤得一塌糊涂。

★〖一塌糊涂〗—石头梦

荣国梨云十里长，仕途车马三连翰。
元妃失宠折英台，一塌糊涂贾府散。
怡院秋风情寞凋，潇湘寒月玉花干。
石头福禄红楼梦，雨滴泪流江水澜。

[一团和气]yī tuán hé qì

[词源]宋·朱熹《上蔡语录》：“明道（程颢）终日坐，如泥塑人，然接人浑是一团和气。”

本义 指态度和蔼可亲。如“吴用道：‘王头领待人接物，一团和气，如何心地倒恁窄狭？’”（明·施耐庵《水浒传》）

引申 引申为不分是非、不讲原则地保持和平和亲近。如：“或者轻描淡写地说一顿，不作彻底解决，保持一团和气。”（毛泽东《反对自由主义》）

同义 平易近人与本义同义

同义例句 彭老师平易近人，待同学总是一团和气。

★〖一团和气〗

荒野萧风凛冽咆，陋蓬蒙幔暖氛抱。
众人合拢炭花红，一桌团圆和气好。
漫漫余香渗肺腑，微微烛火星光昊。
管兄共曲山川欢，水乳交融社稷保。

[一团漆黑]yī tuán qī hēi

见[漆黑一团]

★〖一团漆黑〗—聊斋志异

万籁寂寥风嗜睡，一团漆黑月羞美。
烛芯飘逸白蛄精，竹筒蹦跳黑李鬼。
狐貉尾巴丝软被，鳄鱼泪滴香莲蕊。
南柯海市梦难醒，蒲老酣嬉鸳色水。

[一往无前]yī wǎng wú qián

一往：一直向前进；无前：前面无所阻挡。[词源]康有为《大同书》甲部：“然其挟火电之力，飙驰电驶，一往无前，交道相忤，少不及防，即有相碰之患。”

本义 形容毫无畏惧，奋勇前进。如：“勇士也并不是都有一副威武的外貌，更不是生来就有的一往无前的勇气。”（茹志鹃《离不开你》）

同义 勇往直前、勇猛直前

反义 畏缩不前、畏首畏尾、前怕狼、后怕虎

同义例句 我们青年人应该有一往无前的勇气，有排除前进路上一切困难的决心，有艰苦奋斗、勇往直前的精神。

对比例句 他这个人胆小怕事。工作上遇到棘手问题就畏首畏尾，前怕狼、后怕虎，缺乏一往无前的勇气。

灵活用法 亦作“一往直前”。如“……太平天国的领袖们能够提出这种社会理想，并且也有部分地做到，所以才激励了千百万农民群众的热情，奋不顾身，一往直前，作了十多年的苦斗。”（薄韧《二千年间》）

★〖一往直前〗

九霄云外飞松鹤，四海深洋龙蛰渊。
道路蜿蜒威猛往，蜀崖攀越可摩天。
烛光摇曳辉文曲，翰墨洪流江水延。
火海刀山膀作翼，敢要日月换新乾。

[一望无际]yī wàng wú jì

际：边。[词源]明·吴承恩《西游记》第六十四回：“一望无际似有千里之遥。”

本义 一眼望不到边，形容非常辽阔。如：深秋，一望无际的森林里，树叶全落了。

同义 无边无际、漫无边际

反义 一览无余、尽收眼底

同义例句 一望无际的大草原上，漫无边际地生长着不知名的小花小草。

对比例句 山南腰的各种建筑物尽收眼底，山北坡的树林却是一望无际。

★〖一望无际〗

鸿鹄凌云鹏翅拍，俯望尘世尽跟前。
肩横苍宇担乾德，眼放浩茫无杂然。
竹简展开山水海，翰林牍立鼎天仙。
昆仑峰枕大同梦，瑶碧滇池泽庶泉。

[一无是处]yī wú shì chù

是：对的，好的。[词源]明·张岱《与胡季望》：“是犹三家村子，使之治山珍海错，烹饪燔炙，一无是处，明眼观之，只发一粲。”

本义 形容糟糕透了，一点对的和好的地方都没有。如：“要做到如实反映情况……切不可说好就好得无疵可指，说坏就坏得一无是处，要实事求是，恰如其分。”（张志公《学习写调查报告》）

又如：“他们反对官僚主义，就把延安说得好似‘一无是处’，而没有把延安的官僚主义同西安的官僚主义比较一下，区别一下。这就从根本上犯了错误。”（毛泽东《党委会的工作方法》）

反义 完美无缺

对比例句 任何一篇作文都很难说是完美无缺的。反过来说，只要认真去写，那么任何一篇作文也都不会是一无是处的。

灵活用法 亦作“毫无是处”。如：“自领以下，西装更是毫无是

处。”（林语堂《论西装》）

读音辨误 处，不能读成 qù（去）。

★〖一无是处〗—挑剔

横鼻竖眉看不惯，东西为难任由性。
说行就行非要行，行也不行不得令。
欲定罪囚何缺辞，风波亭里血流迸。
蛋中挑骨找碴儿，四面楚歌遭剑柄。

[一无所得]yī wú suǒ dé

[词源]五代·王定保《唐摭言》卷八：“然日势既暮，寿儿且寄院中止宿。（郑）颢亦怀疑，因命搜寿儿怀袖，一无所得……”

本义 指什么东西都没得到，毫无收获。如：“但现在寻起来一无所得，想必是十七那夜统统烧掉了。”（鲁迅《为了忘却的记念》）

同义 一无所获

反义 满载而归

同义例句 那班小人，奉承权贵，费千金设宴，却一无所获，转而又大肆行贿，结果仍是一无所得，真是可耻又可悲。

对比例句 上次打猎没找到好地方，转了一天，一无所得。今天这地方选得好，满载而归。

★〖一无所得〗

顽石梦乡尝鲜果，纵身贾府喜嗞落。
怡楼胭粉熏香烟，潇馆黛梅曼妙乐。
秋冷枯枝辛姐凋，冬冰朱邸断桥鹊。
泪涟洗刷红尘灰，宝玉空篮回寺阁。

[一无所有]yī wú suǒ yǒu

[词源]清·李宝嘉《官场现形记》第五十一回：“家产业已全数抵押出去，一无所有。”

本义 指一点钱财也没有，非常穷。如：‘以我的责任，应当告诉你，这样你自己是一无所有了……”（巴尔扎克《守财奴》）

引申 泛指什么都没有，空的。如：“‘金漆马桶’大约说徒有其表，面子上好看，其实内骨子一无所有。”（清·李宝嘉《官场现形记》第二十七回）

同义 一贫如洗与本义同义，空空如也与引申义同义

反义 腰缠万贯与本义构成反义，应有尽有与引申义构成反义

同义例句 火灾之后，他一无所有了。经过多年辛勤经营，他又有了一点积蓄，可偏偏又染上了毒瘾，没多久，他又变得一贫如洗了。

对比例句 我现在一无所有了，你就不理不睬了，当初我腰缠万贯的时候，你怎么像条狗样地围着我转？

读音辨误 所，不能读成 shuǒ。

★〖一无所有〗

经纶满腹蓬蒿辉，气质华诗蓑笠蔚。
四壁空空牍册珠，寡肠辘辘墨瑶慰。
手无缚鸽铅书重，身没分文仁德贵。
枯骨烟灰化汗青，精灵佳思春秋卉。

[一无所知]yī wú suǒ zhī

[词源] 明·冯梦龙《警世通言》卷十五："小学生望后便倒，扶起，良久方醒，同之一无所知。"

本义 指什么也不知道。如："自其有生以来，未尝出户，但能读《三坟》《五典》《八索》《九丘》，而于门以外之人情物理，一无所知。"（清·严复《救亡决论》）

同义 一无所闻、一窍不通

反义 见多识广、无所不知

同义例句 他对证券方面的知识一无所知，至于股票买卖操作更是一窍不通，难怪大败而归。

对比例句 他本是一个见多识广的人，怎么问起这件事，他却一无所知？其中定有奥妙。

读音辨误 知，不能读成 zī（资）。

★〖一无所知〗

盲目苍穹迷道象，满腔饭菜惑天昌。
红尘霓虹仙神幻，酒瓮旋涡翎羽殇。
纤纸铅文生睿智，黑瑶墨翰透金光。
勤耕沧海翻珠贝，驾驭卫星寰宇翔。

[一五一十]yī wǔ yī shí

五、十：表示进数单位。[词源] 明·施耐庵《水浒传》二十五回："这妇人听了这话，也不回言，却踅过来，一五一十，都对王婆和西门庆说了。"

本义 形容毫无保留地照直说。如："有时候他还觉得美中不足，要是牛能说话，把了解的和想说的都一五一十地说出来，那该多好呢。"（《牛郎织女》）

同义 从头至尾、原原本本、不折不扣、竹筒倒豆子

反义 掐头去尾、挂一漏万、东扯西拉、吞吞吐吐

同义例句 他把侦察到的敌情向首长一五一十、原原本本地作了汇报。

对比例句 爸爸问我们期末考试的情况，我一五一十地讲了各门课的考试情形，而弟弟却说不清楚，不是吞吞吐吐，就是掐头去尾地东扯西拉。

★〖一五一十〗—宝黛情

相逢似见迎天降，互拢话长忆旧缘。
对眼秋波情寞漾，触衫电跳闪灵弦。
一五一十倒红豆，百媚千姿露瓣妍。
柳下花前梅竹摇，鹊桥碧水伴鸯翩。

[一息奄奄]yī xī yǎn yǎn

见 [奄奄一息]

[一厢情愿]yī xiāng qíng yuàn

一厢：一相，一边，指单方面。[词源] 金·王若虚《滹南遗老集》："晏殊以为柳胜韩，李淑又谓刘胜柳，所谓'一厢情愿'。"

本义 只是单方面意愿，不顾对方的态度或实际情况如何。如："剥夺了取得智识文化的可能的小百姓，只有一厢情愿地找些'巧妙'

的方法去骗骗皇帝官僚甚至于鬼神。”（瞿秋白《〈鲁迅杂感选集〉序言》）

同义 如意算盘

反义 两相情愿

同义例句 张先生在这件事情上打的如意算盘恐怕只是一厢情愿，最终会事与愿违的。

对比例句 我们俩办的这件事，必须两相情愿，相互受益，如果只是一厢情愿，那是很难办成的。

书写辨误 愿，不能读写成“远”。

★〖一厢情愿〗—白蛇传

尘世曲蜒鸳对圆，西湖桥上续恩年。
观音一滴滋情窦，法海两酮鹅侣煎。
酒漫金山清浊宇，蛇翻雷塔筑心田。
千秋望眼今生拥，一许愿情终满缘。

[一心一意]yī xīn yī yì

［词源］《三国志·魏志·杜恕传》裴松之注引《杜氏新书》：“故推一心，任一意，直而行之耳。”唐·骆宾王《代女道士王灵妃赠道士李荣》诗：“一心一意无穷已，投漆投胶非足拟。”

本义 指专心专意。形容心思、意念专一。含褒义。如：“它那样大公无私，那样一心一意地为人民发出光和热。这是何等宽阔的胸怀！”（陶铸《太阳的光辉》）

同义 全心全意、专心一意、专心致志、一念通无

反义 三心二意、心不在焉、见异思迁

同义例句 我们要善于严格控制自己。上课时要专心致志地学习，下课娱乐也应一心一意地玩得痛快，这就叫劳逸结合。

对比例句 哥哥在一心一意地做作业，我却惦着爸爸刚买回来的电子游戏机，心不在焉地在作业本上乱画一气。

灵活用法 亦作“一心一计”（计：心思；谋算）。如：“遂一心一计，帮着女儿女婿过活。”（清·曹雪芹《红楼梦》第六回）

读音辨误 心，不能读成 xīng（星）。

★〖一心一意〗—西游

获取真经度众生，一心学法赴天竺。
负重忍辱面狰狞，智勇善谋与鬼逐。
火海刀山见铁肝，是非明辨保袈裟。
千山万水达仙都，修得金刚满载牍。

[一言为定]yī yán wéi dìng

［词源］元·纪君祥《赵氏孤儿》二折：“程婴，我一言已定，你再不必多疑了。”《京本通俗小说·卷十五·错斩崔宁》：“这也是我没计奈何，一言为定。”

本义 一句话说定后不再改变。如：“（江涛）就说：‘好汉子说话一言为定！’”（梁斌《红旗谱》）

同义 一言九鼎、一诺千金、言而有信

反义 自食其言、食言而肥、轻诺寡信

同义例句 此事就这样一言为定，再不要反悔了，我们应该相互信任，做到言而有信。

对比例句 我们既已一言为定就不能有变化了，如自食其言就失去了自身形象。

读音辨误 为，在这里不能读成 wèi（卫）。

★〖一言为定〗—尤三姐

柳士一言订伉俪，尤姑贞守待情郎。
风云莫测人心幻，尘世难料亲热凉。
贾府石狮唯洁白，侠将岂染翠楼场。
佩刀本作寄身物，却葬青娥血泊殇。

[一言以蔽之]yī yán yǐ bì zhī

蔽：遮，引申为概括。[词源]《论语·为政》：“《诗》三百，一言以蔽之，曰：‘思无邪。’”

本义 用一句话来概括。如：“言以蔽之：‘党同伐异’而已。”（鲁迅《论“费厄泼赖”应该缓行》）

同义 总而言之、要而言之

反义 推而广之

同义例句 改革是一场革命。一言以蔽之，就是革旧有观念、旧有体制的命，使生产关系与生产力、上层建筑与经济基础相适应。要而言之，就是使社会主义制度更加完善。

对比例句 祥林嫂的死因有多种说法，一言以蔽之，是“四条绳索”勒死了她。推而广之，具体说来：族权使她失去自由，夫权使她有家难归，政权使她备受压迫，神权使她精神崩溃。精神、生活的折磨，逼她一步步走向恐怖与死亡。

灵活用法 也作“一言蔽之”。如：“犹有一言蔽之：若赤子之笑啼然，看似至易，而实至难者也。”（况周颐《蕙风词话》卷五）

书写辨误 蔽，不能写成“弊”。

★〖一言蔽之〗

万物循规尊律道，奔潮扬卉蝶花好。
仁兹尘世春风和，勤作桑田秋满稻。
墨水江河泽九州，树撑苍宇遮阳烤。
总而言论顺流行，地利天时人运颢。

[一针见血]yī zhēn jiàn xiě

本义 形容说话、写文章简明而能切中要害。如：“她想起江华在定县和她谈话时，也常这样一针见血地指出她的弱点。”（杨沫《青春之歌》）

同义 一语中的、一语破的、切中时弊

反义 隔靴搔痒

同义例句 他分析问题常能切中时弊，一针见血地指出问题的关键所在。

对比例句 批评错误行为，仗义执言的人敢于一针见血击中要害；胆小怕事的人则隔靴搔痒，说不到点子上。

读音辨误 针，不能读成 zhēng（争）或 zēng（增）；血，不能读成 xuě（雪）。

★〖一针见血〗

华医一针破血瘤，孔明一字道玄机。

蝶花相拥连情窦，众鸟沓来元宝围。
掠影落英随夕去，汗青奔涌耦联辉。
老聃德经透苍象，尼父论文天地飞。

[一知半解]yī zhī bàn jiě

解：理解、了解。[词源]宋·严羽《沧浪诗话》："有透彻之悟，有但得一知半解之悟。"

本义 形容所知不多或很不全面，理解不深。如："假使有一知半解的人，并无数学知识，而根据《圣经》这一段或那一段妄肆批评，或者驳斥我的著作，我不但不预备答复他们，而且还要轻视这样的无知的见解。"（竺可桢《哥白尼》）

同义 不求甚解、浅尝辄止

反义 融会贯通

同义例句 研究问题切忌浅尝辄止，更不能对问题一知半解就下结论。

对比例句 鉴于他的知识水平，我估计他对这篇文章只能是一知半解，绝不可能融会贯通的。

★〖一知半解〗

满壶沉默蕴芬芳，半桶叮当乱晃荡。
纸上谈兵败长平，滥竽充数内心慌。
滴流穿石汇汪洋，愚伯子孙移泰荡。
老子一生道德经，孔丘九锤论语掌。

[衣冠楚楚]yī guān chǔ chǔ

楚楚：整洁漂亮。[词源]《诗经·曹风·蜉蝣》："蜉蝣之羽，衣裳楚楚。"

本义 指穿戴打扮很整洁、讲究的样子。如："他看见雪茄烟店里一个衣冠楚楚的人对着摇曳的火头在点烟。"（欧·亨利《警察和赞美诗》）

同义 西装革履

反义 衣衫褴褛、破衣烂衫

同义例句 别看这些人都西装革履、衣冠楚楚的，肚子里还不知装着啥花花肠子哩！

对比例句 一个破衣烂衫的乞丐向一位衣冠楚楚的先生伸过手去，然后开始不停地说好话，请求施舍。

褒义贬用 车上人多了起来，老太太被挤得快要站不住了，可她身边座位上那个衣冠楚楚的年轻人却有意装作看不见。

读写辨误 冠，不能写成"寇"；楚，不能读成 cǔ。

★〖衣冠楚楚〗

绫罗绸缎掩肥腹，蓑笠麻衫现铁躯。
朱阖肉蛆卑乞哭，霓裳歌舞鸩酤虞。
青楼紫袂流红泪，烈焰光膀禾汗珠。
温室牡丹容易谢，雄鹰振翅展宏图。

[依依不舍]yī yī bù shě

依依：留恋的样子；舍：放弃。[词源]明·冯梦龙《警世通言》卷十一："次早，老婆婆起身，又留吃了早饭，临去时依依不舍，在破箱子里取出一件不曾开折的罗衫出来相赠。"

本义 指情谊深长，不忍分离。

如:“众人答应了她的这个小小的要求。她带着依依不舍的神情,跟着翠环她们走下去了。”(巴金《秋》)

引申 有时形容人对美好事物的流连。如:大家都是来看花的,有人走累了,拣个最好的地方坐下来,不一会儿似乎又感到别的地方更好吧,于是站起来,既依依不舍,又满怀向往,慢慢地向别处走去。

同义 依恋不舍、恋恋不舍、难舍难分与本义同义,流连忘返与引申义同义

反义 拂袖而去、不辞而别、绝裾而去与本义构成反义;不屑一顾、喜新厌旧与引申义构成反义

同义例句 我和刘丽同学六年,我们朝夕相处,情深意长。现在小学毕业了,真是难舍难分。今天我怀着依依不舍的心情,向她赠送了一张照得最好的相片。

对比例句 他的个性很强,脾气又古怪,虽然我们相处多年,但很难交往。与他不辞而别,是因为没有什么值得依依不舍的。

读音辨误 舍,在这里不能读成 shè(社)。

★〖依依不舍〗黛玉葬花

潇馆春红燕语唱,瞬间梨谢鸟空房。
昨晨伴蕾粉妍靥,今夕凋零何惜芳?
不舍玉兰污浊染,收魂埋魄保净堂。
慢帷青草牵丝挂,寒月葬花吟闵伤。

[仪态万方]yí tài wàn fāng

仪态:容貌、姿态;万方:多种多样。[词源] 东汉·张衡《同声歌》:“素女为我师,仪态盈万方。”清·纪昀《阅微草堂笔记·如是我闻四》:“……取最丽者四人,教以歌舞,脂香粉泽,彩服明珰,仪态万方,宛如娇女,见者莫不倾倒。”

本义 形容女性容貌、姿态都非常美。如:“朱睨之,国色天香,仪态万方。”(清·王韬《淞隐漫录·朱仙》)

引申 也形容自然景物或动物美丽可爱。如:“兔毛、兔皮可用、兔肉味美,仪态万方的兔子还是上乘的观赏动物。”(史庆礼《兔》)

同义 婀娜多姿、绰约多姿、仙姿玉貌与本义同义,千姿百态与引申义同义

反义 东施效颦与本义构成反义;一模一样与引申义构成反义

同义例句 新招来的空姐个个都是亭亭玉立的少女。她们仪态万方,绰约多姿、笑语盈盈,充满青春的活力。

对比例句 西施愁眉也能显出仪态万方之美,东施效颦则贻笑天下。

灵活用法 亦作“仪态万千”如:“但一见面,完全不是我想象得那样仪态万千,高不可攀,而像一位非常中国化的女学生。”(丁玲《在梅仪慈家》)

★〖仪态万方〗—林黛玉

天降林姑贾府惊，仙姿仪态白云停。
杏眸娥嫮樱桃嘴，纤手玉肤婀娜婷。
口出李诗挥柳墨，芳氛娇舞侧龙廷。
傲睨冷漠卑微草，纯洁融萱入卉冥。

[怡然自得]yí rán zì dé

见[怡然自乐]

[怡然自乐]yí rán zì lè

怡然：安适的样子。[词源]晋·陶潜《桃花源记》："其中往来种作，男女衣着，悉如外人，黄发垂髫，并怡然自乐。"

本义 指安适闲逸、自觉快乐的样子。如：他只要一摸上钓竿，那副怡然自乐的神情，溢于言表。

反义 焦头烂额

对比例句 看到别人怡然自乐的样子，他不禁为自己焦头烂额地四处奔波感到愤愤不平。

灵活用法 亦作"怡然自得"。如："从在一滴水的小世界中怡然自得的草履虫到地球上飞腾活跃的'芸芸众生'，没有一个生物是不乐生……"（巴金《生》）

读写辨误 怡，不能读成tái（台）。

★〖怡然自乐〗—读书

轻风托意上云书，心绪翻开宇宙图。
水滴尘沙蕴浩瀚，乾坤几缕道规途。
有无动静情思幻，善恶正邪自得乎。
铅字森林穿梦寐，斋堂怡乐佛禅都。

[贻笑大方]yí xiào dà fāng

贻：留下；大方：大方之家，行家。[词源]《庄子·秋水》："吾长见笑于大方之家。"

本义 指言行被行家所耻笑。如："……愧知识短浅，诚恐贻笑大方，所以不敢冒昧进谒。"（清·李汝珍《镜花缘》五十二回）

反义 语惊四座、交口称赞

对比例句 两位年轻学者的发言见解独到，语惊四座。相比之下，我们的发言既没有很多新意，理论深度也不够，只能贻笑大方了。

读写辨误 贻，不能读成tái（台），不能写成"怡"或"饴"。

★〖贻笑大方〗

未有角尖何以翘，班门弄斧遭贻笑。
内行门道外行吆，独技绝招存活窍。
业湛于勤荒废嬉，雪光烛火催蹄跳。
梅花香自苦寒来，宝剑锋从磨砺鞘。

[疑神疑鬼]yí shén yí guǐ

[词源]清·黄景仁《游九华山放歌》诗："疑神疑鬼呼欲出，至竟但可以石名。"

本义 形容疑心很重，无中生有。如："那看文章'专靠嗅觉'的人，就疑神疑鬼，妄加揣测起来，以为这又是鲁迅的化名。"（唐弢《琐忆》）

同义 疑心生暗鬼、满腹狐疑

反义 自信不疑

同义例句 常言道：用人不疑

人,疑人不用人。你既与人家合作就不能疑神疑鬼,如此满腹狐疑怎能与人共事。

对比例句 对这件事要相信自己的判断,自信不疑。如果疑神疑鬼,这件事就很难成功。

读写辨误 疑,不能读成 yī(衣),不能写成“凝”。

★〖疑神疑鬼〗—白蛇情

本是天生配夙缘,许公疑惑蛇妖幻。
一杯黄酒试真情,伉俪合并斗法办。
水漫金山爱泪淋,眷昂峰塔坚贞绽。
断桥渡劫鸳鸯过,湖月泛舟千载盼。

[以身殉国]yǐ shēn xùn guó

殉:为国家的利益而牺牲自己的性命。[词源] 三国·蜀·诸葛亮《将苑·将志》:“见利不贪,见美不淫,以身殉国,一意而已。”

本义 为国忠于职守而献出自己的生命。如:“(周处)仰天叹曰:‘有进无退,以身殉国’,遂战而死。”(唐·徐坚等辑《初学记》卷十七引《周处别传》)

同义 以身殉职、为国捐躯、舍身为国、杀身成仁

反义 图身忘国、贪生怕死、苟且偷生、临阵脱逃

同义例句 在白求恩同志以身殉职的精神鼓舞下,我党有许多优秀的干部、战士为取得抗日战争和解放战争的胜利光荣地以身殉国。

对比例句 抗日战争时期,许多热血青年以民族大义为重,他们抱定以身殉国的决心,勇敢地奔赴抗日前线与敌人搏斗;而有些人则图身忘国,苟且偷生。

灵活用法 亦作“以身报国”“以身许国”。如:“以身许国,我则当仁;论道匡君,子思报主。”(唐·陈子昂《登蓟城西北楼送崔著作融入都序》)

读写辨误 身,不能读成 shēng(生);殉,右边不能写成“句”。

★〖以身殉国〗—岳飞

八千里路云和月,一颗丹心彰义节。
舞剑挥毫练武文,精忠刺字向狼穴。
横刀策马扬红旗,怒发冲冠对敌泄。
奸佞投降陷虎将,风波亭外流殷血。

[以身殉职]yǐ shēn xùn zhí

见 [以身殉国]

[以眼还眼,以牙还牙]yǐ yǎn huán yǎn ,yǐ yá huán yá

[词源]《旧约全书·申命记》十九章:“以命偿命,以眼还眼,以牙还牙,以手还手,以脚还脚”。

比喻 比喻用对方使用的一手还击对方。 如:“‘犯而不校’,是恕道,‘以眼还眼以牙还牙’,是直道。”(鲁迅《论“费厄泼赖”应该缓行》)

同义 以血偿血与本义、比喻义同义,针锋相对、以其人之道还治其人之身与比喻义同义

反义 犯而不校、逆来顺受与

比喻义构成反义

同义例句 对军事上的敌人,我们是"以眼还眼,以牙还牙。"对政治上的敌人,我们也可以采取同样的方法,以其人之道,还治其人之身。

对比例句 逆来顺受、"犯而不校"的恕道,只能助敌气焰。只有以眼还眼、以牙还牙的直道,才会有效地打击敌人。

★〖以牙还牙〗

横刀跃马任涂炭,四面楚歌镖如沙。
闻到余香还暖被,钢椎风骨碎獠牙。
一心设计害诸葛,三气周瑜嫉自家。
仁德苍生天地和,人民水载远航霞。

[义愤填膺]yì fèn tián yīng

膺:胸。[词源]《旧唐书·文宗本纪下》:"上曰:'我每思贞观、开元之时,观今日之事,往往愤气填膺耳。'"清·李绿园《歧路灯》第七十六回:"国家第一要忠臣,义愤填膺不顾身。"

本义 指正义的愤怒充满胸膛。如:"特别是红军战士,亲自见到或听到反动派的种种暴行,莫不义愤填膺,激起更强烈的革命斗志。"(成仿吾《长征回忆录》)

同义 怒火中烧、怒气填胸、拍案而起

反义 喜形于色、心平气和

同义例句 对蒋介石投靠美帝国主义发动内战的罪行,闻一多义愤填膺,他拍案而起,痛斥了国民党蒋介石卖国求荣的丑恶行径。

对比例句 美帝国主义悍然发动侵朝战争,把战火烧到我国东北边境,全国人民无不义愤填膺。当时我们几个满怀爱国激情的青年,冷静地分析了形势,心平气和地商讨报国行动,决心参加中国人民志愿军,赴朝痛击美国侵略者。

灵活用法 亦作"义愤填胸"。如:"这个风声,传到京来,人人义愤填胸,个个忠肝裂血。"(清·曾朴《孽海花》第二十四回)

读写辨误 膺,不能读成 yīn(音),不能写成"鹰"。

★〖义愤填膺〗

烽烟四起狼侵关,掠夺城池占庶宅。
甲骨青铜遭掳抢,生灵涂炭花枯白。
积怨肺腑怒冲冠,民众皆兵同御迫。
笔阀刀铢向敌穿,风云箭雨贼人厄。

[义正词严]yì zhèng cí yán

义:道理,道义;正:相符;严:严厉。[词源]清·李宝嘉《官场现形记》第十七回:"魏竹冈拆开看时,不料上面写得甚是义正词严。"

本义 理由正当、充足,言辞严厉。如"……邹忌并没有板起面孔,摆出义正词严的态度……(臧克家《纳谏与止谤》)

反义 胡搅蛮缠、强词夺理

对比例句 面对这伙强词夺理的捣乱分子,李局长义正词严,揭穿了他们的阴谋。

灵活用法 亦作“词严义正”，如：“程正叔词严义正。”（明·焦竑《玉堂丛语·卷三·讲读》）

读音辨误 词，不能读成 chí（迟）。

★〖义正词严〗—相如舌战群儒

簧舌字弹穿木鸟，唇刀利索斩群驴。
兵家飞沫射奸佞，道义唾醇迷草鱼。
口若悬河倾汗史，顺身寰宇佛禅书。
正经走遍天涯路，华气撑开诸葛庐。

[异乎寻常]yì hū xún cháng

异：不同；乎：于；寻常：平常。[词源]清·吴趼人《二十年目睹之怪现状》第七十回：“耽误了点年纪，还没有什么要紧。还把他的脾气惯得异乎寻常得出奇。”

本义 指同平常大不一样。如：“我跨上列车，心情是异乎寻常的，仿佛这紧张生动的生活节奏，将我全身的‘螺丝’也拧紧了。”（茹志鹃《在社会主义的轨道》）

同义 非同寻常、非比寻常、大为不同

反义 不足为奇、不足为怪、司空见惯

同义例句 他平时少言寡语，今天则异乎寻常，开会很少发言的他，却提出一个不同凡响的改革方案，使四座皆惊，大家都搞不清他这非同寻常的表现是何原因。

对比例句 停电是不足为奇的。可是今天既没有通知，又停得这么久，这就有些异乎寻常了。

★〖异乎寻常〗

嬴政昂头秦始皇，沛公挥手九州汉。
墨浆琼汁喷仙诗，顽石精雕正果翰。
一句狂言水曲折，百年开凿山移岸。
舍予身剐拉轩旒，茅屋新妆銮殿换。

[异曲同工]yì qǔ tóng gōng

异：不同的；曲：乐曲；工：细致、巧妙。[词源]明·何景明《与李空同论诗书》：“故曹、刘、阮、陆，下及李、杜，异曲同工，各擅其时，并称能言。”

本义 指曲调虽然不同，却同样美妙。形容做法虽不同，而效果却同样好。如：“凡尔赛宫的建造者，几乎全部是给富豪修建府第的人马，因此无论构造还是风格，两座建筑有异曲同工之妙。”（吉祖英《凡尔赛宫》）

同义 殊途同归、不谋而合

反义 各有千秋

同义例句 苏轼的“凤凰山下雨初晴，水风清，晚霞明，一朵芙蕖，开过尚盈盈”与杨万里的“接天莲叶无穷碧，映日荷花别样红”皆是描写西湖荷花的名句，有殊途同归、异曲同工之妙。

对比例句 这次作文，有几个同学不仅题目取得一样，而且立意非常接近，有异曲同工之处，但在语体风格上各有千秋。

灵活用法 亦作“同工异曲”。如：“下逮《庄》《骚》，太史所录，子云相如，同工异曲。”（韩愈《进

学解》)

读音辨误 曲,不能读成 qū(屈)。

★〖异曲同工〗

昆仑巍峨众民眷,阳朔涟漪九牧荣。
黄河醍醐滋翰藻,长江儒道德花英。
唐诗元曲琴笙和,兰墨山川桃苑京。
文武双肩强国骨,蜀峰陡峭华愈精。

[异想天开]yì xiǎng tiān kāi

异:奇特;天开:天裂开。[词源]清·李汝珍《镜花缘》第八十一回:"陶秀春道:'这可谓异想天开了。'"

本义 指想入非非或不切实际的幻想。常含贬义。如:"你那手指头一定是给小钉子弄破的,后来却异想天开,想得到一笔什么赔偿费了。"(俄·契诃夫《变色龙》)

引申 有时指想法不同一般,或另有新招。如:"在明天的'新川南日刊'发表出来,让全个泸州城开开眼,知道新人物的行径是怎样的超尘拔俗,能够异想天开尊重女性的。"(茅盾《虹》)

同义 想入非非、匪夷所思与本义同义,标新立异与引申义同义

反义 实事求是与本义构成反义,墨守成规、因循守旧与引申义构成反义

同义例句 他常想入非非,今天想当作家,明天想搞翻译,后天又想做一个大律师,真是异想天开。

对比例句 无土栽培打破了因循守旧的思想观念,是敢于创新、敢于异想天开研究成果。

贬义褒用 "我们一定要打破常规,披荆斩棘,开辟我国科学发展的道路。既要异想天开,又要实事求是,这是科学工作者的风格,让我们在无穷的宇宙长河中去探索无穷的真理吧!"(郭沫若《科学的春天》)

歇后用法 娟妹长得眉清目秀,二黑这个丑八怪想娶她,真是"癞蛤蟆想吃天鹅肉"——异想天开了。

★〖异想天开〗美梦

鼾声曲奏脚尖遛,飘逸山川九牧游。
柳下花前蝴蝶舞,龙门跳跃盛名留。
翎缨佩带耀桑梓,权杖作筷沾满油。
元宝飞船奔月馆,轰隆雷炸枕头丢。

[抑扬顿挫]yì yáng dùn cuò

抑:降低;扬:升高;顿:停顿;挫:转折。[词源]宋·张戒《岁寒堂诗话》卷上:"而子建(曹植)诗,微婉之情,洒落之韵,抑扬顿挫之气,固不可以优劣论也。"

本义 形容音乐或语调高低曲折,和谐优美。如:"每当夜间疲倦,正想偷懒时,仰面在灯光中瞥见他黑瘦的面貌,似乎正要说出抑扬顿挫的话来,便使我忽又良心发现,而且增加勇气了……"(鲁迅《藤野先生》)

同义 轻重缓急、琅琅上口、朗朗上口

反义 平铺直叙

读音辨误 抑,不能读成 yí(移)。

★〖抑扬顿挫〗

高山流水何涛欢,跌宕沉浮方得悟。
苍宇灵魂珠字呼,抑扬平仄荡心愫。
云波海浪莺歌琴,蝶舞花摇词彩赋。
顿挫铿锵汉史滔,唐诗元曲韵雅趣。

[因地制宜]yīn dì zhì yí

因:依据;宜:适当、适合。[词源] 汉·赵晔《吴越春秋·阖闾内传》:“夫筑城郭,立仓库,因地制宜。”

本义 指按照本地的具体情况采取相应的措施。如:“设计者和匠师们因地制宜,自出心裁,修建成功的园林当然各个不同。(叶圣陶《苏州园林》)

同义 具体分析、量体裁衣、因势利导

反义 生搬硬套、刻舟求剑、胶柱鼓瑟

对比例句 制定我乡的农业发展规划要因地制宜,不要生搬硬套其他地区的经验。

读音辨误 因,不能读成 yīng(英);制,不能读成 zì(自)。

★〖因地制宜〗

万物循规遵律道,蝶花别样独枝招。
南柑北枳异香味,东海西山分外娆。
缘木求鱼空手返,因材施教幼孺调。
对牛论语乱弹曲,有的箭飞中目标。

[因祸得福]yīn huò dé fú

[词源] 汉·司马迁《史记·管晏列传》:“其为政也,善因祸而为福,转败而为功。”原意为变祸为福,后演变为遭祸后又因此而得福。

本义 指遭受灾祸后,又因为灾祸而得到了福分。如:“杨志呢,为了失陷花石纲而丢官,复职不成,落魄卖刀,无意中杀了个泼皮,因此充军,不料因祸得福,又在梁中书门下做了军官。”(茅盾《谈〈水浒〉的人物和结构》)

同义 否极泰来、塞翁失马

反义 乐极生悲

同义例句 由于成绩不好,老师和同学都不喜欢他。没想到这学期新换的杜老师偏爱下功夫帮助差生,他的成绩很快就赶上了大家。这真是因祸得福,否极泰来啊!

对比例句 梁家的孩子高考落榜后继续发奋学习,终于自学成才,成为一家公司的优秀推销员;钟家的孩子考上名牌大学后不思进取,最后竟堕落为一名盗窃犯。梁家可谓因祸得福,而钟家就可谓乐极生悲了。

★〖因祸得福〗

风云莫测事难料,圆缺阴晴轮相逐。
物极必反否泰来,塞翁失马祸还福。
孙将刖腿兵书成,吃堑长聪禅道读。
凤鸟涅槃绝处生,茅棚或有卧龙伏。

[因利乘便]yīn shì chéng biàn

因、乘：凭借、就着。[词源]汉·贾谊《过秦论》："因利乘便，宰割天下，分裂河山。"

本义 指凭借有利的形势或可利用的条件。如："我们有自己的用兵方略，按照我们的方略去做。古语说，'因利乘便'，确实是不应该坐失良机。"（姚雪垠《李自成》第二卷）

同义 顺水推舟、因势利导

反义 坐失良机

同义例句 当前国际形势相对缓和，我们应当因利乘便，抓住时机发展自己，因势利导，把各项工作抓紧抓好。

对比例句 打仗兵贵神速，调兵遣将要因利乘便、临机处置，切不可优柔寡断、坐失良机。

书写辨误 乘，不能写成"趁"。

★〖因势乘便〗—因势利导

万物有机皆可用，两江堰势利流导。
百家争辩百花颜，六国捭谋秦一造。
风雾随令树木兵，草船借箭合火操。
天时地利人和心，顺水推舟民水道。

[阴谋诡计]yīn móu guǐ jì

阴：暗中；诡：狡诈、奸猾。[词源]《宋史·余深传》："深谄附蔡京，结为死党。京奸谋诡计得助多者，深为首，摅次之。"

本义 暗中策划的狡诈之计。如："所以要知得许多阴谋诡计，纯是一片功利的心，与圣人作经的意思正相反。"（明·王守仁《传习录·上》）

反义 光明正大、开诚布公

对比例句 做人应当光明正大，才会有真正长久的同志和朋友，搞阴谋诡计是不能持久存在下去的。

灵活用法 亦作"阴谋秘计"。如："至于这一回在弹雨中互相救助，虽殒身不恤的事实，则更足为中国女子的勇毅，虽遭阴谋秘计，压抑至数千年，而终于没有消亡的明证了。"（鲁迅《记念刘和珍君》）

读写辨误 诡，不能读成wéi（围）；不能写成"鬼"。

★〖阴谋诡计〗

当前笑语敬相迎，背后磨刀策诡计。
阳奉溜须拍屁躬，阴为觊觎篡权势。
指麋为马遭横刀，陷害忠良受殄毙。
肮脏凶残莫要行，光明正大和盛世。

[引以为戒]yǐn yǐ wéi jiè

戒：鉴戒。[词源]《国语·楚语下》："人之求多闻善败，以鉴戒也。"

本义 指把以往的错误或失败作为教训。如："其实我并不是成心挖苦青年，只是举出一个典型的例子，让青年人引以为戒，不要写半文不白的信，这是吃力不讨好的事。"（王力《和青年同志们谈写信》）

反义 执迷不悟

对比例句 对于执迷不悟的人，只有当头棒喝，才能引起他的警觉，才能使其他人引以为戒。

读写辨误 戒，不能读成 gài（盖），不能写成“戎”。

★〖引以为戒〗

吃一堑来长一智，前车之鉴后行师。
烙炮蛇窟摧商王，民水载舟鸿远驰。
纸上谈兵常败涕，刻舟求剑臆空悲。
书中黑白蕴乾象，怔道荆榛韬略奇。

[饮鸩止渴]yǐn zhèn zhǐ kě

鸩：一种有剧毒的酒。[词源] 南朝·宋·范晔《后汉书·霍谓传》：“譬犹疗饥于附子，止渴于鸩毒，未入肠胃，已绝咽喉。”

本义 喝毒酒来止渴。如：“酣鸩酒以止渴。”（晋·葛洪《抱朴子》）

比喻 比喻采用极有害的办法来解决眼前的困难，不顾严重后果。如：“年纪大一点的轿夫多数抽大烟，因为他们体力不够，不得不用这种兴奋剂来刺激，明知这是饮鸩止渴，但是也无其他办法。”（巴金《谈〈憩园〉》）

同义 剜肉补疮与比喻义同义

同义例句 这种剜肉补疮的办法再不能用下去了，否则就无异于饮鸩止渴，最终将彻底葬送整个企业。

读写辨误 鸩，不能读成 jiū（纠），左边不能写成“九”。

★〖饮鸩止渴〗

人世泪涟几许忧，一江春水向东流。
鸩酣止渴解酸楚，借酒消愁愁更愁。
宝玉悲怆情窦痛，黛姑葬卉洁身留。
泪珠本是金丹药，苦中甜滋韵魄悠。

[应有尽有]yīng yǒu jìn yǒu

尽：全、都。[词源]《宋书·江智渊传》：“时咨议参军谢庄、府主簿沈怀文并与智渊友善。怀文每称之曰：‘人所应有尽有，人所应无尽者，其江智渊乎！’”

本义 指该有的都有。非常齐全。“……凡是小孩子所想望的玩的吃的，真是应有尽有了！”（冰心《“面人郎”访问记》）

同义 无所不有、一应俱全

反义 一无所有、所剩无几、空空如也

同义例句 这家新开张的商场经营的商品琳琅满目，顾客所需一应俱全，应有尽有。

对比例句 从前，这家商店专售小百货，针线、纽扣之类的东西应有尽有，现在营销大路货图大利，那些小商品在这里所剩无几了。

读写辨误 应，在这里不能读成 yìng（硬）。

★〖应有尽有〗梦乡

腾雾凌云逸汴州，天堂仙境掌中收。
桃源蝴蝶伴花舞，卧虎抬头昂冕旒。
剑杖旋挥山水转，佳肴香弥醉红楼。
日星围绕恒春夏，菩萨敬杯东海悠。

[英雄无用武之地]yīng xióng wú yòng wǔ zhī dì

[词源] 宋·司马光《资治通鉴·汉纪·建安十三年》:“英雄无用武之地,故豫州(指刘备)遁逃至此。”

本义 比喻才能无处发挥或没有机会发挥。如:“齐先生之所以英雄无用武之地,岂不是当时腐败的社会所造成的吗?”(沙叶新《陈毅市长》)

同义 怀才不遇

反义 如鱼得水

同义例句 怀才不遇的人在目前人才流动的新形势下越来越少了,以往那种“英雄无用武之地”的慨叹几乎听不到了。

对比例句 他来到这里,应该如鱼得水,怎么还说“英雄无用武之地”呢?

★〖英雄无用武之地〗

春夏寒窗如一日,经纶满腹无人问。
独桥唯过雕镌师,仕道蜀途脸色近。
乾象真论异禅宗,巧工愚脑好随员。
诗词灵气精华凝,珠字光辉千载韵。

[鹦鹉学舌]yīng wǔ xué shé

鹦鹉:一种能学人发音的鸟。学舌:学人讲话。[词源] 宋·释道原《景德传灯录》卷二十八:“僧问:“何故不许诵经,唤作客语?’师曰:“如鹦鹉只学人言,不得人意。经传佛意,不得佛意而但诵,是学语人,所以不许。”

本义 比喻别人怎么说,他也跟着怎么说。含贬义。如:“所以我们管人云亦云的说话叫‘鹦鹉学舌’。”(吕叔湘《人类的语言》)

同义 人云亦云、拾人牙慧

同义例句 他说他这些意见,并非拾人牙慧,但别人听来总感觉是鹦鹉学舌,与前面几个代表的发言大同小异。

读音辨误 鹦,不能读成 yīn。

★〖鹦鹉学舌〗

他闹亦喧随应从,点头腰折附和唱。
卑躬屈膝一人鞋,飞扬傲昂万众上。
赵构溜须暗作皇,和珅膜拜饱私饷。
品当风骨柔心肠,事造精湛绝顶样。

[迎刃而解]yíng rèn ér jiě

迎,正对着:刃:刀口;解:分开。[词源]《晋书·杜预传》:“今兵威已振,譬如破竹,数节之后皆迎刃而解,无复着手处也。”

本义 指像破竹子,头上几节碰上刀口一破,下面就顺着分开了。比喻主要问题解决了,其他相关的问题就容易得到解决。也比喻问题顺利解决。如:“捉住了这个主要矛盾,一切问题就迎刃而解了。”(毛泽东《矛盾论》)

同义 势如破竹、易如反掌

同义例句 抓住匪首之后,许多棘手的问题都迎刃而解,解放军迅速向残余匪帮进击,浩浩荡荡,势如破竹。

★〖迎刃而解〗

磨刀不误砍柴工，利刃尖锥开腐竹。
众庶揭竿破朽都，一针见血刺瘤衄。
咸酸汗滴凝金粱，烛火雪光明睿目。
黑雾压城赤壁燃，东风在握运帷屋。

[应答如流]yìng dá rú liú

见[对答如流]

[应接不暇]yìng jiē bù xiá

应接：应付、接待；暇：闲空。[词源]南朝·宋·刘义庆《世说新语·言语》："从山阴道上行，山川自相映发，使人应接不暇。"

本义 形容景物繁多，来不及观赏。如："眼前那绚丽缤纷的大好秋色，真使人眼花缭乱，应接不暇。"（峻青《秋色赋》）

引申 现有时形容人事繁忙，接待、应付忙不过来。如，"一些青年作家们，你们写了几篇作品，你们便像一个刚开工不久的工厂，订货的很多，而你们应接不暇。"（丁玲《会见尼姆·威尔士女士》）

同义 目不暇接、目不暇给与本义同义，自顾不暇、手忙脚乱与引申义同义

反义 一览无余、尽收眼底与本义构成反义，应付自如、兵来将挡、水来土掩与引申义构成反义

同义例句 今天新生开始报到、交费。看分班名单的学生目不暇地找班次；收款的老师应接不暇地找花名册对号入账。

对比例句 我刚到排球队训练时，教练掷过来的球使我应接不暇。经过一段刻苦训练之后，再接球时便能应付自如了。

读写辨误 应，在这里不能读成 yīng（应该的"应"）；暇，不能写成"瑕"。

★〖应接不暇〗—美不胜收

氤氲紫雾仙云颢，漫步飘飙宫廷招。
五指峰峦摩苍阙，百泉沉水绕山逍。
天门神凤腾空舞，黄洞卧龙溪谷翘。
蝶卉缠绵红绿草，情鸳忘返醉弓桥。

[雍容典雅]yōng róng diǎn yǎ

雍容：温和大方，从容不迫的样子；典雅：文辞有典据而高雅。[词源]清·朱彝尊《石园集序》："宜发乎文章，雍容典雅，斤斤守其矩矱。"

本义 指诗文的题旨温和，文辞平正雅丽。如："所谓'台阁体'说得'雅'一点，是雍容典雅，说得不客气，就是'今天天气，哈哈哈'。"（茅盾《夜读偶记》）

引申 引申为华贵高雅的气质。如："它把整个大厅美化了，给人一种雍容典雅的感觉。"（孙世恺《雄伟的人民大会堂》）

同义 雍容华贵、雍容尔雅与引申义同义

同义例句 如：她那雍容典雅的气质，与雍容华贵的厅堂在一起，真是相得益彰。

读音辨误 容，不能读成yóng。

★〖雍容典雅〗

云步凌霄仙韵逸，绿衫挥舞岱茵妃。
烛幽妖魅香胭惑，墨滴江山大同薇。
蝶苑虹桥鸳对戏，铅文銮殿冕头辉。
竹签羽化金翎灿，茅屋凤凰天宇飞。

[永垂不朽]yǒng chuí bù xiǔ

垂：流传后世；朽：腐烂、磨灭。[词源]《魏书·高祖纪下》："虽不足纲范万度，永垂不朽……"

本义 形容永远流传，不会腐烂磨灭。常用来称颂已故人物的功业或精神。如："它像顶天立地的巨人一样矗立在广场的南部，和天安门遥遥相对，在远处就可以看到毛主席亲笔题的'人民英雄永垂不朽'八个金色大字。"（《人民英雄纪念碑》）

同义 永世长存、流芳百世

反义 遗臭万年

同义例句 他的精神永垂不朽，他的英名流芳百世。

对比例句 这也是个人英雄主义的一种归宿，所谓"不能永垂不朽，亦必遗臭万年"。

★〖永垂不朽〗

万物随烟轻逸散，磐山风骨全瑜灿。
岳飞丹桂春秋扬，秦桧酸梅臭石烂。
论语乾象日月辉，道经遍走天涯岸。
铁盔横戟碎粉身，柔指雕玉云榜斡。

[悠然自得]yōu rán zì dé

见[怡然自乐]

[犹豫不决]yóu yù bù jué

犹豫：迟疑不决。[词源]汉·司马迁《史记·楚世家》："见齐王书，犹豫不决。"

本义 比喻拿不定主意，不知该如何做，如："操屯兵日久，欲要进兵，又被马超拒守；欲收兵回，又恐被蜀兵耻笑：心中犹豫不决。"（明·罗贯中《三国演义》第七十二回）

同义 举棋不定、优柔寡断

反义 当机立断、毅然决然

同义例句 他是一个优柔寡断的人，在关键时刻往往犹豫不决，以致错过好多良机。

对比例句 事已至此，再不能犹豫不决，应当机立断，或可挽回不利局面。

书写辨误 犹，不能写成"游"。

★〖犹豫不决〗

寡断优柔失妙机，阴差阳错重难挽。
鸿门宴失绝佳时，自刎乌江后悔晚。
一鼓气冲再落衰，千军万马追逃很。
火烧赤壁莫迟疑，稍纵即消踌躇蹇。

[油然而生]yóu rán ér shēng

油然：自然而然。[词源]《礼记·祭义》："则易直子谅之心油然生矣。”宋·朱熹《朱子语类·卷二十·论语》:“所谓用,莫是孝弟之心,油然而生,发现于外。”

本义 形容很自然地产生了某种思想感情。如:“虽是坐在车子上,一棵棵松树一晃而过,但它们那种不畏风霜的姿态却使人油然而生敬意,久久不忘。”(陶铸《松树的风格》)

同义 情不自禁、自然而然、形具神生、勃然而长

反义 无动于衷、漠然置之、冷漠无情

同义例句 “昨天看见《新潮》第二册内《推霞》上面的小序,不禁不敬之心,油然而生,勃然而长。’(鲁迅《致钱玄同》)

对比例句 对英雄徐洪刚勇斗歹徒的精神我油然而生敬意,对那些在歹徒逞凶时无动于衷的旁观者表示愤慨。

读写辨误 然,不能读成 lán(兰);油,不能写成“由”。

★〖油然而生〗—红楼泪

石廊块块布沧桑,柳树条条干瘪黄。
竹马青梅腾相拥,蝴蝶荷蕾绕池央。
鸳鸯瑶碧才戏水,贾府寒霜葬卉凉。
黛玉血花楼般泪,油然涕泗空悲伤。

[游目骋怀]yóu mù chěng huái

游目:目光四望,随意观看;骋:驰骋。[词源]战国·楚·屈原《离骚》:“忽反顾以游目兮,将往观乎四荒。”

本义 放开视野,四下观望,敞开胸怀,尽情畅想。如:“适于心灵散步,眼睛旅行,也就是古人说的游目骋怀。”(李乐薇《我的空中楼阁》)

同义 放意肆志

同义例句 登临黄山天都峰上,放意肆志、游目骋怀,有一种天地无限宽广而人自身很渺小的感觉。

读音辨误 骋,不能读成 chéng(呈)。

★〖游目骋怀〗—阅读

浩瀚苍穹繁乱茫,掌中牍纸眉光畅。
长条竹片开渊源,方寸册书盛世上。
卷里纵横概古今,字间翰墨透天相。
眼珠一滴感情怀,双目九霄任意浪。

[有的放矢]yǒu dì fàng shǐ

的:箭靶的中心;矢:箭。[词源]《诗经·小雅·宾之初筵》:“射夫既同,献尔发功,发彼有的,以祈尔爵。”毛泽东《改造我们的学习》:“……是为了单纯地学理论而去学理论。不是有的放矢,而是无的放矢。”

本义 看准靶心射箭。比喻言论、行动有针对性,目标明确。如:“马克思列宁主义理论和中国革命实际,怎样互相联系呢?拿一句通俗的话来讲,就是‘有的放矢’。”(毛泽东《整顿党的作风》)

同义 箭不虚发、对症下药、言必有中

反义 无的放矢

同义例句 做后进学生工作，主要是因人而异、有的放矢，对症下药。

对比例句 学习马列理论，要有的放矢，联系实际，不能无的放矢，死记硬背词句。

读写辨误 的，在这里不能读成 de；矢，不能写成“失”。

★〖有的放矢〗—笃学

典籍雅趣最馈肴，笃修细品醉云霄。
悬梁弹竹荡秋页，借烛炒巩拌夜宵。
书岳荆棘翰墨柴，书渊深邃海宫绡。
春开鸿卷妙龄馥，心结丽珠情窦遥。

[有口难辩]yǒu kǒu nán biàn

见[有口难言]

[有口难言]yǒu kǒu nán yán

言：说。[词源]宋·苏轼《醉睡者》诗：“有道难行不如醉，有口难言不如睡。”

本义 指虽有口，但难言。形容有话不便说或不敢说。如：“如今轮到你山阳县，这都是官吏每无心正法，使百姓有口难言。”（元·关汉卿《窦娥冤》）

同义 忍气吞声、敢怒而不敢言、有苦难言

反义 仗义执言

同义例句 喜儿被抢到黄世仁家后，整日忍气吞声，稍有不慎还遭毒打，受了无数的苦，却有口难言。

对比例句 我知道他生性懦弱，虽知内情，却有口难言。你也是知情者，为了彻底弄清事实真相，就应该仗义执言，而不能袖手旁观。

歇后用法 遇上这麻烦的事，我可怎么办呢？这真是哑巴吃黄连，有口难言。

灵活用法 亦作“有口难辩”“有口难分”。如：“把个荀老爹气得有口难分。”（清·吴敬梓《儒林外史》第二回）

读音辨误 难，不能读成 lán（兰）。

★〖有口难言〗—文字狱

咽喉通道乾坤理，饿虎跟前忍气吞。
焚竹坑儒诛异教，断章取义割哤言。
石头泪水红楼涕，妖魅情声文狱冤。
肺腑不平终出口，举樽共酌大同喧。

[有气无力]yǒu qì wú lì

[词源]明·冯梦龙《醒世恒言·李玉英狱中讼冤》：“直哭得个有气无力，没情没绪。”

本义 指非常疲惫。形容体力或精力消耗过多，气血不够，体力难支。如：“宁金山扛着枪，有气无力，像没睡够的样子。”（杜鹏程《保卫延安》第二章）

引申 有时也指态度冷漠，形容工作懒散、情绪低落。含贬义。如：“‘糙米五块、谷三块，’米行的先生有气无力地回答他们。”（叶圣陶《多收了三五斗》）

同义　精疲力竭、人困马乏与本义同义，冷心冷面、要死不活、待理不理、没精打采与引申义同义

反义　精神抖擞、精神饱满、虎虎有生气与本义构成反义，热情洋溢、全力以赴、余勇可贾、争先恐后与引申义构成反义

同义例句　他久病体虚，稍一行动就感到精疲力竭，说起话来也有气无力。

对比例句　经过一天的急行军，大家感到人困马乏。年长体弱的战士神情显得有气无力。可是几个年轻的后生却精神饱满，还虎虎有生气地帮战友搭帐篷。

灵活用法　亦作“有气没力”。如：“到了楼上，彩云有气没力的，全身靠在阿福的身上。”（清·曾朴《孽海花》第十二回）

读音辨误　力，不能读成 lí（离）。

★〖有气无力〗

秋风萧瑟蕊无彩，林黛血花垂榻台。
梨苑暗中门第配，潇房臆念海棠来。
蘅芜锣鼓接花轿，桃月夜残冥藓苔。
宝玉情伸怀绿袖，红楼梦幻空悲哀。

[有条不紊]yǒu tiáo bù wěn

条：条理、秩序。紊：乱。[词源]《尚书·盘庚上》：“若网在纲，有条而不紊。”

本义　形容有条有理，毫不混乱。如：“一百多年来，汉堡港早就形成了自己的节奏，有条不紊，按部就班……就像成熟的乐队演奏熟悉的乐曲。”（柯岩《船长》）

同义　井井有条、井然有序

反义　乱七八糟、杂乱无章

同义例句　良好的工作习惯，使李编辑在工作头绪如此复杂的情况下都能把工作安排得井然有序、有条不紊。

对比例句　王厂长上任后大力改革各项规章制度，使全厂生产有条不紊地进行，改变了过去管理混乱、杂乱无章的状况。

灵活用法　亦作“有条有理”。如：“故其沿革，有条有理。胜于乐史《太平寰宇记》实多。”（清·朱彝尊《宋本舆地广记跋》）

读写辨误　紊，不能读成 wén（文），不能写成“文”。

★〖有条不紊〗

矛挑肥水盾迎涛，秦晋铿锵汗血啸。
一霹炮声烈火冲，两山擂鼓战旗摇。
东军有序风云翻，北队紊淆盔甲掉。
泥卒蜂兵一碟沙，铁拳碎巢史奇妙。

[有血有肉]yǒu xuè yǒu ròu

[词源]巴金《家》：“他也是一个正在生活的人，他眼前的人也都跟他一样的有血有肉。”

本义　文艺作品内容丰富，描绘的人物等生动真切感人。如：“他笔下是些有血有肉能说能做的人，不是些扁平的人形、模糊的影子。”（朱自清《你我·“子夜”》）

同义　栩栩如生、呼之欲出、活

灵活现、传神写照

反义 枯燥无味、平淡无奇、味同嚼蜡

同义例句《水浒》中的一百零八将,个个刻画得有血有肉、栩栩如生。

对比例句 “这样,不但使文章增添了活气……也使理论文章有血有肉,避免枯燥无味。”(李何林《喜读老生常谈》)

读音辨误 血,不能读成 xié(协); 肉,不能读成 lóu(楼)。

★〖有血有肉〗—聊斋志异

空髅狐媚雪肌香,无骨蜘蛛血性刚。
月黑风高人鬼缘,红尘冥界互衷肠。
奈河难阻牛姑会,银汉怎拦鸳侣墙。
蝴蝶珠玑梁祝舞,黛娥花魅观园芳。

[有志不在年高]yǒu zhì bù zài nián gāo

志:志向,志气;年高:年纪大。[词源]清·李宝嘉《官场现形记》三十八回:“瞿太太道:‘姑奶奶说那里话来!常言说得好:有志不在年高。我那一桩赶得上姑奶奶?’”

本义 指人贵有志,不能以年龄大小来衡量。现有时用此激励、赞扬年轻人。含褒义。如:芦花村里的人听到河沿上响了几枪。老人们含着泪说:“雨来是个好孩子!死得可惜!”“有志不在年高。”

同义 人贵有志、人小志大、老当益壮、老骥伏枥

反义 无志空活百岁

同义例句 我国女子体操小将莫惠兰只有15岁,但她人小志大,在广岛亚运会上一人夺得五块金牌,为国争了大光,真是有志不在年高。

对比例句 青年人应遵循“有志不在年高”的古训,使自己迅速成长起来。若少不立志,老无作为,那就会造成“无志空活百岁”的遗憾。

读音辨误 志,不能读成 zì(字); 年,不能读成 lián(连)。

★〖有志不在年高〗—鸿鹄志

细芽破土参天树,春笋昂头达汴京。
和煦及时阳气沐,秋霜寒峭落黄英。
陈平忍辱苦书读,岳少刺青忠国精。
心志不论乌白发,老骢伏枥夕霞晴。

[余音绕梁]yú yīn rào liáng

余音:音乐声后留下的音响;绕梁:环绕屋梁。[词源]《列子·汤问》:“韩娥东之齐,匮粮,过雍门,鬻歌假食,既去而余音绕梁欐,三日不绝。”

本义 歌声的余音围绕屋梁旋转。形容音乐优美,耐人寻味。如:“当年读书,见古人形容歌声的好处,有那‘余音绕梁,三日不绝’的话,我总不懂。”(清·刘鹗《老残游记》)

反义 味同嚼蜡

对比例句 唐诗往往是情景交融、意境深远,如余音绕梁;而宋

人多数不懂诗是要用形象思维的，一反唐人规律，所以味同嚼蜡。

读音辨误 绕，不能读成 rǎo。

★〖余音绕梁〗

唐诗开启神歌韵，平仄荡游仙乐趣。
堪比管牙知己弦，胜过流水霓裳曲。
铿锵顿挫大军蹄，婉转悠扬碧浪浴。
天道律规珠字欣，余音缭绕千秋续。

[鱼贯而入]yú guàn ér rù

贯：连贯、成串。[词源]晋·陈寿《三国志·魏志·邓艾传》："将士皆攀木缘崖，鱼贯而进。"清·李宝嘉《官场现形记》四十四回："叫着名字，依着齿序，鱼贯而入。"

本义 指像鱼儿成群结队一个接着一个向前游动。形容连续不断而有秩序地前进。如："贺龙同志带着几十个人分成两排，鱼贯而入，有二十多个人留在门外。"（贺勋臣《活跃在湘鄂边境》）

同义 贯鱼成次、衔尾相接

反义 一拥而上、鱼贯而出

同义例句 精彩的文艺演出马上要开始了，在剧院门前，观众排成长队衔尾相接，鱼贯而入。

对比例句 近来，我市各影剧院开展了争做文明观众的活动，并取得了成效。一改过去开演前的混乱状况。现在演前能做到鱼贯而入，散场后能鱼贯而出。

灵活用法 亦作"鱼贯而行"。如：我循声望去，啊，足有二十多匹马，从远处慢慢地走来……它们有的驮着酒桶，有的驮着百货箱，在山间小路上鱼贯而行，气势可真不小！

读写辨误 而，不能读成 rì（日）；贯，上部不能写成"母"或"毋"。

★〖鱼贯而行〗—火烧赤壁

贼鼠过江首尾连，高歌浩荡贯鱼穿。
东风横卷傲翘眉，顺水推舟借万箭。
吴蜀双雄共掌心，真宗三火烤鸡煎。
一毛鹅扇掀枭禽，千马佐料赤壁宴。

[愚公移山]yú gōng yí shān

[词源]《列子·汤问》载：古代有个北山愚公年近九十岁了，要下决心移去家门前的两座大山。他率领子孙们每天挖山不止，还准备世世代代挖下去。他的这种不畏困难的精神感动了上帝，上帝便帮他把两座大山移走了。

本义 现常借寓言故事中的愚公精神形容坚定不移的毅力和勇敢战胜困难的决心。如："真正能为群众谋利益的事情是没有做不成的，昔人称'愚公移山'等于神话，现在以'人力移地'，竟成事实。"（邹韬奋《抗战以来·沦陷区同胞的艰苦奋斗》）

同义 精卫填海、心坚石穿、铁杵磨针

反义 得过且过、半途而废、一曝十寒

同义例句 要把我国建设成为一个强大的现代化工业大国，我们

还须作长期艰苦的努力，为此要发扬精卫填海、愚公移山的精神才能达到我们奋斗的目的。

对比例句 我们现在需要的是愚公移山的精神，要稳定情绪，鼓足干劲，决不能半途而废。

读音辨误 山，不能读成 sān（三）。

★〖愚公移山〗

通竺路途拦巨麓，岂能螃蟹横钳撬。
铜锤砸岭碎山头，星火燎原烬杂退。
晨旭挥戈斧力威，月弯利刃草根废。
百年断指撼嵬心，千辈万摧顽石溃。

[与日俱增]yǔ rì jù zēng

与：和、跟；俱：一起。[词源]屈原《渔父》："圣人不凝滞于物，而能与世推移。"

本义 随时间一同增长。形容不断增长或增长很快。如："他们是谣言的制造厂，'共产党暴动''八路军退却'一类的谣言，今后将要与日俱增。"（毛泽东《上海太原失陷以后抗日战争的形势和任务》）

书写辨误 俱，不能写成"具"。

★〖与日俱增〗

草长一春人一世，光阴逐少慧渐增。
皱纹密布青丝疏，头顶虚光墨海升。
单瘦佝偻银发长，满车学府华章腾。
老鲐花眼星辰暗，睿脑光环愈灏蒸。

[与众不同]yǔ zhòng bù tóng

[词源]汉·王充《论衡·骨相》："故富贵之家，役使奴僮，育养牛马，必有与众不同者矣。"

本义 跟众人不一样。如："元妃看毕，称赏不已，又笑道：'终是薛林二妹之作与众不同，非愚姊妹所及。'"

同义 不同凡响、鹤立鸡群

反义 一般无二、平淡无奇

同义例句 这个刊物一出，立即以它与众不同的面孔获得读者的好评，被称作不同凡响的优秀期刊。

对比例句 这部电视剧在播放前吹得很厉害，说它如何与众不同。可是我们看后感觉平淡无奇，和事前宣传的反差较大。

读音辨误 与，不能读成 yú（鱼）。

★〖与众不同〗

灵当别材鹤立鸡，魂高云榜杰魁奇。
汗凝浓墨江河碧，戟竖泰山旗帜师。
文武韬谋纵战国，三头六臂横蛮夷。
经纶精髓流青史，风骨乾坤神圣姿。

[雨过天青]yǔ guò tiān qíng

天青：天气晴朗。[词源]明·谢肇淛《文海披沙记》："陶器，柴窑最古，世传柴世宗时烧造，所司请其色，御批云：'雨过天青云破处，这般颜色作将来。'"

本义 原指阵雨过去，天色放

晴。形容天的颜色碧青。如:"那个软烟罗只有四种颜色:一样雨过天青,一样秋香色,一样松绿的,一样就是银红的。"(清·曹雪芹《红楼梦》第四十回)

比喻 现常比喻情况由坏变好,多形容政治形势的好转。如:"从来没有暴风雨能够持久的……因为,它究竟只是一个手段,打破郁闷烦躁的手段,也只是一个过程,达到雨过天晴的过程。"(闻一多《唐诗杂论·宫体诗的自赎》)

同义 风止雨霁、云消雾散与本义同义,云开日出、拨云见日与比喻义同义

反义 雨横风狂、云屯雨集、云行雨施与本义构成反义,风雨交加、惊涛骇浪、暴风骤雨与比喻义构成反义

同义例句 在那苦难的岁月,人们盼望着雨过天青、拨云见日的那一天,希望能过上太平安稳的好日子。

对比例句 "现在惊涛骇浪过去了,丈夫被释放出来了,仿佛雨过天青。"(秦牧《愤怒的海·一个女人的祷告》)

灵活用法 亦作"雨过天晴"。如"它暂时浑浊了,扰乱了,而雨过天晴,只加给它许多新生的力量。"(冰心《再寄小读者·通讯四》)

读音辨误 青,不能读成 qīn(亲)。

[雨过天晴]yǔ guò tiān qíng

见[雨过天青]

★〖雨过天晴〗

瑶碧断桥红线续,滴泉恩情委身许。
平静碧水起波浪,嫉风狂浪雷电雨。
水漫金山救恩人,雷峰塔下承酸楚。
阳光丹蕊散云霾,雨过天晴同舫旅。

[雨顺风调]yǔ shùn fēng tiáo

见[风调雨顺]

[语无伦次]yǔ wú lún cì

伦次:次序、条理。[词源]宋·胡仔《苕溪渔隐丛话》引《诗眼》:"古人律诗亦是一篇文章,语或似无伦次,而意若贯珠。

本义 形容说话、作文颠三倒四,没有条理。如:"他语无伦次,不知道怎样对师傅们解说才能解释清楚。"(徐迟《哥德巴赫猜想》)

同义 颠三倒四、前言不搭后语、东扯西拉

反义 有板有眼、头头是道、文从字顺、对答如流

同义例句 他东扯西拉地讲了一大通,给在座的听众以语无伦次的感觉,使大家不知所云,无从应答。

对比例句 为了提高口语的表达能力,他在老师的指导下刻苦训练,克服了过去语无伦次的毛病,

现在说话或演讲都能做到有板有眼，讲得头头是道。

读写辨误 伦，不能读成 néng（能），不能写成“伧”。

★〖语无伦次〗

蝶迷花蕾噗嗤呼，人醉芬芳酣酒昏。
眷箭点投涟水荡，弦歌断续弹闺门。
黛丽胭粉呛言顺，情窦珠玑随喜喷。
肺腑次伦皆慕恋，爱鱼及刺概能吞。

[语重心长]yǔ zhòng xīn cháng

重：郑重、有分量。[词源]清·洛日生《海国英雄记·回唐》：“叹别离苦况，转忘了母亲的语重心长。”

本义 语言郑重恳切而有分量，情意深切。如：“毛泽东同志这番话，是总结了我们党的历史教训而说的，语重心长，值得我们铭刻在心。”（《人民日报》特约评论员《善于建设一个新世界》）

同义 谆谆教诲、苦口婆心

反义 冷言冷语、冷嘲热讽

同义例句 郭老师一番苦口婆心的谈话语重心长，一下化解了小明心里的苦闷。

对比例句 对他的错误，李老师没有冷言冷语讥讽他，而是语重心长地同他谈话，帮助他改正不足，争取进步。

读音辨误 长，这里不能读成 zhǎng（涨）。

★〖语重心长〗

云飘仙气布天道，地冒桃符竖法宝。
克己乐州社稷谐，修身养性藐烦恼。
千钧话语托重任，意味深长仁和好。
众学礼尊夫子躬，一经论语乾坤灏。

[原原本本]yuán yuán běn běn

原原：即元元，元始；本本：根本。[词源]汉·班固《汉书·叙传下》：“元元本本，数始于一。”

本义 指事物的根由、底细。如：“元元本本，殚见洽闻。”（汉·班固《西都赋》）

引申 指事情的缘由及全过程。如：他把怎样得到宝石、怎么避难等过程都原原本本照实说了。

同义 追本溯源、寻根究底与本义同义，来龙去脉、起根发由、从头至尾与引申义同义

反义 无源之水，无本之木、从天而降与本义构成反义，有始无终、掐头去尾、东扯西拉、颠三倒四与引申义构成反义

同义例句 安全科的刘科长深入车间调查，反复核实事故的起根发由后，将上周末发生事故的来龙去脉，一五一十、原原本本地向经理作了汇报，并提出了今后的防范措施。

对比例句 我们写记叙文要按照它的六个要素，把握中心，将事情原原本本地交代清楚，千万不要写得有始无终或颠三倒四、言而无序。

书写辨误 原，不能写成“元”。

★〖原原本本〗—石头记

密密麻麻石刻痕，原原本本泪流迹。

怡红竹马奔腾跳，潇馆青梅暗惋惜。
鸳鸯桥头出蝴蝶，观园柳下乱飞翩。
秋寒枯叶入黄泥，冬雪鹅毛卷烂席。

[源源不绝]yuán yuán bù duàn

源源：水流不断；绝：断。[词源]《孟子·万章上》："虽然，欲常常而见之，故源源而来。"

本义 形容连接不断。如："其余各处乡民来攻夷者，尚源源不绝，而英夷亦从此胆寒潜踪矣"。(《三元里抗英》)

同义 源源而来

反义 断断续续、青黄不接

同义例句 救助受灾地区的衣物源源不绝地装车运往，帮助受灾地区人民重建家园的物资也源源而来。

对比例句 这一地区多旱灾，而以往水利工程建设跟不上，浇灌用水总是断断续续。如今大型排灌网建成，水流可源源不绝地送往该地，彻底消除了旱灾的威胁。

书写辨误 源，不能写成"沅"。

★〖源源不断〗

阳光沐浴蝶儿欢，泉脉环山姻酒续。
花蕾荣枯总引蜂，森林火衍翠蓝绿。
源源墨水汗青溽，汩汩碧血后继仆。
冬去春来葱更茵，江山代有伟人旭。

[缘木求鱼]yuán mù qiú yú

缘：沿着；木：树；求：想得到。[词源]《孟子·梁惠王上》："以若所为，求若所欲，犹缘木而求鱼也。"

本义 指方法不对，根本不可能达到目的：如："缘木求鱼，虽不得鱼，无后灾……"(《孟子·梁惠王上》)

同义 水中捞月、竹篮打水、刻舟求剑

反义 顺藤摸瓜

同义例句 这个品种根本不适合这里的气候和土壤条件，你盲目引进，岂不是缘木求鱼？想靠这个发财，只能是水中捞月。

对比例句 做任何事都应先调查分析，然后才能顺藤摸瓜，有所收获，否则，缘木求鱼，就会一事无成。

读音辨误 木，不能读成 mòu。

★〖缘木求鱼〗

守株待兔一厢愿，缘木求鱼空手哀。
纸上草兵罹陷阱，东风巧借草船开。
前车之鉴后师鉴，事半功倍高效来。
吃堑睿聪心着意，雄韬帷幄博纶才。

[怨天尤人]yuàn tiān yóu rén

尤：怨恨。[词源]《论语·宪问》："不怨天，不尤人。"唐·崔是《御史台精舍碑》："则蹈网罟，婴徽缰，联桁杨，贯桎梏，可怨天尤人哉？"

本义 抱怨天，埋怨人。如："早习先圣先贤之道，安贫守分，循理修身，并无怨天尤人之事。'(《古今小说·游丰都胡母迪吟诗》)

引申 形容对不如意的事一味归咎于客观。如:“所以,要是说得苛刻一点,也就是自家掘坑自家埋,怨天尤人,全是错误的。(鲁迅《论“费厄泼赖”应该缓行》)

同义 埋天怨地与本义、引申义同义

反义 乐天知命、反求诸己、引咎自责、无所怨尤与引申义构成反义

同义例句 他遭受了挫折,不认真查找主观原因,却埋天怨地、怨天尤人,一味归咎客观。

对比例句 我们在事业上无所建树,应多从主观找原因,引咎自责,切不可怨天尤人,奢望过高。

读写辨误 怨,不能读写成“yuān(冤)”;尤,不能读写成“yōu(忧)。”

★〖怨天尤人〗

金乾大路同桥过,跌入阴河莫怨天。
烙柱倒于残暴落,连船烧灭傲人烟。
正邪善恶天公道,汗水凝晶稻郁田。
留有余香收暖炭,清波红酒月愈圆。

[晕头转向]yūn tóu zhuàn xiàng

见[昏头昏脑]

[云蒸霞蔚]yún zhēng xiá wèi

蒸:气体上升;蔚:盛,云聚起的样子。[词源] 南朝·宋·刘义庆《世说新语》:“千岩竞秀,万壑争流,草木葱茏其上,若云兴霞蔚。”

本义 形容绚烂缛丽。如:“抬头望处,已到巫山。上面阳光垂照下来,下面浓雾滚涌上去,云蒸霞蔚,颇为壮观。”(刘白羽《长江三日》)

反义 云消雾散

对比例句 三峡之中的云雾变幻莫测,一会儿是云蒸霞蔚,须臾又云消雾散,给人一种神秘的感觉。

读音辨误 蒸,不能读成 zēng。

★〖云蒸霞蔚〗

心鼓铿咚震九霄,腹诗气华荡虹桥。
云蒸风发众峦偻,霞蔚神榜銮殿道。
挥手墨琼山水绿,身卷浮霁洁身飘。
汗星凝滴人间雨,香袂苍穹大地瑶。

[运用自如]yùn yòng zì rú

[词源] 梁启超《开明专政论》:“幅员稍狭,故得厉行专制,而运用自如。”

本义 指运用得熟练、自如。形容技艺高超。如:“一个作者力求掌握丰富的词汇和多样的句法和章法,目的是运用自如,能够把内容传达得准确而生动。”(施东向《义理、考据和辞章》)

同义 得心应手、心手相应、挥洒自如

反义 手忙脚乱、顾此失彼、水里按葫芦

同义例句 经过长时间的严格训练,他手中的那支剑已能运用自

如,得心应手了。

对比例句 我开始练习呼啦圈时,手忙脚乱,常常顾此失彼。现在腰、腹部适应了圈儿的运动规律,活动起来运用自如了。

读音辨误 如,不能读成 yú(鱼)。

★〖运用自如〗

滴水穿石天地通,磨刀不误砍柴工。
烛灯雪光睿灵智,月夜丹红舞剑风。
挥毫泼墨走龙蛇,游刀山水解牛空。
卧龙十载蕴天地,扬鞭一挥旷世红。

Z

[杂乱无章]zá luàn wú zhāng

章:条理。[词源]唐·韩愈《送孟东野序》:"其为言也。杂乱而无章。"

本义 指杂乱没有条理。如:"前见其所刻书目,真是'杂乱无章'。"(《鲁迅书信集·致杨霁云》)

同义 乱七八糟、横七竖八、参差不齐

反义 有条有理、错落有致、井然有序

同义例句 他的书桌上乱七八糟地堆满书本,给人一种杂乱无章的感觉。

对比例句 张师傅的住房经过修整后,装饰一新,家中布置得井然有序,一改过去那种杂乱无章的状况。

读音辨误 杂,不能读成 zhá(闸)。

★杂乱无章〗—天道

乾辰密布百麻乱,禅佛顿开三昧章。
万物循规遵律道,一眸天地暗中光。
有无大小轮环复,山陷海隆情永长。
汗水凝华金稻满,荣卑穷富善邪尝。

[载舟覆舟]zài zhōu fù zhōu

载:浮运,承托;舟;船。[词源]《荀子·王制》:"君者,舟也;庶人者,水也。水则载舟,水则覆舟。"

本义 水能浮运船只,也能使船沉没。比喻民心向背能决定国家的存亡。如:"怨不在大,可畏惟人;载舟覆舟,所宜深慎。"(唐·魏徵《谏太宗十思疏》)

同义 人心向背、民无信不立、应天顺人

反义 愚民政策、强奸民意

同义例句 载舟覆舟是一条深刻的道理,它体现了人心向背的重大作用。

对比例句 刘邦慑于秦末农民起义的威力,所以他当朝后深知载舟覆舟的道理,不敢强奸民意,而实行比较清明的政治管理国家。

灵活用法 亦作"水能载舟,亦能覆舟"。如:"舟所以比人君,水所以比黎庶(指百姓),水能载舟,也能覆舟。"(唐·吴兢《贞观政要·教太子诸王》)

读音辨误 舟,不能读成 zōu

(邹)。

★〖载舟覆舟〗

昆岳巍峨隆苍宇,汪洋大海蕴瑶池。
黄河浑洒孕华夏,长水远波儒道滋。
湍急洪涛翻独木,圆荷深藕托莲枝。
宽怀阔肚千舸过,欢浪翔龙贞观奇。

[葬身鱼腹]zàng shēn yú fù

[词源]屈原《楚辞·渔父》:“宁赴湘流,葬于江鱼之腹中。”

本义 指淹死水中,尸体为鱼所食。如:“何况这是航海,是科学的事,有一点儿不实事求是,大海就要惩罚你,就会叫你船覆货沉,葬身鱼腹。”(柯岩《汉堡港的变奏》)

同义 死无葬身之地

反义 碧落黄泉、归正首丘

同义例句 这次事故使数百名乘客罹难,葬身鱼腹。保险公司对这些死无葬身之地的遇难者也支付了巨额保险金。

对比例句 渔民王老汉与狂风恶浪搏斗一生,多次险些葬身鱼腹。现在碧落黄泉,归正首丘,总算还了他的遗愿。

读音辨误 葬,不能读成 zhàng(丈);身,不能读成 shēng(生)。

★〖葬身鱼腹〗

尾横牛马扫黎庶,口嚼龟虾吞水族。
大海不平翻巨涛,哪吒愤怒天挥镞。
傲头套入乾坤圈,鳞片焚灰利爪缩。
跋扈凶残遭报应,断筋碎骨落鱼腹。

[责无旁贷]zé wú páng dài

责:责任,义务;旁:旁人;贷:推脱。[词源]毛泽东《中国共产党在抗日时期的任务》:“抗日救国的总参谋部的职务,共产党是责无旁贷和义不容辞的。

本义 不应该推卸的责任。如“……如果遇到一个暴君,责以亵渎之罪,也是责无旁贷的。”(臧克家《纳谏与止谤》)

同义 义不容辞

同义例句 植树造林,绿化祖国是我们义不容辞的任务,我们责无旁贷。

读音辨误 责,不能读成 zhé(哲)。

★〖责无旁贷〗—报国

身为父母心为国,肝胆精忠匹士责。
碧血黄河戈壁茵,墨流长碧山青麦。
刚强肌石隆昆仑,珠字铿锵奔马策。
烽火焦心腹水浇,雄威銮柱脊椎折。

[斩钉截铁]zhǎn dīng jié tiě

截:切断。[词源]宋·朱熹《朱子语类·卷五一》:“看来惟是孟子说得斩钉截铁。”

本义 比喻说话、做事果断坚决,毫不犹豫、拖沓。如:“县委第一书记斩钉截铁地说:‘为了六十一位同志的生命,现在我们只好麻烦中央,向首都求援。’”(《中国青年报》记者《为了六十一个阶级弟兄》)

同义 直截了当、当机立断

反义 拖泥带水、优柔寡断、犹豫不决

同义例句 情况危急,陈星当机立断,斩钉截铁地说:“沙包用完了,全体男青年下水用身子顶住水流!”

对比例句 他是一个性情豪爽的人,说话办事,斩钉截铁,从不拖泥带水。

★〖斩钉截铁〗

霹闪雷轰崩石啸,弹飞箭射刺魔妖。
钢牙铿戛碎铜板,玑字弹琴海浪潮。
赤壁怒号曹入火,岳飞剑舞狄求饶。
朝行夕至长城造,落笔生花桃苑娇。

[展翅高飞]zhǎn chì gāo fēi

[词源]唐·柳宗元《放鹧鸪词》诗:“破笼展翅当远去,同类相呼莫相顾。”

本义 比喻自由奋发,施展本领。如:他像久困在笼中的鸟,无法施展。一旦获得解放,他就要展翅高飞了。

反义 裹足不前

对比例句 我们应抛弃陈旧观念,展翅高飞,到能施展本领的地方去,而不能裹足不前,背着沉重的思想包袱在原地打转。

读音辨误 翅,不能读成 zhì(志)。

★〖展翅高飞〗

莫鄙雀燕钻灌木,雏鹰展翅远高飞。
烛灯萤火增聪慧,炉焰锤磨羽翼威。
蹒躄起跑加速逐,划波腾碧渐开扉。
十年寒窗满经学,一日鼎元云榜辉。

[辗转反侧]zhǎn zhuǎn fǎn cè

辗转:翻来翻去;反:同“翻”,翻身;侧:侧身。[词源]《诗经·关雎》:“求之不得,寤寐思服。悠哉悠哉,辗转反侧。”

本义 躺在床上翻来覆去睡不着。如:“苏比躺在麦迪生广场他那条长凳上,辗转反侧。”(欧·亨利《警察和赞美诗》)

同义 翻来覆去

同义例句 面对暂时出现的困难,两人都睡不着。不过,一个是翻来覆去地想对策,另一个却是辗转反侧地想退路。

读音辨误 辗,不能读成 niǎn(碾)。

★〖辗转反侧〗

身承千万恩情重,牵挂三生梦寐逢。
左思鸳鸯相吻沫,右担牛女鹊桥通。
阴晴圆转又边缺,寒月埋花玉泪红。
仰卧未开晨旭蝶,风尘何艳幻灯虹。

[战战兢兢]zhàn zhàn jīng jīng

战战:恐惧的样子;兢兢:小心警戒的样子。[词源]《诗经·小雅·小旻》:“战战兢兢,如临深渊,如履薄冰。”

本义 形容极端害怕而小心谨慎的样子。如:“而我虽然心里有点战战兢兢的,却总是装出毫不在

乎的样子,把折到的树枝得意地朝着她挥舞。”(黄河浪《故乡的榕树》)

同义 小心翼翼、胆战心惊

反义 镇定自若、神色自若

同义例句 这是小张第一次进行解剖,她战战兢兢地走进解剖室,小心翼翼地拿起了手术刀,努力使自己的情绪稳定下来。

对比例句 面对这突发事件,小李有些紧张,她战战兢兢地朝事故发生地走去。小王比较沉稳,他镇定自若地思考着处理办法。

书写辨误 兢,不能写成“竞”。

★〖战战兢兢〗—聊斋

风高月墨鬼推门,战战兢兢抗鶆孽。
妍靥狐眉似如初,骸形酒友豪情结。
鸳鸯伴侣尽翩跹,侠义三杯概酌悦。
红日黑心鸩毒酤,阴霾钢骨碧殷血。

[张冠李戴]zhāng guān lǐ dài

冠:帽子。[词源]明·田艺衡《留青日札·张公帽赋》:“俗谚云:‘张公帽搬在李公头上。’有人作赋云:物各有主,貌贵相宜。窃张公之帽也,假李老而戴之。”

本义 指名实不符搞错了对象。如:“未有可以张冠李戴、断鹤续凫者也。”(清·刘熙载《艺概·词曲》)

同义 乱点鸳鸯、移花接木

反义 循名责实、对号入座

同义例句 他指着进门的这对靓男倩女大声喊道:“新郎新娘到。”一时弄得满堂大笑。原来他是张冠李戴,乱点鸳鸯,错把他们当作那对新人了。

对比用法 我们办事要认真,讲究循名责实,那么就可以避免张冠李戴的现象发生。

读写辨误 冠,在这里不能读成 guàn(贯),不能写成“寇”;戴,不能写成“带”。

★〖张冠李戴〗

绿冠乱扣红翎羽,蛋骨做针挑恶语。
黑帖盖头遮赤心,骈词取义玷良龉。
风言嗓唳裁鸿儒,道理禅符刀碎俎。
烈字岳飞血泗波,满清肺腑涕零雨。

[张皇失措]zhāng huáng shī cuò

见[仓皇失措]

[张牙舞爪]zhāng yá wǔ zhǎo

张:张开,展露;舞:挥动。[词源]《敦煌变文集·孔子项托相问书》附录二《新编小儿难孔子》:“鱼生三日游于江湖,龙生三日张牙舞爪。”

本义 指野兽的凶相。如:“我独自一个,正要走回,不提防遇见个大虫,张牙舞爪而来。”(元·李好古《张生煮海》第三折)

比喻 现形容人或拟人化的物形态凶恶的样子。如:“而浓烟则不一样,他从烟囱里冲出来,总是大模大样,张牙舞爪,忽东忽西,忽南忽北地朝天空飞去。”(严文井

《浓烟和烟囱》)

同义 青面獠牙、魑魅魍魉与本义同义,凶神恶煞、如狼似虎与比喻义同义

反义 慈眉尊眼与本义构成反义,文质彬彬、温文尔雅与比喻义构成反义

同义例句 在神话故事里,作家们描写的妖魔鬼怪多数是张牙舞爪、青面獠牙的形象,可怕极了。

对比例句 这座寺院供着许多神态各异的菩萨,有的慈眉善眼开怀大笑,有的凶神恶煞张牙舞爪。

灵活用法 亦作“舞爪张牙”。如:“你看大水中间又涌出一个怪物,猪首龙身,舞爪张牙,奔突而来,好怕人也。”(清·洪昇《长生殿·两梦》)

读写辨误 张,不能读成 zāng(脏);舞,不能写成“午”。

★〖张牙舞爪〗—龙子趴蝮

仗依敖广呼咆哮,身驾龙宫露爪牙。
血口吞咬殷血海,乌云密布蜃楼沙。
嘴喷箭雨殇黎庶,尾拍蓝波遍死虾。
趴蝮跌跄风火卷,嚣张终究伏哪吒。

[仗义执言]zhàng yì zhí yán

仗义:主持正义;执言:坚持说公道话。[词源]明·冯梦龙《警世通言卷十二》:“此人姓范,名汝为,仗义执言,救民水火。”

本义 主持正义说公道话。如:“那种出以公心,敢于仗义执言的人,即使有些缺点,我以为也不可与那种少说为佳、明哲保身的‘好好先生’同日而语!”(高占祥《当说必说》)

书写辨误 执,不能写成“直”。

★〖仗义执言〗—德公比干

手捧丹心献醒壶,身坚风骨傲炮烙。
不堪黎庶炭焦涂,是道仁信抗暴虐。
仗义执言顶恶龙,忠精倔强对刀削。
皮开肉绽魂飞云,笃定忠良天理托。

[招摇撞骗]zhāo yáo zhuàng piàn

招摇:故意炫耀自己,引起别人注意;撞骗:找机会欺骗人。[词源]清·曹雪芹《红楼梦》第一百零二回:“那些家人在外招摇撞骗,欺凌属员,已经把名声都弄坏了。”

本义 假借名义、四处炫耀行骗。如:“奸佞造成的那种招摇撞骗、粉饰太平、指鹿为马的恶劣风气必须坚决铲除。”(《人民日报》特约评论员《善于建设一个新世界》)

同义 招摇过市、欺世盗名

反义 童叟无欺

同义例句 我们相信,一个健康的社会绝不会让那些靠招摇撞骗、欺世盗名的不法之徒逍遥法外。

对比例句 在那时,不法分子招摇撞骗,社会秩序混乱,人民期待着童叟无欺和平安详的日子早些到来。

读音辨误 招,不能读成 zāo

（糟）；撞，不能读成 zuàng。

★〖招摇撞骗〗

樱花可诱胡蜂陷，何必甲龟虾铁钳。
芳郁棠香迷蝶坠，蕊颜猪笼合贪拈。
巧言令色万人上，狼戴羊皮羔仔添。
火眼金睛妖蛊破，深坑终套己人淹。

[朝不保夕]zhāo bù bǎo xī

朝：早晨；夕：傍晚。[词源]《南齐书·武十七王传》："建武以来，高、武王侯居常震怖，朝不保夕，至是尤甚。"

本义 早晨还活着，但不能保证是否能活到晚上。指情况或处境极其危急。如："在此生命是朝不保夕，如果政治部再报告说我们通陈铭枢，一千条命都不够死。"（《蔡廷锴自传·擢升师长》）

引申 现也形容生命垂危或生活难济。如："母年八十，老病在床，抱疾喘息，朝不保夕。"（唐·陈子昂《申宗人冤狱书》）

同义 危在旦夕、岌岌可危与本义同义，行将就木、人命危浅、旦暮入地与引申义同义

反义 风华正茂、朝气蓬勃、丰衣足食与引申义构成反义

同义例句 那时天灾人祸横行，民众过着朝不保夕的非人生活，民族的命运危在旦夕。

对比例句 思想解放，政策对路，使这里的人民生活由朝不保夕而变得丰衣足食，生活非常幸福。

灵活用法 亦作"朝不保暮""朝夕不保"。如："年几九十，气息奄奄，朝夕不保。"（明·余继登《典故纪闻》卷十三）

读写辨误 朝，在这里不能读成 cháo（潮），不能写成"早"。

★〖朝不保夕〗

三生魂魄红尘脆，一缕云丝扫炭灰。
骄日酷炎焦土裂，夕寒黑鬼佞奸摧。
鸳鸯棒打蜕蝴蝶，牛女隔河难宅回。
转瞬秋黄冬鬓白，今朝有酒醉觞杯。

[真凭实据]zhēn píng shí jù

凭、据：证明，证据。[词源]清·吴趼人《二十年目睹之怪现状》第一十五回："这方子上都盖有他的姓名图章，是个真凭实据。"

本义 实实在在的证据。如"……号码十七十八，这是铁一般的真凭实据！"（叶圣陶《夜》）

同义 铁证如山

反义 空口无凭

同义例句 他以为我们拿不出真凭实据，其实我们早已调查取证，本案已是铁证如山。

对比例句 空口无凭，我不会认这笔账的，除非你拿出真凭实据来。

读音辨误 凭，不能读成 pín（贫）。

★〖真凭实据〗

狼烟岂掩贼兵入，暴雨泥开翻谄骨。
白纸黑符张张据，蛛丝马迹斑斑兀。
骸痕深刻金莲汤，奸佞污言漏洞突。
铁证如山何遁形，绳之以法断髡刖。

[真心实意]zhēn xīn shí yì

[词源]元·无名氏《百铁证如山花亭》第三折："常言道：海深须见底，各办着个真心实意。"

本义 心意真实诚恳。如："现代化需要的是真心实意、脚踏实地的实干家。"(《人民日报》特约评论员《善于建设一个新世界》)

同义 一心一意、全心全意

反义 虚情假意

同义例句 他对朋友始终是真心实意、全心全意的，因此大家都乐于和他交往。

对比用法 做文章和做人是一个道理，那就是要真心实意而不能虚情假意。

读写辨误 真，不读 zēn；真，中间是三横。

★〖真心实意〗—宝黛情

贯宝石瑜真窦心，灵姑实泪慕闺室。
荣堂初见春丝连，菊茂老槐秋蜡蜜。
梅月竹诗雅趣融，蝴萦蕊摇翩跹逸。
观园两玉蝶花缘，楼艳一书红话溢。

[震耳欲聋]zhèn ěr yù lóng

[词源]毛泽东《向国民党的十点要求》："无数不负责任毫无常识之谰言，震耳欲聋"。

本义 指声音大，耳朵都快要被震聋了。如："泥浪的拍击，龙头的扑撞，使两岸发出震耳欲聋的巨响。"(李械、张卫国《一次大型泥石流记述》)

同义 震天动地

反义 无声无息

同义例句 震天动地的喊杀声以及震耳欲聋的炮弹爆炸声，把躲在指挥室的敌军官们吓得手足无措。

对比例句 以往震耳欲聋的搅拌机轰鸣声现在听不见了，只有改进后的新型机械在无声无息地运转。

读写辨误 震，不能写成"振"；聋，不能读成 lōng。

★〖震耳欲聋〗—张飞当关

长坂坡前雷劈吼，震天动地箭林戈。
敌将折脊红缨落，士卒蒙聋掉奈河。
风雾卷云沙弹暴，沫星浩荡镞头梭。
咆哮轰烈千军马，张勇一挥横万魔。

[争奇斗艳]zhēng qí dòu yàn

艳：鲜艳、艳丽。[词源]宋·吴曾《能改斋漫录方物·芍药谱》："名品相压，争妍斗奇，故者未厌，而新者已盛。"

本义 形容百花盛开，竞相逞美的景象。如："要是在大理，差不多家家户户都养茶花，花期一到，各样品种的花儿争奇斗艳，那才美呢。"(杨朔《茶花赋》)

引申 表示事物发展繁荣的盛况。如："在我国姹紫嫣红的古文苑中，书信体散文是一枝争奇斗艳的异葩。"(《古代散文鉴赏词典》)

同义 百花争艳、群芳竞艳、争红斗紫与本义同义；百花齐放、姹

紫嫣红、万紫千红与引申义同义

反义 惨绿愁红、荒烟蔓草与本义构成反义,一花独放、一枝独秀、百业萧条与引申义构成反义

同义例句 “万紫千红,争奇斗艳,才足以配合新社会的新气象。”(老舍《悼于非阁画师》)

对比例句 改革开放以前,这家商店经营的品种单一,常形成一花独放的局面;现在市场繁荣,各种商品货源充足,商店的货柜上各种商品琳琅满目,争奇斗艳。

灵活用法 亦作“争妍斗艳”。如:“当时的公馆,楼阁别致,围墙古奇,林荫庇屋,空气清爽。花园里,奇花异草,争妍斗艳。”(赵大新《止园漫步》)

读音辨误 争,不能读成 zhēn(珍)。

★〖争奇斗艳〗—争宠

御苑龙津滋艾草,百花吐艳讨恩邀。
红唇杏眼妩媚娇,白粉浅窝纤细腰。
翘上冕旒倾列国,谢萎轩椅臭沟憔。
禁宫繁朵泪珠饰,竹笼翠鬟梦寐遥。

[争先恐后]zhēng xiān kǒng hòu

恐:害怕。[词源]明·唐顺之《春坊中允方泉李君墓表》:“于此之时,彬彬雅雅,争先恐后,何其盛耶?”

本义 指争着向前,唯恐落后。形容有奋进的精神。含褒义。如:“在春光弥漫的草原上,孩子们找寻成了茸毛的蒲公英,争先恐后地赛跑着。”(壶什荣《蒲公英》)

同义 不甘人后、不甘示弱、不为人下

反义 甘居人后、甘居下游、畏缩不前

同义例句 为了向灾区人民献爱心,大家不甘人后,都争先恐后地报名参加志愿服务队。

对比例句 李晓同学一改以前遇事畏缩不前的缺点,同大家一起争先恐后地报名参加了志愿服务队。

灵活用法 亦作“恐后争先”。如:“他却横冲直撞,恐后争先。”(清·吴趼人《二十年目睹之怪现状》)

读音辨误 争,不能读成 zhēn(针)。

★〖争先恐后〗

菩萨哪如佳馔美,饕餮趋鹜恐非跻。
蜀蜂翎羽耀宗祖,宫阙朱妍诱幻迷。
山水胭脂收袋袖,酌酤酣梦鹤松栖。
捡瓜丢豆唯铜板,见玉眉开众判凄。

[争妍斗奇]zhēng yán dòu qí

见[争奇斗艳]

[正人君子]zhèng rén jūn zǐ

正:品行端正。[词源]清·吴敬梓《儒林外史》第十四回:“像这样的才是斯文骨肉朋友,有意气,有肝胆。相与了这样的正人君子,也不枉了。”

本义 指品行端正的人。如"……我的举动素来在各方面都称得上是正人君子。"(契诃夫《装在套子里的人》)

褒义贬用 指虚伪的人。如:"南北统一后,'正人君子'们树倒猢狲散,离开北平……"鲁迅(《两地书》)

读音辨误 正,不能读成zhèn(镇)。

★〖正人君子〗—诸葛亮

书麓茅房文曲天,经纶雾海托刘玄。
情重昆岳系黎庶,正直蜀山于苍渊。
韬略帷帏胜万里,呕心沥血富桑田。
鞠躬尽瘁长江泪,名耀云榜华夏传。

[郑重其事]zhèng zhòng qí shì

郑重:认真,严肃。

本义 指认真严肃的态度。如:"……这回便决计送给这也如我的那时一样,热爱彼得斐的诗的青年,算是给它寻得了一个好着落。所以还郑重其事,托柔石亲自送去的。"(鲁迅《为了忘却的记念》)

反义 若无其事、随随便便

对比例句 我郑重其事地对你说这事,你却一副若无其事的样子,也未免太玩世不恭了。

读音辨误 郑,不能读成zèng。

★〖郑重其事〗—梁祝

柳下蜜蜂绕蕙兰,窗前昆季朗书唱。
英姿飒爽郑情呈,山岳敦雄憨虹荡。
歪雨邪风鸳鹭离,阴魂阳魄泪瞳望。
红尘梅竹门闾拦,桃苑寞情蝴蝶漾。

[知己知彼]zhī jǐ zhī bǐ

彼:他,对方。[词源]《孙子·谋攻》:"知彼知己,百战不殆。"

本义 对自己一方和对方的情况都很了解。如:"我们过去打仗,都不懂得研究我情敌情,做不到知己知彼,就要打败仗。"(邓小平《在全军政治工作会议上的讲话》)

读音辨误 知,不能读成zī(滋)。

★〖知己知彼〗

昼有熊狮夜有狼,明枪易躲暗难防。
棋开黑白擂公战,楚汉清浑憨厚殇。
补足短才挥他长,眼观天地耳圆方。
蓑遮云雨竹驱飐,知己识其无殆亡。

[知无不言]zhī wú bù yán

知:凡是知道的;言:说出。[词源]《晋书·刘聪传》:"当念为知无不言,勿恨往日言不用也。"

本义 指凡是知道的就没有不说出来的。如:"是以知无不言,言无不行,其所欲用,虽其亲爱可也。"(宋·苏轼《策略第三》)

同义 竹筒倒豆子、和盘托出

反义 一言不发、知而不言、隐忍不言

同义例句 为了吸取这次事故的教训,认真分析造成事故的原因,领导希望大家知无不言,即使是尖锐的批评意见,也可和盘

托出。

对比例句 同学们都知无不言,献计献策。可王红却坐在那里一言不发。

灵活用法 常与“言无不尽”连用。如:“实行‘知无不言,言无不尽’、‘言者无罪,闻者足戒’、‘有则改之,无则加勉’这些中国人民的有益的格言,正是抵抗各种政治灰尘和政治微生物侵蚀我们同志的思想和我们党的肌体的唯一有效的方法。”(毛泽东《论联合政府》)

读音辨误 知,不能读成 zī(资)。

★〖知无不言〗

知勿不言言不尽,各呈己见畅心言。
抒言无罪闻过戒,有则修正莫忤怨。
比老丹心谰冕冠,魏徵赤水颂民喧。
兼听则睿偏听暗,逆耳忠声利行辕。

[执迷不悟]zhí mí bù wù

执:固执;迷:迷惑。[词源] 唐·姚思廉《梁书·武帝纪·移檄京邑》:“若执迷不悟,距逆王师,大军一临,刑兹罔赦,所谓火烈高原,芝兰同泯。”

本义 坚持错误而不悔悟。如:“上帝惩罚那些执迷不悟的人们:让他们既没有淡水喝,也没有淡水种庄稼。”(刘兵《死海不死》)

同义 顽固不化、愚迷不悟

反义 迷途知返、知过必改

同义例句 这是一条死胡同,你千万不能再执迷不悟了,这样顽固不化下去,后果不堪设想。

对比例句 犯了错误就怕执迷不悟,如果能知错必改或许就是取得成绩的起点。

书写辨误 悟,不能写成“误”。

★〖执迷不悟〗

酒囊饭袋挂胸前,仁义道儒置脑后。
先世卑弓地府虫,今生匍匐哈巴狗。
见钱眼睁鬼磨推,鱼肉鼓喉醉莫酉。
世世蜂挤刀下魔,代代枭桀倒裙口。

[纸上谈兵]zhǐ shàng tán bīng

兵:作战,打仗。

本义 在纸上谈论打仗的事,比喻脱离实际、无法实现的想法。如:“而当其未达到谋幸福除痛苦之前,无一兵一卒之力,无弹丸凭借之地,在他人见之,未尝非纸上谈兵,痴人说梦,认为必不可以实现。”(邹韬奋《呆气》)

反义 运筹帷幄

对比例句 梁总工程师深入工地,吃住在工棚,与骨干技术员们一道分析问题,运筹帷幄,拿出了一套又一套新方案,使那些只会纸上谈兵的人自愧不如。

读写辨误 兵,不能读成 bīn(彬);纸,不能写成“弡”。

★〖纸上谈兵〗

竹编翻页似琴钟,墨若悬河书海洪。
纸卒飘然长啸坠,字符悠逸马亭虫。
虚篁风响易折脊,云牍托驹天将空。
棋间擂台帷幄戏,沙场绘画雾朦胧。

[指鹿为马]zhǐ lù wéi mǎ

[词源]汉·司马迁《史记·秦始皇本纪》:“赵高欲为乱,恐群臣不听,乃先设验,持鹿献于二世,曰:‘马也。’二世笑曰:‘丞相误耶?谓鹿为马。’问左右,左右或默,或言马以阿顺赵高。或言鹿者,高因阴中诸言鹿者以法。”

本义 指鹿说成马。指不顾事实真相,有意颠倒黑白,混淆是非。如:“今圣明御运天下清夷,而(高)欢威福自己,生是乱阶,缉构南箕,指鹿为马,包藏凶逆,伺我威权。”(唐·令狐德棻等《周书·文帝纪上》)

同义 颠倒黑白、颠倒是非

反义 循名责实

对比例句 我们研究事物,应实事求是,循名责实,而不应该不求甚解,妄加评判甚至指鹿为马。

读音辨误 为,不能读成wèi(畏)。

★〖指鹿为马〗

鹿昂尖角傲庭前,马脸幻形吾说算。
淫杀利矛唯诺匍,乌纱之保概从唤。
处心积虑暗谋划,玩火冒黎踸道观。
狐假虎威走九州,尾巴败露嚎头断。

[指桑骂槐]zhǐ sāng mà huái

[词源]清·曹雪芹《红楼梦》十六回:“偏一点儿,他们就指桑骂槐地抱怨。”

本义 指着桑树骂槐树,比喻表面上骂这个人,实际上是骂那个人。如:“并且施展叭儿狗的伎俩,指桑骂槐,向鲁迅先生‘呜呜不已’。”(唐弢《琐忆》)

同义 指鸡骂狗、旁敲侧击、借题发挥

反义 直言不讳、开门见山

同义例句 有意见可以直说,何必指桑骂槐,用这种旁敲侧击的手段呢?

对比例句 他是一个直爽人,有什么不同意见,直言不讳地说出来,即使受了冤屈也不干那种指桑骂槐的事情。

读写辨误 桑,不能读成shāng(商);槐,不能写成“愧”。

★〖指桑骂槐〗

妇嫂勃溪吵中妙,尖酸婉转豆当条。
指桑骂柳旁波击,东虹西乌夏雨浇。
震虎敲山施策略,杀鸡映血儆猴招。
弹花策马腾风骋,竖镜袪斑丽媚绡。

[指手画脚]zhǐ shǒu huà jiǎo

[词源]清·吴敬梓《儒林外史》第十二回:“他又不服气,向着官指手画脚的乱吵。”

本义 指说话时做出各种动作示意。如:三三两两的女工在墙报前指手画脚地谈论着。

比喻 比喻说话随便、放肆或神气活现的样子。如:“趸船上站着两个戴黑眼镜的人,嘴上叼着烟卷,在那里指手画脚。”(罗广斌等《在烈火中永生》)

引申 引申为乱加批评或瞎指挥。如："这两个人围着火场打圈圈，指手画脚，却没见过他们动过一根木头，洒过一瓢水。"（欧阳山《苦斗》）

★〖指手画脚〗

羽翎作笔易红骚，魔鬼桃符随意造。
山殿水宫筋骨垒，桑田沧海墨流稻。
挥毫江汉分三湘，行霭苍穹裂五道。
权杖做椎栋宇歪，官腔叭喇邪风燥。

[智者千虑，必有一失]zhì zhě qiān lǜ, bì yǒu yì shī

虑：考虑，谋划；失：失误，缺陷。[词源]汉·司马迁《史记·淮阴侯列传》："广武君曰：'臣闻智者千虑，必有一失；愚者千虑，必有一得。'"

本义 指聪明人考虑得再多，也总免不了有失误的地方。如："智者千虑，必有一失。圣人所不知，未必不为愚人之所知也……"（清·刘开《问说》）

同义 百密一疏

反义 愚者千虑，必有一得

同义例句 李队长百密一疏，没有料到敌人会中途返回杀了个回马枪，使乡亲们遭了大难。这正是智者千虑，必有一失啊！

对比例句 我的建议只不过是一点点补充意见，不值得如此表扬，正所谓智者千虑，必有一失；愚者千虑，必有一得。

灵活用法 亦作"千虑一失""圣人千虑，必有一失"。如："圣人千虑，必有一失；愚者千虑，必有一得。"（《晏子春秋·内篇杂下》）

读音辨误 智，不能读成zì（自）；虑，不能读成lì（力）。

★〖智者千虑，必有一失〗

天降睿星诸葛亮，帷帏制胜云榜响。
呼风唤雨箭装船，妙拨弦丝军万丈。
隔岸观灯赤壁红，七擒孟获打蓁莽。
街亭丢缺百重殇，智者千虑一失妨。

[置之度外]zhì zhī dù wài

度：忖度、考虑。[词源]南朝·宋·范晔《后汉书·隗嚣公孙述列传》："且当置此两子于度外耳。"

本义 指把事物放在考虑之外，全不放在心上。如："许晓轩从息烽到白公馆十年炼狱，早已把生死置之度外。"（罗广斌等《在烈火中永生》）

反义 耿耿于怀

对比例句 在敌人的监狱里面，方志敏耿耿于怀、念念不忘的，只是党的事业，个人的生死早就置之度外了。

灵活用法 亦作"付之度外""置诸度外"。如："我考虑得很纯熟。我是早把生死置诸度外的。"（郭沫若《南冠草》第一幕）

★〖置之度外〗—岳飞

八千里路云和月，怒发冲冠横狄野。
刺字精忠旗帜扬，孔兄置外身心舍。
匈奴刀口英雄枭，金玉国荣宁碎瓦。
昂首挺胸向佞奸，风波亭下血红洒。

[忠心耿耿]zhōng xīn gěng gěng

耿耿：光明正直、忠诚的样子。[词源] 清 · 李汝珍《镜花缘》：“当日令尊白白为国捐躯，虽大事未成，然忠心耿耿，自能名垂不朽。”

本义 形容非常忠诚。如：“我们的周总理是多么信任这位对党对人民忠心耿耿的劳模呵！”（穆青等《为了周总理的嘱托——记农民科学家吴吉昌》）

同义 赤胆忠心、忠肝义胆

反义 野心勃勃、心怀异志

同义例句 没有这些对革命事业赤胆忠心的前辈，没有他们忠心耿耿地为党和人民献身的精神，哪会有我们的今天。

对比例句 这两人都是张先生的追慕者，但各怀不同想法，一个是忠心耿耿，要继承先生未竟之事业；一个是野心勃勃，欲借先生名气达到飞黄腾达的目的。

读写辨误 耿，不能读成 gěn；不能写成“射”。

★〖忠心耿耿〗

书斋茅屋盛天下，丹桂轩辕献衷肠。
借雾摇船收万箭，隔江观火烧曹王。
运筹帷幄胜千里，城阁琴弦挥汗霜。
病榻幽宫思遗训，鞠躬尽瘁付黎昌。

[中流砥柱]zhōng liú dǐ zhù

中流：河流中间；砥柱：山名。[词源]《晏子春秋 · 内篇谏下》：“吾尝从君济于河，鼋衔左骖，以入砥柱之中流。”

本义 比喻英勇坚毅，在关键时刻能起支柱作用的人或团体。如：“我们党是中华人民共和国的中流砥柱。”

同义 栋梁之材

反义 独木难支

同义例句 这是建设祖国的栋梁之材，他们在关键时刻定会成为我们事业的中流砥柱。

对比例句 面对如此强大的压力，独木难支，只有重新组建一支精良队伍，才能在这如潮的攻势前形成中流砥柱。

读写辨误 中，不能读成 zōng（宗）；柱，不能读成 zù；砥，不能写成“石氏”。

★〖中流砥柱〗

滚滚浊涛横荡冲，铮铮铁骨御山洪。
闻鸡起舞铿刀剑，挑烛灯熏尖律戎。
腹有气华拦霸气，手中钢笔鼎乾穹。
岳家旌旆挡匈狄，诸葛龙燃赤壁红。

[中庸之道]zhōng yōng zhī dào

中庸：不偏不倚。[词源]《论语 · 雍也》：“中庸之为德也，其至矣乎！”

本义 儒家待人接物的主张和处世态度。如：“儒家之所以不能不讲中庸之道，正是他们站在中间的一种人。”（闻一多《什么是儒家》）

同义 不偏不倚

反义 明辨是非、泾渭分明

同义例句 我们在大是大非的问题上不能采取中庸之道，好像是不偏不倚，实则是丧失原则性。

对比例句 对这件事，大家不能持中庸之道，而必须泾渭分明，是非曲直不能含糊。

书写辨误 庸，不能写成“佣”。

★〖中庸之道〗

天分日月轮相环，祸福悲欢皆合圆。
前后折中纱帽缝，东西讨好概逢全。
软绵唯诺哈巴狗，笃定子禽飞啸鸢。
过犹不纵行有度，独坚自我勇峰巅。

[终南捷径]zhōng nán jié jìng

终南：山名。在今陕西省西安市西南；捷径：方便快捷的途径。[词源]《新唐书·卢藏用传》：“藏用能属文，举进士不得调，与兄征明，偕隐终南、少室二山。……长安中，召授左拾遗。……司马承祯尝召至阙下，将还山，藏用指终南曰：‘此中大有佳处。’承祯徐曰：‘以仆视之，仕宦之捷径耳，藏用惭。’”

本义 指企图钻营谋官职获取名利的方便门径。含贬义。如：“张宝瓒借此认识了几位当道，又结交了几家富贾豪商，自以为终南捷径，即在此小酒馆之中，因此十分高兴。”（清·李宝嘉《文明小史》第四回）

引申 现常泛指为达到某种目的，希望找到方便的途径。如：“学习文化知识能不能走终南捷径呢？这是许多初学的同志时常提出的问题。”（马南邨《从三到万》）

反义 崎岖小道、羊肠小道与本义构成反义，按部就班、循序渐进与引申义构成反义

对比例句 在攀登科学高峰的征途上，只有崎岖小道，没有终南捷径可走，需要的正是坚韧不拔的精神和不畏艰险的意志。

读音辨误 终，不能读成 zōng（宗）；南，不能读成 lán（兰）。

★〖终南捷径〗—捷径

范进一玄乌帽端，西游九蜿漫沙骞。
烛光萤火升文曲，磐石丹炉掘月坚。
蜀道盘旋腾鼎甲，脊梁刀舞拨銮弦。
满腔翰墨诗神圣，盈腹仁慈佛竺仙。

[众口铄金]zhòng kǒu shuò jīn

见 [积毁销骨]

[众目睽睽]zhòng mù kuí kuí

睽睽：睁大眼睛注视。[词源]唐·韩愈《郓州谿堂诗并序》：“新旧不相保持，万目睽睽，公于此时能安以治之。”

本义 指大家都睁着眼睛注视着。如：“在众目睽睽下，这个本来从容自若的姑娘也不禁有点困惑了。”（何为《第二次考试》）

同义 大庭广众、十目所视

同义例句 在讲台上讲了几年课，在众目睽睽之下，大庭广众之

前讲话就自如了。

灵活用法 亦作“万目睽睽”。如：“九江为中外杂居之地，万目睽睽，视察之使络绎于途，何至无所闻见。”（蔡东藩、许廑父《民国通俗演义》）

书写辨误 睽，不能写成“癸”。

★〖众目睽睽〗

头上仙灵目察瞪，四周群众观能仁。
前临九品对翎色，后有千秋评树人。
儒德礼信仰竺国，经肠墨肚面朝神。
腹蕴诗赋走华夏，透彻心肝侠义真。

[周而复始]zhōu ér fù shǐ

周：转一圈；复始：重新开始。[词源] 汉·班固《汉书·礼乐志》：“精健日月，星辰度理，阴阳五行，周而复始。”

本义 指循环往复，连续不断地周转。如：“这样周而复始地轮流着，直到下了雨为止。”（赵树理《求雨》）

同义 循环往复、周而复生

反义 一去不复返

同义例句 大自然有些现象是周而复始、循环往复的。比如太阳东起西落、月之盈亏等。

对比例句 有些现象不都是周而复始的，而是一去不复返，比如时间，还有特定的历史事件等。

灵活用法 亦作“终而复始”。如：“天覆万物，制寒暑，行日月，次星辰，天之常也，治之以理，终而复始。”（《管子·形势解》）

读写辨误 周，不能读成 zōu（邹）；而，不能读成 rì（日）；复，不能写成“夏”。

★〖周而复始〗

日月星辰循相彩，阴晴圆缺紧随来。
盛衰更替合分演，春夏秋冬花又开。
云墨蒸凝葱岳碧，摩楼层阙逐蓬莱。
生生不息汗青郁，代代情蝴筑莹苔。

[珠光宝气]zhū guāng bǎo qì

珠、宝：首饰；光、气：闪耀着光彩。[词源] 清·陈端生《再生缘》：“房厅上，站着一位贵妇人，浑身花团锦簇，珠光宝气，雍容华贵。”

本义 珍珠、宝石光彩四射，形容服饰华丽。如：“那大概像古墓里的贵妇人似的，满身都是珠光宝气。”（鲁迅《准风月谈·难得糊涂》）

比喻 比喻诗文或艺术品的精美。如：“他这些序跋，不论长逾万言，或‘短如兔尾巴’，都是珠光宝气，跃然纸上，独具风格、不落俗套的耐人寻味的文章。”（曹靖华《采得百花成蜜后》）

同义 珠围翠绕与本义同义，雍容华贵与比喻同义

同义例句 杜甫在《丽人行》中，描写了唐玄宗时期上巳曲江水边踏青的众多丽人，人人珠围翠绕，个个珠光宝气，揭露和讽刺了上层贵族骄奢淫逸之风。

灵活用法 亦作“宝气珠光”。如：“不错，有时候我能够写出相当简洁的文字，可是其中并没有

哲理的宝气珠光。”(老舍《出口成章》)

读音辨误 珠,不能读成 zū (租)。

★〖珠光宝气〗

贾府珠光蒸紫蔚,灵山宝气观园辉。
雍容太母掩浮胖,麻素丫鬟裹单围。
金佩银衫携黛妹,娇腮纤绮靠翎巍。
春红秋橙颜凋谢,花葬楼歪圃苑微。

[蛛丝马迹]zhū sī mǎ jì

蛛丝:蜘蛛吐的细丝;马迹:马蹄踩踏出的痕迹。[词源]清·王家贲《别雅序》:“大开通同转假之门,泛滥浩博,几凝天下无字不可通用,而实则蛛丝马迹,原原本本,具在古书。”

本义 指事情发生之后遗留下来隐约可寻的线索或迹象。如:“这种迷魂阵也只能骗过那些低能的猛兽;至于老练的猎手,倒能根据这些杂乱的‘蛛丝马迹’,找到兔子的老巢。”(史庆礼《兔》)

同义 一鳞半爪;雪泥鸿爪、风吹草动;狐狸尾巴

反义 扑朔迷离;无影无踪、匿影藏形

同义例句 这个犯罪分子在作案时虽然经过精心伪装,但还是留下了一鳞半爪的犯罪痕迹。公安人员根据痕迹鉴定,查出了蛛丝马迹,获取了罪证。

对比例句 随着高科技的发展,各种间谍手段花样翻新,扑朔迷离,很难查寻它的蛛丝马迹。

读写辨误 蛛,不能读成 zū (租)或 jū(居),不能写成“珠”;丝,不能读成 shī (诗)。

★〖蛛丝马迹〗

蛛飞浩宇荡银线,马奔轩辕跃帝迹。
三界魂过留实情,百年人世耀瑜石。
汗凝金穗隆昆山,墨霁霞虹苍道碧。
丝路九州华夏绡,青骢万里长城奕。

[专心一志]zhuān xīn yī zhì

一志:一心一意。[词源]《荀子·性恶》:“今使途之人服术为学,专心一志,思索熟察,加日悬久,积善而不息,则通于神明,参于天地矣。”

本义 形容十分专心。如:“那么多密密麻麻的铜丝没有一条不是专心一志粘上去的。”(叶圣陶《景泰蓝的制作》)

同义 专心致志

反义 心不在焉、三心二意

同义例句 他干这事时专心一志,所以做出了常人没有做出的成绩,这说明了要在某一方面取得成就必须专心致志。

对比例句 凡事专心一志地去做,总会有所收获的。相反,三心二意、朝三暮四总是以一无所获而告终。

读音辨误 专,不能读成 zuān (钻);志,不能读成 zì (字)。

★〖专心致志〗

专志一心溪穿石,三捞二晒漏鱼嬉。

日连一日杵针磨，年复一年高岳移。
细琢精雕玲碧玉，东敲西学滥竽离。
老聃潜研道经誉，孔子儒家华夏思。

[转败为胜]zhuǎn bài wéi shèng

转：改变情势。[词源] 汉 · 司马迁《史记 · 管晏列传》："其为政也，善因祸而为福，转败而为功。"鲁迅《阿 Q 正传》："但他立刻转败为胜了。"

本义　指扭转战局，变失败为胜利。含褒义。如："在汉阳防守的士兵都大为兴奋，以为转败为胜的时机到了。"（李书城《辛亥革命后黄克强先生的革命活动》）

引申　现常形容竞技比赛格局或情势发生了变化。如：还是原来的马，只调换了一下出场顺序，就可以转败为胜。

同义　转败为功、转祸为功与本义同义，化险为夷、反客为主、回嗔作喜与引申义同义

反义　屡战屡胜、屡战屡败与本义构成反义，转喜为悲、乐极生悲、屡战屡败与引申义构成反义

同义例句　"他善于用兵，常能化险为夷，转败为胜。"（姚雪垠《李自成》第一卷第三章）

对比例句　我校男排与劲松中学的男排相比，水平要略逊一筹，近来比赛我们总是屡战屡败。今天再次交锋，教练采取田忌赛马的战术，换人有法，终于转败为胜，赢了鼓舞士气的一场球。

褒义贬用　"他这回才有些感到失败的苦痛了……但他立刻转败为胜了。他擎起右手，用力地在自己脸上连打了两个嘴巴，热辣辣的有些痛，经过努力最后转败为胜……心满意足地得胜地躺下了。"（鲁迅《阿 Q 正传》）

灵活用法　亦作"反败为胜"。如："将军在匆忙之中，能整兵坚垒，任谤任劳，使反败为胜，虽古之名将，何以加兹！"（明 · 罗贯中《三国演义》第十六回）

读音辨误　转，在这里不能读成 zhuàn（赚）。

★〖反败为胜〗

刀剑岂为泰岳石，民心伟略造时势。
揭竿而起匹夫天，破釜沉黎庶勇锐。
赤壁炬烧劣战优，空城一弹千狼逝。
四横赤水反"围剿"，万里长征新伟丽。

[转悲为喜]zhuǎn bēi wéi xǐ

[词源] 清 · 蒲松龄《聊斋志异 · 菱角》："相将入室，即灯审顾，曰：'得无梦邪？' 于是转悲为喜，相道离苦。"

本义　指由悲伤转变为喜悦。如："这熙凤听了，忙转悲为喜道：'正是呢！我一见妹妹，一心都在他身上了，又是喜欢，又是伤心，竟忘记了老祖宗。'"（清 · 曹雪芹《红楼梦》第三回）

同义　转祸为福、破涕为笑、回嗔作喜

反义　乐极生悲、转喜为悲、无

动于衷、麻木不仁

同义例句 当她看到失踪数月的儿子不仅完好无损,而且还比原来白胖了,她终于转悲为喜、破涕为笑了。

对比例句 刚才失子复还,她转悲为喜。现因其子在外染疾严重,急需住院抢救,生死难卜,这又使她转喜为悲。人间真有旦夕祸福啊!

灵活用法 亦作“转悲作喜”。如:“妇人转悲作喜,抱了儿子,随着徽商行去。”(明·凌濛初《二刻拍案惊奇》卷十五)

读写辨误 转,在这里不能读成 zhuàn(转动的“转”);喜,不能写作“吉”。

★〖转悲为喜〗

宝哥竹马奔青梅,黛妹眉开绽少妃。
破涕而嗔朱靥粉,转悲为喜紫衫挥。
抑扬雅韵沁诗朵,鸳侣嬉戏彩蝶飞。
幽径曲廊情宾绕,红楼景灏观园辉。

[转弯抹角]zhuǎn wān mò jiǎo

抹:贴着,挨着;角:墙角。[词源] 元·吴昌龄《东坡梦》:“转弯抹角,此间就是溪河杨柳边。”

本义 指行走路线弯弯曲曲。如:“威尼斯并非没有桥;三百七十八座,有的是。只要不怕转弯抹角,哪儿都走得到,用不着下河去。”(朱自清《欧游杂记》)

比喻 指说话不直截了当,而是绕着弯子表达思想。如:这事其实不是他干的,但说明了就会得罪其他的人,所以,他只得转弯抹角地敷衍了几句。

同义 旁敲侧击、闪烁其词与比喻义同义

反义 直截了当、直言不讳与比喻义构成反义

同义例句 他想知道会议的内容,又不好明着问,只得对易厂长旁敲侧击,转弯抹角地扯了一大通。

对比例句 我喜欢直截了当,请你说话不要转弯抹角。

灵活用法 亦作“拐弯抹角”。如:“我怀疑起来,便在给鲁迅先生写信时,把自己的判断和疑问拐弯抹角地简述了一番。”(曹靖华《片言只语话当年》)

读音辨误 抹角,不能读成 móguó(磨国)。

★〖转弯抹角〗

羞羞答答半遮面,吐吐吞吞半露牙。
抹角转弯藏宾锦,含沙射影绽殷华。
青葱梅竹翩跹舞,红粉鸳鸯偎暖家。
三世姻缘缠相结,二蝴比翼迎朝霞。

[装模作样]zhuāng mú zuò yàng

模、样:姿态,样子。[词源] 宋·史浩《荆钗记传奇》:“装模作样,恼吾气满胸膛。”

本义 故意装出一副模样给人看。如:“大喊大叫,装模作样,口号喊得高,样子装得像,但没有为人民做一点实事,这是要不得的。”

(刘少奇《对中央妇委同志的讲话》)

同义 装腔作势、矫揉造作

反义 落落大方、潇洒自如

同义例句 大凡装腔作势、装模作样的人,都是没有什么真才实学的。

对比例句 曹丞相的夫人 也从不装模作样,倒是落落大方,待人很和善的。

读音辨误 作,这里不能读成zuó(昨)。

★〖装模作样〗

满罐不喧虚桶晃,圣贤城府学童狂。
古诗现代翘天扬,七律当今沉韵锵。
诸葛默然三国鼎,杨修名噪傲空殇。
红翎岂是翰林抹,静谧墨流青汗芳。

[装腔作势]zhuāng qiāng zuò shì

腔:腔调;势:姿势,姿态。[词源]明·西湖居士《郁轮袍·十二》:"穷秀才装腔作势,贤王子隆礼邀宾。"

本义 形容故意装出一种腔调,摆出一种姿态。如:"装腔作势,借以吓人,则不但是幼稚,简直是无赖了。"(毛泽东《反对党八股》)

同义 矫揉造作、装模作样、故作姿态

反义 天真烂漫、纯真无邪、真实无妄

同义例句 演戏是再现生活,人物表演要实实在在,不能装腔作势,矫揉造作,让人感到是在"演戏"。

对比例句 纯真无邪是人的善良本性,装腔作势是内心虚伪的表现。做人要多点真实,少点造作。

灵活用法 也作"拿班做势""拿腔做样""拿腔作势"。如:"那贾环便来到王夫人炕上坐着,命人点了蜡烛,拿腔作势的抄写。"(清·曹雪芹《红楼梦》第二十五回)

★〖装腔作势〗

指麋为马装豪势,狐假虎威空吓人。
虚拟旨符蒙世界,皮囊败露血魔沦。
咆哮犬吠哈巴狗,奸贼佞词狂哑真。
春雨润茵漫静谧,轻声柔和乐融亲。

[追亡逐北]zhuī wáng zhú běi

亡、北:战败后的逃兵。[词源]汉·贾谊《过秦论》:"秦有余力而制其弊,追亡逐北,伏尸百万,流血漂橹。"

本义 指乘胜追击败逃的散兵。如:"燕军扰乱奔走,齐人追亡逐北。"(汉·司马迁《史记·田单列传》)

同义 穷追猛打、新限出城

反义 穷寇勿追

同义例句 我们应追亡逐北,穷追猛打,全歼这股逃窜的敌人。

对比例句 打仗要善于审时度势。有时应追亡逐北,有时局势复杂,就应依照"穷寇勿追"的古训,稳扎稳打。

灵活用法 亦作"追奔逐北"。如:"斩将搴旗,追奔逐北。"(晋·陈寿《三国志·魏志·田畴传》)

读音辨误 逐,不能读成 zhù(筑);北,不能读成 bái(白)。

★〖追亡逐北〗

鸿门佳味蜜慈软,放虎归山留后患。
猛打穷追何赋情,霸王别妻落河雁。
万千狮吼过长江,岂给败蒋予空幻。
进退随机风雾更,莫埋遗憾悔来盼。

[惴惴不安]zhuì zhuì bù ān

惴惴:忧虑而恐惧。[词源]宋·周孚《蠹斋铅刀编》:“民之居茅竹相比,每大风作,惴惴然不自安。”

本义 指内心惶恐。如:“我觉得十分内疚,很想当面致个歉意,但又害怕鲁迅先生会责备我,颇有点惴惴不安。”(唐弢《琐忆》)

同义 惶恐不安、忐忑不安

反义 心安理得、泰然自若

同义例句 这个商场前不久差点儿失火,店员们个个惴惴不安,纷纷要求主管部门对大楼进行检修,但由于种种原因至今仍不见动静,连毗邻商场的住户们也都整日惶恐不安起来。

对比例句 以前,他开车总是提心吊胆,尤其是一到夜晚更是惴惴不安。现在他配备了自卫防身器械,即使深夜开车,也能泰然自若了。

读音辨误 惴,不能读成 chuāi(揣)。

★〖惴惴不安〗

霹雳风云奈我郎,刀光剑影怎吾强。
横描聊屋妖魔鬼,竖写天堂竺渡狂。
腹有诗书豪气华,心怀仁义史编长。
勤锤钢脊鼎摩塔,汗注禾秆坚挺刚。

[卓有成效]zhuó yǒu chéng xiào

卓:杰出。[词源]恩格斯《在马克思墓前的讲话》:“而他进行斗争的热烈、顽强和卓有成效,是很少见的。”

本义 指成绩和效果都很大、很明显。如:“……向阎锡山本人做了大量的卓有成效的争取、团结工作。”(《革命回忆录》)

读音辨误 卓,不能读成 zuó。

★〖卓有成效〗

千锤百炼钢脊就,精雕细琢美瑜娇。
上挥旗帜驱乌雾,下笔墨江桃苑桥。
烛焰睿聪方鼎甲,刀枯韬略虎狼挑。
心摇臂翼脚飞霁,手荡霓虹仙阙逍。

[孜孜不倦]zī zī bù juàn

孜孜:勤勉、努力的样子。[词源]《尚书·君陈》:“惟日孜孜,无敢逸豫。”又南朝·宋·范晔《后汉书·鲁丕传》:“(丕)沉深好学,孳孳不倦。”

本义 形容勤勉而不知疲倦。如:“他以为与其不度德不量力地好高骛远……还不如把理想放得极低,却孜孜不倦地追求着,非到实现不止。”(《茅盾精选集》)

引申 多用于研究学问时锲而不舍的精神。如:“70 多岁的竺

可桢，仍然孜孜不倦地进行科学研究。”（白夜、柏生《卓越的科学家竺可桢》）

同义 锲而不舍与本义、引申义同义

反义 浅尝辄止与本义、引申义构成反义

同义例句 鲁迅先生孜孜不倦地工作着，锲而不舍地进行着坚韧的战斗。

对比例句 要想取得事业的成功，一定要有孜孜不倦的工作态度，特别是在科学研究上，不肯花功夫，浅尝辄止，是不会有收获的。

★〖孜孜不倦〗

磐石琢雕钢铁钻，雄巍摩塔鼎金梁。
春秋泉滴穿坚壁，经久凿开移泰冈。
墨水滋聪明禅道，汗珠润土稻盈仓。
蝴蝶翩眇花蕊绽，智焰朝阳大同光。

[趑趄不前]zī jū bù qián

趑趄：犹犹豫豫不敢向前的样子。[词源] 唐 · 韩愈《送李愿归盘谷序》：“足将进而趑趄，口将言而嗫嚅。”

本义 形容想往前走又不敢走的犹豫状态。如：“回到鸿仁里，望着自己门口，倒有点趑趄不前之态。”（清 · 吴趼人《近十年之怪现状》）

同义 畏缩不前

反义 勇往直前、一往无前、义无反顾

同义例句 平时他喊得最起劲，今天到了该上台了，他却趑趄不进，畏缩不前，看来说与做毕竟是两码事。

对比例句 在别人趑趄不前的时候，他却义无反顾地冲了过去。

灵活用法 亦作“趑趄不进”。如：“迟疑不前，趑趄不进，永在彷徨歧路之间而已。”（邹韬奋《呆气》）

★〖趑趄不前〗

前怕狼来忧惧虎，畏头缩脚哪前途。
书山路径竹卷行，銮殿阙台刚脊扶。
墨腹难掀丞相肚，翩跹横扫刺花狐。
舍身碧血骨肌剐，敢叫星辰换佛图。

[子曰诗云]zǐ yuē shī yún

子：特指孔子；曰、云：说；诗：《诗经》，泛指儒家经书。[词源]《〈元曲选 · 宫大用〈范张鸡黍〉一折》：“我堪恨那伙老乔民，用这等小猢狲，但学得些妆点皮肤，子曰诗云。”

本义 泛指“四书五经”之类的儒家经典著作。如：“‘子曰诗云’，是乡村学校所传授的最大知识了。贫困的乡村生活，单调、沉闷，没有什么东西可以激起人们的激情。”（鲁彦周《文学之道，博大精深》）

同义 之乎者也

同义例句 如：“古时的秀才爱转诗云子曰，与之乎者也。戏曲里、旧小说里，往往讽刺秀才们的这个酸溜溜的劲儿。”（老舍《出口

成章》)

灵活用法 亦作“诗云子曰”。如:“这个偏方不灵,因为它的主药还是文字,以我来说,不过是把诗云子曰改上些新字眼而已。”(老舍《出口成章》)

书写辨误 曰,不能写成“日”。

★〖子曰诗云〗

四书五经儒家学,子曰诗云夫子悦。
仁义尊伦礼智信,忠诚廉耻勇恭洁。
墨流川水神州河,笔绿桃源梨卉雪。
老子道经指苍纶,孔丘论语行江哲。

[字斟句酌]zì zhēn jù zhuó

斟、酌:反复推敲。[词源]清·纪昀《阅微草堂笔记·滦阳消夏录一》:“宋儒积一生精力,字斟句酌,亦断非汉儒所及。”

本义 指写文章时对字句仔细琢磨推敲。如:“这提炼的功夫,又并不会在下笔时的字斟句酌。”(周先慎《简笔与繁笔》)

同义 咬文嚼字

反义 率尔操觚

同义例句 修改文章时,字斟句酌是很有必要的。但在写作之初,更讲究一气呵成,这有利于思维的连贯性,大可不必咬文嚼字地花费太多工夫。

对比例句 这篇调查报告一定要实事求是,严肃认真把它写好,决不能率尔操觚,草草了事。尤其是最后下结论时,一定要字斟句酌,力求客观公正,明白、准确。

灵活用法 亦作“句斟字酌”。如:“抑掌故之学可以听其出入,不若咏物诗之宜句斟字酌耶。(《清朝野史大观·卷九》)

读写辨误 字,不能读成 zhì(志);斟,不能写成“勘”。

★〖字斟句酌〗

一字千斤重泰山,三句夜话醒儒贤。
天斟万象布苍道,地酌红尘禅佛玄。
笔点龙睛飞昊宇,竹划川水般桃渊。
梨花珠逸霓裳曲,墨海荡波戏月娟。

[自暴自弃]zì bào zì qì

暴:糟蹋、损害;弃:抛弃鄙弃。[词源]《孟子·离娄·上》:“自暴者,不可与有言也:自弃者,不可与有为也。”

本义 自己糟蹋自己,自己轻视自己。形容自甘落后。如:“这样一个自暴自弃的女孩子,是永远也不能成为有成就的歌唱家的!”(何为《第二次考试》)

同义 妄自菲薄、自轻自贱

反义 夜郎自大、自高自大

同义例句 对于民族的、传统的文化,我们不能妄自菲薄、自暴自弃,而应该很好地吸取其精华,更好地发扬光大。

对比例句 在强手如林的竞争中,我们必须对自己有足够的估计,切不可自高自大、盲目乐观,更不能自暴自弃、丧失信心。

★〖自暴自弃〗

瓦砾无颜何怨日,东施丑陋莫攀颦。

璞瑜未琢自卑黑，破罐悲哀摔碎沦。
成事在天谋事己，无怨情蝶涕残春。
自然不衍无情物，天赐鸿才必定神。

[自不量力]zì bù liàng lì

量：估计、估量。[词源]清·李汝珍《镜花缘》第八十七回："你叫管家去回他，就说我们殿试都是侥幸名列上等，并非真才实学，何敢自不量力，妄自谈文。"

本义 不能正确估计自己的力量。形容对自己估计过高。如：黄盖给曹操写了一封信，说：东吴兵少，抵挡不住八十万大军。周瑜自不量力，硬拿鸡蛋去跟石头碰，哪有不失败的。

同义 蚍蜉撼树、螳臂当车

反义 实事求是、力所能及、量力而行、自知之明

同义例句 紫衣女子道："大家幸会谈文，原是一件雅事。即使学问渊博，也应处处虚心，庶不失谦谦君子之道。谁知腹中虽离渊博尚远，那目空一切，旁若无人光景，却处处摆在脸上。可谓'螳臂当车，自不量力！'"（清·李汝珍《镜花缘》第十八回）

对比例句 我们订计划要实事求是，不要盲目地攀比，更不能好高骛远，如果自不量力，定一些达不到的目标，反而会挫伤大家的积极性。

灵活用法 亦作"不自量力"。如："我们一行二十多人中，有好几位已经年逾半……要一鼓作气爬上一千二百多米的陡坡，在某些人看来，未免有点不自量力。"（黄秋云《黄山秋行》）

读音辨误 自，不能读成 zhì（至）。

★〖自不量力〗

蚊蚋掀风奸乱国，蚍蜉撼树蚓横车。
一厢情愿临天下，二世早殇銮废墟。
金甲铁骢英雄鼎，老弱秃驴何撞阊。
腹有诗歌气自华，浪迹天涯论语书。

[自惭形秽]zì cán xíng huì

形：相貌；秽：丑陋。[词源]清·吴敬梓《儒林外史》第三十回："小弟因多了几岁年纪，在他面前自惭形秽，所以不敢痴心想着相与他。"

本义 自己觉得自身形貌丑陋。如："这种车，巴黎只有夜间才看得见；白天，它们好像自惭形秽，不出来。"（莫泊桑《项链》）

引申 觉得自己在某些方面不如别人。如：在众多高手面前，他自惭形秽，悄悄退出了赛场。

同义 自愧不如、甘拜下风与引申义同义

反义 自高自大、夜郎自大与引申义构成反义

同义例句 虽是同一个师傅所教，但与其他师兄弟一比，他自愧不如，尤其是看到最小的师弟技术纯熟，他更是自惭形秽。

对比例句 一向自高自大的

他，这次遇到了内行高手，终于自惭形秽了。

读音辨误 秽，不能读成 suì（岁）。

★〖自惭形秽〗

东施何必效颦骚，范雎腿瘸助国高。
刖骨兵谋千里外，宫刑胯下史河涛。
五车学府雄魁殿，仁义菩提亮贵豪。
天予我材春有用，八仙过海各飞韬。

[自得其乐]zì dé qí lè

乐：快乐、乐趣。[词源] 宋·朱熹《朱子全书》："如曾点浴沂风雪，自得其乐。"

本义 指自己去体验其中的乐趣。如："有的松树自得其乐，显出一副潇洒的模样。"（李健吾《雨中登泰山》）

同义 怡然自得、悠然自得

反义 自找苦吃、自讨没趣

同义例句 我的弟弟在家经常自拉自唱，怡然自得。看到他自得其乐的样子，我也感到高兴。

对比例句 在家看电视，自得其乐该多好。何必串东家走西家，撩嘴皮子惹是生非，到头来是自找苦吃。

灵活用法 亦作"自取其乐"。如："那时园中牡丹盛开，秋公刚刚浇灌完了，正将着一壶酒儿，两碟果品，在花下独酌，自取其乐。"（明·冯梦龙《灌园叟晚逢仙女》）

★〖自得其乐〗—读书

墨奶弥漫蓬荜香，烛光睿智亮心膛。
筍罗远渡逸宫竺，竹殿咫苔馨实耷。
妍簿纤符花蝶舞，砚芳瑜页悦文章。
天书诗韵酣仙圣，地牍迷娥坠讲郎。

[自高自大]zì gāo zì dà

[词源]《国语·周语中》："求盖人，其抑下滋甚，故圣人贵让。"三国·吴·韦昭《国语》集解："求掩盖人以自高大，则其抑退而下益甚也。"元·无名氏《点绛唇》曲："有一等明师，自高自大，狂言诈语，道听涂（通'途'）说，自把他元神昧。"

本义 自以为了不起。如："自高自大、个人英雄主义、风头主义等，在党内不少同志的思想意识中还是或多或少地存在着。"（刘少奇《论共产党员的修养》）

同义 骄傲自满、妄自尊大、自命不凡、夜郎自大

反义 谦虚谨慎、自轻自贱

同义例句 我们的党员干部，有的长期位居高官，养尊处优，骄傲自满，自高自大，逐渐脱离了群众。

对比例句 谦虚谨慎是我们青年人必备的品德。我们只要戒除自高自大、轻浮自负的心理，就会进步、成熟。

读音辨误 自，不能读成 zhì（志）。

★〖自高自大〗

跳梁小丑掀銮殿，蚍蚁自高撼大树。
纸卒飘然长平坑，狂兵峰顶街亭输。

铁砣掂量方横称，城阁悠弦击野鹭。
腹有诗书气自华，当将豪迈雄魁步。

[自命不凡]zì mìng bù fán

自命：自己认为；不凡：不平凡。[词源] 清 · 蒲松龄《聊斋志异 · 杨大洪》："大洪杨先生涟，微时为楚名儒，自命不凡。"

本义 自以为了不起。如："因此，好的教师在开始的时候，应该给学生一个印象，觉得入门不难，往后才能越学越有信心。而学生如果自命不凡，看到入门很容易，就把老师一脚踢开，那么，他就什么也学不成。"（马南邨《从三到万》）

同义 自高自大、自视不凡、不可一世

反义 虚怀若谷、自愧不如

同义例句 有的人，有了一知半解，就自命不凡，自高自大，这是很可笑的。

对比例句 学问是没有止境的，在治学道路上，不应该自命不凡，狂妄自大，而应当虚怀若谷，善于向别人请教，才不会妨碍以后的进步。

书写辨误 命，不能写成"名"。

★〖自命不凡〗

一并天下秦皇始，二世早殇冕冠掉。
蓬荜儒生鼎国三，傲相曹操蒲圻烧。
长矛利刃横华州，霸王别姬乌水跳。
墨海书舟渡蕊榜，菩提树上真神耀。

[自欺欺人]zì qī qī rén

[词源]《礼记 · 大学》："所谓诚其意者，毋自欺也。"唐 · 释道世《法苑珠林 · 卷九十三 · 妄语 · 引证》："佛言夫妄言者为自欺身，亦欺他人。"宋 · 朱熹《朱子语类 · 卷十八 · 大学五》："因说：'自欺欺人'，曰："欺人亦是自欺，此又是自欺之甚者。"

本义 用自己都不相信的假话去骗别人，形容表面上是欺骗自己，实际上是要欺骗别人。如："要论中国人，必须不被搽在表面的自欺欺人的脂粉所诓骗，却看看他的筋骨和脊梁。"（鲁迅《且介亭杂文 · 中国人失掉自信力了吗》）

同义 掩耳盗铃、掩目捕雀

反义 至诚无昧

同义例句 他们干这种自欺欺人的事，无异于掩耳盗铃。

对比例句 他的至诚无昧的品德和那些人自欺欺人的行为形成了鲜明对照。

读音辨误 自，不能读成 zhì（至）；人，不能读成 néng（能）。

★〖自欺欺人〗

不学无知标翰圣，盗铃掩耳自欺人。
白狐妖气骚愁容，乌鬼淫心挑迩臣。
空首肥肠堆黑膘，歪门邪道毒净身。
谎言千遍岂真理，情实一句濡耄臻。

[自强不息]zì qiáng bù xī

强：图强；息：停止。[词源]

《周易·乾》:“天子健,君子以自强不息。”

本义 指自己努力向上,永不松懈。含褒义。如:“奔马的这种自强不息的奋进精神,不正是我们中华民族的传统精神么!”(郑理《傲骨》)

同义 发愤图强、奋发图强、闻鸡起舞

反义 自暴自弃、得过且过、一蹶不振

同义例句 中华民族自古以来就有自强不息的拼搏精神,我们青年人应继承这一传统,要发愤图强建设“现代化”,为振兴中华而努力奋斗。

对比例句 一个自强不息的人,即使他身处逆境也不会自暴自弃,他会顽强奋斗下去。

读音辨误 自,不能读成 zhì(治)。

★〖自强不息〗

水往低洼人往高,奔腾江急越峰豪。
岭峦砚璞磨成粉,乌黑墨流翻海涛。
穿石移山飞蕊榜,雁鸿鹏远昊穹翱。
秦皇汉武唐贞观,华夏辉煌再殷袍。

[自私自利]zì sī zì lì

[词源]鲁迅《脸谱臆测》:“富贵人全无心肝,只知道自私自利。”

本义 只考虑自身的利益,不顾他人。如:“我们大家要学习他毫无自私自利之心的精神。从这点出发,就可以变为大有利于人民的人。”(毛泽东《纪念白求恩》)

反义 大公无私、公而忘私

对比例句 我们之所以宣传公而忘私的高尚品德,是为了使自私自利的不良作风能得到遏制,使社会风气好转起来。

读音辨误 自,不能读成 zhì(志);私,不能读成 shī(诗)。

★〖自私自利〗

只扫自家门口雪,莫瞧他屋瓦檐霜。
两危相较摄微轻,两利权衡取大强。
铜板酒囊胸口挂,国兴他事脑后荡。
世间唯有孔兄好,情宾概为虚霁光。

[自投罗网]zì tóu luó wǎng

投:进入。罗网:捕鸟和鱼的网。[词源]三国·魏·曹植《曹子建集·卷六·野田黄雀行》诗:“不见篱间雀,见鹞自投罗。”明·冯梦龙《东周列国志》第五十五回:“今番又来自投罗网,有何理说。”

本义 指雀鸟禽兽自己进入网里。如:“譬如猎人终日驰驱践蹂于草茅之中,搜求伏兔而搏之,不待其自投于罗网而后取也。”(宋·苏轼《策别十七》)

比喻 喻指人自己送死或形容自己进入别人设下的圈套。如:“忽然他住嘴了。他意识到有些自投罗网。”(萧乾《鹏程》)

同义 飞蛾扑火、飞蛾投火与本义同义,自取灭亡、钻头就锁、自掘坟墓与比喻义同义

反义 远走高飞与本义构成反

义,自拔来归、弃暗投明与比喻义构成反义

同义例句 这股敌人被打得东逃西窜,在我军的严密包围下已走投无路了。他们一个个犹如飞蛾扑火,自投罗网。

对比例句 你贸然前去,必定是自投罗网。我劝你还是赶紧转移,远走高飞吧!

读音辨误 投,不能读成 tú(徒);罗,不能读成 nuó(挪)。

★〖自投罗网〗

世间处处乾坤壑,天律人规套死跎。
烛烬幽烧牛啃竹,牌坊贞节禁瑜锅。
目空一切纸兵落,狂妄千曹赤壁嗦。
但愿孺瞳明苍象,手无思锁脚无罗。

[自言自语]zì yán zì yǔ

言、语:说话。[词源]《元曲选·无名氏〈渔樵记〉三折》:“漠坡里又无人,见鬼的也似自言自语,絮絮聒聒。”

本义 自己说话给自己听。如:“每当这些时候,她往往自言自语地说,‘她现在不知道怎么样了?’”(鲁迅《祝福》)

读音辨误 自,不能读成 zhì(志)。

★〖自言自语〗

肺腑之言谁与聆,躬身侧目耳翘听。
近依眼睫感春脉,远靠脸庞拢绛翎。
昼闻红尘芸众寞,夜交天地佛禅经。
万籁俱静同寰宇,一股心声共梦星。

[自以为是]zì yǐ wéi shì

是:对,正确。[词源]《孟子·尽心下》:“自以为是,而不可与入尧舜之道,故曰:‘德之贼’也。”

本义 总认为自己的言行正确。如:“众皆悦之,自以为是。”(《孟子·尽心下》)

引申 形容主观,不虚心。如:“自以为是,老子天下第一,‘钦差大臣’满天飞。这就是我们队伍中若干同志的作风。”(毛泽东《改造我们的学习》)

同义 自以为然与本义同义,以意为之、刚愎自用与引申义同义

反义 以人为非、自以为非、舍己从人与本义、引申义构成反义

同义例句 有的人不深入实际调查客观情况,以意为之,搞想当然,自以为是,这就必然脱离实际,犯错误。

对比例句 “凡斗者必自以为是,而以人为非也。”(《荀子·荣辱》)

★〖自以为是〗—梦游

思绪飘浮逸华州,随心所欲自信游。
龙门一跳三才甲,摇扇一仰九品头。
元宝舟行汾酒水,霓裳羽曲舞翩悠。
蝶花缠寞濡相耋,云海金銮荡冕旒。

[自知之明]zì zhī zhī míng

自知:自己了解自己;明:看清事物的能力。[词源]《老子》三十三章:“知人者智,自知者

明。”

本义 指能够客观地认识、估价自己的能力。如：“他临死之前，将全部稿烧掉，是有自知之明的。”（鲁迅《致曹白》）

反义 妄自尊大、自作聪明

对比例句 这人一贯妄自尊大，一点儿自知之明都没有。

★〖自知之明〗

乾浮霞霁耀旻穹，坤凝红尘衍万众。
蛾仰苍天落壑池，月垂青黛情郎动。
蚍蜉撼树未知微，鸿鹄应翱鹏博凤。
骛远好高恐跌渊，孺童不忘初心梦。

[自作自受]zì zuò zì shòu

作：做事；受：承受。[词源]《太子成道经变文》：“自身作罪自知非，莫怨他家妻及儿。自作孽时应自受……”

本义 指自己做的坏事、蠢事，由自己承担不良的后果。含贬义。如：她忐忑不安地想：“他会说什么？……他会揍我的！那也活该，我自作自受。”

同义 作法自毙、自食其果

同义例句 大雨将要来临，妈妈叫我带伞去上学，我却未带。结果淋得像落汤鸡，真是自作自受。要是感冒发烧也是自食其果。

贬义褒用 在特定的情况下，可作一种自谦用语。如：“大概就是那个发言闯下了祸，所以今天就非要我讲不可。这叫做‘自作自受’，没有办法。”（吕叔湘《关于中学语文教学的种种问题》）

读写辨误 自，不能读成 zhì（至）；受，不能读成 sòu（嗽）；作，不能写成“做”。

★〖自作自受〗

善恶因缘终有报，邪淫苦难自遭受。
纸兵傲慢落长平，陷害忠良煎炸油。
马鹿调头身首丢，偷梁换柱妻财溜。
为人莫作亏心怀，手托黎民仙鹤寿。

[恣意妄为]zì yì wàng wéi

恣意：任意、任性；妄为：胡作非为。[词源]明·罗贯中《三国演义》第一二〇回：“吴主皓自改元建衡，至凤凰元年，恣意妄为，穷兵屯戍，上下无不嗟怨。”

本义 指随心所欲地胡作非为。含贬义。如：“察其原因，不外有少数顽固分子，不顾民族国家利益，恣意妄为。”（毛泽东《陕甘宁边区政府、第八路军后方留守处布告》）

同义 胆大妄为、恣行无忌、肆无忌惮、无所顾忌

反义 遵纪守法、循规蹈矩、谨言慎行

同义例句 日本法西斯侵略我国的时候，他们恣意妄为，烧、杀、奸淫肆无忌惮、无恶不作，其罪行罄竹难书。

对比例句 这个干部原来尚能遵纪守法、谨言慎行地对待工作。但他在改革大潮中禁不起金钱的诱惑，利用手中的权力谋私，恣意

妄为地侵吞国家财产，走上了犯罪的道路。

灵活用法 亦作“恣意妄行”。如：“曲阳侯根前为三公辅政，知赵昭仪杀皇子，不辄白奏，反与赵氏比周（比周：相互勾结做坏事），恣意妄行。”（汉·班固《汉书·杜周传》）

读音辨误 恣，不能读成 zī（姿）；为，在这里不能读成 wèi（位）。

★〖恣意妄为〗

挥剑苍穹阻雁鸿，扫抽华夏青葱痛。
手横车马挡洪流，身坐龙椅压大众。
熊火百书烬史篇，草菅人命除根弄。
纣王怒焰焚天庭，武媚淫罴大地恸。

[恣意妄行]zì yì wàng xíng

见 [恣意妄为]

[走投无路]zǒu tóu wú lù

心投：投奔。[词源] 元·杨显之《潇湘雨》：“淋得我走投无路，知他这沙门岛是何处丰都？”

本义 无路可走。形容处境困难找不到解救的办法。如：“侍萍走投无路，痛不欲生，跳河自杀，幸而遇救，从此流落他乡。”（曹禺《雷雨》第二幕）

同义 日暮途穷、穷途末日、山穷水尽

反义 左右逢源、绝处逢生、柳暗花明

同义例句 他已是山穷水尽、走投无路了，在这种时候，我们怎能干那种落井下石的事呢？

对比例句 李将军正在叹息走投无路，突然听到不远的地方传来鸡犬之声，他禁不住为自己绝处逢生大笑起来。

灵活用法 亦作“走投没路”。如：“又见双鞭将呼延灼，金枪手徐宁，也领一彪军马，摇旗呐喊，从山西边杀出来，吓得卢俊义走投无路。”（明·施耐庵《水浒传》第六十一回）

读音辨误 投，不能读成 tú（徒）；路，不能读成 nù（怒）。

★〖走投无路〗

飞扬跋扈杀降军，罴张怒号烧阙愤。
众叛亲离别爱姬，走投无路乌江刎。
纣王暴政咎由焚，武媚垂年泪洗粉。
留有余香八面通，失信寡助自埋坟。

[作壁上观]zuò bì shàng guān

壁：壁垒；观：观看。[词源] 汉·司马迁《史记·项羽本纪》：“诸侯军救钜鹿，下者十余壁，莫敢纵兵。及楚击秦，诸将皆从壁上观。”郭沫若《棠棣之花》第三章：“堂上卫士均张皇失措，作壁上观。”

本义 指采取旁观态度，坐视成败。如：看足球比赛，等于两军对垒，我作壁上观。

引申 比喻置身活动之外。形容不参加或不介入。如：“中饭后有桌上游戏种种，但我均不内行。又有音乐跳舞，我只能作壁上观而

已。”(郭沫若《苏联纪行·日记》)

同义 坐观成败、坐山观虎斗与本义同义,袖手旁观、冷眼旁观与引申义同义

反义 拔刀相助、打抱不平与本义构成反义,身先士卒、躬行实践、助人为乐与引申义构成反义

同义例句 我因右脚负伤,这场关键性的比赛我不能上场,只好作壁上观。但我的心情可不像袖手旁观的人那样自在。

对比例句 公共卫生关系到大家的身体健康。我们班委要身先士卒地参加周末大扫除,遇到脏活不要作壁上观。

读写辨误 作,不能读成 zhuō(桌);壁,不能写成“璧”。

★〖作壁上观〗

坐视虎拼何得有,旁观袖手识英流。
六君捭阖相回避,全统神州秦帝收。
昆季连横三鼎国,二心一火烧曹虬。
珠联璧合搅风雨,诸郡争雄大地愁。

[作奸犯科]zuò jiān fàn kē

奸:坏事;科:法律条文。[词源]三国·蜀·诸葛亮《出师表》:“若有作奸犯科及为忠善者,宜付有司,论其刑赏。”(有司:指官吏)

本义 指为非作歹,违反法纪。如:“是以国财虽雄而民风不竞,作奸犯科,流离颠沛之民,乃与贫国相若。”(清·严复《原强》)

同义 为非作歹、违法乱纪

反义 安分守已、奉公守法

同义例句 有关部门应该密切注意违法乱纪分子的情况,并带领人民群众向一切作奸犯科的行为展开坚决的斗争。

对比例句 劳教后,他安分守已,再也不作奸犯科了。

★〖作奸犯科〗

歪门邪道进偷盗,云雾殿堂入阙蠹。
投米诱鸡吸血魔,顺便牵物捞淫富。
裙钗关系唯亲信,济己假公官相护。
元宝无香逗醉猫,鸩酤好色蚀瑜污。

[坐井观天]zuò jǐng guān tiān

[词源]唐·韩愈《原道》:“坐井而观天,曰天小者,非天小也。

本义 比喻眼界窄。如:“师父这话,也不像走长路的,却似个公子王孙坐井观天之类。”(明·吴承恩《西游记》)

同义 孤陋寡闻、以管窥天、以蠡测海

反义 高瞻远瞩

同义例句 “我们很多同志坐井观天,孤陋寡闻,不懂的东西太多了。”(《人民日报》特约评论员《善于建设一个新世界》)

对比例句 面对改革开放这一系统工程,我们当高瞻远瞩,统筹安排,而不能坐井观天,只顾眼前利害得失而迷失大方向。

读写辨误 井,不能读成 jǐn(紧);坐,不能写成“座”。

★〖坐井观天〗

自怜为是小含大,巴掌井窗寰宇苍。

面壁四周乌黑遍，深渊狭隘眼睛障。
浩渺星砾乾坤阔，挥手绪飞任意长。
以管窥天蠡测海，孤琴寡曲罔知郎。

[坐享其成]zuò xiǎng qí chéng

成：成果。[词源] 清 · 叶廷馆《欧陂渔话》：“彼坐享其成，必误公事。”

本义 指不劳动而享受别人创造的劳动成果。如：“我们一辈子都在劳动里，在污泥里，在欺骗里，一天一天地葬送自己的生命！可是别人却利用我们的血汗来享乐，坐享其成”。(高尔基《母亲》)

同义 不劳而获

反义 自食其力

同义例句 溺爱会养成孩子不劳而获、坐享其成的懒惰习惯，对孩子的成长是极为不利的。

对比例句 他虽然还不能自食其力，但已不甘坐享其成，总是找机会干点活，以减轻父母的负担。

读写辨误 坐，不能读成 zhuò；享，不能写成“亨”。

★〖坐享其成〗

世袭溺怀培蛔虫，恩荫宠物吃山空。
宝公厌学拈花草，元贵遐思孤寡终。
阿斗享优丢蜀国，李渊太祖假高穹。
自强其力锻才干，艰苦奋争创史功。

成语精华

【A】

* 哀而不伤 – 悲伤而不过分。多形容诗歌、音乐等具中和之美。

* 哀鸿遍野 – 比喻呻吟呼号、流离失所的灾民到处都是。哀鸿：哀鸣的大雁，比喻悲哀呼号的灾民。

* 安土重迁 – 在家乡住惯了，不愿轻易迁移。形容留恋故土。

* 安步当车 – 慢慢地步行，就当是坐车。

* 安居乐业 – 安心地住在那儿，喜爱自己的职业。

* 安身立命 – 安身：容身。指在某地居住或生活。指生活有着落，精神有寄托。

* 安之若素 – 素：向来，素来。遇到不顺利情况或反常现象，像平常一样对待，毫不在意。

* 安时处顺 – 安于常分，顺其自然，形容满足于现状。

* 安贫乐道 – 安贫：安于贫困。乐道：以守道为乐。处于贫困境地，仍以守道为乐。这是儒家提倡的态度。

* 爱不释手 – 喜爱到舍不得放手。

* 爱屋及乌 – 比喻因喜爱一个人而连带喜爱跟他有关的人或物。

* 按图索骥 – 照图上画的去寻找好马。比喻按照线索去寻找事物。

* 按部就班 – 部、班：门类，次序。就：遵循，依照。形容做事有一定的步骤和规矩。现也用以指办事机械，缺乏必要的灵活性。

* 嗷嗷待哺 – 形容忍受饥饿的悲惨情景。嗷嗷：哀号声。哺：喂食。

【B】

* 白驹过隙 – 白驹：原指骏马，后比喻日影。比喻时间过得很快，就像骏马在细小的缝隙前飞快地越过一样。

* 稗官野史 – 稗(bài)官：古代的小官。野史：古代私家编撰的史书。指记载轶闻琐事的作品。

* 鞭辟入里 – 形容言辞或文

章的道理很深刻、透彻。

* 坂上走丸－坂：山坡，斜坡。形容事情发展很快。

* 暴虎冯河－暴：徒手搏斗。冯（píng）：徒步。赤手空拳打老虎，没有渡船徒步过河。比喻有勇无谋，冒险行事，含贬义。

* 暴殄天物－暴：损害。殄：灭绝。原指残害灭绝天生的自然资源，后泛指任意损害糟蹋物品。

* 暴戾恣睢－暴戾：凶恶、残暴。恣睢：任意做坏事。形容凶残横暴，想怎么干就怎么干。

* 抱残守缺－抱：坚持不放。守住陈旧、残破的东西，不肯放弃。原来比喻泥古守旧，现在比喻思想保守，不肯接受新事物。

* 抱薪救火－薪：柴。比喻用错误的方法去消灭灾害，反而使灾害扩大。

* 半青半黄－庄稼半熟半不熟。也用以比喻其他事物或思想未达到成熟阶段。

* 半斤八两－旧制一斤合十六两，半斤等于八两。比喻彼此一样，不相上下。多含贬义。

* 筚路蓝缕－筚路：柴车。蓝缕：破旧的衣服。驾着柴车，穿着破衣服，去开山林。形容创业的艰辛。

* 敝帚自珍－家里的破扫帚也被自己珍惜，比喻自己的东西虽然不好，却非常珍爱。

* 杯盘狼藉－狼藉杂乱的样子。杯盘等放得乱七八糟，形容宴饮已毕或将毕时的情景。

* 杯弓蛇影－比喻因疑虑不解而自相惊扰。

* 杯水车薪－用一杯水去救一车着了火的柴。比喻无济于事。

* 别具一格－另有一种风格。

* 别无长（cháng）物－没有多余的东西。形容穷困或俭朴。

* 笔走龙蛇－形容书法或文章洒脱雄健，很有气势。

* 别开生面－生面：新的格局。另外开创新的局面或创造新的格局。

* 不经之谈－经：正常，合理。荒唐的没有根据的话，含贬义。

* 不法常可－常可：永久不变的道理。不盲目效法因袭历来所认可的事。

* 不孚众望－孚（fú）：使人信服。没有使群众信服，含贬义。

* 不负众望－没有辜负大家的希望。含褒义。

* 不逞之徒－不逞：不如意，欲望没能满足。一般称犯法或捣乱闹事的人为不逞之徒。

* 不刊之论－刊：削除，删改。形容不能改动或不可磨灭的言论。（不能把“刊”理解成“刊登”）

* 不易之论－易：更改。形容论断或意见完全正确。

* 不堪设想－对将来的结果不能想象，预料将来的结果很坏或很危险。

* 不情之请－不合情理的请求，用作谦辞。

* 不以为然－含有认为不是、

不对的否定的意思。

* 不以为意 – 不放在心上，不加注意。

* 不三不四 – 不正派，不像样子。

* 不耻下问 – 不以向地位、学问比自己低的人请教为耻。

* 不落窠臼 – 比喻文章或艺术等有独创风格，不落俗套。

* 不吝赐教 – 敬辞，用于自己向别人征求意见或请教问题。

* 不动声色 – 不说话，不流露感情。形容态度很镇静。

* 不可开交 – 无法摆脱或结束。

* 不可收拾 – 原意是没法归类整顿，后形容事物败坏到不可救药的地步。

* 不可终日 – 形容形势危急或心中惶恐。

* 不能自已 – 已：停止。指无法控制自己，不能使激动的情绪平静下来。

* 不遗余力 – 用出全部力量，一点儿也不保留。

* 不足为训 – 训：准则。不能当作典范或法则。

* 不足挂齿 – 不值得一提。谦虚说法。

* 不修边幅 – 边幅：本指布帛的边缘，借以比喻人的仪表、衣着、生活作风。原来形容不拘小节。后来形容不注意衣衫、容貌的整洁。

* 不名一文 – 亦作“不名一钱”。名：占有。一个钱也没有。

* 不假思索 – 用不着想。形容说话做事迅速。

* 不约而同 – 没有事先约定而彼此见解或行动一致。

* 不可理喻 – 喻：使明白。没法用道理使之明白。形容蛮不讲理，含贬义。

* 不胫而走 – 胫：小腿。比喻事情不待推行，就迅速地传播、流行。

* 不即不离 – 不接近也不疏远。即：接近。

* 不卑不亢 – 对待人有恰当的分寸，既不低声下气，也不傲慢自大。卑：低下。亢：高。

* 不容置喙 – 不容别人插嘴。喙(huì)：嘴。

* 不塞不流，不止不行 – 比喻旧思想文化不予以破坏，新思想、新文化就不能树立起来。

* 不绝如缕 – 既形容声音细微，也形容形势危急。

* 不稂不莠 – 稂(láng)：狼尾草。莠：狗尾草。比喻人不成材，没有出息，含贬义。

* 不瘟不火 – 指戏曲不沉闷乏味，也不急促。瘟：戏曲沉闷乏味。火：比喻紧急、急促。常比喻商品销售不够火爆，或作品一般化，没有特色。

* 不一而足 – 不一一列举就足够，形容很多。

* 不知所云 – 不知说的是什么，指语言紊乱或空洞。指的是说话人，易误解为“听者没有理解”。

* 不忍卒读 – 不忍心读完，多形容文章悲惨动人。

* 不为已甚 – 指对人的责备

或处罚适可而止。已甚：过分。

* 不速之客－速：邀请。没有经过邀请而突然到来的客人，指意想不到的客人。

* 不肖子孙－不肖：不似(先人)，不贤。指不能继承祖辈父辈事业或违背祖辈、父辈遗志的子孙。

* 不虞之事－虞：预料。没有料想到的事。

* 并驾齐驱－本指几匹马并排拉着车一起奔跑，后比喻彼此不相上下，齐头并进。

* 比翼双飞－特指夫妻亲密无间，形影不离。

* 步步为营－营：军队驻扎的地方。军队每前进一步就设置一道营垒。形容进军谨慎。今也比喻行事谨慎稳妥。

* 百身何赎－百身：意为死一百次。何：怎么。赎：抵罪。意思为自身死一百次也换不过来。比喻对死者极其沉痛的哀悼。

* 百无聊赖－聊赖：依赖，精神上的依托。后来表示思想情感没有依托，精神空虚无聊。

* 百足之虫，死而不僵－原指马陆这种虫子被切断致死后仍然蠕动的现象。用来比喻人或集团虽已失败，但其势力和影响依然存在，含贬义。

* 百尺竿头，更进一步－百尺竿头：百尺高的竿子，佛教用以比喻道行修养到极高的境界。后来泛用以鼓励人们不要满足于取得的成就，还要继续努力，不断前进。

* 班荆道故－班：铺开。荆：黄荆，一种灌木。道：谈说。故：过去的事情。用黄荆铺地，坐在上面谈过去的事情。形容朋友途中相遇，共话旧情。

* 毕其功于一役－毕：尽，完成。把应该分成几步做的事一次做完。亦用以形容急于求成。

* 闭门造车－原来是按同一规格，关起门来造车子，用起来自然合辙。后人反其意用之，比喻不问客观实际，不进行调查研究，单凭主观想象处理问题。

* 表里山河－内有高山，外有大河。比喻地势险要。

* 不二法门－不二：指不是两极端。法门修行入道的门径。原为佛家语，意为直接入道不可言传的法门。后比喻最好的或独一无二的方法。

* 兵不血刃－兵：武器。刃：刀剑等的锋利部分。兵器上没有沾上血。形容未经战斗就轻易取得了胜利。

【C】

* 长此以往－老是这样下去(多指不好的情况)。

* 从善如登－登：升高。顺从好的就像登高一样。比喻学好不容易，要花力气。

* 从长计议－慢慢地多加商量，指不急于作出决定。也指慢慢设法解决。

* 从容不迫－非常镇静、不慌

不忙的样子。

* 从善如流 - 形容能很快地接受别人的意见,像水从高处流下一样自然。

* 陈言务去 - 陈旧的言辞一定要去掉,也指写作时要排除俗套,努力创新。

* 参差不齐 - 长短高低不齐。形容水平不一或很不整齐。

* 蠢蠢欲动 - 指敌人或坏分子策划或开始进行攻击、破坏活动,含贬义。

* 春秋鼎盛 - 春秋:指年龄鼎盛,正当旺盛之时。比喻正当壮年。应用对象应该是人,不能用于修饰时代等。

* 春风化雨 - 能滋养万物的风和雨。后用来指良好教育的普遍深入。也常用来称颂师长的教诲。

* 春秋笔法 - 孔丘修订《春秋》语句中含有强贬。后人就指文笔曲折而意含褒贬的文字为“春秋笔法”。

* 侧目而视 - 不敢从正面看,斜着眼睛看,形容畏惧而又愤怒,不能理解成敬佩、佩服,也不能理解成看不起。

* 差强人意 - 差:稍微,比较。强:振奋。原指能振奋人的意思。现在形容某人某事大体上能使人满意。

* 城下之盟 - 因敌军兵临城下而被迫签订的屈辱性的和约。

* 诚惶诚恐 - 原是君主时代臣下给君主奏章中的客套话。现在指惶恐不安。

* 处心积虑 - 指千方百计地盘算(做坏事),含贬义。

* 初出茅庐 - 原指诸葛亮初出茅庐就打了胜仗。后比喻刚刚进入社会或工作岗位,阅历不深,缺乏经验。常常被错误地理解为经营状况不好。

* 草菅人命 - 草菅:野草。把人命看得跟野草一样。指反动统治者轻视人命,任意杀害。

* 草长莺飞 - 形容江南暮春的景色。

* 姹紫嫣红 - 姹:美丽。嫣:美好,常指笑容。形容各色娇艳的花,不能单用于某一种花。

* 出尔反尔 - 尔:你。现在多用来指自己说了或做了后,又自己反悔。比喻言行前后矛盾,反复无常。

* 出神入化 - 形容技艺高超。

* 出奇制胜 - 指用敌人料想不到的方法取得胜利。作谓语时不带宾语,不能说“出奇制胜叛军”。

* 出水芙蓉 - 芙蓉:荷花。原来比喻诗写得清新。后也比喻女性的美丽。

* 础润知雨 - 础:屋的基石。看到基石湿润就知道要下雨。比喻任何事物的发生都是有征兆的。

* 沧海一粟 - 好像大海里的一颗谷粒。形容非常渺小或数量极少。

* 沧海横流 - 沧海:指大海。横流:指水向四方奔流。比喻政

治混乱,社会动荡不安。

* 沧海桑田 – 大海变作桑田,桑田变作大海。比喻世界变化很大。

* 车水马龙 – 形容车马或车辆很多,来往不绝。

* 曾几何时 – 才有多少时候。指时间过去没有多久。不能误为“曾经”。

* 曾经沧桑 – 比喻曾经见过大世面,不把平常事放在眼里。

* 陈词滥调 – 滥:空泛。陈旧的言辞,空泛的论调,含贬义。

* 椎心泣血 – 椎心:捶打胸脯。泣血:悲切得哭不出声音,就像眼睛中要流血一样。形容悲痛到了极点。

* 抽薪止沸 – 抽去锅下的柴草来停止锅中开水的沸腾,比喻从根本上解决问题。同釜底抽薪。

* 魑魅魍魉 – 传说中的妖怪,现在用来比喻各种各样的坏人。

* 沧海遗珠 – 大海里的珍珠被采珠者所遗漏。比喻埋没人才或被埋没的人才。

* 蟾宫折桂 – 蟾宫:月宫。折桂:指考中进士。旧时指人登科。

* 垂涎三尺 – 形容嘴馋,也形容特别羡慕,渴望得到。

* 楚楚可怜 – 形容年轻女子娇弱可爱,不能误解为可怜。

* 春风得意 – 既可以指进士及第后的得意心情,也可以用来形容人官场腾达或事业顺心时洋洋得意的样子。

* 重整旗鼓 – 指失败后重新聚集力量再干。褒义词,不能作贬义词用。

* 彻头彻尾 – 从头到尾,完完全全(多用于贬义)。

* 椿萱并茂 – 比喻父母都很健康。

* 蚕食鲸吞 – 用各种方式侵占吞并领土。

* 尝鼎一脔(luán)– 品尝鼎锅中的一块肉就可以推知整锅的食物的滋味。比喻根据部分可以推知全体。

* 充耳不闻 – 充:堵塞。塞住耳朵不听。形容存心不听别人的话,含贬义。

* 吹毛求疵 – 求:寻找瑕疵,小毛病。比喻故意挑剔别人的缺点错误。

* 蹉跎岁月 – 蹉跎:时间白白过去。形容虚度光阴。

* 错彩镂金 – 错:涂饰。镂:刻。涂绘五彩,雕刻金银,装饰得十分工丽。形容文学作品词汇绚烂。

* 唇齿相依 – 嘴唇和牙齿互相依靠,不能离开。比喻关系密切,互相依存。

* 唇亡齿寒 – 嘴唇没有了,牙齿就会感到寒冷。比喻关系密切,利害共同。

* 崇论宏议 – 指高明宏大的议论或见解。

【D】

* 蝶粉蜂黄 – 指古代妇女粉面额黄,妆扮美容。

* 道貌岸然－神态庄严。常含讥讽义。

* 道听途说－从道路上听到，在道路上传说。泛指传闻的、没有根据的话。

* 道路以目－旧时形容社会的黑暗和统治者的暴虐。

* 登堂入室－比喻学问或技能由浅入深，循序渐进，达到了高深的地步。也作“升堂入室”。

* 登高自卑－登高一定要从低处起步，比喻做事情要循序渐进，由浅入深。

* 得陇望蜀－比喻人贪得无厌，得到了这个，还想那个，含贬义。

* 得意忘言－既已领会其意旨，则不再需要表意之言词。后亦引申为彼此默喻，心照不宣。

* 得意忘形－因高兴而忘乎所以，失去常态，含贬义。

* 洞若观火－形容观察事物极其分明，就像看火一样。

* 东窗事发－指罪行被揭露，阴谋暴露，含贬义。

* 东山再起－东晋谢安退职后在东山做隐士，后来又出仕要职。比喻失势后重新恢复地位。

* 鼎力相助－敬辞，大力相助。表示请托或感谢时用。

* 大方之家－大方：大道理。懂得大道理的人。后泛指见识广博或学有专长的人。

* 大快人心－使人心里非常痛快。一般用于坏人坏事受到惩处。

* 大动干戈－比喻大张声势地行事。

* 大腹便便－腹：肚子。便便：肥大的样子。肚子肥大，多形容孕妇和剥削者。

* 大相径庭－径庭：相差很大。形容彼此相去很远。

* 大巧若拙－真正灵巧的人，不自己炫耀，表面好像很笨拙。

* 大放厥词－厥：其，代词，他的。现在指大发议论，多是贬义。

* 待价而沽－沽：出卖。等待高价出售。旧时比喻某些人等待时机出来做官。

* 当仁不让－遇到应该做的事就要勇于承担，不谦让，不推托。仁：正义，正义的事，引申为应该做的事。

* 灯红酒绿－形容寻欢作乐的腐化生活。也形容都市或娱乐场所夜晚的繁华景象。

* 独到之处－指与众不同的见解。

* 独树一帜－单独树立起一面旗帜，比喻自成一家。

* 独具只眼－能看到别人看不到的东西，形容眼光敏锐，见解高超。

* 独步一时－形容特别突出，一时无二。

* 等量齐观－等：同等，相等。量：估量，衡量。齐：同样。指对有差别的事物，以同等的标准来衡量，都同样看待。

* 等闲视之－按平常的事情看待，不加重视(多用于否定句)。

常误用于肯定句中。

* 殚精竭虑 – 竭：用尽。虑：思虑，思考。耗尽精力，费尽心思，含贬义。

* 箪食壶浆 – 箪：古代盛饭的竹器。食：食物。古时候老百姓用箪盛饭，用壶盛汤来欢迎他们所拥护的军队。后来用此形容军队受欢迎的情况。

* 箪食瓢饮 – 一箪食物，一瓢饮料。古代指贫苦的生活。

* 豆蔻年华 – 豆蔻：植物名，比喻处女。旧时指女子十三四岁。

* 鼎足而立 – 像鼎的三足分立那样，比喻三方面对立的局势。

* 对簿公堂 – 在公堂上受审问。对簿受审问。大多误解为在公堂上对质。

* 动人心弦 – 因受感动而引起内心共鸣，指激动人心，非常动人。

* 叠床架屋 – 床上放床，屋上架屋，比喻重复累赘。

* 断线风筝 – 比喻一去不回或失去联系的人或物。

* 大而无当 – 虽然大，但是不合用。

* 大智若愚 – 某些有才智有才能的人不露锋芒，表面看来好像很愚笨。多含褒义。

* 大器晚成 – 指能担当大事的人物要经过长期的锻炼，所以成功比较晚。

* 顶礼膜拜 – 比喻崇拜到极点，含贬义。

* 多事之秋 – 事变很多的时期。

* 戴月披星 – 形容早出晚归，也形容不分昼夜地走路或在野外辛勤地劳作。

* 断鹤续凫 – 截短鹤的长腿，续接野鸭的短腿。比喻强行违反自然规律办事，含贬义。

* 大快朵颐 – 朵颐：鼓动腮颊，即大吃大喝。痛痛快快地大吃一顿。

【E】

* 耳提面命 – 不但当面告诉他，而且揪着他的耳朵叮嘱。形容恳切地教导。（含褒义，不能误为贬义词）。

* 耳濡目染 – 濡：沾湿。染：沾染。经常接触就自然而然受到影响。

* 耳鬓厮磨 – 鬓：面颊两边的头发。厮：互相。形容亲密相处的情景。

* 耳熟能详 – 听的次数多了，熟悉得都能够详尽地说出来。

* 尔虞我诈 – 尔：你。虞：欺骗。你欺骗我我欺骗你，彼此互相玩弄手段。

* 恶衣恶食 – 恶：粗劣的。指粗劣的衣服和食物。

【F】

* 匪夷所思 – 匪：不是。夷：平常。原指一般人所想不到的。后来形容人的思想离奇。

* 翻云覆雨 – 比喻要手段，弄权术，反复无常，含贬义。

＊幡然悔悟－幡然：大转变的样子。形容很快悔改醒悟。

＊焚膏继晷－晷：日影。形容夜以继日地用功读书或努力工作。

＊焚琴煮鹤－拿琴当柴烧，把鹤煮了吃。比喻糟蹋美好的事物，大煞风景，含贬义。

＊犯而不校－犯：触犯。校(jiào)：计较。别人触犯了自己也不计较。

＊飞短流长－指散播谣言，中伤他人。不能形容瀑布，含贬义。

＊飞黄腾达－比喻官职、地位提升得很快。不用于生活水平的提高。

＊沸沸扬扬－像沸腾的水一样喧闹。形容人声喧闹。不形容场面热闹。

＊凤毛麟角－比喻稀少而可贵的人或事。

＊风声鹤唳－听到风声和鹤叫声，都疑心是追兵。形容人在惊慌时疑神疑鬼。常与“草木皆兵”连用。不能用来形容战斗激烈。

＊风起云涌－涌：升起，冒出。比喻许多事物相继兴起，声势浩大。

＊奉为圭臬－圭臬：比喻事物的准则。把某些事物、言论奉为准则。

＊浮光掠影－浮光：反光。掠：轻轻擦过，闪过。水面上的反光，一晃而过的影子。比喻匆匆看了一下，观察不细，印象不深。

＊防微杜渐－微：微小，指事物的苗头。杜：杜绝，堵塞。渐：事物的发展。在错误或坏事刚露头的时候，就加以防止，不让它发展。

＊反唇相讥－受到指责不服气而反过来讥讽对方。

＊反戈一击－调转武器向自己原来所属的阵营进行攻击。不是“反击”。

＊方兴未艾－事物正在发展，尚未达到止境。

＊付之一笑－用笑来表示回答，形容不值得理会。

＊付之一炬－给它一把火，指全部烧毁。也说付诸一炬。

＊俯首贴耳－十分听话，奴气十足。

＊俯拾皆是－只要低下头来捡取，到处都是。形容多而易得。

＊附庸风雅－附庸：追随。风雅：文雅。为了装点门面而结交名士，从事有关文化的活动，含贬义。

＊繁文缛节－文：仪式，规定。缛(rù)：繁多。烦琐、无意义的仪式或礼节。

＊粉墨登场－化装上台演戏。今多比喻登上政治舞台(含讥讽义)。

＊发奸摘伏－发、摘：揭发奸臣，坏人；伏：隐瞒坏事。揭发隐秘的坏人坏事。

＊丰姿绰约－形容女子姿态柔美的样子。

＊分庭抗礼－原指宾主相见，站在庭院的两边，相对行礼。后来比喻彼此地位或势力相等，平起平坐或互相对立。

＊发指眦裂－发指：头发向上

直竖。眦裂：眼眶睁得开裂。形容愤怒到了极点。

*飞扬跋扈－飞扬：放纵。跋扈：蛮横。多指蛮横放肆，目中无人。

*放浪形骸－放浪：放纵，不受拘束。形骸：形体。行动没有拘束。旧指不受世俗礼法的束缚。

*俯仰之间－在头一低一抬的时间里。形容时间极短。

*风起云涌－大风起来，乌云涌现，雷电交加。比喻事物迅速发展，声势浩大。

*风雨如晦，鸡鸣不已－晦：黑暗已止。风雨交加、天色昏暗的早晨，雄鸡啼叫不止。比喻在黑暗的社会里不乏有识之上。

【G】

*高山景行－不是指高山美，而是比喻崇高的德行。

*高山流水－比喻知己或知音。也比喻乐曲高妙。

*高山仰止－仰止：仰慕，向往。像仰望高山那样，对伟大人物表示仰望和崇敬。

*高谈阔论－多指不着边际地大发议论，含贬义。

*高屋建瓴－瓴（líng）：盛水的瓶子。在高高的屋顶上把瓶子里的水往下倒。比喻居高临下，不可阻挡的形势。

*高抬贵手－客套话，多用于请求对方饶恕或通融。

*刚愎自用－刚：强硬。愎：任性。自用：只凭自己的主观意愿行事。

*隔靴搔痒－比喻说话作文等不中肯，没有抓住解决问题的关键。

*管窥蠡测－蠡（lí），瓢。测：量。从竹管里看天，用瓢来测量海水。比喻眼光狭小，见识短浅，对事物的观察和了解很肤浅。

*鬼使神差－差（chāi）：派遣，指使。古人对于一些很凑巧的事情，不能科学地加以解释，就认为是鬼神在暗中指使。比喻事情的发生完全出乎意料。

*光怪陆离－陆离：式样多，繁杂。形容形象奇异，色彩繁杂。也形容事物离奇多变。

*改头换面－比喻只改外表和形式，内容实质不变。不表示旧貌换新颜。

*改弦易辙－乐器换掉弦，车子改换道路。比喻变更方向、计划或做法。

*改弦更张－张：给乐器上弦。改换、调整乐器上的弦，使声音和谐。比喻变更方针、计划或办法。

*感同身受－心里很感激，就像自己亲身领受到对方的恩惠一样。注意使用的语境是专用于代替别人表示感谢，不要理解为亲身感受到。

*肝脑涂地－表示竭尽忠诚，不惜任何牺牲。

*拐弯抹角－形容行路曲折很多，也比喻讲话不爽直。

*耿耿于怀－耿耿：心情不安宁，不踏实。老梗在心里，不能忘掉。

* 甘之如饴 – 甘：甜，引申为甘愿，乐意。饴：饴糖，麦芽糖。认为甜得像糖一样。多比喻甘心情愿去做某种艰苦的事或勇于承受最大的牺牲。

* 干云蔽日 – 形容树木高大，枝繁叶茂。

* 工力悉敌 – 双方用的功夫和力量不分高低。常用来形容两个优秀的文学艺术作品不分上下。

* 功败垂成 – 事情将要成功的时候，遭到了失败。

* 官样文章 – 本指堂皇典雅的进呈文字。后多比喻徒具形式的例行公事或措施。

* 狗尾续貂 – 原指官爵太滥。古代皇帝的侍从官员用貂尾做帽子上的装饰，官封得太滥，貂尾不够只好用狗尾来代替。后来比喻拿不好的东西续在好东西的后面，前后不相称。多指文学作品。

* 过犹不及 – 犹：如同。及：到。事情做过了头，就跟做得不够一样，都是不对的。

* 刮目相看 – 用新的眼光来看待。也说刮目相待。

* 鬼斧神工 – 建筑、雕塑等技艺精巧。常被误用来形容自然景物。

* 瓜田李下 – “瓜田不纳履，李下不整冠”意思在瓜地里不要弯腰提鞋，在结着李子的树下不要举手整理帽子。瓜田李下就是指容易发生嫌疑的地方。

* 过犹不及 – 事情做得过火了，就跟做得不够一样，都是不好的。

* 果不其然 – 果然如此。指事物的发展变化跟预料的一样。

* 狗彘不食 – 形容人的品质极其恶劣。

* 恭敬不如从命 – 与其态度谦逊有礼，不如遵从人家的意见。

* 绠短汲深 – 绠：打水用的绳子。汲：从下往上打水。吊桶的绳子很短，却要从深井里打水。比喻能力微薄，任务重大。

* 功亏一篑 – 比喻事情只差最后一点没有完成。亏：缺少。篑：土筐。

* 故步自封 – 比喻安于现状，不求进步。故步：走老步子。封：限制住。“故”也作“固”。

* 过眼云烟 – 比喻很快就消失的事物。

* 姑妄言之 – 姑且随便说说，不一定有什么道理。多用作自谦，用来说别人不恰当。

【H】

* 好为人师 – 喜欢做别人的老师，表示不谦虚。

* 好整以暇 – 形容虽在百忙之中仍然从容不迫。

* 浩如烟海 – 形容典籍、图书等极为丰富。不能形容商品。

* 河东狮吼 – 指厉害的妇人，用来嘲笑怕老婆的男子。

* 河清海晏 – 形容天下太平。

* 和盘托出 – 原意是端东西时连盘子一起托了出来。比喻毫无保留地说出实情。

*鸿篇巨制－指规模宏大的著作。

*含英咀华－咀：细嚼。英、华：花。口中含着花细细咀嚼。比喻细细体会玩味文章的精华。

*汗牛充栋－汗牛：指用牛拉车运书，牛累得出汗。充栋：指书堆满屋子，一直顶到屋梁。形容书籍极多。

*皓首穷经－皓首：白头。穷：研究到极点。钻研经典一直到老。

*毫发不爽－一点也不差。毫发：毫毛和头发，形容极其细微。常常误解为“身体很不舒服”。

*涣然冰释－像冰块遇热，一下子就融解了。比喻顾虑、误会很快消除。

*邯郸学步－比喻生硬地模仿，不但学不到人家的本领，反而连自己固有的长处也丢掉了。

*怙恶不悛－怙（hù）：依靠。悛（quān）：悔改。坚持作恶不肯悔改。

*火中取栗－比喻为别人冒险，白吃苦头，自己却得不到好处。

*怀瑾握瑜－瑾、瑜：美玉。比喻人具有纯洁而美好的品德。

*毁家纾难－毁家：分散家产。纾：解除、缓和。捐献全部家产，解救国难。

*祸不单行－祸害常常一起到来。

*祸起萧墙－萧墙：古代宫室内当门的小墙（照壁），比喻内部。祸乱就发生在内部。

*虎视眈眈－眈眈：注视的样子。形容恶狠狠地盯着，将要下手攫取。

*挥洒自如－比喻写文章、画画运笔不拘束，十分自如。

*骇人听闻－骇：惊吓。使人听了非常震惊。强调客观效果。

*绘声绘色－指讲述、描摹事物的情景非常生动、逼真。不用于演戏。

*海市蜃楼－比喻人世繁华的虚幻，虚幻的事物。

*鹤发童颜－形容老年人气色好。

*讳莫如深－隐瞒得再没有比它更深的了。

*呼之欲出－指人像等画得逼真，似乎叫一声人物就会从画里走出来，泛指文学作品中人物的描写十分生动。

【J】

*集思广益－广泛吸收群众有益的意见。主语应该是领导者。

*集腋成裘－狐狸腋下的皮虽很小，但聚集起来就能制造一件皮袍。比喻积少成多，含褒义。

*激浊扬清－激：冲去。浊：脏水。比喻发扬一切好的，清除一切坏的。

*积重难返－形容长期养成的习惯很深，难以改变。多指恶习、弊端发展到难以去除的地步。

*吉光片羽－吉光：古代神话中的神兽。片羽：一种羽毛。比喻残余仅存的古代文物。

* 既往不咎 – 既：已经。往：过去。咎：责备，加罪。对过去做错的事不再责备。

* 兼收并蓄 – 把各种不同内容的东西都接收、保存下来。

* 加人一等 – 并非指给予的比别人多一等，而是形容才能出众。

* 间不容发 – 距离很近，中间不能放进一根头发。比喻情势危急到了极点。

* 机关用尽 – 机关：周密而巧妙的计谋。形容用尽心机。多用于贬义。

* 见仁见智 – 指对同一问题各人从不同角度持不同的看法。

* 见微知著 – 微：小，指刚露出的一点苗头。著：明显。见到一点苗头就能看清其发展的趋向和实质性的问题。

* 见异思迁 – 指意志不坚定，喜爱不专一。

* 江河日下 – 江河的水越流越趋向下游。比喻事物一天天衰落。

* 今非昔比 – 现在不是过去能比得上的。多指形势、自然面貌等发生了巨大的变化。

* 金科玉律 – 科、律：法律条文。必须遵守、不能更改的信条。多含贬义。

* 金石为开 – 金石：指最坚硬的东西。像金石那样的东西也被感动了。形容对人真诚产生的感动力。

* 金瓯无缺 – 金瓯：盛酒的器皿，借指国土。比喻国土完整。

* 金碧辉煌 – 形容建筑物或陈设华丽精致，光彩耀目。

* 金针度人 – 比喻把秘法、诀窍传给别人。

* 金玉满堂 – 既指占有很多财富，也比喻人很有才学，学识丰富。

* 敬谢不敏 – 谢：推辞。不敏：无能。表示推辞做某事的婉辞。往往错用为拒绝别人的要求。

* 泾渭分明 – 泾河水清，渭河水浑，泾河的水流入渭河时，清浊不混，比喻界限清楚。

* 孑然一身 – 孑：单独。孑然：孤单的样子。意指孤零零一个人。

* 接踵而至 – 形容一个接一个来到，有人多的意思。

* 交口称赞 – 众口同声赞誉。

* 渐入佳境 – 原指甘蔗从上往下吃，越吃越甜。后用以比喻境况逐渐好转或兴趣日益浓厚。

* 举足轻重 – 一抬足就影响两边分量的轻重。一举一动都关系到全局。形容所处地位重要，足以左右局势。

* 举案齐眉 – 案：古时有脚的托盘。汉代梁鸿的妻子给他送饭时，总是把端饭的盘子举得高高的，后泛用以形容夫妻相敬。

* 匠心独运 – 巧妙的心思，独特的构思。

* 矫枉过正 – 比喻纠正事物的偏失、错误过了头，而陷入另一种偏失、错误之中。

* 岌岌可危 – 形容十分危险，快要倾覆或灭亡。

* 济济一堂 – 形容很多有才能的人聚集在一起。

* 急公好义 – 热心公益，见义勇为。

*疾首蹙额–疾首：头疼。蹙额：皱眉头。形容厌恶、痛恨的样子。

* 剑拔弩张 – 形容形势紧张，一触即发。

* 久假不归 – 假：借用。归：归还。长期借用不归还。

* 具体而微 – 内容大体具备而形状或规模较小。往往误解为“具体而细小”。

* 居高临下 – 处在高处，俯视下面。形容处于有利或优越的地位。临：面对。

* 君子之交淡如水 – 君子之间的交往不含任何功利之心。

* 噤若寒蝉 – 形容不敢作声。噤：闭口不作声。往往误解为“寒冷”或“十分寂静”。

* 进退维谷 – 进退都处于困境之中，进退两难。

* 计日程功 – 可以数着日子计算进度。形容在较短时间就可以成功。程：计算。

* 江郎才尽 – 比喻才思枯竭。

* 胶柱鼓瑟 – 比喻拘泥固执，不知变通。

* 狡兔三窟 – 狡猾的兔子有三个洞穴。原来比喻藏身的地方多，便于逃避灾祸。现在多用于贬义。

* 精卫填海 – 精卫：神话中的鸟名。比喻意志坚定。

* 锦口绣心 – 形容文思优美，辞藻华丽。

* 精骛八极，心游万仞 – 精：精神。骛：驰。八极：喻极远之处。万仞：喻极高之处。意谓诗人进行艺术构思，不受时空之限制而驰骋无边。

【K】

* 可圈可点 – 可：值得。圈、点：古人读书时常在精彩或重要处加圈加点。现在用来指值得欣赏、值得赞美。

* 开门揖盗 – 揖：作揖，表示欢迎。比喻引进坏人，自招祸患。

* 沆瀣一气 – 比喻气味相投的人勾结在一起。

* 慷慨解囊 – 资助别人，而不是自己花钱买东西。

* 涸辙之鲋 – 涸：水干。鲋：鲫鱼。干涸了的车辙沟里的鲫鱼。比喻处于困境亟待援助的人。

* 开源节流 – 源：水源。比喻经济上增加收入，节省开支。

* 开宗明义 – 宗：主旨，文章的主题，行动的目的等。指说话写文章一开始就把主要意思点明白。

* 侃侃而谈 – 侃侃：从容不迫的样子。不慌不忙地谈着。

* 空前绝后 – 从前没有过，今后也不会再有。夸张性地形容独一无二。

* 空穴来风 – 有了洞穴才进风。比喻乘隙而入，常指某种消息和谣言的传布不是完全没有原因的。

* 空谷足音 – 在寂静的山谷里听到脚步声。比喻极难得到音

信、言论或来访。

* 口传心授 – 口头传授技艺。

* 口若悬河 – 讲起话来滔滔不绝，像瀑布不停地奔流倾泻。形容能说会辩，说起来没个完。

* 苦心孤诣 – 苦心：刻苦的用心。孤诣：别人所达不到的。用尽心思刻苦钻研，达到了别人所达不到的境界。

* 苦口婆心 – 形容怀着好心再三诚恳地劝告。一般用于劝告那些不能较快地认识自己的缺点和错误的人。

* 刻骨铭心 – 比喻牢牢记在心上，永远不忘（多用于对别人的感激）。

* 脍炙人口 – 脍：切得很细的肉或鱼。炙：烤熟的肉。美味人人喜欢吃，比喻好的诗文或事物，人们都称赞。

* 刻鹘类鹜 – 鹘：天鹅。鹜：鸭。刻画天鹅不像，但还像个鸭子。意思是仿效得虽然不太逼真，但还相似。

【L】

* 李代桃僵 – 原指李桃共患难。比喻兄弟相爱相助。后指互相顶替或代人受过。

* 力透纸背 – 原指书法遒劲有力。后也用来形容诗文立意深刻，用词精当。

* 屡试不爽 – 屡次试验都不错。爽：差错，不能理解为“好”“痛快”。

* 冷若冰霜 – 形容人不热情、不温和。也形容态度严肃，使人不易接近。

* 淋漓尽致 – 淋漓：形容尽情，酣畅。尽致：达到极点。形容文章、说话表达得充分、详尽。

* 琳琅满目 – 比喻各种美好的东西很多（多指书籍和工艺品）。

* 临渊羡鱼 – 比喻虽有愿望，却无实际行动，仍不能如愿以偿。

* 临危授命 – 授：献出。在危亡关头勇于献出自己的生命。

* 临危受命 – 受：接受。指在危难之际接受任命。

* 洛阳纸贵 – 晋代左思写成《三都赋》，抄写的人很多，洛阳的纸因此涨价。现在多称誉别人的著作风行一时。

* 鹿死谁手 – 鹿：原比喻政权，后来也比喻争逐的对象。现在指不知谁取得最后胜利。

* 乐不思蜀 – 三国蜀后主刘禅“此间乐，不思蜀”。用以比喻乐而忘返或乐而忘本，含贬义。

* 连篇累牍 – 形容篇幅过多，文辞冗长，含贬义。

* 流金铄石 – 形容天气酷热，好像金石都要熔化。

* 梁上君子 – 躲在屋梁上的先生，代称窃贼。语见《后汉书》。不能误解为“行为高尚的人”。

* 两袖清风 – 旧时称誉官员廉洁，除两袖清风之外，别无所有。

* 两小无猜 – 男女小的时候在一起玩耍，天真烂漫，没有猜疑。

* 良莠不齐－莠：狗尾草，很像谷子，常混在禾苗中。比喻好人坏人都有，混杂在一起。

* 拉大旗作虎皮－比喻打着某种旗号以虚张声势，来吓唬人。

* 牢不可破－牢固得不可摧毁，不可动摇，形容异常坚固。一般指友谊、团结等不可解开。

* 老气横秋－形容人摆老资格，自以为了不起的样子也形容人没有朝气，暮气沉沉的样子。多用于年轻人身上。

* 老生常谈－老书生常讲的话，没有新意思。比喻听惯听厌的话。

* 炉火纯青－比喻品德修养、学问、技术或处事手段等达到精纯完美的境地。

* 略胜一筹－比较起来，稍微好一些。不用于价格高低的比较。

* 络绎不绝－络绎连续不断的样子。形容来往的人或车马连续不断。

* 另眼相看－指特别看重和优待。有时也指用另外的眼光来对待，含有歧视的意思。

* 来日方长－未来的日子还很长。表示事有可为，劝人不必急于做某事。

* 龙飞凤舞－本来形容气势奔放雄壮，也可形容书法气势舒展活泼，也可形容字迹潦草难辨。

* 林林总总－形容繁多。

* 鳞次栉比－形容屋舍或船只等排列得很密，很整齐。

* 令人发指－形容极度愤怒。发指：头发直竖起来。

* 令行禁止－有令必行，有禁必止。形容严格执行法令。

* 流星赶月－像流星追赶月亮一样。形容行动迅速。

【M】

* 每况愈下－况：由对比而显明。比喻情况越来越坏。

* 目不暇接－东西太多，眼睛看不过来。

* 目无全牛－语出《庄子》，形容技艺达到十分纯熟的地步，不能理解成“看问题片面、狭隘”。

* 目光如炬－眼睛像火炬那样亮，形容见识远大。往往误解为“怒目而视”。

* 勉为其难－勉强去做能力所不及的事情。

* 名不虚传－流传开来的名声与实际相符。

* 名山事业－指著书立说的事业。

* 买椟还珠－椟木盒。买下装珍珠的匣子却把匣中的珍珠退还卖者。比喻没有眼力，取舍不当。

* 美轮美奂－轮：形容高大。奂：鲜明、盛大的样子。形容房屋高大华丽。

* 美不胜收－胜：尽。收：接受。美好的东西太多，看不过来。

* 面目全非－事物的样子改变得很厉害。多含贬义。

* 门户之见－门户：派别。见：成见。因派别不同而产生的成见。

*门可罗雀－大门前面可张网捕雀。形容宾客很少,家里很安静,或社会交往很少。

*门庭若市－门庭如同闹市。原形容进谏的人很多。现形容来客众多,非常热闹。

*莫逆之交－莫逆:没有抵触,形容思想感情一致。交:友谊。指彼此情投意合,友谊深厚。

*莫衷一是－衷:折衷。各有各的看法或主张,不能得出一致的结论。一般用于议论者。

*木人石心－木人:指人像木头一样正直。石心:指信念像金石一样坚牢。比喻人的意志坚定,不为外物所动心,不为情感、欲念所动摇。不能理解为“如木人一样,呆板,愚蠢,死板”。

*沐猴而冠－沐猴:猕猴。冠:戴帽子。比喻本质不好,而装扮得很像样。

*明日黄花－黄花:菊花。过了重阳的菊花。意思是即将枯萎,没有什么可玩赏了。比喻过时的事物。不能误写成“昨日黄花”。

*名不虚传－传出的名声不是虚假的。指实在很好,不是空有虚名。

*漫不经心－随随便便,不放在心上。

*暮鼓晨钟－佛教规矩,寺里晚上打鼓,早晨敲钟。比喻可以使人警觉醒悟的话。

*满城风雨－比喻消息一经传出,就到处轰动起来,议论纷纷。含贬义。常被误用作褒义或误解为“局势混乱”。

*满目疮痍－形容受到严重破坏的景况。疮痍:创伤。

*眉来眼去－多用于男女示爱,也指坏人之间勾勾搭搭。

*妙手偶得－技术高超的人,偶然间即可得到。也用来形容文学素养很深的人,出于灵感,即可偶然间得到妙语佳作。

*难能可贵－指不容易做到的事居然能做到,非常可贵。用于表扬人。不能用于赞美景物。

*难兄难弟－指彼此曾共患难,或处于同样困境的人。

*难言之隐－隐隐情,藏在内心深处的事。指难以说出的事物或原因。

*南辕北辙－比喻行动和目的正好相反。不形容两个人方向相反。

*南腔北调－原指戏曲的南北腔调。现形容说话口音不纯,掺杂着方言。

*能说会道－指善于言辞,很会说话。

*逆水行舟－比喻不前进就要后退。没有前进缓慢的意思。

*年富力强－形容年纪轻,精力旺盛。不能用于退休的老人。

*泥沙俱下－比喻好坏不等的人或事物混杂在一起。

*脑满肠肥－形容不劳而食的人吃得很饱,养得很胖。

*牛刀小试－牛刀:宰牛的

刀。小试：稍微用一下，初显身手。比喻有大本领的人，先在小事情上略展才能。也比喻有能力的人刚开始工作就表现出才能。

*浓墨重彩－用浓重的墨汁和颜色来描绘。形容着力描写。

【P】

*否极泰来－否：坏运气。泰：好运气。厄运到头了，好运就来了。形容事物发展到极限，就会向对立面转化。

*朋比为奸－朋比：互相依附，互相勾结。坏人勾结在一起干坏事。

*拍手称快－拍着手喊痛快，多指仇恨得到消除。

*平铺直叙－形容说话或写文章平平淡淡，没有起伏，重点不突出，含贬义。

*平易近人－比喻态度和蔼，没有架子，使人容易接近。也形容文字深入浅出，通俗易懂。

*评头论足－亦作“品头论足”“评头品足”。指无聊的人随便谈论妇女的容貌，也比喻在小节上多方挑剔。

*匹夫之勇－指不用智谋，只凭个人刚烈的勇风。

*萍水相逢－像水里浮萍随水漂泊，聚散无定。比喻不相识的人偶然相遇。

*披肝沥胆－披：披露，揭开。沥：往下滴。剖开肺腑，露出肝胆。比喻竭尽忠诚，开诚相见。

*蓬荜增辉－也说“蓬荜生辉”。蓬荜：即蓬门荜户，用蓬草、荆竹树枝编成门户的房子，形容房子的简陋。表示由于别人到自己家里来或张挂别人题赠给自己的字画而使自己非常光荣。

*迫不及待－急迫得不能等待。用于人的急迫心情。

*扑朔迷离－形容事情错综复杂，难以辨别清楚。不能理解为不切实际。

*皮里春秋－藏在心里不说出来的言论。

*皮之不存，毛将焉附－比喻基础没有了，建筑在基础上的东西也就无法存在。

【Q】

*罄竹难书－罄：尽。把竹子用完了都写不完，形容罪行多，写不完。

*趋之若鹜－鹜：野鸭。像鸭子一样，成群地跑过去。多比喻许多人争着去追逐不好的事物。

*曲突徙薪－突：烟囱。徙：搬移。把烟囱改建成弯的，搬开灶旁的柴火，避免发生火灾。比喻事先预防，以免发生危险。

*千头万绪－绪：丝的头，比喻开端。头绪很多。形容事物纷繁，情况复杂。

*千古绝唱－绝唱：指诗文创作的最高造诣，也指最好的作品。自古以来最好的作品。

*千夫所指－指：指责。受到

众人的指责。形容众怒难犯。

*千载难逢－形容机会的难得和可贵。

*浅尝辄止－刚入门就不再钻研。

*歧路亡羊－岔道多,丢失了羊。比喻事理复杂多变,没有正确的方向,因而找不到真理。

*奇文共赏－原指奇特的文章共同欣赏,褒义。现多指共同阅读、识别、评判和研究有问题的文章,多含贬义。

*求田问舍－买田置屋,多用以形容只求个人小利。

*茕茕孑立－茕茕:孤单无依靠的样子。孑:孤立。形容一个人孤苦伶仃。

*前倨后恭－倨:傲慢、怠慢。先傲慢而后恭敬。

*前赴后继－赴:向前冲。前面的冲上去了,后面的紧跟上来。形容连续不断投入战斗,奋勇冲杀向前。褒义。

*巧舌如簧－簧:乐器里薄叶状的发声振动体。形容能说会道,花言巧语。

*巧言令色－巧言:虚伪的好话。令色:讨好别人的表情。形容花言巧语,假装和善的样子。

*巧夺天工－天工:天然形成的工巧。人工的精巧胜过天然。形容技艺精妙。多指工艺美术、园林等。

*清规戒律－原指佛教寺院所订立的规则和戒律。比喻烦琐、不合理的成规、惯例。有时泛指规章制度。

*鹊巢鸠占－喜鹊的巢被斑鸠占住。原比喻女子出嫁,以夫家为家。后来比喻坏人强占别人住处。

*奇货可居－奇货:稀有的、珍贵的货物。居:储藏。把稀有的货物储藏起来,等待高价出售。也比喻挟持某种独特的技能或成就作为资本,以博取名利地位。

*气宇轩昂－亦作“器宇轩昂”。器宇:仪表、风度。轩昂:精神饱满的样子。形容人气度不凡。

*气冲霄汉－形容大无畏的精神和气概。

*气冲斗牛－斗牛:二十八星宿中的斗宿和牛宿,借指天空。形容精神旺盛,意气高昂,或非常生气,愤慨至极。

*起死回生－把将要死的人医活,形容医术高明。

*求全责备－对人对事物要求十全十美,毫无缺点。“求全责备”不能带宾语,要说成“对……求全责备”。津津乐道、求全责备、司空见惯、漠不关心都不带宾语。

*权衡轻重－衡量轻和重,比较主次得失。一般用于决策前估量利弊得失。

*庆父不死,鲁难未已－庆父:鲁庄公的弟弟。未已:没有完。比喻不把制造祸乱的罪魁祸首清除,灾难就会不断发生,永无宁日。

*青梅竹马－指男女双方在孩童时代就曾天真地在一起玩耍,

不能用于同性之间。

*青出于蓝－学生超过老师。不适合西部地区与沿海地区的关系。

*情不自禁－感情激动,控制不住自己。

*倾巢出动－比喻敌人出动全部兵力进行侵扰。贬义,不能用于公安干警。

*轻描淡写－原指用浅淡的颜色描画。今多指说话,作文时将某些事情轻轻带过。

*轻歌曼舞－轻松愉快的音乐和柔和优美的舞蹈。“曼”不作“慢”,不是“缓慢”的意思。

*杞人忧天－比喻不必要的忧虑。

*期期艾艾－汉代周吕口吃,讲起话来常重复说“期期”,三国魏的邓艾也口吃,在说到自己时连称“艾艾”,后人引申出“期期艾艾”这句成语,形容人口吃。

*旗开得胜－指军队的战旗刚一展开就取得胜利,比喻事情一开始就取得好成绩。

*七月流火－指天气逐渐凉爽起来。“火”在这里指火星,而不指大火。

*偷工减料－原指商人为了牟取暴利而暗中降低产品质量,削减工料。现也指做事图省事,马虎敷衍。

*秦晋之好－指两家联姻,并不指两国的关系友好。

*翘足而待－抬脚的功夫就可等到,形容很快就会实现。

*沁人心脾－形容诗歌和文章优美动人,给人清闲爽朗的感觉。

*七手八脚－形容大家一起动手,人多手杂的样子。

*穷而后工－旧时认为文人处境困穷,诗就写得好。工:巧妙。

*囚首垢面－监狱里的犯人很久没有梳头和洗脸。形容不注意个人仪表清洁与修饰。

*赤地千里－赤:空。形容天灾或战争造成大量土地荒凉的景象。

【R】

*忍俊不禁－忍俊:含笑。忍不住要发笑。

*人微言轻－微:职位低下。轻:不被重视。指职位低,说话就不起作用。

*人浮于事－工作人员的数目超过工作的需要事少人多。

*人满为患－强调人多的坏处,贬义。

*人心不古－旧时认为古风淳朴。指人的心地不如古人那样淳朴。古:指古代的社会风尚。往往误解为“人的思想或精神没有老化”。

*人言啧啧－其中的“啧啧”与“啧啧赞叹”的“啧啧”不同义,是指不满意地纷纷议论,“人言啧啧”是指人们不满地纷纷议论开来。

*人老珠黄－指妇女因为老了被轻视,就像珠子年代久了会变黄,不如新珠子值钱一样。

*日长一线－不是指每天增

长一线，而是指冬至后白昼渐长。

*日中则昃－太阳行至正中就要偏向西方。比喻盛极必衰。昃：太阳偏西。

*心劳日拙－费尽心机反而一天天地窘困。

*如履薄冰－比喻行事特别谨慎，存有戒心。只能用于主观心理，不能表示客观存在的危险状态。

*如蚁附膻－膻：羊臊气。像蚂蚁附着在有膻味的东西上，比喻趋炎附势或追逐名利的肮脏行为。

*如丧考妣－考：父亲。妣：母亲。好像死了父母一般的伤心和着急，含贬义。

*如坐春风－像处于春风中一样，受教育、感化很深。比喻受到教育和感化。

*如数家珍－像数自己家里的珍宝一样，形容对列举的事物或叙述的故事十分熟悉。

*如芒在背－芒：芒刺。好像芒刺扎在背上。形容惶恐不安。

*忍痛割爱－忍受痛苦，不情愿地放弃自己心爱的东西，或把自己心爱的东西交给别人。

*任重道远－担子很重，路途遥远。比喻责任重大，而且要经历长期的奋斗。

*让枣推梨－指兄弟友爱，不用于其他关系。

*弱不胜衣－形容人很瘦弱，连衣服也承受不起。

【S】

*始作俑者－俑：殉葬的土木偶。专指坏风气的创始者。

*是古非今－是：肯定。非：否定。肯定古代否定现代。不能理解为“是古代而非现代”。

*是可忍孰不可忍－对人的重大罪行不可容忍，极度愤慨。不能用于自然灾害。

*首鼠两端－首鼠：犹豫。进退两难。形容在两者之间犹豫不决或动摇不定。

*首当其冲－冲：要冲，交通要道。处在重要的地位，成为首先受到冲击的目标。

*守株待兔－原比喻希图不经过努力而获得成功的侥幸心理。现也比喻死守狭隘经验，不知变通。

*闪烁其词－指说话稍微露出一点想法，但不明确。也形容说话躲躲闪闪，吞吞吐吐。

*少不更事－更：经历。年纪轻，经历的事情不多。

*适逢其会－恰巧碰到那个时机。

*率先垂范－带头给下级或晚辈作示范。

*食言而肥－形容为了自己占便宜而说话不算数，不守信用。

*食不果腹－吃不饱肚子。形容生活贫困。果：饱。

*水清无鱼－比喻过分计较人的小缺点就不能团结人。

*色厉内荏－外表强硬而内心怯懦。

* 审时度势 – 审详查细究。度(duó):估计。全面地观察、研究现状,正确地估计形势。

* 深孚众望 – 孚:使人信服。深得众人的信服。

* 深谋远虑 – 计谋周详,考虑深远。

* 手不释卷 – 释:放下。形容勤勉好学或读书入迷。

* 尸位素餐 – 形容空占着职位,不做事而白吃饭。也用于自谦,表示没做什么事情。

* 舍本逐末 – 做事不从根本上着手,而在枝节上用功夫。

* 时乖命蹇 – 乖:不顺。蹇:不顺利。时机不准,命运不好。

* 三人成虎 – 比喻谣言或讹传一再反复,就有使人信以为真的可能。

* 数典忘祖 – 数说礼制掌故,却把自己的祖先忘了。比喻忘本。现也用以指对本国历史的无知。

* 数见不鲜 – 数(shuò):屡次。鲜:新杀的鸟兽。经常来的客人就不宰杀牲畜招待。原意是常到别人家去就惹人讨厌。后来形容事物经常见到,并不新奇。

* 硕大无朋 – 朋:比。大得没有可以相比的。形容巨大无比。

* 素昧平生 – 昧:不明白,不了解。平生:从来。指彼此向来不认识。

* 师心自用 – 师心:原指心领神会不拘于成法。现形容固执己见,自以为是。

* 失之交臂 – 交臂:擦肩而过。形容遇到极好的机会而又当面错过。

* 失之东隅,收之桑榆 – 东隅yú:指日出的东方。桑榆:傍晚日影落在桑榆树梢,指黄昏。比喻在此时此地遭到失败或损失,而在彼时彼地获得了成功或收获。

* 生死攸关 – 关系到人的生存和死亡。指生死存亡的关键。

* 生灵涂炭 – 生灵:指百姓。涂炭:泥沼和炭火,比喻困苦。形容在反动统治下,广大人民处于极端困苦的境地。

* 司空见惯 – 司空:古代官名。形容常见之事,不足为奇。

* 司马青衫 – 比喻因遭遇相似而表示同情。

* 耸人听闻 – 故意说夸大或惊奇的话,使人震惊。

* 甚嚣尘上 – 形容对传闻之事议论纷纷。现多指某种言论十分嚣张,多贬义。

* 拭目以待 – 拭:擦。形容急切想看到所期待的事物,或确信某件事情的出现。

* 视同儿戏 – 把事情当成小孩儿玩耍一样来对待。比喻不当一回事,极不重视。

* 石破天惊 – 比喻艺术创造或议论新奇惊人,不同凡响。

* 死得其所 – 指死得有价值、有意义,褒义。

* 身临其境 – 亲自到了那个地方。形容感受深切。

* 身无长物 - 长物：多余的东西。形容人除了自身外，东西极少。不可把“长”理解为一技之长。

* 身体力行 - 亲身经验，努力实行。

* 设身处地 - 设：假设，设想。处：置身。设想自己处在别人的地位。指替人着想。

* 上下其手 - 比喻玩弄手法，串通作弊。

* 上行下效 - 贬义，上级或长辈怎么做，下级或晚辈就跟着学。不用于表示群众以干部为榜样。

* 述而不作 - 只阐述前人的学说，自己并不创作，并非只讲不做或光说不练之意。

* 十室九空 - 十户人家，九家空虚。形容因灾荒、战乱和横征暴敛使得百姓破产或流亡的惨象。不可误解为十户人家九家没人。

* 涉笔成趣 - 形容拿笔一挥就可以创作出很有意味很有深度的作品。往往误解为“写文章用笔生动有趣”。

* 拾人牙慧 - 拾取别人的只言片语作为自己的话来说，多用来形容一味重复别人而缺乏主见，含贬义。

* 死有余辜 - 形容罪大恶极，即使处以死刑也不能抵偿他的罪恶。辜：罪恶。

* 盲人瞎马 - 比喻盲目行动，后果十分危险。

* 赏心悦目 - 看到美好的事物而身心愉快。主语是人，如果主语是景物，要说“令人赏心悦目”而且一般用于美好的景色。

* 豕突狼奔 - 像猪那样冲撞，像狼那样奔跑。形容成群的坏人乱冲乱撞，到处骚扰，或敌人逃跑时惊慌失措的样子。

* 矢志不移 - 发誓立志，永不改变。

* 声情并茂 - 并：都。茂：草木丰盛的样子，引申为美好。指演唱的音色、唱腔和表达的感情都很动人。

【T】

* 桃李不言，下自成蹊 - 蹊：小路。桃树、李树不向人打招呼，树下自然走成一条道。比喻只要为人真诚、忠实，就能感动别人。

* 特立独行 - 特：独特。立：立身。形容人的志行高洁，不同流俗，也泛指特殊的、与众不同的。

* 守株待兔 - 株：露出地面的树根。比喻心存侥幸，坐等意外收获。也比喻死守狭隘经验，不知变通。

* 弹冠相庆 - 掸去帽子上的灰尘，表示庆贺。某人当了官或升了官，他的同伙也相互庆贺将有官可做，比喻做好做官的准备，含贬义。

* 贪多务得 - 原指尽量多地求得知识，后多指贪心不足(含贬义，该义项使用较多)。

* 叹为观止 - 观止：看到了止境。赞叹看到的事物好到了极点。

* 醍醐灌顶 - 醍醐：酥酪上凝

聚的油。佛教比喻以智慧灌输于人,使人得到启发。后来泛用以比喻感到清凉舒适。

*投鼠忌器 - 比喻做事有顾忌,不敢放手干。

*投桃报李 - 比喻友好往来。

*探囊取物 - 探囊:摸口袋。掏口袋取东西。比喻事情极易办成。

*忝列其中 - 谦辞,表示辱没他人,自己有愧。

*同日而语 - 日:时日。同时来讲。比喻同样看待,一概而论。

*兔死狐悲 - 兔子死了,狐狸感到悲伤。比喻因同类的死亡而感到悲伤。

*兔起鹘落 - 比喻动作敏捷,也比喻作画、写字、写文章等下笔迅速,没有停顿。

*铤而走险 - 形容走投无路,被迫冒险。

*韬光养晦 - 隐藏自己的才能、锋芒,不使外露。韬:隐藏。

*推波助澜 - 贬义词,比喻助长坏事物的声势以扩大影响。

*天网恢恢 - 天道像一个广阔的大网,作恶者逃不出这个网,也就是逃不出天道的惩罚。恢恢:形容广大。

*脱颖而出 - 比喻人才崭露头角。

*替古人担心 - 为古人所遇到的困难、危险担忧、发愁。比喻不必要的担心和忧愁。

【W】

*物伤其类 - 原指动物因同类遭不幸而哀伤。比喻因同伴受打击而悲伤。

*妄自菲薄 - 毫无根据地看轻自己。指自轻自贱。

*危言危行 - 危:正直。表示正直的言行。

*文不加点 - 写文章很快,不用涂改就写成。形容文思敏捷,写作技巧纯熟。点:涂上一点,表示删去,不能理解为加标点。

*文恬武嬉 - 恬:安适。嬉:戏乐。形容文武官员只知贪图安乐,不把国家大事放在心上。

*文过饰非 - 文、饰:掩饰。以种种理由或借口来掩饰自己的过失、错误。

*闻过则喜 - 听到别人指出自己的过失就高兴。形容虚心接受意见。

*闻名遐迩 - 遐:远。迩:近。远近都闻名。形容名声很大。

*惟妙惟肖 - 惟:语气助词。形容刻画或描摹得非常逼真。

*万人空巷 - 家家户户的人都从巷子里出来了,多用于形容庆祝、欢迎等盛况。

*万籁俱寂 - 万籁:自然界万物发出的各种声音。形容周围环境十分宁静。

*万马齐喑 - 比喻死气沉沉,令人窒息的沉闷局面。

*无所不用其极 - 极:穷尽。原意是无处不用尽心力。现指做

坏事时任何极端的手段都使出来,含贬义。

* 无所不为 – 没有什么不干的,指什么坏事都干。

* 无所不至 – 没有达不到的地方。现多形容坏人到处干坏事或所有的坏事都做了。

* 无所用心 – 不动脑筋,什么事情都不会做。贬义。

* 无动于衷 – 衷:内心。指对应该关心注意的事情不关心,置之不理。

* 无出其右 – 指没有超过他的。

* 无可非议 – 非议:批评,不赞成。没有什么可以指责的。

* 无可厚非 – 厚:过分的。没有必要加以过分的指责。用于有一定小问题的人或事。

* 无为而治 – 道家哲学,指统治者什么也不做却使天下大治。

* 无独有偶 – 不止一个,竟然还有配对的。

* 尾大不掉 – 掉:摇动。尾巴太大就不好摇动。比喻部下势力强大,不听从调动指挥。现在也比喻机构庞大,指挥不灵。

* 蔚为大观 – 蔚:荟萃,聚集。汇聚成盛大壮丽的景象。

* 为渊驱鱼,为丛驱雀 – 原比喻反动统治者施行暴政,老百姓逃亡别国。现比喻不善于团结人,把本来可以争取过来的人赶到对方那边去了。

* 望风披靡 – 披靡:草木随风倒伏的样子。草一遇到风就倒伏。比喻为强大势力所压倒,或为敌人气势所震慑,未触即溃。

* 望其项背 – 能够望见别人的颈项和脊背,表示赶得上或比得上。一般用于否定形式。

* 望尘莫及 – 形容远远落后。也常用以表示对人敬佩的自谦之词。

* 望穿秋水 – 秋水:喻眼睛。形容盼望得非常急切。

* 忘乎所以 – 多形容因骄傲自满而得意忘形。

* 未雨绸缪 – 绸缪:修好门窗。比喻事先做好准备。

* 微言大义 – 精微的语言中包含的深刻的意义。往往误解为“话不多但含义深刻”。

* 温文尔雅 – 形容人的态度温和、举动文雅。现在有时指做事不大胆泼辣。

* 危如累卵 – 危险得像摞起来的蛋那样。比喻非常危险。

* 危在旦夕 – 旦夕:早晚,指很短的时间之内。危险就在眼前。

* 危言耸听 – 危言:叫人吃惊的话。耸:惊动。故意说吓人的话,让人听了害怕。

* 五花八门 – 比喻花样繁多或变幻多端。

* 五风十雨 – 风调雨顺。不是指风雨太多。

* 玩物丧志 – 只顾玩赏所喜好的东西,因而消磨掉志气。

* 玩火自焚 – 比喻自食其果。

* 舞文弄墨 – 歪曲法律条文

作弊玩弄文字技巧,含贬义。

*无人为役-表示不能做好一件事,而非不能被人驱使。

*呜呼哀哉-指死亡或完蛋。

*为虎傅翼-替老虎加上翅膀。比喻帮助坏人,增加恶势力。傅:添加。

*蔚为大观-形容事物美好繁多,给人一种盛大的印象。蔚为草木茂盛大观盛大的景象。

*无地自容-没有地方可以让自己容身。形容非常羞愧。

*蔚然成风-形容一种事情逐渐发展、盛行,形成风气。不能形容热情。

【X】

*先声夺人-先用强大的声势挫伤敌人的士气以压倒对方。后也用以比喻做事抢先一步。

*先入为主-先接受了一种说法或思想,以为是正确的,有了成见,后来就不容易再接受不同的说法或思想。

*心宽体胖-也说"心广体胖"。胖(pán):安泰舒适。指有修养的人心胸宽广,体貌也就舒泰、安详。

*心劳日拙-做坏事的人费尽心机,却越来越无法得逞,处境一天不如一天。

*心领神会-不用对方明说,心里领悟其中的意思。也指深刻地领会。

*心有余悸-危险之事虽然已经过去了,回想起来仍感到害怕。

*兴高采烈-兴致和情绪都非常高昂热烈。形容十分愉快。

*信誓旦旦-旦旦:诚实的样子。形容誓言极其诚挚可信。

*信手拈来-随手拿来。多形容写文章时词汇或材料丰富,不必多寻思,就能写出来。

*信笔涂鸦-形容书法拙劣或随便写作。不用来指画画。

*信口雌黄-信:听凭,随意。雌黄:即鸡冠石,黄赤色,可作颜料。古时写字用黄纸,写错了就用雌黄涂抹再写。比喻不问事实,随嘴乱说。

*薪尽火传-前一根柴刚烧完,后一根柴已经烧着,火永远不熄。比喻师傅传业于弟子。

*行云流水-比喻自然不受约束(多指文章、歌唱等)。

*行将就木-指人之将死,不能用来修饰树木。

*虚张声势-假装出强大的声势。

*虚与委蛇-委蛇(yí):应付。对人虚情假意地进行敷衍应酬。

*虚怀若谷-形容非常谦虚,能容纳别人的意见。可以表示对别人的敬意,不能当谦辞用于自己。

*虚左以待-虚:空着。左:古时以左位为尊。空着左边的位置等待客人,表示尊敬。也泛指留出位置恭候他人。

*洗心革面-洗心:清洗内心的污秽。革面:改变旧面目。比

喻彻底悔改。

* 喧宾夺主 – 喧：大声嚷嚷。客人的声音比主人的还要大。比喻客人占了主人的地位，或外来的、次要的事物占了原有的、主要的事物的地位。

* 相濡以沫 – 泉水干涸，鱼靠在一起以唾沫相互湿润。后比喻同处困境，相互救助。

* 相敬如宾 – 形容夫妻互相尊敬，彼此像对待宾客一样。

* 想入非非 – 思想上进入虚幻境界，完全脱离实际，胡思乱想。也可形容想法大胆、新奇。

* 胸有成竹 – 比喻处理事情心里先有主意，有成算。

* 胸无城府 – 城府：比喻待人处事很有心机。形容待人接物坦率真诚。

* 下里巴人 – 战国时代楚国的民间歌曲，后来泛指通俗的普及的文学艺术，反义词为“阳春白雪”。

* 细大不捐 – 大的小的都不舍弃，形容收集详备或搜罗尽净。“捐”意为“舍弃”，不可理解为“捐献”。

* 休戚相关 – 彼此间祸福互相关联。一般只用于人与人之间。

* 循序渐进 – （学习、工作）按照一定的步骤逐渐深入或提高。

* 轩然大波 – 比喻大的纠纷或乱子。

* 狭路相逢 – 多用来指仇人相见，彼此都不肯轻易放过。

* 栩栩如生 – 指艺术形象非常逼真，如同活的一样。不形容个性鲜明。

* 宵衣旰食 – 天不亮就穿衣起床，天晚了才吃饭。形容勤于政务。

* 雪泥鸿爪 – 大雁在雪泥上踏过留下的爪印。比喻往事遗留的痕迹。

* 秀色可餐 – 本是形容美好的容貌使人忘掉饥饿。后来多形容女子容貌非常美丽，也可以指山林花木非常美。

* 先斩后奏 – 下级把事情处理完后再向上级报告。不适用于平辈关系或上对下。

* 信手拈来 – 随手拿来，多指写文章。

* 下车伊始 – 伊：文言助词。始：开始。旧指新官刚到任。现比喻带着工作任务刚到一个地方。

【Y】

* 圆凿方枘 – 枘（ruì）：榫头。圆形的卯眼，方形的榫头。比喻人（物）与人（物）差异明显，格格不入。

* 咬文嚼字 – 多用于讽刺死抠字句不领会文章精神实质的人。有时用于讽刺当众讲话时爱卖弄自己学识的人。

* 偃旗息鼓 – 原指行军时隐蔽行动，形容军中肃静无声，毫无动静。后来比喻休战或无声无息地停止行动。一般不用于胜利者一方。

* 一笔抹杀 – 比喻轻率地把

优点、成绩等全盘否定。

*一衣带水－原形容像衣带那样狭窄的水。后比喻仅隔一水，极其临近。

*一孔之见－比喻狭隘片面的见解，多用作谦辞。

*一蹴而就－蹴（cù）：踏。就：成功。形容事情轻而易举，很容易成功。

*一触即发－比喻形势紧张，马上要发生严重的事件。

*一团和气－原指态度和蔼。现在也指不分是非的无原则的和气，有贬义色彩。

*一劳永逸－费一次劳力而得到永久的安逸。

*一念之差－差：错。一个念头错了。常指因此引起严重的后果。

*一饭千金－汉韩信受漂絮老妇之饭，报以千金。现指受恩厚报。

*一差二错－可能发生的意外或差错。

*一傅众咻－傅：教导。咻：喧闹。一个人教，众多的人干扰，是不会学好的。后来用以说明环境对人的影响极大。

*一文不名－一个钱都没有。名：占有。

*一夫当关，万夫莫开－形容地势险峻，易守难攻。

*一挥而就－挥：挥笔。形容才思敏捷，写字、写文章、画画非常快。

*一鳞半爪－原指龙在云中，东露一鳞，西露半爪，不见全身。比喻只是事物的一部分，不是全部。

*一言九鼎－一句话的分量像九鼎那样重。形容某人说的话能起决定性的作用。不能表示守信用，也不能用于自己。

*一言以蔽之－指用一句话来概括。

*意兴阑珊－形容兴致将尽。往往误解为“漂亮、美丽”。

*意气用事－凭感情办事，缺乏理智，不表示“讲义气重感情”。

*言近旨远－旨：含义。话说得浅近，含义很深远，含褒义。

*言必信，行必果－信：信实。果：坚决。说话一定要守信，做事又必须坚决，任何时候都不能动摇。

*言不由衷－形容虚伪敷衍，说的不是内心的真话。

*异曲同工－不同时代、不同人的文章、言论一样精彩，或不同的事情产生相同的效果。

*颐指气使－颐：面部。不说话只用面部表情来示意。形容有权势的人傲慢的神态。

*亦步亦趋－形容处处模仿，追随他人。

*有条不紊－紊：紊乱。做事井井有条，一丝不乱。

*有教无类－无类不分类别。不论什么人都给予教育。

*有口皆碑－比喻对突出的好人好事一致颂扬。

*蝇营狗苟－营：蝇飞。苟：苟且，这里指不顾廉耻。比喻追求名利，不顾廉耻。

*余勇可贾－贾：卖。比喻还有多余的力量可以使出。

*养痈遗患－痈：一种毒疮。患：祸害。对自己身上的痈不加治疗，给自己留下祸害。比喻姑息坏人、坏事，结果害了自己。

*养尊处优－处于尊贵的地位，过着优裕的生活。

*贻笑大方－贻：遗留。大方：即大方之家，见识广博的人，后泛指有专长的人。表示被内行的人笑话。

*以邻为壑－壑：沟壑。拿邻国当作排泄洪水的沟壑。比喻把自己的困难或祸害转嫁给别人。

*饮鸩止渴－鸩：毒酒。喝毒酒来止渴。比喻只顾眼前，不顾后患。

*欲壑难填－欲：欲望。壑：山沟。形容贪心太重，总是不能满足。

*洋洋大观－洋洋：盛大、众多的样子。大观丰富多彩的样子。形容事物繁多，使人大开眼界。

*洋洋洒洒－形容说话或写文章才思充沛，长篇大论连绵不断。也形容规模盛大，气势磅礴。

*应接不暇－暇：空闲。原形容景物繁多，来不及观赏。后用以形容来人或事物太多，忙不过来。

*叶公好龙－比喻自称爱好某事物，实际上并不真正爱好，甚至害怕。

*鱼龙混杂－比喻好人与坏人混在一起。

*雨后春笋－春雨过后，竹笋长得又多又快。常用以比喻事物大量涌现和蓬勃发展。

*游刃有余－比喻做事熟练，轻而易举。

*引狼入室－比喻自己把坏人招引进来。

*运斤成风－斤：斧头。挥动斧头，风声呼呼。比喻手法熟练，技术神妙。

*因人成事－依靠别人把事情办好，含贬义。

*缘木求鱼－爬到树上找鱼。比喻方向、方法错误，不可能达到目的。

*芸芸众生－原指世间的一切生灵。后多指大群平凡普通的人。

*严阵以待－指做好充分战斗准备，等待着敌人。

*衣锦还乡－旧指富贵以后回到故乡。含有向乡里夸耀的意思。

*溢美之词－过分赞美的语言，贬义。

*以儆效尤－儆：警戒，告诫。尤：过错。（处理坏人或坏事）用以警告那些学着做坏事的人。

*以耳代目－把听来的当成亲见的。形容不亲自调查研究，专门听信别人的话。

*仰事俯畜－对上侍奉父母，对下养活妻子儿女。泛指维持一家生活。

*寅吃卯粮－寅年吃了卯年的粮。比喻入不敷出，预先借支。寅、卯：地支的第三、四位。

*杳如黄鹤－比喻一去不见

踪影。语出崔颢《黄鹤楼》。杳：见不到踪影。

*影影绰绰－模模糊糊，不真切。

*越俎代庖－比喻超过自己的职务范围，去处理别人所管的事情。语见《庄子》。俎：祭器。庖：厨子。

*义无反顾－为正义而勇往直前。

*抽薪止沸－抽去锅下的柴草来停止锅里开水的沸腾，比喻从根本上解决问题。同釜底抽薪（扬汤止沸则比喻方法不彻底。）。

*月晕而风，础润而雨－月晕出现，将要刮风；础石湿润，就要下雨。比喻从某些征兆可以推知将会发生的事情。

*移樽就教－樽：古代盛酒器。就：凑近。端着酒杯离座到对方面前共饮，以便请教。比喻主动去向人请教。

*仰之弥高，钻之弥坚－愈仰望愈觉得其崇高，越钻研越觉得其艰深。表示极其敬仰之意。

*一尺水十丈波－比喻说话夸张，不真实。

【Z】

*糟糠之妻－不是指长得丑陋的妻子，而是指共过患难的妻子。

*朝闻夕死－早晨听到了真理，晚上就死了也甘心了。形容对真理或某种信仰的渴望。

*仗义执言－主持正义，说公道话。

*张冠李戴－把姓张的帽子戴到姓李的头上，比喻认错了对象，弄错了事实。这里是有意换人，不是“弄错”或“认错”。

*抵掌而谈－形容高谈阔论，话极投机。抵掌：击掌，鼓掌。

*炙手可热－意思是刚一挨近就热得烫手，比喻气焰盛，权势大，使人不敢接近，含贬义。

*众口铄金－铄：熔化。原形容舆论的威力大。后用来形容人多口杂，可以混淆是非。

*众目睽睽－众人都在注视、监督。一般用于当众公然做坏事。

*众志成城－万众一心，像城墙一样不可摧毁。比喻同心协力，团结一致，力量无比强大。

*诛心之论－揭穿动机的批评。

*珠圆玉润－润：细腻光滑。像珠子一样圆，像玉石一样光润。比喻歌声婉转优美，或文字流畅明快。

*筑室道谋－比喻做事没有主见，缺乏计划，东问西问，事情终究办不成，含贬义。

*置若罔闻－放在一边不管，好像没有听见，含贬义。

*置之度外－放在考虑之外。指不把个人的生死利害等放在心上，含褒义。

*擢发难数－擢：形容罪行多得数不清。与“罄竹难书”近义。

*作壁上观－壁：壁垒，古时军营四周的围墙。一旁观看，不介

入,坐观成败。

* 作茧自缚 – 缚:束缚。比喻自己使自己陷入困境或自己束缚自己。

* 在劫难逃 – 原指命中注定要遭受灾祸,想逃也逃不了。现在有时借指不可避免的灾害。

* 责无旁贷 – 责:责任。贷:推卸。自己应尽的责任,不能推卸给别人。

* 沾沾自喜 – 沾沾:轻浮的样子。对自己的成绩感到满意,表现出一种轻浮的样子。

* 正本清源 – 正:使之正,整顿。本:树根。从根本上加以整顿清理。表示从根本上彻底解决问题。

* 振聋发聩 – 聩:耳聋。使聋子能听到声音。比喻言论能使糊涂麻木的人清醒。一般只用比喻义。

* 振振有词 – 振振:理直气壮的样子。形容自以为理由充分,说个不停,含贬义。

* 捉襟见肘 – 襟:衣襟。肘:胳膊肘。原形容衣服破烂,后比喻顾此失彼,穷于应付。

* 指手画脚 – 形容轻率地指点、批评(该义项使用较多)。也形容说话时做出各种动作示意。

* 左右逢源 – 本指做学问功夫到家后自然用之不尽,取之不竭。后泛指做事得心应手,顺利无碍有时也用于贬义,讽刺为人圆滑,善于投机。

* 自怨自艾 – 艾(yì):改正。原指悔恨自己的错误而自己改正,后只表示悔恨的意思。

* 自惭形秽 – 原指因自己容貌举止不如别人而感到惭愧,后来泛指自愧不如别人。

* 自食其果 – 自己吃下自己种出来的果子。比喻自作自受。

* 子虚乌有 – 指假设的、不存在的、不真实的事情。

* 罪不容诛 – 罪大恶极,杀了也抵不了其所犯罪行,是非杀不可。不要理解为犯的罪还没有到杀的程度。

* 左右为难 – 不管怎么做都有难处。

* 坐地分赃 – 指独霸一方的土豪、匪首或窝主不用亲自去偷窃、抢劫,坐在家里分取同伙偷来的赃物。只能用于贬义,且不可理解为在现场分赃。

* 瞻前顾后 – 既形容做事情以前考虑周密细致,也形容顾虑太多,犹豫不决。

* 折冲樽俎 – 指不用武力而在宴席上战胜敌人。泛指进行外交谈判。

* 昭然若揭 – 真相全部暴露,一切都明明白白。昭:明显。揭:举。

* 濯濯童山 – 光秃秃无树木的山。濯濯:光秃秃的样子。童:秃。

* 紫气东来 – 表示祥瑞,语出《列仙传》。紫气:祥瑞之气。

* 坐而论道 – 坐着空谈大道理。坐下来谈论各项事理。指口头说说,不见行动,含贬义。

* 至当不易 – 至：极。当：恰当。易：改变。形容极为恰当，不能改变。

* 至人人殊 – 殊：不同。说的话个个不同。指各人有各人的意见。

* 折戟沉沙 – 戟：古代的一种兵器。折断了的戟沉没在泥沙里。形容失败惨重。

* 指日可待 – 指日：可以指出日期，为期不远。待：期待。为期不远，不久就可以实现。